投行之路

The Road to
Investment
Banking

光明之路

离月上雪 著

人民文学出版社

图书在版编目（CIP）数据

投行之路. 光明之路 / 离月上雪著. —北京：人民文学
出版社，2022

ISBN 978-7-02-015953-6

Ⅰ.①投… Ⅱ.①离… Ⅲ.①长篇小说—中国—当代 Ⅳ.①I247.5

中国版本图书馆 CIP 数据核字（2021）第 207193 号

责任编辑　付如初
装帧设计　陶　雷
责任校对　杨益民
责任印制　任　祎

出版发行　人民文学出版社
社　　址　北京市朝内大街 166 号
邮政编码　100705

印　　刷　三河市鑫金马印装有限公司
经　　销　全国新华书店等

字　　数　531 千字
开　　本　680 毫米×1000 毫米　1/16
印　　张　37　插页 2
印　　数　1—7000
版　　次　2022 年 1 月北京第 1 版
印　　次　2022 年 1 月第 1 次印刷

书　　号　978-7-02-015953-6
定　　价　73.00 元

如有印装质量问题,请与本社图书销售中心调换。电话:010-65233595

目 录

第五卷　端倪初现

第六卷　幽暗森林

5

第五卷 端倪初现

322 只想要答案

"妈,您换个方向就是热水了,往左边推……"狭小的卫生间内,传来了柴胡跟母亲胡桂英说话的声音。

胡桂英短发、蓬松、微卷、半白。额上的皱纹很深,有四五条,颧骨处是两块红得发紫的硬块,那是长期田间劳作暴晒的结果。她穿着棕褐长腿直筒毛裤,墨绿棉衣,棉衣的领子和袖口是那种看上去有些脏兮兮的土黄色。大年三十,胡桂英就这么扛着大包小包,没任何预兆地孤身一人来到了青阳。柴胡临时接到电话,满心惊愕地去火车站接的她。

"别转太过去! 水烫死个人! 记得是这个位置,以后就转到这个位置。"柴胡边重复边甩了甩手上的水,有点没耐心地离开了。

哗哗的水声从卫生间传来,柴胡坐在 1 房 0 厅的出租屋里,看着房间中仅有 1.2 米宽的床,心里一阵郁闷。

"弟弟呢? 不用照顾了?"胡桂英洗完澡出来,柴胡忍不住问道。

胡桂英一直擦头发,没有接话。

"是不是过年大家都催您还钱了?"柴胡琢磨着也只有这个理由会让胡桂英在村里待不下去,"我前几天打的十万是不是不够? 还差多少?"

胡桂英听后仍然没有接话。

"说啊,还差多少?"柴胡放大了音量。

"不用了,留着你自己用,你也不容易。"胡桂英道。

"现在知道我不容易了?"柴胡立刻反问一句,"不过这次来了也好,

1

您可以亲眼看看我的生活。呵呵,大城市,这就是大城市的样子,现在您看到了么?不过我告诉您,这还不是您儿子最不容易的时候,最不容易的时候我睡过将近十个月的折叠床!我睡办公室!您知不知道那个铁管架起来的折叠床睡久了腰有多酸?我好几次凌晨四点半就被酸醒了!就因为弟弟,我欠一身债,我被房东赶出来。为了还债我连新房子都不敢租,我吃不起便利店里的烤鸡腿,我连个冰淇淋都吃不起!"

此时胡桂英的双肩有些微微颤动,柴胡不忍心再说下去了。

过了好一会儿后,他才又缓缓道:"现在我好一些了,手上也有点钱了。所以弟弟那边还需要多少,您说吧,只要我有,我都给。"

柴胡之所以这么说,是因为他真真正正把曹平生的话听进去了。没有弟弟,或许此时的柴胡真的不会是现在的样子。

同样的人,同样的事,究竟是阻力还是推力,取决于我们对于自己生命的态度。

"真的不用了,你多吃点儿。"胡桂英还是不回头。

柴胡听后冷笑一声,一屁股坐在床上:"原来您也会疼我啊……以前我都觉得我不是您儿子,他才是您儿子!"

"咋说话呢!"胡桂英突然转过了身,眼睛红红的。

"难道不是么?弟弟算出一个数,您就恨不得全村人都知道;而我考上了大学,您主动跟邻里邻居提过半个字么?!"

柴胡说着将腿搭在床上,指着自己的膝盖道:"要不是因为这块胎记,我打死也认定自己是您捡来的了。不过也有可能是您看到了这块跟您差不多的胎记,才捡我来养。"

"胡说八道!"胡桂英的泪水已经流了下来,"我怀胎十月,怀着你我还要下地干活,我……"

"那为什么他就是块宝,我就连土都不如?!他生病您抱着他守着他一整夜,我生病您就让我自己多喝水!"柴胡的眼眶也红了,他确实太需要一个答案了。从小到大的经历,让他对于胡桂英的这份母爱不断产生着质疑和失望。

比起质疑,或许失望更多。

面对此时儿子的样子,胡桂英不禁走过去将柴胡搂到自己怀里,边抽泣边道:"那是因为……因为那次是我在田里干活,风把他的被子吹走了……都是我,要不是我,他……是我毁了他啊……"胡桂英说到这里已经泣不成声,柴胡也开始哽咽起来。

"傻孩子,妈怎么可能不爱你,你是妈的第一个孩子,你都不知道妈当时有多高兴。怀你的时候是大冬天,那年又最冷,妈每晚都是侧身双手捧着肚子睡觉的,就是怕你冷着……"

柴胡哭了,他双手紧紧搂着妈妈,这是十多年都没有过的母子最亲近的时刻。

"对不起,这些年……以后不会了,妈以后会加倍补偿你的。"

柴胡摇了摇头,他其实要的很简单,就是一个答案罢了。

可能因为经历过王暮雪和蒋一帆的事情,柴胡特别能理解母亲的感受。"柴胡你明不明白!我王暮雪欠他蒋一帆一条命!"王暮雪这句话,让柴胡久久不能忘怀。

亏欠太多,会让人用肆无忌惮的方式来实现自我救赎。

"妈,我现在真的有钱了,弟弟以后的费用全部我来负责。没有好医生,没有好药,我们可以等,总会等到的。"

胡桂英用平静的语气,静静道:"他已经走了。"

323 各自的不幸

或许当梦想成为永恒遗憾的那天,人才会真正长大。

两年前,当柴胡闯入明和证券这座极具年代感的大楼时,他的梦想犹如土壤中朝气蓬勃的嫩芽,好像稍微浇一浇水,便可瞬间长成参天大树。参天大树虽不如浩瀚苍穹,却可守一方寸土。

尽管从小不是很喜欢弟弟,但那时的柴胡心中,仍为家人保有一块善地。他想着赚很多很多钱,然后把母亲和弟弟接到大城市生活,给弟弟提供最好的医疗条件。可现实一直把他压在最后一口气的边缘,母亲的态度和到手的工资,都让柴胡在嫉妒与愤恨中逃避。他甚至在很长的一段时间里,都提不起勇气向母亲询问弟弟的情况。

现在听到这个噩耗，正如他站在岸边，眼睁睁看着在水中扑腾的亲人逐渐下沉，自责、愧疚占满了他的心。他只有一句话对母亲胡桂英说："妈，留下来，我养您。"

后来柴胡从邻居小李那边得知，弟弟的遗体，其实大半年前就被火化了，是胡桂英亲自取下了他的呼吸面罩。

幸运的人都是相似的，但不幸的人，却各有各的不幸。

2017年的春节假期，对鱼七而言也是一次劫难。

从辽昌飞来青阳跟王暮雪过年的王建国夫妇，一看到女儿房间住着个大男人，脸一下就黑了。

鱼七的年夜饭吃得也极不舒服，虽然王暮雪的父母没有对他说任何过分的话，可他已经彻彻底底地感受到了长辈冷漠的排斥。饭桌上鱼七每次礼貌性的问话，王暮雪的父母都回答得很简短，但他们朝鱼七提出的问题却很犀利，主题也自然逃不开家庭背景、工作、学历、收入以及对于未来婚姻的规划等等。

鱼七回答得很诚恳，是怎样就怎样，显然没有一个答案是让王建国和陈海清满意的。

为了帮鱼七说好话，王暮雪告诉父母，他们此时戴着的情侣表是鱼七送的，于是结果可想而知，第二天老两口的手上就空了。

表被怎样处置了鱼七不知道，只不过他再也听不到他想听到的东西了。

"兄弟，还没放弃啊？"坐在鱼七对面的小赵赵志勇边说边往嘴里塞了一颗花生米。

鱼七看着满桌的辣菜，没怎么动筷子，左手还一直捂着胃。赵志勇见状关心道："又不舒服了？"

"没事，老毛病了。"鱼七淡淡一句。

"你这个病一定要按时吃饭，定时检查。胃这玩意儿不是开玩笑，你可以查查胃癌的死亡速度。"

鱼七轻笑一声，摆出了一副不以为意的神情。

今天是初四，鱼七实在受不了继续与王暮雪的父母相处，也不能去见陈冬妮，毕竟尴尬期还没过，于是只能硬拉警队同学小赵出来解闷。

"你转行也好，免得跟我们一样风餐露宿，饭点都没有。"赵志勇道，"不过我可说了，别查了，都多少年了，肯定是死案了，算了吧兄弟……"

鱼七不记得这是赵志勇第几次劝他放弃了，潜伏了这么长时间，收集证据链的工作却一点儿进展都没有。

首先，自鱼七在王暮雪父母的手表中安插了窃听装置至今，俩老人这大半年来就没提到过一次关于金权集团、股价操纵和上市造假相关的任何内容；其次，赵志勇告诉他，王萌萌与王潮确实是表兄妹关系，但二人之间从无任何资金转账记录，王萌萌这条线对鱼七来说，没有任何利用价值；最后，绑在小可脖子上的窃听器可以将 Wi-Fi 频段的信号转化成电能，还能通过鱼七的远程操作破解任何附近的 Wi-Fi 密码，但近期鱼七却听不到任何声响了。他估计是窃听器中的二硫化钼基柔性整流天线坏了。

没有了两位老人手上的表以及阿拉斯加脖子上的项链，王暮雪父母这方面的信息来源，就被彻底切断了。

这种可以捕捉 Wi-Fi 频段信号，并将其转换成直流电的微型电子设备属于军用装备，市面上买不到，就算从海外黑商处买着了，也是天价，鱼七负担不起。他先前所用的都是在警队时，从收缴犯罪分子工具的废弃仓库中淘出来的。那个仓库什么宝贝都有，废弃的正规车牌就几十块，全积满了灰尘。既然是鱼七离职前私淘的，用一个就少一个，如今他手上已经没有存货了。

原本鱼七以为自己撒下了一张大网，谁知收网的时候竟然一条鱼都没捞到。

那些主角前进一步，案情就递进一步的警匪剧情，都是为了满足作家或者编剧编故事的需要，现实生活中查了三年、十年甚至二十年都查不下去的案子，公安局内网系统挂着一大堆。

只可惜，鱼七没有办法活在电影或者电视剧中，他只能孤身一人与现实的残酷进行搏斗。鱼七也曾想过干脆直接去阳鼎科技当卧底，直接接近王建国，但奈何他目前最主要的任务是赚钱，让母亲早日摆脱被追债的困境。

辽昌的经济水平跟桂市差不多，就算就职于已上市的民营企业，鱼七这种背景的人进去一年能存个三四万就已经烧高香了。更何况，明和证券与金权集团总部都在青阳，如今无论是王暮雪还是蒋一帆，一举一动全在自己的掌控之中，耐心等一段时间，说不定会有意外的收获。

鱼七当然没告诉赵志勇他是用违法手段在收集证据。对于王潮这帮人，对于这种摸不着边际的陈年旧案，鱼七只能通过这样的非正常手段去查，毕竟想搞正规化，连立案这关都过不了。

窃听行为收集到的证据虽然不能作为认定案件事实的根据，但可以为案件侦破提供方向性的线索，而顺着线索查下去，鱼七就可以通过正规渠道获得实质性证据，这才是他的最终目的。

看来要加把劲儿了，想到这里，鱼七笑着举起了啤酒，跟赵志勇碰了一下。

324 论狼性文化

"呵呵，很多迷恋'狼性'文化的老板，其实都不懂狼。"王潮道。

蒋一帆与王潮对面坐着一位芯片研发团队的老板，名石川，目前他带领的这支团队只有 15 人，但全部毕业于华清大学微电子系，一半以上均为博士研究生，平均年龄 28 岁。

全公司其余 14 人此时均在外面并不宽敞的办公区工作。办公区由出租公寓改装而成，地处市郊，周围都是工业区。

董事长石川坐在小会议室中招待他们的"潜在投资人"。

"哦？王总有何高见？"石川看着王潮笑道。他虽然嘴角礼貌性地上扬，但内心是不太舒服的。毕竟他才跟王潮介绍了自己公司的狼性文化，就被对方用"不懂狼"反驳了。

王潮拿起桌上的矿泉水，扭开喝了一口，不紧不慢道："当我们一谈到狼，总会谈到狼的本性，比如凶残，比如嗜血，比如无情，但是，狼有的就只是这些么？"

蒋一帆与石川一样,目不转睛地看着王潮,仔细听着他讲的每一个字。好似他作为资本界的投资鬼才,讲话时会自动形成一种无形的抓力,抓住所有人的注意力。

这是蒋一帆离开明和证券后,第一次跟着王潮外出看企业,也是他第一次以投资人的身份,尽调规模如此之小的"待融资"公司。

一家公司,15 人,15 台电脑,目前还没获得任何外部融资。这种规模的公司是典型的孵化期企业,基本没机会入大型投行的法眼。但金权投资集团这样的投资大佬是不排斥的,如果眼光好,挑中了种子选手,在 A 轮融资的时候就以低价砸钱进去,砸到控股,那么后面若公司成功上市,收益翻十倍、百倍甚至千倍都有可能。

在一级资本市场中,割肥肉能割得最大最肥的,就是王潮和蒋一帆此时扮演的天使投资人。

只听王潮继续道:"我之前看报道,说美国的动物学家对狼进行了长达 28 年的研究,他们发现人类对狼有很大的误解。这种误解包括我们原先认为的狼群组织形式、狼与狼之间的权力分配以及它们的狩猎行动。"

王潮首先阐明的一点,就是寒冬。

狼群由若干个体组成,为了生存而共同生活;企业也由若干个体组成,为了共同的目标一起活动。狼群的主要目标是为了生存而捕捉猎物;企业的主要目标是为了利润而"捕捉"客户。自然环境的寒冬之于狼,相当于经济环境的寒冬之于个体企业,故我们可以通过狼群过冬的反应,对比实体企业的反应。

在严寒的冬日,几乎所有体型比狼小,或是与狼相当的动物都进入了冬眠,可狼是不冬眠的,所以它们不得不去捕捉体型大于它们的动物。

美国科学家发现,只要冬日来临,狼群就开始出现明显的变化。那些不到 10 只狼的小狼群开始解散,纷纷加入数量更大的狼群中。

"这叫抱团过冬。"王潮笑道,"狼群数量大,在捕捉驼鹿、野牛或者羚羊的时候,可以进行大范围的围剿,胜算更大。"

见面前的石川神色有些茫然,好似不能理解为什么自己要说这些,王潮继续道:"狼群会的东西,企业不会。您看在全球经济萧条的时候,各家公司做的不是抱团,而是开始裁员,自己硬扛;越大的企业,寒冬之中裁员的动作就越是猛烈。这些企业在瓜分市场的时候都称自己是狼,称自己企业的文化是狼性文化,但它们却做着与狼群的自然生物反应完全相逆的行为。"

在蒋一帆看来,无论是狼还是企业,群体中的首领都会面临两大挑战:

一、维护群体的生存,努力保证群成员能够得到生存所需的食物;二、捕获猎物后,确保每一个成员都能分享其中的一部分。

在狼群中,获得的猎物通常先由首领(及其子女)享用,而后其他狼按照地位顺序依次享用。如果狼群太大,级别最低的狼已经无肉可吃,首领通常会在同一天之内组织发起第二次对大型猎物的围捕行动。

总之,首领要确保群体内每一级别的狼都可以在同一段时间内得到食物。

但由人群构成的企业就大不一样,因为每只狼每顿可吃下的肉量是有限的,但人的欲望是无限的。私欲的不断扩大会让一些掌权者不顾群体内较弱成员的处境,甚至将弱者直接作为牺牲品踢出群体或者吃掉。这也是为何在"冬天"来临时,由人群构成的企业会出现裁员,而狼群反而要扩充的道理。

"我认为我们人对于狼性的理解,更多是关注狼在狩猎时的表现,而不是组织形式。"

董事长石川听见王潮这话,很自然地问道:"哦?说说您的高见,我也学习学习。"

"高见谈不上,我只不过是陈述一些事实罢了。"王潮回答道,"从科学家的研究成果看,狼的组织特性有四点:一是群体等级明确清晰;二是责任与收益对等;三是等级排序按照实力规则公平竞争;四是根据自然生存法则调整群体大小。"

石川点了点头:"狼群中那个首领的日子,好过么?"此时的他自然而然将自己比作了首领,而玻璃墙外 14 台电脑前工作的小伙子,就是他带领的"狼群"。

王潮呵呵一笑,摇了摇头:"据我所知,不太好。当首领首先得进行一轮厮杀,打败其他所有向其挑战的狼,才能坐上那个位置;而且首领在每一次的捕杀当中,承担着筹划与布局的任务,它要安排每一只狼的位置,选择合适的时间点与合适的猎物发起行动。"

"这跟我们企业家太像了,方向、时机、人员安排这些事情,一步错,步步错。"石川道。

325 权力的更迭

"可能你们企业家比狼群首领安全一点。"王潮道,"其实那些等级低一些的狼,往往只能起到堵截和驱赶的作用,对于体型较大的猎物,做最后致命扑咬动作的,往往是首领。"

"哦?"石川露出了惊讶的神态,"我原来还以为它就只用站在高处,统领全局就行了。"

此时蒋一帆接话道:"我看那些羚羊野牛,犄角都蛮锋利的,而且它们不仅体型大,皮也厚,如果一击不成功,很容易受伤。"

"嗯,没错。"王潮点了点头,"所以在狼群中,风险跟收益是匹配的。首领付出得最多,冒的风险最大,先吃也是应该的。"

石川低头笑笑:"我们这是私企,公司从创立至今,我几乎都是最晚离开的。从这点上说,算是责任与收益匹配。"

"跟狼群的首领比,您目前还不用担心被取代。"王潮眼角弯了起来,"每年春季,都是狼群内部权力重新洗牌的时候,有些年轻力壮的狼会试图挑战首领,这样的挑战会维持在一个月左右。如果挑战成功,首领就要更换。"

"那么被淘汰的首领要怎么处置呢?"石川问。

"两个选择,要么在低级别的位置上待一年,或者选择直接离开。"王潮道。

"只有一年的时间?"石川有些惊讶。

"对,其实落差感会很强,所以很多首领会选择直接离开。通常旧首领离开的时候,有一些狼会仍然追随它,从而形成新的狼群。"王潮回答。

"这跟投资银行保代跳槽的场景有点像。"蒋一帆不禁笑道,因为他这些年看到的几乎都是一个保荐代表人挪窝,三五个兵就跟着一起离开,去别的券商另立山头。

石川的手指不禁在膝盖上反复敲打着,他看不透对面坐着的投资人跟他聊这些的目的是什么。他们既没跟自己谈行业,也没了解公司的产品,甚至连公司目前所处的研究阶段与核心技术都没问,倒是问了很多关于企业文化的事情,而后就扯了一大堆狼的习性。石川不解,聊狼对于投资人判断一家公司的好坏有帮助么?

王潮也密切观察着石川,看来还是跟以前一样,这些搞技术的工科脑子一般都比较简单,尤其是石川这种没接触过太多外部投资者的新手老板,对于"资本的意图"自然缺乏警觉性,于是王潮决定把话说得直白点:

"石总,刚才我们也说了,冬天时,狼群数量会减少,但是每个群体里狼的只数会变多;而到了春天,旧的首领离开会带走一部分狼,大狼群因此也会被重新拆分成小狼群,所以其实狼群的大小是根据季节变化而变化的。"

石川边听边点头,不过他的表情告诉蒋一帆,他还是没明白王潮说这些的用意何在。其实蒋一帆也听得一知半解,他好似能猜出王潮的目的,但不太确定。

只听王潮继续道:"狼群的这种现象,可以给我们一个启示,企业的活力其实也遵循着某个周期更迭,一定时期后,权力的重新安排是必要的。按照自然界的规律,不经常进行权力更新的群体必然从鼎盛走向没落,这也正是西方企业定期通过董事会来进行高层权力更迭的道理。"

而后王潮举了一个例子,这个例子是关于美国500强企业的CEO平均执掌大权的时间:"美国那些CEO的任期平均数为3.8年,只有通用电气的杰克·韦尔奇例外,他掌权的时间为20年,但这并不意味着他这20年是轻松的,他不断面临着挑战和竞争,累得跟创业者差不多。其实狼群如果不定期进行权力更迭,很可能连一年都无法维持就不得不解体,因为如果首领的实力变弱,捕猎的时候就无法带领狼群有效地发起进攻。"

听到这里,石川可算明白了王潮的意图:他作为投资人在试探自己对于公司管理权的掌控欲。如果自己对他这番话点头了,就表明自己同意在未来某一时候,进行必要的权力让位。至于这个位置是让给自己选定的人,还是他们金权集团选定的人,就不一定了。

石川内心苦笑了下,心想这帮玩金融的人说话居然如此绕,一句"你将来允不允许定期的CEO公平选拔"就可以搞定的沟通,非要扯一大段狼群的事儿……华清毕业的石川虽然在与外部投资人沟通上还比较生疏,但毕竟是个聪明人,一点就通。他明白金权集团就是想找那种对于"专权"不是这么执着的企业创始人,好提高他们作为未来股东在公司的话语权。

石川对王潮的话理解到了哪里,蒋一帆自然也同步理解到了哪里。

蒋一帆认为师兄王潮今日的主要目的,不是了解其他任何与公司业务相关的事情,而是想先彻底了解石川这个实际控制人的"弹性"。蒋一帆估计,拥有丰富看人经验的王潮,可以识破石川接下来的反应是不是在敷衍他。

"我同意您的观点。"石川目光直视着王潮道,"只要能推动公司长久发展,谁是首领是其次的。如果将来有一天我所创办的企业可以长久地为中国的硬件科技做贡献,让我国占领高端制造领域,并长期养活一大批优秀又有梦想的人,何乐不为呢?说实话,无论是我们华清还是你们京都,微电子系的大部分顶尖人才研究生和博士阶段都去了麻省理工、加州理工与斯坦福……毕业了也都选择进苹果、谷歌与亚马逊。这个世道也应该有公司出来改变改变了!"

王潮顿了两秒钟,突然笑道:"哈哈,石总不愧是干大事的人!我用水敬你一杯!晚上再用酒补上!"说着他直接举起了面前的矿泉水瓶。

石川也笑着举起了他面前的水瓶:"不好意思,办公室没有酒也没有茶……"

王潮赶忙做了点赞的手势:"这才是一家芯片公司该有的样子!不过以后如果我们合作,可以给大家配专业咖啡机,提提神!"

326 自然竞争法

走出芯片创业公司的大门,蒋一帆对王潮道:"谢谢师兄今天给我上课。"

"哦？学到了什么？"王潮饶有兴致。

"学到了做投行，先看业务；但做投资，必须先看人。"

王潮哈哈一笑，拍了拍蒋一帆的肩膀，赞许道："不愧是我师弟，无师自通。以后等他们家发展大了，尤其是那个石川的儿女毕业了，估计我还会再跟他掰扯掰扯狼的故事。"

二人上了蒋一帆的车："师兄原来还有狼的其他故事，能不能让我提前学习学习？"

王潮道："你在投行应该也学过，之前接触过家族企业吧？股东跟董事会，大多成员都是一家人。"

蒋一帆点了点头："近两年做的晨光科技和风云卫浴，都属于家族企业。"他把车慢慢开出了停车场。

"家族企业的毛病很突出，集权，而且越强势的父母，就越难在同一体系内，把后代培养成与他们同样具有单打独斗能力的管理人才。"

"确实，家族企业的组织架构刚开始很高效，越到后面，如果缺乏新鲜血液，就越是乏力。"蒋一帆一边开车一边道。

"所以如果石川打算把 CEO 的位置让他的子女继承，我们就得再提到狼。那些狼群的首领会在没有竞争的情况下驱赶 2 岁左右的幼狼，而这些幼狼都是首领的骨肉。"王潮看着窗外的风景，表情云淡风轻。

"我想起之前看纪录片时，说狼群中只有首领有交配权。"蒋一帆道。

"那纪录片里有没有跟你提到，首领为什么要驱赶自己的后代？"

蒋一帆想也没想就答道："说是为了锻炼幼狼的生存能力。"

"呵呵，这个理解很天真。"王潮笑了，"如果那些做纪录片的人，可以跟科学家一样花 28 年认真观察，就会发现那些狼群首领只驱赶与自己有血缘关系的幼狼，而非它亲生的幼狼反而被它留在狼群之中。"

听了王潮这话，蒋一帆自然有些吃惊。狼群首领把自己的孩子逐出狼群的风险很大，如果别的狼群不接纳它们，很可能这些幼狼都得死。

"这个其实可以用基因的自私性解释。"王潮道，"刚才师弟你也说了，一个狼群中只有首领具有交配权。它的幼狼即便成年，因为是老爸亲手养大的，所以它们不会挑战老爸的交配权。但当有一天老爸老了，它们又斗不过其他的新首领,就永远无法拥有交配权。原先的首领如果想让自己的基因尽可能传递下去,就得扩散,就绝不能把自己的基因库只保留在一个群体内。"

蒋一帆恍然大悟。不过他进而提问道:"那如果不是自己的子女,而是自己亲手提拔的副手呢?"

"也不好。"王潮直接否认道,"你看看联想集团,柳传志是能力超强的首领,然而他挑选的接班人即使在他的权威下进行权力过渡,联想仍旧走了下坡路。"

"所以后来柳传志又重新掌权了?"蒋一帆道。

"对。"王潮并不否认,"但这是人类社会的弊端,因为我们人会记录历史成绩。在自然界,动物群体的首领离开后,没有一例是可以有能力重新执掌权力的,因为自然界的首领是重新竞争的结果,而不是通过某个生物体的历史业绩来决定未来权力的分配。如果这家芯片公司想做成行业龙头,甚至全球霸主,对于各届 CEO 的选拔,股东会和董事会都必须提供公平竞争的赛制。"

或许王潮和蒋一帆并不知道,他们这段对话,以及刚才与石川的对话,鱼七过几天就可以全部听到。

鱼七是如何听到的呢? 他这次的窃听装置究竟是何时装好的,且到底装在什么位置呢?

让我们回到王暮雪因为撞到后脑而不得不去医院的那天。王暮雪出事的时间是上午,而密切关注她生活的鱼七自然没过多久就得知了女友受伤,所以中午时鱼七就不出意外地出现在明和证券 28 层,并硬把王暮雪拖去了医院。

就在鱼七跟王暮雪在街上等出租车的时候,蒋一帆开着他的保时捷 Panamera 出现了。鱼七抓准机会,毫不犹豫就将王暮雪塞进了蒋一帆的车。当时的鱼七只有一个目的,观察蒋一帆的车内设备。

鱼七当时问了蒋一帆一句:"有水么兄弟?"

"有,在储箱里。"蒋一帆朝鱼七示意了一下储箱的位置,在两个前座中间的地方。

鱼七的窃听器,会是在那个时候被装进了保时捷的储箱里么? 不,不会的。

其一,当时鱼七并不能事先知道蒋一帆那天会突然回来,所以赶来照顾女友的鱼七身上自然没带窃听装备;其二,储箱经常会被打开,就算车主自己不打开,洗车工也很有可能打开,保密性差;最关键的是,储箱内没有可以附着的外接电源,窃听器即便安了上去,由于车里很难获取 Wi-Fi 信号,容易没电。所以,鱼七那次上车,只是观察了车况,除此之外他什么也没做。

当然,鱼七并非一无所获,他锁定了蒋一帆前视镜旁边的行车记录仪。只要车子通电,行车记录仪就自然开启,无需担心电池用完,而且行车记录仪的更换频率也低,简直是窃听装置的"完美宿主"。而后来,不用鱼七想方设法偷到蒋一帆的钥匙,蒋一帆就自愿在医院"加班",于是第二天鱼七十分自然地建议蒋一帆打车回去,车子留在医院找代驾,那么蒋一帆的车钥匙也得留在医院,准确地说,是留给了鱼七。

327 钓鱼三步棋

其实若非鱼七很早就得知,蒋一帆会进入金权集团,还会与王潮共事,鱼七对蒋一帆这个白月光型的富家少爷,一点兴趣都没有。鱼七一直想接近王潮,跳过王暮雪和蒋一帆这些不相关的人,但奈何他自己是警校毕业生,干过很多年警察,不仅干过刑侦,还干过经侦,他知道像金权集团这样的机构,不可能不对新进员工做背景调查。即便鱼七学历够证书也够,人家也绝不敢要。

经侦支队这些年,费尽千辛万苦才勉强安插了少数人在金融机构中当卧底,且查的都是特大要案,鱼七明白,要找寻父亲这种"纯自杀"案的真相,只能靠自己。但一个人即便要犯罪,也很大概率不会在车里用语音形式专门说出来,所以鱼七也清楚,车载窃听装置只是第一步,属于撞运气的一种尝试。

在那之后,鱼七不允许自己放松,越接近王潮的"资源",就越不能放过。似乎老天都在帮鱼七,很快,鱼七就捕捉到了第二次近距离接近蒋一帆的机会。

东光高电内核会结束的那天，正在家中轮休的鱼七得知王暮雪准备去蒋一帆家探望。所以他直接从家里带出了必要装备，而王暮雪在周边买水果也花了些时间，于是鱼七又搭上了王暮雪这趟"顺风车"。

这一次，鱼七得以进入了蒋一帆的房间。

当何苇平看着医生给蒋一帆做检查的时候，其他所有人的视线自然都在蒋一帆身上，除了鱼七。

鱼七仔细环顾了房间一圈后，盯上了蒋一帆红木书桌的内角，那应该是永远都不会有人注意的位置。鱼七坚信，就算是保姆，也极少擦桌面台下的内角。而蒋一帆家的 Wi-Fi 密码事后也很容易破，于是第二个点位，就这么轻松地被鱼七不知不觉地安好了。

当然，鱼七是不会放过更好机会的。宾利 SUV 上，王暮雪大喊蒋一帆的手机掉了，这点醒了鱼七，他打算在蒋一帆身边再装一个最廉价、最安全，但却能获取信息最多的监视装备——手机。

既然都已经打算动蒋一帆的手机，那么不仅是通话内容，蒋一帆的所有电子邮件、聊天记录、网页浏览记录，甚至视频观看记录都可以全部定期发送到鱼七的邮箱。一句话：只要是蒋一帆通过手机操作的一切行为，鱼七都可以知道。

跟鱼七"同居"这么长时间的王暮雪，自然也无法幸免。王暮雪在网上给小可买的狗粮品种，以及蒋一帆给她发的包含好几个亲戚联系方式的奇葩邮件，鱼七都一清二楚。

在手机里装监视软件对鱼七而言并不难，只需要 5 分钟，快的话 3 分钟即可。

这种监视软件安装好后不会在手机界面上显示，跟隐形了一样，尤其是鱼七特别设置了定期发送功能（非实时监听），故手机电量的消耗不会被蒋一帆这么明显地察觉出来。那么问题来了，鱼七究竟是何时拿到了蒋一帆的手机，并顺利安装了那个隐形监视软件的呢？

并不困难，蒋一帆在车后座因为虚脱失去知觉后，王暮雪哭得一团乱麻。柴胡只想着救人，又急又气，根本没人注意蒋一帆掉落在车后座的手机。于是在帮助蒋一帆下车的过程中，鱼七趁乱收走了蒋一帆的手机，整个过程神不知鬼不觉,顺利之极。

蒋一帆的母亲何苇平杀来现场之后,鱼七懒得跟那疯女人闲扯,表示自己还有事要先走。他确实有事,而且是大事,他要去给蒋一帆的手机充电,安装监视软件,事成之后再挑个深夜将手机放回去即可。

可能有人会问,鱼七就算拿到了蒋一帆的手机,就算能开机,又是怎么知道手机密码的呢?难道以前干过警察的人就能破解密码?

不能。当然不能。连美国 FBI 想破解密码都得去跪求苹果公司,何况是手上没任何工具的鱼七。

他自然没办法破解密码,但他还是成功进去了,而且只用了三秒钟,为何?

因为是蒋一帆自己告诉他的。蒋一帆万万没想到,自己开着保时捷带王暮雪去医院的那次,当着鱼七的面,打开手机,输入密码,开启了导航,并把手机放在了导航架上。

FBI 的全球培训书籍中虽然没有教会鱼七如何破解手机密码,但教会了大多数刑警和特警 FBI 记忆术。何况六位数的密码对于任何一个想知道它的人而言,都不难记。

鱼七也没想到蒋一帆会突然在他面前输入密码,他只是本能地、敏锐地去记住"敌人"的关键细节,正如他在最开始就很轻松地记住了王暮雪的手机密码一样。

在警校时,鱼七对自己所受过的一次训练永生难忘。

那个训练是将他在睡梦中无端绑架,套着头,绑着手,然后被赶到操场上坐着,夜寒刺骨,但教官们还是想尽办法地剥夺他的睡眠。跟鱼七一起受训的还有十几个同班同学。

清晨时,他们被一个一个地搜到一个审讯室,那是"敌人"的模拟审讯室。

鱼七的头套一被摘下来,他就看到两个从未见过的陌生面孔。事后鱼七听说他们是退役的特警,特地被学校邀请回来给他们上实战课的。那两个陌生人一直朝鱼七进行压迫式审讯,审讯内容是学校一周前发的一个新身份里的信息,每人一份,鱼七的新身份是一名新闻记者。

他以为自己的任务就是要将那些信息铭记于心,然后通过自然且没有一丝停顿的回答,让"审讯人"相信自己是记者而不是警察。但后来当鱼七出来时,考官居然问他,审讯室桌面上放着的地图是哪个国家的?地图上有什么标记?桌上有什么摆设?那间房间有什么其他地方是有利于我方侦破敌人底细的?

结果可想而知,除了背出原来背过的内容,除了还要想尽办法地演戏,哪里还有精力注意别的细节……

也就在那次之后,鱼七有意识地培养自己对敌方关键线索的敏锐度和瞬间记忆能力。这种能力让现在的他对付蒋一帆和王暮雪这样的人,轻松之极。身边有一个如此令人毛骨悚然的"杀手",蒋一帆就算没发现,王暮雪也应该有所察觉的。可惜现在的王暮雪更加不可能察觉了,因为她要面对一个让她一进项目现场,没工作几小时就完全傻眼的公司。

该公司是大国崛起、一带一路的领军企业,业务遍布全球五十多个国家的移动通信终端产品制造商,天英控股。

328 项目太大了

"法国、印度、阿联酋、沙特阿拉伯、伊朗、土耳其、尼日利亚、肯尼亚、加纳、坦桑尼亚、喀麦隆、刚果、马里、埃塞俄比亚、科特迪瓦、乌干达、赞比亚、几内亚、卢旺达、埃及、突尼斯、塞内加尔、印度尼西亚、泰国、菲律宾、墨西哥、哥伦比亚……天啊! 暮雪,这公司的销售区域读得我口都干……"柴胡抱怨完喝了一大口水。对面坐着的王暮雪也双手食指顶着太阳穴,皱眉研究着她入行以来见过的最为复杂的股权结构图。

绝大多数上市公司的股权结构图都是一页纸就可以呈现完整,但天英控股的股权结构图由十几页 PPT 组成,每页 PPT 都呈现着不同国家子公司的股权构架,子公司下面还有孙公司,像一个兔子妈妈后面拖着几百只小兔子。

更令人头疼的是,图中很多箭头之下都是省略号,表示这些图每个月、每周甚至每天都有可能发生变化。

对于一家大型跨国公司而言,全球几十个国家的子公司、孙公司普遍呈动态模式很正常,现有的公司随时可能会被注销,而新的公司也随时有可能成立。

天英控股,成立于2005年,主要产品为所有人都在用的移动智能设备:手机。截至2015年,该企业手机出货量全球排名第七,但一台都不内销,全部聚焦海外市场,在非洲六个主要国家的市场份额甚至超过40%。

非洲,是一个中国企业家早就应该瞄准的市场。

截至2016年,非洲大陆总人口数约为12亿人,是继中国、印度市场后,第三个十亿级市场。网上都在谈论,在移动智能设备领域,谁能牢牢占领非洲,谁就能成为下一个十年的乔布斯。

当其他的企业家近几年才醒悟过来时,天英控股的创始人张剑枫早在十年前,就背着麻袋去非洲推销他的手机了。

经过十年的耕耘,天英控股2015年净利润为4亿元,2016年净利润为7亿元,2017年净利润预计为10亿元。净利润就是一家公司吃喝拉撒后,裤兜里还能剩下的钱。净利润的大小直接体现了公司的存钱能力,所以2016年的天英控股,存钱能力相当于同期的14个晨光科技。

天英控股虽然以生产手机为主,但总产品类型很广,包括手机、穿戴设备、平板设备、配件、电视、小家电、大家电以及电子照明设备等。十年的发展让天英控股拥有了七个成熟的自有品牌,其中一个主打品牌还在伦敦获得了国际质量皇冠奖金奖。目前天英控股在全球销售了近3亿台双卡手机,销售网络早已走出非洲,遍及全球50多个国家。由于天英控股面临的市场太宽,投资银行想利用国内资本市场申报期的约束,强行"定格"这类公司的股权构架,十分困难。

王暮雪拔掉充电线,抱着电脑直接跑出了大型会议室,隔壁房间正坐着随时为他们答疑解惑的天英控股副总裁,邓玲。

她45岁,东北女汉子,体形略微有些发福,无论是长相还是性格都比较粗犷,留着棕褐色的齐肩短发,发尾烫了个梨花卷,会计专业出身,讲话的时候带有浓厚的东北音。

天英控股的母公司在中国大陆,注册地址为青阳市,往下延伸的一级销售型子公司都在香港,而海外的所有子公司,全都挂靠在香港公司名下。每一个香港子公司又都拴着一堆不同国家的海外孙公司。王暮雪想向邓玲请教的是,为何不直接在海外设立一级子公司,而是全都通过香港公司控制海外公司的股权。

邓玲听后露出了一个匪夷所思的微笑:"我们公司想法多。"

见对方没有要继续往下说的意思,王暮雪不解道:"邓老师可以具体说说是什么想法么?"

本来王暮雪应该称呼邓玲为"邓总",但奈何其他人,包括邓玲自己都习惯别人称呼她"邓老师",所以王暮雪也只能入乡随俗。

此时邓玲的眼神忽然变得锐利起来:"这样结构方便汇总。"还没等王暮雪问出下一个问题,邓玲就反问王暮雪,"姑娘你工作多少年了?"

只有两年投行工作经验的王暮雪自然不敢说实话,她很镇定地答道:"四年了。"

邓玲若有所思:"那你是保代么?"

"还不是。"王暮雪尴尬一笑。资格证这种东西网上都能查,确实没法忽悠。

工作这两年,王暮雪被曹平生逼着拉项目、做项目、答反馈,忙得四脚朝天,还被迫处理了大半年后台的工作,根本没时间准备考试,而她跟大多数金融留学生一样,很固执地一定要考过国内投行业务用处不大的CFA,注意力也不在这上面。即便她此时考过了,也还没机会在任何一个IPO项目上签字。

明和证券有一个隐形规定,即:所有项目协办签字人必须首先通过保代考试,所以现在的王暮雪一没考试,二没新申报的在手项目,离成为保代还很远。

"那我们这个项目的保代是谁?"邓玲直接问道。

"现在我还不知道,不过曹总一定会安排好的。"

听到这个回答,邓玲冷冷道:"你们曹总跟我们吃了几次饭,我们都认他这个人。他还说一定好好做,可到现在你们这个项目组,保代都没定,这哪里说得过去……"

"不是的,肯定已经定好了的。"王暮雪赶忙改口。

"定好了你作为一个工作四年的员工,会不知道?"

面对咄咄逼人的邓玲,王暮雪一时词穷。其实不用邓玲强调,王暮雪也明白,天英控股这种量级的标杆式项目有多可贵。只要做成,她必然在中国投行界名声大震,哪怕不是签字人,奖金也至少可以好好吃五年。多少券商挤破头了都没获得机会,但明和的项目组正式进场保代都没出现,人家副总裁自然会有意见。

"邓老师您稍等,我这就去给曹总打电话……"

"不用了。"邓玲打断王暮雪,"其他人我看随意,但他曹平生必须签我们项目,而且他每周都要来现场,我得看见他!"

329 确实又是她

"她真这么说的?"对邓玲提出的,让曹平生每周都来现场"坐班"的要求,柴胡万分惊诧。他好不容易摆脱了冷板凳的魔咒,好不容易可以在项目现场松口气,眼见着又得落入阎王爷的魔爪中……

"我不同意!"柴胡双手抱在胸前。

王暮雪白了他一眼,知道他在开玩笑。客户的要求,曹平生不到万不得已都不会拒绝,他柴胡又能改变什么?

这个项目注定又大又难又有阎王爷,唯一的出路就是硬扛过去。想到这里,王暮雪拿起手机准备出去给曹平生打电话,结果才一转身,便看到门口有人陆续走了进来,而来人中有一张面孔,让王暮雪瞬间成了雕塑:熟悉的短发、熟悉的黑色劣质套装、熟悉的木偶表情……

柴胡自然也看到了:"怎么又是王萌萌? 怎么又是城德律师事务所? 全天下就没别的律所和别的律师了么?!"

王萌萌的身旁是她的老板,还有另一个律师妹子,天英控股的副总裁邓玲自然也一同进了会议室。

"爱川啊,你们就跟券商一间办公室吧。反正这地儿也大。"邓玲道。

曹爱川,女,36岁,城德律师事务所高级合伙人,身穿一套价格不菲的白西装,头发利落地扎在脑后,脸型偏瘦,口红的颜色特别鲜红,好似一口气涂了好几层一样。她笑容满面地跟王暮雪和柴胡都打招呼,十分和善亲切,一点没有中年变态女律师的感觉。

王萌萌身后的律师名李月,留着黑色中短发,脸蛋白皙,眼睛和鼻子都圆圆的,戴着眼镜,看上去有一种邻家女孩的乖巧感。

李月此时紧跟着自己老板曹爱川,走上前给王暮雪和柴胡都递了名片。只有王萌萌直接打开了电脑一屁股坐了下去。

这间办公室是一间可以坐下 30 人的大型会议室,柴胡本来很满意,可王萌萌一出现,就显得十分狭小压抑。

职场上总有那么个别人,我们与之共事过,相处过,忍耐过,可能还争吵过。虽然我们在合作中找到了解决措施,把工作保质保量按时完成了,但我们依旧不喜欢那个人,而且我们看得出那个人也不喜欢我们。这种内心的不爽与外露的尴尬总让大家都不舒坦,但最难的却是我们不得不一次一次又一次地与那个人合作。

王萌萌之于柴胡就是这样的一种存在,她甚至是柴胡"最讨厌的人"榜单第一名,第二名是胡延德,第三名才是曹平生。

柴胡不喜欢王萌萌的理由很多,比如她长得不好看还总是一副投行欠她八百万的样子;比如她明明很穷还孤高冷傲,几乎不参与工作之外的任何集体讨论;比如她工作中自我标准永远高于行业惯例,做事没有任何弹性……但这些还不是终极原因。因为投行人员和律师很多时候需要互传文件,而大型文件传输最快最便捷的方式是 QQ,所以在法氏集团项目现场,柴胡和王萌萌互加了 QQ。没料到,这个木偶律师虽然朋友圈不对任何人可见,但 QQ 空间却时不时在更新。可能她忘了曾经加过柴胡 QQ,也可能她认为如今不会再有人去关注 QQ 空间动态,所以她表达得无所顾忌。

一年下来,柴胡碰巧看到了几次王萌萌的动态,他因此更加肯定王萌萌是一个心灵有些扭曲的女人:

2016 年 6 月 28 日,一张玫瑰花照片,配文:花儿们总以为有了刺就可以显出自己的厉害,殊不知,这才显示出它的弱小。

2016 年 7 月 13 日,一张网红关掉滤镜和美颜的素颜照,配文:社交网络是一个好东西,让人误以为不用花钱或不用长得好看,就能交到朋友。

2016 年 10 月 2 日,单发状态:有的人因无法坚持自己而痛苦,有的人因无法改变自己而痛苦,其实他们之所以痛苦,不是因为无法坚持自己和改变自己,而是他们人就不行。

2016 年 11 月 11 日,单发状态:群全退了,社交之所以累,是因为想表现出自己其实并不具备的素质。

2017 年 2 月 28 日,一个装有百元大钞的红包图片,配文:人还是要看内在美,比如说一张崭新的五十元人民币和一张破旧的一百块钱人民币,我还是选择后者。

这些话看似都没毛病,但全部集中在一个人身上,会让阅读者感到这个人有一种阴暗、幽怨,甚至愤世嫉俗的味道。如果拿王萌萌的空间与王暮雪那永远积极向上的朋友圈对比,立刻就能分辨出一方是黑洞,而另一方是太阳。

自从王萌萌出现后,会议室的气氛就变得十分诡异。直到中午大家一起吃饭,柴胡都没说一句话,反倒是王暮雪很活跃,她跟曹爱川和李月有说有笑好一阵子,接着又把话题引到了王萌萌身上。

"对了,你表哥王潮可是投资界的奇才啊!我听我们曹总说,你表哥看中的公司,后期成功退出率在金权内部排名都第一了。他有没有告诉你应该怎么看企业,有没有什么诀窍?"

曹爱川和李月明显事先并不知情,此时也好奇地等着王萌萌的回答。

"他们那帮投资人,其实没什么判断力。"不出柴胡意料,王萌萌用一句话冷掉了现场的气氛。

"这个不至于吧?你表哥这些年投的公司,成功上市的就有 8 家,已经是很亮眼的业绩了。"王暮雪道。

王萌萌听后冷笑了一声,道:"那可能是他的团队好,而不是他个人。我认为中国目前至少有一半的投资人,独立判断能力趋近于零。他们对于该投哪些产业、哪类公司全是人云亦云,追涨杀跌,给出的价格跟趁火打劫差不多。对于同一家企业,他们一哄而上又一哄而下,好的企业不知道好在哪里,差的企业也不知道差在哪里,根本看不清形势。"

330 钱能控风险

"怎么从你嘴里说出来,'投资人'成了一个贬义词?"曹爱川笑起来会露出两个醒目的兔牙,眼神也是那种与律所合伙人极不匹配的清澈。

"很多投资人都是忽悠小姑娘的。"王萌萌说这句话时,目光居然落到了王暮雪身上,"有些公司只要有资本大鳄投了,就有一窝蜂的小资本跟投。就好比在车辆少的高速路上,根本看不出来谁驾驶技术好,只有在密密麻麻的停车场倒车时才能分出高下。"

王萌萌的这句话倒异常犀利,让柴胡也不得不重新审视她。虽然跟王暮雪差不多大,但她言语间总透着一股说不出缘由的成熟。这样的成熟与她的年龄并不相符,有些违和,更有些生冷。也正是这样的成熟,始终把王萌萌架在高处的某个位置无从下来。

"我得替我见过的投资人说句公道话。"曹爱川脸上依旧挂着和善的笑容,"之前我每个月都会跟客户一起见投资人,大到能投几亿美金的私募基金和并购基金,小到三五百万也干的风险投资基金,这些投资人很有远见,判断力和人格魅力也不缺,听他们说话我自己都能学到不少东西。"

"但队伍大了就难免鱼龙混杂。"王萌萌还是坚持自己的观点,她对老板态度的毫不客气让王暮雪和柴胡都很惊讶。柴胡心想,这样不给上级留面子,难怪奖金寒酸,穷困一生。

只听王萌萌继续道:"咱们国家上世纪九十年代,几乎没有投资人这个说法,现在只要口袋里有点钱的几乎都能当投资人。在我看来,很多投资人都没有分清'好公司'与'能赚钱公司'的差别。"

"好公司不就是能给投资人赚到钱的公司么?"王暮雪反问一句。

王萌萌摇了摇头:"两个不同的概念。现在的钱没什么耐心,那些投资人嘴上说的好公司,是指能在两三年内 IPO 的公司。"

王暮雪觉得有道理:"那我能不能这么总结,所有的好公司,在未来都应该能够帮投资人赚到钱;但现在能帮投资人赚到钱的公司,并不一定都是好公司。"

"对。"王萌萌慢条斯理地喝起了面前的豆腐汤。

"等一下,我没有转过来。"另一个律师李月道,"为什么现在能帮投资人赚到钱的不一定是好公司?"

"呵呵,很简单。"柴胡终于忍不住了,"你想啊,那些选秀节目中,有些人唱歌不行,跳舞不行,演戏更加不行,但是人设立住了,有流量,能帮投资人赚到钱。那些投资人根本不关心他们未来五年十年还能不能红,只要这两三年内足够红,赚够钱就行。观众愿意看,愿意听,愿意买票,所有影视资源都给这帮流量明星也不过分;等观众消费完了,人气落了,两年后再搞一个选秀,再捧一批'流量明星',钱不就赚不完了么?"

"哇!原来是这样……"李月一副明显是刚毕业的天真无邪样,"怪不得现在的好演员都没戏拍,好歌手都没舞台,原来全给了流量明星。"

"你别说,那些流量明星也挺可怜,全都是赚钱工具,跟木偶一样。"柴胡故意将"木偶"两个字说得有些重,同时瞟了一眼王萌萌。

王萌萌对柴胡的敌对跟挑衅已经习以为常,她没有与柴胡对视,只是很平静地接着道:"人有时候很容易被自己蒙蔽。市场好的时候,猪都能上天,什么乱七八糟的公司都能给投资人带来收益,傻子乱投都挣钱。如果外部环境好,企业一路狂飙到上市正常得很,不能说明投资人有什么水平。"

王暮雪闻言蹙了蹙眉,她觉得王萌萌这句话似乎在针对王潮,于是忍不住开口道:"可过去几年 IPO 一直是寒冬,那队伍别提有多长,能熬出来的企业都不容易。"

"我没指他。"王萌萌立刻反驳,"我说了,他不是一个人。"

"我知道,他身后有金权集团的王牌团队;可是金权集团各地的投资总监也不少,你表哥能夺冠,肯定经验和眼光都不俗。"王暮雪道。

王萌萌没再反驳王暮雪,她快速喝完豆腐汤,找了个借口离席了。

曹爱川和李月对王萌萌的做派见怪不怪,她们认为王萌萌刚才的言辞只是谦虚,不能因为别人夸自己的表哥是投资大佬,就全盘收下并得意洋洋,方才的自我贬低只不过是王萌萌特有的谦虚方式。但王暮雪觉得,王萌萌是真心不喜欢她表哥。

"一帆啊,那家芯片公司的材料准备一下,我明天直接提交投委会了。"此时金权集团35层投资总监办公室,王潮在给蒋一帆布置工作。

"这么快? 不再研究一下公司的业务么?"蒋一帆推了推眼镜。

王潮摆了摆手:"他们公司连产品都没有,研究什么业务? 一帆你要记住,越是早期阶段,就越不要纠结公司业务,我们要看大势! 你看我国现在虽然是制造大国,但不是高端制造大国,我国可以生产几亿台手机,但是手机中的芯片几乎都是国外公司提供的,这种现象你说国家能放任不管么? 能不大力扶持么? 能不连续出台鼓励政策么?"

蒋一帆闻言不说话,好似在思考着什么。

王潮在他身边坐下,语重心长道:"这家企业,核心团队优秀,就差钱的事儿。等我们资金进去了,他们要钱有钱,要人我们也可以给他们挖。我看从硅谷直接挖一批成熟的,比他们自己瞎折腾快多了,我们没那么多时间耗。"

蒋一帆感觉眼界被彻底打开了:天使投资风险大么? 当然大,但只要选好苗子,后期茁壮成长的事儿,是可以用钱砸出来的。有钱砸,失败风险就小,所以金钱还有一个逆天能力——控制风险。只要钱足够多,投资失败的概率就可以降到最低。

金权集团的资金虽然不是无限的,但满足一个芯片公司早期阶段的要求,绰绰有余,而王潮这次也没贪心,他只要30%的股权。

"这个项目每三个月跟进一次。"王潮起身离开时,突然转回身补了一句,"对了一帆,你们集团今年的报表出来了,还是不乐观。明天股东会见。"

331 新城股东会

"2015年、2016年全年净利润同比下滑超70%,这个问题必须解决!"一个股东的声音在新城集团百人会场中铿锵响起。也不知是发声者本来的声音,还是话筒的音量没调好,蒋一帆觉得这句话非常刺耳。

即便购置了三云特钢的先进生产线,新城集团 2016 年净利润仍由 2015 年的 11 亿元降至 1.75 亿元,这个幅度几乎可以被称为钢铁巨头的"滑铁卢"。或许正如柴胡说的那样,虽是转型,但对于大型钢铁集团,目前还不能指望靠少数高端产品来续命。

"国家要去产能,现在整个大行情都不乐观。我们已经尽全力了,至少还盈利。明方钢铁净利润直接从 8 亿变成负 20 亿,这是系统性危机,不可避免。"新城集团的董事会秘书开了口。

众股东听后唏嘘不已,纷纷表示这个理由他们已经听腻了:

"你们管理层,应当有所建树,应当认真思考,怎么才让集团逆风翻盘。"

"只剩 1.75 亿了,照这个速度,明年肯定是净亏损!"

"再想不出办法,可能集团股票会面临大面积减持。"

"呵呵,现在股价还可能更低么? 减持都没人来接。"

董事长蒋首义坐在主席台正中央一言不发。他扫视着台下一副副利益至上的嘴脸。当初集团收购三云特钢生产线时,这帮人即便看到了蒋一帆做的补偿方案,谁都不愿退,都指望坐享优质资产注入的利好,现在看不到明显收益就一窝蜂地全想走,不愧是"最佳投资人"。

"各位少安毋躁。"新城集团的董事会秘书继续道,"刚才我们也总结了集团利润下滑的原因,主要还是钢材市价一直在跌的缘故。这是市场行情,是大势。"

"别再说大势了!"一位蒋一帆见都没见过的小股东极不耐烦地说,"大势谁都懂,无非就是相同产品太多了,你做我做谁都做,明明都卖不出去了还一直在做。"

另一位股东立即接话道:"之前说是只要不减产,银行贷款就不会断,现在呢? 产是没减,价格却不停在减,如今还有哪家银行愿意借钱给我们? 接下来怎么周转?"很明显,这位股东的话是针对董事长蒋首义个人的,因为"不减产,熬出头"是蒋首义先前定下的雷打不动的"求存方针"。

蒋首义认为,寒冬中谁能咬牙坚持到最后,谁才能看到春天的阳光,轻易减产或者关停生产线,是弱者的表现。他此时拿起话筒,朝众人冷冷一句:"大家以为现在只要我们开始减产,银行的贷款审批就会通过么?"

场内骤然安静了。大约五六秒后,一位股东发了话:"我们现在就问办法,到底还有没有办法?!"

现场氛围再次陷入了僵局,坐在蒋首义旁边的蒋一帆始终沉默着,这是他第一次以新城集团第二大股东的身份参加正式股东大会。他正襟危坐,尽量让表情看上去波澜不惊。面前的一百多人都是业内有头有脸的,个个西装革履,身家不菲,但在蒋一帆眼里他们脸上只有一个字:"利"。

"如果冬天不长,那么硬扛或许可以看到春天的太阳,但如果冬天很长呢?"此时一个柔和而稳重的声音在会议室中响起,发声者正是旁听会议的王潮。由于王潮代表的是国内第一投资大鳄金权集团,且该集团目前通过三云特钢实际控制了新城钢铁 4.95% 的股权,持股比例仅次于蒋一帆,故会场内一时没人敢接话。

只见王潮面带微笑地站了起来,朝众人道:"即便银行贷款给我们,即便我们现在要多少钱就有多少钱,明年难道就不会亏了么? 生产出来的钢材难道就能以合理的价格卖出去了么?"见众人没了声,王潮索性自问自答道,"不会的,当然不会。我们现在手上越宽裕,明年就会亏得越多,就会跟明方钢材一样。我们应该感谢银行这两年抽水抽得干净,抽得彻底,否则我们新城 2016 年的净利润就不是 1.75 亿,而是负 20 亿了。"

"那王总有何高见?"一位股东问出了所有人想问的问题。

王潮神色淡定从容,他看向刚才一直孤军奋战的董事会秘书:"我认为您刚才一直提到的大势,确实有必要跟大家反复强调。"说着他目光重新看回众人,"大势是什么? 大势就是钢铁和煤炭是政府当下化解产能过剩的两大重点行业。如果我记得没错,去年 2 月国务院发布了一个文件,是关于钢铁行业化解过剩产能实现脱困发展的,文件里明确要求,五年时间,压减 1 亿至 1.5 亿吨钢铁产能,但是减产,自然就会遇到我们减但竞争对手不减的情况,然后不减产的公司更可能拿到银行贷款,更可能生存下去,结果就是谁都不减,市场上钢材依旧过剩,依旧供过于求,依旧得打恶性价格战,大家自然就越亏越多。"

王潮顿了顿,继续道:"我一个行外人,说的这些都是众所周知的事情,在场的各位也再清楚不过。只是现在哪怕我们减产,也依旧很难拿到银行贷款;即便拿到贷款,我们也很难实现业绩增长,咱们集团的问题,归根结底跟外部因素没关系,是自身出问题了。这个问题主要不是出在没钱周转,而是出在产品结构。"王潮转而看向了蒋首义,认真道,"蒋总,相信您也同意,公司目前的产品结构,需要大面积调整。"

蒋首义内心一声冷笑,但表面上还是十分客气地问道:"我自然同意,但这么多固定的生产线,这么多工人,如何大面积调整?"

"单靠我们自己当然不行。"王潮直接道,"但是如果有几个帮手,跟我们互通有无,一起干,就会轻松很多。"

"您说的帮手是……?"蒋首义道。

"宝天钢铁,当然,还有我们金权集团。"王潮微笑道。

蒋首义皱了皱眉,心想宝天钢铁不是华东地区一家根本没上市的钢铁集团么?体量是挺大的,但听说由于自身硬伤多,所以没上成。

不好!难道王潮是想……

332 论借壳上市

"人家说的并没错,亏损的根结确实就在产品结构。"何苇平一边帮蒋一帆盛骨头汤,一边对蒋首义说。

蒋首义义愤填膺:"产品结构可以慢慢调,至于卖公司么?"

"慢慢调?现在有时间给你慢慢调么……"何苇平嗤笑一句。

蒋首义指了指门外:"我告诉你,那帮投资人眼里没有企业,只有工具!"

"企业不就是赚钱的工具么?"何苇平十分平静。

此话一出,蒋首义脸黑得跟炭一样,也就在这时,蒋一帆终于明白为何父亲总跟母亲说"道不同不相为谋"。企业确实是资本赚钱的工具没错,但若仅仅是这样,世界未免太过苍白。

"爸,也不一定非得卖公司,但咱们的盈利模式确实需要变一下,不能再依赖以量取胜了。"蒋一帆边吃边道,"目前市场上同质化产品比之前还严重,我们旗下的子公司 60% 都在亏损,而且……"

"怎么？你也相信金权集团那种纯资本家的话？"蒋首义直接打断了蒋一帆，"你记住，以后离那个叫王潮的远一点，我从开始就不认为他是什么好人。他们投资人没一个好东西，唯利是图，那小子的目的我再清楚不过。说什么当下压减产能的唯一路径就是并购重组，什么两大集团一合并，低效产能就退出，他倒是想得好，哪有那么容易?! 那种投资人只会纸上谈兵，一块钢材都造不出来! 他无非就是想进一步控制我们集团!"

"哎哟! 说得好像现在集团还是块宝一样。"何苇平边说边给蒋一帆夹菜。

"这是家业，比宝还值钱!"蒋首义大声呵斥。

何苇平将筷子啪的一声放在碗上，以更大的音量咆哮起来："有本事朝那些股东吼啊! 这么多年只会在家里撒野! 幸亏帆仔没有随了你的暴脾气，不然我们家……"

"我们家怎么了?! 你自己听听你刚才的语气……"

"好了!"蒋一帆不明白，为何父亲在母亲面前总无法克制情绪，他在别人面前，不是这样的;而母亲对父亲总是冷嘲热讽，她在别人面前，也不是这样的。父亲虽然固执强硬，但在外是一个冷静沉稳的人;母亲虽然比较情绪化，但总归也通情达理。可当父母回家面对彼此，没说上两句话就会自然而然地变成另外两个人。

蒋一帆不想让父母的冲突继续，于是他将话题带回起点道："爸，通过重组确实能够使低效产能得到不同程度的削减。宝天钢铁跟我们的产品很类似，也是以板材为主。我们的板材产品占比高达 75%，他们是60%，咱们两家一合并，汽车板、家电板、镀锡、镀锌板、电工钢等市场占有率均可以达到 50% 至 70%，这能极大削弱同质产品竞争。"

"可是……"蒋首义正要开口，蒋一帆接着道："而且爸，具体数据我也仔细计算过了，合并后，咱们两家高端汽车板的市场占有率大概能达到50%，无取向硅钢 52%，取向硅钢 65%，镀锡 70%，家电板大概在 72%，我们只有达到这样的市场占有率，才能拥有一定的定价权。"

听完儿子的分析，蒋首义陷入了沉思，他明白儿子讲的句句在理，对如今的钢企而言，拥有钢材价格的终端定价权，至关重要，因为这可以打破钢材产品目前因恶性价格战而无利可图的局面。

只听蒋一帆继续道:"我想我师兄在参加这次股东大会前,应当是对宝天钢铁做过研究的。宝天虽然没上市,可体量很大,目前它具备 92 万吨的冷轧硅钢生产能力,其中取向硅钢的产能为 43 万吨;而我们的冷轧硅钢产能是 123 万吨,其中取向硅钢产能为 26 万吨。爸,合并以后的新公司,毋庸置疑会成为全国最大的硅钢生产基地,这意味着我们对于上游供应商的议价能力也会瞬间增强。那些我们所需要的焦煤、废钢、铁合金等原材料,同样可以享受到这次合并的红利。"

"帆仔,先吃口饭。"何苇平边帮蒋一帆夹菜,边把汤朝他跟前推了推,示意他赶紧趁热喝,可蒋一帆的目光依旧注视着蒋首义,没动筷子。他希望自己可以说服父亲,可以促成这次震惊业界的巨头重组,不管用什么方式。新城集团目前的状况不能再拖了。

当然,蒋一帆也明白,如果重组,新城集团将面临的严峻问题是什么。目前集团现金流枯竭,不可能有能力独立吃下体量如此庞大的宝天钢铁;如果发行股份购买资产,按照目前二级市场低迷的股价,老股东的股权必须稀释很多才能凑足一部分资金,因为单价低,增发的股份数量自然就得大。

新城集团最终能吃进多少宝天钢铁的股权蒋一帆并不确定,毕竟对方不是上市公司,没有公开财务数据,对于目前宝天钢铁的整体估值,蒋一帆只能以新城集团自身的股价为参考做大致估算。没有外来大金主的帮助,新城集团一定孤立无援。

王潮虽然在股东大会上提出了重组这个自救的办法,但也并没有说明具体的重组方案。毕竟一个连本身的老股东都想拼命减持股份的公司,如果突然在二级市场上搞股票增发,又有哪个投资人会愿意巨资购买呢?打破这个僵局的唯一希望,只能是王潮毛遂自荐的金权投资集团。

金权投资集团确实不简单,因为王潮介绍的这个最为合适的重组标的宝天钢铁,金权直接持股 51.25%,秉承了该集团凡投资必最终控股的操作惯例。

此时,如果新城集团拿不出足够的钱吃下宝天钢铁,那么还有一种方法可以实现此次重组,这种方法就是新闻中经常提及的:借壳上市。

【投行之路课外科普小知识——借壳上市】

上市公司最大的优势，就是能在证券市场上大规模筹集资金，促进公司规模的快速增长。在我国，上市门槛较高，所以上市公司成为了一种"稀有资源"。

业内常说的"壳公司"在通常情况下所处行业为夕阳行业，股权结构较为单一，主营业务增长缓慢，盈利水平微薄甚至亏损。

我们知道新城集团是上市公司，而宝天钢铁是非上市公司。一家公司即便顺利上市，也不能保证往后的日子不会因为经营管理不善，产品竞争弱化而变成一家苟延残喘的公司。

目前我国证券市场退出机制尚不健全，故很多这样濒临死亡的公司在上面占着位置，于是这些公司就成了很多非上市公司的目标——壳。如果我们要充分利用上市公司的"壳"资源，就必须对其进行资产重组。

举例：宝天钢铁如果想达到借壳上市的目的，就得把自己的主要资产注入新城集团；作为交换，新城集团的股东要出让自己对于新城集团的控股权。

333 首当主讲人

"借壳上市？我们为啥不能自个儿上？为啥要借壳？"天英控股副总裁邓玲的东北腔在会议室中响了起来，她脖子上围着一条绿色纱巾，脸色略微有些苍白。今日是明和证券项目组进场摸底一个月后，第一次尽调报告总结会。

会议主持人：曹平生；尽调问题主讲人：王暮雪。

会议室内除了各大中介和邓玲外，还有天英控股董秘办负责人王志权、财务总监陈星、销售总监蒋维熙以及人力总监陈斌。

除了那个始终跟传说一样的公司创始人张剑枫不见人影外，天英控股的高管团队全坐在了王暮雪面前。再加上旁边坐着阎王曹平生，王暮雪只能拼命告诉自己：你不是紧张，你是兴奋。

"也不是一定得借壳，只不过借壳归资本监管委员会重组委审核。毕竟借壳上市本质上属于资产重组业务，不属于首次公开发行，审核要求没那么高，好过会。"曹平生道。

邓玲扯了扯纱巾，皱了皱眉："要不你们还是先说说看，问题有哪些？"

曹平生点了点头，王暮雪立刻打开幻灯片。

邓玲原本对曹平生只派两个小屁孩儿来自己项目极为不满，多次要求要加人，但曹平生坚称王暮雪和柴胡是能够独立做出IPO项目的尖子兵，别的优点没有，就是能打仗，让她给他们一个月的观察时间。

在曹平生的概念里，任何一个项目在没摸清楚前，体量再大、业绩再好都是海市蜃楼。一家公司是否真正具有上市潜力，是否勉强算干净，还得看初步尽调报告。报告没出来前，不会把人力往里砸，包括他自己。所以之前邓玲要求他来坐班，曹平生也就来了一次。

在投资银行，人力成本就是最核心、占比最大的成本，大部队肯定要扑在王潮介绍进来的那五个靠谱IPO项目上。

"通过为期一个月的尽调，我们暂时归纳了25个问题，有一些问题通过公司提供的材料，已经核查清楚了；另一些问题则需要在场领导补充或者额外提供资料，才能进一步核查，我们分块来说……"

王暮雪的话音铿锵有力，她告诉自己必须逻辑严谨、口齿清晰，越大的场合越不能出岔子。

"首先，是人力资源问题。"王暮雪的眼神看向了天英控股的人力资源部总监陈斌。

陈斌是一位四十来岁的矮个子男人，穿着白衬衣，头秃了一大块，塌鼻子小眼睛，神情严肃。

"截至今年3月10日，根据人力资源部提供的全体员工花名册及合同签署情况，公司共有海外员工6275名，其中未签署劳动合同员工总数为1847名，占比29.43%，且工资均为现金发放。"

顺着王暮雪这句话，曹平生道："陈总，这些没签合同的海外员工都是些什么人？"

"大多都是临时工，那种不超过六个月的促销人员。就是你们看到手机城，每个摊点前吆喝的那种人，很多都是学生。因为流动性大，所以没签。"陈斌道。

曹平生随即又问："其中有没有生产人员和售后服务人员？"

"没有。"陈斌回答得很干脆，见曹平生没接话，他继而道，"流动性这么大，又是学生，不签合同有问题么？"

"不签，你们怎么入账？"曹平生看向了财务总监陈星，"如果是销售人员，要按工资计入销售费用，记账要有依据，这块不能省，而且你们现金发放，成本核算容易出问题。"

陈星是一位看上去很温和的中年男人，个子大概 1.7 米左右，长相若放在年轻时，绝对是个高鼻梁的帅小伙。他语速适中，音量稍小地回答道："当地非洲学生通常只接受现金，你问他们要银行卡，他们没有，这种情况我们没法转账。"

"嗯……"曹平生明白这或许真的就是非洲的现状。反观中国上世纪八九十年代的时候，没几个学生有自己的银行卡，出去打个临时工也不需要跟公司签署什么正式的劳动合同，通常都是按小时算，拿了现金走人。但天英控股给海外将近 30% 的员工都采用现金发放工资的形式，对税收自然会有影响，影响的是劳动者应该缴纳的个人所得税。道理很简单，只要通过银行发工资，那咱们拿到手的一定是税后收入，国家早就通过银行把个人所得税提前抽走了。但如果换成现金，记账走公司费用，就属于公司纯开支，不算工资薪金，员工也就不算"个人所得"，那么国家就没法收个人所得税了。

一定有人会问，天英控股通过现金发放工资的形式，让员工少交个人所得税，公司没得到任何好处啊？这其中能有什么猫腻？

当然有。

天英控股完全可以跟员工商量两种方案：

方案 1：我给你 1000 元，银行转账，国家扣税 20 元，你到手 980 元；

方案 2：我给你 990 元，发现金，国家不扣税，你到手 990 元。

任何一个头脑正常的员工都会选择方案 2，到手 990 元。于是天英控股就通过现金发放工资的形式，从每个员工身上每月省下了 10 元支出。支出少了年末净利润自然就高，而净利润是跟上市后的估值挂钩的。

334 数据要匹配

天英控股有没有少给海外员工发工资,曹平生自然没法判断,毕竟他不可能去查几十个国家促销员的平均工资,因为这些国家大部分地区的发展水平也就相当于二三十年前的中国,公开市场数据不健全。有些国家即便能查到数据,也不准确。

"陈总,你们有没有考虑过一个问题。"曹平生朝财务总监陈星悠悠道。

"什么问题?"陈星坐直了身子。

"就是你们在一个地方的销售额与销售人员的人数和工资不匹配的问题。"

众人闻言,全都恍悟过来。

一家公司若想上市,销售数据和财务数据就得公开,尤其像天英控股如此树大招风的行业独角兽,各大媒体,或者其竞争对手又怎可能轻易放过? 数据之间的匹配性至关重要,一旦匹配失败,就会失去业务逻辑的合理性,继而成为投资者关注的"质疑点"。

比如天英控股在 A 国的销售总额达到了几十亿,但该销售区域的销售人员才 20 个,销售人员工资总额每年才 10 万人民币,这可能么?

"你们要提升固定销售人员的比例,那些业绩好的临时促销员,直接招进来做长期行了。当然,如果你们认为临时工便宜,也要签实习合同,尤其是学生,这是最起码的。至少你们的促销人员要能够匹配当地的销售额。"曹平生一副就事论事的样子。

陈星尽管脸色不太好看,但还是一边点头一边记在笔记本上。

补签一千多份合同不是难事,难就难在这些合同大部分很快会过期,不少促销员可能就干三个月,一个月,甚至十五天,每个人都要做到很规范地签合同,在陈星看来无谓的工作量就来了。曹平生密切关注着陈星的表情,一笑:"陈总,我再重申一次,是匹配,匹配足矣。其他太零散的,走其他销售费用就行了,这个是可以变通的。要会变通。"

果不其然,陈星的脸色缓和了许多,他连连点头,心想专业的事情果然还得交给专业的人做。

曹平生此时转向了律师合伙人曹爱川:"你们城德在海外的分所能覆盖多少国家?"

曹爱川立刻不好意思起来:"也就四个,尼日利亚、埃塞俄比亚、印度和迪拜,其他地方,还是得请当地律师出具法律意见书。"

曹平生沉思了一会儿,继续对陈星道:"如果是现金发放,每个员工领工资时,必须签一个现金签收单,回头你们还得有现金发放的汇总明细。"

陈星摸了摸鼻子:"这个以前没做,现在做还来得及么?"

曹平生一听突然没好气起来:"当然来得及!以前不规范,不代表以后继续不规范。不规范,就完善,咱们得承认自己不规范,多少双眼睛盯着咱们,是啥就是啥,赖不掉。我们只要报告期内逐步规范,有个向好趋势就行了,监管层也不是完全不通情达理的。"

"好好……"陈星仿佛吃了一颗定心丸,曹平生却接着道:"现金工资这部分,有没有欠当地政府税,还要以当地税局以及海外律师的意见为准。"

"当地其他公司都是这样的,你们可以去实地看看,我们绝对没有……"

"我知道。"曹平生直接打断了陈星的话。他明白在那些不太规范的市场,跟一帮不太规范的公司竞争,想要独善其身,无疑会削弱自身竞争力,"我只要海外律师的无违规法律意见书,资本监管委员会也只要这个。你们既然在那边做得那么好,当地税局,当地的律师,你们自己搞定。"

"行……"陈星这下露出了无奈的笑容。这个笑容又给王暮雪上了一课:做一家跨国企业,绝不仅仅是在国外卖出产品、卖好产品这么简单。见曹平生看她,她赶忙翻开下一页幻灯片:"我们尽调的时候,发现公司提供的 Excel 表格里人员的名单、职位、薪金与 E-HR 管理系统中的不太符合。"

人力总监陈斌赶忙解释道:"这个 E-HR 系统才上线没多久,很多数据还没同步。"

"预计多久可以同步?"曹平生问道。

"国家太多了,历史数据只能人工输入,估计要几个月吧。"

这么大的公司,人力资源部肯定人也不少,输个数据又没多难,一周之内应该就能完成,至于拖几个月么?

但这个公司太大,结构又复杂,今年肯定也别想报上去,所以他也懒得催促。

此时只听王暮雪道:"可是陈总,不仅是 E-HR 系统,给到我们的数据与实际情况也不太相符。比如咱们在魔都有一个研发中心,咱们移动互联平台业务也都是研发中心开发出来的,但提供上来的人员名册中,魔都公司的人都没在里面。"

"这个肯定是有的;如果没有,就是底下人给你表格的时候漏了。"

王暮雪其实更想表达的是,如果国内公司员工数都可以漏记,那海外的数据可靠性和完整性更得大打折扣。

陈斌显然明白王暮雪的潜台词:"因为 E-HR 系统刚上没多久,所以我们还没做到线上线下同步更新,这项工作一定会完成。我们会在 E-HR 系统中对不同地区的公司进行分模块管理,公积金、社保、薪资数据届时都会实时同步。之前很多海外员工没给我们身份证,所以没法录入,以后我们也会要求其补充提供,尽量银行卡发薪。"

陈斌说话的全程,几乎都看着副总裁邓玲,众人都看出来了,邓玲才是这些高管中的最大领导。

335 干活的牛群

陈斌举一反三、自我纠正、自我总结的态度让人比较满意,但王暮雪明白,陈斌刚才那番话的工作量很大,而且完成的可能性有待观望。几十个国家的员工人数、学历、年龄、专业、部门名称以及工资等数据,目前都得依靠当地 HR 手工录入电子表格中,再传回青阳总部。一个月更新一次,交上来的表格样式多种多样,统计时一定会让王暮雪苦不堪言。

拟上市公司人力资源部一般不会统计全体人员的年龄分布、学历分布和工种分布。"既然是你们招股说明书要披露,你们投资银行可以自己统计。"这是大部分人力资源部的工作人员对王暮雪说的话。

如果天英控股的业务在国内,员工也全在国内,那么全体员工明细表一般是统一的。只要表格统一,对于熟练操作 Excel 表格的投行员工来说做分类汇总根本不是难事儿。但天英控股海外几十个公司的习惯五花八门。比如一些国家的 HR 不统计学历,一些不统计年龄……

一家公司三年的人员名册有三十六张表,几十个公司就几百张表,只要有一张表不合投行要求就得打跨国电话去沟通,让他们重填。更让王暮雪崩溃的是,不同国家对于高中、大专、本科、研究生的定义居然不一样,对于社保和公积金也都有自己的规定。有些国家根本没有公积金和社保这种概念,想要预先判断公司未给某些国家的员工缴纳这些支出是否合法,还得学习不同国家的法律。在此过程中,我们千万不要指望所有国家政府官网上的语言都是英文。很多小语种晦涩难懂,王暮雪借助翻译软件都理解不了。

虽然困难重重,但王暮雪此时并没有把这些工作中的障碍在客户面前说出来,她只是很平静地翻开下一页幻灯片继续道:"公司目前在国内有三个厂,每个厂的劳务派遣人数都超标了。"

劳务派遣是指天英控股不直接招工人,而是通过劳务派遣公司雇人。这些人的劳务费用由天英控股统一支付给劳务派遣公司。

劳务派遣方式在我国很普遍。国内的工厂获取订单具有不确定性,今年 A 工厂订单多,需要很多工人;明年订单没了就不得不把工人辞退。工人生活很没保障,而且用人单位也会觉得招聘和辞退的流程很麻烦,劳务派遣公司因此应运而生。

劳务派遣公司将一大帮工人签成自己的员工,而后谁家需要人干活就往谁家塞。工人就跟牛群一样到处耕地,他们长期有活儿干,还消除了重复一种生产的疲劳情绪。这种派遣模式不仅让工人尝试到多样化的生产工作,还达到了人力资源的优化配置。可以说,以劳务派遣方式雇佣员工,对于生产企业而言不仅弹性大,还可以有效节约成本,本来不是坏事,可资本市场并不喜欢。

"劳务派遣不是很正常么？有什么问题么？"人力总监陈斌朝王暮雪道。

此时大屏幕上显示着一张图表，图表中列明了天英控股国内三家工厂劳务派遣工人人数占工人总数的比例，分别为12%、22%和34%。

"根据《劳务派遣暂行规定》第四条，用工单位应当严格控制劳务派遣用工数量，使用的被派遣劳动者数量不得超过其用工总量的10%，最晚整改期限为2016年3月1日。"时间已是2017年，王暮雪的言下之意是：天英控股不仅各个工厂劳务派遣用工比例超标，而且已经过了最晚整改期限。

各大高管都皱眉看着幻灯片一言不发，不仅超标，还超时，怎么办？

副总裁邓玲突然道："啥玩意儿，10%这个数字谁拍脑袋想的？凭啥不能超10%。你们看看华为，他们劳务派遣比例肯定更高。"

"所以华为没上市。"此时律师合伙人曹爱川笑道。她与邓玲很早就认识，做了好几年天英控股的长期法律顾问，所以说话没其他人那么拘谨。

一句"华为没上市"，把邓玲噎住了。她故作生气地白了曹爱川一眼，手指敲打着桌面，十分不悦道："总之吧，我就觉得10%这个规定不实际。干工厂的，还干到咱这规模的，谁家不搞劳务派遣？硬是降比例成本很大，为了订单，咱们还得硬招长期工人，忙的时候勉强用用，闲的时候就白养着，完全没道理！"

曹平生闻言煞有介事地点了点头，而后语出惊人道："关键是投资者不希望你们有闲的时候，国家也不希望你们变相省钱。"

此话一出，邓玲怔住了，其他高管也都怔住了，大家一下明白了法规把劳务派遣比例降到如此之低的原因。

看到这里我们需要问自己一个问题：究竟哪些公司总是需要聘请劳务派遣员工，且需要的比例还很大？

有两类，第一类：获取订单不稳定的公司。由于获取客户订单具有周期性或不确定性，这类公司倾向于跟劳务派遣公司合作，需要的时候拉来干活，不需要了就将他们赶走。

第二类：想尽一切办法节约人力成本的公司。由于劳务费是由生产企业统一支付给劳务派遣公司,这部分费用中有没有包含五险一金和其他福利就不得而知了。

　　一般而言,因为劳务派遣员工属于临时工,而临时工的机动性大,专业性可能也不是特别强,工资通常低于那些签长期合同的正式员工。当然,曹平生也明白,天英控股在终端市场的话语权较大,出货量也大,每年接不到订单的情况比较少,可以说生产活动应当是稳定且持续的;就算有一定的季节周期性,比例也不是太大,控制劳务派遣人数在 10% 以内并不十分困难。

336　制定与执行

　　引发整个问题的缘由又回到了那个亘古不变的动机:一家公司尽可能雇佣劳务派遣员工,可以节约工资薪金支出,节约人力成本。在收入不变的情况下,成本节约了,利润就上去了,估值自然也就上去了。制定法规者与法规执行者,思考问题的角度不同,想要保护的利益群体也不同。作为法规执行者的企业,想保护的是自身利益。

　　即便不上市,公司净利润这项指标也至关重要。只要想发展,公司就免不了 A 轮、B 轮、C 轮以及今后无数轮融资,而每次融资估值的首要参考指标就是净利润。为了凸显自己的赚钱能力,公司对于各种成本当然能省就省。

　　作为法规制定者的国家,想保护的自然是广大劳苦大众的切身利益。政府当然不希望任何一家公司,可以有任何借口不为劳动者交社保和公积金。

　　作为行业表率,上市公司绝不能肆意妄为,保留 10% 的比例给你们企业已经仁至义尽了,不出点儿血,不起一点儿带头作用的话,你就干脆别上了。

　　邓玲板着脸道:"可我们公司现在已经超了,怎么办?"

　　王暮雪跟柴胡早就料到天英控股这个"唐僧"会在这个时候摇头说:"悟空,贫僧被妖怪抓了,前面没路,你想法子吧。"

所以王暮雪继续翻开下一页幻灯片,给所有人展示了两个案例:

"国家要求所有企业在 2016 年 3 月 1 日前完成整改,但实际操作中很多公司都因为过渡期不够而超时了。我们查到了两个过会案例:一个是川义科技,报告期最后一期虽然完成了整改,但时间已是 2016 年 9 月了;另一个是元动复合,因为原先劳务派遣比例太大,整改有困难,所以也超时了,但监管层没有在反馈意见中提到这个问题,而是在发审会上提了,最后也过会了。"

"所以其实改不改都可以过咯?"邓玲眯起眼睛。

"不是的。"王暮雪尴尬一笑,"也有很多没过会的,不过那些没过会的,不单单是因为劳务派遣这一项。而且过会的这两家公司也都尽了最大努力整改,并且在报告期最后一期成功将比例缩减至 10% 以内了。"

"那咱还着急啥?不着急,在最后一期降比例就行。"

王暮雪赶忙摇了摇头:"我们券商已经进场了,马上就要报辅导了。公司各个尚未规范的指标应当是在券商进场后逐步规范的,要有这个趋势。"

报辅导,是指投资银行开始入场尽调一家拟上市公司后,需要向当地监管局做一个辅导备案。辅导备案有点像家庭教师在开学前帮孩子辅导功课,给家长写的一个备忘录,记录自己何年何月何日开始对孩子进行第一期、第二期、第三期乃至第 N 期的辅导。一般而言,孩子的成绩应当是在教师的辅导过程中慢慢提高的。如果某个孩子整个学期分数都很差,但最后期末考试突然考了全班第一,那他成绩的真实性无疑会被老师和同学们质疑,这也是为何王暮雪不建议天英控股拖到最后一刻才进行整改的原因。

337 数据的安全

"如果没有一个逐步下降的趋势,即便你们天英控股最后整改完成,外界也会质疑披露的数据是假的。"这是王暮雪此时最想对副总裁邓玲说的话,只不过在众目睽睽之下,她不能把这句犀利的话说出来,她相信以邓玲的理解力，肯定能自己参透。

"监管层通常会对劳务派遣问什么问题?"人力总监陈斌提问道。

此类问题自然在王暮雪的准备范围之内，监管层对拟上市公司的不规范之处究竟会问些什么，是所有企业高管都渴望知道的，因为这些问题一旦解释不清楚，后果就是上市被否。

"一般有四个。"王暮雪有条不紊，"第一，他们会让咱们结合《劳动法》《劳动合同法》以及《劳务派遣暂行规定》等，说明劳务派遣用工是否符合规定;第二，他们会询问劳务派遣员工的社保及住房公积金的缴费情况，确保其不存在纠纷;第三，劳务派遣用工单位资质也是监管层的重点关注点，目前一些劳务派遣公司其实没有取得相关经营资质，就开始发展业务了，这是不允许的。"

"等一下……"陈斌突然打断了王暮雪，他此时笑得有些难看，"有没有资质是他们公司的问题，劳务派遣公司又不上市，上市的是我们。他们就算没资质，不规范，这个锅好像也不应该我们背。"

曹平生本想帮王暮雪说话，但话到嘴边又咽了回去。养了足足两年，曹平生倒想看看，王暮雪这只小狼现在是不是有能力全程独立作战，即便敌军是大型跨国公司的全体高管。

"确实，劳务派遣公司毕竟只是咱们的合作方，究竟具不具有相应的资质，不应该作为咱们公司上市的必要条件。"王暮雪的语气很镇定，至少听上去很镇定，"但其实监管层担心的不是对方有没有资质的问题，而是担心会不会由于没有资质，影响咱们公司业务的稳定性。"

说到这里，王暮雪扫了一眼全场的天英高管，继续道:"一家没有资质的劳务派遣公司，只要被查到，随时有可能被责令关停。一旦关停，在咱们公司工厂里干活的这些派遣工人都会受到波及，很可能会影响订单的按期交付。所以，监管层的反馈问题中，经常会问:劳务派遣公司如果频繁更换，是否会影响生产经营的稳定性。"

陈斌点了点头，显然解了疑惑，于是王暮雪继续道:"第四点，监管层会关注劳务派遣用工和正式员工在薪酬、社保、公积金制度规定以及实际执行情况上的差异，有时还需要咱们分析用工制度对经营业绩的影响。"

从整个开会过程到中午坐在饭桌前吃饭，王暮雪的心率都很快，只有她自己知道,提高音量说话是为了壮胆,为了掩盖内心紧张的情绪,她怕因为自己说错一个字,而丢失了投资银行的专业性和权威性;更怕让曹平生失望。

从众人的反馈中,尤其是从曹平生的态度中,王暮雪感觉自己做得还不错,自己的表现虽说不上惊艳全场,至少没有出现不可原谅的失误。

"对了,你们天英会因政府的要求而开后门么?"饭桌上曹平生朝邓玲打趣。

众人都明白,曹平生的这个问题,来自苹果公司与美国 FBI 的互撕大战。美国政府曾多次以反恐、安全为借口,向各大科技公司索取"后门"。其实也不止美国一家这么干,巴西圣保罗一名法官曾以安全为由,判 Whatsapp 在巴西的服务暂停 48 小时。2015 年 11 月,英国政府也曾因要求苹果开"后门"被拒绝,甚至打算全面禁止 iPhone 在英国的销售。苹果公司的 CEO 库克当时还向媒体表示了愤怒。

"呵呵,曹总是想到了去年 12 月那个枪击案凶手吧?"邓玲没有直接回答,而是把话题引向了热点新闻本身。

律师曹爱川插话道:"是美国洛杉矶地方法院的法官,要求苹果公司必须提供技术协助 FBI 解锁凶手的手机。"

"苹果手机的开机密码和自动擦除功能会阻碍 FBI 的侦查。咱们的手机设置跟苹果不一样,很多还是功能机,大部分用户也没有设置密码的习惯。"陈斌也很愿意加入讨论。

"你们不是也有相当一部分智能机么?"曹平生反问一句。

"对,是有。"陈斌回答,"智能机确实也有密码,但这不是一回事。比如警方要破案,我们可以提供所有公司保存的数据,苹果公司也是这么做的,但美国政府要的是'后门',这个'后门'不是单单解锁一台手机,而是要求苹果独立开发一款专门给政府用的全新操作系统,这个系统可以解除手机上多个重要的安全功能。一旦被研发出来,若落入非法分子之手,就可能被用来解锁任何一款 iPhone,随意调取所有用户的数据。说实话,挺可怕的,用户隐私没法保证。"

"干你们这行,最怕的就是用户隐私的泄露。"曹平生笑道,"我看应该这么归纳,这是政府与科技公司在争夺'信息的解密权'。"

"对！没错！"邓玲端起一杯白酒，"不愧是保代，我敬你，总结能力杠杠滴！"

曹平生受到了客户的夸奖，尤其是女客户的夸奖，美滋滋地碰了杯，一饮而尽。

全程沉默的王萌萌此时突然嗤笑一句："科技公司的挡箭牌就是用户隐私，而各国政府的挡箭牌就是反恐。谁都想掌控用户的一手信息，这是大玩家之间的博弈。我们这种实际手机用户，早就被踢出游戏之外了。"

338 企业家直觉

苹果公司若开发一款绕过安全功能的 iOS，无疑是给美国政府创造了一个"后门"。

在当今数字世界，一个加密系统"钥匙"的安全程度和受它保护的数据别无二致。一旦"钥匙"泄露，只要是掌握了这一信息的人，都可以轻易破坏这个系统。政府如果有了获取任何设备数据的权力，就可能继续要求科技公司开发监控软件，用以拦截我们的信息、获取私人数据、银行信息、追踪位置，甚至是在我们不知情的情况下控制我们手机里的麦克风和摄像头。

天英控股究竟有没有给相应市场国的政府开"后门"，饭桌上的王暮雪始终没有听到答案，可能有，也可能没有。

每家公司总有不愿公开的秘密，只要跟上市没关系，作为投行人也千万不要苦苦相逼。

平常对下属态度情商为零的曹平生，在客户面前却是很识大体的，得不到正面回应，他也不继续追问，而是把话题扯到企业家和职业经理人的区别上。

曹平生先前得知，在座的各大高管，原先都是各自领域的一把手，最后在董事长张剑枫的号召下才团结在一起，共同创立了天英控股。在客户面前谈论他们擅长的领域，永远都是活跃酒桌气氛的第一利器，这招曹平生屡试不爽。毕竟让别人开心的诀窍就是:满足对方的优越感。

销售总监蒋维熙一个上午默不作声,此时也开始侃侃而谈起来:"职业经理人可以培训出来,但企业家没法培训,很多时候就是天生的,天生胆子大,天生就适合闯天下。十年前我跟着老板去非洲,拿着我们的手机让那些经销商买,还要让他们先付钱,嘴皮子都说破了,腿也走断了,还因为被蚊子叮,得了无数次疟疾,你们想想有多难。"

众人纷纷点头,天英控股的销售模式全是客户预付,即客户先给钱,天英控股再发货。这种模式对于那些从没见过天英产品的非洲经销商而言无疑是天方夜谭,但张剑枫和蒋维熙最终做到了。

"胆子是挺大。"曹平生笑着,想从裤袋中掏出打火机抽烟,而后才记起他已经很久没碰过烟了。或许这也是肌肉记忆的强大之处,人脑都忘了的事情,身体还记得。

"咱们都是摸爬滚打过来的人,刚毕业就开始不停地摔跟头,哪像你们现在,一出来就有大平台大公司。"邓玲说着不禁瞟了一眼王暮雪,只不过埋头吃饭的王暮雪根本没发现。邓玲索性继续道,"马云不是说过么,同样上山去打野猪,职业经理人看到野猪没打死,扔下枪就跑了;但企业家看到野猪没打死,拿出菜刀就能冲上去。"

王暮雪即便没抬头,也能感应到邓玲对她不是特别友好。表面的客气与内心的和善,会给人两种截然不同的感受。

王暮雪不明白,同样都是四五十岁没结婚的强势女高管,文景科技的路瑶就让她感到格外亲切舒服,但邓玲却完全相反。想来想去,也只能归因为:作为生物体,彼此散发出的化学气味不相投。

"你们明年预计业绩如何?"曹平生朝邓玲问道。

本以为邓玲一定会回答:利润肯定增长,市场肯定扩张,谁知她居然直接摇了摇头道:"肯定不好。明年是2018年,每十年碰到8这个数字,都不吉利,你们看1998年,2008年,全糟糕得很。"

曹平生笑了,还没来得及说话就听邓玲接着道:"别以为我迷信,我们企业家有自己的判断。今年股市震荡、人民币贬值、资本外流、美国加息、出口负增长、产能过剩……总之没一点好的,所以我看明年的经济形势,大家都不会好,而且还可能不好很久。"

"经济形势不好跟你们没多大关系。"曹平生纠正道,"再烂的形势也有好企业。时代残酷,持续内痛,是企业修炼的必经之路,你们不见那些卓越的企业都是在一团烂泥中杀出来的么?"

王暮雪听到这儿心有所感:"我小时候看过一个寓言故事,一直记到现在。故事里说有三个人都正好遇到暴风雨,一人有雨衣、一人有雨伞,最后一个人既没雨衣又没雨伞。有雨衣和雨伞的人仗着有装备,就在暴风雨中继续行走,结果两个人都受了伤。而什么都没有的那个人,只是想办法找地方躲雨,等雨停了再继续出发,最后反而是那两个带雨具的人更晚到达目的地。"

"你是想说经济形势越不好,就越要冷静么?"财务总监陈星笑道。

王暮雪点了点头,柴胡也附和道:"我们现在虽然是全球第二大经济体,但未来一直维持 GDP 增长率在 7% 是很有难度的,其实 3% 至 5% 的增速比较合适。即便将来负增长,我认为也不是坏事。"

陈星有些不解:"负增长还不是坏事?"

"对。"柴胡的语气很肯定,"负增长可以让很多公司反思,哪些业务应该砍掉,哪些部门应该撤掉,应该如何适应市场,创造出更优质的产品。咱们国家之前政府干预经济比较多,但以后这种干预力度会越来越少,经济要发展还得靠市场的力量。以前咱们靠矿产资源、靠土地,现在靠牌照、靠基建,我认为这些都是不可持续的,市场终究会饱和的。企业如果想提升竞争力,还是得依靠原材料上创造出的产品附加值。"

邓玲的注意力此时完全在柴胡身上,这个第一眼看上去欠些气质的小伙子没想到见解独到,仿佛读过很多书一般。

"其实我们老去研究美国,不太具有参考价值,因为两个市场群体的消费习惯完全不一样。美国人都是超前消费,中国人都是滞后消费;美国人投资很理性、花钱很感性,中国人投资很感性、花钱很理性;如果明年市场真的开始低迷,那么想要在低迷的市场中取胜,就得了解中国人自己,了解中国市场。经济危机也不用怕,因为危机很多时候可以倒逼改革。"柴胡能说出这些话,连他自己都吓了一跳。因为这番话所涉及的知识面,已经超越了一个仅有两年投行工作经验的年轻员工理论上具备的知识体系了。

339 别喧宾夺主

当一个人刚刚开始有两把刷子的时候,往往恨不得所有人都看见。一个上午都是王暮雪的"表演时刻",同样属于项目组成员的柴胡早就憋坏了,他极度需要一个大场合展示他好似倒也倒不完的"深刻论点"。

饭桌上随便说几句话,就可以让客户和其他中介对自己礼遇有加的甜头,柴胡在风云卫浴就尝到过,所以同样的机会他绝不会放过。

柴胡说:"危机在所有国家都在所难免,当危机来临的时候,考验的就是企业家和公司的产品竞争力。"

柴胡说:"企业家最重要的任务就是提前看清形势,提前做出判断。一个优秀的企业家应当具备锐利的眼光、宽广的胸怀和超强的抗击打能力。"

柴胡说:"如今农民和低收入人群的手机普及率达到了90%,互联网囊括的信息超过了过去几千年信息的沉淀和汇总,这意味着所有的公司都是透明的,很难藏秘密。消费者对公司产品的评价也极容易传播,这可以在很短的时间里捧红一家企业或扼杀一家企业。在互联网时代,企业往往连改错的时间都没有。"

柴胡还说:"能帮消费者解决现实问题和未来问题的企业家,才能更好地引领市场。"

若不是被曹平生如火的眼神给瞪了回去,他还可以继续侃侃而谈。

在场的这些做了十年企业的"老人",被迫听一个工作没几年的"新人"高谈阔论如何当好企业家,虽然个个表面上都挂着欣赏的笑容,还不忘夸曹平生两句,说他手下个个是人才,但内心萌生出的是对喧宾夺主的不屑。

如果柴胡已经是响当当的大集团CEO,比如马化腾、任正非那个级别的,他上面的这番话自然会成为"圣经"。可惜,柴胡只是一名投资银行的小小搬砖工,在这些企业家眼里,投行民工就算评上了全国十大金牌保代,也是打工仔,既没自己创立公司,也没亲自做过产品,与那些没有进过兵营操练的"纸面军事家"差不多。谈论资本市场还可以,谈论如何做企业,毫无参考价值。

不过,柴胡并没察觉出异样,他认为自己陈述的论点完美得挑不出毛病,曹平生不高兴可能只是因为自己说得稍微有些多了,于是接下来他很识趣地喝酒吃肉,退出了讨论。

午饭后曹平生接了个电话就匆匆离开了,柴胡突然觉得一身轻松,前期尽调工作都完成了,就等明天继续汇报了,还是王暮雪主讲。他突然想给自己一直紧绷的思绪放放假,于是想到了杨秋平。她的入职面试没通过,不得不另谋出路。

她的新东家不是别的公司,正是蒋一帆所在的山恒证券。已经成为保荐代表人的蒋一帆,离开明和后实际挂职的公司不是金权集团,而是山恒证券,但平日里他都是跟着王潮看各类投资项目。山恒证券不是第一梯队的券商,入职面试相对容易。

杨秋平毫不避讳,因为蒋一帆的关系,她才获得了面试机会,以后她大概率会跟蒋一帆一个项目组。孤男寡女长期在一个项目组,指不定什么时候就会产生别样的情愫,这是柴胡担心的。

柴胡认为蒋一帆之前喜欢王暮雪,不过是因为距离近;等到他一年都看不到王暮雪一眼时,感情自然就淡,别的异性说不定就会成为他的目标。决不能让蒋一帆成为情敌,否则赢的可能性微乎其微。蒋一帆这样的人之所以在王暮雪那儿碰壁,是因为她压根儿不缺钱,换成别的女孩,两下就可以被他搞定。

现在的柴胡虽说不上大富大贵,但在青阳这样的一线城市,他租得起两房一厅的公寓,请得起姑娘吃饭看电影,也穿得起稍微贵一些的西服。如果他愿意,他当然也买得起车。不过,柴胡认为车是贬值资产,从入手的那一刻价格就开始跌,不如先买房。可买房得挑好一点的小区,面积太小也不合适结婚,所以柴胡认为必须多做出两三个项目之后,再考虑。

柴胡老大不小了,工作中兜兜转转两年,看来看去还是只有杨秋平顺眼。这个姑娘性格乖巧,长相甜美,声音也好听,属于那种很听话的小白兔,完全是柴胡的理想型。

柴胡听说杨秋平的父母都是教师,家里虽不是柴胡原先期盼的有钱人，但奈何自己足够喜欢。

想到这里，柴胡决定主动出击。他比起以前有底气多了，尤其是中午还喝了点小酒。

大约过了半小时，王暮雪就收到了杨秋平的微信："姐姐，求帮忙。"

王暮雪摸不着头脑，回道："什么忙？"

才说完，她便收到了杨秋平发来的一个截图，内容是柴胡与她的聊天记录，其实主要是柴胡的内心独白。

大意是他很喜欢杨秋平。文字文采飞扬，看得王暮雪下巴都要掉了下来：

> 我独钟于枯叶脱离枝杈时，在空中奋力盘旋而跳出的动人舞姿，那是不屈的火焰，直蹿云霄，那是生命殒落前绽放出的最后光芒，正如同流星之于恒星，烟火之于烛光。
>
> 而你，用浪漫诠释风华，用兰草一样的想象，去擦拭晶莹的眼眸与飘逸的长发。我想把你拥入心怀，把青春放逐给绿草红花，白雪黄沙。
>
> 我不要在嬉笑于沙滩上拥挤的人群背后，去捡取夏日的欢笑与放荡。我不会因为这海有时会充满悲怆、灰暗、阴沉的颜色，而去做沙滩上反扣的小舢板。
>
> 不同层次的拥有，就应该有不同层次的寻找。
>
> 尽管你在远方，但我依然向往。

"我去，他就一屌丝，文笔居然能好成这样？"王暮雪打趣。

杨秋平发来了一个鄙视的表情："他是抄的。"

王暮雪难以置信，杨秋平补充道："他抄我很喜欢的一位作家的一本文集，叫《今如许》，个别句子他只是改写了几个词。姐姐，我觉得他太不用心了，连告白都不原创，你能不能帮我拒绝他啊？"

340 阳鼎的业务

当初帮柴胡表达爱意，王暮雪可以想都不想就顺口跟杨秋平坦白。

但替杨秋平拒绝柴胡,王暮雪犹豫了很久。最后她在屏幕前打出一行字:如果实在不喜欢,你可以报之以高贵优雅的沉默和微笑。

不久,王暮雪就发现柴胡状态不对。

柴胡抬头一看到王萌萌那张木偶脸就心烦,于是他决定今天提前下班。收拾完东西,柴胡随意跟王暮雪道了句"有事先撤了",就大步踏出了门外。

酒劲过后,背着包走进地铁站的柴胡格外清醒,他其实本就知道这次告白成功概率很小,但他还是打算在尘埃落定前奋力一搏。两年下来,柴胡感觉自己活通透了,对生活和工作他都毫不含糊,他也认为自己应当拥有美好的感情,与自己牵手的女孩应当干净剔透,纯真可爱。

可惜不是杨秋平。

"2016 年度,我们阳鼎继续围绕'文化游戏产业链''军工通信产业链'和'互联网生态圈'的战略发展规划,完成对新业务和新技术的开拓与升级,加强成本管理和风险控制,进一步整合优势资源……"王建国洪亮的声音从鱼七的耳机中传来。

鱼七怎么对付蒋一帆,就怎么对付王建国和陈海清。

春节七天,鱼七可是陪吃饭陪逛街陪走公园,两老人难免有离席上厕所,或者公园拍照让鱼七拿东西的时候,手机虽然不可能长时间离身,但对鱼七来说,五分钟就足够了。这俩中年人的密码更好记,因为他们输入的速度对鱼七来说真是慢,总之比蒋一帆慢多了,走在一起或者同坐饭桌边上,一米八六的鱼七要俯视偷瞄谁的密码,根本不是难事。

于是,王暮雪全家人的一举一动,全在鱼七的掌控范围之内。至于那只叫小可的阿拉斯加,可以彻底"下岗"了。

"咱们要着重提高核心技术竞争力,跟我们之前收购进来的子公司需要具有协同效应……"王建国的话音很响,但总让鱼七觉得昏昏欲睡。

阳鼎科技的产品和服务多种多样,主要有数字电视硬件系统、地面数字机顶盒、电影放映配套设施、电视游戏增值业务平台以及军用的特殊定制化软件技术服务。

从王建国的讲话中,鱼七得知如下信息:

1. 自 2016 年第四季度起,阳鼎部分原材料成本上涨,供货周期加长,公司为严格控制产品成本,积极与相关客户协商,及时调整供货时间、供货数量,在满足客户需求的同时,尽量维持产品毛利率水平。

2. 公司目前主要对接的客户还是广电运营商、电信运营商和宽带运营商。

3. 公司近两年开发了基于音视频内容的基础增值业务服务,以及基于互动技术的电商、广告、教育、游戏等非视听类服务。

4. 目前公司网络电视用户数为 180 万左右,游戏用户数为 90 万左右。2017 年,公司将注重更多 VR 引擎技术的应用开发,比如 VR 地产和 VR 教育等。(VR 是一种可以创建和体验虚拟世界的计算机仿真系统,它利用计算机生成一种模拟环境,使用户沉浸到该环境中。)

5. 公司重视客户需求分析,积极参与客户前期的设计开发过程,客户群体也开始向科研院所和老牌军工企业深入。

6. 公司通过布局电子竞技赛事,聚集玩家;游戏内容方面,公司将继续在电视游戏、网游、页游、手游、VR 游戏等方面进行覆盖。

7. 虽然客厅仍是竞争焦点,但用户习惯与场景已发展变化,倒逼有线电视运营商发展创新。广电运营商根据这一行业趋势变化,提出了"全国一网"和"全程全网"的新目标,因此传统硬件产品市场整体继续下滑。

8. 2016 年,公司营业收入比上年同期下降 40%,主要为传统广电硬件产品销售规模下降所致。

鱼七神色从容地听着这些信息,脚下已经来到了与赵志勇约过的香辣面馆门前,不料店内没有开灯,也没有任何客人,一个四十来岁的男人从玻璃门内走出,正要锁门,鱼七便快步上前叫住了他:"今天不开了?"

男人回头看了鱼七一眼,叹气道:"以后都不开了。"

"为什么?"在他印象中这家店生意还算可以。

"炒股亏了钱,全都亏完了,还欠了债,这店铺盘给别人了。前不久买的房子也被银行收走了,青阳是待不下去了,我后天就回老家。"男人说着将 U 形锁扣紧,又是一声叹息,"你说,好好的一只股票,说涨就涨,说跌就跌,一跌还能趴着大半年都不动,业绩分明好好的,但股价就跟那僵尸被冻着一样,亏我为了炒股还自学了一些会计,看了财报才投的,现在全完了!"

直到男人离开,鱼七都站在原地没动,直到赵志勇匆匆赶来。

341 经侦都干啥

让鱼七惊讶的是,赵志勇不是一个人,王暮雪居然跟他一起出现。

据她说,今日提早下班,路上碰到赵志勇完全意外。

鱼七不想去细究"完全意外"这四个字的真实性,他只是不希望自己与赵志勇今晚的私人谈话被王暮雪给搅和了。

赵志勇说有重要的事,鱼七虽然不知是何事,但他明白,多半是王暮雪不能知道的事。

"既然这关门了,要不吃隔壁的海鲜大王吧?"赵志勇朝鱼七一甩头就直接往海鲜店走。

"等一下。"鱼七给他使了一个意味深长的眼色,但赵志勇却看都不看,拽着他就朝前走,同时回头朝王暮雪喊了一声:"大妹子,海鲜能吃吧?"

"能!"王暮雪赶忙跟了上去。

三人坐下点好菜后,赵志勇就朝王暮雪道谢:"上次租购车的案子,鱼七都跟我说了,多谢大妹子你出面当诱饵。"

"举手之劳罢了。"王暮雪笑得很甜。

"不过……"赵志勇此时手指着鱼七,严肃道,"以后如果他再让你这么做,直接拒绝,然后立即给我打电话。他现在可是平民,自己都保护不了。"

王暮雪笑道:"你的手机是 24 小时开机么?"

"必须滴!"赵志勇将自己的手机往桌上一敲,"我手机比 110 还管用!别看我做经侦,遇到案子,必要时刑侦的人我也能临时借调过来!"

"那我现在就把大哥你的手机定为紧急呼叫号码!"王暮雪边说边真的掏出手机开始设置起来,而后道,"刑侦我了解得比较多,经侦相对而言就没太在电视上看到过。你们经侦警察除了抓假钞,抓走私,还抓些什么?"

"很多,比如信用卡盗刷、微信传销、非法集资,以及侵犯商业机密等等,鱼七没跟你说过么?"赵志勇说着有些不解地看向了鱼七,王暮雪赶忙堆笑道:"他很少跟我说这些的,死问都问不出来。"

"你哪有死问过我?"鱼七莫名其妙。

王暮雪板起脸来:"哪有没问! 每次只要涉及你以前的工作,你都跟挤牙膏一样,问一堆才说一点,我累。"

看着眼前小两口开始散发出火药味,赵志勇赶忙道:"这不怪他,我们的工作本就不适宜跟外人多说。"

"可工作类型总能说吧,我也不问具体案件。"王暮雪揪到这个话题不依不饶。

"其实你问我我也说不出什么,我们那小地方一年的案件数量,自然比不上青阳,让小赵跟你说吧。"鱼七道。

赵志勇把王暮雪当成了普通百姓的代表,希望多给她普及经侦警察的工作内容,突显经侦支队工作的必要性和重要性。只可惜,动机很美好,一开口却成了另外一副样子。

"大妹子我跟你说啊,幸亏鱼七没继续干,我们这行就是吃力不讨好的活儿,各种不理解。比如张三跑来跟我说,李四没还他钱,让我们帮他把钱要回来,但'借钱不还'属于民事经济纠纷,我们经侦警察不能插手……"赵志勇说到这里给自己灌了一大口茶,"各个案件都需要很繁琐的数据分析,而且涉案人员还很多。而且,我说他们从来没有试图给我们好处,你信么?"

王暮雪目不转睛地看着赵志勇。

"你以为我为什么可以做到副支队长的位置?"赵志勇的语气很复杂,"因为我忍得了贫穷。说真的,这个位置,我要是稍微坏那么一点儿……"他说着比画了下自己的小拇指,"就这么一点儿,我早在青阳买房买车娶老婆了!"

王暮雪给赵志勇竖了个大拇指,随后直接端起杯子道:"虽然不是酒,但大哥我敬你!"

赵志勇嘿嘿一笑,爽快地跟王暮雪碰了杯。

"那你们也需要经常出差对吧?"

赵志勇拼命点了点头:"所以我单身不仅是因为没钱,还没个固定的地儿,遇到那种跨区域的经济犯罪,那可不得外出取证? 天天出差,而且我们人真的不够。你是干投行的,你去查查从 1999 年到 2016 年咱们国家经济案件的数量增速,再去查查咱们民警的人数增速……"

王暮雪用手机一查,果然二者相差甚远……

"哎,受害人不理解,天天上访,问钱呢? 破案了怎么还是没有钱回来;嫌疑人就算抓住了,证据也有,就是死不承认,咬定我们警方不敢严刑逼供……而且你们不知道,现在的经济犯罪手段更新太快了,什么金融、税务、期货、海关、债务、外汇、知识产权全都要会,我们队的队员晚上根本没时间睡觉,全都在学这些知识!"

"哇! 你们还招人么?"王暮雪露出了期待的目光,"我很能打的!"

赵志勇笑着摆了摆手:"别开玩笑了,这行会烦死你。平常案子都破不过来,还要求我们走进社区、走进企业开展法律讲堂,预防电信诈骗,预防职务侵占,还要及时回访受害群众……"此时他也不管王暮雪问不问他了,什么苦水全都一股脑儿地往外倒。

342 阳鼎被盯上

"我看你们很厉害了,之前那个这么大的海啸涉税案,都是你们破的。"听到王暮雪的称赞,赵志勇露出了惭愧的眼神:"那个案件投入了多少警力你们是不知道。为了那个案子耽误了多少别的案子你们更不知道,我们也是人,人就这么多,很多时候力不从心。我刚才说的,只不过是经侦工作的冰山一角。"

王暮雪闻言轻叹了口气:"真的是只有经历过,才能体会你坚守这份工作的伟大。"

赵志勇赶忙摆了摆手:"我不伟大,我跟'伟大'这俩字压根不沾边,我只是想努力让自己愧对的人少一点。干我们这行,无能为力的事情太多,比如横平爆炸案,凶手我们也没抓到。"

"那不是你的工作范围。"王暮雪赶忙说好话,"而且赵警官,我们老百姓都觉得那个凶手是好人,你们别抓了。"

赵志勇闻言突然面色僵住了,一改方才的随意,严肃道:"大妹子,你记住,这个世界上,没有任何一个杀人犯可以被称为好人,没有任何一个人有权力轻易结束他人的生命,除了法律。"

"那如果法律没用呢?那无数去医院堕胎的准妈妈呢?她们……"

"好了,尝尝这波士顿龙虾。"鱼七明白如此生硬地打断王暮雪的话她一定会不开心,于是索性说出了他自己对于横平爆炸案凶手的看法,转移王暮雪的注意力。

"既然对方首先想惩治的是走私车,至少凶手,或者凶手幕后的金主做的生意应该跟车有关,你们把虚开增值税发票的受害企业中,做汽车买卖,或者是一条产业链上的公司都挖一挖,说不定会有收获。"

赵志勇打了一个响指:"不愧是咱们班长!还是这么牛!你赶紧告诉尹师兄啊!"

鱼七摇了摇头:"我已经不是警务人员了,不应该管太多,你告诉他吧。"

赵志勇明白了,鱼七也不希望那个凶手被抓到……也就在这时,他注意到鱼七的手又按在了胃上。

"用这个暖。"王暮雪此时已将一个紫色暖水袋递给了鱼七,动作之迅速赵志勇都没注意她是从哪儿拿出来的。

鱼七也一脸讶异:"你怎么会有这个?"

"好看啊,就买了。"王暮雪此时已经站起了身,命令道,"胃不舒服别吃海鲜了!"说着就要走,手却一把被鱼七拉住:"去哪里?"

王暮雪极不耐烦地甩开了鱼七,抛下"卫生间"三个字后,扬长而去。

"没事吧?去医院看过没有?"赵志勇朝鱼七关切道。

"没事,就是有点胀气罢了,跟以前一样,不碍事。"

"没痛吧?"见鱼七摇了摇头,赵志勇伸长脖子瞄了一眼暖水袋,嘿嘿一笑,"就这个玩意儿,素色,连个花纹都没有,跟拓荒者用的一样,好看在哪里?要不是因为你,她能买?"然后一边往嘴里塞虾肉,一边道,"别查了,这姑娘人美腿长,对你又好,到时候真查出来有什么,忍心啊?"

"你今晚不是有事对我说么?"鱼七眼神犀利。

赵志勇"哎呀"一声一拍额头:"差点把这事儿忘了,不过其实也不是什么大事儿,就是你也知道我不能动静太大,都是私下抽空帮你,曹平生和吴风国,明面儿……"赵志勇说到这里朝鱼七摇了摇头。

这个情况在鱼七的意料之内,连王潮都如此小心,这两个大领导又怎可能让自己的银行流水露出把柄?

流水没问题,有两种可能:其一,明和证券的投行部总裁吴风国与部门总经理曹平生,都干干净净;其二,这两个人走了暗路。

想到这里鱼七吐了口气,算了,也罢,盯着王潮就够了;一人落网,不怕其他同伙他供不出来。

"还有一件事。"赵志勇神情突然严肃了起来,"稽查总队的陈冬妮来找过我,她也提到了相同的账户,而且她的搜寻范围比你还大。"

鱼七闻言突然瞪大了眼睛,脱口问道:"你认识陈冬妮?"

"当然认识。我们经侦支队跟他们资本监管委员会稽查总队经常一起沟通案件。我还知道她是你高中同学,你小子原来不仅找我,还找了她。"赵志勇眯着眼道。

陈冬妮盯上阳鼎科技了……这时的鱼七不知为何,突然觉得有些心慌。自己刚来青阳那会儿,确实跟陈冬妮提到过阳鼎科技,但陈冬妮当时说阳鼎科技上市当年以及往后两三年,从公开数据都看不出异样,即便后来股价狂跌那会儿,也是千股跌停的时候。陈冬妮说那是系统性风险,避免不了。

如果硬说之后阳鼎的股价在很长一段时间内,都没恢复合理估值是人为所致,必须要有实质性证据,而且还得通过资本监管委员会情报科评判,内部复合,领导审批,才能移交他们稽查总队正式立案。

"我们查案子很谨慎,不能随便查的。"陈冬妮道。

这两年来,鱼七就是苦于没有实质性证据,而且有时候他自己都不知道他要找的真相究竟是什么……

"他们稽查总队查个案子束缚比较多,所以才来跟我……"赵志勇还没说完,鱼七立刻朝他瞪了一眼,赵志勇不用猜也知道,一定是王暮雪离自己已经不远了。

"来,趁热吃。"果不其然,王暮雪的声音从赵志勇的身后传来,而后就看到她将一碗白粥外卖放到了鱼七面前。

赵志勇突然感觉自己被塞了一大把狗粮。鱼七没说什么,打开盖子就开始吃,脑子里边反复敲响的警钟是:陈冬妮,不,应该是资本监管委员会稽查总队,已经盯上阳鼎科技了。

343 失去掌控权

"我觉得就算将调查对象限定在受害企业中做汽车产业的,范围还是很大。"回去的路上,王暮雪又开始推理横平爆炸案。杀了四个人,救了几百家企业,这个人无论在法律上被定义为怎样的罪犯,在王暮雪心中都是好人。

"一般情况下,只有走投无路,逼不得已,才会选择杀人。"鱼七道。

王暮雪听后眼珠子转了转,恍悟道:"所以我们只要锁定非常非常依赖增值税进口退税的,不退税就活不下去的,利润率很低很低的……"

"嗯,最好企业的高层中还有人老家是横平的。"鱼七补充道,"这么一层层筛选和排除,估计没剩几家。"

王暮雪此时双眉紧蹙:"可之前咱们不是讨论出很可能是雇凶杀人么? 既然是雇凶,那么这些企业的高管或者创始人,自己也不一定非得是横平人。"

鱼七闻言轻笑了声:"小雪,如果你不是辽昌本地人,你的人脉可能让你在短时间内就寻到一个辽昌的杀手么? 一个陌生人,突然为你杀四个人,这可是怎么逃都逃不掉死刑。当然,也有可能你真找得到,那你得真的给出天价。我们破案,应该先顺着大概率事件查,查不下去了,再考虑小概率事件。"

王暮雪咬着嘴唇点了点头:"那这些破案方向你怎么不早告诉尹飞? 现在都过去那么久了,你们不是还有那种破案黄金期的说法么?"

鱼七有些好笑道:"我师兄根本不用我教,我会的这些他全会,他说请教都是客气话。何况他不止一个人,身后还有一个几十人的专案组,都是各地汇聚起来的刑侦专家,调查方向就算一开始没找对,但群体讨论后会不断修正,不断尝试。我敢说,我这个思路,他们早八百年就讨论出来了,也全查了。"

"但现在还是没查出结果啊……"王暮雪嘟囔一句。

鱼七突然停了下来,转向王暮雪认真道:"我知道你看过很多警察电影,但干警察真不是拍电影。那些电影中的警匪故事就算是现实案例,也都是破了的案子;查不出结果才是我们的常态,这种常态永远搬不上银幕,因为没有观众愿意接受一个抓不到凶手、有头没尾的警察故事。"鱼七说着双手搭在王暮雪肩上,像一个父亲一样地说教道,"所以小雪,不是所有正确的方向,都能引我们到达终点。何况,我说的方向可能并不正确,说不定小概率事件就是发生了。"

王暮雪笑了,打趣道:"所以你以前,经常会经历一个又一个有头没尾的故事咯?"

鱼七没有直接回答,只是吐出了三个字:"不能急。"

说到这里,他们来到一家便利店门前,王暮雪说自己要买点东西,让鱼七在外面等她一下,于是鱼七就听话地站着没动,掏出手机迅速给陈冬妮发了一条微信:阳鼎立案了么?

以自己现在和陈冬妮的尴尬关系,鱼七也没抱期望对方会马上回信,但没料到陈冬妮居然秒回四个字:如你所愿。

看到这句话,鱼七下意识地抬起头看向远处柜台前付钱的王暮雪,没猜错的话,她应该是给自己买热牛奶。

不认识王暮雪的人,单看她的侧脸会感觉到一种淡淡的冷冽气质,但只有鱼七知道,这张侧脸纯真得似她身上的白衬衣,洁净温暖。

原本以为走到死胡同中,还需要经过漫长等待的他,突然得到了一束光,期盼已久的光,但他却觉得有些刺眼。

鱼七拿起手机给陈冬妮打电话。

"我没查到立案调查的公告。"电话那头沉默了好一会儿才道,"我们都是查得差不多了,才会对外公告立案,现在属于保密阶段。赵志勇跟你说的吧?"

"为什么刚开始不查,现在突然查了?"

陈冬妮闻言,话音有些冰冷:"怎么听语气,好似你在质问我?"等了几秒钟,没见鱼七答话,陈冬妮突然笑道,"你不会以为我私事公办吧?他们阳鼎 2014 年扣除非经常性损益的净利润比去年同期增长 106.85%,2015 年同比下降 862.26%,2016 年同比继续下降 71.43%,不仅如此,营收和现金流的指标都很异常,我们稽查总队开始调查很正常。"

"你不是说要提供实质性证据么?"

"这不就在收集证据么?"陈冬妮轻描淡写。

"你们收集到哪里了?目前线索有哪些?"

一听鱼七这么问,陈冬妮漠然道:"这个不方便说。"

其实陈冬妮不说鱼七也明白,她在怀疑自己的立场。作为王暮雪的男朋友,陈冬妮可能认为自己会帮阳鼎消灭证据。说实话,消灭证据这种事情鱼七干不出来,但他也并不希望事情演化成现在这样。

原本应该由他做那个登上山顶、俯瞰深渊的人;原本应该由他亲手将王暮雪推下去,他甚至为那一幕的到来早已做好了心理准备。他希望自己可以拥有最后结局的掌控权,掌控黑与白,掌控放手还是不放手,甚至他还以为,自己可以推迟那个结局的到来。

344 千万不能急

"孩子有自己成长的规律,他 5 岁开始有形象思维,8 至 12 岁才是记忆力最好的时期,你现在就让他背唐诗三百首,太急了。"这是鱼七 5 岁时的画面,定格了他 5 岁前的所有时光。

上初中后,鱼七开始打篮球,他想象自己如那些 NBA 球员一样,只要一出手,球就一定进。他很努力地练习,可失误率依旧很高。有次几所学校举办篮球联赛,因为鱼七最后的一个三分球没进,全队以 1 分之差错失了冠军,鱼七哭了。那是他第一次在父亲的摩托车后座上哭。父亲没安慰他,而是说:"现在很多孩子三岁就开始学轮滑,骨骼都没发育好;还有那些学芭蕾的,对于骨膜都是挑战。太急躁了。"

鱼七读懂了父亲的意思:凡事不能急。

等到他轻松带领校队赢得全省所有的篮球比赛时,鱼七才明白了"不能急"的意义,一个人想要成功,有太多种方式,但"不能急"才是一切的根本。这三个字成了鱼七的座右铭,同一件事,他比其他人都更有耐心,更能在绝望之下保持冷静,继续等待时机。

父亲在鱼七心中的形象,以前是语文老师,后来是商人,但只有鱼七自己明白,父亲实际上是一位教育家。如果有良好的环境,如果父亲娶的不是母亲,鱼七相信父亲一定会成为一位伟大的教育家,而不是壮年时就被股市秃鹰蚕食的命运。

每当鱼七陷入此般无助之时,他脑海中都会浮现出父亲的样子,浮现出父亲对自己的爱。

母亲爱自己么?当然是爱的,可母亲的爱跟父亲不一样。放学回到家,母亲会问自己成绩如何,可父亲会问自己开不开心。

其实除了对自己的教育,父亲对母亲是千依百顺的。鱼七到现在还没想透这种千依百顺的缘由何在,难道爱情的力量真的可以如此巨大么?

"小七啊,你那里还有钱么?今天家里玻璃被砸了……"鱼七接起母亲的电话。每次接之前,他心里都会紧张,不知道又发生了什么。

鱼七不明白,钱明明每个月都在还,如今,还剩十五万左右,为何那些债主还会如此不依不饶。

"小七对不起,妈也是被逼得没办法,妈不希望你这么累,妈也想早点把钱还完,所以妈……妈想搏一搏……"

"您去赌了?"鱼七惊愕之极。

"不不,不是赌场,就是一个麻将馆,就是……妈希望十万可以变成二十万,二十万变成四十万,这样一天就还完了,你就不用在青阳受苦了……妈也实在受不了这样的日子了,活得像地窖中的老鼠一样。妈现在一吃食堂的肉,就吐……"听母亲已经哭得泣不成声,鱼七久久没说话。鱼七不知道自己是怎么挺过那几分钟的,明明还有十五万就可以熬出头,明明还有一两年就可以完全解脱,如今母亲又搏了一搏,总负债就变成了五十万,比鱼七刚来青阳那会儿还多出十万。

这一切就因为母亲从来听不进父亲的话,听不进那三个字"不能急"。

此时鱼七突然觉得一阵反胃,身体本能地蜷缩起来,晚上吃的东西全被他吐出来了。

王暮雪闻声跑去卫生间,她跟鱼七都看到了,呕吐物中伴有无数血丝。

鱼七眼前有些模糊,他怀疑自己看错了。但他依旧无法忍住一阵又一阵剧烈的难受,又往外吐了好几口。

王暮雪马上打了120,而后从身后紧紧地抱着鱼七滚烫的身体:"医生马上就来了,没事,马上就来了……"

345 病危通知书

病危通知书?!

医生没等王暮雪回神就赶忙催促:"他的血型是 Rh 阴性,我们医院目前阴性血只有两包了。他现在胃还在持续出血,这两包如果用完了血还没止住,就会有生命危险。我们建议立即转院。"

王暮雪听得一愣一愣的,什么 Rh? 什么阴性? 血型不是只有四种:O、A、B 和 AB 么? 哪里又冒出来一个 Rh 血型?

"我是 O 型血,抽我的! 我是 O 型,我是万能供血者!"

医生的胳膊被王暮雪抓痛了,他让王暮雪少安毋躁,而后拉着她一边朝验血中心走,一边尽可能简短地解释道:"你要输也行,但要做检测,不是 O 型就可以,必须要 Rh 阴性血才行。A、B、O 及 AB 四种主要血型的人又可以被划分为 Rh 阳性和阴性两种,可以说 Rh 血型系统与我们熟知的四大血型是两个独立的分类系统,都是一样的血,看你怎么分。人体血液红细胞上有 Rh 抗原的是 Rh 阳性,反之则为阴性;Rh 阴性血型在我国汉族人口中很少见,只占 0.3%,部分少数民族比例可能高些,但也不超过 10%,所以这种血型我们医院没多少库存……"

"要测我的血是阴性还是阳性?"

"对。"医生回答完,效率很高地招呼护士给王暮雪准备抽血工具,"这个 Rh 检测很快,几分钟就可以出结果,但我估计你是阴性的可能性

60

很小,所以得做好立即转院的准备。"

"如果不合适,哪家医院会有血?我应该去哪里查?"王暮雪满脸焦急。

"我们护士长现在已经在帮你联系了,很快会有消息的。"

王暮雪一边抽着血样,心脏一边咚咚直跳。深更半夜,事发突然,她告诉自己一定不能慌,一定不能被吓到,一定要冷静思考。

在等待结果的几分钟里,她用手机查起了关于 Rh 阴性血以及全青阳可能有这种血型库存的医院。

原来,Rh 血型不合的输血方式会危及病人的生命。如果 Rh 阴性的人输入 Rh 阳性的血液后(特别是多次输血),在其血清中可出现 Rh 抗体;若以后再输入 Rh 阳性血,即可发生凝集,造成溶血性输血反应。

几分钟后的检测单告诉王暮雪,她果然如医生所料,是阳性,无法给鱼七输血。血液库网上也没有公开数据,束手无策的王暮雪只能被动地等医院的联系结果。

躺在病床上的鱼七,额头跟水烧开了一样烫,思绪也模模糊糊的,嘴里时不时说的梦话反复在叫"爸"。

时间已经是凌晨5:30,王暮雪抬头看着已经空了一半的血袋,知道这袋如果输完,就剩最后一袋了……她已然忘记了三个半小时后(早上9:00),她就得以主讲人的身份出席天英控股昨天没开完的初次尽调报告会。

这场报告会对明和证券至关重要,目前天英控股并没有与明和签订合同,如果报告会做得不好,他们随时可能换券商。

市场上这类大客户很多都是如此做法,他们让各大投资银行轮流进场帮他们梳理问题,整个过程中他们并不给钱,哪家投行问题梳理得好,专业水平高,就选哪家投行。

当然,上述结论仅限于那些又好又大,硬伤不多,有整改希望的公司。没有整改期望的公司在选择券商时,自然不会遵循这套逻辑,他们思维简单粗暴,直接选胆大的,哪家投行敢往会里报,就选哪家。

天英控股一举一动都是万众瞩目,它的影响力迫使它跟其他同类公司一样,必须得选国内第一梯队的券商、律师和会计师团队,否则它就会遭到外界的质疑:你不敢跟大机构合作,难道是因为你猫腻太多,大机构的内核过不了么?

虽然竞争对手范围缩小了,可知名度和影响力都是与明和证券不相上下的大型投行,故曹平生非常重视这场报告会。

他不仅亲自参会,还定期检查王暮雪和柴胡的工作成果,甚至报告会展示的PPT版式,他都逼王暮雪改了好几次。

作为部门总经理,曹平生当然不希望自己好不容易钓上来的大鱼,被手下人给弄跑了。

"呜……"鱼七的身子突然蜷缩在一起,又朝枕边吐了一大口血。

王暮雪就算不是学医的也明白鱼七的胃里肯定还在出血,她立刻按了呼叫铃,心里再也无法保持平静。有血源库存的医院还没联系上,这边血又止不住。

医生进来一看到鱼七的样子,立刻朝护士道:"上胃管!快!"

王暮雪快步退到一旁,看医生们通过胃管将鱼七胃中的血吸了出来,并灌注了止血药物。

因为再次被插入胃管,鱼七痛苦不堪。他在挣扎,牙齿已经被血彻底染红,没有一处是白的。王暮雪眼泪掉下来,她无声地迅速擦掉;再掉下来,再迅速擦掉。她想求救,她想大声喊救命,但能救鱼七的人已经全在自己眼前了,可她还是陷入了前所未有的绝望。

346 选择与代价

6岁的时候,鱼七放学一回家就把书包扔在地上,径直走进房间,蹲在床边生起闷气来,脸上带着明显的抓伤。

父亲走到他身边,学着他的样子蹲下,道:"打架了?"

"嗯。"尽管很不情愿,但鱼七知道脸上的伤骗不了人。

"很生气?"父亲笑了。鱼七闻言将头扭过了一边,没接话。

"你准备怎么对付他?"

鱼七非常严肃地说:"爸爸,我想借一下厨房的菜刀。"

父亲听到"刀"这个字,脸上竟未出现惊慌,平静道:"想砍死他?"

鱼七点了点头,目光直勾勾地看着父亲。

"我看行!"父亲捋了捋袖子,"要不爸爸明天帮你一起。我个子高,力气大,先上去将他按在地上,然后你再来砍可好?"

"好!"鱼七大声道,"那爸爸要按好,我要砍很多很多次!"

"可以! 砍很多很多次才解气!"父亲说完站起身,拍了拍手,"那爸爸就先去准备准备!"

鱼七见状热血沸腾。大约过了十五分钟,他见父亲从隔壁房间拉出了一个大箱子,肩上还扛着棉被。

"爸爸你拿这些干吗?"鱼七一脸不解。

"这些衣服和被子都是你需要的。咱们明天砍完人,警察叔叔就会把爸爸和你带走,带到一个叫监狱的地方,然后爸爸就会被枪毙,而你就要在监狱中待很长一段时间。你会不断长高,穿爸爸的衣服正好!"

鱼七听后伫立在原地,一动也不动。

"儿子! 决定了吗? 咱俩明天何时动手?"

"爸爸,要不咱们不干了吧。我不要你被枪毙,我也不要离开家。"

"但你不是生气么?"

鱼七红着脸抱起地上的一个玩具,背对着父亲没说话。

"真不干了?"父亲再次试探。

见儿子又摇了摇头,他才将箱子和被子搬了回去。

这个场景鱼七一直记得,直到很多年后,他在警队的欢送会上讲给他最敬重的一位老师听,老师告诉他,你爸爸其实是在教你,什么是选择,什么是代价。

虽然鱼七明白了父亲想教他的东西,可是直到现在,他都没有真正学会。

究竟什么是选择? 什么是代价? 鱼七希望这两个问题的答案可以跟他此时眼前的画面一样清晰。

画面中的黑白电视还没现在的 15 寸电脑大,木床的脚被白蚁啃出了很多窟窿,平常写字的桌子是蓝色塑料做的,桌面还有些歪。

清晰的画面,与耳边混沌的声音形成了鲜明的对比。整个晚上,鱼七除了胃疼得翻江倒海，还听到很多人在自己身边说话。他们的声音有的很陌生，有的很熟悉。

陌生的声音说得并不连贯，很多词鱼七没听过。

"拿安络血，快！"

"止血敏和止血芳酸还剩多少？"

"胃管胃管！"

"病危通知书，赶紧盖章去！"

"不够了，转院吧?!"

"不是说没转院前胃管不能拆么?!"

"要不用激光或者微波试试！"

而那个鱼七熟悉的声音说得很连贯，一直重复着一句话："别怕，马上就没事了，别怕……"

"他输着我的血有什么好怕的，怕的人应该是我，我本来就有点贫血。"柴胡朝王暮雪嘟囔着。他今天是第二次看到王暮雪穿睡衣的样子，第一次是鱼七发烧，王暮雪拎着外卖，硬要过来跟鱼七睡的那晚。

柴胡注意到王暮雪左边小臂上有一条很清晰的血痕，忍不住问道："你手怎么回事？"

王暮雪低头一看，淡淡一句："刚才抽完血，忘记按伤口了，没事。"

全青阳其实还有另外两家医院有血，但每家都只有一袋，而鱼七这边暂时又无法离开胃管，所以王暮雪一是安排那两家医院立即送血袋过来；二就是向柴胡求助。

柴胡来自少数民族自治区，按医生的说法，血型是 Rh 阴性的概率很大，于是她让柴胡务必过来验一次血，以防万一。毕竟就连医生也不确定照鱼七目前的状况，新的两袋血够不够用……

床上的鱼七面容枯槁，跟死了差不多。

说起来，鱼七进了柴胡最讨厌的人榜单前五，第一王萌萌，第二胡延德，第三曹平生，第四就是鱼七，但现在看到他的样子，柴胡有点儿同情他，再看王暮雪惊慌失措的样子，他安慰道："你尽力了就行了，接下来听天由命。哥告诉你，反正他不是什么好人。"

此话一出,王暮雪无比犀利地瞪着柴胡。

"我觉得他接近你肯定想图些什么,要不然太巧了。怎么正好是他送承诺书给你,又正好是他在健身房当你教练?"

"那都是偶然!"王暮雪立刻反驳。

"呵呵,偶然?"柴胡冷笑一声,"我看他就是故意接近你,以前我以为他图你的钱,后来有一晚他趁你不在,居然问我你们家财务报表的事儿。"

"啊?"王暮雪直起了身子,带着满腹疑问盯着柴胡。

"明人不说暗话。"柴胡说着指了指躺在床上一动不动的鱼七,"我现在当着他的面告诉你,是他,说你们家财报有问题。暮雪你想想,他之前是经侦警察,经侦安插卧底的事儿你没听过?你最好小心点。同情心泛滥容易引狼入室。"

347 究竟走不走

早上 8:55,在天英控股会议室的曹平生,边刷财经新闻边等人坐齐。让曹平生颇感意外的是,有自己出席的会,王暮雪和柴胡这两个兔崽子居然到现在都没到场!尤其是作为主讲人的王暮雪,她应该提前二十分钟就布置好投影仪和话筒。

曹平生刚想打王暮雪的电话,门外就一前一后走进来两个重量级人物。

一位是天英控股创始人、董事长以及实际控制人,张剑枫。

张剑枫与其他非律师人士一样,穿着一件蓝色宽松 T 恤,下身还配着一条深蓝色牛仔裤。

张剑枫 1.74 米左右,头发又竖又直,圆脸,气质与大公司高管不太搭。如果不是先前饭桌上邓玲隆重介绍,第一次见张剑枫的曹平生会以为他是销售部的中层干部。再加上他总是笑容可掬,和蔼可亲的样子,更像销售人员。

而另一位重量级人物曹平生很熟,国内第一大会计师事务所,晴格会计师事务所的高级合伙人罗大军。此人在业内很有名,经手过很多大型标杆项目,还曾被资本监管委员会聘任为发审委委员。

罗大军四十六岁,尖下巴,身材干瘦,但精神抖擞。他跟着张剑枫的身后走进会议室时,脸上也是挂着笑容,眼角显现出较为明显的鱼尾纹。

这俩人是第一次现身,而离会议开始还剩1分钟。曹平生咬着牙拨王暮雪的电话,但连拨两次居然都没人接,于是又给柴胡拨,没想到电话居然被按掉了。

曹平生瞪大了眼珠,好你个乖乖!这俩熊孩子是要造反么?翅膀居然硬到敢挂老子电话!如此重要的报告会,他们居然同时放所有人鸽子,难不成这场报告会让老子来讲?!

以曹平生的水平他当然不是不能讲,但第一,他没带电脑;第二,他早就不会操作那些会议专用的电子设备了;第三,如果这么重要的会议投资银行下属一个都不出现,让总经理亲自站在上面给所有人做报告,他曹平生面子往哪儿搁?!连律师特么的都来了三个人!曹平生越想越气,两只小眼睛将怒火喷向了门口的位置,谁要是这时候出现,直接能被烧死。

其实,两个小时前柴胡就催王暮雪了,可她想都没想就直接回答道:"我今天不去了。"

"你是主讲人,你不去?"

柴胡以前认识的那个王暮雪,没有什么比稀有的机会和激烈的竞争更能让她热血沸腾、不顾一切的了。她生来就有着不服输的倔强,身体里流淌的也是战士的血液。

天英控股这种超大型项目,绝大多数投行人一辈子都遇不上一次。柴胡记得这段时间自己总是哀叹这家公司太大太复杂的时候,王暮雪盯着电脑的眼睛里,放出的居然全是光亮。

能让其他女人兴奋的,可能是某帅出天际的小鲜肉;但让王暮雪兴奋的就是那些让她看不懂,又难又复杂的各种知识;当然,还有可以让她在曹平生面前证明女人完全可以把投行干得很出色的一切机会。

"他死不了的。你不去我可就去了;我去的话,就我讲了哦!"柴胡将这句话说得十分随意,但他的内心却有些复杂。如果是以前的柴胡,当然一百万个希望王暮雪不去,这样他就捡了一个大便宜,能在所有高管和中介机构都在场的报告会一展才华。会得到的赞赏和尊重姑且不论,往后柴胡需要各部门协调的工作都会顺畅很多。

但此时的柴胡却又有点希望王暮雪不要被牵绊,而且还是为这个有点可怜,但看起来很烦还有点危险的人。

对鱼七,柴胡凭男人的直觉就认为他不简单,跟王暮雪在一起也不太像会有好结局的样子,于是他轻咳了一声道:"算了,你去,我留下来。"

"别了,我怕我回来他已经被你掐死了。"王暮雪冷冷道。

"大姐……我有这么邪恶么?"柴胡说着又打了一个大大哈欠,心想自己的状态确实也不适合再去开什么烧脑的报告会。人一缺乏睡眠,脑子转得就慢。柴胡怕反应迟钝在会上出洋相,于是朝王暮雪道:"你留在这儿也没我有用,我有血,你没有。"

王暮雪却很有底气地来了一句:"我有爱,你没有。"

柴胡骤然被狗粮塞得说不出话,而王暮雪却突然起身,拽着他就往门外走,边走边道:"多谢你提醒了我,快! 再去留一包血!"

348 跪求大律师

柴胡绝对没想到,他最惨的并不是五小时内连续被逼着抽了两袋血,而是回家换上西装出来后就开始头晕,于是他赶紧找地儿买早餐。

上地铁的时候,已是 8:10,到天英控股需要 45 分钟。这意味着出地铁柴胡要狂跑才有可能不迟到。而离天英控股最近的地铁站叫经城站,是全线最繁忙的站点。经城是全青阳写字楼最密集的地区,以柴胡的经验,上班高峰期没有十五分钟绝对出不去闸口。

毫无疑问,柴胡这次一定、必定以及肯定会迟到了。一想到这一下肯定会抹杀掉曹平生对自己因公众号和行业研究积累下来的所有好感,他就无比懊恼,觉得王暮雪放着蒋一帆不找找鱼七,堪比脑残,还连累自己也变脑残。

当手机显示 8:53 时,柴胡还剩两站,但此时地铁居然停了,原因不详,就听广播反复说着一句话:各位尊敬的乘客,现在是临时停车,请您稍候,为了您和他人的安全,请勿触动车上的设备或试图打开车厢,感谢您的谅解与合作……

柴胡立即明白了,今天是他的黑色星期五,做什么肯定都得倒霉。这样下去不行,一定要准备一个备选方案,得有人替他出面解释,为他多争取时间。

但哪个人合适呢?曹平……这个名字只闪现了一半,就立刻从柴胡的脑袋中擦除了。

曹平生是一个即便你打着吊针,都不允许你迟到的人;更别提柴胡这种作死献血,完全非自身疾病的借口。

曹平生是投行第一狠人,在他的字典中,只有标准,没有人权。

要不然,拜托那个看上去比较好相处的律师李月?柴胡立刻打开手机搜索李月的联系方式,但破天荒地居然没搜到!柴胡这才想起来,李月的名片被他放在桌上了。那丫头一看就是乔装正式员工的实习生,所以柴胡完全没把她放在眼里。

难道真的要拉下老脸,去跪求木偶律师王萌萌?一分钱难倒英雄汉,绝境处不分好坏人呀,柴胡立马就给王萌萌发了个微信,说自己会晚到,最后求人的那句,柴胡还特意加了一个"请"字。

王萌萌回信很快,但她只回了两个字:呵呵。

呵呵?呵呵是什么意思?柴胡有些窝火,不帮就不帮,发个"呵呵"干吗?是嘲笑?是讽刺?还是看好戏?

当然,在大局面前,柴胡不得不忍着窝火,跪求王萌萌帮他拖延时间,因为地铁中的广播还在持续。但在柴胡好几句央求和好几个跪拜表情后,王萌萌那边却没了声,直到8:59她终于回了信,回信的内容依旧是那轻蔑的两个字:呵呵。

当柴胡怀着满腔怒火,气喘吁吁地奔到会议室门外时,听到了他最不想听到的声音。那个声音铿锵有力,一本正经:"根据董秘办发给我们的资料,公司董事陈斌在6家关联企业中兼任董事。"

人力资源部部长陈斌反问道:"这有问题么?"

副总裁邓玲此时也接话道:"法律没限制吧?没说不能在关联企业

任董事吧?"

"明文规定中确实没有限制,但同时出任6家企业董事,再算上咱们天英,就7家了,这可能会让监管层觉得,该董事没有时间同时对7家公司履行勤勉义务。"

柴胡悄悄推开一半会议室后门,他果然没看错,站在投影前讲话的真是王萌萌。

陈斌朝王萌萌问道:"那是要我撤掉几家头衔?"

王萌萌脸上没什么特别的表情,道:"如果能的话,最好这样。而且即便撤掉了,这6家公司都属于'曾经关联方',如果有实际经营业务,还需要提供给我们主营业务、收入和利润的资料。"

"如果没有实际业务呢?"邓玲插话道。

"那就要看是否有注销的必要了。"没有业务就是空壳,一个人好端端在一堆没有实际经营业务的空壳公司任董事干吗? 只能是徒增关联方数量的烦恼。毕竟从所有上市中介的角度出发,关联方这种存在,当然是越少越好。

"好吧,下一个问题。"邓玲道。

王萌萌说着翻开了下一页幻灯片。柴胡这才注意到,投影仪投出的是自己与王暮雪做的幻灯片,只不过王萌萌没有按顺序讲,而是直接跳到了法律部分。

柴胡不敢相信,平常总是跟自己抬杠,关键时候只会发"呵呵"的王萌萌,居然真的在救场……他还没来得及感动,就被总是往门口处瞟的曹平生迅速锁定了。

【投行之路课外科普小知识——董事兼任关联公司董事情形的法律规定】

目前,上市规则中并没有对企业的董事和高管在关联方的兼职做过多限制,但是《公司法》第一百四十七条规定:董事、监事、高级管理人员应当遵守法律、行政法规和公司章程,对公司负有忠实义务和勤勉义务。

《首发管理办法》第十四条也规定:发行人已经依法建立健全股东大会、董事会、监事会、独立董事、董事会秘书制度,相关机构和人员能够依法履行职责。根据法规及相关案例,监管层对此的关注点主要也是董事、高管如果同时出任多家公司董事,是否能够勤勉尽职的问题。

349 迟到的代价

曹平生恨不得上去撕了柴胡,见他已经悄然坐在了离会议室后门最近的一个位置上,也怒意未消。

"截至 2017 年 3 月底,公司商标总计 952 项,其中 112 项需要完成体系内外的转让手续;再审、驳回、申请中的商标为 559 项,已完成注册商标共 373 项。"王萌萌念完这段后会计师们面面相觑,心想幸亏商标这种事情审计工作不需要整理,否则这么庞大的数字听得都头晕。

"公司专利目前有 500 项,但已授权的专利仅为 61 项,其中新型专利 48 个,外观专利 13 个,其余的 439 项均在审核中。"

王萌萌此时瞥见了柴胡,看到他一副贼头贼脑的样子,心里觉得有些好笑。她当然不能笑出来,而是继续正经道:"公司目前软件著作权总计 161 项,其中 148 项已完成注册,13 项正在申请中。"王萌萌念得虽然轻松,但这块内容涉及的工作量巨大。上述数字是普通上市公司的几倍甚至几十倍,投资银行与律师不仅要对商标、专利和软件著作权进行逐一公开信息核查,还需要走访相关部门,核实注册情况。

律师王萌萌和李月尽调的这些日子,几乎全在梳理相关文件,工作内容枯燥至极,但又不得不做。天英控股的很多商标还都是埃及文,跟蝌蚪差不多,有两天王暮雪还陪着她们翻译到深夜。

所以对王暮雪,王萌萌并不反感,她不知为何王暮雪今天没来,但她也知道自己不能在这个时候断掉,于是翻开下一页幻灯片,继续道:"接下来是关于公司资质认证的相关问题,公司目前提供的材料内有 CE 认证、FCC 认证以及国外体系认证等,涉及的国家有巴基斯坦、博茨瓦纳、迪拜、科特迪瓦以及孟加拉国,但尚未提供其主要客户所在国,例如尼日利亚、肯尼亚、马里、卢旺达、坦桑尼亚、埃及、几内亚、乌干达以及加纳相关的资质认证。"

"要补资料对吧？"邓玲问道。

"对。"王萌萌回答，"公司需补充提供相关证书，而且目前提供上来的彩色扫描版证书，有些存在即将过期的情况。请公司在过期前，进行重新认证。"

"这种补材料的事情就别在会上说了，直接找有关部门补就好了。"副总裁邓玲的表情有些不悦。

王萌萌十分尴尬，幻灯片上确实罗列了相关内容，不念一下也不好。当然，王萌萌也不是好惹的，她先是很自然地跟邓玲抱歉一句："好的邓老师，以后一定注意。不过……有一个重要问题刚才漏说了。"

柴胡的注意力全在王萌萌身上，他强迫自己绝对不能去看曹平生，因为就在刚才他出地铁站狂奔的过程中，裤袋里的手机被不断运动的大腿肌肉给按掉了，直到入座后柴胡才发现这个致命错误。

"公司这么多项专利在手，居然都是实用新型和外观设计专利，一项发明专利都没有，这个对于咱们这样体量的公司而言……"王萌萌没有继续往下说，但她的这个问题足以让邓玲难堪。

当我们浏览一家公司专利列表时，千万别一看个数多，就认为这家公司牛。专利是有分类，有含金量区别的。

在我国，专利类别分为三种：实用新型专利、外观设计专利和发明专利。

何种技术可以申请实用新型专利？对产品的形状、构造或者其结合所提出的适于实用的新的技术方案，就可以申请实用新型专利。

何种设计可以申请外观设计专利？所谓外观设计，是指对产品的形状、图案或者其结合以及色彩与形状、图案的结合所做出的富有美感并适于工业应用的新设计。

外观设计专利应当符合以下要求：

（1）是指形状、图案、色彩或者其结合的设计；

（2）必须是对产品的外表所作的设计；

（3）必须富有美感；

（4）必须是适于工业上的应用。

我们发现,上述两种专利提及的词汇都是形状、构造、图案、色彩等;虽然是专利,但其实没什么含金量,只要你会设计产品的模样,只要这模样是独一无二的,基本都能申请。这些拼的不是高科技,拼的是绘图能力。

真正有含金量的是发明专利。那么何种技术方案可以申报发明专利?

发明专利是指对产品、方法或其改进所提出的新的技术方案。主要包括产品结构、方法类和用途类的发明专利;

(1)产品结构:例如手机的硬件结构都是由哪些器件组成的、生产设备结构都是由哪些部件组成的、生物检测装置结构都是由哪些构件组成的等等;

(2)方法类:例如网站、App、窗口等制作方法;化合物合成方法、检测方法等;细胞培养、扩增等方法;污泥处理、垃圾处理等方法;产品制造、加工方法等等;

(3)用途类:例如发现了杀虫剂还具有除草的用途;感冒药还能用于缓解心脏疼痛的用途等。

所以一般有经验的投资人在问公司专利情况时,都不会问"你们有多少项专利",而是会直接问"你们有多少项发明专利?"

王萌萌知道这个问题邓玲没法解决,因为技术水平这种事情不是她一个会计背景的副总裁能决定的。

公司开张十年,业务遍布全球,一项发明专利都没有,主打产品还是电子产品,确实说不过去。

会议室里的火药味一下子变得很浓。王萌萌的意思柴胡也看出来了,她就是想告诉邓玲:"嫌我说的问题不够重要?我说重要的你们解决得了么?"

邓玲这个东北女汉子可算是被王萌萌怼回去了,没办法,没高科技,底气不足。

反倒是一直沉默的董事长张剑枫笑着开了口:"过去确实没有,因为我们公司毕竟是做品牌的,优势也是销售网络。不过目前我们魔都研发中心的一百多个小伙子很努力,可能今年就会报上去几个发明专利。"

柴胡见气氛缓和了一些,立即向王萌萌比画了个手势,示意她可以停了,接下来应该是他柴胡的场子。

王萌萌看到了柴胡的手势,也知道他的意思,但她选择无视,自顾自继续说道:"公司存在大量对外投资的情况,包括25家新设公司与31家并购境外子公司。"

"这也有问题?公司大了自然就会对外投资,国家没说不给这么干啊!"邓玲已然与王萌萌杠上了。

"这些境外公司是需要备案的,法规中规定要先备案,才能在境外设立或者并购。"

王萌萌说到这里刚想把法条搬出来,柴胡就立即起身道:"虽然法规是这么规定的,但实际操作中弹性较大。目前公司只需要就以上56家境外子公司补交备案材料就可以。"

王萌萌闻言,脸都黑了,因为柴胡又开始用业内惯例,拉低法律标准了。她明白,如果此时自己坚持,肯定连自己领导曹爱川都不会支持;她一定会跟柴胡一样,举一大堆市场上的例子来压制自己;况且这些境外公司已经设立了,已经并购了,唯一的办法也只能是补备案手续,先斩后奏。

于是王萌萌说:"嗯,那就补办。不过这项工作也不能拖,要尽快。"

此话一出,坐在柴胡旁边的一位法务部同事十分无奈地叹了口气,非常不情愿地做着笔记。给56家境外公司一一准备备案文件,工作量巨大。而原本不上市的话,这些工作根本不用做,至少不用马上做。

对于天英控股这样体量的公司,各个部门都需要抽出一定的人手,在一段时间内专门配合上市工作。这些人手头上的常规工作需要全部卸掉,否则就会给员工一种工作量增加了,但工资没涨的感觉。

现在只是刚刚开始,所以法务人员仅仅只是无奈,等时间一长,工作不断增加,没有尽头的上市持久战进行到中后期,这些员工的无奈就会变成愤怒甚至辞职的冲动,柴胡很清楚这一点。不过柴胡现在可没工夫同情任何人,他只想上台,将王萌萌换下来。再让她说下去,这段时间自己与王暮雪的革命果实都要被律师掠夺走了。

【投行之路课外科普小知识——境外投资】

根据2014年商务部发布的《境外投资管理办法》第六条:商务

73

部和省级商务主管部门按照企业境外投资的不同情形,分别实行备案和核准管理。企业境外投资涉及敏感国家和地区、敏感行业的,实行核准管理。企业其他情形的境外投资,实行备案管理。第二十五条:企业投资的境外企业开展境外再投资,在完成境外法律手续后,企业应当向商务主管部门报告。

350 就是在帮他

如果满足了柴胡的愿望,那她就不是王萌萌了。所谓请神容易送神难,王萌萌继续阐述同业竞争和股权代持两大法律问题。

天英控股的同业竞争问题并不复杂,主要是关联方经营了一家综合性电商,其中70%的产品全是来自天英控股。

"怎么就同业竞争了?"邓玲的脸色有点苍白,不知是因为昨晚没睡好,还是刚才被王萌萌气的,总之嘴唇没啥血色,但说话声音依旧洪亮,"我们做线下,他们做线上,渠道都不一样,市场也不一样。"

"现在不竞争,不代表将来不竞争。"王萌萌一脸严肃,柴胡却满心崩溃,心想好你个木偶律师,居然抢我台词!

只听王萌萌继续道:"据我所知,非洲现在已经有三家电商平台了,尽管发展得不是很成熟,但网上购物是大趋势。如果咱们今后在网上销售天英的电子产品或配件,那么与关联方就构成了同业竞争。"

邓玲听后冷笑一声:"监管层管得还真多,将来的事情都要管。你说我现在就想考个初中,小学毕业成绩好就行了,硬逼我将来大学成绩也要好,这要求合理么?"

王萌萌正想反驳,柴胡的声音又很恭敬地响起:"邓老师,是这样的,监管层判断的其实是趋势。咱们公司的产品,未来发展网络直销业务是大概率事件,也是时代趋势,不可避免。我们也不可能放弃未来电商这个大渠道。这次尽调除了解决现有问题,也要为将来提前做一个规范和调整,只要构架搭好了,以后就不怕出问题。"

柴胡语气柔和,态度谦逊,逻辑清晰,目的明确,与王萌萌的生硬感形成了鲜明的对比。

连董事长张剑枫都忍不住转头仔细打量了柴胡一番，很礼貌地问道："那你认为，我们公司这个构架应该怎么调整？"

柴胡顺势就把解决同业竞争问题的惯用方式给张剑枫介绍了一遍，最后经过讨论，大家决定将那个电商平台转让给无关联第三方，彻底与之划清界限。

而王萌萌说的第二个问题股份代持，并没有违反国内的法律，而是违反了境外法律。

天英控股对其销售国而言属于外国公司，有些地区规定境外公司持股不能超过80%，有些地区规定境外公司不能拥有控股权（即股权比例不能超过50%），其实就是一种排外行为。但天英控股对旗下的诸多子公司其实都是100%持股，那么为了规避当地法律，它怎么做呢？

很简单，找一个当地的外国公司或者外国人当"傀儡"，在国外的工商局登记"傀儡"和天英的名字，让"傀儡"控股或持有适当股权（以不违反当地法规为准），最后天英与"傀儡"私下签订《股份代持协议》，表明天英对子公司的股权是"傀儡"代为持有的。

"张总……"王萌萌这会儿已经完全跳过了邓玲，直接跟张剑枫汇报道，"根据公司法与合同法的规定，此种代持行为虽然不违反国内法律，但采取代持形式规避当地外商投资企业的相关限制，属于违反当地法律法规的行为，意味着公司设立的合法性可能存在瑕疵。我们建议要不把公司注销掉，要不就还原代持。"

张剑枫闻言摇了摇头："注销恐怕不行，这些公司的业绩贡献都很大。"

"那就将股份代持协议解除掉。"王萌萌果断一句。

张剑枫眉头蹙了一下，道："解除，是指让我把股权真真实实地送给外国人么？"

"对。"王萌萌利落道。

张剑枫此时不禁看了一眼财务总监陈星，无奈笑了笑。陈星警醒得很，立刻朝王萌萌道："这送出去的可不是股权，所有你刚才提到的子公司，一年加起来能赚十几个亿。股权送出去了，收入怎么办？也要送么？

到时候有纠纷怎么办？"

柴胡的声音又刚刚好地早她一秒响起了："据我所知，国外通常都允许同股不同权。也就是说，股权、收益权与投票权是可以拆分开的，这个与我们国家很不一样。所以，我们需要仔细研究当地法律，还要联系当地律师，起草协议，将公司的收益权跟股权分开。"

其他高管经过上次饭局，都知道柴胡爱出风头，所以尽管他们认同柴胡是个有才之人，但依旧对他没什么好感。可张剑枫不同，今天是他第一次见柴胡，而柴胡的几个"抢答"头头是道，句句在点，语气方法又温婉周到，所以他对柴胡的好感度很高。

而柴胡对王萌萌的好感度，由早上刚进门的峰值一路下滑，在会议结束前的最后一分钟，跌到了马里亚纳海沟。

在去餐馆的路上，柴胡追到王萌萌旁边低声切齿道："你说几点就行，为什么要全说完？"

王萌萌眼睛看都没看柴胡，不以为意道："我只说了法律部分而已，下午换你不就完了？"

"你把简单的都说了，难的全留给我，你这不是帮我。"

"我根本没在帮你。"王萌萌冷冷一句，"我帮的是王暮雪。"说完，她加快了脚步，像甩开瘟神一样径直走到了队伍最前面。

柴胡看着她的背影就来气，但就在这时，他的肩膀被拍了一下，回头一看，是律师李月。

李月露出了一个温和的笑容，向柴胡解释道："萌萌帮的就是你。你一发消息她就马上找你们曹总要 PPT 了，还跟曹总提议说如果你迟到了，她可以上去讲一会儿，然后是你们曹总让她把法律部分都讲完的，说律师负责法律，你们负责业务，这样客户也觉得自然，不突兀。"

李月说完就去追王萌萌，留下了完全愣住的柴胡。手机响了才把他拉回现实，柴胡在解锁前不自主地向上天祈祷，千万别是王暮雪再让他去献血……

结果打开一看，是曹平生："你特么为你今天与昨天的所有行为，给老子写 3000 字检讨！"

351 市场无贵贱

果然，上菜位被律师李月抢了，这个动作告诉柴胡，李月确实很有可能只是实习生，跟当初在晨光科技做项目的自己一样。柴胡坐在东南侧，离上菜位相隔三个位置，此时包间大屏电视中正放着天英控股的新闻。

新闻中是非洲城市风光，画面里出现了一位黑人母亲与孩子。母亲问孩子："上帝住在哪里？"

孩子回答："既然上帝创造了万物，那他一定住在中国。"

母亲笑道："为什么一定住在中国？"

"因为我们用的所有东西都来自中国。"

孩子说完，镜头切换至一名中国记者，他拿着话筒在非洲某国的电子市场朝镜头道："现在咱们中国的产品在非洲非常普及，大到建筑器械，小到手电筒、鞋袜。非洲人的衣食住行早已离不开'中国制造'，就连手机品牌，我在这里看不到苹果、三星，你们看，全是天英，咱们中国自己的品牌。"

记者边说边回身指着身后的手机街，一眼望去，绝大多数店铺广告牌的确全是天英控股的品牌。

此时视频旁白提示道：

> 2016年，天英控股非洲地区总出货量超过两亿部，其中智能机出货量超40%。
>
> 无论是智能机还是功能机，中国品牌都具有不错的市场占有率。
>
> 从整体非洲手机市场来看，中国品牌份额超过50%，其中中国品牌智能机市场份额超过40%，而功能机品牌市场份额近60%。

"不错啊，牛！"曹平生呵呵笑道。这个笑容让柴胡毛骨悚然，3000字的检讨，能过关吗？说实话，柴胡左想右想也没想出为什么光是迟到就得写3000字，而曹阎王微信里提到的昨天，有什么事呢？昨天报告会柴胡都没说话，全是王暮雪在说，就中午的时候跟大家探讨了企业家的事情，然后下午因为被杨秋平拒绝,打击太大,所以早退了。

想到这里柴胡幡然醒悟,他确信一定是早退的事情被阎王爷知道了,所以这3000字是让他意识到守纪律的重要性。

检讨书的主题明确了,柴胡的注意力也终于可以完全放在饭桌讨论上了。

"这节目你们专门点播的吧?"律师曹爱川指着电视,朝邓玲开玩笑道。

"那不能,完全是偶然。咱们公司现在想不让国人知道都不行,大国崛起,一带一路,那全是咱们!"

董事长张剑枫端着服务员倒好的茶,一字一句慢慢说道:"其实没这么乐观。14年的时候,非洲市场每年保持20%以上的增长率,但是16年就开始下降了,降到10%左右。"

"功能机和智能机都降了么?"曹平生道。

张剑枫点了点头,而后喝了口茶。

"没事儿!"此时会计师事务所高级合伙人罗大军安慰道,"那是增速的下降,总量还是上升的,市场还是扩张的,前景还是乐观的!"

"哎哟,没想到罗老师还会排比,还会作诗呢!"邓玲道。

罗大军哈哈一笑。此时电视中的镜头切换到另一个非洲国家的手机城,与之前的国家一样,天英控股的摊位、店铺、广告牌以及顾客都远超其他手机品牌。

此时视频旁白道:

2013年,智能机市场爆发,更多的中国品牌开始进入非洲市场,中国品牌智能机在非洲地区的市场份额也逐年上升。

2016年,非洲地区智能机出货量超过0.9亿部,同比增长2.31%,中国品牌智能机出货0.4亿部,同比增长23%,而中国品牌在非洲地区功能机出货量达0.7亿部,同比增长近70%,远超非洲本地功能机出货量增长情况。

中国品牌在非洲主要的几大市场——南非、尼日利亚、埃及都取得了超过40%的市场份额,南非作为该地区最大的智能机市场,其中国品牌占据了近50%的市场份额,出货量超过2000万部,而在尼日利亚,中国品牌智能机市场份额超过了60%。

此时镜头一转,再次切回那个现场记者:"天英是非洲地区发展最好的中国品牌,其在肯尼亚、尼日利亚、南非、埃及等主要市场取得了不错的市场占有率,其中尼日利亚市场占有率高达45%,而在肯尼亚和南非地区市场占有率也均超过20%,拥有非洲手机之王的美誉。"

"你们智能机是什么时候推出的?"曹平生问道。

"2012年。"张剑枫回答。

此时销售总监蒋维熙接话道:"咱们12年推出智能机,4年后就在肯尼亚和尼日利亚都取得了市场占有率第一的成绩。埃及地区市场占有率为第三,功能机和智能机加起来的市场总份额远超苹果和三星。"

柴胡安静地听着,默默地在心里回应道:市场份额远超苹果和三星的原因,应该是非洲人买不起高端智能手机,毕竟苹果的价格越卖越贵,连中国人都得卖肾了……当然,柴胡也明白,市场虽然有高、中、低端之分,不能因为某些企业聚焦的是中低端市场,就被人用有色眼镜看待。

地球上绝大多数人还是穷人,必须有企业站出来,竭尽心力地满足穷人的需求,为穷人切实解决问题。一家能为消费者解决问题而存在的企业,不可能不成功。比如京东和淘宝都不愿碰的三四线城市和广大农村,拼多多去了,解决问题了,所以它成功了。比如法拉利和兰博基尼对中产阶级消费者的需求都没什么兴趣,所以大众、福特和本田都成功了。

市场虽有档次之分,但绝无高低贵贱之别,能为人们的生活持续带来便利、带来改善的企业,就是好企业。

"其实非洲最吸引我的还是它巨大的市场空间。"董事长张剑枫道,"智能手机市场在发达国家已经饱和了,我们中国市场也基本饱和了,但绝大多数非洲人用的还都是只能打电话和发短信的功能机,那边总人口数可是占全球人口的15%,你们想想那个市场。"

"现在智能机也不是特别贵,非洲也是有很多有钱人的。那边宝石可多了。"会计师罗大军笑道。

张剑枫读出了罗大军的隐含意,附和道:"对,有钱的非洲人确实不少,智能机现在价格也一直在降。但非洲市场目前运营商发展得比较弱势,主要是由于经济原因,手机产业链和配套设施也没起来。你们看咱们国内如果没有那么多基站，没有 Wi-Fi，没有各种工程师开发的 App，线下服务，那么苹果手机也就是一块砖而已。"

352 为实体服务

服务员陆续将各类硬菜端上了桌，看到美味佳肴，柴胡再也不会跟第一次去晨光科技时那样，将胃吃到撑；甚至于从没见过的菜转到面前时，他都没兴趣问菜的来头，更不关心吃下去的究竟是猪肉、鱼肉、虾肉还是他没听过的肉。柴胡此时吃菜跟喝汤的速度一样，慢条斯理。若我们做一个仔细对比，他的吃相与蒋一帆和王暮雪，几乎看不出任何差别了。

"今年我听说 IPO 提速了。"邓玲边喝汤边道。

"对。"曹平生回答，"之前不是堰塞湖么？今年全面加快了。目前排队的这几百家企业，预计 2018 年 6 月可以全部审核完毕。"

"几百家？这么多啊……"张剑枫有些吃惊。一直在外跑市场的他，对于国内资本市场最新近况明显不是十分了解。只听他继续道，"我听说原先审核短则两年，长则四五年。"

"现在确实提速了，目前已经受理的企业有 662 家，其中已过会 38家，未过会 624 家。未过会企业中，正常待审企业 583 家，中止审查企业41 家，审核速度两个月就可以审 70 多家。"柴胡劈里啪啦地抛出了这串数字，手机都没看，震惊了所有人，当然，所有人中不包括曹平生。

"两个月就 70 多家，那确实很快。"张剑枫认为柴胡对这些数字如此熟悉，应该是投资银行职业病使然，也没有多问。

邓玲冷哼一句："中国速度，肯定快，要多快就有多快。政府真想干啥事，那速度就跟高铁一样。"

"新股发得这么快，会不会股市又要跌啊？"财务总监陈星道。

曹平生摆了摆手："之前每次股市跌，国家都用过减少或者直接暂停IPO 的方式来稳定市场，缓解下行压力。我不否认，这么做确实取得了时点性的效果。但从长远来看，作用并不大，因为暂停 IPO 没有解决机制性问题。"

众人的眼睛都齐刷刷看着曹平生,思考他所说的机制性问题究竟是什么。

"股市跌,持续跌,最本质的原因就是没活水,没有新进资金。"曹平生道,"投入股市的钱,究竟有没有真的服务于实体经济,这就是机制性问题。一个让资本市场长期稳定发展的机制,我们没有。"

"哎哟,曹总您这么说,我们还上不上啊?"邓玲笑道。

"当然上。"曹平生放下了筷子,"车开得好不好,上了车的人才有话语权。现在新股发行增加了,当然会改善二级市场的供求关系,但不管股价怎么变,资本市场的根本动力在于为实体经济服务的同时,分享实体经济发展的成果。如果将之脱离,金融是金融,实体是实体,那么没人会有动力往里投钱,再怎么暂停 IPO 都无济于事。"

"就跟吃止痛药一样,治标不治本。"张剑枫笑着插了一句。

"您说对了! 就是这样!"曹平生赞赏道,"这次您抓着机遇就对了。现在除了审核速度提高,通过率也很好,单是今年 3 月,就通过了多少家企业来着?"

曹平生说着看向了柴胡,柴胡立刻答道:"24 家!"

张剑枫闻言眼神亮了起来:"那我们今年能报上去么?"

还没等曹平生开口,邓玲就直接下了结论:"肯定不能,这么大摊子事儿呢! 今早上的问题整改起来就够折腾,昨儿你不在,我们还听了一早上人力资源的问题。"

听邓玲说到这里,人力资源部部长陈斌立刻朝张剑枫诉苦道:"张总,咱们劳务派遣的比例得降到 10% 以内,这个成本太大了。"

对拟上市公司而言,哪儿不合规就得整改哪儿,但整改都是有成本的,就跟一个人看病需要花钱一样。

对王暮雪昨天上午提及的一系列人力资源问题,陈斌觉得除了劳务派遣,其他事项的整改成本都还能接受,唯独降低劳务派遣比例代价太高。

最关键的是,把一大堆灵活机动的派遣人员硬生生签成正式员工,并不会提高人力资源使用效率,更不会给公司带来额外的经济收益,所以陈斌认为投资银行提出的这个建议不市场化,不考虑企业利益,更不具备实用性。人力资源专业出身的他，不想做任何让工人得不到合理、有效且充分配置的安排。

今天趁着董事长在，他才终于将昨日憋着的想法全倒了出来：

"公司为了规范，为了上市，可以牺牲，但不能一味地牺牲；我们的体量需要的派遣人员有几千人，如果全签成正式员工，成本支出很大，尤其现在市场上工人很难找，比大学生都难找。

"再稳定的企业，也有生产周期性，一年之内有淡季有旺季，有好的年份，也有不好的年份，我认为对于生产型企业，在工人问题的处理上，不能失掉弹性。

"如果一定要这么做，没任何退路，我也会尽全力配合，但我建议大家再好好讨论一下，在座的都是专家，希望能探讨出更好的解决方案。"陈斌完全站在公司立场，阐述方式也仅仅只是建议。他今日的这番话体现出了一家大型跨国公司高级管理人员的思想水准。

不过想法好是好，但明文法规摆在那儿，谁还能有更好的方案呢？难不成硬是不降，虚假披露，公然违法么？

至少目前的柴胡是黔驴技穷了。他不自觉地瞄了一眼三个律师，曹爱川沉默不语，王萌萌面色僵硬，李月直接埋头吃饭。柴胡突然有些想念蒋一帆，因为蒋一帆总能在所有人束手无策之时，指出一条光明之路，并凭借自己的个人能力带着大家沿路去到终点。可是蒋一帆不在了，此时不在，以后也不会在。他彻底离开了柴胡的这条投行之路，柴胡以为自己早已预备好他的离开，可是很明显，他没有预备好。

众人沉默之时，一个沉稳的声音响了起来。

353 派遣与外包

"劳务派遣的用工比例如果已经超过 10%，那么上市前必须规范，这点没有任何弹性。国家虽然限定了劳务派遣比例，但没有限定劳务外包的比例。关键是咱们怎么定义劳务派遣和劳务外包，什么样的工人算劳务派遣工人，什么样的工人算劳务外包工人。"这个声音来自会计师事务所高级合伙人罗大军。这番话让所有人瞬间记起,他曾是资本监管委员会特别聘任的发审委委员。

发审委委员之于在座所有资本中介,毫无疑问是最高法官,权威性的存在。在业界没有一定的业绩贡献,没有一定的影响力积累,是不可能有机会担任发审委委员的。

"我曾经审过一家企业,叫新安电子,他们就是用劳务外包来解决劳务派遣问题的,最后过会了。"

邓玲撇嘴不满道:"不是我说,劳务外包和劳务派遣不是差不多么?你们资本市场怎么这么喜欢玩文字游戏?发明一堆生词绕我们企业,直接能把我们绕沟里。"

罗大军哈哈一笑:"如果你们什么都懂了,那我们还去哪里找饭吃?"

劳务外包是指企业将其部分业务或职能工作发包给相关机构,由该机构自行安排人员按照企业的要求完成相应工作的业务模式。在劳务外包模式下,企业与劳动者之间不存在用工关系,因此无需承担用人单位的义务。

劳务外包最大的优点在于公司可以集中资源于最能反映企业相对优势的领域。比如关键工序或关键技术,塑造和发挥企业自己独特的、难以被其他企业模仿或替代的核心业务,而将辅助性、简单的、重复性和临时性工作外包给专业的服务公司,从而构筑自身竞争优势,降低综合管理成本。

邓玲此时双手同时举起两根筷子就朝罗大军道:"罗老师,您看这两根筷子,我左手是劳务派遣,右手是劳务外包,两个都是我们通过别的机构要人,要的也都不是我们的人,这些人都具有流动性,说实话,我没看出差别在哪儿。"

其他高管纷纷点头,表示他们也没明白"劳务派遣"和"劳务外包"究竟有什么区别,平常大家也经常混着叫,为什么国家只限定劳务派遣的比例而不限定劳务外包的比例?

"其实很好区分,抓住一个关键点就行。"罗大军本来正要往下说,但他突然停住了,目光看向了律师曹爱川。

作为城德律师事务所高级合伙人,这种法律问题曹爱川自然很熟:

"2014年时,魔都第三中级人民法院做了一个《民事判决书》,里面对于劳务派遣和劳务外包有清晰的区分,虽然都是用外面的工人,但在劳务派遣合同下,我们天英有权利指挥、监督和管理工人,但劳务外包不允许。"

邓玲蹙了蹙眉,疑惑道:"所以劳务外包就是指我们没权管工人?"

"对,外包公司管。也就是说,在劳务外包模式下,咱们对那些工人不管理、不控制,也不向他们直接发放薪酬。"

人力资源部部长陈斌立即道:"薪酬我们从没直接发放过,都是统一转账给那些派遣公司的。"

"咳咳,注意用词。"邓玲用手里的筷子敲了敲碗,"现在不是'派遣公司'了,别派遣派遣地叫,叫'外包',今后一律叫'外包'。"

陈斌不好意思地笑了笑,连连点头。他心里当然是开心的,因为国家对于劳务外包没有10%这条红线,所以如果可以将派遣员工定义为外包员工,他陈斌什么都不用做,就可以将这个棘手问题彻底解决了。

不料此时罗大军摇了摇头:"邓老师,不是随意改个名字就行,也不是咱们想怎么分就怎么分,主要还得看性质,得看没跟咱们签合同的这些员工,有多少不归咱们管。"

邓玲直接摆了摆手:"罗老师您放心,我知道怎么做。"说完她朝陈斌道,"等下吃完饭让人分类统计下,那些什么清洁人员、保安之类的,肯定就算劳务外包,别一起加进派遣员工里面,搞得我们人数很多似的,重新区分下。"

陈斌嘴上应着,但心想清洁人员和保安能占几个? 绝对不到100人,就算将这些人全部剔除,派遣人员人数肯定还是超标,问题依旧没得到解决。

"肯定不够。"律师曹爱川直接道破了陈斌心中的疑虑,"劳务外包要有专门的劳务合同,同时员工手册、规章制度、奖惩单、考勤管理制度、考勤确认表、外包人员工资表等都要符合劳务外包的规定。"

作为律师,罗大军今天提出的这个方案之前她不是没想过,但鉴于天英控股提供上来的上述所有资料,都不支持将这些工人定义为劳务外包人员,她自然就没提出"重新区分"这条建议。

关于这一点,曹平生当然明白律师坚持什么:"曹律师,对于那些外包人员,咱们天英确实不能'控制',但他们本质上就是在给咱们生产产品,不可能一点不控制,一点不管理,那样就全乱套了。就算是保安和清洁工,该管还是得管。"

"没说一点儿不能管。"曹爱川一拍大腿,大家以为她要生气,谁知她居然一脸笑意。

柴胡觉得王萌萌这个上司挺神经大条的,说好听就是有些天真烂漫,尤其是面对与她同阶层的合作伙伴时,她没半点律师的严肃与高冷,能跟邓玲开玩笑,也能跟曹平生抬杠。

"对于外包人员的日常工作,咱们可以进行人事工作管理。"曹爱川解释道。

354 强势沙和尚

"那就是了。"曹平生释然,"咱们还是得管,但不直接管,不直接进行绩效考核,不负责向外包服务人员发放工资或者受托发放工资,只要秉承这条原则,那些所谓的合同,所谓的文件,都是可以改的,对吧委员?"说着他特意看了一眼罗大军。

罗大军不置可否地笑笑,陈斌却还没明白:"对不起我想问一下,什么叫不直接管?"

"首先,你们得跟真正做劳务外包的公司签合约;然后,人拉来了,再派个劳务外包公司的头头管着那帮人。"曹平生道。

"但那个头头,实际上是听我们的对吧?"陈斌此话一出,邓玲就朝他拼命挤眉弄眼,示意他说太多了,很多事情自己知道就行,没必要非得在公开场合说明白。

陈斌的情商当然没低到敏感的事情硬往台上说,但作为人力资源部部长,他才是方案的最终执行人,如果没有在公开场合得到所有人同意就按自己理解的实施,最后出了问题锅非得自己背不可。

气氛突然间有点冷,因为没人敢接陈斌的话,谁接谁背锅,最后还是罗大军拍了拍手道:"大家也不用急,上千名派遣员工,不是一下子就能解决的事儿。"说到这里他特意看了下邓玲和张剑枫，"这个问题很普遍，尤其是2014年那个《劳务派遣暂行规定》出台后，全国几乎所有大型生产企业想上市，都得面临这个问题。"

全场十分安静，齐刷刷看着罗大军，他喝了口茶继续道："法规刚出台那会儿，很多企业措手不及，国家也理解，所以给了时间整改。当然，给的时间确实不长，所以其实直到去年，大家通过劳务外包这个方法绕一绕，还是能绕过去。"罗大军随即看向曹平生，"但今时不同往日了。就从前几个月的反馈问题来看，监管层已经有所察觉了，所以核查力度严了很多。"

柴胡屏息听着，心想罗大军这番话虽然很委婉，但简直就在打曹平生的脸。他的隐含意翻译成大白话就是："你作为保代刚才给企业出的什么馊主意？现在审核已经趋严，还想用劳务外包遮掩劳务派遣根本行不通！"

入行两年，会计师在柴胡眼中一直都是听话乖巧的沙和尚，如今自身实力硬，底气牛得敢顶撞投行保代的会计师终于出现了！

罗大军如果只说到这里，不被曹平生回怼才怪，所以他不等曹平生开口就接着道："别说我们是派遣变外包了，就算是实打实的劳务外包都挺艰难。之前非象股份、建方科技就是劳务外包，会里问了一堆问题。"

关于罗大军说的这两家企业，当时被监管层关注的问题如下：

1. 发行人是否通过劳务外包的形式规避劳务派遣的相关法律和监管规定；

2. 请披露劳务外包合同的主要内容，如工作内容、管理方式、费用结算方式等；

3. 劳务外包是否涉及关键工序或关键技术；

4. 劳务外包单位是否与发行人存在关联关系；

5. 劳务外包定价是否公允；

6. 发行人是否通过劳务外包影响公司业绩。

了解完情况后，邓玲感叹一句："太狠了，哪儿经得起这么问……"

"而且人家还是实打实的。"陈斌立刻接话道，"实打实"这三个字他特别加重了读音。他心虚了，盘算着幸亏自己没有轻易放过这个话题，否则如果真的按之前的方式实施，报进会里怎么死的都不知道。

"树大招风，咱们这公司，搞上市算是风口浪尖了。"罗大军无奈一笑，但面容立即严肃起来，"也正因如此，咱们必须方方面面都得做好，绝不能落人口舌。若出一点岔子，直接就是头版头条。"

"那您说，咱们应该怎么做，都听您的。"张剑枫的话音听上去很轻松，好似整顿饭下来他只是一个旁听者，与邓玲时不时冒出的焦虑感截然相反。

企业实际控制人对会计师说"都听您的"让曹平生感觉特别刺耳，作为投资银行总经理，这还是他第一次在饭桌上被客户当成空气。

此时罗大军正声道："之前曹律师说的不控制、不指挥，是对的，但还有一点很重要，如果是劳务外包，我们只看产品，看项目，看结果，不对员工个人进行管理。"

"也就是说，我们只看工作质量和生产进度么？"陈斌问道。

"正是。"罗大军点了点头，"咱们不能承担外包人员的工资、社保和公积金，特别不能直接向劳务外包单位的员工支付劳动报酬，也不能要求劳务外包单位的员工接受咱们的规章制度或相关奖惩措施，就连考勤管理也不行。"说到这里，罗大军好似想到了什么，特别看着陈斌道，"陈总，之前您说咱们公司派遣员工的费用都是统一支付给派遣公司的，但其实我看了下明细，咱们还是按人头算钱的，这跟工资就是一个概念。"

"那不这么算怎么算？"陈斌一头雾水。

"按工作量，按工作质量算。"罗大军回答，"或者我这么说，如果你们要做100个蛋糕，拉了一帮蛋糕店师傅给你们做，最后你们买的其实是100个蛋糕，蛋糕好看、好吃、量大就给多点，反之就给少点。不是按人头固定付工资，那帮师傅就跟咱们没关系，这与劳务派遣完全是两个概念。"

听到这里，所有高管终于彻底明白了劳务外包和劳务派遣的最本质区别：

劳务派遣看的是人，薪酬一般固定，即每人工资。劳务外包看的是货和工作量，薪酬一般不固定，按项目计算。

"就是别按人头数结算。"财务总监陈星直接一句。

"对!"罗大军眼角的鱼尾纹因为灿烂的笑容而变深了。

不过这个问题绝不仅仅是财务和人力问题这么简单,罗大军继续强调道:"咱们公司的产品,要特别注意核心工序,这些工作千万不能让劳务外包的人做。如果关键工序或关键技术都外包,会让外界觉得我们对劳务外包公司有重大依赖,人家有一天不跟咱们合作了,咱们的可持续经营能力就是问题了。"

"我也再强调一点,外包公司绝不能找关联方。"曹爱川笑着补充道,"否则咱们这个定价的公允性、合理性很难说清楚。"

"为什么难说清楚?"陈斌开了口。

这时不等各大资本中介回答,财务总监陈星就说:"找关联方就是找自己人,自己人好说话,外包价格少点,帮咱们分摊点成本,利润不就上去了么?利润上去估值不就上去了么?"

"哦哦……"陈斌恍然大悟,原来监管层是怕外包公司用自己人,会借亲戚之手虚增利润。

其实直到现在,曹平生都没分清财务总监和人力总监。他们一个叫陈星,一个叫陈斌,两人长相、年龄和身高都差不多,说不定还是兄弟。只不过陈星由于是财务出身,之前也对接了几轮投资人,明显比陈斌更懂资本市场这套。

"对,监管层特别关注咱们是否存在采用劳务外包,变相降低成本费用的情况。"罗大军说道,"因此,咱们得充分说明劳务外包费用结算依据,结算人工费用标准要与公司类似岗位员工薪金包括社会保险费用相当,避免被怀疑存在变相降低人工成本的情况。"

中午整个拿方案的过程,曹平生都插不上话,每次他刚想说话,罗大军总能先他一秒开口。投资银行的主场被会计师砸了个稀巴烂,偏偏人家说的还很有道理。

柴胡偷瞄到了阎王爷脸色由青变红,由红变紫,再由紫变黑的全过程。

其实,这些问题曹平生也懂,只不过没有罗大军懂得那么具体。如果说投资银行是给拟上市公司看病的大夫,那么就算有二十年行医经验的老医生,也不可能将所有病人的所有症状都能说得明白、治得彻底。人的体质尚且各不相同,更别说连行业、产品、市场、体量都相差甚远的所有企业了。

　　劳务派遣的相关问题是近几年才出现的,审核趋势也是最近才转变的,曹平生没有足够的精力关注所有企业的所有问题,更别说是所有审核动态。可以说,今天讨论的这个问题是他曹平生的一个盲区,但恰巧是罗大军很熟悉的范畴,所以才被会计师占了上风。

　　正当柴胡为曹平生的溃败而偷着乐时,忽然收到了一条微信,阎王爷的怒火转嫁了:下班后,你跟王暮雪分别写4000字工作检讨,明天发我!

355 谁都想发泄

　　"为什么啊? 我已经给他发信息说明情况了啊! 为什么还要写检讨……"王暮雪朝电话中吼道,她的手机才刚刚充上电,此时是中午1:25。柴胡走在吃完饭回天英大厦的队伍最后,用手遮着嘴给她打电话:"说来话长,主要是曹总被会计师秒了。"

　　"秒了?"王暮雪没反应过来。

　　"那个会计师没事找事,是他最开始提出有家公司通过劳务外包的方式,解决了劳务派遣比例超标的问题,但最后他的结论又把这个案例否定了,说现在审核趋严了,不能这么搞,然后曹总就很不爽。"

　　从昨晚送鱼七去医院到现在,王暮雪都还穿着睡衣,好在鱼七的血已经完全止住了,她才赶紧回来休整一下。

　　"4000字太多了,以前作文才用写800字!"王暮雪边换衣服边嘟囔道。可能因为睡眠严重不足,再加上鱼七的病情让她焦虑,她觉得这4000字骤然如一座大山一样压得她喘不过气。

　　"你就知足吧,我比你还多3000,我得写7000!"柴胡的声音很小,但他说得很用力。

　　"为什么啊?"

　　"还能为什么? 因为我今天迟到昨天早退啊,所以比你多3000。"

　　王暮雪整个人重重地倒在床上,闭着眼睛漫不经心道:"曹总怎么知道你早退的？我可什么都没说。"

"那就是王萌萌说的。"柴胡轻哼一句，"算了，管他呢！我觉得曹总这种在客户那里受气就找下属发泄的习惯应该改改。我们之前工作没做到位，但那是基于我们根本就不会去怀疑劳务派遣人数的划分逻辑。何况我们才工作两年，怎么可能比得上工作了二十年的发审委委员？"柴胡边说边放慢脚步，此时他与队伍最后一个人的距离都相差了十几步，属于绝对的安全吐槽区。

王暮雪用疲惫的声音道："曹总是不是觉得，我们应该把天英控股每个问题的解决方法和审核趋势全部写出来？如果是这样，我们确实没做到。如果要归纳审核趋势，古往今来的案例都得看，不然趋势根本出不来，工作量不是一个级别的。"

柴胡一边看着曹平生越来越小的背影，一边不屑道："他就是要我们把他不懂的全部写出来，查好给他，面面俱到，百无一漏，要超过发审委委员的知识储备。"

王暮雪深深叹了口气，她知道柴胡这是极度委屈后的发泄，她又何尝不想发泄，只是她实在没力气了。她安慰了柴胡几句后就挂断了电话，一直闭着眼睛，手心感受着充着电的手机散发出的微热。她只给自己半小时的休息时间，因为医院的加护病房满了，普通病房的护士并不是 1 对 1 的，她怕鱼七醒了没人照顾。

脑袋昏沉的王暮雪，一想到今天还有 4000 字的工作量，连辞职的冲动都有了。全中国应该再也找不出第二个领导，下属的男女朋友在医院中有性命危险时，还逼着别人写几千字的检讨书。

大约过了 25 分钟左右，王暮雪被一个骚扰电话吵醒，挂断后她很感谢那个电话，要不然她肯定睡过头了。

王暮雪揉了揉眼睛，习惯性地打开微信，手机自早上 9:00 没电到现在，居然没有曹平生的未读信息。

"奇怪，给他发了那么长的解释，他怎么都应该回一两个字啊……"王暮雪打开了与曹平生的对话框。信息呢？自己早上发的那条长长的解释呢？怎么最后一条还是昨天的尽调报告 PPT 定稿！

王暮雪脸都吓白了，闹鬼了吗？她迅速打开了微信文件传输助手……果然,长达500字的短信居然还在文件传输助手里!

今早柴胡走后,王暮雪见手机还有5%的电量,就用文件传输助手编辑短信,打算先发给自己看,以便反复斟酌语气,研究措辞,反复琢磨这么重要的会自己不去,究竟要怎么说才能让曹平生不发飙。终于编辑好后,王暮雪记得是发出去了的。现在看来,居然漏了最后一步!

王暮雪用力地捶了好几下床,王暮雪这才明白,4000字检讨书里包含的阎王之怒有多满了……

嘴里一直不停说着"死了死了"的王暮雪,迅速收拾着行李准备去医院。电脑是一定要带的,鱼七放在枕头边的手机也是一定要带的,他醒了肯定要用。

等电梯的时候,王暮雪突然想起柴胡在医院说的话,"太巧了""故意接近""财报有问题""经侦警察""卧底"这些词汇一一闪过她的脑海,她忍不住掏出了鱼七的手机。因为鱼七知道王暮雪的手机密码,后来作为交换,他也把自己的密码告诉了王暮雪,他说是他的生日。不过,王暮雪一次都没偷看过。既然已经知道了密码,鱼七的手机对王暮雪来说就没什么吸引力了。

没想到,王暮雪彻底被自己的想法打脸了,因为她悠然输入鱼七的生日后,手机提示:密码错误。

奇怪,难道不是1988年1月15日么? 他改密码了么? 王暮雪又接连输了两次,但都提示密码错误,手机自动上锁5分钟。

在出租车里,王暮雪试了第四次,这回她用了自己的生日,换来的结果是手机上锁10分钟。而10分钟后,王暮雪输入了小可的生日,结果手机提示:本机锁定30分钟,累计输入10次仍旧错误,将自行抹去所有数据。

356 一定是误会

病房内的窗帘被王暮雪拉上了,光线骤然变暗,她也拉上了床边的米色围帘,狭小的空间让她多了一份安全感。

鱼七仍沉睡着,王暮雪定定看了他很久,判断他应该短时间内不会醒过来,然后才小心翼翼地掏出鱼七的手机,慢慢向他的手指靠近。既然密码解锁失败,那就直接用指纹。王暮雪的心咚咚直跳。她不确定自己是否应该看。如果里面真有什么,会不会打破两人目前稳定的关系。

有那么一瞬间,王暮雪十分犹豫。她认为鱼七是爱自己的,关于这点她坚信无比,这是女人的一种感觉。也正是因为这种感觉,王暮雪一直没有翻看鱼七手机的冲动。思考再三,她还是将鱼七的手指按在了解锁键上,因为她需要一个证明鱼七清白的证据。

手机居然还打不开!

王暮雪屏住呼吸又试了一次,仍旧失败,难道不是大拇指?此时鱼七的手突然间动了下,王暮雪一阵哆嗦,心脏都要跳出来了,她惊恐的目光落在了鱼七脸上,仔细观察了好一会儿,发现他的睫毛并没任何颤动的迹象。于是王暮雪又忐忑地等了两分钟,确认刚才只是意外,鱼七并没恢复意识,于是她决定速战速决,壮起胆子就将鱼七右手的食指和中指都试了一遍,可依旧无法解锁。奇怪,他不可能用无名指和小指来解锁手机吧?那得有多娘?王暮雪根本没印象鱼七在使用手机时有任何异常动作,他都是……

忽然之间,王暮雪反应过来:试错手了!鱼七是左撇子,他录的指纹肯定是左手才对!想到这里,王暮雪立刻转移到床的另一侧。当解锁键与鱼七的手即将触碰的瞬间,床边的布帘突然被拉开了,王暮雪下意识地缩回双手,手机直接哐啷一声掉在地上。

护士神情复杂地看着这一幕,不过她马上恢复常态道:"他这次胃出血现象比较严重,我们怀疑除了常规的慢性炎症,还有幽门螺旋杆菌感染。你看要不要给他做一个全面的胃部检查?"

"要!"王暮雪毫不迟疑,"必须检查!越全面越好!"

"那就三项全做吧。"护士开始记录。

王暮雪站起了身,小声问道:"哪三项?"

"哦,就是胃镜、C13 呼吸实验和胃功能,通过胃镜我们能清晰地观察胃黏膜状态,而且因为初步怀疑是幽门螺旋杆菌感染,所以 C13 要做下;另外胃功能检测可以告诉我们他胃黏膜的受损程度。"

虽然王暮雪听得一知半解,但她连连跟护士道谢,说检查得越仔细越好,说完便跟着护士出去缴费了。

当天下午,王暮雪怎么都静不下心,她给鱼七的手机充满了电。大概胡乱写了1500字检讨,王暮雪还是决定最后试一次,如果这一次再不成功,就说明老天都不支持,那她就可以名正言顺地放弃,并且从此再也不过问。

手机被顺利解锁了。王暮雪立刻拿着手机跑出病房,在走廊尽头的角落开始认真挖起鱼七的秘密来。

她首先打开的自然是鱼七的微信,而打开微信后一眼就锁定的名字自然是陈冬妮。

很不幸的,直接出现在她眼前的对话是:

鱼七:阳鼎立案了么?
陈冬妮:如你所愿。

王暮雪一把捂住了嘴巴,避免自己叫出声来!她迅速上拉对话框,疯狂扫看每一条信息。但直到她将聊天记录翻到最顶端,都没再看到与阳鼎科技或者自己有关的内容。两个人的信息并不多,大多都是鱼七确认陈冬妮的出差时间,或者陈冬妮留言给鱼七冰箱里又买了什么。两人大约三四天联系一次。而此类家常对话在鱼七搬来王暮雪家后就彻底终止了。

最后那"如你所愿"四个字像根钢针一样扎进了王暮雪心里,她立刻用手机浏览器打开资本监管委员会的官网,查最近所有公告记录。反复确认了好一阵子,她没找到阳鼎科技被监管层立案调查的公告。

难道"阳鼎"是一个人? 对,应该是一个人,王暮雪这么说服自己。她想着鱼七就算是经侦警察,也是桂市的,根本轮不到他管辽昌的企业。而且,从鱼七跟陈冬妮2014年沟通记录来看,他当时确实在找工作,也面试了好几家企业,可见他的确已经离开了警队,根本就不是什么卧底,这一定是误会。

王暮雪一边这么想,一边不停地打开鱼七手机中的其他 App。通话记录、短信、QQ……王暮雪虽然没什么特别的发现,但手却越来越抖,最后她索性直接把手机锁了。

357 难啃的骨头

当最后一个句号出现在 7000 字检讨书末尾时,柴胡双手用力一拍桌子,站起来大吼一声,这是他压抑了 4 个小时情绪的释放。

关于迟到早退的问题,柴胡能掰扯的名言警句全掰扯了一遍。从众所周知的"没有规矩,不成方圆",到"纪律面前人人平等";从莎士比亚的"纪律是达到一切雄图的阶级",到黑格尔的"秩序是自由的第一条件"……

这是柴胡有生以来第一次就如此枯燥的主题,硬写出了几千字心得体会。最后升华主旨时,他还不忘引用华伦·巴菲特说过的一句话:如果你在小事上没办法约束自己,你在大的事情上也很可能不约束自己。

柴胡现在已经摸清了曹平生的套路,想让他不继续骂人,就得主动放大自身所犯的错误,将对方的台词以更高姿态抢先说出。

但今日,检讨书还不是令柴胡最郁闷的事。回想整个下午的天英控股尽调报告会,他感觉气氛与前面两场完全不同,问题更加棘手,矛盾更加突出,讨论更加白热化,因为所有简单的、大家还能想出靠谱解决方案的问题,已经被王暮雪和王萌萌讲完了。

柴胡全程都有种鸡腿肉被瓜分光,自己只能生啃骨头的感觉。

第一根难啃的骨头,就是经销问题。所有中介机构和监管层都讨厌经销,但天英控股的经销商遍布全球,占比居然接近 100%。

张剑枫道:"与经销商合作,我们的产品网可以铺得更开。"

销售总监蒋维熙道:"做外国生意跟做本国生意很不一样,你不带着人家玩,人家就不跟你玩了。"

董事会秘书王志权道:"那可不,所谓一带一路,必须得带啊!不带哪有路?搞直销相当于我们跑去人家领土上赚钱,一杯羹都不分,就算不被当地政府封杀,也要被当地的商业组织和民间组织排挤,性命都有可能出问题,你们看看东南亚。"

柴胡才不过抛出了一个问题,天英控股的各大高管就已经你一言我一语地把整改的可能性堵死了。他们的观点很清晰,也并没任何错误。中国货销往世界各地,所到之处不能仅是想着自己赚钱,必须要带动当地经济,必须要拉动一部分当地人民富起来,增加当地政府税收,实现互利共赢的局面。但直销模式下,无法实现这样的互利共赢,不利于合作双方经济的共同繁荣。

"100%经销模式过会的案例,之前有么?"当财务总监陈星抛出这个问题后,各中介都沉默了。无声的气氛已经告诉了陈星答案:没有。

原本国内资本市场对经销体系公司的容忍度就很有限,一下子来一个比例接近100%的,前无古人。

柴胡作为主讲人不能让气氛一直尴尬下去:"前阵子有两家公司也存在经销情况,过会了。"

"他们占比多少?"董事长张剑枫立刻问道。

柴胡摸了摸鼻子,有些不好意思:"没超过30%。"

张剑枫听后再次陷入了沉默,他不可能为了满足国内监管层的要求,砍掉自己70%长期合作的海外经销商。这些经销渠道是他十年苦心经营的成果,就如一棵参天大树的主干一样不可或缺。

"这个比例没办法。"心直口快的邓玲板着脸,"你们知道,刚开始我们在当地找一家代理商有多难? 还要对方先付钱我们才发货,就是为了遵循这个行业的预付规矩,你们看看我们的现金流多好看,几十个亿的现金在账上,现在二级市场还剩多少公司强过我们的现金流?"

"邓老师,我们不是这个意思。"柴胡有些无所适从,对女人的发散思维他深感无奈,明明说的是经销比例太高以至于先前没有过会案例的问题,却无端被她扯到现金流上。

"我知道你们什么意思。"邓玲接着道,"你们无非就是想让我们降低经销比例,让我们都做直销,全球各地开直营店,但这增加的成本不可估量,而且毫无弹性。市场随时都在变,有些国家今年形势好明年就打仗,销售网络如果没有弹性,我们没法做生意。"

柴胡听后刚想开口,却又被邓玲一个手势压了下去:"小伙子你先听我说,懂会计的,拎得清报表的,都知道我们天英控股是一家赚钱的公司。

我们赚钱不靠外部融资,经营性现金流从头到尾都是正的。我认为那些发审委委员都不傻,三五千万造假还有可能,哪家企业会真金白银砸几十亿出来造假?"

邓玲这个观点是正确的,监管层担心经销体系无非就是担心货都囤积在经销商那儿,没有实现最终销售,从经销商处得来的钱都是通过资金循环"造"出来的。但盈利规模越大,造假成本就越高,造假的可能性也就越低。

此时曹平生开了口:"假不假是一回事,一旦遇到经销,一个反馈问题就没法答。"此时所有人的目光都集中在曹平生身上,只听他继续道,"之前过会的那些企业,我记得在招股书'管理层讨论与分析'中,都得披露各报告期内经销商增减变动情况及增减原因,平均每个经销商的销售金额、成本及毛利的变化情况。你们这么多国家地区,一级经销商近百家,二级经销商三千多家,终端零售店更是一个确切的数字都没有,怎么回答这个问题?"

柴胡立即接着曹平生的话道:"而且还要披露关于经销收入的真实性、经销客户与公司是否存在关联关系或其他利益约定、退换货及经销渠道最终销售的情况。我们所有中介也要详细核查,因为核查人员、核查时间、核查范围、核查手段以及核查结果都要在反馈意见回复中写明。"柴胡这句话暗指工作量巨大,以天英控股目前的经销商数量以及地理分布,估计三方中介机构从今日起别的什么都不做,光为应对这一反馈问题就得外出取证大半年。最关键的是,很多海外市场他们并不熟,不知取回来的证据可信度有多高,国内监管层能否接受。

气氛再次陷入了尴尬的境地,柴胡本以为抛出的问题只要大家集思广益,最终都能解决,但这回似乎遇上了一个不可解决的困难。按照过往成功案例,确实没有哪家公司与天英控股一样,经销比例接近100%。但若天英控股为了上市标准而硬砍经销商,无疑是自断经脉,把自身海外销售网络这一核心优势给砍没了。

进退维谷,怎么办?难道这个项目不做了,撤场?

358 必须务正业

"先过吧。"曹平生淡淡一句。

实际上,监管层关于经销的关注点远不止于此。有时他们会问及退换货、折扣政策、返点政策、结算方式以及相应的会计处理等问题;关心若经销商未完成销售任务,剩余产品的风险由谁来承担。柴胡手心有些发凉,100%经销的情况确实具有不可调和性,监管标准高,但天英也不愿退步,多说无益。不过这个问题此时若跳过,其解决措施将在很长一段时间内处于悬而未决的状态,毕竟同时召集天英散布在海外的所有高管开一次会并不容易。

尽管这么想,但柴胡仍旧听话地打开了下一页幻灯片:"目前公司收到的客户订单不太规范,过程虽然是客户下单后公司发货,但发货后没有公司同客户就此订单确认的环节。"

"你们能不能开发出一套订单管理系统?"会计师罗大军道。

财务总监陈星双手搭在了桌上,平静地问:"怎样的系统?"

"就是能看出全年订单数量、订单金额、客户签字,甚至可以将客户公章录入的那种系统。你们发货后需要向客户确认,客户确认得有签字和公章,系统可以在客户操作后自动印上相应客户的水印。"罗大军之所以这么要求,是因为这种订单,如果没有客户的官方确认,太容易造假了。比如天英控股完全可以自己"造"一百万订单,发一百万的货,所有出库单、入库单都是假的,因为没有第三方确认,中介机构也不知道货有没有真实卖出。

"每次客户确认,系统中应该要显示客户的 IP 地址。"罗大军继续道。

柴胡听后瞬间明白了,如果天英控股真开发出了这套订单管理系统,每次订单都有客户的公章和签字,并且 IP 地址是可查询的,那么客户的地理位置应当与全球各地的销售区域匹配,这样一来就可以规避订单自我操作的可能性。

"这个必须有。"曹平生史无前例地附和了罗大军的提议,"你们这样的公司,不应该没有这样的系统。"

"曹总,非洲人下单,一个短信就完了,有时候甚至只是一个电话。我们为了管理,还自己制作了电子订单,原来连这个电子订单都是没有的。"销售总监蒋维熙道。

曹平生摆了摆手:"自己做的没用,订单必须让客户亲自确认,才能形成闭环。之前没签的那些,全都需要补签。"

此话一出,蒋维熙哑了,几千家客户,光找他们补签订单就够自己的销售部门折腾一年,市场还要不要开拓了?

"那就补签。"董事长张剑枫开了口。他没等蒋维熙反应,就朝柴胡直接道,"往下。"

"公司准备联合一批青阳优秀企业共同出资设立融资租赁公司、保险公司等金融机构。"柴胡道。

会计师罗大军听到这里,看向了张剑枫:"张总难道做手机做腻了,也想玩金融?"

张剑枫笑了:"是有这个想法。"

"这种发行人控股金融企业的案例不多。"罗大军道,"前段时间有些公司都是清理干净了才过会的,而且即便保留了一点金融业务,其利润占发行人总利润的比例也没超过5%。"

"没超过5%,就意味着还是让玩的。"作为财务总监,这个建议就是陈星跟张剑枫提的,搞金融的目的也是让天英控股账上几十亿的现金有升值空间。

"我们查的案例中,顺利过会的公司既有上会前清理参股金融业务的,也包含仍然保留参股金融业务的。因此,我们判断监管部门对参股金融业务的审核重点,主要是让拟上市公司避免参股金融股业务比例过大,以致对上市主体自身的净利润波动影响较大。"柴胡明白,像天英控股这样现金存款如此可观的公司,是不可能不想方设法投资理财的。设立融资租赁公司和保险公司,就是变相理财的一个体现形式。但作为一家上市公司,如果账上的资金多半用来"投资理财",而非投入再生产、从事实体业务,那这家公司本身的赚钱能力就得打一个折扣。根据国家《关于金融支持经济结构调整和转型升级的指导意见》，监管层希望资本市场发挥好自己的资源配置和风险管理功能，将资金更好地服务实体经济，主张的是"脱虚向实"的政策。

投资者也会关注这个问题，我们买茅台的股票，而后见这家造酒厂商赚了钱居然不投入到酒厂建设，扩大生产规模，提高产品质量，优化服务水平，而是去开什么保险公司。与其那样，我们为何不跳过这家造酒公司，直接买中国平安或者中国人寿的股票？

由此可见，无论是监管层还是投资者，对于上市公司的一个基本要求就是：你该干吗干吗，好好干，干到行业顶尖，不要整天闲得无聊不务正业。"搞也行，占比较低的话，对于上市也没有不利影响。"曹平生道。

陈星立刻对曹平生做了一个感谢的手势，并同时看向张剑枫，脸上的神情写满了：您看全国十大金牌保代都亲自发话可以做，咱们还有啥顾虑？撸起袖子就是干！

"一定要控制占比，不能超过5%。"曹平生面色严肃，"你们得做好两手准备。第一，做金融业务，最好不要用天英去持股；第二，如果必须用天英这个主体，得提前找好下家，否则审核中万一要求咱们'剥离'，得以最快速度甩出去。"

对于天英控股发展金融业务的想法，柴胡能看出曹平生的态度其实非常谨慎，他建议天英找好"股权"的接盘侠，就怕关键时刻因无法及时剥离而耽误上市进程。

人一旦有了钱，想法就多，什么事务都想尝试下，哪怕是不太被鼓励的事情，由人组成的公司自然也是如此。以前柴胡认为，做项目跟着王暮雪是王道，毕竟曹平生对王暮雪照顾有加，又快又好的项目都给她，所以尽管行业分享会后不少保代邀请柴胡加入他们的项目组，柴胡都婉言拒绝了，誓死黏着王暮雪。可如今风向似乎变了，让天英控股这头财大气粗的壮牛规规矩矩地闷头搞上市几乎不可能。即便不玩金融这些边角业务，天英控股本身还没找到解决方法的棘手问题就不少，比如劳务派遣人数严重超标，比如经销比例接近100%，全踩了监管红线。

若按照之前的经验，柴胡用屁股想都知道这家公司铁定上不了市，没必要继续投入大量时间，自己应该见难就跑，多参与那些体量小，干净且简单的项目,在三十岁前多赚点钱。可曹平生的真实态度,他还拿不准,万一自己错过一条巨鱼呢!

359 隐藏着疑云

一个月后,鱼七已经出院上班。

"鱼七,你的外卖到了。"

鱼七闻声走去前台,眼前依旧是穿着深绿色衣服的阿姨。她看到鱼七,露出了一个慈祥的笑容,将手里的不锈钢保温饭盒双手递了过来。饭盒有三层,装有白粥、肉菜、蔬菜和营养汤。阿姨是家政公司的长期工,被王暮雪雇来专门为鱼七做中餐和晚餐的。

"要按时吃饭,而且要按医生建议的食谱搭配吃。"王暮雪没跟鱼七商量就直接在家政公司的 App 上付了半年的钱,鱼七没拒绝,只是私底下向阿姨打听了价格。房租、床、床上用品、饭菜……只要是王暮雪掏的腰包,鱼七都记了下来,包括他跟王暮雪借的 50 万。

当时躺在医院病床上的鱼七,睁开眼睛第一个看到的人就是王暮雪。随即他想到了母亲,想到母亲诉说的家中被砸烂的玻璃,尽管内心千百万个不愿意,但他最终还是开了口。

不出鱼七意料的是,王暮雪根本没细问就直接答应了,当天就按鱼七的要求,将 50 万打到了横平市公安局刑警队副队长尹飞的账户上。交给尹飞处理,他至少不用担心再出幺蛾子,母亲应该也不会再偷偷出去"搏"什么了。

接下来就是胃了,幽门螺旋杆菌感染,这种病鱼七第一次听说。

"药你要吃 4 周,不能吃油腻刺激辛辣的食物,也别喝酒,不准熬夜。"

"吃饭没有?拍视频给我看。"

"不要语音,要视频通话,你把手机放旁边,我看着你吃完。"

这一个月来,王暮雪每天饭点过后 15 分钟一定会查岗,但鱼七却一点也不觉得烦,而且他也已经有一个月没了解王暮雪的动态了。每当鱼七打开手机,想跟以前一样窃听她时,心里就有一个声音勒令他停手。鱼七觉得世界没有变,只是自己的行为变了,从窥视别人的人生变为查资本监管委员会的公告,每天都查。

当然,鱼七也察觉到王暮雪也变了。她晚上来医院时居然没有打开电脑写材料,而是讲很多网上的搞笑段子给鱼七听。王暮雪表面笑得很灿烂,但内心似乎隐藏着一片疑云。

"小雪,你最近是不是遇到了什么事?"鱼七曾经这么问过。

王暮雪不以为意:"能有什么事,还不是你不注意身体的破事!"

但后来鱼七身体好转了,出院了,他依然能感到王暮雪藏着心事,于是一天晚上,鱼七又问了一模一样的问题。

王暮雪沉默了很久才开口道:"天英控股,可能不给我们做了,他们认为我们尽调工作没做好,没提出什么有用的建议,问题没有得到解决。现在我们会议室隔壁,坐着其他券商项目组的人……"

"两家投行同时进场么?"鱼七有些吃惊。

"嗯。"看得出来,王暮雪不想多说。

王暮雪说的是实话,但仅是实话中的一部分。她真正想问的是鱼七为何换了手机密码,为何不是他的生日了?她想问鱼七"阳鼎立案,如你所愿"是什么意思,"阳鼎"是不是指阳鼎科技,"如你所愿"是不是意味着鱼七是经侦卧底?很多次,王暮雪差点就问出了口,但她最终还是忍住了,因为她不想让鱼七知道自己偷看了他的手机。

王暮雪认为,经侦卧底如果真的要查阳鼎科技,直接去辽昌总部当个公司职员都比假装自己男朋友强,毕竟自己对于家族企业中的事务几乎从不过问。鱼七这么聪明的人,如果接近自己的目的真是为了阳鼎科技,那他应该早就能看出自己对他用处不大,应当转移阵地才对。

即便在鱼七面前波澜不惊,王暮雪也不免被"立案"二字弄得心慌意乱。于是她打开阳鼎这几年的财报,一堆诡异的数字令她瞠目结舌,主要盈利指标的变化让王暮雪感觉像坐了一次拉斯维加斯的巨型过山车。她打电话质问父亲,但是父亲跟她说的,就是公告里解释的那样,没有任何其他细节。

王暮雪的这个电话,这个求证的过程,是很早之前的鱼七就希望看到的。早到什么时候呢？早到王暮雪还在做文景科技新三板的时候。

那天鱼七跟柴胡在同一间酒店房间，他故意问了柴胡一个关于收入下降，利润却大幅度上升的问题；随即他问柴胡是否认识当初做阳鼎科技IPO项目组的人。两个问题似乎完全独立，但只要稍微有些好奇心的人，事后多半会将其联系在一起。柴胡当晚也打开阳鼎科技的财报看了。

鱼七当时这么问确实容易暴露自己的意图，但他认为：第一，自己并没直接指明阳鼎科技的财务数据有问题；第二，只有这么做才能最快利用王暮雪这条线引出真相。令鱼七失望的是，柴胡并没有告诉王暮雪。

360 下次一定抽

"我认为人活着，应该像水一样，'上善若水'确实是最高境界。"某胶囊技术平台公司老板在饭桌上慷慨陈词。王潮和蒋一帆正与该胶囊公司洽谈融资的事。

蒋一帆看到该公司主页上写着：本公司聚焦消化系统健康，依托涉及精准磁控、专用芯片、人工智能、智能制造、微光学成像、图像处理、无线传输等多个技术领域的新一代胶囊技术平台。各种高大上词汇全都用了一遍，但连起来几乎没人看得懂这家公司究竟是做什么的。

老板名曾志成，1.85米，眉毛淡，胖体型，手背上几乎看不到血管。

"活得像水一样，不应该专指女子么？"王潮笑道。

曾志成摆了摆手："不是这么理解，'上善若水'指做人要像水一样，帮助万物，默默不争，这还只是水的其中一种品性。"

"哦？那其他品性是什么？"王潮明白对方要显摆，索性就给他机会。

"你们看，环境严寒，水就会成冰，展现出钢铁般的性格，这是第一品性——百折不挠；水看似无力，但遇阻挡之物，却有无限的耐心，所以滴水穿石，此为品性二——以柔克刚。"

见众人听得认真，曾志成晃了晃手中的红酒杯，继续道："无论这个世界有多脏，水都敞开胸怀地净化万物，这是品性三——包容接纳；水上化为云雾，下化作雨露，高至云端，低入大海，此乃品性四——能屈能伸；

水虽为寒物,却有一颗善良的心,它哺育世间万物,却从不向万物索取,这是品性五——达济天下。"

"您说得没错。"王潮附和道,"水确实很接近'道'的品性,有柔有刚、能容至净、胸襟广、气度大,是应该被人们所效仿。"

王潮的回答让曾志成兴致盎然,如遇知己:"王总最近喜欢看什么书?"

"《耶路撒冷三千年》。"王潮回答。

"真巧,我也在看这本书,两年前还去过耶路撒冷。"曾志成说着跟王潮碰了一杯,"早年我在《圣经》上看到过一句话:世界若有十分美,九分在耶路撒冷。"

"曾总就是因为这个去了耶路撒冷?"王潮道。

"不全是,主要因为后来我还看了一部电影,叫《天国王朝》,对耶路撒冷国王鲍德温四世很是佩服,所以才特意买了机票飞过去玩了几天。"

"漂亮么?"

曾志成闻言,顿了顿才认真道:"不能说是漂亮,应当说是震撼。那些建筑太具年代感,感觉每一面墙,都是一段经历盛衰的岁月,见证着人类文明的残酷历程。"

"那您很幸运,我只看过书。"王潮说着陷入了回想,"我记得书里是从罗马人攻陷耶路撒冷,焚烧犹太圣殿开始讲起的,里面涉及的内容非常复杂,犹太教、异教、基督教、十字军东征、木马鲁克和奥斯曼……然后又以1967年六日战争的悲剧结束,一口气看下来觉得自己经历了一场长跑。"

曾志成饶有兴趣道:"您看了几个小时?"

"大概四五个小时吧。"王潮回答。

曾志成哈哈一笑:"您四五个小时就走了别人三千年走的路,能不长么?"

王潮听后也笑了:"是,这本书确实不是一个故事,而是历史。三千年来不同教派和不同政见的人,都把耶路撒冷当作灵魂的归宿,用生命去捍卫。"

一个商场酒肉的饭局被曾志成营造得如同文人墨客的书会,也很别开生面。蒋一帆也对耶路撒冷有些了解,知道那儿是两大古文明的交汇地,两股文明形成了相向的刀刃,继而把这座城市撕裂。耶路撒冷曾被多次屠城,如今依然有着令人着迷的文化古迹,战争的血腥并没有毁灭它的圣洁。它一次一次又一次地被重建,就像人类的历史一次一次又一次地复活过来。

但他一言不发,作为投资人,他还是一个新手,所以很自然地选择多听多看少讲话。

虽然饭桌上话题不断,但觥筹交错更是避免不了。蒋一帆跟着王潮将全桌人都敬了一番,而后又陆续接受所有人的单独回敬,一来二去,蒋一帆觉得脑袋有些昏沉。

以前在明和证券干投行,一年这么喝的次数不会超过三次,可如今是一周三次,还是白酒、红酒混着喝。

"小伙子红得很喜庆啊?"饭局接近尾声时,曾志成看着脖子都喝红了的蒋一帆笑道。

蒋一帆也笑了,有点儿尴尬:"其实我不太能喝酒。"

"谁一上来就能喝? 都是练出来的。你问问王总,问他是不是练出来的?"曾志成说着看向了王潮。

王潮连忙点头回应,并单手拍了拍蒋一帆的背,低声一句:"没事,多喝茶,解酒。"

他此时看王潮的面容都有些不太清晰,于是以上厕所为借口去醒醒,回来的时候人已经散了,王潮还站在走廊上等他。王潮很自然地从口袋中拿出根烟递给蒋一帆,说抽这个清醒得快一点,但蒋一帆如往常一样摆手说不用。

"总要学会抽的。上两次你没抽,其实人家客户不太开心,现在趁人不在,多练练。"看着王潮一脸严肃的样子,蒋一帆犹豫了下,但还是坚辞道:"下次,师兄,下次一定抽。"

361 俗世的净地

饭局结束了,但应酬并未结束,比起喝酒,蒋一帆更反感的是下半场。

通常下半场的地点不是 KTV、按摩店就是洗脚城。所以那些散去的人中，其实只有女人是真的散去了，男人依然得在灯红酒绿掩盖的残酷社会中厮杀，拼尽全力争夺更多的食物。

作为投资方，资本市场中的绝对甲方，实际上九成的时间都不是大爷，因为愿意把投资人视作大爷的公司，投资人都不太感兴趣；而那些"肥肉公司"很多投资人都在抢，一旦供不应求，被人吃的"肥肉"反而成了大爷，比如今晚的胶囊技术平台公司——红水科技。

王潮先前告诉蒋一帆，红水去年全年净利润虽没达到 3000 万，但绝对是行业独角兽；不仅是国内独角兽，更是世界独角兽。他们是全球首家获得 CFDA 核发的"磁控胶囊胃镜系统"的三类医疗器械注册证公司。今晚吃饭前蒋一帆做了功课，所谓的"磁控胶囊胃镜系统"听起来很生涩，其实就是一种可以通过服下胶囊，看到病人胃中有什么毛病的系统。

普通的胃镜检查让病人苦不堪言，主要原因有两个：一、进镜过程中，因为镜子对咽喉部的刺激，患者会出现呛咳、恶心和呕吐等不适。二、检查过程中，检查医师会不断向病人胃内充气，以便更好地暴露检查部位。患者会出现腹胀，很多人在胃镜检查中甚至恶心到呕吐。

但若采用红水科技的"磁控胶囊胃镜系统"，病人只需跟平常吃药一样服下指定胶囊，然后医生通过体外检测就可以判断病因。临床验证结果与传统电子胃镜检查结果非常接近，超过了 93%，相关研究也在多家国际学术权威期刊上公开发表，开启了胃部检查及胃病早筛的新时代。

"这种公司一旦扩张，肯定是爆发式增长，前景无可限量。"这句话既是王潮告诉蒋一帆的，也是所有接触过红水科技投资人的共识。该公司净利润目前已经接近 3000 万，蒋一帆明白，虽然现在注资已经晚了，但仍是 IPO 前抢一杯羹的最好时候，多少个"下半场"都得先陪再说。而且，他刚刚进入金权体系，需要投中几家好企业来证明自己的能力，红水科技值得上心，不然第二天肉就会被其他的"饿狼"抢光。

曾志成很特别，除了文人气息，下半场的地点选择也独具特色。大约晚上 10:30，他们来到了青阳城南旧城区的一家茶馆，旁边就是一片竹林，一下车就能闻到清苦的香气。茶馆的地盘很阔，馆前用青石板铺了一块三角形地面，两边栽有被风吹得沙沙作响的梧桐树。

茶馆正厅的背景墙上刻着：

我想和你虚度时光

比如低头看鱼

比如把茶杯留在桌子上，离开

浪费它们好看的阴影

我还想连落日一起浪费

比如散步

一直消磨到星光满天

进入包间后，身穿白蓝相间青花瓷短袖旗袍的茶艺师，正在给大家滤掉第一泡茶，曾志成又介绍道："这家店原来是个民宿，老板自己喜欢制茶，后来就改成了茶馆。"

王潮很放松："想必曾总跟这位老板志趣相投。"

"对，老板是布依族人，没来青阳前是古镇的手工艺者。我跟他都喜欢把时间浪费在美好的事物上，因为我们都喜欢美好的事物。这跟我做企业的理念是一样的，我认为病人只是检查，又没挨刀子，是不应该有痛苦的。"

王潮非常认可地点了点头："你们真正为消费者想，从优化消费者感受的角度去改良技术、开发产品，成功是早晚的事儿。"

曾志成呵呵一笑，不过笑容中有点苦："我们一开始也很难，别人都觉得不靠谱，什么吃颗胶囊就可以看清胃里的环境，大家都觉得我骗钱。"

王潮闻言笑道："如果我没记错，马云之前还被人认为是搞传销的。"

"我其实就是打拼一代，没啥靠山。选择创业后，有无数次都萌生出逃离大城市的念头。你们别看我现在有自己的司机，当年也是在地铁早晚高峰被挤成过肉饼，跟团队一起干到深夜，一抬头就是月亮。我不用学什么天文就知道月亮这一年形状变化规律是什么。我也想逃啊，但是所有的出逃都是枉然，因为这会让以前的所有努力成为沉没成本。"曾志成感慨万端。

"所以是不是每次您想逃的时候，就来了这家店？"

曾志成闻言愣了一下,而后恍悟道:"王总您不说我都没发现,还真是!怪不得我这么爱来这家店。"说完看了看年轻的茶艺师。茶艺师也会心一笑,将茶优雅地倒入茶杯,依次分给了众人。

茶水很烫,蒋一帆只是小啜了一口,便感觉浑身清爽。云卷云舒,花开花落,这种纯粹而真实的生活似乎可以让时间凝固,带来一室安然。

城市中这样的茶馆,无疑为匆匆过客提供了一片港湾,让疲惫的心享受生命片刻的宁静。滑稽的是饮茶的均是西装革履的商场人士,而非下象棋的老者、手拿糖葫芦的孩子、面色沧桑的漂泊者或者长发飘逸的画家,聊的话题也与慢和品关系不大。

"我听说现在IPO虽然提速了,但还是比较难上的。隐形的利润要求不是6000万以上么?是不是借壳比较快?"曾志成突然言归正传。

王潮放下茶杯,认真道:"借壳审核没那么严,毕竟是一锤子买卖,不过就是上市公司换个股东,注入新资产而已。一潭死水的公司国家也不喜欢,所以能盘活的话,还是鼓励的。"

"那现在壳贵么?都是什么价位?"

362 借壳的成本

借壳成本是指上市公司如果被人借壳,借壳实现后公司的合理市值要被摊薄的部分。

常规借壳方案的成本计算如下:

交易前,假设咱们想买的壳公司市值50亿元,壳资产利润5亿元。交易完成后,壳公司市盈率为50倍,总市值变成5亿乘以50等于250亿,且借壳方持股65%,那么上市公司的借壳成本 = 250亿×(1-65%) = 87.5亿元。

我国每年A股的借壳成本在80亿至100亿的区间内。但这只是理论情况,现实中,又有多少家上市公司愿意自己公司的价值借壳后被摊薄这么多?

在借壳上市的实际操作中,通常借壳成本在30亿至40亿之间,超过

50亿元的壳就基本没人愿意给你借了。

不管IPO或债券业务怎么火,借壳市场就跟个打坐的和尚一样淡定,每年成功交易的数量就几十家,没出现过断崖式下跌,也不会有爆发式增长。

究其原因就是因为限制太多,归纳来看有七点:1.上市公司具备壳条件;2.壳方股东有交易意愿;3.壳方股东交易诉求合理;4.借壳方有交易意愿;5.借壳方诉求合理;6.借壳资产体量够大;7.借壳资产符合IPO条件。七个条件缺一不可。如何判断交易双方是否满足条件,如何筛选借壳标的,就是投资银行、律师和会计师等资本中介的共同工作了。

市场上每年愿意把自己当成壳给别人借的上市公司有几百家,想借别人壳,自己又符合IPO条件的公司也有几百家,但是经过一系列的意愿磋商、讨价还价、利益平衡后,成功达成交易的概率在10%以下。

这跟找对象差不多,要不就是互相看不对眼,要不就是看对眼了三观不合,要不就是只想恋爱不想结婚,或者都已经走到民政局排队了,又临时反悔……总之借壳这事儿,强求不得。

2017年,除了国家规定创业板公司不能借壳外,其他所有的上市公司理论上都能被借壳,但借壳发生率很低,且市值越大的公司被借壳的概率越小。比如,40亿壳被重组的概率可能不及30亿壳的20%,而超过50亿的壳公司,被借壳的概率就已经接近零了。实际市场行情造成了借壳市场壳的价格严重偏离其价值,从而将理论上的估值体系孤立于市场之外。

王潮当然不会跟红水科技的董事长曾志成说:曾总您脑子能不能清醒一点? 贵公司去年就3000万左右的净利润,之前都在亏钱,怎么可能有钱买几十亿的壳? 要买也是像天英控股那样财大气粗的企业才买得起。一个情商高的人,总能在说话时设定合适的界限,专注于解决办法而非问题本身。

如果说智商是基础、情商是套路,那么蒋一帆的师兄王潮也是一个将套路玩得很溜的人。他此时只是非常平和地,将目前市场行情给曾志成介绍了一下,曾志成顿时就明白了自己目前的斤两,也就打消了买壳的冲动。

"曾总您放心,目前 IPO 审核速度大幅提高了,今年有望审核完 400
家企业,而且审核力度也不紧。"王潮话说到这里时,蒋一帆突然感觉一
阵反胃,没来得及打招呼就起身冲去了卫生间。一阵狂吐后,胃酸混在酒
水里一同从食道涌了出来,蒋一帆感觉喉咙酸得发麻。他有些后悔当初
的选择,如果最开始就不接受三云特钢那几条生产线,自己的工作方式也
就不用变了。

蒋一帆知道自己突然离席,无论是王潮还是客户都应该大致明白个
所以然,他们会怎么看待自己呢? 难道自己真的不是混投资圈的料么?

新工作的压力其实只是一方面,更棘手的还是自己家的新城集团。

新城得尽快想出办法,在减压产能的同时,提高产品质量和档次,最
主要是提高市场定价的话语权,否则工人下岗、企业亏损和将来债务负担
过重的问题,都无法得到解决。但这个目的显然是简单的资产重组无法
达到的,难道真的要走到卖壳的地步么?

想到这里,蒋一帆默默从兜里拿出了钱包,翻开便看到了他想念的王
暮雪。是的,今日,2017 年 5 月 2 日,是蒋一帆的生日。

蒋一帆抽出了五张照片,翻到背面空白的一张,写下了今年的生日愿
望。他突然想到了门口那首诗,他想和照片中的女孩一起虚度时光,不用
长,就是今日,只是今日就够了。

离开明和证券后,蒋一帆没有主动联系过王暮雪,也没有再跟她见过
面,作家三毛曾经说过:刻意去找的东西,往往是找不到的。天下万物的
来和去,都有它的时间。

"没关系,当你有了想见的人,你便不再是孤身一人了。"蒋一帆这么
对自己说。

363 王立松挂帅

天英控股券商会议室,柴胡将企业概况跟王立松总体汇报了一遍。

王立松耐心听完:"用劳务外包解决劳务派遣问题,不是一定行不
通,主要还是看我们究竟如何认定劳务外包和劳务派遣。监管层最关心

的无非也就是认定依据,只要咱们把依据整明白了,一切都好办。"

"但之前律师看了所有文件,觉得劳务派遣比例确实超标了。"

听到柴胡这句话,王立松淡淡一笑:"小柴啊,咱们干投行的,不能人云亦云。如果律师说什么就是什么,还要我们最后把关干吗?"

"可是王总,那些文件我们也看过了,确实……"

不等柴胡说完,王立松就做了个少安毋躁的手势:"不管企业给我们什么资料,都是企业自己写的。文件之所以那么写,是基于他们的认识,但如果他们一开始的认知思维就有偏差呢?"

见柴胡一副没这么想过的神情,王立松不紧不慢地解释道:"之前我记得有家电子公司,做银铜合金导体和无线感应线圈的,他家的核心技术就是材料配方、参数设置、调试运营及质量控制。这些都是重要的活。重要的活儿必须自己干,那些操作难度低、工作重复性大的工序全部让外包工人干。"

旁边一直听着的王暮雪补充道:"他们现在派遣员工也都是干这些活。核心技术不可能交给外人干的,况且这些派遣人员流动性太大了。"

王立松闻言点了点头:"所以,他们并不需要把这些派遣工人硬签成自己的员工,那样确实弹性太小。只要把超过10%的部分与派遣公司全部解约,转而与劳务外包公司合作。当然,我说的是真正的劳务外包公司。"

"所以就是性质不变,合作公司变?"柴胡道。

"性质当然也变了。"王立松面色严肃起来,"劳务外包怎么选人,怎么结算,怎么运营,都要严格按照劳务外包的规则来。如果说新工人手艺不行,那就培训,简单重复性的工作一般培训后都可以上手,这部分的培训费用不能省。"

"那如果反馈就劳务外包细问问题呢?"王暮雪道。

"怎么问就怎么答,按照实际情况答。只要是真的,合理的,就不怕。"

柴胡和王暮雪听后都劈里啪啦地打字做笔记,王立松也特意留时间给他们记完,而后继续说道:"我们投行给企业出主意,尽量不要伤害企业的业务,也不要去改变别人原来固有的模式。你们看天英发展十年了,能做这么大,说明人家固有模式没多大问题。非正式员工或许就需要这么多,才能让企业灵活运转,我们别动不动就让人家降比例,扩大正式员工规模。这么搞合规是合规了,但很可能伤害企业的造血能力。"

王暮雪和柴胡点头如捣蒜。按照王立松这套处理方式,确实没踩监管红线,同时又毫无疑问会让天英控股那个难搞的人力资源总监比较满意。

其实,我们可以将一家生产企业的工人分为"存量用工"和"增量用工"。一家企业的核心技术与重要生产环节,一般由各业务线负责人、车间主管以及生产线组长等掌握,这些人大多都是公司自行培养、内部晋升上去的高级生产人员,属于典型的"存量用工"。而那些操作难度低、工作重复性强、对人员综合素质要求不高、人员流动性大和管理难度大的人工操作工段,就应该由劳务外包公司的人员从事,这些外包人员又被称为"增量用工"。

一家发展成熟、体制完善的生产型企业,"存量用工"和"增量用工"的比例应当控制得恰到好处,这才能使企业以最低廉的人力成本创造最高的价值。上述问题,属于人力资源总监陈斌的管辖范围。

陈斌认为,自己原先根据实际情况,不断调试的配比简直完美无缺,既满足了生产,又顺应了市场,怎么明和证券一来就打着法规和上市的旗号,赫然要求自己打破黄金分割,这可不行。于是陈斌背后跟董事长张剑枫否定明和证券的能力,不过张剑枫只是听听罢了,没动作。

一根筷子干不了事,两根筷子作用就出来了。

陈斌之后,财务总监陈星也向张剑枫提出了换券商的要求,理由是:"明和证券显然对于我们100%经销的问题毫无办法,而且我查了下明和的历史成功案例,虽然他们 IPO 的企业数量一直都是全国第一,但做的大多都是中小公司,像我们这么大的鱼他们没见过几条,没经验。"说完这番话没两天,陈星就给张剑枫推荐了与明和证券实力差不多的甲等券商,也就是此时正坐在另一间会议室的那拨人。

王立松这次驻扎在企业现场的目的很明确,就是赶走竞争者。当然,赶人不能使用武力,就算再看不顺眼,也不能把人家一脚踹了。

天英控股这类"海洋稀有鱼种"谁都没吃过,鱼皮不是一般的硬,开膛破肚的方法自然就得重新学,因为咱们不上别人就上了。所以这次曹平生让王立松亲自挂帅,长期泡在现场,不撵走竞争对手就不离开青阳市经城区。

混了十几年投行的王立松当然不是吃素的,他来天英的第一天就把目前的困难详详细细地了解了一遍,比较棘手的劳务派遣人数无法降低的问题也被他轻松解决。解决方式简单粗暴:国家既然只卡派遣比例不管外包比例,那我们就"不搞假派遣,只搞真外包"!原先的劳务派遣公司踢一半出局,换成质地不错的劳务外包公司。就算外包公司的劳工没有派遣公司的专业,通过培训就可以弥补。

相比于彻底改变企业用工模式,培训费都是小钱。何况即便是派遣工人,天英控股也同样需要支付培训费。

所以人力资源总监陈斌对于王立松的这个提议还是相当能接受的,洽谈半小时后,王暮雪看到陈斌收起自己的笔记本,满意地起身走了。那么接下来,就是市场上从无成功案例的100%经销问题了。

364 不能走死路

"针对天英的经销问题,你们有什么想法?"本来指望着王立松直接给出解决办法的王暮雪和柴胡,一听他反问回来,都有些傻眼。

说实话,没有成功案例的情况,也跟我国搞中国特色社会主义一样,只能边摸索边实践,鼓起勇气杀出一条属于自己的路。关键是,这条路要怎么杀?

在企业上市的进程中,投资银行背负的压力太多,说话做事都要谨言慎行。就如同孙悟空不能很轻率地告诉唐僧:师傅,这条路虽然没人走过,但我们硬走,一定可以到西天。万一一走就是死路怎么办?还得准备遇到蜘蛛精、兔子精和白骨精,总之,不能乱走,不能让孙悟空的信誉和威望从此一落千丈。

"嗯……呃……要不把海外那些经销商走访一遍?"怀揣着旅游私心的柴胡小心试探,尽管他知道这根本不可能,除非整个明和证券上万名员工全是干投行的,且全是天英控股项目组的。

"怎么走?"没等王立松回答,王暮雪就质问柴胡,"我算过,天英控股一级、二级和三级经销商超过 4500 家,就算我们一天走三家,也得走四年,这还不包括终端门店……"

"不用全部走,会里要求不是覆盖 60% 就可以么?"柴胡反驳。

"那也要走两年半,而且有很多店还在不同国家的不同城市,根本没办法保证一天走三家!"

柴胡闻言放大了音量:"实在不行让曹总抽人,十几个人兵分三路……"

"好了好了……"王立松一下看穿了柴胡,"就算兵分三路,算上交通,没个一整年的时间也走不完,别的项目不用做了么? 这个方案不现实。"

王暮雪和柴胡都心照不宣地合上了嘴。他们其实是在假装争论,目的无非是抛砖引玉,让王立松自己说出解决办法。共事这么久,俩人这样的默契还是有的。

"我上周刚参加了保代培训,现在会里的要求已经不是 60% 了,得至少 70%。"王立松道。

所谓保代培训,就是资本监管委员会每年给所有正式保荐代表人举办的培训会,主要目的是告诉大家最近审核趋势如何,有哪些公司是正面案例,哪些是负面案例,以前你们这么搞可以,现在不行了。

法规制度没有明确的模糊地带,问题应当怎么处理当然就是保代培训说了算,培训内容就是当下的审核标准。比如,国内并没有任何一部法规规定 100% 经销的企业不能上市,但实际案例中只要发行人涉及经销,就被监管层质疑得半死,所以保代培训的 70% 这个核查范围就是审核标准。

总而言之,保代培训是教保代在接下来的一年如何做项目的专业会议,对于投资银行的实战指导具有绝对权威性。

因此,每次保代培训开完,很多保代纷纷在网上晒出自己的笔记,比谁发得快,谁记得全。

听到 70% 这个数字,王暮雪和柴胡都很绝望。他们眼巴巴地看着王立松,恨不得从他脸上看出办法。

"他们的一级经销商有多少家?"王立松问道。

"103家。"柴胡立刻报上。

"合同我看看。"王立松抽查了几家,"合同里面都是买断。天英跟所有一级经销商签的全是买断对吧?"

买断,是指经销商付钱后,货物完全归经销商所有。这些货物能否卖给最终消费者,风险全由经销商自行承担。

"对,全是买断。"柴胡回答。

王立松想了想,而后道:"其实就算是买断,还是有可能串通经销商,大面积囤货。"

王暮雪和柴胡面面相觑,感觉这就是个无法解决的问题。卖电子产品,小范围还好说,像天英控股网铺得那么大,怎么可能一一核实有没有实现最终销售。监管层如果不相信,多看看权威电视台的新闻,看看国外报纸和数据机构,或者干脆自己飞到那些销售国看看当地人民用的都是什么手机不就完了?

大约一分钟过后,王立松终于开了口,第一句就是:"你们俩记一下。"

二人立刻进入秘书状态。

"如果这个项目想要过会,我们投行的工作就得做扎实。走访工作如果做扎实,一要广,二要深。所谓广,就是核查范围广,样本得多;而深,就是核查程度深,不能泛泛而走,不能浅尝辄止。"

王立松等键盘声停了才接着说:"广度,必须覆盖70%以上的客户;4500家的70%大约3100多家。我们不需要全部实地走访,可以以问卷的形式邮寄出去,或者电子邮件,视频录像访问都可以,这样可以节约交通时间。"

柴胡边记边想,直接电子邮件最省事,问卷寄过去,估计十有八九会寄丢;如果是视频,按访谈一次至少20分钟计算,那底稿内存得占多大?而且很多国家压根儿不说英语……

只听王立松补充道:"尽量采用实体问卷和视频,因为电子邮件可以伪造,何况电子邮件也没办法签名、盖章。

"另外,我们要抽取主要销售国的大型一级经销商,全部进行实地走访。我看了下,销售占比超过10%的国家也就8个,这8个国家的一级经销商必须全部走访到位。"

柴胡听后一琢磨,副总的建议让原来跟登天差不多的工作量,一下变得可以接受了。怎料他刚这么想,王立松又泼冷水道:"当然,上面我说的只是广度,还有深度。"

365 自定义标准

王立松提及的深度走访共六点:

1.查看境外客户库存,对比分析其产品与其他供应商产品的周转率;2.查看境外客户销售网点或线上销量;3.查看境外客户 ERP 系统进销存情况;4.查看境外客户大额销售海关报关单;5.查看第三方统计的 App 下载量及活跃用户数量;6.请境外客户配合走访下游客户。

柴胡边记边感叹,查人家库存、销售网点和系统就算了,还查海关报关单,这玩意儿对方愿意给么? 就算愿意给,海关报关单直接对应的就是进口税。报税的数据跟真实数据有多少能对得上,柴胡先打了一个大大的问号。

"与此同时,你们要多收集其他证据。"

"王总可以给个思路么?"王暮雪一脸茫然。

"比如你们可以通过公开搜索以及走访,验证天英的市场地位及其经营规模;通过走访海关获取出口数据验证销售金额;通过问卷、访谈以及核对主要股东、董监高账户流水,排除关联关系;还要从中信保那里取得天英的调查报告。"

中国出口信用保险公司,简称中信保,是我国唯一承办出口信用保险业务的政策性保险公司。凡从事对外贸易的企业,在中信保都有详细的信用调查报告。

"这些全部做完,工作量也很大,所以你们一定要做好事前规划,做预案,把每个工作的耗时预计出来,方案要经过充分讨论后才能定稿;定稿后就一定要按时执行,严格执行,不能拖延,工作跟工作之间要环环相扣。"王立松说到这里顿了顿,好似想起了什么继续道,"对了,调查问卷,给所有经销商的调查问卷,不能都套一个模板。针对不同国家、购买不同产品的经销商,问卷的问题要有针对性,比如适用于埃及经销商的问题不能套用到埃塞俄比亚的经销商。到时我们专门开几次会,把这个问卷提纲讨论出来,尽可能多地通过问卷获取信息。"

王暮雪的打字速度越来越快,她的血被明确的目标加热了。或许工作中最幸福的事,就是目标本身有挑战,完成后可以实现自我超越和自我成就,而且在这个过程中,还有一个经验丰富的领导带着你一起挑战。

这样的幸福柴胡此刻也体会到了,前段时间对于这个项目的茫然与竞争对手的压力,让他失去了一定的斗志。现在王立松的出现告诉众人:生命中总有不期而遇的惊喜和生生不息的希望。

前方的绝境,被明和证券最年轻的副总经理洒下了一道光,这道光仿佛在告诉大家:这条路就算没人走过,那又怎样?没人走,那我们去走;如果我们走了出来,后面不知会有多少人追随着我们。这社会对于新事物若没有标准,那就让我们努力的成果成为一个标准。

想到这里,柴胡热血沸腾,明明方案一个字都还没写,他就已经想象出天英控股在交易所顺利敲钟的场景;想象出这家 100% 经销的大型跨国公司的招股说明书尾页,有他柴胡的名字;想象出客户的掌声、领导赞许的目光以及自己暴增一个等级的行业地位。

366　下一个阶段

虽说明和证券已经提出了针对经销模式的核查方法,但财务总监陈星平静地听完后,并未露出应有的笑容。上千份访谈提纲,8 个国家合计 15 个城市的走访工作,他作为财务总监要安排人员对接,毕竟明和证券不可能自己全球打电话跟经销商要地址和约时间。即便他们愿意,外国公司也不一定愿意搭理。所以,一切的一切都得靠天英控股亲自出面牵线搭桥。

最后,陈星表示,他得回去跟已经飞出国的张剑枫商量一下。之后的几天,项目组只能一边接着尽调,一边忐忑地等待结果。

隔壁券商的人马依旧没退场,王暮雪每天经过竞争对手的办公室都很压抑,里面一沓沓厚重的资料和黑压压的人头告诉王暮雪,明和证券仍旧随时可能被换掉。

与此同时,王暮雪还得准备保代考试和会计师资格考试,一级市场根本没人关心她是否CFA,因为CFA这门考试旨在培养基金经理,而不是投行精英,就算其含金量是世界第一都没用。所以工作之余,王暮雪利用一切可以抽出的时间,背诵枯燥乏味的知识点,甚至中午吃饭、散步、等地铁和洗澡的时间,她都在背书。她告诉自己必须咬紧牙关全力以赴,因为柴胡也在准备,而且柴胡的会计师考试去年已经通过四门了,自己还一门都没考。

论院校背景和从小到大获得的资源,柴胡显然不如王暮雪,但他这两年半的飞速成长王暮雪都看在眼里。农村出身的柴胡,起点低,但他工作之中似乎只掌握了两个要点,就已然与王暮雪平步向前,甚至超越了王暮雪。这两个要点人人都懂,人人都熟,但能做到的人少之又少:一是努力,二是坚持。

王暮雪不确定,如果年前的行业研讨会上,主讲人不是柴胡而是自己,自己能不能做得跟他一样漂亮。柴胡如今的工作能力和知识量,似乎已经不是一个普通的同事那么简单了。

不过,王暮雪一向自信,她认为在努力这件事上,成果大于速度。或者说,这个世界不关心谁一开始跑得有多快,它只看最后谁先跑到终点。

别人的努力看起来都是轻松的,正如王暮雪看待柴胡那样。她觉得柴胡似乎只付出了30%的努力,就达到了70%的结果,但爷爷曾经告诉她,只有那些付出了200%,却只收获了90%的人,才能得到这个世界的褒奖。王暮雪想做这样的人,所以她又开始跟刚入职一样,按照曹平生说的,努力到无能为力,拼搏到感动自己。

不过,现在环境变了,工作快满三年的王暮雪进入了投资银行的下一个阶段。在这个阶段中,在手项目的日常工作和考试已经不是让她头疼的全部,她需要考虑得更多。

白天，不仅要对接天英控股各个部门的人，还经常要接晨光科技、东光高电、法氏集团和文景科技的电话。

尤其是在新三板挂牌的文景科技，电话平均两天一个，比如今天的电话内容就是："暮雪啊，现在新三板不能用有限合伙的持股平台做股权激励了，怎么办啊？"

王暮雪一听，这法规不是去年就出台了么？怎么他们消息这么滞后……文景科技挂牌前确实没有相关操作，可能现在公司发展好了，核心员工在业内也小有名气，别的竞争对手想来大面积挖，董事长路瑶不得不想办法给员工更高的激励。

"我们的股权激励是不是不能做了啊？"对方声音很焦急。

"做还是要做的，但是要换一种方式。不能再建立一个壳公司后，把一堆人装进去这么做了。"王暮雪迅速搜索着相关文件。她熟悉投行常用搜索网站，再加上原先投行类公众号也发过相关内容，她大致看过，就能勉强给客户提一个初步意见。

"解决方式股转系统已经给出了，就是用原来放在有限合伙的钱，认购新发起的基金份额或资管计划，再由这些经过备案和核准的基金或资管计划认购新三板公司的股票。"

"啊？没听懂。"对方果然一头雾水。

王暮雪耐心道："你们现在如果想搞股权激励，得分三步走：第一步，由基金管理公司发起设立一支契约型基金并管理基金投向；第二步，由基金管理公司与你们员工签署基金认购合同，基金管理公司完成基金募集，并到证券业协会备案；第三步，基金管理公司用完成备案的该只基金投资你们的股票。"

王暮雪说完，听对方一时间没了声音，估计还是没听懂，于是补充解释道："其实就是原先你们可以自己搞股权激励，现在不行了，一定要找一家基金公司帮你们，让员工跟基金公司签认购合同，然后由基金公司成立的基金投资你们的股票，从而达到员工通过基金持股的目的。"

"哦哦，明白了。"对方说完马上又要王暮雪推荐基金公司。王暮雪工作以来都扎在项目上，哪里认识什么基金公司，但客户的要求不能回绝，否则告到曹平生那里，自己就得被阎王爷吊起来打。于是王暮雪只好四处打电话,王立松、胡延德甚至十二部总经理何羽岩的电话她都打了,还发了朋友圈求救。经过一番努力,王暮雪确实找到了合适的基金公司,但一天的时光也就此结束。

367 因信披被罚

客户如果单单就自身困难求救王暮雪,她倒也忍了。有时他们只是针对某条新闻,就特意打电话跟王暮雪闲聊。

"暮雪啊,今天又有6家券商因为信披被罚,你们公司没问题吧?"

"被罚都是有原因的,这些原因你们公司没有,你们没问题,我们当然没问题。"

客户之所以这么问,是针对在监管趋严的情况下,越来越多券商被资本监管委员会处罚的情况,而处罚集中地依旧还是新三板。2017年以来,监管层已对券商下发13次罚单;而2016年全年,监管层对近50家券商先后采取监管措施,合计被采取监管措施次数达70次。

新三板挂牌企业如今已经破万,量大了难免疏漏。券商其实都害怕未来可能会有更多新三板公司的问题爆出。这也是王暮雪担心的,所以她每个月都会对文景科技自查一次。

王暮雪不太喜欢在与当下工作关系不大的问题上浪费时间,但她也不直接挂客户电话,所以只能苦笑道:"你们董秘没借给董事长弟弟几十万元,每次增资也没跟别人一样瞒着不报,与关联公司之间也没有解释不清楚的资金往来,所以怕什么?"

"可是……"对方欲言又止。

王暮雪当然清楚客户是担心如果明和证券被罚了,那么明和以前报上去的项目是否都会被查;就算没查出什么,也会连累到客户的声誉。

"只要咱们自身没问题,查多严都不用怕,以后我每个月去你们公司两次吧。"王暮雪说完,客户哑了,悔恨自己为什么要打这个电话。王暮雪也很无奈,她只能用这样的方式减少此类无聊的沟通,因为她太需要时间和空间专心工作和学习了。

她的死党狐狸挖苦她:"有些人吧,就是太倔强,明明靠脸吃饭就行,偏偏要靠才华;结果奋斗了几年才发现,靠才华根本没法混出头,回过头来再想靠脸,发现脸也在靠才华吃饭的时候毁了。"

"你这么悲观,难怪二十多年了一个女朋友都没有。"

"呃……惹不起,卑职先撤了!"

没女朋友这件事儿,是狐狸程昚今的永恒痛点,王暮雪屡试不爽。她总是通过这样的方式让那些消极的想法远离自己,让自己处于积极的环境中。正如当年的她,义无反顾地留在曹平生这个部门一样。王暮雪潜意识里认为,能忍受阎王爷领导风格的同事,一定都是钢铁般的战士。

只不过,最近王暮雪越拼命,内心的不安就越是强烈。这种不安来自于隔壁办公室那帮依旧没有消失的人,更来自于每天资本监管委员会官网的公告页面。

跟鱼七一样,王暮雪每天也要查公告。但她查得比鱼七勤快得多。只要一闲下来,哪怕出去上厕所的途中,她都要低头刷公告,那状态跟她高中时每天刷微博差不多。

等待死亡的宣判是压抑,甚至是窒息的。

王暮雪在想,一旦阳鼎科技出事,爸妈怎么办呢?公司业务会不会大受影响呢?吴叔叔还有曹总会不会也被卷进去?客户会不会让自己离开项目组?自己以后就算考过了保代考试,还会有公司愿意让自己签字么?自己的投行职业生涯会因为一个公告的发布而彻底终结么?

368 孩子和房子

"上周,我看到青少年研究所的一项调查问卷,问题是'你心中最尊敬的人是谁',调查对象是日本、美国和中国的学生。日本学生回答'心中最尊敬的人'前三位是:父亲、母亲和日本著名历史人物;美国学生的答案前三位分别是父亲、球星迈克尔·乔丹和母亲;而咱们中国学生,父亲排在第十位,甚至不如一位电影明星。"王暮雪时隔两年,再次见到明和证券投行总裁吴风国,他就给她讲起了新闻。

这位曾经帮她在苹果摊前砍过价的邻居叔叔。

经过这些年，王暮雪已经习惯了跟一帮男人同桌吃饭，也习惯了年纪大一些的男人只要一坐下来闲聊，话题不是房子就是孩子，而"父亲"这个话题更是绕都绕不开。此时饭桌上的人有吴风国、曹平生、王立松、柴胡、王暮雪和天英控股全体高管。

柴胡和王暮雪当然知道，吴风国这个大领导特意跑来吃饭的目的是什么——天英这条大鱼，看来大佬不出面是钓不上来的。

"可不是，我赚钱养我儿子，他一点都不感恩。"天英控股董事长张剑枫也心有所感。

吴风国笑了："我也一样。天天出差，老婆说我不重视家庭教育，我儿子也只听他妈的；我回去呢，只能讨好儿子，话还不能说重，一说重他就说我不了解他。"

销售总监蒋维熙也放下筷子插话道："其实咱们中国传统社会就这样，千百年来都是男主外、女主内，父亲就是家庭的供养者，要改善家庭的经济条件和社会地位，哪有时间照顾孩子？"

"有时间也提不起精神。"财务总监陈星附和一句，"教育孩子这事儿，我老婆比我积极多了。我女儿才三个月大，我老婆就把未来十年怎么培养，上什么班，每年开支多少都规划好了，我还能做啥呢？只能是赚钱满足她的计划。"

"所以这是一个怪圈。"蒋维熙道，"高度热情和高度负责的母亲，会把我们这些做父亲的排挤出家庭的教育阵地。"

王暮雪边听心里边叹气，明明是男人的错，怎么讨论来讨论去，又成女人的错了？难道就因为饭桌上就自己和副总裁邓玲两个女人？

果不其然，蒋维熙这种话东北女汉子邓玲听不下去，她直接回怼道："那是因为男人先没责任意识，女人才不得不自己扛。很多做父亲的根本不知道'父亲'这个词意味着什么，总是拿一些生活压力、时间紧张和家庭分工当借口。再好的物质保障也代替不了一个父亲对孩子真真切切的爱。"

说到这里，邓玲居然看向了王暮雪："咱们中国家庭，实际上都是'单亲家庭'，只有全功能全自动的母亲，没什么真正意义上的父亲。即使有,那也是生物学上的,不是精神上的!"

王暮雪被邓玲盯得莫名其妙,不知道邓玲这句话为何特意对着自己说,难道是在好意提醒自己,千万别结婚生子么?

"邓总说得是! 所以咱们都要积极做真正的父亲。"吴风国说完,直接站起身举起酒杯,"让我们在座的男同胞,都做一个勇敢坚强、心胸开阔、事业成功且重视子女教育的好父亲!"

众人也都纷纷起身碰杯,吴风国这番话的直接功效就是把邓玲哄开心了。

前面说过,副总裁邓玲其实是天英上市的关键人物,因为张剑枫的专注力都在海外业务上,对外融资的事情都交给了邓玲。前段时间吴风国动用了自己的关系,打听到当初让新券商进场,也是张剑枫问过邓玲的意见后才决定的。所以其实在天英控股,照样是"男主外、女主内"。与销售、产品和市场无关的事都是"内事",所以只要把这家公司的女主人搞定了,还怕竞争对手抢饭碗么?

"吴总,您这种金融专家,可以用金融的角度给我们说说最近楼市究竟怎么了么?"

听邓玲这么问,王暮雪再次叹了口气,果然,又开始聊房子了……

蒋维熙刚才说话惹得邓玲不开心,现在赶忙跟着女领导一起发问:"对对,专家您就跟我们说说,现在房子还可以买么?"

吴风国摆了摆手:"专家不敢当,毕竟我不是做房地产的。如果要评论,也是一些粗浅的见解。"

"哎哟大领导别谦虚了,我们就等着您给我们腰包里的钱指条明路。"邓玲道。

吴风国眼角一弯,不紧不慢地说了起来:"其实国家现在左右为难,房地产现在可折腾的空间变小了,但国家既要保持经济增速不要过快下滑,也要保持政府债务能够滚下去,还要保持汇率不大幅贬值。"

众人一听房子问题,都立即聚精会神起来。

吴风国继续道:"一线城市房价只涨不跌是预料之中的,但涨幅不会很大。咱们这几年国家搞经济结构转型,是经济的拐点;人口增长率一直在下降,国家放开了二胎,是人口的拐点;房价在 2015 年大涨一波后就一直疲软,青阳和三云的人口净流入趋于停滞;魔都和京城的人口净流入也是逐年递减。"

"所以房子就是不能买了?"邓玲说着努了努嘴。

"保值的话还是可以的,但可能不太会出现之前疯涨的程度了。"吴风国回答。

"不要保值,就要疯涨! 股市呢? 股市能买不?"蒋维熙一句话逗笑了所有人,不要保值,就要疯涨,心想这哥们儿不愧是搞销售的,胃口真够大。

"A股其实2015年的时候跌回了原点,这两年回升了,但也是小牛。实体经济现在不是特别亮眼,所以我个人判断,未来一两年不太会出现大牛行情。"

张剑枫听后接话道:"明年就是2018年了,十年一个轮回,大家想想2008年……"

众人一想起金融危机都哑了,吴风国为了安抚大家的情绪,继续道:"其实A股的估值跟其他国家市场相比依然是高的,我们50倍PE以上的上市公司占比也是全球最大的,而A股现在整体估值都在一个比较低的点位,我的个人看法是,如果大家有能力,尽量选择优质公司的股票,做长期,因为所有的投资品种,长期投资回报率最高的就是股市。"

"好! 那就买!"邓玲主动举起酒杯朝吴风国示意,不过在碰杯后,吴风国酒还没下肚,邓玲就补充道,"一听您这话我觉得自己又要变成韭菜被割了,但既然是专家说的,被割就被割吧!"

369 难缠女老板

"我们准备引入一些股东,你们对此有什么建议么?"董事长张剑枫终于言归正传了。

吴风国面容立即严肃起来:"什么类型的股东?"

"契约型基金。"张剑枫回答。

吴风国听后微微摇了摇头:"拟IPO公司都得清理三大类股东:一类

是资产管理计划,一类是信托计划,最后一类就是契约型基金。这三类虽然各有各的定义,但本质上都是一帮人把钱交到管理人那里,形成一个资金池,管理人再把这个资金池中的钱投入企业中。一旦让这类资金池成为股东,背后投资人很难穿透核查,而且资金来源容易说不清楚。"

"那如果背后投资人不多,资金来源也说得清楚呢?"邓玲立即提问道。

吴凤国快速擦了擦手:"主要是契约型基金是依托合同设立的,基金投资者的权利体现在基金合同的条款上。这种基金本质上就是资管产品,跟理财产品差不多,若让其作为一家上市公司的股东,身份很难被认可。"

邓玲闻言眉心皱了一下:"为啥就不能被认可?合同是合法合同,机构也是合法机构,投资人也没有不干不净,咋就认可不了?"

"资管产品类股东的'持股份额'不需要在工商部门进行变更登记,而仅在交易所和中证报价系统报备下就可以进行股权转让,这容易破坏拟 IPO 企业股权结构的稳定性,从而产生权属纠纷。背后有没有代持关系更是无法核实,甚至可能成为利益输送的温床。"

"可是吴总,我以前没听说不能这么干啊,难道是新政?"邓玲不放弃。

吴凤国摇了摇头:"不是,没有明文规定不能这么干,但实际操作中,资管类产品的股东合规性,从来就没有被 IPO 审核程序认可过。"

"那为什么我在好些上市公司股东名单中都看到过基金?"刨根问底似乎是女人的天性,只不过大多数女人都把这种天性用在对付爱情那点事儿上了,而邓玲显然不同于一般女人,否则她也不可能坐上大型跨国公司副总裁的位置。年过四十五的邓玲没结婚没孩子,她每天早上只要一睁开眼睛,全部的世界就是天英控股。

不出意料,被邓玲这么追问,吴凤国也并没表现出一丝不耐烦。他知道对手难缠,从跟邓玲说上两三句话后凭感觉就能猜到。对邓玲这类人更要有耐心,必须跟水泡开风干已久的咸牛肉一样有耐心,否则,大鱼不会上钩的。

吴凤国继续心平气和地解释道:"邓老师,您提到的那些都是公司型私募或者合伙企业,股东说得清,都有备案且登记在册的。那些基金里其实不包含资管计划、信托计划和契约型基金。"

正当邓玲的眉头皱得更深,想要再发问时,柴胡突然插话道:"邓老师,契约型基金和公司型基金不太一样,相比于契约型基金,公司型基金的法律关系明确清晰,监督约束机制也完善。"虽然柴胡这句话没毛病,但大家发现他说话声音越来越小。只有柴胡自己清楚,他刚开口,对面坐着的曹平生就对他又瞪又指,于是柴胡心虚起来,他不知道自己哪儿做错了,但话说到一半又不能不说完。

邓玲直接无视柴胡,继续对吴风国道:"可是很多新三板企业,股东不都是这类的资管产品么?好多契约型基金啊!既然您说这会成为什么利益输送的温床,是颗雷,怎么新三板还让搞?"

吴风国神色从容地答道:"新三板追求的是企业的灵活性。客观上讲三板企业其实只是挂牌,跟真正意义上的上市不是一个概念,挂牌不能被称为 IPO。况且三板成交额比较冷清,挂上去了股票都不怎么卖得动,所以适当放行资管计划和私募基金进场,有助于培育机构投资者,改善整体市场的流动性。"吴风国说到这里微微一笑,"新三板上市条件比较宽。如果这些新三板将来要转板,朝主板创业板冲,一样也是要清理的。"

"所以我们这股东还不能随便加?"

看邓玲的态度,吴风国已经大致推断出这个计划中引入的新股东,八成跟邓玲有些私人关系,因为邓玲一直朝自己机关枪式发问,显然比董事长张剑枫更在意新股东进不来的事儿。

吴风国顿了顿才道:"邓老师,越临近上市,选股东就越要谨慎,监管红线不让碰的最好别碰,不然无端降低自己的上市概率,多不划算?"

邓玲低眉一想,对方说得也不无道理。

企业在申报 IPO 前一两年,是各路资本挤破头的阶段,谁都想分一块上市的大蛋糕。作为公司大内总管,邓玲此时膝下正跪着一帮排着队给她送钱的恶狼。这种时候蛋糕当然能给熟人就给熟人,肥水不流外人田,但她确实没详细了解资本市场的各种隐性规定,以为凡是法规没有禁止的事情都可以干,差点儿被熟人坏了蛋糕。

专业的事还是要交给专业的人做,吴风国的提醒告诉邓玲,明和证券在专业上还是有两下子的。毕竟做到吴风国这么高位置的人，还能熟悉具体业务的不多了，他随便吃饭聊个天都可以让天英控股在风险面前悬崖勒马。

当然，邓玲并不会就此满意，她喝了两口茶，脸上依旧弥漫着疑云。吴风国密切关注着这一切，曹平生和王立松亦是如此。他们知道话题如果就此停住，那么这顿饭吃下来意义不是太大。邓玲的外在状态告诉这三个"老江湖"：非常不幸，对于券商的选择，她这位天英控股的女主人依旧没有改变观望的态度。

今晚的聚餐很快会传入竞争对手的耳朵里，对方难免不会如法炮制，如果机会被他们夺走，一切就被动了。故今晚就是一局定胜负，必须全力以赴，想到这里，吴风国还得继续咬住。

370 传统行不通

"关于你们经销比例……"他不打算回避最难的问题。

"说到这个问题就头疼！"没等吴风国说完，邓玲就打断道，"咱们销售国，说白了都不是什么发达国家，经销商内部管理比较落后。你们提的方案说要看人家 ERP 系统。我们很多客户根本就没这个系统。别说系统了，电脑都没几台。进多少货出多少货，记下来，记在本子上。"邓玲边说还边做了一个动手写字的动作。

于是三个"老江湖"同时明白了，竞争对手之所以还没滚蛋，果然还是因为天英控股对明和证券提出的经销解决方案不满意。

王立松解释道："邓老师，看 ERP 系统只是一个步骤。如果对方有这个系统，我们就看；如果没有，我们可以看手工账。"

"那海关报关单呢？"邓玲目光犀利，"那玩意儿能随便让咱们看？"

财务总监陈星立即附和："很多非发达地区对此类文件很敏感，就算我们要求，他们也不见得配合。上周我还联系了好几家经销商，人家都不愿意。"

没等王立松开口，邓玲又按捺不住："你们规范，规范我们就行了，要

126

查查我们,是我们要上市,还是在咱们中国上市,对于外国客户查那么细干吗?!就算要查,查货就好,货给了多少,你们可以去人家仓库数数,带着律师会计师,一个两个三个,数数,看看有没有漏;你们还可以查资金流水,看钱有没有打到我们公司账上,实物流和资金流一匹配,这事儿不就结束了么?"财务出身的邓玲很自然地搬出了一些行业术语,比如实物流和资金流的匹配,其实就是一手交钱,一手交货的意思。

"而且我们都是预付,人家钱给过来,我们点清楚,确认没少,才敢发货,不然谁敢发?"邓玲说着瞟了一眼董事长张剑枫。而后她转向吴风国,语重心长起来,"吴总,您可以对比时间,每个客户每笔交易,是不是都是先来钱,再发货?人家企业如果财务造假,那都是货给出去,钱没回来,人家记账记的是什么?记的是应收账款,我们天英有应收账款么?没有!"

邓玲最后"没有"两个字说得格外大声,吴风国只得苦笑着连连点头。邓玲的意思很清楚,她认为哪有什么客户会自己先掏钱帮企业造假,且金额还不是几万几十万,不是几百几千万,而是几十个亿,所以不能用查一般传统的经销核查方式来查天英控股。

张剑枫撑着下巴,认真听着,其实也在认真观察,主要是观察明和证券的反应,预判他们的应对措施可能是什么。毕竟自己公司所面临的市场环境就是这样,即便不做财务,张剑枫也明白手工记账的可信度很低,白纸黑字写上去的东西,当然想怎么写就怎么写,这也是为什么明和一开始想看的就是 ERP 系统。而提及查阅海关报关单,无疑是让客户把它们每年报多少税都说出来,有哪家公司会愿意?即使没虚假申报、偷税漏税,也不会情愿把这类文件拿出来给外人看,因为这是隐私,是商业秘密。

"吴总,我是个行外人,我有一个问题想请教下。"张剑枫风度和涵养都够。

"您请讲。"吴风国赶忙道。

"我们跟客户签的合同都是买断的,只要他们付了钱,我们发了货,这个钱就是我们的;货就算烂在他们仓库,钱也是我们的,不可能退回去,所以你们其实看账上的资金就可以验证真假,为何还要走访和要资料呢?"

"他们要看看客户是不是真的存在,是不是我们虚构出来的。"邓玲有些没好气。

吴风国开口道:"验证客户的真实性只是实地走访的目的之一,主要还是怕经销商囤货。当然,咱们合同签的是买断,只要货发了钱回来了,这笔买卖就不应该再被怀疑。但是监管层关心的还是咱们的货有没有实现最终销售,比如咱们今年生产了上亿台手机,并且都卖了出去,是不是真的有上亿人在用。"

"如果是这样,你们这个方式可能不太有效。"张剑枫回应道,"我们的经销体系有很多层,跟一个发散的网一样。一级经销商一百多家,你们全查完没问题,但还有二级三级,一共几千家,终端零售破万家。货就算没有囤在一级经销商那里,也可以囤在二级三级甚至终端门店,如果我们真想造假,你们可能没法查……而且之前好像跟我说的是抽一部分走访,一部分问卷。"张剑枫说着看向了财务总监陈星,陈星立即点了点头。

得到正面回应后,张剑枫道:"如果说真金白银打到账上的钱都会被怀疑,那这所有的调查问卷又如何辨认真伪呢? 我们账上的资金有几十亿,如果心地不善,要刻意应付调查问卷,也是有办法的。"

张剑枫的话让王暮雪和柴胡惊呆了。大佬所言不假,如果有几十亿,随便雇一堆外国人半天,刻一堆萝卜章伪造调查问卷并非做不到,就算是视频访谈都可以瞒天过海。他们只要确保明和证券实地走访的一级经销商不出岔子,有真人、真公司和真地点就可以了。在一心想要造假的顶级土豪面前,投资银行传统的核查手段确实可能失效,大家忙活一整年,辛辛苦苦弄回来的资料全是假的,最后万一被谁来个实名举报,找谁哭?

一直对吴风国的回答心中有数的王暮雪,此时都没了数,她不知道作为投行总裁的吴叔叔,在这行见过大风大浪的吴叔叔,要怎么应对张剑枫此般听上去平和,实则非常锋利的问题。

371 职位与胆量

吴风国沉默了一会儿,回应道:"张总,您说的很有道理,不过常规工作还是要做的。"言下之意,该走访的客户还是要走访,调查问卷或者视频访谈也不能少。"不过,既然中间渠道多而广,我们无法逐一追踪,那么就跳过所有经销商,直接锁终端。"

"直接锁终端?"张剑枫露出了不解的神色。

此时吴风国从黑色皮包中掏出了自己的苹果手机,朝众人道:"我每买一台新手机,首次开机时都让我注册账号,激活手机。这个激活数据我相信苹果公司的后台肯定有记录,而且只要我一直使用这台手机,手机就一直是激活状态,这可以证明他们这台手机确确实实卖了出去,并且的确有人在使用。"

听到这里,邓玲眼睛一亮:"这系统我们公司有啊!不就是手机内置激活系统么?我们有!"

吴风国有些意外:"那怎么先前没提这事儿?"不出意料,他的眼神看向了王立松。王立松也是首次听说天英控股有这个系统,他的眼神也相当茫然;其实,即便王立松先前就知道,也从没想过用这个方法来应对监管层,毕竟以前没人这么干过。

财务总监陈星忙朝吴风国道:"吴总,我们现在这个系统支持用户通过短信或者流量激活。如果客户开机后给我们回传了短信或者接入移动网络,我们就可以看到这台手机的信息,包括品牌、机型颜色、生产工厂、生产日期和销售日期,每一台手机其实都有一个内置的编码供我们追踪。"

"这个编码是不是可以从出厂、转入仓库、转出仓库以及最终销售的所有记录都可以查到?"王立松确认。

"对。"财务总监陈星回答得很肯定。

"这就好办了。"吴风国终于露出了笑容,"传统核查只是辅助。如果你们有这个系统,IT审计验证系统的内在的勾稽关系没问题,且你们销售出去的手机95%以上都能被激活,我们可以缩小走访和问卷调查的范围。"

吴风国的这个决定挺大胆,毕竟国内还没有一个案例是通过终端激活数据来验证销售真实性的。或许是以前上市的手机企业还没有这么先进的手段,而现在的手机厂商大都不在国内上市,所以造成了移动通信终端设备行业,在国内经销核查成功过会的真空地带。

实际上,通过终端用户激活数据来验证最终销售,对于一个从没接触过上市规则的小学生来说都是一件能想通的事情,但在资本市场摸爬滚打了很多年的大佬往往会被现有规定禁锢,从而无法跳出局限,将简单问题复杂化。

天英控股的产品中,手机和平板设备占了总产品份额的90%,所以通过用户激活这一方式跳过困难重重的经销核查确实行得通。只要终端用户是真的,那么自然可以证明在一整片经销网络中,没人帮天英控股囤货冲业绩。这叫以结果论过程,属于反证法的解题方式。

好在吴风国并不是一个无法跳出局限的投行领导者,这种颠覆传统的验证方式最后监管层认不认可暂不知道,但逻辑肯定是对的。

"下周能否给我们提供一个过去三年产品激活率的数据? 我也看看。"吴风国朝财务总监陈星道。

"数据在我们魔都研发公司那边,不过我想应该没问题,导出来需要些时间罢了。"陈星回答。

"我说吴总,您早该来我们公司了,您早来点儿就没那么多事儿了。"邓玲说完瞥了一眼王暮雪和柴胡,脸色满满的都是嫌弃。

吴风国知道邓玲虽然脸上埋怨,但心里肯定乐出了花儿。这种段位的老板秉承的原则一定是:能者留,无能者滚! 谁逮得到耗子谁就是好猫! 所以他作为明和证券投行一把手,必须今晚就逮着耗子。而关于这样逮耗子的方式,肯定也只有老大拍板,手下人才敢放手去干。

有时胆量与职位,确实成正相关关系,且高职位者如果表现出了应有的魄力,往往还会放大手下人的胆识。古代最能打仗的将领,都是骑着战马,穿着显眼且区别于众人的军装冲在最前面,英勇无畏。比如西楚霸王项羽、比如明朝开国将领常遇春和明成祖朱棣,他们的口号是:"兄弟们! 跟我冲!"士兵们一看将军都士气高昂,前面的路和目前的打法肯定没错,毕竟领导是拿自己的生命担保,咱们还怕啥? 冲啊! 不能打仗的将领,大多都是躲在后方,朝前面的士兵大喊:"兄弟们! 给我冲!"你自己都不冲谁给你冲? 就算冲也冲得心不甘情不愿,仗打赢的概率能高么?

整个晚上,几乎都是吴风国冲在最前面,挡住了所有质疑和炮火,此举无形之中让王暮雪和柴胡的士气大增。以前工作没做好不要紧,关键是对接下来应该怎么做要心中有数。

"我们从去年开始主攻印度市场,毕竟那是全球第二大十亿级市场,您怎么看?"张剑枫语气中更多了几分敬重。

吴风国端起了茶杯:"您之前的主要精力还是放在非洲对吧?"

"对,之前我在非洲认识些人,想从那个市场做起,但十年后发现印度市场已经被很多大牌割据了,入场其实有些困难。"

柴胡记得天英控股印度市场的销售利润是净亏损,明显是为了抢占市场而打价格战,做赔本生意。2016 年全年,印度智能手机市场出货量接近 1.1 亿部,品牌集中度高,排名前 20 名的品牌的出货量占比超过市场总量的 94%,其中中国生产的手机就达 3500 万部。

"除了大牌厂商入场早,竞争激烈,还有什么别的困难么?"吴风国继续问道。

"主要是印度目前接近一半人都适应了中高端手机,这跟我们公司的产品定位有些偏差;而且印度人更喜欢大屏手机,比如 5 寸和 5.5 寸屏的那种。"

372 一局定输赢

说到这里,销售总监蒋维熙补充道:"今年 5.5 寸智能手机的比重一直在增加,6 寸屏的手机数量也在增长。"

吴风国不用继续听,也大致能猜到天英控股的主打产品并非大屏手机;若要攻占印度市场,不仅得采取惯用的价格战,还得花大功夫改良产品设计,确实不易。

蒋维熙继续道:"而且印度现在也开始用指纹手机了,就是去年开始的。指纹机出货量大概 860 万部吧,占比 20%,以后指纹机市场需求肯定还会增大,官方数据说渗透率将达到 30%。"

"关于指纹机,其实我们也可以推出这种机型。"张剑枫接话道,"但现在销售国 80% 的用户还没有足够的经济条件支付这样技术的手机,他们目前也不需要，所以我们的机型不能出得太超前，得跟着主要市场的经济发展水平走。"

吴风国微微点了点头，他想起之前看过一篇报道，报道称2016年为中国手机全面进军海外市场的元年。除天英控股外，联想、中兴和TCL均有聚焦海外市场，未来十年无疑是中国品牌走向海外的黄金十年，这也意味着残酷的血拼才刚刚开始。

"华为之前出了一个千县计划，小米也搞了新渠道运动。这其实都是手机品牌完善线下布局的战略安排。"吴风国说到这里顿了顿，看向张剑枫继续道，"在咱们国内市场是这样，海外市场我想也一样。咱们天英在目前销售国的最大优势，或许就是经销渠道。"

张剑枫立即表示认同："手机行业，渠道为王，渠道永远是决定手机品牌走势的一个很重要，甚至是决定性的因素。"

吴风国的手指轮流轻敲桌面："那么，你们若想在印度建立同样的渠道优势，需要多久？"

张剑枫听后深吸一口气，有些凝重道："很多实力大的经销商都已经有固定合作的手机品牌了，签的都还是排他协议。跟他们现在的品牌商合作就不能跟我们合作，所以我们只能找小点儿的经销商下手，但是小的不太稳定，这个月有钱下个月没钱的事情经常发生。"张剑枫并没直接回答吴风国关于在印度建立稳定经销体系究竟需要多少年的问题，因为连他自己也不知道。

手机经销商这个职业，其实只要有钱，在手机城认识些人，有自己的路子，谁都可以做，没啥技术含量，拼的就是钱和人脉。大型经销商往往资金实力雄厚，能够一次性买下天英控股更多的产品。于是，天英控股就会让他们做一级经销商，给予的价格也是当地最低。

这些一级经销商只要找好几家固定的下家，将大量批发来的电子产品分批转卖给下一级分销商，生意也就完成了。

整个过程有点类似玩资金周转，短平快，通常货物在一级经销商处停留的时间不会超过一周。由此可见，只要上下游渠道建立好，经销商是一个躺着都能赚钱的职业，一买一卖赚差价而已。但最关键的是，这些人一开始得先有钱。

无论在哪个地方,有钱人都是少数,能一次性支付几千万,而且还愿意做手机生意的人其实不多;这些人如果已经被其他手机品牌商抢光了,自然没法再跟天英做生意。所以天英不得不找那些不是太有钱的小分销商合作,先让这些小鱼富起来成为大鱼,然后再独享他们帮自己赚钱的能力。

　　小鱼长成大鱼是需要时间的,而且印度的消费者有更多的选择,不一定就买天英的账。就目前状况而言,如果硬要啃别人剩下的骨头,必定会出不少的血,结果也不见得一定会好;万一啃骨头时伤了元气,可就得不偿失了。吴凤国认真思忖良久,才开口道:"如果继续开拓印度市场,你们这一两年内的利润还可以持续稳定增长么?"

　　张剑枫不置可否地看向了财务总监陈星,陈星抿了抿嘴,无奈道:"够呛,不扩大还好,如果想要夺取印度更多地区的市场份额,得先亏个几年。"

　　"亏也就是单独印度市场亏,其他市场还是赚的。"张剑枫解释道。

　　"嗯,但是如果亏的这部分口子越来越大,总体净利润难免受影响。"

　　听吴凤国这么说,邓玲立即担心起来:"上市前是不是没法接受净利润下滑?"

　　"也不是绝对不能,但最好不要,否则解释起来比较麻烦。"吴凤国答道,"如果咱们决心搞上市,可能进攻印度市场的事情需要放一放;当然,我知道很多机会转瞬即逝,那个市场现在不进去,可能一辈子都进不去了。究竟如何抉择,还得由在座的共同决定。"

　　"如果我们一定要吃下印度市场,利润下滑了,也想同期上市呢?"张剑枫突然很认真地看着吴凤国。

　　吴凤国淡淡一笑,端起酒杯道:"那我们明和证券就全力以赴,怎么样的条件我们都接受。天英是好公司,难得的好公司,您只管在前线打仗,后方交给我们,我们一定将天英送上去!"

　　张剑枫兴致高昂起来:"祝我们合作愉快!"而邓玲更是说出了让明和证券所有人激动不已的一句话:"去交易所敲钟,就指望你们了!"

　　去地下停车场的路上,柴胡都在总结着吴凤国今晚的策略:

　　首先,吴凤国用"中国父亲的共同难点"与在场的大部分男性建立亲切感,结尾又很自然地顺着邓玲的意思举杯,讨好天英控股唯一的女主人;其次,客户提出的问题,尽管一开始与业务无关,他都尽可能从专业视角回答,试图提升客户对他的认同感;再次,在恰当的时候主动将话题带入天英控股最棘手的经销核查问题上,试探对方的态度,整个过程,吴风国都充分让对方说明困难,再适当给出自己的意见,且他的意见并非一成不变,他会根据事态变化做及时的调整,甚至是大胆的调整;最后,关于公司战略发展方向,他并没跟其他的投行领导一样,告诉企业一定要这样干,一定不能那样干,而是把决定权交给客户,当客户做出了自己的选择后,他也全然接受,并且给出了自己团队全力以赴的承诺。

如此一来,今晚的这帮高管已经没必要跟其他券商吃饭了,实现了团队最开始的目的:一局定输赢。也就是此刻,柴胡才明白:自己或许已经是一名优秀的投行员工,但离一名优秀的投行领导,还有很大的差距;而这样的差距,并不单单是努力就可以追上的。

那么自己究竟应该如何提升呢?怎知,车还没开出停车场,柴胡就不用想提升的问题了,眼下的火他都灭不了了。

373 倒霉的位置

坐在车里,曹平生突然朝柴胡道:"你公众号怎么写了那么久才 15 万粉丝?"

"曹总,投行这个专题受众群体小。"

"借口!"曹平生大声一句,"没人教你凡事不要找借口么?"

柴胡赶紧闭上嘴,但他有些不服,当初您老要求我过万就行,我如今都超 15 倍了! 一个大券商投行部也就 600 人,全国 100 家大大小小的券商合起来总人数肯定没超过 6 万,估计这帮人已经全关注了自己的公众号,还要咋地?

"你要扩展啊兄弟!"曹平生皱眉道,"你投行公众号只写给投行人看有个屁用,扩展啊! 董秘、基金经理、私募和投资者不都是人吗? 加起来难道没有一百万?"

阎王爷得寸进尺,现在居然要一百万了!

"你小子就是不思进取！得过且过！想法子啊！"曹平生一边骂，车子一边慢悠悠地一圈一圈往上转。在青阳市中心，地下停车场有 4 到 6 层并不奇怪，车子都是排着队挪出停车场。

不过，此时一边看着车子龟速挪，一边被曹平生骂的柴胡，无比想跳车。当然，车他是不可能跳的，所以他只能默默在心里顶嘴：

想法子?！想什么法子?！是我文章写得不好么？是我不够努力么？是我没有掌握公众号写作窍门么？都不是！关注用户上不去还能有什么别的法子?！有法子您倒是直接给一个现成的啊！

"你上次写的检讨书呢？发给我看。"曹平生突然换了话题。

柴胡闻言骤然瞪大了眼珠，心想那篇 7000 字的检讨书不是远古时代就发出去了么？难道阎王爷没看？

"曹总，我发您邮箱了啊……"

"再发一次！哪儿那么多废话！"曹平生立刻不耐烦起来。

检讨书重新发送后，车子终于来到了路面上，坐在王立松身后的曹平生边看边沉默着。这样的宁静，让柴胡感觉自己的脖子已经被架在了断头台上。今晚一上车，柴胡就有种不祥的预感，因为他坐的位置是"领导位"，副驾驶正后方的位置。这个位置当然不是柴胡自个儿没大没小瞎占的，而是所有人都入座后，意外"剩"给他的。柴胡如坐针毡，尤其旁边还坐着正在审阅他检讨书的曹平生。

窗外霓虹闪烁，一排排小叶榕树从柴胡的眼睛里闪过，大概每过三棵树，就是一秒倒计时。

"妈了个巴子的！"曹平生突然咆哮一句，已经很久没有爆粗口的他，又自创了一句脏话，"没他妈一个字在点上！还特么早退！不仅迟到，居然还早退！"曹平生说着就想扇柴胡耳光。柴胡下意识用胳膊挡着脸，身子蜷缩成一团紧紧地贴着右边车门。

曹平生见状更火了："还想躲？没一个人敢躲老子！"说完他狠狠地抽了柴胡肩膀两下，"写的什么鬼东西？妈了个巴子的现在还不知道自己错哪儿！"

柴胡满心无辜，他那天确实就是迟到了，前一天早退的事情也写了，再加上他足足写了 4000 字与工作相关的问题，包括他自己是如何没有把案例查到位,如何没有纵观古今地了解资本市场的审核动态等。此时柴胡思绪纷飞,并且全都飞往了曹平生说他"犯错"的那天,但他确实想不出其他错误了。

柴胡拱起手道:"领导,恕弟子愚笨,没想明白。"

"你何止愚笨?你根本是没脑子!"曹平生的话让没有被骂的王暮雪,都吓得抓紧了自己的安全带。

"你说话太多,喧宾夺主知道么?教人家高管如何当企业家,这是你这种毛小子说的话么?开会也是,人家律师好好地在台上讲,救你小子的场,你他妈插话!还有刚才,刚才也是,吴总说话的时候有你说话的份儿么?你几斤几两自己不清楚?"曹平生骂到最后一句时,又忍不住抽了柴胡肩膀两下,"就你没点数,比蒋一帆差远了!你看看人家蒋一帆,人家知道秦始皇那么多事情,但客户没让他讲他从来不会主动讲,你呢?知道点皮毛就恨不得拿个大喇叭去电视台狂喊!你小子现在一说话老子就觉得丢脸!"

也不知是天注定还是巧合,当曹平生提到蒋一帆的时候,一直将头扭向窗外不敢直视阎王爷的柴胡,真的看到了蒋一帆。起初柴胡以为是幻觉,哪有那么巧的事情?估计是自己被骂蒙了!但当他眯起眼睛仔细辨认后,确定那个人就是蒋一帆。

蒋一帆此时正站在一家 KTV 的正门口,正好是红灯,所以王立松将车子缓缓停了下来。

"你他妈有没有听老子……"

"一帆哥!"柴胡没等曹平生骂完就转头朝他喊道,"一帆哥在那里!曹总!"说完柴胡按下了车窗。曹平生一听,果然忘记了骂人的事儿,立即松开安全带,整个身子朝柴胡那边窗口探了过去。

王暮雪也看到了蒋一帆,她按下车窗,希望看得更清楚一点。蒋一帆还是穿着那身她熟悉的白衬衣和黑西裤,戴着眼镜。只不过,他右手这时举了起来,头微微低了下去,他在……吸烟!

"他小子什么时候吸上烟了?"曹平生的吃惊跟所有人一样。

蒋一帆看着远处,神情茫然中透着一丝忧伤。他吐出一口烟,回身望向 KTV 入口,好似在等人。而马上,旋转玻璃门里面并肩走出来两个人,一个是王潮,另一个是杨秋平。

王潮笑容满面,而杨秋平看上去有些尴尬和疲惫。就在这时,杨秋平突然看到了王暮雪,于是直接示意蒋一帆。蒋一帆见状立即回头,而就在蒋一帆回头的瞬间,王暮雪心虚地赶紧回正身子,关上车窗。

绿灯了,因为后面还有车,王立松不得不朝前开走了。王暮雪不知道蒋一帆是否看到了自己,但她很确定,她看到的人,已经不是以前的蒋一帆了。

374 重组的本质

蒋一帆今天在 KTV 见的人尤其特殊。

"我老婆问我,如果明年轮到你亏十多亿,你怕么?你睡得着么?"宝天钢铁董事长黎业朝众人笑道。

宝天钢铁,即是王潮在新城集团股东会上建议蒋首义并购的大型钢铁集团。黎业 51 岁,个子高大,有着古铜色的皮肤,平头,发色略微有些灰白,脸圆肉多,堆在一起像一尊弥勒佛。

包间里的沙发矮,黎业坐在王潮右边,双腿叉开,胳膊肘搭在膝盖上,语重心长地向坐在王潮左边的蒋一帆道:"说真的,亏十个亿我也不是不怕。有时候我也在想,企业做这么大,倒闭了怎么办?万一真倒闭了,那就是我的责任。"说着他拍了拍自己的胸脯,"必须全是我的责任。所有企业的失败,归根结底都是人的失败。"

KTV 大屏上正自动放着周华健的《朋友》,没人点歌。包间中除了蒋一帆、王朝和黎业,还有杨秋平和宝天钢铁两个男高管。

"咱们钢铁行业现在这种状况,很多人认为是技术原因、市场原因、政策原因等等,其实都是瞎说,都是逃避,最终都是人不行!都是人的原因!人转不动!"在周华健"那些日子不再有"的歌词中,黎业继续他的演说,"一帆啊,你看看柯达,就是那个卖胶卷的,当时老板怎么说,他说这个世界上,他只发现一种东西的利润比柯达高,那就是毒品!他说这句话的时候多骄傲多自豪啊!现在呢?"

黎业说到这里，一个穿着金色豹纹正装的中年女士推门进来，笑脸盈盈，身后跟着十几位风华正茂的女人。这些女人有的长发飘飘，有的短发齐肩；有的浓妆艳抹，有的素面朝天；有的衣着风情万种，有的梳妆完全是邻家女孩。姑娘们快速一字排开在蒋一帆面前。

王潮拍了拍蒋一帆的大腿："挑一个。"

蒋一帆立即摇了摇头，表情堪称恐惧。

"没事儿，就是坐下来唱唱歌，别想多了。咱们几个大老爷们自个儿唱多没意思是吧？挑一个！"

"秋平啊！秋平是女生！"蒋一帆立刻指了指一脸尴尬的杨秋平。

瞅见王潮首先照顾的人是蒋一帆，豹纹女人直接拉了一个浓妆艳抹，留着黄鬈发的典型酒吧女郎走到蒋一帆面前："这个妹妹好不好？她很能唱的！"

蒋一帆立刻摆了摆手："我已经有女伴了！"说完下意识朝杨秋平的位置挪了挪。

豹纹女人也不勉强，一副完全丰俭由己的样子。

酒吧女郎被王潮留下了，王潮的理由是："一看姑娘你就经常唱歌，带带我们！"

杨秋平没想到看着那么书生气的王潮，居然喜欢这一款，鬼才相信他是因为那妹子能唱歌才留下人家。

酒吧女郎坐下后，王潮的手就开始不规矩，不过他也没有特别过分，注意力仍旧集中在今晚的正事上。他非常中肯地说道："一帆啊，如果你们跟宝天钢铁合并，无疑会成为全国最大的硅钢生产基地，到时无论是对上游还是下游，议价能力都会大幅增强。"

蒋一帆知道金权集团多次出面劝父亲蒋首义考虑重组的事儿，都被父亲一口回绝了，因为说是重组，本质就是卖家业，在没有流动资金可以购买资产的情况下，只能出让股权。若只出让小部分股权，换来的资产太少，达不到二者合并后应有的规模经济和控制市场的目的，所以如果要牺牲，且让牺牲之后公司业绩能得到明显改善，蒋首义必须牺牲控股权。

金权集团提议的这次重组，属于典型的借壳上市。借壳人是宝天钢铁的控股股东，即金权投资集团，而壳自然就是上市公司新城钢铁集团。

具体操作是:金权投资集团将其控股的宝天钢铁所有核心资产注入新城集团中,让资产合并后的新城集团起死回生;作为交换,蒋家必须出让至少51%的股权。由于先前何苇平为了购买三云特钢的优质生产线,已经转让了自己全部4.95%的股权,故目前蒋家持股者仅有两人:蒋首义和蒋一帆。蒋首义拥有39.34%的股权,而蒋一帆拥有14.15%,二者合计持股占比为53.49%。一旦蒋首义同意借壳,蒋家必须出让至少51%的股权,让出控股股东地位,让金权投资集团控股新城钢铁,蒋家自己剩下的股权仅有2.49%。

　　金权投资集团当初入股新城钢铁,就没想过只做一个没什么话语权的小股东,说白了,王潮从一开始就是奔着新城这整块肥肉来的。

　　市场上很多投资公司都有自己的风格,有些公司认为如果我只投钱,不控制,不干预公司经营,那钱快打水漂的时候我只有"被通知"的下场,没法挽救,没法止损,跟被人骗钱的傻白甜一样。投资大佬金权集团肯定不想当傻白甜,尤其在其早期投资的多家钢铁集团如今都濒临破产倒闭,眼看投进去的钱要全打水漂的时候,他们一定会做出各种挽救措施。并购重组,就是挽救企业的一剂良药。

　　蒋一帆明白,金权投资集团这样的资本大鳄绝不会体恤哪家公司是谁的终身事业,是谁的梦想,是应该属于哪个家族的。这些资本家看待公司通常只看本质,而一家公司的本质就是赚钱机器。当这个机器不能再赚钱时,资本家就会修修补补,拆开重装,最后实在修不好就直接当废铁卖了,毕竟卖废铁也能回点本。

　　世界的规则很简单,企业家玩的是事业,资本家玩的是钱;因为玩法不同,所以视角不同,没有谁对谁错,只有谁强谁弱;一旦一方疲软,立刻就被另一方玩死。

375 猛烈的炮火

　　王潮凑近蒋一帆道:"一帆你看,宝天钢铁与你们新城同时都放弃了普钢市场,转而聚焦汽车板与家电板。如果你俩合并,就是特钢领域的强强联合,可以减少不必要的竞争,提升华南地区钢铁行业的话语权,即便放到国际市场,也相当有竞争力。"

"一帆……"黎业此时也抛开了他的陪唱女伴,一屁股坐到蒋一帆身边道,"你们新城去年铁矿石采购量是 3500 万吨。而我们宝天是 2800 万吨。我上周还看了工业部的预测数据,今年全球铁矿石贸易量大约可以达到 14 亿吨左右,只要咱俩一合并,光是铁矿石采购量就占全球贸易量的 4.5%。"

这个数据蒋一帆之前也做过研究,确实非常诱人。

如果新城与宝天真的合并,光是铁矿石这一原材料的巨额采购量就足以压缩上游供应商的利润空间,降低采购价格,提升集团自身净利润。

王潮马上接话道:"咱们做企业最主要得看布局,行情不好,布局必须尽快优化。现在我国钢铁行业面临的共同难题就是'队尾不散',处于盈亏平衡点,甚至大面积亏损的公司一抓一大把,但都不愿退。咱们得认清形势,争取自己做自动调节器的角色。"

还没等蒋一帆开口,黎业又道:"我们宝天跟你们新城一样,都有几十年历史,你爸走过的路我也都走过。我们几乎是同年一起开始产品升级,从原来仅能生产螺纹钢和线材等建筑用钢,转到优质工业用钢,再转到汽车钢、轴承钢等特种钢材……可以说我们两家是很相似的,几乎不用磨合。"

"相似,但各有各的长处。"王潮补充道,"一帆,他们宝天在汽车板方面是国内一枝独秀,而你们新城在工程机械中厚板材方面占据较大市场份额,如果重组,那就是优势互补。"

今晚王潮与黎业简直跟排练好了似的,在蒋一帆左右来回切换音频,几乎不给他任何喘息的时间。

王潮选中的酒吧女郎确实会唱歌,不仅是因为声线好、技巧到位,而且她会根据客人谈话的氛围选歌。今晚诸位男士讨论的主题自然不适合放劲爆吵闹的背景音乐,所以其他女人点的此类歌曲都在她的示意下切掉了,她自己点了田馥甄的《魔鬼中的天使》,金海心的《阳光下的星星》以及温岚的《夏天的风》。

这些歌抒情柔和,但又不至于太过沉闷。在王潮跟黎业劝说蒋一帆卖壳时,酒吧女郎正好唱到 BY2 的《不够成熟》,也不知道是精心设计,还是纯属巧合。

"一帆,我们宝天还有一个优势。"黎业的眼神放出了亮光,"去年我们发现自己的钢材没有日本钢材的成材率高,经过反复检验也没找出什么质量问题。但后来我发现,日本车企使用的模具就是日本钢材企业设计的,所以我们马上汲取这一教训,在与另一车企合作汽车板时,便跟他们合作设计了适合宝天钢材质量的特定模具,大大提高了成材率,这对我们竞争对手来说,是一个门槛。"

黎业嘴里所谓的"竞争对手",当然包括新城集团,言下之意是我汽车板的门槛已经建立了,咱俩合并吧,合并了一起用!

"一帆啊,黎叔我做企业做了三十多年,我认为每一家企业都是一样,当咱们走到顶峰时,后面就是下坡路,所以作为管理者和创始人,最可怕的位置就是身处顶峰的时候。"黎业说着抽出桌面果盘上的一根牙签,指着果盘里的两片橙子道,"你看,这就是我们两家企业,都早已过了顶峰时期。如果我们这时对于改变心生抵触,不积极发展,结果就会跟柯达一样,犯战略性的错误。咱们不要窝里斗,要一致对外,两艘受伤的军舰如果硬是拖着,不赶紧把各自还能用的零件组装成新舰,那都得沉!"说完,他接过了王潮递过去的烟,而王潮很自然地也给蒋一帆递了一支。

蒋一帆犹豫了一下,还是接了过来,呛人的味道让他感觉自己直接吸了一大口工厂烟囱中的废气。

"咳咳,黎叔,您说得很对。"蒋一帆边咳边道,"只不过新城未来的发展战略决定权,仍旧在我父亲手上,所以我……"

蒋一帆还没说完,黎业就摆了摆手:"一帆,你已经是青年才俊了,而且还是新城第二大股东,你对事物好坏肯定有自己的判断力。宝天钢铁也是我们黎家的产业,我正是为了保住这份家族产业,当初才将控股权出让给金权。"说完他看了一眼王潮,"如果黎叔我不这么做,宝天根本撑不到今天。"

蒋一帆没接话,只是微微点了点头。

王潮悠悠吐出一口烟:"咱们如果想生存,想赢,一定要顺势而为。现在的大势必然是并购重组。你们看美国,美国 1890 年超越英国成为世界最大钢产国,19世纪末开始经济衰退。那一时期美国钢铁行业产能分散、管理混乱而且效率不高。结果1898年往后的短短五年间就发生了2600多起并购,而且80%都是横向并购。"

王潮说到这里将烟头往烟灰缸中抖了抖,继续道:"大洗牌之后你们看发生了什么? 美国100家最大的公司控制了全美40%的工业资本,诞生了美国钢铁,极大地减少了竞争。钢企获得的规模效益就是因为赶上了并购潮,结果1910年时,美国钢产量已经达到2650万吨,占世界总产量的40%以上。"

王潮和黎业的这一波操作秀上了天,下到原材料、产品和门槛优势,上到国家形势和国际案例,这样的炮火攻势让蒋一帆无处可躲。说来说去他俩无非就想表达一句:"少年! 赶紧回去劝你爸卖壳吧! 卖壳好处无限多,既能推动产能整合、减少同质竞争,还能实现规模经济、提高议价能力,更关键的是,危机时候弄重组,一般都可以拉升萎靡的股价。"

但蒋一帆仍旧没有立即给出明确的答复,他只是一直苦笑着附和,最后散场时又跟王潮要了一支烟,快步走出门口抽了起来。第二根烟,他已经觉得没那么呛人了,甚至有那么一瞬间,这种浑浊的气体可以给他繁杂的思绪带来片刻安宁。

376 意外被围堵

被夕阳映红的云絮一半躲在高楼后面,霞光泛着烈火焰心的橘黄色。对大多数三云市民而言,这是一个普通的傍晚,但对蒋一帆,它却略显残忍。当他开车刚刚驶进别墅区时,远远就看到自家门口聚集着三四百人,十几个保安以及身着协警制服的人正努力维持着秩序。

这三四百人都穿着清一色的新城集团的深蓝厂服。人群中有眼尖的认出了蒋一帆的车,于是车门、车前盖和挡风玻璃被不同的手捶得很响,蒋一帆从没见过如此场面,但他还是强装镇定地打开车门下了车。

"为什么要开除我们?! 我们合同签的是长期,我们在这里工作了十好几年。"一个五十来岁,身材魁梧的男人上前质问蒋一帆。另一个男人则直接揪住他衣领道："我们兢兢业业这些年,天天加班都没叫苦,你们说遣散就遣散。你们没钱? 没钱还开这么好的车,住这么大的房子,有良心么?"

"放开放开!"此时一个满头银发的老大姐拨开了人群,"蒋少爷不是坏人,快放开他!"

蒋一帆定睛一看,这位老大姐他认识,人称梁姐,是新城集团元老级的工人,蒋一帆六岁那年,她就已经在独立管理一条生产线了,在工人中有威望。

"梁姐,究竟发生了什么? 是我爸要开除你们么?"蒋一帆茫然地问道。

"你特么明知故问!"此时人群中不知是谁爆出了这句话,随后众人纷纷附和。"这小子装蒜! 梁姐别被他忽悠了!""是啊梁姐,他跟他爸穿一条裤子!""你不是二股东么? 不知道发生什么谁信!"

梁姐没理众人,径直走向蒋一帆跟前:"一帆啊,蒋董要跟我们一帮子人解约,说是我们的生产线已经落后了,市场不需要了,还有公司现在也没钱了……"

梁姐说着说着就开始哽咽,抓着蒋一帆的手道:"一帆啊,你去跟蒋董说说,落后了,我们可以生产别的,我们都可以学的,这么多年不都是一路学过来的么?"说着她向下扯了扯衣服,正声道,"不要看我们年纪大,年纪大的人才能加班,因为老人不用睡那么多,我们就住在厂子里,我们可以六点起来就干活……"

梁姐的眼泪让蒋一帆心痛不已,放眼周围的人,大多都是年纪偏大的。蒋一帆不明白,父亲这到底是为什么? 他不是一直说要撑下去,甚至还说要扩大生产么? 怎么突然就裁人了? 而且从劳苦功高的元老动手?

"梁姐您别着急,我知道了,我来想办法,您别急……"蒋一帆才安慰到一半,梁姐就转身从人群中硬拉出一个男人,看上去怎么也有四十岁了,络腮胡没刮干净。

"一帆你还认得他么? 他是小罗啊,你们小时候玩得很好的! 小罗啊!"蒋一帆认出来了,但他不敢相信,跟自己同年的梁姐的儿子小罗怎么老成这样了?

"小罗也干了十二年了。他十八岁就进厂了，后来你在外地读大学和工作，见得少。"

小罗没说话，也不正眼看蒋一帆，只是眼角红红的，半天憋出来一句："我爸死了，死在厂里。死之前一个小时还在生产线上！他是累死的！我跟我妈都住厂子里。我可以走，我大男人睡街上都可以，但请不要赶走我妈，她没地方住……"

377 仁义礼智信

"为什么？因为我们必须砍掉不赚钱的业务，只做赚钱的业务。"蒋一帆的父亲蒋首义坐在140平米的书房，语气非常平静。

"可是爸，外面那四百多人都在我们这儿干了很多年，几乎都是十年以上，如果……"

"就是因为他们都干了十年二十年，工作能力还止步不前，才坚决不能留。"

蒋一帆闻言双手撑在蒋首义书桌边缘，倾身质问道："那梁姐呢？梁姐难道工作能力也不行么？她可一直都是业务骨干啊……"

"她太老了，上手新线太慢。"蒋首义连头都没抬。

"爸，如果我们现在对那些有贡献的员工都是如此，那留下来的年轻人会认为等将来他们老了，我们也一定会这么对他们。他们不会有归属感、不会忠心的。"

"忠心？现在业内都不景气，未来十年可能都不会太景气，所有钢企都在裁员，他们不忠心也没别家可去。"蒋首义边说边脱掉老花镜，瞅了一眼蒋一帆，"不想留就走。你以为老爸我裁掉的就是外面那四百多人么？错了，他们只不过是离我们家最近一个厂的工人，老爸这次要裁3600人。"

这个数字让蒋一帆难以置信，3600多人相当于新城集团总员工数的30%，那意味着多少条生产线得彻底停止运转？

蒋首义似乎早就猜到儿子会是这个反应，他靠在皮椅靠背上，黯然

144

道:"我已经很仁慈了,如果再狠一点,应该裁5000人。"

"你疯了爸?"蒋一帆瞪大了眼睛。

蒋首义轻哼了一句:"我清醒得很!全公司都疯了我也得是最清醒的那个!下周开始,我们主攻特种钢材。目前优质工业用钢、汽车钢和轴承钢都是赚钱的,得扩大生产,其他钢种一律停产。"

蒋一帆也只能顺着他的思路解决问题:"可是爸,咱们特种钢材占比太小了,现有的这些特种钢生产线利润就算全部加起来,也不足以支持整个集团的开支。"

"所以才要节约开支!"蒋首义用力敲了敲桌子,"裁人,就是节约开支的第一步。这3600人一走,一年可以省2.2个亿!再把几条老旧的生产线往东南亚一卖,资金缺口就……"

"可是爸!"蒋一帆这回没等蒋首义说完,就直接打断道,"普通钢材目前只是产能过剩,但不代表国家不需要。现在无论是建高楼还是修高铁,哪样不需要钢?如果轻易就全部清盘,将来等行业缓过来,我们重新扩张会花更多的钱!"

"所以我没说全部清,我说先卖几条看看形势!"

"可是……"蒋一帆欲言又止,他的眉头紧紧地皱着,觉得明亮通透的书房昏暗无比。

蒋首义此时突然笑着站了起来,学着蒋一帆的样子将双手撑在桌面上,身子贴近蒋一帆道:"老爸知道你想什么,你想一个工人都不辞退,一条生产线都不卖,因为你不想改变,是不是?你不想变,是因为你有自己的打算,而如果我猜得没错,你的打算是当新城集团的终结者,把你爷爷一手建立的钢铁帝国,卖了……"蒋首义在说最后"卖了"两个字时,语气特别轻,携带着一种对愤怒的克制,"你是不是觉得你师兄王潮说的特别对、特别宏大、特别诱人?而你老爸我就跟个铁老头似的冥顽不灵?"

蒋一帆正要说什么,蒋首义就直接做了一个打住的手势:"别扯那些什么规模经济和议价能力,老爸明着告诉你,大的做不了咱可以做小的,就算小到跟新三板一样也无所谓。只要能盈利,企业就不会死!不仅不会死,有朝一日还会东山再起!所以你趁早死了卖壳这条心,只要我蒋首义还活着,他们金权永远别想多吃一口!"

蒋一帆沉默良久才开口道："可是爸，您这样公司是保住了，但那3600名工人就牺牲了，他们有什么错？他们在这里干了一辈子，勤恳努力，很多人除了工厂宿舍连房子都没有，难道要让他们露宿街头吗？"

"蒋一帆！"蒋首义站直了身子，"我们是企业家，不是慈善家！你仁慈博爱最后会被啃得渣都不剩！"

看着蒋一帆听后居然一副不为所动的表情，蒋首义气得青筋直暴："你现在站在道德制高点觉得自己特正义是吧？我告诉你，如果现在不牺牲这3600人，信不信，明年你会看到剩下的7000多人跟咱们一起陪葬！这是你所希望的吗？"

蒋一帆将脸撇过一边，依旧沉默着，蒋首义恨铁不成钢地朝蒋一帆反复质问："回答我啊？愿意吗？"

"不愿意。"蒋一帆终于挤出了这句。

"很好！"蒋首义一步步走向落地窗前，"帆仔，老爸现在不需要我的亲儿子来增加我耳朵的老茧，你除了当你那个好师兄的说客外，是不是更应该好好考虑如何当一个称职的接班人？"

蒋一帆抿了抿嘴，父亲的背影对他来说既熟悉又陌生，父亲曾经告诉他，如果想把企业做大，仁、义、礼、智、信这五个字，缺一不可。可如今的父亲，为了"智"，似乎眼里再也容不下其他四个字了。蒋一帆不明白，究竟是世界变了，还是父亲变了？难道就没有其他办法了吗？

蒋一帆的眼前浮现出梁姐灰白的头发，耳边再次听到小罗轻轻的呜咽声，当然，还有那些陌生工人沧桑而凝重的面容。蒋一帆的声音很低沉，只听他一字一句地说："爸，如果新城集团是一个不守信用、不讲道义也不懂感恩的企业，我宁愿不当接班人。"

"你说什么?!"落地窗边一个半人多高的瓷花瓶应声而落，碎了一地。

378 "泰坦尼克号"

蒋首义的解决方法简单粗暴，如果新城集团只有20%的业务赚钱，

146

80%的业务都在亏钱,那就把80%的业务停掉,只做赚钱的那20%。这个过程中该牺牲的人和事,通通都得牺牲。

落地窗边碎裂的花瓶并没让蒋一帆畏惧,以此时的他对新城集团财务状况的了解,父亲的决定无疑是一种赌博,先牺牲3600人,然后用剩下的人与整个市场进行对赌。

花瓶碎裂后,争论更为激烈。蒋首义冲蒋一帆咆哮道:"你不真来挑这个梁,就永远不知道什么是生存!不知道生存是这个世界上最重要的东西!"

"可是爸,这些年我也看了不少公司,所有大型企业在产品种类过渡时,都需要缓冲,需要时间;如果一刀切,没有任何弹性,很可能会遭到毁灭性的打击。按照咱们新城集团目前的规模,如果完全依托特种钢材生存,不仅数量要上去,质量也得上去。数量上去容易,但是质量呢?"还没等蒋首义做出回答,蒋一帆就上前一步道,"咱们得承认,目前主导国内市场特种钢材的毕竟还是海外公司。即便咱们能够达到海外公司的产量,下游客户也需要一定的时间试用和接受,因为咱们毕竟做的是进口替代!"

蒋一帆对自己观点的正确性坚信不疑,就好比他看到以前国人习惯于买SONY相机和苹果手机,一下子让大家换成OPPO、Vivo、小米和华为的电子产品,不是不可能,完全可能,但要实现"大面积替换",需要时间。而这个时间,通常在5年左右。越大的公司需要的时间就越长,在没有外部资金补给的条件下,必须让新产品的销售收入支持自身庞大体系的运转,否则资金链很容易断裂。毕竟新产品面对的市场是一个极其不确定的市场。

"爸,如果我们有五年的时间,我相信咱们可以缓过来,咱们的特种钢可以成为集团的顶梁柱。但您有没有考虑过我们不可能有五年,现在能抵押的不动产全抵押了,银行不会再给我们放钱,扩大生产完全得靠自身回流的资金。如果这个期间国内市场、行业情况、国家政策、外来竞争或者我们自身产品质量等任何一方面发生问题,都有可能转型失败,咱们到时连条退路都没有,会被破产清算的!"

这是他三十年来第一次以这样的态度对父亲说话,虽然内容全是针对集团问题的探讨,但在蒋首义听来,全是儿子对自己领导能力的全盘否定。

蒋一帆的探讨,换来的是蒋首义响亮的一巴掌,如果蒋一帆没有记错,这是父亲第一次动手打他。

蒋首义目光如刀:"你如果再用'破产清算'四个字诅咒公司,以后就别进这个家!"

蒋一帆眼圈红了,但他没有流眼泪,定了定气后他缓缓道:"爸,或许您忘了,我们是上市公司,一举一动全在显微镜下。每三个月都得披露季度报告,大面积裁员的消息一旦放出去,不仅投资者会上门,连政府都会上门,因为这次不是 36 个人,也不是 360 人,而是 3600 人……"

蒋首义刚想开口,蒋一帆就抢话道:"还有,如果咱们一个季度两个季度没有起色,到时候又是继续裁人又是继续卖生产线,那些券商分析师肯定会从财务数据中发现,到时咱们的估值就会被所有人踩在地上……"

啪!蒋首义直接又给了蒋一帆一巴掌,与此同时,也按住了自己的心脏位置,身子略微有些站不稳。

蒋一帆慌了,他知道父亲这几年因为上了年纪,心脏不太好,于是忙上前扶着蒋首义。

蒋首义吃力地再次举起右手,又给了蒋一帆一巴掌……只不过这一巴掌力道明显小了很多,几乎不能称作"打",只能称作"拍"。拍完这一下后,蒋首义整个人的重量几乎都靠在蒋一帆身上,嘴里缓缓骂出了一句:"去他妈的估值!"

"爸我错了,我错了,爸……"蒋一帆想扶着蒋首义坐下,但蒋首义身子似乎都是僵的,根本没法走路,"爸我错了!有没有药啊爸?我去拿!"

蒋首义用力用鼻子吸气,牙关紧咬,没接话。

蒋一帆双手被父亲抓得生疼,低头一看才发现,父亲的手背上已经长出了好些黄褐色的斑点,父亲真的老了。

缓了好一阵子,蒋首义才回到卧房躺下,父子争端暂告段落。

蒋一帆认为,救新城的唯一出路已经摆在眼前,但在父亲的偏执下,他犹豫了。父亲有错么?没有。他只是想保住蒋家的家业而已。父亲的方法一定就会输么？不一定。只不过是输的概率很大罢了。

多年的近距离接触，其实蒋一帆比父亲更害怕资本市场。在这个市场中，共富贵的人很多，同甘苦的人很少。任何风吹草动都会被放大，让一个公司的股价和声誉瞬间扫地，一个小决定就有可能变成拿破仑的滑铁卢。

蒋一帆在模模糊糊中睡着了，梦见了小时候看过的电影《泰坦尼克号》。在蒋一帆的梦里，那个拼尽全力迅速转动船舵的船长变成了父亲蒋首义。在父亲的努力下，船的确转变了行驶的方向，船头偏离了冰山，但锋利的冰山还是割破了船舱，"泰坦尼克号"最终还是沉没了。

父亲有错么？没有。错的是"泰坦尼克号"，它太大太沉了。

379 突来的噩耗

第二天一早，蒋一帆与何苹平一起在楼下吃早餐，桌上那笼港式水晶虾饺似乎蒸过了头，让蒋一帆没什么胃口。

"爸呢？"蒋一帆朝何苹平问。

何苹平两手端起一杯普洱茶，小啜了一口，神色平静道："大概在睡觉吧。"

蒋一帆知道母亲与父亲其实两三年前就分房睡了。他轻轻放下筷子："妈，我把我车库里的车都卖了，青阳的还有这里的，再加上青阳那幢房子，应该也有两个亿。"

看着儿子十分认真的神情，何苹平眉毛动了动："你以为这样能救他们么？"

"至少可以拖一年不是么？说不定一年后我们特种钢已经做上去了……"

"你爸傻你也傻啊？"何苹平砰的一声将茶杯放在桌上，乳白色的桌布立刻被溅了几滴棕色茶渍，"一年，你觉得可能么？可能么？"

母亲的反问让蒋一帆没底气接话。

"帆仔，不是你爸铁石心肠，如果他真没慈悲心，那些工人去年就该辞退了！你以为你爸就只抵押了公司的不动产么？咱老家的那些房产，他能卖的都卖了，就连现在这栋房子也抵押出去了，不然你以为公司怎么撑到现在的？你爸真是没办法了啊！"

何苇平的话让蒋一帆双手有些发麻，他仿佛可以看到新城集团这艘巨型游轮，在他眼前一点一点下沉的样子。蒋一帆焦急、心痛、无助，但却又夹杂着一丝欣慰。因为他从母亲的嘴里听到的父亲，还是那个他小时候深深崇拜的父亲。

"妈，我的东西不是还没卖么？我工作大多都住酒店，企业也会派车接送，根本用不到那些。今天我就联系一下中介……"

"帆仔啊！"何苇平打断了蒋一帆的话，眉心拧成了一团，"梁姐跟你说她没房子住，但她这几十年的收入足够在县城买一套房子的，大的买不了小的也肯定能买，你知道她为何到现在还得依靠工厂宿舍么？"

见蒋一帆茫然地摇了摇头，何苇平透出了一丝鄙夷："因为她爱耍麻将，她跟她儿子都爱。这麻将耍到后面，就不是麻将了，懂么？"

蒋一帆听后，十分震惊，而何苇平只是轻哼一句："可怜人必有可恨之处。这帮人就是个无底洞，你就算把你拥有的，连同你自己整个都卖掉，也填不完！"

"出事了出事了！夫人！"保姆的声音从楼上的长廊传来，"老爷！老爷好像没气了！"

何苇平和蒋一帆同时跳了起来，一齐冲进了蒋首义的卧室。

蒋首义很安静地侧躺在床上，身穿银灰色的丝绸睡衣，还盖着白色蚕丝被，像睡着了一样，但奈何蒋一帆怎么叫，他就是不醒过来。蒋一帆一摸父亲的手，冰凉。

救护车来了，担架来了，医生和护士来了，然后，又都走了。

随后发生的一切，蒋一帆恍如梦中。

母亲边哭边大骂父亲不该一个人撂下烂摊子走；父亲床头柜前的手机不断响着，等着他处理各种事务……

死亡鉴定出来了：心肌供血严重不足，导致心肌缺血缺氧造成的猝死。

"可是我爸昨晚还好好的啊？！"他说的话都犹在梦中。

"心梗猝死之前很多人都是很平静的。有些老师在台上讲课，上一秒还很好，下一秒就不行了，还有的加班族在电脑前打着打着字也不行了。"医生的回答也仿佛不真实。

他无法接受这样的死因，如果父亲是死于心梗，那么，这不是意外……父亲，是被自己气死的，相当于被亲手杀死的，他无论如何都无法接受。

这个世界或许从来就没有正常过，它总是在不同的人身上试验着荒诞与无情。从小一路平坦的蒋一帆，曾经也渴望自己的生活别像万里平原。但当坎坷真的来临，犹如泥石流暴发般碎石和泥沙冲刷而来，蒋一帆却还没有准备好。一切都变了，一切也都已经来不及了。

次日，新城钢铁集团发布公告，公告全文如下：

《关于三云新城钢铁股份有限公司实际控制人、董事长去世的公告》

本公司及董事会全体成员保证公告内容的真实、准确和完整，没有虚假记载、误导性陈述或者重大遗漏，并对其内容的真实性、准确性和完整性承担个别及连带法律责任。

三云新城钢铁股份有限公司（以下简称"公司"）控股股东、实际控制人、董事长蒋首义先生于2017年6月28日因故去世。

蒋首义先生持有公司39.34%的股权，为公司控股股东、实际控制人，并担任公司董事长兼总经理一职。

蒋首义先生作为公司的创始人，从公司创立以来为公司的经营和发展不懈努力、呕心沥血、鞠躬尽瘁，做出了不可磨灭的巨大贡献，奠定了公司长期、稳定、独立的运转能力，打造出了卓越稳定的核心团队。

蒋首义先生在担任公司董事长期间，勤勉尽职，恪守职责，为推动公司的发展和不断壮大做出了卓越贡献，为公司留下了宝贵的物质和精神财富；公司董事、监事、高级管理人员及全体员工，对蒋首义先生任职期间的付出和贡献致以衷心的感谢和崇高的敬意，对蒋首义先生的去世表示沉痛哀悼，对其家属表示深切慰问。

蒋首义先生去世后，公司董事会成员数减少至4人，低于法定最低人数,公司暂无法确定是否选举新董事,董事会暂时无法形成有效决议。

特此公告。

三云新城钢铁股份有限公司
董事会
2017 年 6 月 29 日

380 悲伤的时候

即便是中午时分,经城站的地铁口也熙熙攘攘。

青阳市经城区是国家科技部"建设世界一流科技园区"发展战略的试点园区之一,是国家级高新技术产品出口基地、亚太经合组织开放园区、国家知识产权试点园区、国家海外高层次人才创新创业基地、科技与金融相结合全国试点园区以及国家文化和科技融合示范基地等。

若是早晚高峰,蒋一帆的车开进经城区,十分钟的路得开四十分钟,更别提离办公楼密集地最近的经城地铁站了。

这个地铁站周围的办公楼租金随着青阳的不断繁荣而水涨船高,而离地铁站最近的一座楼,就是天英控股所在的大厦。蒋一帆的车停在地铁站旁边,怕被交警驱赶,他特意打了双闪灯,示意车子有故障。驾驶座离大厦正门不超过 60 米,视野清晰。

蒋一帆打开手机,时间是 2017 年 6 月 29 日,周四,中午 12:15,离新城集团发布董事长去世公告仅仅过了两小时。他靠在座椅上,侧着头,目光始终盯着一个位置——天英大厦正门。如果消息准确,这个点王暮雪和柴胡一定会从那个门出来吃午饭。

"一帆啊,咱们新城《公司章程》里特别规定,控股股东及实际控制人过世后,其股份全部转到你名下,等工商变更手续完成后,你就是咱们新城最大的股东了。"一个头发花白的董事在紧急会议上对蒋一帆说。

"一帆,我跟着你爸干了 25 年,没办法接受新城解体;之前你爸说辞退 5000 个工人,我坚决不同意,最后他才调整到 3600 个,但我还是不同意。"另一名董事道。

昨晚的声音太过嘈杂,蒋一帆还记得的,也就寥寥数句。

"咱们老了,重新创业,干不动了。"

"从小做大,风险不可控,你叔叔我是过来人,借壳至少能保住企业,只要命根还在,以后股权不怕要不回来。"

"董事长去世的消息一旦放出,肯定又是好几个跌停,要不停牌吧?"

"现在的股价,停不停牌还有区别么?"

"不停牌到时说不定会跌破发行价。一帆啊,我们迫切地需要发布重组公告来拯救公司。"

……

蒋一帆掏出一支烟给自己点上,也就是此时,蒋一帆才明白,为何以前曹平生那么喜欢抽烟,生活中没有"容易"二字,但烟可以让人暂时忘掉一点点。

四个剩下的董事越是在蒋一帆面前出主意,蒋一帆就越能察觉出他们想逃、想躲、想放弃,即便有人嘴上说的是不想裁员,不想看新城倒下这类话。

父亲都死了,新城集团还能活下去吗?

蒋一帆又深深地吸了一口烟,在淡淡的白色雾气中,他无比希望走出来的人群里能出现王暮雪。他也不知道,极度悲伤、极度茫然中,自己为什么要来这儿,他只是感觉自己已经很久很久没见过王暮雪了,久到好似上辈子。

就在这时,王立松从正门走了出来,蒋一帆立刻坐直了身子,果然,跟在王立松身后出来的,正是王暮雪和柴胡。

她今天身穿一件杏色雪纺长裙,高领长袖,斯文端庄,微风吹过时,裙摆如同那粼粼水波。痴痴地看着她出来,蒋一帆不禁将目光锁定王暮雪的手腕,可惜,看不清。

蒋一帆不由得抓紧了门把手,这一瞬间,他想下车走近她,亲眼去看一看,哪怕是假装路过跟她打声招呼也好。

但他没有勇气了,他怕,怕确认,怕失去,怕冷淡,怕一切让自己更无助更绝望。

三个人好似很有默契地在等人,或者在等车,没有要离开的意思。王暮雪呆呆地望着半空,与她周围的事物十分清晰地隔离开来。蒋一帆的眼角开始发烫,他觉得唯有这么远远看着,这个女孩才属于他。

忽然,柴胡拍了拍王暮雪的肩膀,将手机迅速递到王暮雪面前,嘴里不停地说着什么,很惊恐的样子。与此同时,王立松也凑了过去,王暮雪被王立松和柴胡挡住了。

接着,他的手机响了,这次的来电铃音不是 iPhone 系统铃音,而是一串轻快可爱的钢琴乐。蒋一帆怔了一下,这是他特别设置好后第一次听到,来电提示:王暮雪。

381 自私又无私

新城集团公布董事长去世的消息后,不过两小时,各大主流媒体与自媒体就已经写好了各种文案,标题党、阴谋论、揣测党与衍生拓展党纷纷涌现。早已混成微信公众号小神的柴胡,基本只看标题就可以分辨出小编是"何党何派"。

《新城集团董事长猝死》,这是传统媒体,换个标题,内容基本是复制粘贴公告内容;《新城蒋首义死因背后的真相》,这是标题党,尽管该小编可能根本不知道真相是什么;《工人罢工当晚,新城董事长暴毙家中》,这是阴谋论,不管有没有凶手,先假想一个凶手;《噩耗!百亿董事长猝死,健康不容忽视》,这是衍生拓展党,不管什么新闻,都可以扯到另一层意义上,唯一的目的就是在文章末尾卖产品或者卖服务。当今这种势力越来越大,跟病毒一样,秉承"一切新闻皆可营销"的原则,侵蚀着各大公众号。

但也多亏上述这些积极传播,很少关注新城集团公告的柴胡和王暮雪才知道了蒋一帆家中这么巨大的变故。

王暮雪明白,蒋一帆身上的担子有多重,尤其是父亲倒下后,他该怎么办?她也不能想象,如果阳鼎科技出事,如果父亲王建国不在了,自己应该怎么办。

"一帆哥……你还好吗?"

一听到这个声音,蒋一帆的眼泪一下子无声地流了出来,从父亲去世到现在,他一滴眼泪都没掉,现在终于忍不住了。他也想说话,可是一时间竟说不出来了。

有那么一瞬间,他想放声痛哭,在自己喜欢的女孩面前放声痛哭,但他不能。

蒋一帆紧紧咬着下嘴唇,看着不远处举着电话的王暮雪。没听见蒋一帆的回答,王暮雪更担心了,继续问道:"一帆哥?能听见么?"

蒋一帆闻言深深吸了一口气,目不转睛地看着王暮雪,吐出了一个字:"能。"

蒋一帆认为自己这个"能"字说得还算正常,但王暮雪听后便直接朝大厦内跑去,边跑边道:"一帆哥你等一下!"

中午下来吃饭的人络绎不绝,就连货梯走廊都充斥着外卖小哥,王暮雪最后找到一个工作人员才能进出的无人杂货间,才重新朝电话问道:"一帆哥,你没事吧?"

蒋一帆有些哽咽地说:"没事。"

王暮雪不知应该说什么才能安慰蒋一帆,她贴着冰冷的铁制门慢慢坐了下去。而后两人就这样,举着电话听着彼此的呼吸。

其实王暮雪什么也听不到,蒋一帆的呼吸声是她自己想象出来的。她甚至可以想象出蒋一帆泪流满面但又不希望自己听出来的样子,于是她忍不住也哭了。有那么一刻,她好想告诉蒋一帆,自己家可能也要完了。她每时每刻都在担心资本监管委员会的公告,这种等待定时炸弹爆炸的日子,早已压得她喘不过气。

柴胡突然打进电话来,王暮雪不用接也知道是车子到了,于是她将柴胡的电话迅速按掉,起身朝外面走,边走边道:"有什么我可以帮忙的么一帆哥?"

当已经走到了门口,也还没听到蒋一帆的回答,于是她又重复了一遍,蒋一帆试探道:"如果你今晚有空的话,可不可以……"

"一帆哥,我要去非洲了,现在。"王暮雪边说边看着柴胡和王立松搬行李,是他们早上来上班时就带过来的,而国际航班是下午4:00起飞。

"非洲?"蒋一帆明显很吃惊,"走访么?"

"嗯。"王暮雪应了一句。

"一定要你去么？女孩子去那边不安全的！"蒋一帆音量突然放大了。

"是我自己要去的,他们公司很多女员工都去过。没有咱们想的那么危险,而且我们都是团体行动,放心吧。"

"哪几个国家？"蒋一帆此时已经冷静下来。

"尼日利亚、肯尼亚、坦桑尼亚、喀麦隆、马里、卢旺达、迪拜……"

"这么多？"王暮雪还没说完就被蒋一帆打断了,语气前所未有的严肃。

"对啊,我很期待。"王暮雪用脚轻轻擦着地面,"如果不是因为这次工作,我应该一辈子都没机会去那些地方。非洲不是咱们人类的起源地么？我作为人类也算是回趟老家了。我真的很想了解那片大陆的样子,不要是从报纸和新闻上,要我真真实实去走过,我……"

说到这里,王暮雪手突然被什么人拉住了,她一抬头,看到蒋一帆就站在她面前。

"小雪……"蒋一帆欲言又止。

柴胡却已经先喊了出来:"一帆哥你怎么会在这里？"

蒋一帆只是微微朝他们挤出了一丝无奈的微笑,而后低头将王暮雪手腕上的手链取了下来:"这个不要带过去,那边太危险了,我帮你保管着,你回来我再给你。"

蒋一帆的这个举措,事后柴胡调侃了一路。

王暮雪明白,蒋一帆当初送她手链并且硬要她戴着,是因为爱她；如今当着她的面摘下了手链,也是因为爱她。

这种爱既自私又无私,既有近距离的炙热浓烈,也不会因为远距离而疏远变淡。这种爱,既独特又平凡,似乎可以存在一辈子。

382 绝境怎么破

"超重了么？"柴胡有些忐忑地问地勤。

身穿深红制服的航空公司职员面带微笑道:"先生,行李上限是40

156

公斤,您这只有 25 公斤,没有超重。"

柴胡心想,头等舱待遇就是好啊!今日是柴胡进入投资银行工作的第 1055 天,他终于坐上了梦寐以求的头等舱,而且还是国际航空公司的那种,可以完全平躺,每个人有半独立空间的高级头等舱。

在候机室中,柴胡果断尝遍了自助就餐区的每一道菜,连饮料茶水他都给自己逐一各倒一杯。

"你是多少天没喝水?"一个会计师妹子惊讶地看着柴胡面前的瓶瓶罐罐。

"大概三天吧!"柴胡嘿嘿一笑。

头等舱候机厅的座位各式各样,有适合老年人看杂志的皮椅,也有年轻人聊天专用的吧台;有上班族需要的办公打印区,也有纯吃货享受的圆形饭桌……这些区域都有 Wi-Fi 覆盖与独立的充电口。财大气粗的天英控股已经把这趟飞机的十二个头等舱全部包了下来,前后左右全是自己人,包括券商、律师、会计师和天英副总裁邓玲与财务总监陈星。

柴胡特意挑了王暮雪旁边的位置,因为蒋一帆微信中千叮咛万嘱咐,让柴胡一定要照顾好王暮雪,还给他们发了一大堆非洲注意事项。

蒋一帆发来的文章很长,论文水平的,类似知乎最硬核文,简单的事情非要引经据典地说复杂,看得柴胡脑都大,但他还是硬生生逼着自己一字不落地看完了,目的当然不只是为了保护王暮雪,也为了保护自己。柴胡觉得,如果真出危险,也一定是王暮雪扮演美女救英雄的角色。那姑娘的拳头随意挥两挥,都不知会倒下几个黑哥哥。

"暮雪啊,万一黑哥哥来了,你可别丢下我。"

王暮雪嘴角露出了一丝黠笑,握起拳头朝柴胡比画了下:"看到中指这个最硬的关节了么?这是整个拳头最尖的地方。你不能打的话,就用这个地方攻击黑哥哥的喉结。"

"喉结?"柴胡有些吃惊。

"没错,打喉结只要力气够、打准了,一定会很疼,不疼也让他噎住,这个时候不要犹豫,赶紧跑!"

"啊?跑?这么尿啊……"

"不然呢?"王暮雪收回手,"就你这从来没受过训练的身板儿还想跟人家过招？黑哥哥或许脑子不如你,可体能可是所有人种中最好的,你看看 NBA,或者奥运会田径场上。"

"既然这样我还跑啥跑……"柴胡撇了撇嘴,"别说体力,黑哥哥腿都比我长十公分。跑也跑不过,索性喉结也别打了,直接要钱给钱,要人给人。"柴胡刚说完,旁边就传来了一声冷笑,转头一看,是王萌萌。要说柴胡这次完美的"高级旅行"目前有什么瑕疵,那就是王萌萌的存在。

如果把王萌萌比作一种生物,柴胡会毫不犹豫地说是猫。猫高冷、无情、自以为是,是一种无论你富贵还是贫穷,干投资还是干投行,混甲方还是混乙方,都看不起你的生物。柴胡私下给王萌萌起的外号就是"王猫妖",必须要叫"猫妖",才能准确描述王萌萌的阴暗邪恶;如果叫"王猫猫",听起来就变成无脑宠溺的爱称了。

"王猫妖"的这一声冷笑并没让柴胡与她发生直接争执,对于生命中那些怎么努力都甩不开的怪人,柴胡正在说服自己接受。正如他不再劝王暮雪跟鱼七分手,也不试图跟曹平生解释,以改变他的决定,而是又重新写了 7000 字关于自己不会说话,太抢风头的检讨。

可是,检讨好写,公众号瓶颈可不好突破。曹平生是什么人？是见你今日登上了黄山,明天就想让你攀珠峰的人。

几个月一直没停止更新好文章的柴胡,粉丝数却只是龟速在涨;有时还会因为文章论点粉丝不同意,直接被取消关注,甚至招来黑粉。

"小编这功力一看就是没干过投行的!"

"小编一定在小券商混,没进过大券商吧？实习生报项目,开什么玩笑!"

"小编肯定是创业板跑来黑新三板的间谍。"

"小编能写这么多文章,一定没项目做!"

诸如此类的评论柴胡已经见怪不怪了,起初他还会骂回去,后来也就麻木了。为了获得内心的平衡,柴胡脑补那些键盘侠也不容易,每个月的工资要付房租水电吃喝考证,剩不了什么钱,所以变成愤青在网上到处喷人也情有可原。不过,喷子喷人是眼界和素质问题,但公众号上了一层台阶就没法上第二层,是能力的问题了。单看最近几个月发的文章,不乏时下热点与永恒痛点,几乎篇篇有火文的潜力,怎么就不能让自己晋升为公众号的百万大 V 呢？想到这里,柴胡抓了抓脑袋。

其实自从遇见曹平生,柴胡跨过了无数的坎,但好似只有这一次,他发现自己无论多努力,方法多正确,态度多坚定,都无法跨越。柴胡将其称之为:绝境。

383 凡事有个度

一下飞机,眼前的景象就提醒所有人,的确来到了另一个世界,放眼望去,全是黑人。黑人看见亚洲面孔虽然不至于像看动物,但还是会多瞧几眼,尤其是肤白貌美的王暮雪。

王暮雪这回的装束相当保守,能不露的地方全都没露,连脖子都用高领风衣裹得严严实实的。她的行李箱被鱼七仔细检查过,除了军用防蚊水、创可贴和防痢疾药外,带的衣服要多土有多土。除了两三件走访客户时不得不穿的西装,其余基本都是松松垮垮的旧衣服,再穿一次就可以直接扔了的那种。

对王暮雪来非洲,鱼七也是一百万个不赞成,但天英控股这个项目本身就缺人,何况需要走访的企业众多,调查工作量庞大,作为核心成员的王暮雪不参与是不可能的。何况,她还要向曹平生证明:投行职场上没有什么地方危险到只有男人能去,而女人不能去。

"一定不能脱离团队。"出发前鱼七叮嘱她。

"哪有那么恐怖?"王暮雪不以为意,"我读书的时候,黑人朋友都很友好,也很爱学习。"

"那都是能去美国还读到硕士的黑人。"鱼七眯起眼睛,"知道艾滋病病毒是从哪里来的么?"

王暮雪怔了一下:"那个……黑猩猩。"

"艾滋病伤不了黑猩猩,但伤得了你。"鱼七这句话其实让王暮雪有些心有余悸,她确信自己的格斗技巧可以对付成年男子,但可没信心对付身高 2 米,体重 200 斤,全身都是肌肉且从小到大都生长在野外的黑猩猩,如果万一被拖进小树林……

王暮雪的顾虑,出机场的那一刻就打消了。别说黑猩猩了,就连小树林都没看见。一行人一出机场,就被热情的地陪请上了两辆黑色七座商务车,接待员正是等候多时的天英销售总监蒋维熙。

　　天已全黑,路上几乎没有路灯,完全看不清窗外究竟都有些什么。车子大约开了四十分钟,他们来到了一个小区门口,开门的是两个带枪的保安。车子驶入后,众人才发现这是一个闭合的楼群。楼高三层,共有四栋,据说是天英控股在尼日利亚的职工宿舍。

　　刚打开房间的门,王暮雪就被室内的陈设震惊到了。整间房间大概100平米宽,放了两张欧洲中世纪贵族才有的软床,高高的四脚床架,白色的床帘,还有办公桌和大型衣柜,就连卫生间也是国内酒店卫生间的放大版,可以在里面很自由地跳广播体操。洗漱用品都是中国牌子,看上去十分亲切。

　　桌上的零食也全是国内品牌,跟蒋一帆以前给项目组买的零食差不多。

　　销售总监蒋维熙一看就常招待国内来的客人,没过几分钟便上楼敲门给大家依次提供当地的电话卡:"Wi-Fi 是有,但信号很不好,所以我建议直接用 3G 信号。"

　　流量不是一插卡就有,需要额外用充值卡买,充值卡的充值流程十分复杂,需要输入很长一串数字和字母发给运营商,而后再按运营商回传的短信提示一步步操作。人均连网所需时间为 15 分钟。

　　大家最终成功上网报了平安后,长途跋涉所剩下的精力也基本耗尽。当然,这里面的大家不包括副总裁邓玲。

　　王暮雪发现,所有在国内一线城市干到超高层的女领导,都有一些共同点,比如雷厉风行,比如强势霸道,比如离婚没孩子,再比如几乎不太需要睡觉。

　　文景科技的董事长路瑶曾经跟王暮雪说:"我每天睡四个小时就够了,多了睡不着,所以经常凌晨 4:00 起来打壁球。"

　　王暮雪不知道邓玲是不是也会凌晨 4:00 起来运动,但她肯定是个凌晨 3:00 前睡不着觉的人。因为此时国内时间已是凌晨 3:00,邓玲还神采奕奕,放下行李连好网,就要求所有人一起开会!内容是明天先走哪几家,兵分两路,需要如何跟非洲客户解释什么是尽职调查,什么是关联方,什么是证券公司,以及本次为什么要问他们这么多业务问题。

本来这些事情天英控股早就跟非洲客户解释过了,但据说那些哥们儿不太相信,一定要中介机构访谈时自己当面说明。邓玲讲得生龙活虎,柴胡的脑袋却一直在往下掉,好几次下巴都快搁到胸部了。飞机上宝贵的时间他居然没有用来睡觉,想的全是如何让自己成为公众号百万大V。想来想去都没想出好办法,本打算拍醒王暮雪讨论,又把这个想法否定了。如果想在同事中鹤立鸡群,最好不要让任何"鸡"知道你是如何变成"鹤"的,这样更能放大优越感。大家会觉得所有方法都是你一个人想出来的,你是天之骄子,不用怎么努力就可以轻松取胜。

柴胡又往左看了看,王萌萌居然开着灯在看书,好像是在背着什么法条,一脸认真,嘴上时不时重复着什么。要柴胡求助这个女人是不可能的,他宁愿独自在绝境中优雅地死去。

好在头等舱的机票是包含航空旅程中的Wi-Fi信号的,柴胡打开微信,把问题发给了几个公众号大V。同时,为了尽可能多地获得帮助,柴胡还将问题复制给了高中大学好友,其中自然包括他的学姐——陈冬妮。

陈冬妮刚回完柴胡的信息,家里的门就响了。她有些忐忑,又有些期待。开门一看,果然是鱼七。

"阳鼎查得怎样了?"鱼七开门见山。

陈冬妮放开了门把手,回身拉开餐桌旁的一张椅子坐下。见鱼七仍旧定定地站在原地,她冰冷地笑了:"你如果站那儿,我就不说了。"

鱼七想了想,还是进屋在陈冬妮旁边坐下,目不转睛地盯着她。

"我原本以为你等不了这么久。"陈冬妮道。

"前阵子你应该在出差。"

"你又没跟踪我,怎么知道我在出差?"才问出口,她就立刻想通了,"行,你局里人多,想知道我在哪儿还不容易。"

"我没托关系,是我猜的。阳鼎查得怎样了?"鱼七心急。

陈冬妮不着急,她拧开一瓶矿泉水,喝了一口后递给鱼七,但鱼七摇了摇头。

“怎么？有女朋友了，兄弟的水都不喝了？嫌弃我的口水么？以前高中……”

鱼七有些不耐烦了，开口道：“你就告诉我……”

“不是我说啊！”陈冬妮直接打断了鱼七的话，“你这么晚跑过来，你的小雪等下不会又来砸门吧？”

鱼七顿了顿：“我这个点才下班，她去非洲了。”

陈冬妮做了一个恍悟的表情，此时她手机响了：“你等下，我接个电话。”说完她独自回房并关上了门，大约过了三分钟，她出来了，一脸轻松地说道，“你希望什么时候公布？”

鱼七闻言立马站了起来：“所以已经查得差不多了？”

陈冬妮仔细观察着鱼七的面部变化，但他掩藏得很好，陈冬妮根本看不出他是兴奋，还是悲伤，顶多是一种迫切想知道答案的焦虑。

“你来青阳，包括你接近王暮雪，让她做你女朋友，不就是希望最终能成功收集证据，然后举报，好让我们稽查总队立案么？”陈冬妮双手背在后面，身子朝鱼七倾了倾，“阳鼎科技财务造假已经实锤了，所以你想什么时候公布，说吧？”

说实话，鱼七听到这里内心的忐忑是大于喜悦的，因为公布之后要怎么面对王暮雪，他也没有考虑好：“你们是全查了，还是就查了数据异常那几年？”

陈冬妮眉毛都没动一下，她的面容此时比鱼七更能散发寒气，只不过这股寒气只出现了一瞬，便被一个狡黠的笑容取代了。她凑近鱼七道：“全查了，从上市前到上市后，能查的都查了。如你所愿。”

鱼七顿了顿：“会罚很重么？”

“呵呵，你希望罚多重就罚多重啊！”

“冬妮！”鱼七好似已经不认识眼前这个时而冰冷时而轻佻的女人了。

陈冬妮当然知道凡事有个度，于是一本正经道：“依照法律，该怎么罚就怎么罚。这个我们肯定会公事公办的。”

“你从一开始就是公事公办的么？”鱼七漠然一句，“还是说，她上次来了你家……”

"我没那么小心眼!"陈冬妮立即反驳,"别人爱怎么想就怎么想!我一直把你当哥们儿!你信就信,不信拉倒!"说完直接打开门,摆出一副送客的架势。

虽然鱼七走出去时步子有些重,但还是回头朝陈冬妮道:"我相信你,谢谢你,冬妮。"

384 非洲手机街

"Affiliated natural person, for example, The natural person directly or indirectly hold more than 5% shares of the company; The directors, supervisors, and senior management officers of the company……"(关联自然人,比如直接或间接持有公司5%以上的股份自然人;公司的董事长、总经理及其他高级管理人员)听着王暮雪流利且标准的美式英语,一个穿着松垮红白格子T恤的黑人老哥死命抓了抓头。

销售总监蒋维熙拍了拍王暮雪的肩膀,提醒道:"这老哥有点傻,你说英语不能说那么快,要一句一句慢慢说。"

王暮雪看着面前这个体重超200,屁股下凳子都看不见的黑人大叔迷茫的眼神,直接把《无关联关系声明(中英版)》摆到了他面前,一句一句,用非常慢的语速从头到尾又读了一遍,全部读完后,8分钟过去了。

《无关联关系声明》中明确了什么是关联方,以及让签字人承诺,与天英控股不存在任何关联关系。

王暮雪读得煎熬,那老哥听得也煎熬,最后听说要签字了,立刻如释重负,唰唰地签了自己的名字,还迫不及待地拿出早已准备好的公章,毫不犹豫地往文件上盖。如果不是因为这个印章,王暮雪都不敢相信眼前这黑人老哥能代替一家公司行使法人权力。

这家公司名AUUK,相当于中国的手机城中的一家店铺,小得跟一间厕所一样,根本挤不进到访的所有人。老哥跑去别家店到处借凳子,才勉强凑了四张。王暮雪、王萌萌以及一个会计师妹子坐下后,天英控股的陪同销售员只能全程在店门口站着听完一个多小时的访谈。

这是王暮雪一行人在同一天内走访的第三家客户。正如他们预想的那样,刚开始访谈的第一和第二家公司进展顺利,这两家公司不仅大,态度还热情,材料齐全,也有自己的独立办公室和进销存系统,所有问题回答也很流利,至少英语口语都听不出多大口音。但从这第三家 AUUK 开始,客户的体面程度和被访谈人员素质似乎就有了质的下降,时不时王暮雪还得借助肢体语言和涂涂画画才能勉强交流。

投资银行在国内走访客户时,一般条件下都能拥有独立安静的办公室,在非洲走访,这样的条件是不存在的,因为天英控股的所有客户全散布在当地最繁华的手机街上。

蒋维熙刚才正巧路过,原因是中介机构这次兵分两路,同一时间访谈不同的客户,他要轮流"查岗",好在这些客户都在同一条街,也为他跑来跑去提供了方便。

手机街一片喧嚣,有摆着各种摊点叫卖的促销员,有往来的各色行人,有卖菜卖零食的小商小贩,比肩接踵,类似国内最拥挤的步行街。只不过这个步行街不宽,旁边全是各种垃圾。卖菜的大叔大妈将菜篮子摆在路旁边,一个接着一个。篮子里的东西王暮雪大多不敢买,比如完全烤焦的玉米,类似树皮渣子那样的方形面包,以及炭烤猴子和蜗牛……

除了这些千奇百怪的食物,当地人喜欢用头顶着东西。他们的背包,拿去集市上卖的东西——不管是米、蔬菜还是各种奇怪食物,全装一个大篮筐中顶在头上,然后两手空空,行动自如,头上的东西居然也不掉下来。

"蒋总,他们为什么都把东西顶头上?"王暮雪朝蒋维熙问道。

"哦,因为当地人说,如果顶在脑袋上的重量不超过自身体重的20%,身体就无需付出额外的力量。"

"可这样对脖子和肩颈都不好吧?"

"呵呵,尼日利亚人从小就练这个。"蒋维熙回答,"把东西顶头上这个习俗在这边年代久远了,据说可以追溯到法老文明。为了让这种技能代代相传,他们小时候就给篮子装满煤天天练。随着小孩子的长大,煤炭的重量也要增加,你们肯定很难相信。"

见大家十分惊讶的样子,蒋维熙继续道:"你看他们的头发,跟咱们不一样,又卷又蓬松,跟个天然海绵垫似的,可以均匀分布物品重力,所以顶头上的东西不容易掉。"听到这里,王暮雪朝窗外的行人仔细瞧了瞧,确实,黑人的头发比亚洲人的更像海绵。

"而且他们经济比较落后,公交地铁都很少,这些人常常要顶着百斤重物走 20 公里,用手提或者用肩扛都不现实,会很累。"

王暮雪恍悟地点点头。她还发现除了头上顶东西,尼日利亚这个国家还有几个有意思的现象:第一,路上很多摩托车,安全帽是绿色的,类似足球场上的草坪绿,要是在中国,这样颜色的帽子……第二,能看到的汽车大多都很旧,旧到什么程度呢?就是那种这一秒还开着,下一秒就要抛锚的程度。

蒋维熙告诉大家,这些车大多都是来自美国的二手车交易市场,那些被转了七八次甚至十几次,实在转不掉的车,就会被运来非洲进行再销售。所以可以这么说,非洲是一个巨大的、发达国家废旧车回收市场,在这边要开一辆新车上街就跟你不用头顶东西,而是用手提东西一样新鲜。

由于环境太吵,王暮雪这一天下来的四个小时访谈基本靠喊,嗓子几乎瘫痪,不过总体还算顺利,柴胡作为另一队的队员,可就遭了殃。

385 落难孙悟空

"还真的全都对不上……"柴胡和晴格会计师事务所的审计师坐在粗糙的木制椅子上,两台电脑同时开工,足足比对了一个小时,但还是没把数据对上。核对的数据由两部分组成,一部分是天英控股卖给该客户的所有产品数量;而另一部分自然就是该客户系统中记录的从天英控股买来的所有产品数量。比如 2017 年 6 月 30 日,天英控股账上记录卖给 A 客户 100 台 A 型号手机,A 客户 2017 年 6 月 30 日同一天,应该记录从天英控股买了 100 台 A 型号手机。我卖的等于你买的,这个世界才完美,但柴胡和这位审计师眼前的世界竟是如此残缺。在允许有一周的记录时间误差的条件下,一百多个型号的电子设备,两家公司的数据全部对不上。

这次特意用"审计师"而不用"会计师",是因为晴格这哥们儿跟柴胡再三强调:"我们最讨厌别人喊我们会计师,我们是审账的,不是做账的。

做账是企业财务部的事儿。"这哥们儿的执念柴胡很不能理解,他让别人叫他"审计师",结果他持有的最权威资格证是《中国注册会计师资格证》,就职的单位也叫"晴格会计师事务所"……不过这哥们儿业务能力很强,是晴格高级合伙人罗大军的得力手下。

罗大军就是当时天英控股尽职调查报告会上,用自身发审委委员的经验和会计专业能力吊打曹平生的那个会计师。

他级别太高,日理万机,而且来非洲要打不少疫苗,所以他派了柴胡旁边这哥们儿和另一个会计妹子全程跟团。

这审计哥们儿打开两家公司的 Excel 表格,刷了五分钟就告诉柴胡数肯定对不上,柴胡不信,偏要自己对。一小时后,柴胡终于对出了 2017 年上半年数据的所有差异,而审计师已经把整整三年的月度数据都核对了一遍,目的就是为了验证他最开始的那句话:全对不上。

柴胡叹了口气,刚抬起头,视线就撞上了邓玲犀利的眼神:"怎么样小伙子? 数对得上不?"

柴胡尴尬一笑,摇了摇头,他知道邓玲一天下来对他很不满:第一是柴胡那蹩脚的英语水平,只够把问题读出来,至于那些黑人小哥劈里啪啦地回答了什么,他只能连蒙带猜。

柴胡没有条件获得如王暮雪那样的全英文教育环境,可以毫无障碍地听懂世界大部分地区的方言式加快版英语。其实柴胡今天面对的那小哥口音不算重,或许对王暮雪而言就是北京话、天津话与四川话的区别。真正的方言英语是那种发音完全对不上的土英语,正如福州话、闽南话和普通话的发音区别……

邓玲虽然也不太懂英语,但还是能看出柴胡究竟是个什么水平。

第一,柴胡口音很中国腔;第二,非洲客户回答完,柴胡总要确认一两遍,有时甚至放弃沟通,直接让人家在访谈提纲上自己把答案写下来。

这个场面在邓玲看来尴尬之极,就好比《鲁豫有约》或者《杨澜访谈》,问着问着主持人就问不下去了,直接让嘉宾在提问清单中手写答案一样。

销售总监蒋维熙的英文很好,他来视察直接就看出了柴胡不行,也跟邓玲通了气,这让邓玲看柴胡更加不顺眼;再加上王立松的英语水平也不行,后面邓玲索性让在国内接受过双语教学的律师李月代替投资银行进行访谈。

这场面让柴胡觉得无地自容,类似孙悟空的金箍棒被猪八戒抢走的感觉。

没了金箍棒,孙悟空只能跟着沙师弟干苦力活——对数据!邓玲的要求是,一定要对出来,就算对不出来,也要找到差异形成的原因。

"都应该对得上啊……"黑人小哥迷茫地说道。柴胡看他这眼神就知道他心里肯定没底,于是直接让他凑过来看自己的电脑。有些型号两家公司的记录差异只有十几台,甚至一两百台,这些柴胡都当没看见,毕竟对于一级经销商而言,进货数量一个月都是几十万上百万,几百台这种差异在误差允许范围内。

"这个 X 型号的手机,差了 24 万台。"柴胡指着差异数字同小哥道。

小哥一脸无辜:"怎么会这样?不会啊……"

"兄弟,24 万台不是小数目,你们怎么会少记这么多?"柴胡此时饥肠辘辘,从上午访谈到现在,早已过了中午的饭点。而副总裁邓玲此时完全是一副"差异找不出来,谁都别想去吃饭"的架势。

"我也不知道。"非洲小哥非常诚实。他看了看那张表,又看了看柴胡,一副束手无策的神情,"不然我用我电脑试试吧。"

这位小哥的电脑是哪年的古董柴胡没工夫研究,但他操作 Excel 绝对彻底颠覆了柴胡的认知。作为专业的公司记账人员,连基本的分类汇总都不会,更别提一大堆省时省力的快捷键了。于是柴胡边看那小哥操作,边教他"高级"的 Excel 技巧,小哥的眼神从恍悟变为惊讶,进而变为了崇拜。

又一个小时过去了,所有人都等得不耐烦了,柴胡虽然收获了一名粉丝,但被团队里的所有人在心里咒骂了无数遍。

非洲小哥最后还是放弃了,因为他也对不出来,于是朝柴胡道:"要不你们去数这周的库存吧。这周的数据肯定对得上,货我们还没发出去。"

柴胡十分无语,听到邓玲打电话的声音,就更无语了。邓玲居然在说:"喂,曹平生,你下周过来一趟吧!"

386 躺着能赚钱

天英控股员工宿舍区的一个临时会议室内,所有走访人员都围坐在一起,面色疲惫,共同等待着微信视频电话接通的声音。本次视频电话会议即将接通三位领导:明和证券投行总经理曹平生、城德律师事务所高级合伙人曹爱川与晴格会计师事务所高级合伙人罗大军。

坐在电脑前的王暮雪刚看到群聊视频小方格中出现曹平生油腻腻的脸,系统就发生了闪退。重连一次后,三位领导的脸虽然都出现了,但表情均在非常囧的时候被定格了,声音也断断续续,时大时小。

"邓老师,要不咱们改语音会议吧? Wi-Fi 信号不太稳定。"王暮雪提议道。

邓玲也被信号搞得心烦意乱,点了点头。

去掉画面后,语音顺畅了不少。邓玲凑到王暮雪的电脑边上道:"平生,大军,你们明天就去打疫苗,然后赶紧过来,我们给你们全程头等舱,睡过来,不累。"

电话那头一听都笑了,邓玲接着道:"不是说来这儿的孩子不行哈,他们都挺好。只是这种事情谁都没做过,没经验,你们过来亲自指导指导。"

"我们也没经验……"曹爱川笑道,"去非洲走访谁有经验啊? 远程指导也是一样的。"曹平生和罗大军一听这话,纷纷附和。

"王暮雪,你把问题都说出来,现在就解决!"曹平生命令一句。

"好的曹总,我们发现走访过程中数据比对耗时比较长,因为量大、型号多。我们在同一家客户停留的时间太长,会影响每天规定的访谈家数,而且有些客户的数据对不上。"

"对不上的有多少?"曹平生直接问道。

"每个型号都缺。"

"到底缺多少?"曹平生开始不耐烦起来。

王暮雪看了看柴胡,柴胡被王暮雪盯得没办法,只好开了口:"大概几十万台……"

"你说什么？"曹平生放大了音量。这么尴尬的调查结果让柴胡再复述一遍，的确让人无地自容；但没办法，他只能硬着头皮喊："一共29万台，曹总，其中有一个型号的手机缺了24万台。"

此话一出，电话那边哑了，三位大佬都明白，几百上千台当成误差可以，29万台还怎么可能是误差？本身天英控股100%的经销模式就很容易造假，货物数据再跟经销商的对不上岂不更惹人生疑？何况一级经销商的数据都对不上，更别提二级三级和终端门店了。

明和证券这次只是从诸多经销商中抽主要的走访，一般首批走访客户关系都跟企业是最铁的，也经得起查。那些关系不太好或经不起查的企业不可能让中介走访，至少不会成为首批走访对象，企业会想尽办法推托，比如使用老板出差了，老板生病了，老板时间总是约不上等借口。

曹平生万万没料到，才走访了一天，就遇到了客户数据严重对不上的情况。

"有没有问清楚原因？"曹平生道。

"目前还没找出原因。客户说他们买了啥都记在系统里，也不是纯手工账。那个电子表格是我看着他们从自己的系统中导出来的，并不是单独做的一个人工文件。"

曹平生听到这里沉默了一会儿，而后朝邓玲道："邓老师，你们这边也不知道原因是么？"

"客户自己的内控我们哪能知道？我们只能管好自己，自己卖了多少如实记录，他们记账有问题我们也没办法啊。不能让这些非洲客户做到很及时很规范地记账吧……"邓玲说到这里，好似想到了什么，进而问道，"平生，你看能不能这样，直接让他们出一个货物数量无差异的说明，签字盖章。反正我可以保证，你们想要什么证明，他们都能给你盖，国内不就只看文件么？"

王暮雪闻言手心冷汗都出来了，难道走访文件要造假么？明明实际情况就是对不上，还硬伪造一份对得上的文件……其实她自己今日走访的三家客户数据都基本能对上，就是柴胡的那家有点夸张，29万台……若每次遇到对不上都用伪造文件这个方法，回头积累起来差异数据是很惊人的。

　　一般而言，客户是上帝，作为上游生产商都要让着客户，但为何副总裁邓玲如此自信，认为这些非洲的客户都能配合天英控股盖不符合事实的文件呢？原因在于：手机行业的经销体系内甲乙双方的关系是颠倒的。客户虽然是付款方，但由于经销商没有自己的生产能力，也没有自己的品牌，能不能赚钱往往得由上游的货物供给决定。比如苹果公司，销售苹果手机给世界各地的经销商，但苹果在终端客户的把控方面并不依赖这些经销商。消费者作为手机产品的终端使用者，选择哪个牌子的手机看的绝对是功能、科技、质量以及售后服务，绝不会在意这个手机是哪家经销商提供的。所以经销商其实只充当资金和分销商的角色，这样的角色容易被替代。而且手机生产商一般倾向于同经销商签署排他协议：你的所有钱都只能进我的货，不可以跟其他牌子合作。老老实实只做我的经销商，否则我这货就不供给你了。

　　此外，在一个天英产品市场占有率很大的市场内，所有一线销售员都是天英自己的人，天英掌握着客户的需求和实时购买数据。天英比你更懂市场，更懂客户，更有能力制定出每年应该供应多少货，应该以什么速度供货，下游应该发展出多少二线三线的经销商。也就是说，在整个游戏棋局中，经销商不过是一些很有钱的资金周转棋子，天英控股才是掌控整个棋局的真正玩家。所以某家公司一旦成了天英的经销商，它在合同期限内会唯天英马首是瞻，赚多少钱完全取决于天英给它多少货。

　　当然，经销商虽然没什么地位，但只要货卖得出去，这钱几乎也是躺着赚，所以盖章签字都不是难事。反正咱们中国的法律也管不到非洲去，只要能继续躺着赚钱就行。

387　差异在哪里

　　"不行，这个29万的差异一定要解释出来。"这是曹平生的命令。第二天柴胡脱离了队伍，重新在手机城中找到了昨天走访的那家客户。

　　柴胡自入行以来，在新闻上看到过保荐代表人被吊销执照、丢掉工作且声名狼藉的案例,再加上当初放弃风云卫浴的项目,柴胡就深刻明白了曹平生的尺度。作为投资银行部门总经理,曹平生虽然行为作风蛮横,但蛮横中有弹性,且这种弹性始终没有越过底线。

人们常说,常在河边走,怎能不湿鞋,但有些职业的人,不可能一辈子不去"河边";相反,这些人每天的工作就是在"河边"走。河边确实容易湿鞋,但这不意味着我们可以直接跑进水里把自己的鞋完全搞湿,这是两种截然不同的性质。

"王总,如果真就没法解释呢?"柴胡得令之后问王立松。

王立松沉思了片刻,缓缓开了口:"实在解释不了,走完这一圈后,撤场吧。"说实话,撤场柴胡是不甘心的,这意味着他过去几个月的努力又全打了水漂,而且天英控股这么大的企业,如果放弃了,以后可能十年都遇不到;这个项目若黄了,就是柴胡继风云卫浴后,无疾而终的第二个项目了。

两个项目听起来不多,失败两次算什么;但如果我们按时间维度看,柴胡自法氏集团 IPO 后就没有以主力身份成功申报过任何项目,不是被逼着搞公众号就是写行业研究。文景科技新三板那是王暮雪的,更何况新三板在柴胡眼中顶多算小半个项目。所以今日的柴胡,几乎是以一副讨债人的姿态冲进非洲客户办公室的。差异找不出来,就没法打破他"入职即巅峰"的魔咒。

黑人小哥一副万般无奈的眼神:"师傅,我真不知道,我们都是买了多少就如实记多少的。"

"如实记能少 29 万台?"柴胡放大了音量。但一瞄情况不对,办公室内有七八个黑人,个个人高马大,自己又不会打架,在人家地盘撒野万一激起众怒,跑都没法跑。于是柴胡快速调整了下情绪,压低声音道:"关键是你们总金额对得上,你想想,总金额相同的情况下,数量少 29 万台,不就等于单价无端提升了很多么? 这不科学。"

黑人小哥挠了挠头,道:"那可能就是少记了。"

柴胡一听瞪大了眼珠:"兄弟你不要跟我说这是人工失误,你粗心大意漏记 29 万台。"

"不是我不是我,可能是我同事。"黑人小哥十分慌张。

"你同事？所以这儿的财务不止你一个？"

"对对，除了我，还有另一个，不过他今天不在。"

柴胡听后脸立刻沉了下来："把他电话给我。"

"他休假了。"黑人小哥声音小了些。

"休假了也可以接电话吧！"看着黑人小哥犹豫不决的样子，柴胡双拳一握，直接就要冲进总经理办公室，黑人小哥慌忙拦住他，于是顺利得到了电话号码。

电话接通后，对方的回答又是：如实记账，买多少记多少，不可能少记，且都记在系统中。

"你们之间是怎么分工的？"柴胡问道。

"我们负责不同的仓库，我同事负责主店的仓库，我负责分店的。"电话中回答。

"确定都是直接录入系统？"

"进到我分店仓库的，确定。"

"你确定没漏记？"

面对柴胡的这个问题，对方显然已经有些不耐烦了："我确定，很确定。"

真是奇了怪了，难道天英控股29万货物不翼而飞了？或者说天英控股自己的数据是假的，胆大包天多记29万？柴胡才萌生出这个想法，就立刻打消了：第一，如果天英控股自己有猫腻，邓玲怎么可能希望曹平生、罗大军和曹爱川三位大佬第一时间赶到现场？

第二，出口货物数量的造假成本很高，因为伪造的单据不仅仅是出库单、入库单和客户签收单这么简单，还要伪造银行信用证、保险单、报关文件等等，如果货物数量对不上，银行信用证也是不予承兑的。

第三，所有这些文件投资银行回到中国可以让天英控股全部提供，到时一对比文件发现有漏洞，很容易就穿帮。

柴胡想来想去，觉得邓玲这么精明的人不可能干这种蠢事，于是他再次把怀疑对象投到了眼前的黑人小哥身上。当然，这位小哥应该没有任何造假动力，他拿的也是死工资。而且总金额是对的，在钱这方面他没欺骗老板。

172

难道真的是因为这小哥太笨,的的确确漏了29万台没记?就算这是事实,自己相信,领导们也不会相信,发审委委员更不会相信,最后这就会成为项目的一颗雷,底稿不被资本监管委员会现场检查还好,如果要查,谁经得起查?

想来想去,柴胡跟黑人小哥很严肃地说:"兄弟,我要从头到尾,仔仔细细看一遍你们的系统。"

"这个……为什么?"黑人小哥唯唯诺诺道。

"因为你们都说自己没错,那肯定就是系统逻辑错了,你打开系统我看看。"

黑人小哥不敢不从,毕竟眼前这个中国人是昨日天英高管亲自陪同前来的人,肯定职位很高!对他这种财务小角色来说,见到邓玲宛如见到了赏饭吃的上帝,自己的经理也嘱咐过对方有啥要求必须满足,于是他打开了系统。

388 现金的魅力

柴胡指着系统朝黑人小哥道:"你看,过去两年虽然也对不上,但差异很小,都在200台以内。唯独这三个月差了29万台,所以你知道是什么原因了么?"

黑人小哥一脸茫然,柴胡压低声音道:"这三个月只有KUTA仓库的数据,CUBA仓库的数据没了。你注意看每个产品后面对应的仓库栏……"

黑人小哥一听就恍悟过来:"我记起来了,三个月前CUBA仓库的网络坏了,所以没联网,两个仓库的系统数据无法合并。"

柴胡一拍额头,黑人小哥的回答跟他猜的一模一样,这个小哥真是又健忘又笨,如果没联网的事情他昨天直接说出来,至于让整个团队在这里耗一天么?

"你!现在马上带我去CUBA仓库!那边系统的数据如果差不多是29万台,这事儿就搞定了!"

"可我同事在休假……"

柴胡切齿道:"你带不带?"

也不知为何,身高1.94米的黑人小哥居然露出了惊恐的眼神,柴胡也就如愿进入了离手机城开车35分钟的城郊CUBA仓库。在这个过程中,柴胡完全没去管自己是不是彻底脱离了团队,也没有因为上了一辆仅有黑人的车而害怕,他脑子里想的都是尽快拿到29万台的货物记录,真真实实的记录。

而此时的手机城中,王暮雪朝客户问道:"为什么你们2016年向天英控股的采购数据是下滑的?"这个问题是一个普遍问题,走访了几家客户下来,只有一家客户在2016年的采购量逆势上升,其他客户均呈现疲软下跌的态势。

"因为2016年奈拉贬值非常严重,我们拿到足够的美元很困难。"奈拉是西非国家尼日利亚法定货币,奈拉贬值,意味着等值的本币购买力下降。国际交易大多用美元结算,能换的美元自然就少。

"你们这里的手机销售,有周期性么?"王暮雪继续问道。

"有,尼日利亚手机的销售旺季在下半年,因为上半年大多在下雨,客户不太出来逛街。"

"一般而言相差多少?"

"相差2至3倍。"客户回答道。

这个客户的口音很标准,逻辑也清晰,基本不需要王暮雪重复问题。好不容易逮着这么好沟通的客户,王暮雪当然要抓住机会问细一点。

"你们为什么都喜欢用现金交易?而且付钱的地点也不在尼日利亚本地,而是去迪拜。这么多的钱,我看了看,有几笔几百万美金的。"这个是敏感问题,但王暮雪一定要问出来,因为在企业规范进程中,现金交易不是好事。只要是现金付的款,就意味着没有规范的银行记录,不容易看清资金走向。

在我国,若是国内企业之间的交易(部分农林业企业和个体工商户除外),几乎全是电子转账,很少会出现用现金付款的情况,但海外不少发展中国家的现状仍依靠现金。

"我们也不喜欢现金交易。"黑人客户回答得很干脆,"现金交易很麻烦。但我们不喜欢也没办法,这里的银行对于每家公司能够换的美元总量是有限制的,所以要做这么大的交易,本地银行无法给我们提供足额的美元,我们只能拿着奈拉去迪拜换。"

"银行给每家企业的美金额度都是固定的么?"王暮雪手里的数据告诉她,尼日利亚的客户小部分是电子转账,大部分是现金交易,但小部分电子转账的数额每家公司也是不一样的,有一家叫 IK 的公司美金转账金额就很大。

这个聪明的黑人客户好似洞悉出王暮雪的潜台词:"不一样。这边的银行当然会偏心,实力大的客户,比如 IK,它是我们这里最大的,银行给它的额度自然就多,因为它每年在银行存的钱也多。"

389 如何降比例

王暮雪认为客户的这个回答逻辑上没有问题:"那么你们真的就扛着一大堆奈拉去迪拜存钱么?不怕被抢么?不怕扛钱的员工跑了么?"

黑人客户笑了:"不怕,我们这边人和人之间信誉是第一位的。我们尼日利亚没有中国这么完善的法制,所以我们也不指望法律。如果员工跑了,那么他是一辈子回不来的,这已经不是生意上背叛上司的问题了,是背叛了我们这一族。"看到王暮雪若有所思的样子,黑人客户补充道,"基本上跟我一起做生意的,不是我的亲哥就是堂弟表兄,道上的朋友也是很铁的那种,这种关系纽带比法律还强。"

王暮雪恍悟地点了点头:"那你们真的就扛一大袋钱过去?"

"有时候是的,当然,允许大额海外汇款的话,我们也会将奈拉打到我们迪拜的公司账户上,然后换成美元再存入天英控股的账户。"

"在以后给天英付款的时候,您有没有其他办法降低现金存款的比例?"王暮雪朝黑人客户试探性地问道。对方想都没想就无奈地摇了摇头:"除非天英让我们直接付奈拉。"他说这句话时,看的是蒋维熙。而蒋维熙也立即摆手道:"这不是我定的。"

访谈完这家客户,王暮雪将同样的问题抛给了下一家客户,对方是这么回答的："我们除了可以派好朋友或者兄弟去迪拜换美元，其实当地也有美金中介，就是银行之外的那些资金机构，只不过这些机构很强势，而且他们也要跟迪拜对接。跟这些中介合作当然有风险，但其实与兄弟、朋友合作一样有风险。做生意本来就是一种风险行为，但你别无选择，你只能接受。"

王暮雪明白，天英控股直接收取奈拉不是不行，但发展中国家的货币贬值风险远远大于美金，如果天英如此大的贸易量用奈拉结算，汇率风险就增大了，肯定不是明智之举。

这个问题访谈了三家客户后，得到的答案大同小异，即：如果继续用美元支付，无法降低现金付款的比例。

在回职工宿舍的车里，她打开手机翻看微信，看到自己刚到尼日利亚的时候就给鱼七发的信息，他还是没回，于是又发了一条："我访谈完了，怎么还不回信息啊？是不是想死?!"

40分钟后，王暮雪已经在职工食堂吃饭了，鱼七才终于回道："顺利么？"

"你死哪里去了？"她发完后又有种不祥的预感，觉得鱼七是不是又出了什么事……"你没事吧？"王暮雪又补了一句，鱼七回道："我没事。"

"三个字你打两分钟？"

见鱼七又沉默了，于是她索性直接打微信语音。鱼七接了，接得还挺快。

"怎么每次我出来走访你就奇奇怪怪的!"

"哪里奇怪了？"鱼七的声音很平淡。

"就是……"王暮雪握紧了拳头，"就是我一出差你回信息就很慢啊!"

"我在工作。"鱼七答道。

王暮雪算了下时差，推测鱼七这时候应该在健身房，于是眯起眼睛道："该不会趁我出差，你给女学员上课吧？"

"没有。"鱼七的声音有些疲累，此时一个女声在电话中传来，"先生，您的输……"电话被鱼七按掉了，任凭王暮雪怎么打他都没接。

这家伙又在搞什么啊! 王暮雪一肚子不安无处发泄。

390 究竟去不去

尼日利亚是非洲第一人口大国,人口约占非洲总人口的 16%,同时也是非洲第一大经济体,故天英控股在尼日利亚首都阿布贾(Abuja)以及最大的港市拉各斯(Lagos)的经销商众多。明和证券以及各中介机构兵分两路,以每天平均三家的走访量狂走了一周,才把主要的一级经销商拜访完。而后,王暮雪这一组去了尼日利亚北边的城市卡诺(Kano),而柴胡则是去了邻国喀麦隆。

卡诺的城市基础设施建设相当于五十年前的中国,生活资源相对匮乏,几乎每天都停电。无论是访谈地还是宿舍,经常没有 Wi-Fi,导数据时停电、系统崩溃的情况都会发生。

王暮雪不明白,尼日利亚的历史古城卡诺在百度上查,都是各种赞美之词。"沙漠港口""骆驼商队贸易的交通要塞""工商业重镇"以及"交通中心",这些词汇怎么都不至于让这个城市看上去如此落魄:没多少树,就连小店都看不到几家,为数不多的小超市中卖的也都是嚼起来像树干渣的面包,这里的人应该一辈子没吃过又软又香的芝士蛋糕,以及色泽金黄的葡式蛋挞。

一个当地经销商告诉王暮雪:"我们这里曾经很繁荣的,后面打仗了,政局也乱,商人都跑了,不敢回来,所以越来越穷,40%的人都吃不饱饭。你们看街上那些孩子,很多都是没爹没妈的,因为一些人生了孩子养不起,就往大街上扔。"

让那些生活幸福的人体会这个世界的苦难,有时并不容易。优越者需要停下脚步,跨出自己的世界,认真观察,甚至有时还要额外花钱,才能去那些他们未曾到过的地方,将地球上的黑色地带像剥洋葱那样一层一层地剥开,一层一层地体会。

这么想来,她之所以拥有眼前的一切,不过是因为她出生于九十年代的中国,不过是她的父亲叫王建国。如果她出生在卡诺,也有很大可能被父母扔在大街上,自生自灭。如果是这样,街边小店里面的树渣面包,王暮雪可能会认为是这个世界上最好吃的东西。

两天后，王暮雪踏上返回尼日利亚拉各斯的飞机，因为那里才有去往下一站肯尼亚的国际机场。起飞前，王暮雪才又接到了鱼七的电话："什么事？"

"小雪，我需要暂时搬出去一段时间，被人盯上了。"

"为什么啊？"王暮雪完全没反应过来。

电话中鱼七的声音很严肃："你不是总说我有事都不跟你说么？现在我专门跟你说，等人抓到了我们再见面。"

"你等等！"王暮雪怕鱼七又把电话挂了，将这句话脱口而出，"什么人？他们为什么要盯你？"

"说来话长，等你回国了见面说。对了，不要去肯尼亚，那边准备游行了，上次游行死了几千人。"

"啊？"王暮雪听得又是一愣。

"答应我，别去肯尼亚。"鱼七重复道。

关于肯尼亚的示威游行活动的具体细节，王暮雪在飞机降落后才得知。大意是肯尼亚反对派要在肯尼亚首都内罗毕（Nairobi）进行游行示威，要求政府解散肯尼亚独立选举和边界委员会，原因是反对派认为这个委员会从设立以来就不独立，被执政党朱比利联盟操控，阻碍了2017年肯尼亚大选的公平进行，是民主改革的绊脚石。而之前此类游行死亡人数当地说法不一，有说死了3000多人，有说死了5000多人。不管多少，都让第二天就要飞往内罗毕的王暮雪和柴胡心生忐忑。天英控股的高管邓玲、陈星以及蒋维熙也都拿不定主意。

"还去不去啊？"晚上10:35蒋维熙在会议室中朝大家问道。

财务总监陈星斜靠在门边："你不是跟那边联系了么？怎么还问我们？"

"那边兄弟都准备逃难了，沙琪玛买了不少，还有方便面。他们说经销商都不上班，全躲起来了。"蒋维熙道。

邓玲皱了皱眉："不去的话后面行程怎么接啊？内罗毕这么多经销商，是第二大站，说不去就不去？"

蒋维熙双手一摊："经销商都不在店里，去了也访谈不到人啊……"

"那全约来我们办公室访谈不行么?"

邓玲刚问完这句话,蒋维熙就帮王暮雪和柴胡答道:"肯定不行,他们投行要拍照的。要在经销商自己的店面拍,还要照 LOGO,证明客户公司真实存在,人家……"

"人家都没说话你哪儿来这么多话?"邓玲驳斥一句,继而看向王暮雪和柴胡,"你俩说说,在我们天英肯尼亚的分公司访谈行不行?"

王暮雪和柴胡对视了一眼,而后齐刷刷看向邓玲,坚定地摇了摇头。实地走访最关键的就是要看看客户公司是不是真的,伪造一个公司办公环境比伪造一个人难多了。如果全在天英自己的地盘访谈,谁知道派来的是不是被训练好的托儿……

走访虽然不能排除造假,但如果方方面面都核查到了,那么造假的可能性也就会大大降低,来一趟非洲不容易,谁都不愿意这次单独跳过肯尼亚,下次还要为了内罗毕的经销商再从中国飞一次。

"要不我们先去别的国家吧蒋总?"王暮雪开口道。

"别的国家约的都是一周之后,你们要求见的还都是总经理,他们很忙,我打了几个电话了,很多都在出差。"蒋维熙负责敲定行程。

"按你这意思,如果不去肯尼亚,我们就什么都不做,在这里硬生生住上一周?"邓玲朝蒋维熙质问道。

391 内心安全感

不知为何,明明众人争执到凌晨 1:40 还没个结果,但第二天早上 6:30 所有人都准时起来,默默收拾行李,钻进了去往拉各斯国际机场的车上。王暮雪的内心居然还萌生出一丝兴奋,肯尼亚内罗毕,现在会不会是这个世界上最乱最不安全的地方?

鱼七让她不要去,销售总监蒋维熙也不提倡去,经销商听说都不敢上班,可能连当地接待的车子都有问题,但王暮雪还是一声反对都没说就上路了。这些都不可能阻止她,到底危险不危险,究竟能不能完成访谈,要去了才知道。如果连尝试这一步都不愿意,那她就不是王暮雪了。

不过,王暮雪内心的那丝兴奋,很快被拉各斯没完没了的安检程序消磨殆尽。在国内,我们若是坐飞机,只需过一次安检。拉各斯不一样,从你准备下高速时,全员就要下车,不仅搜你的包,还搜你的车。一行人刚进机场,换取登机牌的地方还没看到,就又来一次安检,而且这层安检全是人工的。

一群黑人穿着黄绿色制服,将你的包翻个底朝天。如果你带了他们认为不应该带出去的东西,只要不是武器,只需要偷偷塞给他们几美元,就可以顺利将东西放回自己的包里。柴胡就这样被"勒索"了8美金,原因是他手贱买了几个当地小型木雕艺术品。

"你居然在国外买手工艺品,搞不好这就是中国制造。"王暮雪嘲笑道。

柴胡翻了一个白眼:"不可能,你看这玩意儿沉的!这是实木!黑色的实木!中国工艺品会给你雕实木?"

"那信不信这几块烂木头会讹你一路?"

托运行李的传送带是没有的,都是人工帮你运行李,而你拿着登机牌进入候机厅时,要过常规的安检;上飞机时,登机口跟飞机的通道中央,又要再过一次人工安检。就这样,王暮雪的背包被前前后后翻了四次。她突然记起某哈佛留学生的一次演讲,那个学生说:

今年春天,我们学院组织学生去各个国家实地调研,我选择了去位于中东地区的以色列。我在机场托运行李,大家都知道托运行李一般只需要5至10分钟,不会问你太多问题,对吗?但那一天,以色列的安检人员对我进行了足足半个小时的盘问,你叫什么?从哪里来到哪里去?念过什么学校?做过什么工作?写过什么论文?去过哪些国家?有过什么梦想?爱过谁?

我觉得被冒犯了,因为我是一个普通游客,你为什么要把我当成恐怖分子?

这个时候我身边的以色列同学跟我解释,他说:"这是我们以色列航空多年的常态。自从1984年建国以来,我们一直受到国际上各种恐怖势力的袭击,阿拉伯国家至今没有承认我们的国家地位,所以我们只能用这种最保险也是最笨的方法,去排查危险。国家太小,袭击太多,我们输

180

不起。"

当飞机降落在特拉维夫机场的时候，机舱里响起了一阵掌声。我很纳闷，因为整趟旅行是非常安全的，连气流颠簸都没有。换言之，这是一趟常规到不能再常规的安全着陆。在这种情况下，鼓掌，有意义吗?

我的以色列同学又跟我解释说:"每一趟航班，无论是国内还是国际航班，只要安全着陆，我们就一定会鼓掌，因为我们对于'安全'有一种执念。二战时期犹太人遭受了大规模的种族屠杀，我们的父辈不是在逃难，就是在逃难的途中遇难。从那个时候起，我们成为了一个没有安全感的民族。所以我们今天所做的一切，就是重建安全感。"

当她包里的东西在一个半小时内被无情地抖出来四次，她才意识到，对一个国家、一个民族而言，没有安全感是一种怎样的体验。

或许在中国近代史中，我们也曾有过同样的不安全感，但或许正是这样的不安全感催人奋进，逼着我们不断提升综合国力，使得如今的中国人不需要通过钢铁产能向世界证明，我们是世界工厂;也不需要向外界解释国家存在的正当性，不需要时刻担心国破家亡，流落他乡。这种安全感拥有久了，便心安理得了，而心安理得之后，会想当然地认为全世界都应该如此安全。也就是今日，王暮雪才切身体会到:危机与战争，似乎从没随着二战的结束而结束。我们之所以觉得如今是太平盛世，是因为我们出生的地方。这份安全感，是一个国家给予国民幸福的根本保证。

留学的时候，她常被老师点名跟同学们解释中国的"十三五"规划和"一带一路政策"，解释国内的阿里巴巴和腾讯是如何崛起的，中国的经济是如何以惊艳世人的速度发展的……

王暮雪的很多解释也是基于她的个人理解，不全面也不准确，但老师仍然让她讲，因为他们认为，中国很重要，中国学生的见解，一定要听听。

当拿到毕业证的那一刻，她发现她跟利比亚和叙利亚的同学不一样，她不需要将所有的希望寄托在美国的移民政策中，不需要非得站在别国的土地上，她有权力选择自己的命运，她可以笑着说:"世界那么大，我想去看看;家里这么好，我随时能回来。"

392 初到内罗毕

一行人刚到内罗毕国际机场的行李提取处，推送行李的传送带边上，就看到了走廊旁边的电子广告牌上，一个肯尼亚明星手举着天英手机，笑出洁白的牙齿。

内罗毕的机场比尼日利亚的拉各斯机场时尚许多。出机场看到路面设施后，王暮雪更傻眼了。红白相间的路障，绿底白字的路标指示牌，一路四道的设计……这不是美国标准的道路建设么？

在车子逐渐驶向市中心的过程中，王暮雪看到了内罗毕繁华的街区，一幢幢类似青阳中心区的写字楼，一排排独立标准的别墅。夜幕降临整座城依然灯火通明，如果不是因为街上走着的全是黑人，王暮雪会以为这里就是美国的某个大城市。

在内罗毕，没人把东西顶在头上，街上没有随意摆摊的小商小贩，没有让人惊悚的炭烤全猴，没有青黑色的香蕉和快被晒干的蔬菜，更没有尼日利亚常见的那种方形树渣面包……这里的面包都陈列在专门的面包店里，一个个呈现出诱人的咖啡色或金黄色，面包的长条形状让王暮雪回忆起了巴黎。

"东非和西非的发展相差也太大了！"柴胡也完全不敢相信这是非洲。

路上的五彩霓虹衬托出这座城市夜晚的美，丝毫不像一个动乱或即将动乱之地。所有人被邀请进当地天英控股的员工宿舍吃了一顿香喷喷的中式晚餐。员工宿舍全是一个个独立的别墅，地段靠近市中心，主厨的是天英控股在肯尼亚销售人员的妻子们。一栋别墅可以住三对夫妻，菜色多达十几种，多是家常菜，这实在让大家饱了口福，尤其是梅菜扣肉和葱油饼，让人有些想家了。

吃饱喝足后，一行人被安排进了当地最豪华的五星酒店，内设有王暮雪一见倾心的豪华健身房和大型游泳池。而且因为是中国人开的，早中餐的食谱中有不少中国菜。老板亲自出来迎接，还跟他们说这里有好几个中国大厨,想吃什么尽管说,味道保证正宗。

"本以为是来逃难的,没想到是来享福的。这条件可比尼日利亚好太多了! 幸亏我们没有待在原地!"柴胡和王暮雪已经放好了行李,并肩站在酒店天台上。

"终于住上五星酒店,嘚瑟了?"

"呵呵,对哦!"柴胡低头看着中央花园的游泳池感慨,"头等舱,五星酒店,都实现了! 只不过没想过是来非洲才实现的。"

说到这里,柴胡忽然想起了一句话:许多人都觉得自己的努力没有获得社会的认可,但实际上你现在过的生活就是社会对你的评价。如果是今晚这样的评价,柴胡感觉满意了。至少他最初进投行的梦想,几乎都达到了。

只可惜,领导曹平生要他达到的,他还没能力。说到公众号,陈冬妮确实给柴胡提了一个很不错的建议,这个建议是很多百万大 V 都不舍得告诉他的:如果已经把自己 100% 榨干了,还是无法更进一步,那就尝试依靠别人的力量,站在巨人的肩膀上。

"我经常能在我关注的公众号后面几篇文章中,看到不是这个领域的文章,写得也挺好的,所以也会顺带加关注。"陈冬妮说。

"学姐,那我是不是让那些大 V 公众号转载我的文章,就可以打开客户群?"

"我想是的。你找些相关或者沾边领域的公众号尝试尝试,作为答谢,你也可以转载别人的优质好文,互相推一把。"

得到这条思路柴胡很兴奋,但紧密的行程与非洲极不稳定的网络,都让柴胡没办法落实只能回国再试验。

"你觉得天英控股是好企业么?"王暮雪突然问了柴胡这个问题。

"那得看你对好企业的定义是什么。其实不是非得上市才是好企业,在我看来,只要不行贿、不逃税、不欠薪以及不侵权,就是好企业。"

王暮雪闻言抬头看着满天繁星,嘴角露出了一个浅浅的微笑:"这应该是一条底线,每家企业都应该遵守的底线,就好比我们考试的 60 分一样,不过这条线的企业,就是不合格。"

柴胡搓了搓手,轻叹道:"但社会不是学校,做企业也不是考试,你想人人都及格,太理想了,能够到 59 分的就没几家。当然了,即使处于这样残酷的事实之下,我们也要心怀感恩,没有这一家家的 59 分企业,哪有如今的世界经济发展。"

听到这里,王暮雪忽然意味深长地看了柴胡一眼,打趣道:"格局挺大啊? 以前咋没觉得你格局这么大?"

柴胡轻哼一句:"哥本来就不停地在变化,哥要迎接所有改变,因为这是绝佳的成长机会。当然了,改变也要看方向,哥是往睿智的方向变,而你,正在往愚昧的方向……啊!"

柴胡话还没说完,耳朵已被王暮雪揪了起来:"你再说一遍?"

"大妹子,想变睿智么? 那你只有走一条路才能超过我。"

王暮雪揪的力度变得更大了,柴胡又是一声惨叫,继续说道:"这条路就是,找一个脑子世界第一的男人做老公,然后生孩子。"

王暮雪闻言直接狠踢了柴胡一脚:"你自己都没嫁出去呢! 少操心老娘的事儿!"

"我是男人,我不着急。等我有车有房,什么姑娘泡不到?"

"哦?"王暮雪眯起了眼睛,"你的意思是说,等你什么都有了,啥姑娘都会让你泡咯?"

柴胡得意地微微鞠了一躬:"除了你我没兴趣,其他姑娘,自然是的。"

"那你去泡她啊!"王暮雪朝柴胡身后指了一下。

柴胡转身一看,远处站着的不是别人,正是他的冤家对头王萌萌。

393 等待游行中

这个世界有它的运行规则,也有它的随机。规则仿佛会让那些原本你讨厌的人成为你生活的一部分,而这些跟你合不来的人,是随机出现的。可以是不同的人各出现一次,也可以是同一个人出现多次。

若是电视剧中,这时的王萌萌怎么样都应该与柴胡产生出特殊的引力,然后二人从仇敌变为恋人,相守一生。

可是即便是在漫天繁星下，在豪华浪漫的五星酒店的露天台上，在非洲晚间清爽微风的吹拂中，当柴胡转过身看到王萌萌时，他所能感到的仍然是同种电荷。至少在目前人类的可观测宇宙中，同种电荷永远相互排斥。这种排斥感已经让柴胡有些反胃，对面站着的哪是什么女人，甚至都不是人类，而是猫妖，王猫妖。

王萌萌根本没往这边看，她独自靠在栏杆上戴着耳机听音乐。

柴胡转过身拍了拍王暮雪的肩，低声道："就她？你给我十个亿我都没兴趣，我宁可阉了自己。"说完扬长而去。当然，只有柴胡自己知道，如果真给他十个亿，他还是会弯腰的，权当自己养了只成精的宠物。

第二天的访谈果然没能进行，经销商还没对接上，所以众人只能先到天英控股肯尼亚的分公司参观。这个分公司很气派，为了接待国内来的领导都没敢放假，满层楼都是黑人员工。这些人都是对接肯尼亚各地货物运转的后台人员。

与尼日利亚一样，他们打电话从来不用座机，用的全是功能手机。

"对的，非洲几乎没有座机，功能手机就是工作专用。不仅是邮局快递，公司里的行政人员也是人手一台功能手机。"当地的负责人介绍道。

王暮雪点了点头。公司走廊上挂的全是员工的合照，有一起做促销活动的，有做公益的，有员工团建的，总之这个分公司"家"的氛围很浓。

当地负责人从接待室的窗口往下望，而后告诉众人，他们旁边的这条街，就是游行队伍今日会经过的地方。于是柴胡就抱着一桶炸鸡翅，霸着窗台的位置。不巧的是，王萌萌也站了过来，她的气场让柴胡觉得极不舒服，但他又不希望因为躲"猫妖"而错过这么好的位置，于是只能忍着。等了20分钟，依然没有看到人影儿，于是柴胡索性偷瞟王萌萌的手机屏幕。不瞟还好，一瞟柴胡眼珠都要掉出来了，因为王萌萌正在看自己写的公众号文章！

这篇文章主要说的是海外核查案例，因为最近连续两家拟上市公司都被发审会仔细询问了海外核查情况，柴胡写这篇文章的目的也是未雨绸缪，给自己做天英控股这个项目提供参考。

发审委的问题事无巨细，比如：1.请发行人进一步说明境外客户的开发方式、交易背景，有关大额合同订单的签订依据、执行过程；2.请保荐代表人结合物流运输记录、资金划款凭证、发货验收单据、出口单证与海关数据、中国出口信用保险公司数据、最终销售或使用等情况,说明境外客户销售收入的核查情况,包括实地走访客户、电话访谈客户和邮件访谈客户的期间、数量、收入占比、访谈次数等,说明核查方法,获取的证据、数据及结果是否充分、有效并足以说明交易和收入的真实性。

这次光是这种种证明文件,几十家客户走访下来的资料,行李箱都带不回去,需要专门的跨国邮寄。如果装订成册,天英控股光是境外客户走访底稿估计就得有四五十本。

柴胡终于忍不住了,轻咳了两声,朝王萌萌道:"你知道这篇文章是谁写的么?"

王萌萌直接白了柴胡一眼,退出公众号看微博去了。

"没想到连你也关注了。"柴胡边说内心边有些得意,毕竟得到敌人的认可比得到友军的称赞更让人高兴。但只听王萌萌冷冷道:"我关注是因为这个小编写文章基本靠偏见。他每次重组自己的偏见时,还以为自己在思考。"

"你说什么?"柴胡火气冒了起来。

"难道不是么?"王萌萌将手插在裤袋里,毫不畏惧地直视着柴胡,"说我们律师是猪八戒,难道不是一种偏见么? 唐僧离了猪八戒可以,但拟上市公司离了我们的法律意见书,你看还能不能报?"

"那你觉得律师在《西游记》里应该是什么角色? 难不成是孙悟空?"

"我没这么说过,但至少不是猪八戒! 如果贴切点儿,应该是白龙马。唐僧离了白龙马可不行,走到西天腿都断了。"

"那你为什么不直接留言告诉小编你的想法?"

王萌萌冷哼一句:"我现在不就在告诉他么?"

"你知道是我写的?"柴胡有些难以置信,因为他从来没跟王萌萌提起过自己的公众号。

"当然。不仅如此,我还知道你讨厌我。你知道我知道你讨厌我,我也知道你知道我知道你讨厌我。"

"等一下,你这个句式怎么那么像索尔仁尼琴说的某句名言……"柴胡抚着脑门想半天,也没记起这位伟人的原版名句,不过他脑子立即转了过来,朝王萌萌压低声音道,"我讨厌你是因为你先莫名其妙地讨厌我。"

"我不讨厌你。"王萌萌脱口而出的这个回答让柴胡愣住了,只听她继续道,"我是讨厌你们这类人。我针对群体,不针对个体。"

柴胡挠了挠脑瓜,心想特么的跟律师聊天好绕啊!就在这时,游行的示威声从远处传来。

394 亲吻长颈鹿

浩浩荡荡的游行队伍由远及近,队伍中有体形胖硕的四五十岁妇女,有身强力壮的年轻小伙子,也有五六岁孩子。戴着黑色头盔,身穿绿色迷彩服的安保人员零星地出现在队伍两旁,手里拿着木棍尴尬地维护着秩序。除了群众嘴里喊出的柴胡听不懂的口号外,并没有混乱与枪声,而且十几分钟后就过去了。

"就结束了?"柴胡居然有些失望。

王萌萌轻哼一声:"怎么?难不成你还想客死他乡?"

柴胡脸色瞬间僵了起来:"你对别人说话能不能别总这么难听?"

王萌萌瞥了柴胡一眼,直接转身走掉了。不过,她很快收到了柴胡的一条微信:大妹子别走啊,你还没告诉哥哥你为什么会讨厌我们这类人?

看到这个问题,王萌萌直接把手机锁屏后放回口袋里。

接下来的访谈依然没有柴胡和王暮雪想象的顺利,很多经销商还是被民众的不间断抗议活动吓得不敢出来,效率大打折扣。整个手机城也没什么店敢开业,经销商都是偷偷跑来,访谈完后直接把店门再锁上。访谈的具体情况跟尼日利亚差不多,这边的经销商也存在缺美金的问题,数据也或多或少对不上。只不过内罗毕毕竟是东非最发达的城市,生活节奏较快,这边人的思维也比西非快许多。数据如果对不上,他们自己都可以马上发现原因。

"这个型号我们比天英多,是因为当市场缺货时,我们会临时从天英别的经销商拿货临时填补空缺。"

"我们少是因为记录入库的时间会晚一些,比如天英 10 号发货了,海运要时间,我们过了15天才收到货,因此才记录到库存里,这是一个时间差。"

"为什么我们多出来这么多……我明白了,我们有几个仓库,有时候这些仓库需要相互调货,如果货物被调出增加到另一个仓库,增加的这部分我们没有抵消,所以每调一次货系统里就会多记一笔。"

这些能解释出原因的差异,都不算差异,因为都可以消除。比如把错配的时间重新匹配,把各个仓库往来的货物进行合并抵消,以及将从其他供货商处买来的货物剔除,之后得到的数据确实跟天英控股的发货数据相差无几,这些企业的数据被认定为:虽然有差异,但实际无问题。

准备告别内罗毕飞往坦桑尼亚的时候,当地的接待员请所有人吃了一餐十分美味的骆驼肉,肉质跟肥而不腻的排骨一样好吃。在去坦桑尼亚的飞机上,柴胡对王暮雪说:"我们确实不能要求一家上市公司不但自己规范,还要所有的海外客户都规范,都不偷税漏税,甚至要求客户的客户也要规范,这样太没天理了。天英控股就是一个卖手机的,又不是什么国际权力机构,你说它哪有那么大的权力要求自己的客户必须样样都合规?据我所知,目前世界上也没有哪个组织权力大到可以强制所有国家的所有企业都合规。"

王暮雪点了点头:"所以我们就如实反映差异就好,不管他们给什么理由,差异就是差异。回头把所有的差异全部汇总一下,除以天英这三年所有的发货总量,看看比例,如果没超过5%,也根本构不成原则性问题,不会影响上市。"

坦桑尼亚的城市建设很现代化,跟内罗毕差不多,经销商也配合。王暮雪对这个国家的印象就是走之前看了一个小时的长颈鹿,有一个老外问她:"小姑娘,你想不想让长颈鹿亲你?"

接着他就演示,把喂给长颈鹿的零食放到自己嘴里,露一半在外面,头一伸,将身体慢慢靠近一只围栏里的长颈鹿。没想到,长颈鹿真的低下头,伸出舌尖,将老外嘴里的食物温柔地卷走了。

于是王暮雪立即将手机递给柴胡,让柴胡帮她录像,结果她获得了长颈鹿的"旷世之吻"。而后王暮雪的朋友圈炸裂了,她与长颈鹿接吻的清晰视频截图里,长颈鹿居然还是闭着眼睛卷走食物的,而且食物正好被长颈鹿的舌头完全挡住,看上去就好像长颈鹿真的低下头来,什么都不图,就想亲吻王暮雪。

不过,朋友圈给她带来的快感没持续多久,就被马里消磨殆尽。

一入境马里,王暮雪的修眉刀、柴胡的刮胡刀就被海关没收了,并且海关不允许每个人身上带超过2000美金的现金。他们住在一个法国人开的农庄里,听说是当地很好的酒店,但设施也就相当于国内一个便捷酒店。

马里与此前的肯尼亚和坦桑尼亚形成了鲜明的对比。但在马里,众人得到了前所未有的热情接待。天英控股这次高管的来访,甚至触动了马里国家电视台。

395 天英就是牛

王暮雪和柴胡从未想过,他们采访时旁边就是马里电视台的记者和摄影机。被访谈公司是马里第一大经销商,行话里一般将这种等级的经销商称为"国包商"。

国包商的负责人对王暮雪和柴胡道:"其实你们来非洲,如果想知道市场占有率,除了访谈我们,也可以看看街上遇到的人用的都是什么牌子的手机。"

这句话让王暮雪瞬间回忆起最近发生的两个瞬间:1.在去埃塞俄比亚的飞机上,验机票的队伍前后只要是黑人,手里用的全是天英控股品牌的手机;2.昨日王暮雪在坦桑尼亚看长颈鹿时,长颈鹿的饲养员用的也是天英手机。

如果说大街小巷的广告可以提前用钱砸出来,但随便遇到的路人用的都是该产品,这种现象几乎不可能伪造。尤其是那个长颈鹿公园是临时提议要去的。

国包商的负责人继续道:"其实天英没进来之前,我们非洲大陆上的手机品牌真的不多,大概就只有三星和诺基亚,但他们做的都是国际标准版,不太适合我们用,尤其是拍照功能。这些公司的相机开发都是针对白种人和黄种人这类浅肤色人群,包括你们现在用的 iPhone,如果拿 iPhone 来拍我,只能拍出我的眼睛和牙齿。"

王暮雪闻言不好意思地笑笑,关于这个问题她确实印象深刻。还在青阳时,他们就了解到,天英大量收集非洲人的照片进行脸部轮廓、曝光补偿和成像效果分析,而后通过定位非洲人的眼睛和牙齿进行脸部识别,在此基础上加强曝光,达到自动美颜的效果。如此一来,每个非洲人拍起照来肤色都亮了很多,而且亮得恰到好处,解决了困扰非洲人很久的自拍之痛。

按照投资银行的走访惯例,每次访谈完客户都需要拍照留影作为底稿支撑,但非洲客户都拒绝王暮雪用苹果手机拍他们,他们会主动拿出自己的天英手机,拍完后再用邮箱发给王暮雪,果然,天英手机可以将他们的肤色拍成好看又健康的巧克力色,且轮廓相当清晰。

"所以天英的产品在你们这里打开市场凭借的就是相机么?"

"最开始不是。天英刚打入市场那会儿,推出的是双卡双待手机。在这之前我们这里的手机都只能放一张卡,但我们非洲运营商比较多,很多人都不只有一张手机卡,这就适应了我们的需求。"

王暮雪点了点头:"那么天英最开始是以双卡双待打开市场,而后就开始针对你们的需求,开发出适合你们的拍照手机。"

"对,天英的创始人张剑枫是个很为我们本地消费者考虑的董事长,我本人跟他的关系也很好。他告诉我他走遍了 90 多个国家,包括北美、中东和东南亚,最后他认为我们非洲人民的手机品牌选择确实太少了,是一个巨大的市场。当时我还只是一个手机店里普通的促销员,也没太多钱,但他本人的真诚和专业打动了我。我也是赌运气,就把我全部的积蓄都用来进货天英的手机,一台一台地尝试卖。后来就越做越大,直到现在,我做到了全国第一。"

柴胡听后十分震惊,心想这哥们儿真是跟对了老板,完美完成了屌丝的逆袭之旅……也就是在这时,柴胡终于零距离地体会到什么是"一带一路",所到之处,就应该遍地开花。

这时王暮雪继续开口问道:"除了双卡双待和拍照功能,天英的手机还有其他的优势么?"

"很多。比如天英是第一个在我们这里建立客服中心的外国手机企业，而且由于我们这边天气比较热，天英就设计出防汗防摔功能的手机；还有你看我们这儿，大多都是农村，充电不是很方便，天英就着重加强电池的续航能力。反正我用的天英手机待机时间总是长于其他品牌……还有就是刚才我提到我们这里运营商很多，但不同运营商之间如果要通话，收费很贵，所以天英就推出了4卡4待的手机。"

"等一下，4卡4待？"柴胡之所以打断，只是想确认他没听错。

"对的。"国包商负责人笑着回答，"就是一部手机里可放4张卡。这种手机在你们中国应该没有，因为我听说中国总共也就3家运营商。"

见柴胡点了点头，国包商继续道："不仅是能放很多卡，天英还满足了我们消费者音乐上的需求。你们可能也知道，我们非洲人大多都喜欢唱唱跳跳，而且听的音乐比较倾向于重金属，天英就专门在手机里配备大功率的扬声器和重低音，去年推出的新款就是主打音乐功能的手机，连附带的耳机都是下了重本的头戴款式，而这样的手机只要120美元至280美元，我们的消费者负担得起。所以可以说，天英的手机无论从性能上还是价格上，都极大地满足了本土客户的需求，所以很好卖。"

王暮雪听到这里开口道："那在整个手机销售链中，您这边是不是比较轻松？"

对方笑着点了点头："刚开始我可能用了些我的人脉帮助天英打通了下线，但后来天英打开市场后，他们负责生产手机和市场调研，在销售终端收集用户偏好并制定销售方案。说白了，他们把活儿全干了，我当然轻松。"

国包商说到这里，柴胡心里一阵嘀咕：真不懂居安思危。

396 最美卢旺达

离开了马里，王暮雪和柴胡来到了一个梦一样的国家——卢旺达。如果说肯尼亚首都内罗毕是非洲中的"美洲"，那卢旺达就是非洲中的"欧洲"。

卢旺达是一个内陆国家,群山连绵,风景如画,居民的住宅错落有致地安在一层又一层的山腰上,屋顶五彩缤纷,任意角度拍摄都是一幅美丽的山景画,故这个国家拥有"千山之国"的美誉。

　　"咱们这地方小,也就2万6千平方公里,人口不到1200万,还没你们青阳多。"卢旺达的销售负责人说着朝王立松举起了酒杯,"王总,欢迎来我们这儿视察,我代表当地所有员工敬您!"

　　这已经不是他第一次给王立松敬酒了,柴胡看出他是想用东北的接待方式,不醉不归。只不过这一次,这位负责人有的受了,因为他眼前的人是王立松。王立松本就在北方长大,跟着曹平生这种只爱抽烟不爱喝酒的奇葩领导南征北战十余年,拉项目的首要任务就是帮领导挡酒,所以他的酒量可谓惊天地泣鬼神。

　　在当地三个销售小伙连续两个小时接连不断的"炮火攻击"下,王立松稳如泰山,脸都不带红的,既没打电话也没上厕所,屁股都没挪一寸。而三小时后,无论是卢旺达的负责人还是他带来的那几个销售小伙,全都进出厕所好几次,而王立松依然微微笑着,下半身稳如磐石,意识也十分清醒,最后还非常有逻辑地说明在卢旺达的具体工作应当怎样安排。

　　今日也是王暮雪第一次如此直观地感觉副总王立松的酒量有多好,喝几瓶白酒跟喝水似的,且他的肾超能储水,怪不得曹总如此爱他。王暮雪估计这就是为何纵观整个部门,能得到曹总的喜爱超过蒋一帆的人,只有王立松。

　　卢旺达是非洲最安全的国家,城市干净整洁,比日本还干净。在卢旺达,你在路边丢个塑料瓶只要被警察抓到,会被监禁6至12个月。为了树立公民的环保意识,卢旺达政府把每年的最后一个周末定为"全民卫生日",所有的民众都需要参加全国大扫除。在这一天,公司和店铺都不允许开门,必须老老实实给国家搞卫生。

　　此外,卢旺达虽然距离赤道仅240公里,但由于海拔高,常年温度均保持在20度左右,四季如春,所以很多人将之视为避暑胜地。

　　不仅气候让人舒服,这个国家的经销商配合程度也让众人舒服到瞠目结舌。

　　可以说,卢旺达的经销商是第一个愿意把自己过去三年的海关报关单全部让王暮雪拍照检查的非洲客户。

整整三年的海关报关单究竟有多少呢？王暮雪拿着手机足足拍了4个小时，最后实在坚持不下去了，不得不换了柴胡和一个审计妹子继续拍。

三家客户访谈很顺利，但王暮雪的英文却被吐槽了。

"小姑娘，你说英语怎么说成那样？"非洲客户指了指天英当地的一个销售小哥，"你看他，口音跟我们就一样，你的口音不对。"

销售小哥脸都涨红了，赶忙解释道："这位女士说的才是地道的美式英语，跟CNN发音差不多，我们说的都是鸟语。"

结果那个非洲客户哈哈一笑："来我们国家访问，就应该说当地的口音嘛！不过我这个人眼界是小，你别看咱们国家虽然看上去跟发达国家一样，但其实很落后，尤其是信息。我也是跟天英合作之后，才知道你们中国原来国土面积那么大，我们整个卢旺达还抵不过你们一个省。"

王暮雪听后也只能笑笑，表示自己以后一定多多加强地方口音的学习，避免访谈时同一个词要重复很多次。

对方当然十分满意，主动提议带大家去参观他们卢旺达最美的火山。火山长什么样王暮雪没太多印象，因为再美也肯定美不过日本的富士山，但有两段经历所有人十分难忘。

一段是众人开车沿着环山公路上山，听说半山腰有不少村子甚至还有大学，大家就下车拍照，想记录山上独有的风景。结果当地人一看到照相机就逃了，还不停向他们示意说别拍别拍。当地负责人解释说这山上的人迷信，觉得拍照会夺走他们的灵魂，会被魔鬼控制。

另一段经历是他们徒步经过一个老农的家，老农家门前有两棵杧果树，只不过上面没什么果子。出于好奇柴胡直接走进了院子，一位衣衫褴褛的老人走了出来。他不太听得懂英语，于是柴胡就跟他用肢体语言交流，表达自己想参观参观他家，老人同意了。柴胡进入后傻了眼，用砖头堆起的房子很小，只有两间，没有厨房。两间房子中只有一个房间有一张木板床，被子很脏，后院除了一头老牛，没有任何其他动物，也没有粮仓。什么叫家徒四壁？这就是。

"我突然觉得我们家很富有。"柴胡朝王暮雪感慨道。

此时老人突然走到王暮雪跟前，翻开了自己的破衣服，露出了松垮的肚子。王暮雪下意识退后了两步，柴胡立刻猜了出来："他估计是饿了。"说着，把车上的所有零食都拿给了老人，老人十分感激，流出了眼泪。大家正要上车时，老人示意他们不要走，然后从自己的杞果树上把仅有的三个杞果摘下来，送给柴胡。手捧着三个根本不能吃的杞果，柴胡眼睛发热。

397 该来的来了

"我的天！这是我坐过最奢侈的头等舱。"审计妹子坐在阿联酋国际航空公司的班机上，头等舱的装修和座位全是金色的，又大又舒服，连面前的电视机边框都镶着黄金。王暮雪内心感叹，这个国家真的是钱多到没处花了。

柴胡就没能坐上阿联酋班机，他所在的组被安排到另一条线路。由于天英控股在科特迪瓦、加纳和埃及的经销商不是很多，所以大家又回归到兵分两路的模式，上述这些国家由柴胡这一队继续走，而王暮雪则来到了全世界最奢华的城市——迪拜。

听柴胡说，科特迪瓦和加纳感觉都比较落后，比马里好不了多少，埃及就更是彻底打碎了他的梦。

"暮雪，那所谓的狮身人面像和金字塔跟个小土坡差不多，而且埃及空气也很差，水源也不干净，大家只能买瓶装水。"

"毕竟是几千年前的文明古国，不要要求太高。"王暮雪安慰道。

柴胡叹了一口气："太羡慕你了，可以去迪拜。"

迪拜（Dubai），是阿拉伯联合酋长国人口最多的城市，一个在沙漠上建造的奢华人类居住地。迪拜机场无论是规模还是装修，都是中国任何一个国际机场的升级版，高端大气，富丽堂皇，无愧于它"中东经济金融中心"的称号。

迪拜第一桶金靠的是石油，但石油毕竟储量有限，2010 年后，石油产业占迪拜国民生产总值不到 5% 了，现在这座城市的经济主要依靠旅游业、航空业、房地产和金融服务业。

王暮雪一行人入住的是迪拜最有名的帆船酒店，总共 56 层，外形像一个帆船，建立在海滨的一个人工岛上。酒店的墙上挂着著名艺术家的油画，每个房间有 17 个电话筒，门把和厕所水管都是镀金的，套房中有为客人解释各项高科技设备的私人管家。

不仅如此，这里还有私家电梯、私家电影院、私家餐厅、旋转睡床与可选择上中下三段式喷水的淋浴喷头等。帆船酒店每晚最低消费为 900 美元，第 25 层的皇家套房则需 18000 美元一晚，这还是旅游淡季的最低价。但令王暮雪感到惊讶的是，该酒店地下的水族馆餐厅，贵上天的菜单上居然专门有中文翻译，可想而知这家酒店的客人很大一部分是中国人。

看到菜单的一瞬间，王暮雪突然想起她当年去法国中心区购物，街上的车根本没位置停，但中心区广场下面一整片空旷的地下停车场，都被中国人买了。

迪拜大部分建筑的室内装修确实可以用穷奢极丽来形容，但外面的世界就不尽如人意了。王暮雪到迪拜的时候，已是 8 月，外面 40 度的高温和极度干旱的气候让所有人都不愿出去。在这个城市当乞丐，是撑不过 15 分钟的，所以迪拜没有乞丐，更没有街头艺人。街上你能看到的只有车，没有人。

不出意料，经销商的办公室很气派，众人访谈时还有明亮宽敞的大型会议室可以用，对方也好沟通。他们承认了当地政府和银行都会对企业的贸易量进行定期抽查，如果说大额资金从迪拜转出，但没有等量的货物进入迪拜，就可能会有麻烦。

当然，王暮雪确实也在天英的手机门店中亲眼看到了 ATM 机，更看到很多黑人小哥扛着一麻袋一麻袋的钱跑来存。

存之前他们要填一张很详细的表，上面写明他们代表的公司，本人名字以及订购的货物型号等。

为了验证真实性，王暮雪在店里待了足足两天，为的就是想知道这些小哥是不是被雇来装样子的，看他们面孔的重复性以及人头数。

一般而言，投资银行的这种调查不会跟企业明说，因为说出来会让天英觉得这些资本中介太不信任他们。可即便王暮雪不说，她执意要在一家店里待两天的行为，也让负责人看出了原因，所以当第三天王暮雪又提出去那家店时，负责人就忍不住告诉王暮雪："其实我们店里装了摄像头，记录保存整整半年，我可以拷贝一份给你。"王暮雪听后差点没把刚喝下去的水喷出来，心想你不早说，有长达半年的摄像记录我还坐在这里数人头干吗？当然，她也怪自己在店里的时候太过关注排队的黑人与他们所填写的表格，根本没往上看看天花板有没有安置摄像头。

这次出行，王暮雪还算顺利。本轮走访客户的交易额占天英控股每年总交易额的51%，王暮雪成功拿到了45家大型一级经销商的证明材料，包括但不限于客户营业执照、最新公司章程、年度申报表、近三年的进销存汇总数据、近三年的采购明细、访谈当日库存清单、无关联关系声明、现场照片、视频以及差异核对表。

王暮雪做事比较谨慎，所有数据对不上的客户，她都制作了数据差异核对表，核对表上列明了差异数额和差异原因，让客户当场签字盖章，这样回国了数据既定性又定量，是一种很硬核的走访证据。当然，王暮雪不会忘记针对天英控股销售真实性的核查，最靠谱的方式并不是传统的走访，最终还得依靠终端手机用户的激活数据，而这个激活过程离不开每台手机的独有编码，也就是贴在手机包装盒上的条形码。

天英每卖出一台手机，终端门店的销售员就会将条形码记录下来，而这个记录账本王暮雪也拍了回去，她准备从所有卖出去的条形码中批量抽查，看看这些编码所对应的手机在天英控股的激活系统中是否已经被用户激活。这是一种反向验证天英控股自行研发的激活系统是否可靠的有力手段。

尹飞当年说得没错，王暮雪确实是个干警察的好苗子，当然，干投行也不差。

当王暮雪再次踏上青阳土地的那一天，距离她2014年8月实习，已经过去了足足三年。这棵好苗子经过三年的施肥浇水，正在苗壮成长，只不过似乎命运并不打算让她的投行之路一直这么平坦下去。在等托运行李时，王暮雪习惯性地打开了资本监管委员会的网站，而这一次，她一直提着的心，终于被一个冷冰冰的公告击碎了。

398 被立案调查

王暮雪落地看到资本监管委员会公告时,已是晚上9:22,而这个公告是下午3:00发出的。同日,阳鼎科技也发布了公告,内容如下:

> 2017年8月29日,阳鼎科技股份有限公司(以下简称"公司")收到资本监管委员会《调查通知书》(稽调通字186843号)。因公司涉嫌证券违法违规,根据《中华人民共和国证券法》的有关规定,中国资本监管委员会决定对公司进行立案调查。
>
> 在调查期间,公司将积极配合中国证券监督管理委员会的调查工作,并严格按照监管要求履行信息披露义务,提醒广大投资者注意投资风险。

王暮雪不知道目前身边有多少人已经知道了这个消息,但三年的行内经验告诉她,被公开立案的公司,结局基本已经定了,立案几乎等于判刑。挤到一堆陌生人中间排队等出租车,王暮雪觉得安全了许多。她迅速给父母打电话,但父亲王建国的电话一直占线,母亲陈海清的直接关了机,无奈之下她只能打给爷爷。

"小雪啊,你送的车可好开了,什么时候回来啊?你奶奶说要做好吃的给你。"爷爷乐呵呵的态度让正要开口的王暮雪一时间哑住了,直觉告诉她,爷爷还不知道这件事。也是,老人家怎么可能频繁上网刷公告?王建国也一直都是一个报喜不报忧的人。

王暮雪勉强笑道:"过年就回去,爷爷您多多锻炼身体。我打电话只是想报平安,我从非洲回来了,爷爷放心。"

"回来了啊!平安就好啊!"

"爷爷我准备上出租车了,回头再跟您说。"

公司究竟出了什么事情才会被资本监管委员会立案调查?那些不正常的数据背后,究竟掩藏了怎样的暗箱操作?这些操作父母是知道还是被蒙在鼓里?整件案子涉及的金额有多大,涉及的人员有多少?最后会如何罚款,如何判刑? 整件事情跟鱼七到底有没有关系? 鱼七在这其中扮演了怎样的角色? 他突然说要搬出去,理由也没说得很清楚,是不是因为他知道马上就要公告了,他的任务已经完成,所以干脆直接逃了?

想到这里王暮雪立即拨鱼七的电话。打了十个电话鱼七都没接,微信也不回。为什么,为什么这么紧急的时候,所有她身边重要的人都不接电话!

王暮雪拼命告诉自己,鱼七不是要躲她,可能碰巧手机不在身边。鱼七与陈冬妮的微信聊天记录又跳出来。如果鱼七搬出去了,会不会又搬回了陈冬妮家? 她让司机改了目的地。

40分钟后,王暮雪来到了她曾经狠狠摔过一跤的居民楼跟前,此时那间屋子里漆黑一片,没有灯光。但王暮雪还是匆匆跑上楼连敲了好几下陈冬妮的房门,最后决定离开时,陈冬妮的声音突然从她身边传来:"你找我?"

"我来找鱼七。"王暮雪开门见山。

陈冬妮闻言,没告诉王暮雪鱼七究竟在不在这里,而是反问道:"公告你看到了吧?"

她不问还好,这么一问,王暮雪愤怒地走到陈冬妮面前质问道:"我们公司的事情是你经手的么? 这件事情鱼七知道对不对? 我们家究竟出了什么事情? 为什么你们要立案调查?"

陈冬妮的眼神显得格外冰冷:"为什么要调查,你不是应该比我更清楚么?"

"我不清楚!"王暮雪放大了音量,"你告诉我! 我们家究竟是哪里出了问题?"

陈冬妮直接绕过她就想开家里的门,怎料手臂被王暮雪一把拉住:"你不说我今天就不走了!"

"恐吓我?"陈冬妮平静道,"你要睡楼梯上我没意见。但在我们调查程序没有走完之前,我不可能和你说一个字。这是我的职业操守,请你谅解。"

"那鱼七呢?! 他跟这件事有没有关系,你总可以说吧?"

陈冬妮的钥匙停住了,转头看向王暮雪道:"本来不想告诉你的,但既然你坚持,就听听这个吧。"

陈冬妮说着掏出手机,播放了一段录音,正是上次鱼七来找她的内容:

陈冬妮:"你希望什么时候公布?"

鱼七:"所以已经查得差不多了?"

陈冬妮:"你来青阳,包括你接近王暮雪,让她做你女朋友,不就是希望最终能成功收集证据,然后举报,好让我们稽查总队立案么?阳鼎科技财务造假已经实锤了,所以你想什么时候公布,说吧?"

鱼七:"你们是全查了,还是就查了数据异常那几年?"

陈冬妮:"全查了,从上市前到上市后,能查的都查了。如你所愿。"

鱼七:"会罚很重么?"

陈冬妮:"呵呵,你希望罚多重就罚多重啊!"

399 压抑的情感

原本,陈冬妮只是希望在与鱼七的对话中,能抓到一丝鱼七其实没有很爱王暮雪的证据;她希望自己手中能握有伤害王暮雪的筹码,或者说是权力,一种手握利剑的权力。只要她愿意,这把利剑就可以随时刺向她所嫉妒的人。

不刺,是她善良;刺,是理所应当。

但无论是筹码还是权力,对于爱而不得的陈冬妮而言,都会产生一种别样的快感。

如果说爱让陈冬妮由卑微变得丑恶,那现在站在她面前的女孩子,无论是家世、长相、气质还是从鱼七那里得到的爱,都让她陈冬妮嫉妒到发狂。

这种嫉妒在一个三十岁女人的脸上表现出来的时候,是极端平静的,平静得如同北方冬日的冰湖。可见,再纯的情感,被压抑久了,总有喷发的一天。陈冬妮突然发现,只要她愿意,只要她喷发,她还是有能力毁掉一切的。所以鱼七跟着王暮雪离开她家那晚之后,阳鼎科技就成了陈冬妮的首要调查目标。当时她完全是抱着"欲加之罪,何患无辞"的报复心态去分析阳鼎科技财报的,没想到居然有实质性收获。

财报中那些诡异的数字虽被公司公告勉强解释得通,但也确实成为了陈冬妮的点火石,让她跟领导申请查阳鼎科技账务时没有遇到多大阻碍。

资本监管委员会稽查总队的权限很大,可以说,没有他们查不了的账。一般他们盯上了谁,根本无需现场检查就可以把一切摸得清澈见底。如果硬拿稽查总队与警局的经侦支队比,唯一的缺点就是不能像警察那样冲上去直接抓人,限制被调查者的人身自由。

陈冬妮不查不知道,一查才发现辽昌最大的民营上市公司,外表光鲜亮丽,但内部已经肮脏腐烂。当然,越脏,陈冬妮就越兴奋。虽然现在外界公布的还是立案调查,但其实她个人已经把《处罚决定书》都写好了。

是的,稽查总队内部审核会都还没开,队员还没开始去辽昌现场检查,她就已经写好了。陈冬妮写得非常详细完整。她坚信她手中的就是最终版,而这个最终版,可以把眼前这个满是光环的女孩从天堂打进地狱。

如果不是因为当下她还保留一点职业素养,她恨不得此时就将《处罚决定书》给王暮雪看。依照现有法律的处罚条款,虽然没法让她倾家荡产,但至少能让她身败名裂。

王暮雪忘记自己是怎么回到家的,当她看到空空如也的客厅,眼睛一热,将脖子上的项链直接扯了下来狠狠摔在了地上。这一摔,项链外壳破了,露出了一截类似电线一样的东西。王暮雪以为自己看错了,蹲下去将项链整个掰开,发现里面不只是一根金属丝和铁片板一样的东西,这是……

"从你拍的录像还有放大版的照片看,这应该是个天线。"王暮雪学计算机的死党狐狸帮她分析。

"为什么项链里面会有天线? 还有那个铁片板是干什么用的?"

"这我怎么知道,你去问店主啊!"

"不是我买的,是别人送的。"王暮雪道。

"那谁送的你就去问谁啊!"

王暮雪急了:"你有没有学机械的朋友,或者电子系的,你们大学不全都是工科么?帮我问问好不好?很急!"

狐狸白了王暮雪一眼:"红包!"

"多少?"

"满额。"

短短八分钟,狐狸就得到了想要的答案:"这是二硫化钼基柔性整流天线,他们说以前还停留在实验室阶段,没想到现在就应用了。"

"这是用来干吗的?"王暮雪赶忙追问。

"用来把 Wi-Fi 信号转化成电能的,也就是给你项链里那个窃听器充电的。"狐狸刚说到这里,眼前的画面一阵凌乱,伴随着一种听起来像手机掉落在地上的声音。

"喂喂?在吗?!怎么我只能看到天花板?喂喂……"

王暮雪突然感觉自己有些站不稳,她双手下意识往后寻找墙的位置,好不容易,她的背靠到了冰冷但是真实的墙面上。

她想起了鱼七送她这条项链时温暖的眼神,他对自己说七夕快乐,他还说……糟了!

王暮雪疯了一样抓起地上的手机,往家里打了好几个电话,但这次是父亲的电话关机,母亲的电话占线,于是王暮雪毫不犹豫地打给住在隔壁别墅的爷爷。

"爷爷!快去家里把小可脖子上的项链拆下来!砸碎!拍照给我!快!"

爷爷有些发蒙,还没来得及开口问,又听到孙女几乎发疯地喊道:"还有爸妈的情侣表,我男朋友送的。如果他们还留着,翻出来!砸!快!"

400 门外人是他

当王暮雪看到爷爷发来的照片后,她靠着墙捧着手机足足愣了五分钟。

"我的生日是1月15日,摩羯座,身高一米八六,属龙。"

"因为这鸡蛋饼只有金融区有卖,我怕放太久了不好吃,看我多体贴,你如果不喜欢你现在男朋友的话,就做我女朋友吧。"

"小雪你记住,我不是好人,不过你除了请我吃大餐,你还可以顺便再买我640节课。"

"我跟你说过很多次了,我已经不是警察了,而且我也跟你说过,我不是什么好人。"

"你明明有更好的选择,为什么选了我?"

"你跟我才认识多久就给我三十万,是有多不会防人。"

"不是男人没一个好东西,只是我不是好东西,所以小雪,你最好不要太爱我,更不要跟我结婚。"

这一幕幕场景,突然像快放电影一样浮现在她的眼前。

原来,鱼七跟自己在一起的这两年,确实也不断在提醒自己要提防他、小心他,自己却解读为是他由于经济实力不强而自卑的表现,多可笑啊!

王暮雪家里此时已经炸了锅,手机屏幕上一会儿是父亲的来电提醒,一会儿是母亲的,一会儿是爷爷的……长辈们都被吓到了,他们想要一个答案,正如此时的王暮雪一样。

但真正让她惊恐的来电提示名是:鱼七。

当你知道谁是杀手的瞬间,杀手就来找你了,这会给你带来怎样的恐惧感?

手机的振动声让王暮雪浑身都在发抖,而就在这时,她家的门铃突然响了!王暮雪下意识尖叫了出来,因为此时她的背正靠着门,而门外站着的按门铃的人,王暮雪凭第六感觉断定是鱼七。

大概是听到了王暮雪的尖叫,门铃声被一阵猛烈的敲门声代替,伴随着一个男人急切的声音:"小雪! 小雪你怎么了? 开门啊! 小雪!"

王暮雪愣住了,这个声音好像是……蒋一帆! 王暮雪颤巍巍地站起来,鼓起勇气从猫眼看向外面,的的确确是蒋一帆,于是王暮雪一把将门打开了。

看着面前头发有些凌乱,眼眶发红,情绪激动的王暮雪,蒋一帆小心翼翼地问:"你还好么?"

王暮雪拼命摇了摇头,这一瞬间,她的眼泪已经流出来了。

蒋一帆也不知自己哪里来的勇气,直接上前一步就将王暮雪搂在怀里。这是蒋一帆三十年的生命中,第一次有一个女孩在他面前哭得如此肆无忌惮。她的哭声告诉他,除了伤心难过、恐惧害怕,更多的是无助与绝望。

那个躺在客厅地上的手机不间断地振动了好几次,而每次只要振动声响起,蒋一帆就能特别清晰地感到王暮雪将自己抱得更紧。最后,手机彻底哑了,王暮雪的哭声也逐渐停息。而整个过程中,蒋一帆都没有开口说过一句话。

"对不起。"稍微平静后,王暮雪放开了蒋一帆,退后一步低着头小声道,"一帆哥,我……我刚才……"王暮雪说到这里鼻子又是一酸,这应该是她王暮雪最倒霉、最不堪、最看不起自己的一天。而这时,她整个人又被蒋一帆拉进怀里。这一次的拥抱,恐惧带来的剧烈刺激已经消退大半,所以,王暮雪闻到了蒋一帆身上的味道。这味道好像是从他脖颈里散发出来的,有点像兰草,又有点像白玫瑰花瓣脱离花托后,在阳光下晒出来的那种淡淡的、暖暖的香味,很好闻。这个味道让王暮雪安稳了很多。一会儿,她感觉自己已经可以均匀呼吸了,她也终于听到了蒋一帆对她说的话:"小雪,我给你看一个明天要发布的新闻。"说完,蒋一帆掏出手机,打开一个 Word 文档,王暮雪只不过才看了十几秒,手就不禁捂住了嘴巴。

"明天开市就会停牌,反正现在已经这么晚了,早都休市了,告诉你也不算泄露内幕消息。"蒋一帆微笑道。

蒋一帆此时此刻居然还能笑得出来!新闻一旦公布,意味着新城集团就要彻底被借壳了。

对于一个超高情商的人来说,安慰人的方式就是在别人受伤时,狠狠地揭开自己的伤疤。

"小雪,没有什么事情是过不去的,只是立案调查,最坏最坏的结果无非就是退市。理账重来就行,公司还是你们的,但是我,你看看我……"蒋一帆说到这里哽咽了,这下他被王暮雪拉进怀里,但他还是努力挤出了一丝微笑道,"不管你爸有没有犯错,他都是你爸,肯定都是爱你的。你还有爸爸,而我,已经没有了。"

401 大型保护伞

一般而言,上市公司《关于重大资产重组停牌公告》非常简略,两三段话就结束了,但新城集团这次的公告比较详细,除了公布停牌之外,还列明了重大资产重组的初步方案。

方案简要信息如下:

本次重大资产重组初步交易方案拟为公司向宝天钢铁股份有限公司(以下简称"宝天钢铁")进行资产置换和股份转让。双方一致同意,置出资产、置入资产的交易价格以经具有证券业务资格的评估机构出具的评估报告的评估结果为作价依据。

本次交易将可能导致公司最终控制权发生变更,构成借壳上市。

截至本公告日,有关各方仍在就本次重大资产重组事项及方案进行进一步论证和完善,尚未最终确定。

极少数公司会在初次重大资产重组停牌公告时,就主动公布有可能构成借壳上市,除非这次方案已经差不多是板上钉钉的事情。

"一帆哥,这是你的决定么?"两个人终于平静地坐下来了。

"嗯,如果说我手上那些股权可以让几千工人不下岗,我换。"

见王暮雪目光闪动地看着自己不说话,蒋一帆突然将目光移开道:"不用可怜我,我现在没什么可以失去的,反而一身轻。"

怎料他才说完这句话,胸口就被王暮雪捶了一下,但这一次他没有那种窒息的痛了,因为王暮雪似乎没有用任何力:"一帆哥,你就是太为别人考虑了,所以所有人都欺负你。"

"怎么会?谁欺负我?"

"你以前的老师啊,还有曹总,金权集团,还有那个什么宝天钢铁,他们都欺负你。你就是人太好了,连我跟柴胡都欺负过你。"

蒋一帆憨厚地笑笑,似乎早就知道了她与柴胡偶尔偷懒不想干活,指望他最后把关的事情。她不多说了,提起自己的行李箱拉着蒋一帆就往楼下走。

"要去哪里?你手机没拿。"

"酒店。明天我去找新房子,这里住不了了。"王暮雪随后将鱼七如何骗她的事情一五一十告诉了蒋一帆。

"我现在觉得那间屋子全都是窃听器,还有我的手机,可能号码也被他监听或者定位了,所以手机我不要了。房子也不能再住了,他有钥匙。"王暮雪道。

蒋一帆思考了一阵子:"可是现在的酒店入住信息全是跟公安联网的。如果他是警察,肯定能马上知道你的位置。"

王暮雪刚想说什么,就听蒋一帆继续道:"哪怕你找了新房子,他还是很容易找到你,因为他知道你上班的地方。无论是明和还是天英,他都知道地址。你不可能永远不去上班,只要你哪天被他跟踪,新家就暴露了。到时候他趁你出去家里没人,再次入室安装摄像头或者窃听器呢?"

不得不说,蒋一帆这番分析让王暮雪毛骨悚然。她突然觉得鱼七真的不是一般可怕,为什么明明出差前还是自己最亲近的人,此时此刻却变成了随时可以取自己性命的"恐怖分子"……

"那我应该怎么办?"王暮雪有些急了。

"住我家。"蒋一帆沉稳说道,"我家小区有360度无死角高清监控,15个安保人员只负责8栋别墅。家里还有两个保姆一直在,他要进入还不被发现是不可能的,躲得过保姆也躲不过监控。你住进去后,监控我让安保每天仔细复看一次。"

说到这里,蒋一帆已经打开了后备厢,将王暮雪的行李箱塞了进去。

"可是……"

"你住二楼,我住三楼。我很少回去,你如果觉得还是不方便,我可以住酒店。"

"不是不是!"王暮雪赶忙摆了摆手,"不是不方便,你也不用住酒店,是……"

"收你1.2倍房租。"蒋一帆道。

"啊?"王暮雪愣了一下,"可是……"

"1.5 倍。"蒋一帆继续加价。

"好!"这样会让她住得安心一点。

当然,还有其他原因。因为金钱,既能拉近距离,也能拉开距离。

"上车!"蒋一帆嘴角露出了久违的微笑。明日的狂风暴雨,似乎在这一刻,他也没那么害怕了。

第二日,新城集团因为重大资产重组有可能构成借壳而停牌的事情,登上了各大新闻和财经自媒体的头版头条。相比于新城集团与宝天钢铁这种重量级合并事件,一个还未实锤的阳鼎科技立案调查根本无法继续受到人们的关注。市场上的议论声全是后悔自己之前卖光了新城股票,现在肠子都悔青了。

"全国最大的硅钢生产基地要诞生了!"

"钢铁行业有救了!"

"这整合大胆啊!了得了得!复牌了至少 5 个涨停!"

王暮雪早上在蒋一帆家的客房刷着评论,网上对于这次重组一片叫好,根本没人关心蒋首义的死和蒋一帆的牺牲,当然,也很少人提及阳鼎科技这种非百亿级公司。

新城集团的这个公告就像一张大型保护伞,妥妥地罩住了王暮雪,让她至少在虚拟世界中没有受到多少伤害。

"为什么不跟我商量就停牌了?"金权集团办公室内,王潮十分严厉地朝蒋一帆质问道。

"方案不是都谈好了么?"对于王潮的反应,蒋一帆早已做好了心理准备,因为原定的重组停牌时间是下周,是他以自己绝对控股的地位逼迫董事会在今日就发布公告。

"但是你为什么私自提前了?"王潮的脸色非常难看,他此时的神态像是长辈对晚辈的责骂。

"我觉得差了两三天,中间还隔了一个周末,没有本质区别。"

"没有本质……"王潮气得用手指着蒋一帆的脑袋。他当然生气,新城集团被借壳,是蒋一帆的悲剧,却是金权集团的大喜剧。这不仅可以让金权早年投资的宝天钢铁起死回生，还能让金权直接控股未来这家最有实力的钢铁巨头，最关键是，在重组停牌前，金权可以调动各方游资，利用内幕消息悄然低价吃进新城股票，待复牌后大赚一笔。而蒋一帆却在他们资金还没到位时，直接停牌了。

王潮的拳头重重地捶在了桌子上。蒋一帆明白，如果他不是受过高等教育的金融人士，而是古代那种江湖混混，此时他王潮都恨不得直接扭断自己的脖子。

402 金权有规矩

"你知道这次提前停牌，我们将损失多少么？"金权集团副总裁办公室内，一个身穿紫色丝绸衬衣的中年女人面无表情地对王潮道。这女人画着弯弯的棕红色柳叶眉，咖啡色头发，齐耳，微卷。她的耳环、戒指和项链都是同款，外框是金色圆环，中间是一块浅色淡雅的玉石。

此人是刘成楠，金权投资集团副总裁，从业18年，曾多次获得中国十大私募股权投资家、中国最佳本土 PE 管理人、中国最佳私募股权投资人物 Top10 以及年度中国 PE 创新人物等称号，是投资界名副其实的顶级大佬。

刘成楠不仅会看项目，还特别会看人，当年王潮就是她一眼看上的。

"你这个学弟，不听话。"刘成楠跷着二郎腿，白色西裤衬出她细长的双腿，更显得气质高雅，风韵犹存。

"我知道，这次资金没能进去至少亏了几个亿，都是我没教好。"王潮微微低着头。

"你难道没跟他说我们这次想在停牌前注资，是为了护盘么？"

一般而言，为了保证重组之后的利好信号，一些有组织的游资会在股票停牌前偷偷进入，吃掉一部分股票，也就是所谓的"囤货"。待复牌后，为了彰显市场上对这次重组肯定，这些"囤货"不会马上卖掉，而是憋在手上，从而达到减少供给、抬高股价的目的。待股价升到一定水平后，这些有组织的游资会陆续抛售手上的"存货"，高额获利。

这种操作说好听是"护盘",说难听就是违法的内幕交易。毕竟这些游资比市场上的广大投资者都更早知道某公司要重组的情报,从而可以在股票停牌前进行操作。

这个世界,最值钱的,还是信息,所以才会有层出不穷的内幕交易。

内幕交易不仅违背了信息公开原则,打破了信息对称的天平,更赤裸裸地损害了广大投资者的利益,所以国家对于内幕交易,相关的法律惩罚措施如下:

1.个人犯内幕交易罪的,处五年以下有期徒刑或者拘役,并处或者单处违法所得一倍以上五倍以下罚金;情节特别严重的,处五年以上十年以下有期徒刑,并处违法所得一倍以上五倍以下罚金。

2.单位犯内幕交易罪的,对单位判处罚金,并对其直接负责的主管人员和其他直接责任人员,处五年以下有期徒刑或者拘役。

我们单看法律,这个罪还挺严重,应该是让人望而生畏的绝对禁地,但对于那些经常"湿鞋"的投资大佬来说,搞个内幕交易就跟你回家抄同桌作业一样随意。因为只要你封了同桌的口,同时不让任何其他人发现你抄作业,老师又能怎样呢?

刘成楠此时身子前倾,认真看着坐在她对面沙发上的王潮道:"上次三云特钢的生产线,我们几乎就是白送的,明白吧?"

王潮点了点头,当时为了钓新城集团这条大鱼,他跟上级申请将金权控股的三云特钢数条生产线以破产清算的评估价卖给了新城集团,从而不仅得到了蒋一帆的加入,未来还将顺利获得新城的控股权。

金权集团之前投的钢铁企业不少,作为投资方,他们当然要迅速整合资源,让之前投资的项目不至于亏本,甚至还能小赚一笔。但是,只要混投资混久了的大佬都明白,原来扶不起的阿斗就算勉强扶了起来,也跑不快,更别提真的可以赚多少大钱。与其指望重组之后的大型钢铁集团能帮金权捞金,还不如吃一波内幕交易来钱快。最迟一年之内,只要前期吃够一定量,几个亿就哗哗进账。这种赚钱效率是资本的最爱,因为资本不仅贪,还普遍缺乏耐心。

"我记得他已经是保代了对吧?"刘成楠道。

"对,来我们这之前就注册了。"

刘成楠思考了一下,道:"那这样,既然是你学弟,我也不多为难他。这次亏的,你让他全部赚回来,这笔账就两清。"

王潮闻言眼珠转了转,让蒋一帆赚钱之前,首先跟自己确认蒋一帆是否已经是保代,那么意思已经很明显了。王潮心领神会地朝刘成楠点了点头。

"还有……"刘成楠面容变得严肃起来,"挑个适当的时候给他上一课,让他知道我们金权有金权的规矩,不是任何人都可以随意违规,意气用事的。"

王潮闻言顺从地点了点头。

一天都没敢去上班的王暮雪,听到了一阵敲门声。打开门看到的是双手背在身后的蒋一帆。他微笑着将藏在身后的东西递到了王暮雪面前,是一部新手机。

"你将电脑里的数据同步就可以用了。"

听到蒋一帆这句话王暮雪颇为吃惊:"你怎么知道我电脑里有备份?"

"没有备份你昨天不可能走得那么干脆,那么多客户你不要了?"

王暮雪接过手机,低头一笑:"一帆哥你还是那么聪明,智商根本没有随着年纪的上涨而下滑。"

蒋一帆听后轻咳了两声,眼光不知瞟向何处,尴尬一句:"我……也没有很老吧?"

"哈哈哈,没有没有。"王暮雪笑了,笑得很灿烂,但蒋一帆却能看出一丝无法掩饰的忧伤。

403 闹了大笑话

往后的两天是周末,除了保姆上来送饭之外,王暮雪都把自己锁在房间里。她觉得只有这样,自己才是安全的。

王暮雪猜测很大概率是鱼七还不知道自己已经知道了一切,而如果他两三天都找不到自己,很可能会回出租屋,然后就会看到客厅的手机。

实际上,若连手机都是窃听器,或者房子里还有其他窃听器,那么王暮雪估计鱼七此时肯定已经知道事情穿帮了。这是最可怕的,他接下来会做什么呢?

阳鼎已经如他所愿地立案了,接下来他是会住手,还是会继续有其他行动呢?

王暮雪命令自己一定要冷静思考,一定不能慌,可她越这样跟自己说脑子就越是空白。鱼七以前对她说的话此刻都让她毛骨悚然,甚至她眼前总是闪过自己将项链砸向地面时,天线露出来的那个瞬间。

一阵敲门声响起,蒋一帆的声音从门外传来。新手机卡是用保姆的身份证申请的,这给了王暮雪不少安全感。

"不用怕。"王暮雪打开门后,蒋一帆将那条钻石手链重新戴在王暮雪手腕上,"放心,这些石头太小,保证装不下窃听器。"

王暮雪听后嘴角微微上扬,她很感谢蒋一帆给她提供的一切。不仅是房子和手机,还给了她两天不受打扰的独处时间。跟以前一样,与蒋一帆相处没有任何压力,他总能找到让人最舒服的处理方式。

"一帆哥,你们家的饭,还有手机以及电话卡,我都是要付钱的。"王暮雪道。

"我原本也没打算给你免费。"

听到蒋一帆这句话,王暮雪这次是发自内心地笑了。

"小雪,明天就是周一了,如果你想去上班,又实在觉得不安全,我可以跟你去一趟警局。"蒋一帆道。

"啊?"王暮雪有些没反应过来。

"证据不是都在你手里么?就算鱼七是警察,他这么做也犯法了。根据《治安管理处罚法》第 42 条第六项的规定,偷窥、偷拍、窃听、散布他人隐私的,处 5 日以下拘留或者 500 元以下罚款;情节较重的,处 5 日以上 10 日以下拘留,可以并处 500 元以下罚款。"

"行!明天一早就去!"蒋一帆没料到王暮雪居然一口答应了,干脆利落,一丝犹豫都没有。难道是因为处罚太轻了,王暮雪才会答应得这么豪爽？毕竟她以前有多爱鱼七，蒋一帆也听说过。

"女士，您说的这个身份证号码不存在。"派出所的女警官朝王暮雪道。

蒋一帆也随即转头看向王暮雪："会不会记错了？"

"不可能！我看过他的身份证，专门记过！"交往了两年，王暮雪这点把握是有的。

女警官叹了口气，有些无奈："就算撇开身份证号不谈，我国目前出生的公民中，没有哪个登记名字叫'鱼七'的。"

"怎么可能？他之前失踪过一次，我还来报过案，你们用电脑记录了。难道你们只是记录，没有查么？"

"哪天来报的案？"女警官问道。

王暮雪立刻拿出手机翻阅自己的出差记录。她记得很清楚，她去访谈文景科技后期就发现鱼七不见了，所以网络失踪48小时后，她就果断来派出所报了案。

在王暮雪准确说出日期后，女警官拿起电话跟同事确认了一下，放下电话后她朝王暮雪道："当时他们就查不到这个人，但您已经离开了。他们本想电话通知您，但见我们派去保护你的同事已经回来了，说人没丢。"

"这就说明至少你们那两个同事肯定认识他！还有！你们赵警官也认识他，他们是警校同学。"

"赵警官？"

"对！赵志勇，你们经侦支队副支队长，我还有他电话！"王暮雪边说边直接按下了紧急呼叫，因为她上次同赵志勇吃饭时就当面把他的手机号设置成了紧急呼叫人。

在等待电话接通的过程中，王暮雪脸都涨红了。她觉得自己在蒋一帆面前丢脸丢到了家，跟别人交往了这么久，连真实身份都没搞清楚。

果不其然，王暮雪接连打了几个，都无人接听。

"他肯定是在躲我，你们赵警官跟他是一伙的！你们都是一伙儿的！"王暮雪已经出离愤怒了。蒋一帆忙安慰道："没事小雪，窃听器不是正在检验么。我朋友说结果等下就能出来,我们用指纹锁定他。"

"指纹库也不全的,万一找不到怎么办?"

"不可能,他至少以前当过警察,我朋友说不可能指纹库没有他的指纹。"

尽管蒋一帆这么安慰,王暮雪眼眶还是红了。蒋一帆连忙朝女警官做了一个歉意的手势,而后将王暮雪带到旁边的休息区:"没事,一定找得到,或者……如果你还记得他手机号,用我电话试着打打看?看他接不接。"蒋一帆说着掏出了自己的手机。

404 各种踢皮球

正在王暮雪犹豫要不要用蒋一帆手机拨打鱼七电话时,蒋一帆的朋友拿着项链和手表等物证出来了。依照目前的电脑指纹匹配技术,检测过程还是很快的。

"上面有四个人的指纹,王建义,王建国,陈海清以及王暮雪,都是辽昌人。"

"只有这四个?"王暮雪急切道。

"嗯。"对方回答,"这些人都出过国,在我们出入境记录中存有指纹记录。"

"你们之前不是说警队人员都录过指纹么?"蒋一帆问道。

"是的。"那人举起了手中的物证袋,"但两块手表和两条项链中指纹总数就是四个,没发现其他人的指纹。"

"怎么可能?鱼七不可能自己做手表。"王暮雪坚定道,"这些东西上面的指纹至少应该有制作工人或者店家的……"

"他应该是擦过了。"对方平静道,"当然,也有可能这些东西都是机器生产的,所以没有留下生产工人的指纹。更大概率是你们说的那个人,在装窃听器时不仅擦过物品表面,而且他操作时戴着手套。"

王暮雪虽然极为震惊,但一切也都在情理之中,一个警队神探在自己作案时,可能随随便便留下证据么?

王暮雪到现在才明白为何当初那50万鱼七让自己直接打给尹飞,因为这样他就不用提供自己的银行卡信息暴露身份了,而如果王暮雪预料得没错,资金肯定在尹飞那里就断了;可能是取出现金还债了,也可能鱼七的整个欠债故事都是假的,总之资金流很大概率无法连接到他母亲那里。

其实王暮雪直到现在都不认为鱼七会骗她钱,如果他真的爱钱、需要钱,不会拒绝自己那么多次的主动帮助。且自从他们成为男女朋友以后,鱼七都是免费教王暮雪格斗技巧,根本没再让她报过课。

但这个人既然能安这么多窃听器,且身份都是假的,还有什么做不出来呢?

想到这里王暮雪都不知道应不应该相信自己的判断了,但为了提高警察的参与度,她抬起头平静地朝蒋一帆的朋友道:"如果这个人骗我的钱,50万,你们警察管么?"

王暮雪这句话让蒋一帆甚是吃惊。

"诈骗的话,当然管。"那位警员道,"请问他是怎么骗的?"

"编故事。"王暮雪简短地回答道。

"那么他跟你是什么关系?"

王暮雪犹豫了一下才答道:"交往了两年的男朋友。"

一位记录官详细听王暮雪描述了前因后果,最后他说:"你提供的这个手机号是早年那种不记名的手机卡,运营商已经在逐步清理了,还有不少漏网的,所以目前通过手机号查不到名字。"

王暮雪听到这里轻笑了一声:果然不露任何痕迹,这就是鱼七。

警员继续道:"虽然这个人对你隐瞒了身份,但听上去他是向你借钱,并没说不还。鉴于你们已经交往两年,不属于陌生人,所以即便他最后拒不归还,这个案子实质上也不是诈骗,而属于民间借贷纠纷,你男朋友与你的借贷纠纷。"

"所以呢?"王暮雪挑了挑眉。

"民间借贷纠纷不属于我们警察的管辖范畴,最后若他真的不还,你们应该去人民法院起诉他。"

"什么?"王暮雪放大了音量,警局这种踢皮球的理由着实让她惊着了，"他的身份是假的啊！他用一个假身份让我转钱，这就是诈骗！"

那位记录员示意王暮雪冷静，而后安抚道："所谓诈骗，是他虚构一件并不存在的事情，而后目的就是为了骗取钱财。如果他父亲跳楼和举家借债的事情是真的，并且有还款意愿，就不属于诈骗。"

王暮雪听到这里感觉天都塌了，她根本不知道鱼七是谁，如果说这事儿警局不管，要自己去法院起诉，那么应该起诉谁呢？纯看资金流水应该起诉尹飞，但是尹飞是好人啊！尹飞……

见面前的姑娘一时间没了声，记录员道："你也不用太着急，那个手机号不是前两天还给你打过电话么？你现在自己试着联系一下，如果对方不接或者关机，我们再想办法帮你找。"

其实不是王暮雪不想联系鱼七，而是她不敢，因为她觉得自己根本不是鱼七的对手。如果他要对自己下手，人身安全都没法保证。

王暮雪今天只请了半天的假，下午还要赶去上班，所以也只好无功而返。

"没事小雪，你哪天方便，我陪你去找那个赵警官。"在车上蒋一帆安慰她。

王暮雪侧头看向窗外，过了很久才开口："一帆哥，你是不是觉得我很傻？"

"嗯，是很傻。"

王暮雪闻言立刻扭过头看向蒋一帆，果然，蒋一帆嘴角噙着一抹微笑，于是王暮雪轻哼一声道："我不带你去了，我自己去，你去就是看我笑话的！"

这时蒋一帆已经将车停在了天英大厦门口："下午下班提前40分钟跟我说，我来接你。地铁没法直达我家，非常时期，你不要乱打车了。"

王暮雪本想拒绝，但一想到自己如今小命都不保了，只得点头同意后下了车。

午休时间，电梯里没什么人，王暮雪的脑子一路放空到她办公的楼层，怎知电梯门刚打开，面前出现的人让她直接大声尖叫。

鱼七在青阳炎热的八月底穿着一件褐色的长袖风衣，右手按着电梯的开门按钮："小雪，我不会伤害你的。"

214

405 真名才出现

王暮雪被吓得脸有些白,这种强烈的恐惧不完全是来自于鱼七这个人,还来自于未知与来不及应对。

"你出来,还是我进去?"鱼七依然按着电梯开门键。

这是一个不需要思考的问题,王暮雪直接跟逃命一样地蹿出了电梯。至少外面整层楼还有两三百个天英控股的员工,至少电梯间经常有人经过。

王暮雪靠在墙角,双手紧贴着墙面,依旧十分害怕地看着鱼七。

"我说了,我不会伤害你,我现在也打不过你。"鱼七说着主动抽起宽大的左边风衣袖口,王暮雪看到石膏一直打到了他的手肘。换作以前,王暮雪肯定会马上问鱼七手为什么会受这么严重的伤,但现在她处于极度恐惧之中,根本不关心他受不受伤。

鱼七站在原地,没有向前一步。他伸出右手,手掌朝上,温和道:"手表和项链给我吧。"

王暮雪神色一闪,鱼七这次来是想要回证据。"你休想!"王暮雪壮胆道,"现在光天化日,里面全是人。如果你硬抢,我就把你打趴下!"

瞅见王暮雪这副要拼命的样子,鱼七笑了:"你不给我,我怎么帮你按上我的指纹?"

"啊?"王暮雪眉毛向上挑了挑,怕自己听错了。

"你要是怕我都拿走,就一件一件给我,我按了指纹还给你。不然你拿着那些,不过是一些废铁,没法当证据。"

王暮雪此时看着鱼七的脸色更害怕了,因为好似鱼七什么都知道,连今早上自己去警局告他无果的事情他都知道。

鱼七看出了王暮雪的担心,他当然不会告诉王暮雪他是怎么知道一切的,他说的是:"我警队朋友很多,所以抱歉,我知道了。你不是想抓我么?抓我要有证据的。"

王暮雪听后一咬牙,直接从包里掏出一条被装进透明物件袋的项链扔给了鱼七,同时提声道:"有本事你按啊!"

鱼七蹲下身,从地上捡起那个物件袋,王暮雪看到他真的用右手的大拇指和食指捏了下项链,随后将物件袋封好,从地上推回到王暮雪脚边。

这样的交换物件留指纹的动作两个人又重复了三次,直到两条项链、两块手表都留下他的指纹后,鱼七才站起身。他刚想跟王暮雪说什么,就有人从电梯里陆续出来了。

王暮雪想不明白为何鱼七要这么做,鱼七于是对她说:"晚上你下班了,我在楼下等你。你不是想知道我真名么?还有其他很多事情,到时我全告诉,顺便把欠你50万的借条写给你,然后你就可以把我带去警局了。"

鱼七说完就离开了,留下了一脸蒙圈的王暮雪。

王暮雪第一反应这是圈套,但鱼七晚上碰面的地点选在了人来人往的天英大厦,这是自己熟悉的地方,都是自己人,且他确实在所有物件上按了他的指纹,这么做对他来说有什么好处?

王暮雪本想现在就拿着这些证据去警局把鱼七告了,但她担心如果现在告的话,原本鱼七想对自己说的话就不会说了,而且借条估计也拿不到。50万可是王暮雪自己亲手赚的,给善良且爱她的人可以,决不能白给骗子!

思考再三,王暮雪决定看看鱼七下班后究竟能对自己说什么,反正证据都在自己手里,他也不可能再耍花样。

办公室的气氛很安静,无论是王立松、柴胡还是律师团队,大家心照不宣,没有一人主动跟王暮雪提起阳鼎科技被立案的事,好似什么都没有发生,大家都在总结这次非洲走访的工作报告。客户提供的是全程高级酒店及头等舱,明和证券要给出一份翔实且有建设意义的总结报告。

晚上10:00,就剩王暮雪一个人了,她才反应过来,不能太晚单独见鱼七,于是给蒋一帆发了信息后,快速收拾东西下了楼。

一出大门王暮雪就认出了鱼七的褐色风衣。

"你说吧。"王暮雪站在离鱼七大致七八步的位置朝他的背影喊道。

鱼七转过身,他左手垂着,右手插在风衣口袋里,打量了王暮雪好一会儿,然后才抽出一张纸,朝王暮雪走了过来。

王暮雪下意识退后了两步,但想着那张纸应该是借条,于是又壮着胆子停在原地。

果然是借条,用歪歪扭扭的字写明了借款人、欠款人、借款时间和地点。落款处,王暮雪看到了被按上了手印的一个名字,难道……这就是他的真名?

鱼七用很正式的口吻跟王暮雪说道:"我叫姜瑜期,姜子牙的姜,周瑜的瑜,期望的期。之前告诉你的鱼七,是我的小名,亲戚朋友都这么叫。这是我的身份证。"

王暮雪定睛一看,身份证上的照片没问题,名字确实是姜瑜期,身份证号上生日也真的是 1988 年 1 月 15 日!

406 这次是真的

看到这个日期王暮雪道:"你让我怎么相信? 如果这个又是假的呢?"她的眼神充满了质疑。

"等下我们一起去警局,你就知道真假了。"鱼七脸上没什么表情,"何况还有我的指纹可以双重比对。"鱼七说到这里顿了顿,声音开始变得有些沉重,"对不起小雪,我一开始就骗了你。无忧快印打印室里的材料几乎全是申报文件,我们不可能出来之前不做核对,所以也就不可能出现掉落在地上没人管的文件。法氏集团的承诺书,是我当时故意抽出来的,为的就是找个借口认识你。"

王暮雪闻言牙齿咬着下嘴唇,只听鱼七继续道:"虽然确实是同月同日生,但我的小名确实不叫小可。我之所以知道你养的狗的名字,是因为我看完了你所有的微博。其实在我们见面之前,我就已经很了解你了,至少很了解你的过去。"

王暮雪依旧没有接话,于是鱼七继续道:"健身房我们相遇,可以说是偶然,也可以说是必然,因为是我故意找了离你公司最近的健身房做兼职。我想着你以前这么爱运动,工作后不可能一直忍着不健身,所以我是在那里专门等你的。当然，如果你去了其他健身房，我也会马上发现并且跟过去，我会让偶然成为必然。"鱼七说到这里深呼了一口气，"你还记不记得我们在健身房见面后，第一次一起打车回家，那时候我让你注意手机安全，我还直接摆弄过你的手机，其实那时候我就在你手机套里放了窃听器……"

王暮雪听到这里眼睛彻底瞪大了，她转回头难以置信地看着鱼七，就听鱼七继续说："后来我觉得这样的方式不太隐蔽，毕竟手机套你说不定什么时候就会取下来，所以跟你确认关系后，送了你项链，你的一举一动我都知道，包括你家里父母的对话。"鱼七说到这里叹了口气，"只不过，你的狗很聪明，没过多久就把我送的项链咬坏了，这使得我不得不想出送手表这个办法。可惜你父母因为不太看好我们的关系，手表没戴，所以我确实没有得到多少有用信息。"

"你到底为什么要针对我们家？"王暮雪突然放声大吼道。

鱼七沉默了一会儿，才将父亲与阳鼎科技的前因后果都告诉了王暮雪，听罢，王暮雪彻底地呆愣在原地，一句话都说不出来。

"现在结果还没出来，我也不知道细节，但其实从头到尾，你都没有任何错。"鱼七看着王暮雪认真道，"所以小雪，我还是那句话，我是坏人，我现在跟你去警局吧。"

"好啊！走！"王暮雪怒气冲冲，导航直接定位最近的一家派出所，走路过去大概 10 分钟。

派出所人很少，王暮雪啪一声将身份证拍到桌子上，对值班女民警道："这个身份证是假的，不信你可以验证一下。"

女民警有些蒙，拿起身份证看了看，对比了一下，上面的人不就是这个男的么？

"物证就在眼前，伪造身份证你们警察也不管么？"女民警迫于压力，从抽屉中掏出了一个验身份证的仪器，按了一下，上面显示出了身份证磁条对应人的信息。

"这是真的啊！"女民警把证件还给她。王暮雪默默拿回来，手指从那三个字上划过，原来他真的叫姜瑜期，自己爱了两年的人，真名叫姜瑜期。

218

女民警随即看到面前站着的女人眼圈红了,从包里掏出两块手表、两条项链,四样东西都被警局专用的透明物证袋包着,依次排列在桌面上。

女民警不知道眼前这女人要干吗,因为她一直不说话了,眼泪汪汪地看着这些东西;而她身后的男人也好似很难过。

女民警不用猜也知道,这肯定是小两口闹别扭。于是她也不说话,静静地等着面前的女人将东西一股脑收回包里,头也不回地走了,当然,男的也追了出去。

这个世界,究竟谁是好人,谁又是坏人?

刚出来王暮雪就接到了蒋一帆的电话,他已经将车停在天英大厦楼下了。王暮雪说了句"马上到"后挂了电话,然后停下脚步,转身跟鱼七说:"我们到此为止吧,互不相识。"

说完,她直接加快速度跑开了,直到已经看到蒋一帆的车了,她才突然想起来,糟了! 鱼七的身份证还在自己包里……但当她回去找鱼七,不,是回去找姜瑜期时,远远就看见他被十几个手持家伙的男人围起来了。

407 谁怕弱女子

"姜警官,我们又见面了,逮你真不容易啊! 我他妈上次就砍你一只手,全城警察都在抓我,杀人犯都没那么上心!"又是那个满头白发连胡子都染白的高瘦男人。

白发男继续道:"上次你打残了我四个兄弟的腿,所以这回我特意多带几个人,想见识见识姜警官的真本事。"

白发男左手握着的刀呈弯月形,大概有一个手肘这么长,反着亮眼的冷光。

眼前的姜瑜期脸上突然出现了惊恐的表情,白发男以为他是因为看到这把砍了他左手的刀,害怕了,就听姜瑜期大喊:"别过来! 跑啊!"

原来姜瑜期根本就没看自己,而是看着自己身后,于是他猛一回头,见一个长发女人朝自己走过来,步子不快也不慢。肩上背着一个白色的硬皮包，手上拿着手机，一脸杀气。

白发男心想，这不是才跟姜瑜期分开的女人么？怎么又回来了？! 他立刻刀尖对着女人道："你他妈多管闲事，连你一起砍！"

王暮雪将包直接甩进旁边的草丛，手机放在地上，而后将坡跟鞋也脱了，赤脚站在地上，两手一摊朝白发男道："哥哥，我现在身上没有任何武器，连稍微坚硬点的东西都没有，我不可能打得过你。你别多管我闲事，放我过去把他宰了。"见白发男发蒙，她指着姜瑜期切齿道，"那畜生用窃听器监听了我两年隐私，还把我们家企业给告发了，不仅骗我钱还骗我感情，他把我毁了！以后我也不相信爱情了！如果只是跟他分手，太便宜他了！所以今晚你们谁都不要插手！我亲自剁了他！"

眼前这女人不像装的，好似与姜瑜期真有深仇大恨，于是白发男朝身后看了看，道："你打算怎么剁？"

王暮雪定定看着姜瑜期的左手，平静道："上次你们是砍他左手对吧？"

"对啊。"白发男扬起了下巴，"整只手都砍下来了，他就算接回去也废了，他……"

"那太便宜他了。"王暮雪冷冷地打断，"你应该先砍手指，十指连心，一根一根地砍才最痛；砍完手指再砍手背，手肘，然后双腿也要这么干。当然，除了四肢，耳朵也不能放过。最重要的是必须砍他的命根子！全部割下来，最后让他自己吃进去！免得他再去祸害别的女人！"

听到这里，鱼七好似已经知道王暮雪真正的意图了。从刚才到现在，每句话都说那么长，连砍人的步骤都要切细了说，目的只有一个。

白发男明显被王暮雪的话恶心到了，最毒不过妇人心啊！得罪啥都不能得罪女人！

王暮雪继续朝白发男身后所有拿着武器的年轻男子道："哥哥们，你们现在有两个选择：一是自己砍，然后一辈子担心被警察抓；二是让我一个人砍，你们就在旁边看。这样既可以报仇，又什么风险都不用担，怎么样？"

说实话，鱼七当年只是崩了他们老大白发男的父亲，跟他们是没有深仇大恨的；哥几个冒险干这票完全就是为了点钱，这种既能赚钱又没风险的选择谁愿意放弃？所以他们虽然此时仍未放下武器,但内心明显已经开始动摇。

"给我吧。"王暮雪伸出手让白发男把手里的长刀给她。

白发男嗤笑一句:"就你,打得过他? 小妹妹你别开玩笑了,他会乖乖让你砍?"

"你不让我试试,怎么知道他不会呢? 我告诉你,他一定会。这是他欠我的。"王暮雪斩钉截铁地说。

听到这话,白发男咧嘴就笑,但听王暮雪突然厉声一句:"到底给不给! 时间有限,如果等下有人来,那你就让你那些人自己砍吧! 你们最后会赢,但这次还要断几条腿就不好说了! 以后会不会被警察逮也不好说!"

此时白发男身后的人蠢蠢欲动:"不然让她来。反正我们这么多人,他们肯定跑不了!"

"对啊! 让她来!"

正当白发男犹豫之时,王暮雪两手一摊:"算了! 没种! 连我一个小姑娘都怕!"说完转身就想走。谁知白发男对这种挑衅完全没有抵抗力,什么叫老子没种? 老子打不过你? 老子单手都可以把你这小丫头片子收拾干净咯!

"拿去! 你有种砍给我看!"白发男果然主动递出了刀。

鱼七一动也没动,甚至没说一句话,他目不转睛地盯着王暮雪,风衣里的右手开始微微握起拳头。

王暮雪一步一步走上前,接过刀,朝离姜瑜期只有两三步距离的人喊道:"全都离远点! 等下血溅到你们身上,你们可扯不清楚!"这句话非常有效,众人都向后退了两步,给姜瑜期留下了足够的空间。

王暮雪用刀指着姜瑜期,目光犀利,说时迟那时快,她左脚才踏出一大步,右脚就径直向后一踢,不偏不倚正好踢在白发男的要害部位。他一声惨叫双手捂着要害,被王暮雪一把反扣在地上,脖颈给长刀的刀尖顶住了!

本来应该站在中间的姜瑜期,早已闪到王暮雪身边帮他按住了白发男的腿,两个人整套动作一气呵成,好像商量好似的。

408 注定不平凡

"都别过来,否则我一刀扎死他!"王暮雪朝手持家伙的十几个男人道。她的左手死死顶着白发男的后脑,双腿膝盖压着男人的手臂,下半身还有姜瑜期帮忙,白发男根本没法动弹。

见那十几个人正在犹豫,王暮雪补了一句:"我跟你们说第一句话前就已经报警了,警察马上就到。不想被关进去的话,现在就滚!"

一听警察会来,一部分人开始后退了,白发男狰狞地喊道:"谁敢跑!我他妈进去了,你们一个都别想活!"

姜瑜期冷冷喊道:"你们别冒险了,我们杀了他,他的嘴就永远闭上了!至于你们身上有什么,我不知道。我很久以前就不是警察了。"

"他拿刀威胁我们,杀他属于正当防卫,不需要负法律责任。"姜瑜期既是朝那十几个人说,也是对王暮雪说,"刀给我,我来动手。"

警车终于来了,姜瑜期舒了一口气。

十几个人都弄回警局,只能分批,三个警察将剩下的人控制住了。

"你知不知道你今晚在做什么?"姜瑜期朝王暮雪小声道。

王暮雪穿好鞋,从警察手上接过自己的包和手机,一脸平静地说:"姜瑜期,从今天开始,我爸欠你爸的命,我已经还你了,我们两清。"说完,她拍了拍身上的土,就要走。一个警察说:"女士,你还不能走,等下要一起跟我们回警局录口供。"

怎知王暮雪头也不回,举起手机冷冷道:"刚才发生的所有事,你们赵志勇队长应该都听到了,回头你们自己听录音吧,我还有事。"

"这……"警察刚要追上去,却被姜瑜期拦住了。他看着王暮雪远去的背影,明白了父亲当年试图教会自己的选择与代价,明白了自己为何会爱上眼前这个女孩。自己和她,看似不沾边,但其实本就是一类人。

王暮雪关上车门后,蒋一帆笑道:"你不是回去拿文件么?"

王暮雪此时才反应过来自己手上没有任何文件,心想算了,在蒋一帆

222

面前,最好别说谎,于是她边系安全带边平静道:"我是去做了一回自己而已。"

一段时间后,王暮雪见蒋一帆什么都不问,专心开车,好奇道:"一帆哥你真的很能忍,别人说话说到一半你还可以不好奇。"

"我当然好奇。"蒋一帆道,"你想说自然会说,我也很愿意听你刚才是如何做自己的。不过,从我认识你以来,其实你一直都在做自己。"

窗外的霓虹将蒋一帆的侧脸照得很暖,这是一种让王暮雪心很定的暖,于是她半开玩笑地说:"一帆哥,你如果不愿意做我哥的话,就做我爸好了。我觉得现在,很像我当年放学被爸爸接回家的那种感觉。"

本来以为蒋一帆一定又不愿意,没想到这次他居然很爽快地说:"好啊,那我捡了一个大便宜。没追女生没约会没办婚礼就有这么大的女儿,每个月还懂得拿 1.5 倍房租孝敬我。"

"你……"王暮雪坐直了身子。不知为何,她感觉这次再跟蒋一帆接触,他似乎不太一样了。但有些事情王暮雪认为必须说清楚,于是她在蒋一帆的车开进车库后,清了清嗓子道:"一帆哥,我跟鱼七今天正式分手了,你也知道是因为什么,但是……我可能在相当长的一段时间里,都不会爱上任何人。"

"我知道。你放心,我不会在一棵树上吊死的。如果我遇到喜欢的女孩,你就把我给你的戒指还给我,省得我再买一个。"

"啊?!"王暮雪一脸惊愕,"一帆哥你怎么能这样啊?!你就算没有新城的股权你还一样是亿万富翁,看看你这车库的车!加起来都一个亿了!小气!"王暮雪直接下车摔门走了。

不知道为何,那砰的一声,蒋一帆竟然觉得很悦耳。

409 小可与小爱

2017 年接下来的四个月,应该是王暮雪进入投资银行后最平静的四个月。由于阳鼎科技十多年前是明和证券保荐的项目,所以该公司被立案调查的事情成了明和证券挥之不去的阴影。如果调查结果表明是阳鼎上市时,或者上市后明和证券的两年督导期内发生的猫腻,那么明和证券也脱不开关系。

吴风国和曹平生作为阳鼎科技的签字保荐人,这四个月异常沉默,居然一次都没跟王暮雪联系,但王暮雪听父亲说,他们回了辽昌很多次,目的是配合资本监管委员会的现场检查。

经蒋一帆同意,王暮雪将小可接来青阳陪着自己,也与蒋一帆家养的纯种布偶猫小爱做伴儿。

小爱有着冰蓝色的玻璃眼球,一身细滑光亮的雪白长毛,耳朵是浅灰色,鼻头粉粉的,气质高贵。小爱是小可住进来后才主动现身的,之前它只喜欢在后花园活动,因为那里有它的专属藤椅和精美的木雕猫窝。

小可出现后,小爱本能地显示出猫科动物与生俱来的领土意识,盯着小可的眼神跟见了杀父仇人似的,虽然身子小,但它丝毫不怕体型大它几倍的阿拉斯加。在数次猫狗大战中,小爱都凭借着自己的超级无影爪占据了上风。狗普遍都有顺从意识,打不过就会很情愿地当小弟,于是不过短短一周,这一猫一狗就分出了老大和老二,小可会等小爱吃完才开始吃自己的狗粮。

能跟小可住这个优势让王暮雪已经不打算搬离蒋一帆家了,况且蒋一帆出差的时间比较多,一栋别墅大多数时候都被王暮雪独占。更爽的是车库里的车也随便她开,这让王暮雪彻底告别了在一线城市挤地铁和打车的苦逼生活。每当王暮雪回到家,右手搂着猫,左手搂着狗的时候,都觉得自己过去三年主动找苦吃的行为简直是脑子进水了。不过,这三年工作的辛苦,她记得格外清晰,清晰到几十年后,她还可以绘声绘色地描述给自己的孙子听。

王暮雪特意挑了一个蒋一帆出差的时间回到原来的出租屋收拾东西,请来的帮手连她自己都没想过,是木偶律师王萌萌。因为王萌萌的下班时间跟王暮雪差不多,两个人在非洲出差的过程中也更熟悉了一些。

"我要搬走的衣服已经收拾好了,柜子里的衣服都是现在我穿不太合适的,挺新的,你看看有没有你喜欢的。别嫌弃啊!"王暮雪轻描淡写地对王萌萌道。

王萌萌打开衣柜,没具体细看就很平静地说:"我可以都拿走么?"

"当……当然可以。"王暮雪说着忙拿来了打包袋,一边帮王萌萌装衣服,一边道,"这里的家具其实都是我自己买的,你如果有觉得合适的也可以一起搬走。"

"客厅的也可以么?"王萌萌问。

"都可以。"

"好,那我都要了。"王萌萌态度干脆。王暮雪发现她的脸没有之前那么紧绷了,收拾衣服的时候动作还挺轻快的,好似与自己的距离被瞬间又拉近了。

于是她试探性地问道:"对了,你为什么不太喜欢做投行的?"

王萌萌听后松弛的神色又立即变得严肃起来:"柴胡那大嘴巴跟你说的?"

王暮雪赶忙否认道:"没有没有,是我自己感觉的。我感觉你其实不针对我们任何人,是好像不太认可干我们这行的人。当然,也有可能是我感觉错了,因为你的工作天天要跟我们打交道……"

"你没感觉错。"王萌萌又开始低头整理着衣服,"我之所以选择做非诉讼律师,是因为我更看不惯诉讼律师那套。我没有办法为了钱昧着良心帮坏人打官司减刑,所以我才来做企业上市。虽然说拟上市公司也有想造假的,但毕竟我们法律部分几乎不可能造假,行就行不行就不行,至少我签字的法律意见书可以做到问心无愧。至于为什么不太喜欢投资银行,大概是因为我表哥吧。"

"王潮?"

"对。"

王潮是签阳鼎科技的项目协办人,还是蒋一帆现在的顶头上司。这几个月王暮雪身边依旧没人跟她主动提过阳鼎立案的事情,柴胡也没有发过与阳鼎沾边的文章,不仅如此,他还拒绝了其他保代的项目组邀请,选择继续留在天英控股,这让王暮雪觉得自己没有被抛弃。

与柴胡同样贴心的当然还有王萌萌,她对此也是只字未提。但这时她突然非常认真地看着王暮雪道:"你放心,阳鼎科技立案,应该是后来的事情。与之前上市和上市后的那几年没什么关系。"

王暮雪闻言瞬间停住了手中的动作:"你怎么知道?"

王萌萌眼神避开王暮雪:"这没啥奇怪的,我表哥的事情,我或多或少知道一点。总之你放心吧。"

其后的一两个星期,王暮雪都强行逼着自己消化王萌萌给的定心丸。

时间来到了 2018 年,那个所有人都在沉默中等待的《阳鼎科技处罚通知书》终于在资本监管委员会官网上公布了。

410 处罚决定书

发布机构:资本监管委员会

发文日期:2018 年 01 月 10 日

名称:资本监管委员会行政处罚决定书

当事人:阳鼎科技股份有限公司(以下简称"阳鼎科技")

王建国,男,1961 年 5 月出生,阳鼎科技实际控制人,2001 年至 2018 年 1 月任阳鼎科技董事长,系阳鼎科技 2014 年年度报告签字董事。

韩馨竹,女,1975 年 1 月出生,2012 年 5 月至 2018 年 1 月任阳鼎科技财务负责人。

李毅,男,1974 年 1 月出生,2013 年 6 月至 2018 年 1 月任阳鼎科技总经理,系阳鼎科技 2014 年年度报告签字董事。

梁静,女,1977 年 8 月出生,2013 年 5 月至 2017 年 7 月任阳鼎科技董事会秘书、副董事长,系阳鼎科技 2014 年年度报告签字董事。

单小星,男,1966 年 8 月出生,2013 年 10 月至今任阳鼎科技财务部经理。

尹晓静,女,1981 年 5 月出生,2013 年至今系阳鼎科技财务人员。

李海龙,男,1971 年 3 月出生,2013 年 9 月至今任阳鼎科技副总经理、董事,系阳鼎科技 2014 年年度报告签字董事。

李维亮,男,1969 年 10 月出生,2013 年 9 月至 2018 年 1 月任阳鼎科技独立董事,系阳鼎科技 2014 年年度报告签字独立董事。

徐宏,男,1959年4月出生,2013年9月至今任阳鼎科技独立董事,系阳鼎科技2014年年度报告签字独立董事。

刘庆,女,1990年2月出生,2013年至2017年5月系阳鼎科技出纳。

郑义,男,1983年5月出生,2014年初至2017年4月任阳鼎科技监事。

方斌,男,1964年7月出生,2014年1月至2017年4月任阳鼎科技监事,系阳鼎科技2014年年度报告签字监事。

张植,男,1968年4月出生,2013年9月至今任阳鼎科技监事,系阳鼎科技2014年年度报告签字监事。

夏秋和,女,1979年6月出生,2012年至今任阳鼎科技商务部经理。

依据《中华人民共和国证券法》(以下简称《证券法》)的有关规定,我会对阳鼎科技信息披露违法违规行为进行了立案调查、审理,并依法向当事人告知了作出行政处罚的事实、理由、依据及当事人依法享有的权利。

本案现已调查、审理终结。

经查明,当事人存在以下违法事实:

一、阳鼎科技2014年伪造财务数据情况

阳鼎科技2013年大幅亏损,为了扭转公司的亏损,时任董事长王建国在2014年年初定下了公司当年利润为3000万元左右的目标。每个季末,阳鼎科技时任财务负责人韩馨竹会将真实利润数据和按照年初确定的年度利润目标分解的季度利润数据报告给王建国,最后由王建国来确定当季度对外披露的利润数据。

在王建国确认季度利润数据以后,韩馨竹每个季度末将季度利润数据告诉阳鼎科技财务部工作人员,要求他们按照这个数据来作账,虚增收入、成本,配套地虚增存货、往来款和银行存款,并将这些数据分解到月,相应地记入每个月的账中。

参与伪造财务数据的人员包括王建国、韩馨竹、李毅、梁静、单小星、尹晓静和刘庆。

阳鼎科技的会计核算设置了 01 和 02 两个账套。01 账套核算的数据用于内部管理,以真实发生的业务为依据进行记账。02 账套核算的数据用于对外披露,伪造的财务数据都记录于 02 账套。

2015 年 4 月 1 日,阳鼎科技依据 02 账套核算的数据对外披露了《阳鼎科技股份有限公司 2014 年年度报告》。

二、2014 年年度报告虚增利润总额 80,495,532.40 元

阳鼎科技通过虚构客户、伪造合同、伪造银行单据、伪造材料产品收发记录、隐瞒费用支出等方式虚增利润。

经核实,阳鼎科技 2014 年年度报告合并财务报表共计虚增营业收入 73,635,141.10 元,虚增营业成本 19,253,313.84 元,少计销售费用 3,685,014 元,少计管理费用 1,320,835.10 元,少计财务费用 7,952,968.46 元,少计营业外收入 19,050.00 元,少计营业外支出 13,173,937.58 元,虚增利润总额 80,495,532.40 元,占当期披露的利润总额的比例为 335.14%。

三、2014 年年度报告虚增银行存款 216,912,035.55 元

2014 年末,阳鼎科技¥¥银行总行账户银行日记账余额为 218,301,459.06 元,实际银行账户余额为 1,389,423.51 元,该账户虚增银行存款 216,912,035.55 元,占当期披露的资产总额的比例为 17.16%。

四、2014 年年度报告虚列预付工程款 3.09 亿元

2014 年,阳鼎科技的建设项目 A 建设面积 385,133 平方米,每平方米造价约 2,000 元,按 40%的预付比例估算需要预付工程款 3.09 亿元。为此阳鼎科技制作了假的建设工程合同,填制了虚假银行付款单据 3.09 亿元,减少银行存款 3.09 亿元,同时增加 3.09 亿元预付工程款。

五、2014 年年度报告签署情况

2015 年 4 月 1 日,阳鼎科技董事会审议通过了 2014 年年度报告,签字董事为王建国、李毅、梁静、李海龙、李维亮和徐宏。

同日,阳鼎科技监事会审议通过了 2014 年年度报告,签字监事为郑义、方斌、张植。

4月3日在《阳鼎科技股份有限公司监事会关于2014年年度报告书面审核意见》上签字监事为郑义、方斌、张植。

同日在《阳鼎科技股份有限公司董事、高级管理人员关于2014年年度报告的书面确认意见》签字董事为王建国、李毅、梁静、李海龙、李维亮和徐宏,签字高级管理人员为李毅、韩馨竹、梁静、李海龙、夏秋和。

财务报表签字人员为法定代表人王建国、主管会计工作负责人韩馨竹。

以上事实,有阳鼎科技01账套和02账套、阳鼎科技2014年年度报告、董事会决议、监事会决议、定期报告书面确认意见、当事人询问笔录等证据证明,足以认定。

综上,阳鼎科技披露的2014年年度报告虚假记载的行为,违反了《证券法》第六十三条有关"发行人、上市公司依法披露的信息,必须真实、准确、完整,不得有虚假记载、误导性陈述或者重大遗漏"的规定,构成《证券法》第一百九十三条所述"发行人、上市公司或者其他信息披露义务人未按照规定披露信息,或者披露的信息有虚假记载、误导性陈述或者重大遗漏"的行为。

对阳鼎科技的上述违法行为,王建国为直接负责的主管人员,韩馨竹、李毅、梁静、单小星、尹晓静、李海龙、李维亮、徐宏、刘庆、郑义、方斌、张植和夏秋和为其他直接责任人员。

根据当事人违法行为的事实、性质、情节与社会危害程度,依据《证券法》第一百九十三条第一款、第三款的规定,我会决定:

一、对阳鼎科技给予警告,并处以60万元的罚款;

二、对王建国给予警告,并处以90万元的罚款,其中作为直接负责的主管人员罚款30万元,作为实际控制人罚款60万元;

三、对韩馨竹给予警告,并分别处以30万元的罚款;

四、对李毅、梁静、单小星给予警告,并分别处以25万元的罚款;

五、对尹晓静给予警告,并分别处以20万元的罚款;

六、对李海龙、李维亮、徐宏、刘庆给予警告,并分别处以15万元的罚款;

七、对郑义、方斌、张植、夏秋和给予警告，并分别处以 10 万元的罚款。

上述当事人应自收到本处罚决定书之日起 15 日内，将罚款汇交资本监管委员会（财政汇缴专户），开户银行：¥¥银行总行营业部，账号：××××××，由该行直接上缴国库，并将注有当事人名称的付款凭证复印件送中国证券监督管理委员会稽查局备案。

当事人如果对本处罚决定不服，可在收到本处罚决定书之日起 60 日内向中国证券监督管理委员会申请行政复议，也可在收到本处罚决定书之日起 6 个月内直接向有管辖权的人民法院提起行政诉讼。复议和诉讼期间，上述决定不停止执行。

资本监管委员会
2018 年 1 月 10 日

这则处罚决定书公布后，姜瑜期仔仔细细看了三遍，发生时间仅为 2014 年，跟上市无关，跟上市后的券商督导期无关，与父亲死那年的股价涨跌更加无关。

整份处罚决定书仅涉及财务造假，并未提内幕交易与股价操纵。

"你说的那个没有证据，至少我们没有查出来。年代久远，通话记录更加不可能查了，我只能说，金权集团是高手，做得很干净。"陈冬妮道。

"就算再干净也有破绽。"姜瑜期道，"你们一定要重点查王潮。"

陈冬妮听后十分冷静，淡淡一句："你觉得如果被我抓住辫子，我可能放过么？王建国老婆与王潮女友的转账，说明不了任何问题。他们上市时候没有猫腻，确实是实打实的。"

为了走到这一步，他牺牲了自己心爱的女孩和一只手，换来的结果却是如此这般。姜瑜期无法释怀，但他也知道，对于高智商犯罪者而言，确实可以做到滴水不漏，警方就算将他们抓来审讯，也会因为证据不够而不得不释放。想要捉住这样的罪犯，唯一的出路就是让其再次犯罪，然后当场捉拿归案。

有时钓了很久都没将鱼钓上来，并不是能力不足，也不是鱼饵不好，而是时机未到。待天时地利之时，注定会上来一条大鱼。

第六卷　幽暗森林

411　投行照妖镜

"你算是脱离苦海了,我可惨死!"电话里传来柴胡抱怨的声音,"他们人力资源名册还是整得乱七八糟,几百张表格每次汇总数据都不对,法务部两个核心骨干正在闹离职,说工作量太大了;这些就不提了,最重要的是,我们一直寄希望的那个终端手机激活系统传回来的数据根本不理想。"

"激活率有多少?"王暮雪问道。

"智能机还可以,达到了95%;但功能机的激活率不到70%。"

还没等王暮雪接着问,柴胡就开始说原因:"天英解释说是非洲当地很多地方没有网络,尤其是那些买功能机的人,图的就是打电话,所以即便开机了也不会购买流量。"

"之前不是说除了连网激活,短信也可以激活的么?那些买功能机的用户就算没流量,短信总能发吧?"

"短信发不发不是自动的,要用户愿意才行。很多消费者没有这个习惯,买了个新手机还一定按照手机厂商的要求回发短信,他们觉得麻烦;而且回发短信不是免费的,要钱。那些用户不愿出,天英要自己出所有的费用也挺贵的,几百万吧。"

本来项目组还寄希望于这个激活系统可以替代投资银行传统的经销走访核查,给监管层一个满意的交代,但目前状况并不乐观。

"你跟我抱怨这些,其实就是想安慰我吧?"王暮雪突然苦笑一句。

由于阳鼎科技的事情，王暮雪被无缘无故派到了另外一个项目上做财务核查。讽刺的是，王暮雪刚一走，天英控股的项目组成员就暴增至7人。

"暮雪你别多想，加人是因为邓玲邓老师，她认识了几个发审委委员，人家告诉她像天英控股这种体量的项目，现场应该长期有二三十个人。然后她就怒了，说我们明和只派三个人，太不重视他们企业了，跟曹总狂骂一通，曹总迫不得已才加人的。"

柴胡确实不会安慰人，这个解释让王暮雪更难受，既然现场明显人手少，为何曹总还要把自己调走？

王暮雪挂了电话之后闷闷不乐。她现在所处的地方离青阳车程一个半小时，属于纯工厂区。一楼空旷的会议室里只坐着她一人，眼前的电脑上是一个包含四五十张表格的 Excel 文件。每张表都有密密麻麻的表头和需要客户填写的各项数据。王暮雪抓狂的是，她之前并没做过财务核查，现场也没同事指导，只能看公司发布的指导文件自己研究，或者打电话问稍微有经验的同事。

财务核查是对拟上市公司，或者已上市需要再融资的公司进行的一种针对公司财务数据的全方位核查手段，有点类似给一个人全身照 X 光，皮肉里面是啥，一目了然。

财务核查的内容包括但不限于关联方及关联交易、银行资金流水、银行结算、现金结算、同行业对比分析、财务信息与非财务信息核对、异常交易迹象、存货监盘、汇票和票据、客户和供应商，以及企业经营涉及的各项费用。如果企业财务是一个喜欢化妆加美颜的骗人网红，那么财务核查就是卸妆水加传统无 PS 相机，本来有多丑，全给你照出来，基本等于照妖镜。

2013 年，股市低迷，IPO 暂停，排队企业多，监管层命令各大投行自行研发"照妖镜"，照照自己报上去的排队公司，一是为了过滤劣质企业，二也是为了减少上市企业家数。这招很管用，投资银行研制出来的"照妖镜"还没开始照，自己撒腿就跑的"网红"一抓一大把，让当时的待审队伍缩短不少。

各大投行认为这样确实很丢脸，自己送上去的孩子一听有"照妖镜"

这玩意儿,胆儿都吓飞了,所以后来,尤其是 2017 年中下旬以后,不少大型投行更是一进场就拿出镜子,一边尽职调查一边照,凡是妖魔鬼怪,报都不给你报。

而王暮雪目前所在的这家企业,正是明和证券早年报上去的 IPO 公司,叫山荣光电,做偏光片的。目前想扩大生产,在资本市场做一单再融资。这次连项目组都没派进场,曹平生就让王暮雪一个人带着"照妖镜"去了。只不过财务核查这个"照妖镜"使用工序太过复杂,王暮雪打了一圈电话请教同事,脑子还是有些发蒙。

"你们天英控股没做财务核查么?"同事问道。

"之前曹总是说前期先摸摸底,如果传统核查觉得没多大问题,再搞财务核查。因为天英控股体量太大,一上来就财务核查,工作量可能大到他们财务部集体辞职,所以我们原计划是放到尽调中期弄。"王暮雪回答。

不少有经验的同事通过电话指导王暮雪如何教企业填表,填了如何看表格中的猫腻和漏洞,正处于学习状态的王暮雪以为自己可以一步一个脚印,渐入佳境,谁知曹平生咆哮一句:"你搞财务核查不要慢吞吞!两周后写一个详细的核查报告给我!"

曹阎王这个要求,同事们都说不可能达到,因为光是填表很可能就要填一个月,填完了投行人还要对比分析;不仅要分析单张表的内容,还要将多张表进行交叉核对,验证数据的相互勾稽关系,工作量绝对不是一个人在两周之内能完成的。

但是能完成的任务,曹平生从来不会亲自打电话布置。他一如往常挥舞着那条带血的皮鞭,重重抽在王暮雪的背上。

412 海选的规则

与此同时,蒋一帆还在忙着红水科技的事情。董事长曾志成在众多投资者中,一早就选定了金权投资集团,去年已完成入股,持股比例4.95%,而此次会谈的目的,主要是敲定红水科技 IPO 的主办券商。

洽谈还在那家茶馆，氛围很融洽，曾志成也同意让王潮极力推荐的山恒证券承做。

山恒证券正是蒋一帆目前挂职的券商，从明和证券离职的黄元斌，曾在明和实习的杨秋平此时都在座。

黄元斌同样是京都大学毕业，从明和离职就来了山恒证券。王潮的意思是，让蒋一帆和黄元斌来当红水科技 IPO 的保荐代表人，即项目签字人。

曾志成对眼前两位超一流名校毕业，投资银行工作六年以上的年轻保代也非常满意，看他们的眼神都总是笑呵呵的。

来之前，杨秋平就同蒋一帆八卦："我听说这个黄元斌是被曹总赶走的，原因是他跟一个大客户的女儿谈恋爱，最后还谈崩了，把客户惹毛了，项目也黄了。"

蒋一帆只是微微一笑："他之前做过晨光科技，这个项目你应该听说过吧？一个国防军工企业，也是你暮雪姐姐的第一个项目。"

杨秋平点头如捣蒜，蒋一帆继续说："黄元斌跟我同年进的明和，能力很强，往后业务上有问题你也可以多向他请教。"

杨秋平虽然嘴上应着，但心里总觉得这种私生活有点乱的男人应该好不到哪儿去。

而此时，已经谈定投资人和主办券商的红水科技董事长曾志成，将话题转到了新三板淘金上："三板企业真的不值得投资吗？"

王潮一边闻着熟悉的茶香，一边道，"我们金权之前专门成立了几个团队，每个团队负责 2000 家新三板公司的研究，平均每人 600 家。80% 以上的公司都淘汰了，最后海选入选的不超过 17%。"

曾志成来了兴致，忙问："每人看 600 家，看不细吧？"

王潮摆了摆手："没必要看细。事实上，判断一家公司是不是好公司，不容易，但要想知道一家公司是不是坏公司，容易得很，扫一眼就完了。"

"呵呵，你说的怎么那么像国际小姐选美。"

"曾总您这个比喻很好。"王潮连忙肯定，"大家对美的标准各不一样，但对于不美的标准，很容易达成一致。"

"那如何才能找出这17%的好公司呢?"曾志成眼睛都亮了。

王潮抿了一口茶:"怎么曾总,想自己玩玩?"

曾志成搓了搓他的肥手,呵呵道:"之前被一个营业部朋友忽悠,开了个户,存了500万,还没开始投,这不是先来跟你请教么?"

王潮放下茶杯,调侃一句:"曾总您这不对,贵公司现在业务还在爬坡期,不应该有时间琢磨这个。"

曾志成哈哈一笑:"如果一把手天天耗在企业上,那说明企业框架没搭好,管理体制不行。我敢说,就算我人间蒸发三个月,公司照样转得妥妥的。"

"这倒也是。"王潮大概是觉得一杯茶下肚,有些热了,边解衬衫袖口边道:"其实初次海选就淘汰80%不难,大方向先看行业,有些行业碰不得。"

"哦? 比如哪些行业?"

"比如咱们熟悉的房地产。那些房企,还有房企的上游企业现在都在过冬,业务萎缩严重,收入不仅没增长还在衰退,应收账款高得不像话,现金流也差。如果是小房企,货款收不回来房子又卖不出去的事情经常发生,如今就连一二线的大型地产公司也不过就是勉强维持罢了。"

曾志成听后重重地点了点头,继而问道:"那LED行业呢? 我还有一朋友是汇润科技的领导呢。"

一听到汇润科技,蒋一帆马上想起了王暮雪跟自己吐槽的那个想挖她过去的王飞,当时王暮雪刚来投行没多久,就被胡延德叫去给汇润科技的跨国并购谈判当翻译。

"曾总的朋友该不会叫王飞吧?"王潮问道。

曾志成喝茶的动作都停住了:"你怎么知道?"

王潮微微一笑:"汇润科技的IPO就是我做的,我认识他们的所有高管。"王潮说到这里就停住了。他当然没提自己在做IPO时,还顺带泡了个妞,把王飞身边的秘书蔡欣泡到手了,现在已经是谈婚论嫁的未婚妻了。

"哈哈,世界还真是小。"曾志成笑道,"我看整个青阳就没你小子不认识的大企业。"

王潮微微摇头，表示一种礼貌的谦虚，认真道："汇润科技所处的LED行业，近几年产业竞争比较激烈，而且三板挂牌的公司规模都还太小，没什么亮眼的业绩。无论是配件组装，还是灯光照明，毛利率都不高，不建议投资。"

接下来，王潮同曾志成一一提及了很多投资的"雷区行业"。比如小贷、担保等金融行业，这类公司地域性限制大，客户都是中小企业或个人，融个资都需要省金融办审批，政策限制性太强，不具备投资可能性；比如西药行业，新三板挂牌的中小型药企几乎没有原研药开发能力，销售药品品种同质化严重，利润率普遍低下；再比如整形美容医院或者健康体检中心，虽然该行业整体利润较高，但都带有很强的地域性特征，非常难做成全国连锁这种大规模公司。

当然，新三板上也有不少行业是极具吸引力的。比如精准营销或者程序化营销行业，其中有技术、有资源的公司毛利率相当高，行业景气度也不错，但坏处就是这类的公司估值会普遍较高，没有在好时机杀到手，后面买进去利润空间也不大；比如新能源汽车，由于该行业代表着未来汽车行业的发展趋势，故行业前景很可观。在新能源汽车的一整条产业链上，从电池到充电桩再到整车，各个环节均有技术密集型以及劳动密集型的部分，投资人要找的就是技术密集型企业（因为劳动密集型就是人多力量大，没啥技术优势）。再比如医疗器械行业，总体而言，医疗器械行业的增长好于原药生产行业，国内企业在医疗器械公司从中端向高端发展的空间较大，未来这个行业会出现非常具有潜力的龙头公司。

听王潮向人普及如何投资的基本知识，蒋一帆做听众都有些疲累，回到家时已经是晚上 10:30。

一推开家门，蒋一帆就看到了跟小可玩游戏的王暮雪。她将小爱放到小可的背上，然后再让小可顶着一个红苹果不许动。吊灯的光洒在王暮雪浅粉色的连衣裙上，暖洋洋的，蒋一帆突然觉得心中一暖，画面中的一人一猫一狗仿佛是在特意等着自己回来，而自己也多么需要这些陪伴。

413 一起过生日

要不是小可那两颗水汪汪的大眼珠子总往门的方向瞟,王暮雪都没注意到蒋一帆回来了。

"生日快乐!"王暮雪脱口而出,然后轻快地跳到厨房里,捧出一个大蛋糕,朝小可和小爱说道,"还不快祝你们的金牛座主人生日快乐!"

小可很听话地"呜"了一声,而小爱则蹦到了沙发上,摆出一副"人类都是弱智"的神态。

"你怎么知道今天是我生日?"蒋一帆自己都忘了。

"当然是阿姨们告诉我的啊!"王暮雪指的是两个保姆,"蛋糕也是她们买的。她们说其实每年都会买,但以前你都在外出差,要不就是回来太晚。"

蒋一帆并没看见保姆的身影,于是放下包来到餐桌旁:"你对星座好了解,我都不知道我是金牛座。"

"那是因为王力宏当年写了一首十二星座的歌,我会唱以后就怎么忘都忘不掉排序了。"王暮雪开始拆蜡烛包装,"我应该插几根啊一帆哥?"

看王暮雪笑容不善,蒋一帆有些尴尬:"呃……这个年龄,还是不要拆穿了。"

王暮雪扑哧一声笑了出来,直接插了一根蜡烛在中间:"那就祝你1岁快乐!"说完她将那根蜡烛点燃,催促道,"快许愿!"

"不用许了,我直接吹吧。"蒋一帆说完就要吹,却被王暮雪拦住了:"一年就一次机会,怎么能不许?"

蒋一帆顿了顿:"因为我的愿望跟前几年的也没什么变化。"见王暮雪一副十分好奇的样子,蒋一帆笑了,"我不会说的,说出来就不灵了,但我会写下来。"

王暮雪眼睛骤然一眯:"一帆哥你不会还私藏什么许愿瓶或者日记之类的吧?"

"没有。"

"那你写在哪里?"

"照片背面。"

"照片在哪里?"

蒋一帆耳根有些红:"这个……当然不能说。"

好奇心没得到满足,她也不好继续追问,开始用音乐 App 放各种版本的生日快乐歌。在孩子稚嫩而欢快的歌声里,王暮雪开始认真地切蛋糕,几缕长发很自然地垂在桌边,蒋一帆都能闻到发丝间隐约飘来的香气,是淡淡的百合香。直到王暮雪把一块蛋糕端到蒋一帆面前,他才恍过神来。

"天英最近工作忙么?"为了迅速化解内心的紧张,蒋一帆随意问道。

怎料王暮雪的脸色突然暗了下来。

蒋一帆有点儿纳闷儿,问道:"遇到什么问题了?"

"曹总把我赶走了。"王暮雪垂下了脑袋。

"怎么会?"蒋一帆很是吃惊,"你可是我们部门唯一一个做项目的女生,金字招牌。"

王暮雪听后苦笑了一下:"唯一一个女生,下场就是被赶到山荣光电做财务核查。天英那边现在 7 个人,根本没我什么事了。"

"山荣……"蒋一帆还没把这家公司的名字重复完,王暮雪就一拍桌子道:"对!就是山荣光电,做偏光片的,就是你骗我说你去出差的那家!"

"啊?!"

"我文景科技准备过内核的前一天晚上!你电话里骗我!你说你去出差,去的就是山荣光电,还说发烧的不是你,是什么高铁上的小孩!"蒋一帆对王暮雪突然提高的音量还没反应过来,就听她继续道,"不要以为我忘了,你骗我的每一句话我都记得。"

"我……我还骗了你什么?"

王暮雪轻哼一声举起了左手:"这手链原来你说是送给谁的? 什么堂妹,什么你妈扶贫的时候从孤儿院带回来收养的,什么手臂跟我差不多粗,是不是你说的?"

蒋一帆赶忙收回了眼神,心想女生的记忆力真好。这种动物根本不用学什么超级记忆力训练方法,一辈子的新账旧账记得牢不可破。若非蒋一帆一次发着高烧,一次被曹平生灌得大醉,他的记忆也不会这么模糊。不过在王暮雪这种极具压迫力的提点下,他还是能想起来的。

此时王暮雪身子凑近蒋一帆,威胁道:"告诉你,我现在最烦别人骗我,不管是善意的还是恶意的。如果你以后再骗我,我就把你剁了!"

"那个……小雪,你好像自己没做过财务核查吧?"

王暮雪明显被蒋一帆这种突然转移话题的功力折服了,但他转移的这个点正中要害,只听蒋一帆接着道:"山荣光电现场就你一个人么?"

"嗯。"王暮雪坐回椅子上,低声应了一句。

蒋一帆思索片刻,开了口:"这次的财务核查,是不是为了他们公司再融资?"

"你怎么知道?"

"我前两年去维护企业关系的时候,他们领导就有这个想法了,但那时 IPO 的钱还没花完,而且当时市场行情也不是特别好,所以没做。"

见王暮雪没接话,仍旧一副郁闷的样子,蒋一帆微微一笑,边吃蛋糕边慢慢说道:"小雪,山荣光电是国内偏光片的龙头企业,也是我们明和亲手送上去的公司,属于关系很好的老客户。这类公司后续业务往往接连不断,比如这次的再融资,以后还可能做并购重组,或者发公司债。"

王暮雪听到这里,慢吞吞朝嘴里塞了一口蛋糕,含糊道:"然后呢?"

"而天英控股虽然名声大体量也大,但问题不少,它做国外这么多新兴市场生意,现金交易不会少,再加上它又属于手机行业,几乎全是经销,硬要在国内走 IPO 这条路,不是说一定不行,但失败的可能性会很大。"

王暮雪听蒋一帆说到这里,蛋糕都差点没咽下去。她惊讶于自己从未同蒋一帆提及天英控股的任何问题,他居然随便一说都能直接道出审核障碍。

414 情商难培养

蒋一帆看出了王暮雪的心思,解释道:"这不难猜,天英这个行业应该都是预付模式。企业做得越大,现金流就越好,估计现在账上已经趴着几十个亿的现金，根本不缺钱。小雪你想想，就算你们真将它送上去，这家企业今后很大概率都不需要额外融钱，说不定还会拿 IPO 融来的钱直接做投资理财。"

王暮雪闻言手中的叉子都停在了半空，而蒋一帆则拿起桌上的热水壶给王暮雪和自己都倒了一杯，继续道："我想说的是，虽然天英的魅力很大，但从客户的潜在业务量，以及成功率来看，山荣光电无疑比天英控股更重要，所以曹总才派你过去。"

"那他为什么不派柴胡？为什么不派其他人？为什么偏偏就是我？我做天英做得好好的，为什么偏偏选了我？"

王暮雪再也压不住心里这杆秤了。这段日子她不能对任何同事发泄，因为她不想最终这些抱怨被曹平生知道，但其他非投行朋友，又没法对她的遭遇感同身受，所以她只能憋在心里。而今天，王暮雪终于找到了一个最合适的聆听者。

"因为曹总要锻炼你。"蒋一帆说着吹了吹杯中水，抿了一小口。

王暮雪用手撑着太阳穴，将头扭过一边："一帆哥，我虽然没你聪明，但我也不笨。曹总赶我走，还不是因为我们家的事，他怕影响客户关系。"

"如果是怕影响客户关系，为什么派你到更重要、更需要维系的客户那里？"王暮雪还没来得及开口，蒋一帆就继续道，"而且还是你一个人去，一个人去你知道意味着什么么？意味着你要挑大梁。客户如果单独对你做背景调查，自然没有任何其他组员的资历可以帮你掩藏；但你如果留在天英，现在不过也就是八个人中的其中一个，就算你家出了点事，对整个项目组影响也不会太大；更何况阳鼎的事没牵扯到明和证券，因为上市以及督导期内都没出事，这对明和来说反而是个加分项；对天英控股而言，券商整体有保障就可以了，不会在乎单独哪个项目组成员个人的家事。"

"怎么不在乎，我觉得如果被邓玲知道了，她肯定特别在乎。现在我也不知道她知不知道。"王暮雪无奈道。

"你是说天英控股的副总裁邓玲？"蒋一帆问。

"对，她是大内总管，IPO 就是她说的算。董事长张剑枫的工作重心在海外业务上，一年就没几天在国内。"

"这就难怪了。"蒋一帆好似透析了什么，露出了一个让王暮雪费解的谜之微笑。

"难怪什么?"

"小雪,你跟柴胡是同时进的部门,你们都已经有三年投行工作经验了,是时候学习如何挑大梁了。只有将你们拆开,才能让两个人都得到比较全面的锻炼,如果我是曹总,我也会把你调走留下柴胡。"

"为什么?"王暮雪两眼直勾勾地瞪着蒋一帆。

"因为天英能拍板又经常跟券商沟通的领导是女的,留下柴胡,异性好沟通。很多容易对同性发火的事情,对异性就会弱很多。山荣光电的所有高管据我所知都是男的,所以当然得派你去,尤其财务核查工作量这么大,这种吃力不讨好又得罪企业的工作,有个大美女去现场盯着,他们才会愿意配合。"蒋一帆说完,笑着将面前纸盘中最后一口蛋糕吃掉了。

王暮雪对蒋一帆抛出的这个理论哑口无言,好似什么事情从蒋一帆嘴里说出来都有根有据。

"一帆哥,如果我现在刚进投行,你说这些,我立马就信了。"

"难道我说的不对么?"蒋一帆笑了。

"当然不对!"王暮雪开始反驳,"单枪匹马挑大梁的能力,我在文景科技就练出来了,用不着再练一次!"

"文景科技那是新三板。"蒋一帆强调一句,"现在这个是 IPO 主板的企业,而且文景的时候你毕竟上有胡保代,下有杨秋平,现在你有什么?"

"我……"王暮雪一时词穷,因为她确实可怜得连实习生都没有。

"更何况天英控股目前的问题你们都应该挖得差不多了,接下来是不是就是一边等企业整改,一边收材料这种重复性工作?"

"是这样没错……"王暮雪声音越来越小。

"那就对了,你为何还要浪费时间继续留在天英呢? 除非有新问题出现……更何况财务核查你没做过,不是正好可以锻炼一下么? 你难道不希望锻炼完之后,可以马上回去指导柴胡么?"

听到这里王暮雪深吸一口气,指导柴胡? 这个优势听上去就很有诱惑力,谁不想在工作瞬间获得一种技能,超过同期入职的同事呢? 估计柴胡那小子写公众号的时候也是这么想的吧。

于是王暮雪感慨道:"一帆哥你不应该来干投行,你这么会安慰人,应该去做心理咨询师。"

蒋一帆笑着起身,将沙发上的小爱抱在怀里:"你当初还让我去参加《最强大脑》,现在又让我去当心理医生,以后不知道又换成什么职业……"

王暮雪没有说话,单手趴在桌上,看着蒋一帆抱猫的侧影,突然觉得情商这种东西真的很难培养,同样一件事情,跟蒋一帆聊就很舒服;跟柴胡聊,获得的安慰其实还不如自己大哭一场。

怎么眼前这个男人说什么都那么让人相信呢?尽管王暮雪此时觉得自己是被忽悠的,但她还是选择相信蒋一帆,相信曹总不是抛弃自己,而是为了让自己变得更强。这么想确实很舒服。毕竟,相信阳光,可以让一个人焕然一新。

"这次曹总没向你要财务核查报告么?"蒋一帆的话突然打断了王暮雪的思绪。

"啊……哦,问了,只给我两周时间,于是你也可以想象,我交了一份多么粗制滥造的报告。曹总把我骂了两个小时,说我的水平简直不可能高中毕业。"

"他没说小学已经很好了。"蒋一帆这么打趣,王暮雪也笑了。她依旧趴在桌上,单手玩弄着叉子,觉得自己此刻的职业生涯好似在看不见的泥沼里奋力游,如果知道方向,奋力游并不会累,问题是她不知道自己到底应该游向哪里,正如她此时根本不知道一份让曹平生满意的财务核查报告应该怎么写。

以前交过报告的同事都被骂得狗血淋头,唯一一个没有被骂过的人,传说就是蒋一帆。于是王暮雪灵机一动,突然直起身子,叫住准备抱猫上楼的蒋一帆,而后露出了一个狸猫式的笑容。

415 财务核查表

1. 货币资金

需要仔细核查公司开户情况,包括与公户往来的所有私户。在公户与私户的往来中,查看是否存在有相同金额进出,但没有入账的情况。

2. 记账凭证

抽查公司的原始记账凭证,尤其是大额的,或者性质比较重要的原始凭证之间是否能勾稽一致;比如公司的整个首付款流程中,合同、发票、付款单位、银行转账凭证的对象是否一致。

3. 期间费用

关注期间费用中是否存在非正常费用,如佣金或其他走账用的项目,若存在,需要企业具体说明情况。

4. 往来账

重点关注除实物资产外的明细余额情况,特别是其他应收款和其他应付款,需要一个个落实哪些是非真实存在的,这部分必须要询证函回函确认。

5. 存货

存货的入库、出库。存货盘点表,车间、仓库、统计、销售等部门与存货相关的资料都要相应完善。

已是凌晨3:00,阿拉斯加小可对楼上劈里啪啦的打字声很是不满,它知道主人不可能听到,睡得跟个死猪一样,但如果不采取措施,自己肯定一夜无眠了。于是小可发出了一声又一声狼叫。阿拉斯加跟哈士奇一样,具有很强的狼族基因,与狼还可以生出后代。

小可的反应终于吵醒了王暮雪,她翻了个身,抱怨:"小可你都多大年纪了,还发情?"

小可不管,继续叫,甚至有意放大了声音。

王暮雪没好气地一屁股坐起来,眉头一皱就朝小可扔了个枕头。小可很机灵地躲开了,继续叫。

王暮雪觉得小可今晚状态不对,于是啪的一声按亮了床头灯,正儿八经地问它:"您老人家究竟要说啥?"

与主人相处这么多年,人狗沟通其实基本靠眼神。小可意识到主人是要听它意见了,原地跳了一圈,就往门外跑。

王暮雪无奈地起身,跟了出去。小可径直蹿上了三楼,在蒋一帆卧室门前停下。门缝里透着光,王暮雪吃了一惊,这么晚了,蒋一帆没睡觉么?

咚咚咚！突然间的敲门声让蒋一帆手抖了一下，赶紧按了 Word 文档保存键，将手提电脑屏幕往下一拍。

蒋一帆确实在用苦口婆心的措辞，给王暮雪写财务核查重点关注事项，因为他明天一早就要出差，且这一周都要在外走访，白天拜访客户晚上还要应酬，不一定有足够的时间坐在电脑前。

"一帆哥，你可以把你以前写的财务核查报告给我参考一下么？"这是王暮雪睡前提出的要求，她要的只是一个模板。

但蒋一帆看过 2018 年的财务核查表后，发现自己以前的报告已经不适用了，因为多出来二十几张新表。于是蒋一帆说："你可以把你现在的报告与核查表一起发我，我帮你把报告框架完善下。"

王暮雪一听就不愿意，她太了解蒋一帆了，如果报告发给蒋一帆，他哪里只会写个框架？他肯定整个报告帮自己写完了。

蒋一帆也很了解王暮雪，于是他说："现在企业填的这几十张表，缺漏比较多，有很多表填的内容还存在逻辑错误，我不可能在这个基础上写报告的，所以我只能给你框架和要求，你让企业重新将核查表完善后，才能着手报告的事情。"

王暮雪听后，才勉强同意了，她想着巧妇难为无米之炊，核查表填得这个鬼样子，确实神仙都写不出好的报告。在文件发送完后，王暮雪千叮咛万嘱咐的三句话就是：

"我这个不急，一周之后给我都可以。"

"只能是框架和要求，不能帮我写内容。"

"不要熬夜，你工作做不完我的这个不用管也可以，我慢慢多问几个同事也能搞出来。"

一朝被蛇咬，十年怕井绳。经过上次蒋一帆肺炎住院差点没命的事情，王暮雪如今形成的条件反射是：蒋一帆只要熬夜帮自己做事情，他就有超级大的概率会死。

"你怎么还不睡？"打开门后，王暮雪向蒋一帆质问道。

蒋一帆看上去十分镇定："明天要出差，我看点材料。"

"你能不能别老熬夜啊？仗着自己头还不秃是么？"王暮雪眉头皱得死死的。

"马上就睡了,明天飞机上还可以睡的。"蒋一帆揉了揉眼睛。

"你没在弄我的核查表吧?"王暮雪挑眉一句。

"肯定不会啊!你不是说不急,一周之内给你都可以么?"蒋一帆装作十分无辜,甚至还流露出一点没帮王暮雪看材料的小羞愧。

王暮雪仔细研究了下蒋一帆的微表情,没看出什么异样,于是甩下一句"早点睡"就下楼了。

蒋一帆不用想都知道,是那只雪橇犬告的状,因为狼叫他也听到了。于是他拿起电脑盘腿坐在床上,蒙在被子里继续打字。

需要企业完善和补充解释的财务核查表:

【B1 现金发生额情况表】

补充大额借方、贷方发生额科目明细。

【B3 银行账户信息表】

补充其他货币资金相关账户信息。

【C1 收入确认政策表】

2016 年、2017 年各类收入汇总金额与审计报告存在差异,需复核。

【C2 收入月度情况表】

1. 母公司 2017 年收入汇总金额与审计提供的母公司报表数存在差异,请给出合理解释。

2. 为什么子公司毛利率都偏低?

【C3 收入分析表】

1. 各类产品"产量—结转成本不含税金额"汇总金额与审定营业成本存在差异,请复核。

2. 部分年度"销售量—预收账款总额"与"销售收入—不含税收入"相等?"销售量—预收账款总额"取数逻辑是否为预收账款贷方发生额?

3. 产能利用率计算逻辑是否合理?

【C6 主要客户明细表】

"客户收入规模"是否应列示走访、公开资料等方式获取的客户经营规模信息?

【C15 销售回款测试表】

1.2016 年、2017 年列示的销售回款明细未达到要求的覆盖率，需补充前 10 大客户及所有 50 万元以上的销售回款明细。

2.报告期发生额、期末余额统计有误，需复核。

3.补充销售回款覆盖率（占现金流量表销售商品、提供劳务收到的现金的比例）。

【D6 主要供应商采购分析表】

预付账款余额与公告的审计报告附注 2017 年前五大预付账款余额不一致，需复核。

【D10 采购付款测试表】

补充汇总数和覆盖率。

【D11 预付账款明细表】

1.预付账款余额与审计报告附注 2017 年前五大预付账款余额不一致，需复核。

2.年度采购规模与招股书列示的前五大供应商数据不一致。

【E2 管理费用明细表】

2017 年、2018 年管理费用合计数与财务报表附注存在差异。

【E4 工资薪金分析表】

各类人员公司需与销售费用、管理费用、研发费用中的薪酬相匹配，差异为社保公积金，目前表格列示金额与财务报表附注差异较大，如表格中列示 2016 年销售人员工资为 256.76 万元，财务报表附注列示 2016 年销售费用中的工资薪酬为 89.00 万元；且合计数与各月金额汇总不一致，需修改公式。

（以下省略与《财务核查表》其他修改意见和《财务核查报告》框架内容相关的 10000 字）

416 放入黑匣子

一周后，王暮雪与出差回来的杨秋平约了晚上叙旧，毕竟大半年没见了。王暮雪对杨秋平吹上天的红水科技表示出了极大的兴趣："磁控胶囊胃镜系统？"

"对！就是你吃一颗胶囊，然后这个胶囊里有内置摄像头、无线收发装置、图像处理装置以及电池和永磁体等等，可以把你胃里的情况看得一清二楚，这样病人就不用做胃镜这么痛苦的检查了。"杨秋平说得眉飞色舞，"姐姐你是不知道，他们红水科技的专利啊，奖状啊，真是一箩筐一箩筐的，投资机构都抢破头了。"

王暮雪思考了一会儿，问道："但这种摄像头和电池被人吃下去，安全么？"

"哈哈，这个肯定是有保障的，他们所有的装置都密封于……"杨秋平说到这里深深吸了一口气，"都密封于符合化学稳定性和生物相容性的高分子材料制成的胶囊中，保证将全部部件封装在小于3立方厘米的体积内，并能抵抗3倍消化道极限压强的压力。"

"背得挺溜啊！"王暮雪笑着称赞道。

杨秋平咧开了嘴："哈哈，跟一帆哥学的，咱们干投行的，要专业！"

王暮雪转动了下玻璃杯中的水果茶，回忆道："你刚才提到的永磁体，我在做晨光科技的时候接触过，这种装置应该是控制机械运动的。"

"对对！"杨秋平赶忙附和，流利地说道，"装在胶囊内窥镜内置的永磁体，可以在体外磁场的控制下实现前后、左右、上下、水平旋转以及垂直旋转的运动，磁控距离为3至45厘米，控制精度达到5毫米，5度角转动，从而实现对胃部的全方位观察，360度无死角覆盖。"

看着终于抓准投行门道的杨秋平喜滋滋的样子，王暮雪搪塞一句："得了得了，差不多行了，知道你有个厉害师傅。"

"那是！"杨秋平头发一甩，"同样都是投行人，我觉得我现在比同部门其他组的人强很多，因为我的组长是一帆哥！嘿嘿！"

王暮雪听后无奈地喝了口水果茶，杨秋平跟打了鸡血似的继续道："他们公司的市场很大，胃癌可是全球第二大癌症死亡病因，尤其是咱们国家重油、重盐、翻炒的饮食习惯，胃病是高发病，在国内所有癌症中排第二。"杨秋平的话音中，透着发现一个巨大消费市场的兴奋。

说到胃，王暮雪忽然想起了姜瑜期。她已经有九个多月没见过姜瑜期了,分手的第二天,王暮雪虽然没有把姜瑜期拉黑名单,但主动关闭了他的朋友圈,虽然姜瑜期的朋友圈从来都是空空如也;但万一哪天他心血来潮发了一条,王暮雪也不想被迫看见。

这也让王暮雪相信一句话,真心爱过,分手后是不可能做朋友的。姜瑜期是不是真心的王暮雪不确定,但她自己肯定是真心的,最后还救了他一命,她也算做到了问心无愧,仁至义尽。现在两个人唯一的联系,就是她每个月的银行卡上会多出8000元,转账人:姜瑜期。

王暮雪知道这是姜瑜期在还自己钱,她没阻止,只是每个月看到这笔钱的同时,也会有一种隐隐的担忧,她怕姜瑜期为了还这8000元又只吃便利店的包子,甚至于有时候根本不吃饭。她也不知道左手受伤,重物都提不了的姜瑜期现在在做什么工作,听说他已经不在无忧快印了。

明和证券旁边的那家健身房王暮雪再也没去过,路过时看都不会看一眼,正如她去地铁站的路上都刻意绕弯,避免让自己路过那家三色鸡蛋饼店。

王暮雪以前挺爱吃三色鸡蛋饼,因为转着吃可以吃到三种口味,但现在,别说青阳的那家店,全世界的鸡蛋饼,不管是不是三色,她都不会吃了。与姜瑜期有过回忆的地方以及姜瑜期这个人,王暮雪都想放入黑匣子,永不打开。

但此时的杨秋平偏偏哪壶不开提哪壶,主动问道:"我听柴胡说,你男朋友姜瑜期的胃好像不是很好,要多注意哦。"

"我们已经分手了。"王暮雪淡淡一句。她不怪杨秋平不知道,其实就连柴胡她都没说,大概除了蒋一帆,所有人的八卦信息都还没更新。

"啊? 为什么啊?"杨秋平很吃惊。

"因为他骗我。"王暮雪不想编理由,就实打实说了。

杨秋平眼珠子转了转,小心翼翼地问道:"是严重的那种骗么?"

"对。"

听王暮雪这么说,杨秋平将舀冰淇淋的勺子啪的一声敲在桌上,爆出一句,"他瞎啊! 姐姐你这么美! 他还……"

"不是那方面的骗,跟女人没关系。"还没等杨秋平继续问,王暮雪有些厌倦道,"我不太想细说,总之已经结束了。"

"哦……"杨秋平拿餐巾纸擦了擦勺子,低声问道,"真的没机会复合了么?"

王暮雪坚决地摇了摇头:"我的爱情里容不得欺骗,就算这次我真忍得下去,但以后他跟我说的每一句话,我都不知道应不应该继续相信。往后跟他在一起的每一天,我可能都要活在猜疑里,我觉得这样太累了,不会长久的。"

"好可惜啊,那么帅的大帅哥,居然……哎……"杨秋平说着,朝自己嘴里塞了一大口冰淇淋,"不过这样也好,其实我还是坚持我最开始的观点,我觉得姐姐你跟一帆哥更合适。只可惜一帆哥实在太忙了,现在白天访谈,晚上还要跟着王总一起喝酒,这几天天天喝到吐,睡觉都睡不安稳,估计也没时间谈恋爱。"

"喝到吐?"王暮雪惊愕。

"对啊,这周几乎是天天,因为他现在是白天干保代的活儿,晚上干投资人的活儿,其实特别累。他酒量也不好,都是黄元斌扶他回的酒店,然后第二天还要赶飞机去下一个地方,也不知道早上他咋起来的。"

"昨晚呢? 昨晚也在喝?"王暮雪追问一句。

"对啊!"杨秋平眨了眨眼睛,"整晚都在陪酒,晚上 7:00 就开始了,凌晨 1:00 才结束。吃完饭换个地方继续喝,我听他们那些投资人聊天听得都快睡着了,不过我是女生还好了,他们不会硬灌我喝……"

在杨秋平说这段话的时间里,王暮雪打开手机邮箱,看到蒋一帆发来的与财务核查相关的文件,发送时间是昨天晚上 8:00,于是她直接把手机递到杨秋平面前:"昨晚这个点他还在给我发文件啊……"说完这句话后,王暮雪自己就已经意识到:这是邮箱定时发送功能。

417 黑色星期天

晚上 7:00,蒋一帆拖着沉重的行李箱进了屋。上楼梯前,蒋一帆反复揉了揉太阳穴,连续几日宿醉加旅途奔波,此刻他头又涨又痛。上了三楼刚要进自己的卧室,就见屋内书桌前坐着一脸阴沉的王暮雪:"我的财务核查文件你是什么时候写的?"

听到这个问题,蒋一帆下意识一句:"这几天啊……"

"哪几天?"王暮雪语气有些冷。

蒋一帆将行李箱放在衣橱前,若无其事道:"不太记得了,有时间就写。"

"你还有不太记得的事情啊一帆哥?"王暮雪嘲讽道,"杨秋平说你这几天晚上就是躺着回酒店的,天天吐,怎么写?"

蒋一帆听后一怔,但他很快转过身看着王暮雪镇定道:"吐了就清醒了,就可以……"

"蒋一帆!"王暮雪猛地站了起来,双手用力拍在桌子上,"你这台电脑里的文件,截止修改日期是 2018 年 5 月 3 日早上 6:15,我做了文档对比,跟你昨晚 8:00 发我的版本一模一样,怎么解释?!"

蒋一帆万万没料到王暮雪会因为这么小的一件事来翻自己电脑;只要她翻,只要她肯试密码,她一定进得去,因为密码就是她的生日。

见蒋一帆没说话,王暮雪一咬牙:"我说过我现在最烦别人骗我,为什么连这种事情都要骗我?! 我王暮雪看上去难道很好骗么? 笨到你们所有人都……"

"我不骗你你就不会让我做啊!"蒋一帆突然来了这么一句,此时他感觉自己头疼得都快炸开了。

王暮雪一踹身后的椅子,放大了音量:"你没有时间就不要帮我做啊! 我是不是说过你忙就不要管我的事? 我是不是说过我问其他同事自己也可以慢慢……"

"可是我想帮你做!"蒋一帆再次打断了王暮雪的话。这好似是王暮雪认识蒋一帆以来,他第一次跟自己起正面冲突。蒋一帆靠在墙上,深呼了两口气,而后用正常的音量淡淡道:"而且……我也不想你去问别的同事。"说完,他迈着有些沉重的步子走进了卫生间,将呆愣在原地的王暮雪隔在了门外。

走廊上的小可,听到卫生间里传来水不停扑打脸的声音,看到主人怒气冲冲下了楼;当它追到楼下卧室的时候,卧室门已经被主人砰的一声关上了。但卧室门对于狗来说,阻挡得了视线,阻挡不了听力。小可清晰地听到主人小声骂道:"骗我的明明是他!凶什么凶啊!以前所有的好脾气都是装出来的!两面三刀!"

她知道蒋一帆没错,但她就是没有办法接受蒋一帆再用这样的方式帮自己,究竟是欺骗与隐瞒对她的伤害大,还是蒋一帆给自己的包容与爱产生的压力大,她搞不清楚。

"无不无聊啊,人家对你那么好还抱怨?"微信中狐狸不耐烦地说道,"你们女人不要老来伤害我们这种老实男人。我们是人,又不是机器,我们也有感觉的!"

王暮雪听后挑了挑眉:"怎么了?你最近是不是又被谁拒绝了?"

"没有!"狐狸放大了音量。

王暮雪闻言苦笑了一下:"那就肯定是了。算了不烦你了,你自己好好疗伤吧。"

狐狸或许真是心情不好,将肚子里憋的也一口气说了出来:"我记得你几年前就在跟我纠结蒋一帆的事情,你中间有男朋友,人家还那么对你。我告诉你王暮雪,你这辈子积分用完了!下辈子积分也用完了!要是再不珍惜,你就是负积分孤独终老!一把年纪了,还以为以后全世界男人都跟周豪一样,都跟蒋一帆一样,一喜欢你就喜欢三五年啊?人生有几个三五年啊!"

基于对狐狸的了解,他这次或许是真的伤心了,于是王暮雪没跟狐狸吵架,沉默了一会儿,才低声说出了自己的担忧:"其实,我只是不想重蹈覆辙,先说分手的那个你以为很好受么?我怕我这次又因为感动而误以为是爱情。我不想伤害一帆哥,他那么好,我不想很多年后,我像对周豪那样对他说绝情的话。"

"你怎么知道他就一定是第二个周豪?"狐狸反问一句,"你打什么游戏他也学你么?"

"没有。最近他好像都不打游戏,而且以前他跟我玩的也不是同一款。"

"你游泳他也要超过你么?"

"一帆哥也不游泳,何况我现在自己都没时间游。"王暮雪盘腿坐在床上,手一直不断捏着柔软的鸭绒枕头。

"那不提游泳,你这几年去健身房练搏击,他有跟周豪一样追过去练么?"

"没有。"

"他有在全世界面前跟你告白,压着你答应么? 就跟以前周豪在贴吧里干的事情一样。"

"没有,他私下说的,选择权在我手上。"

"那你考什么证,干什么工作,你往前冲,他有阻止你么? 有说不让你优秀,要跟你竞争么?"

王暮雪吸了一口气,沮丧一句:"怎么可能! 人家王者级别,我就一个青铜小白,根本不是一个段位的。排位赛系统都不可能遇到。"

"好,那最后一个问题,你跟他认识到现在,有发现他有其他大男子主义的倾向么?"

王暮雪认真想了很久,才道:"还真没有。"

"那不就行了?!"狐狸咆哮一句,"他根本就不是周豪。周豪那些雷他一个都没踩,你还要求啥啊?!"

见王暮雪一时间没接话,狐狸补充骂道:"王暮雪你就是犯贱,你们女人都犯贱! 不跟你说了!"于是啪的一声把微信电话挂了。

今天不懂造什么孽了,连续两个平常脾气很好的男人都跟自己发火,难道今天是自己的黑色星期天? 正当王暮雪想到这里,突然一阵极其阴森恐怖的音乐响起,预示着一个更爱发火的男人找来了。

"喂! 曹总!"王暮雪直接进入军训状态。

"今天你一个辽昌老乡来青阳,出来吃饭,晚上 8:00,山茶花园,不要迟到。"曹平生说完就直接把电话挂了,王暮雪一看时间,已经 7:35 了,赶忙火急火燎地换衣服收包,百米冲刺进了车库。

但这个时间,即便有顶级跑车助阵,王暮雪也不得不龟速地在青阳那为数不多的几条主干道上挪,8:00 到是不可能了,也就是这时,王暮雪才意识到今天确实是她的黑色星期天。

只不过她不知道,真正的灾难还没开始。

418 费曼的技巧

"来!"曹平生将一杯黄褐色的酒放到王暮雪面前,"迟到 40 分钟,你至少给陈老爷子一点诚意。"

"曹总,我酒精过敏。"王暮雪脱口而出。

"得了吧!这几年谁特么见你过敏?陈老爷子是你老乡,又不是客户,给点面子!"曹平生命令道。

见王暮雪面露难色,一脸慈祥的陈老爷子咧嘴一笑:"姑娘,这不是市面上的酒,是我们家自己酿的。药酒,是药,不是酒,有美容养颜功效的。"陈老爷子是辽昌一个地产商,脸方方的,满面红光,近六十岁,头发基本都白了,穿着一件很朴实的泛黄衬衫,总是笑呵呵的。

王暮雪端起酒杯闻了闻,一股浓烈的酒气扑鼻而来,特别呛人。一杯下肚,又涩又苦,还确实有一股中药味儿。王暮雪憋着气喝完后立刻狂吃菜喝茶,她确实对酒精过敏,主要是体内没有足够的甲醛转换酶,酒精积在血液里排不出去。但也不至于一杯就过敏,多吃食物消化还是能完全排出去的。

"平生啊,你现在也算混得风生水起了,不能对不起小玲啊!"陈老爷子随即对王暮雪讲起了曹平生的故事。

"我跟你说小姑娘,当年你们曹总还是个小小会计师的时候,他老婆可是我们公司最漂亮的妹妹,财务部的,跟你一样漂亮。"

"哦?"能听曹阎王的八卦,王暮雪当然来了兴致,她坐直了身子,期待陈老爷子接着往下说。

"你们曹总追她可是十八般武艺都用上了。当年我说什么,我们公司审计报告出来那么慢,是不是都因为你们俩不务正业谈恋爱去了?"陈老爷子说着用手拍了拍曹平生的肩膀。

"怎么可能,我们约会都是在办公室翻凭证。"曹平生反驳一句。

陈老爷子仰头一笑:"得了得了,陈年旧账我也不翻了,不过现在政策似乎完全放开了,你不考虑生老三么?"

曹平生闻言立刻摇了摇头："不生了,她生老二的时候命都快没了。"

"就为了给你生儿子?"

"嗯。"曹平生的面容逐渐沉静下来。

"那你要对人家好啊!40岁了还给你生!"

"对她怎么不好,现在她什么活都不用干,家里两个保姆伺候她。"

陈老爷子一听不高兴了："那也不行! 平生你不能把她惯坏了! 都全职太太了还请两个保姆,至少辞掉一个! 今年过年我去你们家吃饭,让小玲亲自给我下厨!"

"哎呀得了吧,她煮的菜不能吃!"曹平生撒谎道。

几杯酒下肚,陈老爷子的酒杯又朝王暮雪敬过来了。

"你不是整天健身么? 代谢很快的,怕什么!"在曹平生这句话的压力下,王暮雪又不得不喝了一杯,喝完后瞬间觉得一股热气烫到脸上。

"平生啊,我最近也玩股票了,但我听说那种上市三年左右的企业都不能投,说风险很大,为啥?"

曹平生一边吃菜一边淡定道："因为企业上市后两至三年是我们券商督导期。主板督导期是两年,创业板三年,三年后没我们督导了,他们就容易自己乱搞。"

陈老爷子恍悟地点了点头,进而问道："那上市三年左右的公司,一般都容易出现哪些风险?"

曹平生回答时王暮雪都在心里默默地做着笔记,这也是她并不抗拒工作中的饭局的原因。因为饭局看似与项目无关,甚至今晚的对象与直接客户也无关,但总能学到些新东西。

针对没了券商督导,上市公司容易出现的问题,曹平生主要说了四点:

1. 出现股东或高管占用上市公司资金;2. 信息披露不到位,比如专利过期了也不披露;3. 公告内容存在低级错误;4. 私自引入一些不合格的投资者,瞒报违规户。

"一些董秘不专业,发个公告连股东身份证都弄错,还有很多对接资本市场的工作,关键节点他们也没弄懂,整天自己瞎搞。"曹平生逮到董秘这个职业就一顿吐槽,"那帮人参加董秘培训大多都在玩手机,考试就稍微看看题库,死记硬背,考完就忘。"

曹平生说完,又把王暮雪面前的酒杯倒满了,示意她喝。

王暮雪连忙推托道:"曹总,我真的不能再喝了。"

"哎呀没事的!"曹平生皱眉一句,"你吃了那么多东西可以开喝了!这不还有茶么? 你喝完就多喝喝茶,多去几次厕所就行了! 这可是陈老爷子特意从你老家辽昌给你带的酒,老乡面子要给,今晚怎么样也要喝完再走!"

王暮雪转头看了看陈老爷子,见他并没有任何要帮自己解围的样子,只好硬着头皮又喝了一杯。

"这才对嘛! 等下让小阳送你回去,怕啥?!"曹平生说完朝司机小阳使了一个眼色,小阳立刻点了点头。

"那你们要多给公司董秘上上课。"陈老爷子接着刚才的话题。

曹平生往嘴里塞了块小炒肉:"聪明的董秘自学,自己成才,灵光得很,比你考虑得还细;不聪明的都是猪脑袋,教不会。"

陈老爷子闻言笑了:"平生你说到这个,我就想起了昨天接触的费曼技巧,说一个人学习新事物最快、最有效的方式,就是把学的东西教给一个 8 岁的小孩,如果把小孩讲会了,这个知识点也就会了。"

"那如果身边没有 8 岁小孩呢?"王暮雪好奇道。

"想象啊!"陈老爷子道,"你想象你面前就站着一个 8 岁小孩,你拿出一张白纸,试图用你觉得他能听懂的方式讲一个知识点。"

王暮雪听后沉思片刻:"那为什么一定是 8 岁呢?"

"因为研究结果显示,8 岁的小朋友刚刚掌握足够的词汇量和注意力范围,刚好能够理解基本的概念和关系。其实你们没发现么,当我们不了解一件事情的时候,我们就习惯于用那些很复杂、很专业的词汇来表述,其实这是一种掩饰,就是在愚弄自己,说明我们自己都没真的了解。"

王暮雪点了点头,她突然回忆起高中、大学那些很有名的老师,总能把复杂的问题说得特别简单也特别形象,很好理解,这至少说明那些老师对于他们所讲述的所有知识点,是真懂。

"费曼技巧说的就是,当我们尝试用一个孩子都能听懂的最简单的语言从头到尾讲清楚一个概念,我们就会强迫自己深入理解这个概念,并简化概念之间的关系。"

听到这里,王暮雪如获至宝。曹平生看到她这个样子,立刻见缝插针道:"你看人家陈老爷子在教你干货,赶紧敬人家一杯!"

419 焦急的等待

晚上 9:30,蒋一帆在训练小可。

"只要你不叫,排骨就是你的。"他将水煮排骨在小可面前晃了晃,而后放回了碟子里。蒋一帆查到阿拉斯加比较笨,一次动作大约要重复 20 次以上才能学会,故特意准备了 30 块排骨。

嘱咐完后,蒋一帆开始劈里啪啦在没开机的电脑前假装打字。听到打字声,小可神色一灰,过了两三秒,忍不住一声狼叫。蒋一帆立刻用手背敲了敲它的鼻头,这是训犬师的专业训狗方法。狗狗的鼻头是最敏感的,对狗而言,你敲一下鼻头,比用力打屁股疼多了。被敲一下后,小可不敢叫了,蒋一帆立刻奖励了它一块排骨,心想这网上训狗课程还真管用。

小可吃完,蒋一帆接着打字,这次小可忍了二十几秒,最后还是忍不住发出了一声"呜"! 随后它又被蒋一帆敲了鼻头,闭嘴后再次得到了一块排骨。

小可是什么狗? 它小时候就被系统训练过,知道训犬师这一套,于是三次后,它就领悟了蒋一帆传达的要求。这个要求是:以后我打字,你不许叫;只要你不叫,我就给你好吃的。

一旦明白了,小可再也不叫了,而是直接趴在蒋一帆脚边可怜巴巴地等排骨。

"可以啊,不愧是小雪养的狗。"蒋一帆摸了摸小可的头,又奖励了它一块。同时他拿起整盘排骨对小可说,"我现在真的开始工作,如果直到你主人回来你都不叫,整盘都是你的。"

晚上 11:30,蒋一帆伸了个懒腰,打开车库监控,王暮雪开出去的那辆车位置到现在还是空的。

蒋一帆立刻站起身,来回走了两步,才发现小可还趴在原地静静看着他,于是他将整盘排骨直接放到了地上。

在狗嘎嘣嘣嘣啃骨头的声音里,蒋一帆打开了王暮雪的微信对话框,绿色光标在输入框里持续闪动着,但蒋一帆的手指却停住了。还没超过12:00,现在就问会不会太急了?而且她是自己开车,不需要打车回来,应该没什么问题吧?她已经是成年人了……

想到这里,蒋一帆打开了手机倒计时,时间设置30分钟。小爱已经在床上等着他了,于是蒋一帆抱着小爱闭目养神,没过多久就睡着了。

手机在午夜准时响起,蒋一帆揉了揉眼睛,监控中那辆车的位置依旧是空的。于是蒋一帆直接下到二楼,王暮雪的房间开着门,漆黑一片,很明显没回来。但蒋一帆还是敲了敲门,见确实无人应答后,才打开灯走进去环顾一圈,东西都没拿走,尤其是落地窗边那三个行李箱,一个没少,这让蒋一帆舒了一口气。

他在二楼走廊上来回转了几圈,决定给王暮雪打电话,但就在要拨出去的瞬间,他又犹豫了。当然,最后电话还是拨出去了,还拨通了两次,只不过接电话的都不是王暮雪,而是柴胡和杨秋平。

柴胡:"我还在天英啊,悲催赶材料!天英现在又决定两条腿走路,因为IPO过审有一定的不确定风险,所以我们借壳的材料一起准备,借壳容易一点,发审委过不了就走重组委。现场……就我们几个同事在,会计师律师都走了。暮雪?她不是在山荣光电么?"

杨秋平:"我在家,还没睡,这个点怎么可能睡,我在整理走访的材料。室友在撸猫,一帆哥你不知道,现在猫粮可贵了,比我们人吃的都贵。我家……就我跟我室友两个啊,室友是个律师。嗯嗯好好,一帆哥你也早点休息。"

挂断电话已经12:10,蒋一帆眉头紧锁,他不知道这么晚了为什么王暮雪还没回来,大半年来没出现过这种情况。她现在又没项目要申报,不太可能在公司。会不会是因为自己下午对她态度不太好,所以生气干脆不回来住了?

此时,小可突然耳朵竖了起来,随后就"呜呜"地冲下了楼。

蒋一帆精神一振,回来了!

王暮雪看上去一脸疲态,走路也有些晃,径直去了一楼卫生间,门关上后，开始接连不断地呕吐。

"看你喝半天脸都不红啊，说话也清晰，根本就是能喝！"

"不要跟老子提甲醛转换酶这种东西，这什么酶啊，就是蛋白质！你以为老子没学过生物?! 蛋白质都是机体产生的，你喝，它就分泌，你多喝，就分泌得多，你不喝，它就永远不够！"

"你要相信你身体的自我保护功能！看看王立松，那小子之前不是照样一喝就趴，现在随便干！"

"王暮雪，你总要学着喝的，不喝以后怎么拉项目？你前三年舒舒服服在项目上混日子，难道还想以后三十多岁了求着别的保代赏饭吃么?"

"老子不可能养你一辈子，总有一天老子也会走的，你要学会自己养自己！学不会就不要在投行混！"

一想到曹平生的这些话，王暮雪吐得更厉害了，全部吐完之后还干呕了很久。她在地上跪着反思了十多分钟，才将卫生间和自己都收拾干净。一打开门，就看见面色严肃的蒋一帆和吐着舌头哈热气的小可。

"你怎么能喝酒？你不是酒精过敏么?"

王暮雪不理蒋一帆，摸了摸小可的头，淡淡一句："我们上楼。"

就在踏上第一层楼梯时，她听到了蒋一帆说："下午是我态度不好，我也不应该骗你，对不起小雪。"

王暮雪顿了一下，随意道："你没错，是我工作水平太差了。我喝酒也不是因为这件事，是曹总的一个饭局，不能不喝。很晚了，早点休息。"

"你身体没事么？你不是……"

"我没事。"王暮雪打断了蒋一帆的话，"我的过敏源在血管壁上。按照以前的经验，从我喝酒到起反应，至少要 8 个小时。如果真有事，我明天一早自己去医院打点滴就好了。哦，还有你的车，我不放心找代驾，小阳哥答应明天帮忙开回来。"说完，她便上楼关上了房间门。

王暮雪以为，她身体对于酒精的反应还停留在大学阶段；她以为今晚喝的就是一般的酒，于是洗漱完后倒头就睡。

直到凌晨四点，蒋一帆被一阵犬吠声吵醒。

420 像针扎一样

"有些患者的过敏源只是在双臂或者背上,但她是全身血管。"一个50来岁的主治医生道。

"可为什么她已经不太能走路了,说膝盖很痛。"病房外的蒋一帆一脸焦急。他永远不会忘记王暮雪穿着睡衣,倒在地上呻吟的画面。她疼成那样居然还想自己去医院。

"我们初步判定是血管性荨麻疹,这个病有些病人是会伴有关节疼痛症状的,她算是比较严重的那一类。血液检测显示酒精浓度很高,而且从你说的喝酒时间看,她应该还有部分酒精在肠道中,没进血液,所以这个症状还会持续,也不排除加重的可能。"

"加重是什么反应?是膝盖更疼么?"蒋一帆道。

主治医生摇了摇头:"这个病最难受的不是关节疼,那是附加的;最难受的是血管的反应,会让她全身刺痒。病症轻的,一般是刺痒,病症重的,就是痛了。"

见眼前的男人愣住了,一旁的小护士道:"我来形容吧,这病我自己以前也得过。你就想象把针头烧烫,然后不停扎你的血管,因为是血管,在皮肤之下,所以你抓不到,皮肤表面也不会有红斑,看上去跟正常人一样,但只要你一抓,血痕好几天都去不掉,甚至可以在手上写字!病症轻,扎的针就少,是刺痒;如果多,浑身痛到发麻,不仅发麻,还发烫,简直就要被烫死了,又烫又痛,以前有几个病人直接痛晕过去。"

小护士说到这里,才发现主治医生瞪着她,示意她说太多了。

"小伙子你也别紧张。"主治医生朝蒋一帆安慰道,"现在她还在可控范围内,而且已经打着点滴了,肯定会有所缓解。但如果有突发情况,比如咽喉堵塞、胸闷、气促、恶心或者呕吐这些症状,就马上跟我们说,当然,血压我们会定时测。"

"为什么还要测血压?"蒋一帆问道。

医生没料到眼前的小伙子会问这么细,她原本不打算说的,现在只能道:"因为血压如果突然降低,有可能出现过敏性休克,严重的,还是会危及生命的,所以要重视。不要以为过敏吊个瓶就没事,彻底没危险的方法就是不能让她再碰酒,任何酒都不行,就连度数低的啤酒都不可以。"

"好的医生,我明白了,我可以进去了么?"

蒋一帆终于进了病房,当他看到王暮雪躺在床上的样子,眼圈立刻就红了。王暮雪双眼紧闭,嘴里咬着一块白毛巾,额头、脖子全是汗,黑色长发散乱在病床上,有些湿,脸色白得吓人,眉心锁得死死的,左右手臂居然被护士绑在了病床两旁的铁扶手上,动弹不得,嘴里不停地发出疼痛难耐的呻吟声。

大概是她感觉有人进来了,微微睁开了眼睛,看到来人是蒋一帆后立刻停止了呻吟,但面部痛苦的表情始终无法缓解。

"小雪你喊出来,喊出来才不会那么痛。"蒋一帆恨不得能替她忍受。

"嗯……嗯……"咬着毛巾的王暮雪好似想跟蒋一帆说话,蒋一帆马上主动拿开王暮雪嘴里的毛巾,发现她的双唇因为刚才咬得过度用力,已经泛出了一两缕隐约可见的血丝。

"一帆哥……帮我拆掉……好紧……"王暮雪看着自己手臂上捆着的布条。

"不行,拆掉你会乱抓的。"小护士推着一个医用物品的推车走了进来,"之前有病人抓得皮肤都破了。我告诉你抓没用,你的过敏源在皮下血管,抓不到的,抓伤了只会更痛。"护士帮王暮雪测完血压就出去了。

"一帆哥……"再次听到王暮雪叫自己,他迅速把布条拆了下来,握着她的左手道,"痛你就抓我,但只能这只手用力,那只手越放松,点滴才能越快打进去。"

"我用力,你会骨折的。"听到王暮雪这句话蒋一帆笑了:"小雪你原来还有力气开玩笑。"但他发现王暮雪脸上一丝笑容都没有,眼睛里似乎有水波闪动,于是他也收起了笑意,认真道,"骨折也没关系,接回去就好了。我从小到大都没骨折过,你让我感受一次也挺好,我……"

正当蒋一帆说到这里,他发现王暮雪因为疼痛,突然用力咬着嘴唇。

"别咬,会出血的!"说完蒋一帆将备用毛巾迅速叠好放到王暮雪嘴里,一只手紧紧握着她的手,另一只手帮她擦着额头和脖颈上的汗。

蒋一帆原本以为最坏的情况就这样了，但小护士第二次进来测血压时，数值比原来低了很多，而王暮雪好似也不太能听到蒋一帆对她说话了，最后连睫毛颤动的细微动作都停止了。主治医生迅速被叫了来，仔细检查一番后，蒋一帆被赶了出来，一个人坐在空旷的走廊上，绿色的塑料长椅让他觉得格外冰凉。

他握紧了拳头，逼迫自己冷静，一定要冷静。深呼几口气后，他拨通了曹平生的电话，现在已是早上5:50。

"曹总，您认不认识比较有名的皮肤科医生，治过敏的，尤其是血管性荨麻疹。"

曹平生不傻，蒋一帆大半夜给自己打电话，而且一上来就提这句，肯定是王暮雪出事了。他猛地坐了起来，难以置信道："那丫头真过敏啊？我还以为她就是不想喝酒而已。"

"我们现在在医院，小雪的情况很严重，已经有休克迹象了。曹总您认不认识相关的医生？"蒋一帆手抓着塑料椅的边缘，那塑料割得有些不太平整，他感觉手指指腹刺刺的，似乎因为抓得太过用力，磨出了血。

"别急啊，我现在在马上联系！"曹平生刚要放下电话，又想到什么，"别挂！一帆你这样，医生现在给她开的方子你拍给我，她所有症状也全部发我，我帮你问专家还差什么药，或者还有什么更好的治疗方法，这样快！"

"好。"蒋一帆说完就挂了电话。他没有责骂曹平生，他知道这通电话足以让曹平生知道事态的严重性，以后也不会再强迫王暮雪喝酒了。如果说这通电话蒋一帆与以往态度有什么不同，那便是在电话末尾，他只说了一个"好"字，并没有附加任何感谢的话。

蒋一帆随后把资料发给了曹平生，然后眼泪一滴一滴无声地打在了睡衣衣领上。他原本以为自己可以很冷静的。像王暮雪这样漂亮、有气质的女孩不少，高学历且家世好的其实也不少，这些都只是她吸引他的一部分，但并不能让蒋一帆非她不可。

中途王暮雪有了男朋友，蒋一帆反而更坚定自己的选择了。究竟为什么一定非她不可呢？为什么如果她死了，自己好像也会死呢？衣领全湿的蒋一帆此刻不断思考着这个问题。

421　独特的感情

五月的青阳早晨是宜人的,大地舒服地从沉睡中醒来,就跟疼痛感已经消退大半的王暮雪一样。她看到暖暖的阳光从窗外透了进来,暖如耳边突然响起的蒋一帆的声音。

"要吃东西么?"蒋一帆见王暮雪摇了摇头,继续问,"那要喝水么?"

"你没回家换衣服么?"王暮雪记得昨晚他就穿着这件深蓝色丝绸睡衣,现在已经是第二天白天了,他还是原来的样子。

蒋一帆低头看了自己一眼,冒出的一句话居然是:"我……昨晚洗过澡了啊。"

王暮雪忍不住笑了,她此时的笑容在蒋一帆看来像麦田里的青苗,代表着一种新生。

"你知道昨天你喝的是什么酒么?"蒋一帆这句话听上去是问题,但王暮雪看他的表情,似乎他早已知道了答案。

"鹿鞭酒,自己调的,72度。"蒋一帆语气平静。

王暮雪闻言睁大了眼睛,鹿鞭……

"你以后都不能再碰任何酒精类饮品,不管对方是谁,以什么理由逼你喝,都不能碰,一滴都不可以。"

王暮雪不以为意地转过脸,沉思片刻后说道:"我觉得喝酒这种能力,还是可以慢慢练的。曹总说得没错,甲醛转换酶可以越练越……"

"你说什么?"蒋一帆难以置信,"你昨天晚上差点没命了知不知道?"

"哪有,就是痛一点,打了点滴不就好了。"

蒋一帆咬紧了牙关:"要不要我让医生把你昨晚各项身体指标打印出来给你看? 如果你昨天再多喝一点,送来医院再晚一点,再多再好的抗过敏药都救不了你!"

王暮雪对蒋一帆突然提高的音量显然没有准备,只见蒋一帆直接站起了身,走到窗前双手搭在窗台上,深呼了几口气继续道:"小可12岁了,换成人类的年龄已经是七旬老人了,它不可能一直陪着你。如果昨天不是它叫得那么大声,我也没权利在不敲门,不被你允许的情况下进你房间,甚至……甚至你回来晚了,我连打电话问你在哪里的资格都没有!"

不知为何,王暮雪听到蒋一帆这么说,泪水直接从眼角滑了出来,一点预兆都没有。她不知道是因为蒋一帆道出了小可的年龄,还是他说的那句"没权利"与"没资格"。

"小雪,你有没有想过,如果昨晚我还在出差呢? 如果小可没有被你从辽昌接来呢? 你怎么办?"

"我可以自己来医院啊!"王暮雪突然喊道。

蒋一帆听后回身朝王暮雪质问一句:"你昨天那个样子……"

"我可以叫救护车啊! 人没那么容易死!"王暮雪没等蒋一帆说完就驳斥道。她也不知道自己为什么就无缘无故生起气来,并且满腹委屈,"我总要练,我现在可以在项目上专心弄材料不去拉业务,但我不可能以后三十多岁了还让别人赏饭吃。"

"这是曹总跟你说的?"蒋一帆问。

王暮雪吸了吸鼻子:"不是谁跟我说的,这是事实! 我选这条路我就要走下去,我不能越走越窄。"

"谁跟你说干投行就一定要喝酒的?"蒋一帆走近了病床,他的影子盖在了王暮雪憔悴的脸上,"我可以很负责任地告诉你,客户选择券商,绝不是看你能不能喝,而是看跟你交谈几句后,你能不能点到他们企业的核心问题,并且说出可行的解决方法。"

"但是总有企业老板就是看喝酒。"王暮雪倔强一句。

"那这些企业的生意不做也罢。作为公司高层如果不懂抓核心,只看表面功夫,这样的企业不会有什么大的发展前途。"

"可是……可是……"王暮雪说到这里眼泪又流了出来,"可是很多人其实也都意思一下喝一点,我这种一点都不能喝的以后去拉业务,肯定很扫兴。"

"那就别去拉!"蒋一帆直接坐下来握紧了王暮雪的手,"你要做多少项目,我们金权集团多的是,所以你不需要去应酬,也不需要求其他任何人。"

本来以为王暮雪听到这个一定会开心,谁知她直接把蒋一帆的手甩了开,骂道:"一帆哥我最讨厌你的就是这点! 我不需要靠你! 我也不想靠你! 我现在看到你就烦!"说完她直接扯起被子把自己完全蒙了起来。

王暮雪这句气话说的时候很爽,说完她就后悔了,被子外面一片寂静。王暮雪躲在被子里抓紧了枕头一角,她想赶紧跟蒋一帆道歉,但又拉不下面子。她认为蒋一帆就是自带受虐属性,别人一瞅见他那个好欺负的样子就想虐他,连自己都没忍住成了恶人军团的一分子。

但也是因为今日,王暮雪才终于想明白了以前她完全没头绪的问题:她为什么要躲着蒋一帆。

她一点不喜欢蒋一帆么? 应该不是。

否则她不可能在办公室偷看蒋一帆的睡脸足足能看一分钟,那晚就是她送蒋一帆水杯的前一晚。

有次监控保安路过等电梯的王暮雪,跟她笑着说蒋一帆其实查过监控,让王暮雪脸烫了好久。

如果王暮雪一点不喜欢蒋一帆,她也不会在蒋一帆快死的时候近乎崩溃,甚至于在心里留下永恒的阴影。

但只要蒋一帆稍微靠近她她就会躲,她的行为出现了前所未有的矛盾,她认为自己对蒋一帆的感觉与对姜瑜期的完全不同,对姜瑜期她是热烈的,坦诚的,没有丝毫犹豫的,甚至于是主动的。这样的对比让王暮雪坚信,自己跟蒋一帆之间,怎么样都不应该是爱情。

但人是复杂的,感情本身也是复杂的,人的每个阶段都会变,就如同感情一样。

没有人可以下一个绝对的结论,这世上的爱情,只有一种。

或许这最独特,最罕见,最耐人寻味的爱情被王暮雪撞上了。

只是此时的她,现阶段的她还没有能力跟蒋一帆非常精准地表达出来,她只能把自己蒙在被子里,继续做着矛盾的事情。

她听到蒋一帆对她说:"还有三个半小时你需要输第二次液,观察一天,如果没其他问题,明早就可以出院了。你好好休息,有需要就按床边这个白色按钮,护士会马上过来,我明天来接你。"

422 流泪的理由

听到病房门关上后很久,王暮雪才小心探出了脑袋,蒋一帆确实走了。王暮雪松了一口气,但同时又有点小失落。她觉得蒋一帆这种数理男其实真的不聪明,最直接的体现就是把女人的气话当回事。

全身疼痛感还没完全消失的王暮雪,瞬间觉得自己躺在空无一人的病房内有些可怜,她不禁回想着刚才蒋一帆跟她说的话。

"客户选择券商,绝不是看你能不能喝,而是看跟你交谈几句后,你能不能点到他们企业的核心问题,并且说出可行的解决方法。"

"作为公司高层如果不懂抓核心,只看表面功夫,这样的企业不会有什么大的发展前途。"

蒋一帆其实说得一点没错,但王暮雪只是不想自己的投行之路比别人窄而已,窄的原因还跟努力与否毫无关系。有时候她也想如一些独立人士说的那样,别去讨好世界了,有限的生命里,我们应该穷极一生地取悦自己。可目前能让王暮雪热血沸腾,取悦自己的唯一的事情,就是投资银行。

王暮雪想象着自己有一天可以如曹平生那样成为全国十大金牌保代;可以如王立松那样又能拉项目又能深入研究行业;可以如蒋一帆那样游刃有余地处理各种项目上的棘手问题;甚至于如柴胡那样,可以在这么短的时间迅速成长。或许此时王暮雪深深爱上的不单单只是投资银行这个机构,这份工作,而是在工作中遇到的这些能领着她,逼着她不断往前跑的人。

王暮雪自己都没有意识到,她的梦想其实特别简单,不过就是看到自己微笑着在阳光下奋力奔跑的样子。

也不知这样思考了多久,护士进来给她开始输液,抗过敏药让王暮雪特别困,于是当她再次醒来时,已经是凌晨 2:18,吊瓶杆上的吊瓶消失了。王暮雪翻了个身,按下了床边那个白色按钮,不一会儿,值班护士果然进来了。这个护士就是昨晚不给她松绑的那个小护士,看来她只守夜班。

"请问洗手间怎么走?"王暮雪问道。

"出门右转再右转。"小护士道,"你下床看看膝盖还疼么?"

王暮雪双手撑着床边站了起来,觉得站立没什么问题,但疼痛感还是存在,于是她走得有些慢。洗手间离病房其实只有 20 多米,但王暮雪来回足足用了 18 分钟,中途还扶了几次墙。

见王暮雪回来了,小护士指着旁边的空床道:"今晚没有病人预约住院,其实你们可以用。让你男朋友睡进来吧,虽然现在是夏天,但半夜还是很凉的,他又没东西盖。"

王暮雪听了一头雾水:"男朋友? 我没男朋友啊……"

小护士歪头一句:"睡外面那个不是你男朋友么? 昨天带你来的那个。"

"外面? 外面没人啊……"王暮雪说着直接一瘸一拐地走到病房门口往外看了看,走廊上跟刚才她进来前一样,空无一人。

"不是这里,是更外面,我带你去。"小护士扶着一脸懵 B 的王暮雪向左走向走廊尽头的前台大厅,边走小护士边说,"他睡那里很久了,还跟我说如果你有什么突发状况就马上叫他。昨晚你过敏性休克,要不是我们主任在,你命都没了。我出来的时候看到他一个大男人哭成那样,我都心疼。"

王暮雪远远就看到大厅拐角摆着的几排铁椅子上,最后一排躺着一个穿着深蓝色睡衣的人。

椅子只有两个,所以那人是侧身勉强让上半身躺下,头搭在手臂上,双腿仍旧呈半坐着的姿势。

王暮雪视线突然间模糊起来。

"不是你男朋友的话,就是追你的吧?"小护士眯起眼睛小声道,"我跟你说啊……"

小护士还没说完,就见原本扶着自己的病人快步走了过去。

王暮雪蹲下,双手抓着蒋一帆的小臂,摇了摇:"一帆哥,进去睡。"

蒋一帆的手很冰,这让王暮雪眼泪直接掉了下来,她也不擦了,继续摇着蒋一帆的手臂哽咽道:"一帆哥,进去睡……"

266

王暮雪重复说了两次蒋一帆才醒过来。他坐起身揉了揉眼睛，第一个动作是找眼镜，但他才意识到之前送王暮雪来得太急了，根本没戴眼镜。

王暮雪站了起来，拖着蒋一帆的手，重复着那句话："进去睡。"

他没说话，很乖地跟着王暮雪往病房走。王暮雪忍着疼尽量不让蒋一帆看出她走路有问题，最后强行把蒋一帆推上床，让他躺好后用被子给他裹得严严实实的，然后蒋一帆一万个没想到的事情发生了，王暮雪直接隔着被子抱着他，抱得很紧。

"小雪……"蒋一帆心跳加速了半天才勉强说出了这两个字。

"捂热了我就走。"王暮雪带着哭腔命令道，"你不要说话，赶紧睡！"

王暮雪也不知道自己怎么了，眼泪一直一直流，止都止不住，几分钟不到，被单外层已经全湿了。

她想了很多很多，她想到那排铁椅子有多冰，比走廊上的绿色塑料椅子还冰；蒋一帆睡在那个角落，还特意选最后一排的位置，是不是因为自己早上对他说看到他就烦；她想到蒋一帆没走，会不会还是因为他问了医生自己还会不会痛，会不会还有突发状况，会不会想下床像现在这样不方便，所以不放心才留了下来；她想着蒋一帆今天是不是都没吃饭，是不是因为前几天到处奔波，晚上喝酒，昨夜又整夜没睡，才会在那么不舒服的椅子上睡得那么沉……

王暮雪此时哭的理由似乎有千千万，她甚至想到蒋一帆跟她说小可已经 12 岁了，想到曹平生骂她如果不能自己养自己，以后就别在投行混……她越是难过，抱着蒋一帆的力度就越紧。

423 我不要答案

第二天当蒋一帆醒过来时，王暮雪正坐在病床上喝白粥。见他醒来，王暮雪朝蒋一帆露出了一个灿烂的笑容，伸手拿起桌上一个水煮蛋走过来递给他。

"一帆哥你买这么多我吃不完的。"王暮雪道。

蒋一帆看了看桌上的东西,有白粥、白馒头、水煮蛋和牛奶。这些东西明明是姜瑜期拿来的,难道昨天姜瑜期逗留的那两小时里,小雪都没醒过来么?难道不是小雪自己叫他来的么?

说来也巧,昨天他睡着前,看了一会儿候诊厅的屏幕,也恰巧就看到姜瑜期的身影从眼前闪过。就算蒋一帆没有超强记忆力,情敌的身形样貌只需要看一秒,他就可以永远记住。

蒋一帆看见姜瑜期跟前台护士交谈了几句,就被领到了王暮雪的病房门口。过了 20 分钟都没见出来,于是他走过去从门上的长方形玻璃往里看。他看到姜瑜期背对着门,坐在王暮雪的病床前静静看着熟睡的她,当时桌上放着的就是这些东西。

"吃啊!"王暮雪说着又给蒋一帆递来了牛奶,"我很好奇,一帆哥你手机没电了怎么买的? 我可没看你带钱包。"

蒋一帆听后一愣,赶紧拿起床边的手机按了按,果真没电了。于是他非常自然地说:"昨天买的时候还有电。"

在两个人开车回去的一路上,蒋一帆都在思考:姜瑜期是怎么知道王暮雪在这家医院的?

最可能的就是王暮雪自己告诉他的,但王暮雪的手机根本还在家里,她想联系也没工具。当然,还有另外一种可能,王暮雪叫护士帮的忙。但如果王暮雪知道姜瑜期可能来过,怎么还那么肯定那些东西是自己买的呢?

正当蒋一帆想到这里,在车里充了十几分钟电的手机突然响了,来电提示:曹平生。

电话自动连通汽车蓝牙音响,公放了出来,曹平生火急火燎地问道:"怎么关机了? 那丫头怎么样了? 我发的方子用了没?"

蒋一帆平静道:"已经醒了曹总,点滴打了两天有好转,但她现在药还要吃一周,关节痛行动也不方便,您看是不是可以……"

"可以可以! 请一周都没问题,那你好好照顾她!"

"好的曹总。"

王暮雪深吸一口气,心想自己哪里行动不方便了? 哪里需要请一周假了? 但这是蒋一帆的手机,她又不好随便插嘴,于是只能憋着听曹平生继续道:"哎呀一帆,我也是不知道她真过敏,这样,改天找个时间,出来吃个饭! 地点你定! 好久没见你了!"

王暮雪紧抓着手机,曹总这是在请客赔罪么? 如果是,为什么赔罪的对象不是自己而是蒋一帆!

蒋一帆还没回答,又听曹平生突然话锋一转,笑道:"我听小阳说你们住一起了,什么时候办喜酒啊?"

这句话一问出来,车里的空气都凝固了。蒋一帆转眼看了看王暮雪,随即将视线收回看向前方,沉默了一会儿才道:"曹总,我们没在一起。"

这回,轮到电话那头的曹平生沉默了。

为了避免尴尬,蒋一帆赶紧道:"曹总我在开车,先挂了。"接着就开启了车载收音机。有人说话的白噪音让车里的气氛至少不显得那么僵。

车子停好后,蒋一帆正要下车,却被王暮雪叫住了:"一帆哥,我觉得我们这样,也不好……"

蒋一帆闻言,将已经打开的车门又轻轻关上:"什么不好?"

王暮雪咬了咬嘴唇:"就是……你放心,我会尽快想清楚,一周之内给你答案。"

"我不要答案。"蒋一帆脱口一句。他面无表情地看着前方灰白色的墙,"小雪你什么都不要想,因为我什么都不要。"说完他想再次打开车门下车,手臂被王暮雪一把拉住了:"不可能,你不可能什么都不要。"

听到王暮雪这句话,蒋一帆左手默默握紧了车把手,平稳了下心绪后淡淡一句:"对,我要一些东西。我已经逐渐喜欢上小可了,而且我也喜欢每个月有一笔非常可观的房租,就这样。"说完他直接下了车。

有人说,探索之旅的尽头,就是回到最初的起点,重新了解一个地方。此刻的王暮雪仿佛好像回到了认识蒋一帆的第一天,以另一个视角重新了解这个男人。

王暮雪希望自己是一个干净利落的人,她也深刻地明白,蒋一帆对自己的善良和喜欢虽然都是免费的,但不是廉价的。

"大姐,拍拖就是各取所需,一个人的优缺点从来都是捆绑销售。你不可能只挑走好的,留下次的。你身为女人,喜欢上小鲜肉,就得收下他的幼稚;爱上霸道总裁,就得忍得了他的强势;看中他老实,就请接受他的木讷;爱慕他多情浪漫,就得习惯他风流倜傥。"

看到狐狸微信中这一长串字,王暮雪噘嘴回了一句:"大哥你又是抄哪个电视剧的?"

狐狸:你要是真决定跟蒋一帆在一起,就要受得了他的完美。

王暮雪:楼歪了吧?这句话跟上面的不排比。

狐狸:我想说的是,你这么好强的一个奇葩女人,要是真决定跟蒋一帆在一起,就要受得了在他面前,你的一无是处。

王暮雪盯着狐狸这句话足足 30 秒,而后她坚定地回了一句:这个世界上,没有一个人是完美的,我会证明给你看的!

王暮雪没想到,就在她在二楼跟狐狸"情感咨询"的时间里,蒋一帆已经在三楼看起了红水科技的市场资料。对这家万人追捧的医疗器械公司,电脑前的蒋一帆似乎看出了一些猫腻。

424 大胆而松弛

"你每次都说有课,就不能推掉一次么?今晚这电影评分很高。"王潮刚走进健身房,远远就看到一个身材高瘦、二十来岁的短发女孩朝他的健身教练埋怨道。

这家健身房开在金权大厦旁边,器材全是意大利原装进口,装修豪华,客户定位也均为高端 VIP 客户,会员卡最低起步价 5 万。这位健身教练工牌叫 Seven,王潮几个月前在金权大厦楼下碰到他很多次。Seven 说很多华尔街投行精英都很注重健身,如果没有一个可持续能打仗的身体,怎能把同行的竞争对手都干趴下?

王潮起初很反感这种传单营销法,但碰到 Seven 的次数多了,他手提包里也不经意留下了一两张忘记扔的传单,随着年岁的增长,王潮逐渐发现自己酒量有下降趋势,且确实也越来越熬不动夜了,于是也一时兴起就来了。

王潮跟健身房老板指明要健身房最受欢迎的私教,因为他认为健身教练跟投资项目一样,抢手的肯定差不到哪儿去。于是健身房老板就把

Seven介绍给了王潮,王潮对Seven的专业度很认可,至少自己健身三个月下来,身形和体力都有了明显的改善。

只是Seven有两个小细节引起了王潮的注意。第一,Seven左手手腕处总绑着一根红布条,棉质的,有点类似红领巾;第二,Seven每次搬器械时总用右手,重点的杠铃片,他宁愿分次拿也从来不用左手。

Seven看到王潮进来,朝那个短发女孩示意他的下一位客人到了,他真的没法看电影。

短发女孩叉起腰,丝毫没有退让的意思:"可我就想今晚看啊!我报你三百节课,你跟我去看一场电影都不行?"

Seven没有接话,只是默默收拾着姑娘用的器械。

王潮走近了些才看清那短发女孩的样貌,皮肤白白净净的,鼻子很翘,樱桃唇,属于典型的可爱系女生。

短发女孩见Seven没理自己,直接走到王潮面前道:"大叔,今晚你能不能取消课程?我给你卡里充五节课。"

"呵呵,小姑娘真有钱。"王潮说完直接朝更衣室走去。短发女孩愣了一下后立即追了上去,"大叔你别换衣服了,要不这样,补十节课给你?"

王潮闻言停下了脚步,皮笑肉不笑:"这么花钱,说明钱肯定不是你自己赚的。"

"少啰嗦,你就说你愿不愿意?"短发姑娘一脸不悦。

"不愿意。"王潮说完走进了男更衣间,甩下一句,"我的时间也很贵。"

王潮出来后,女生不在了,而Seven已经在跑步机旁边等着了。王潮边用爬坡模式热身,边与Seven随意聊天。

"怎么,不喜欢那款?"

"嗯,刚才谢谢你。"Seven简短一句。

"小事。不过我有点好奇,你这号帅哥喜欢什么样的女人?"王潮笑问道。

Seven手搭在跑步机的扶手上,沉默了好一会儿才道:"不怕死的。"

"啊?"王潮怀疑自己是不是听错了,"我还头一回听一个人用'不怕死'来形容喜欢的女人。"

Seven 淡淡一笑,他想起了王暮雪那晚与十几个手持武器的混混对峙的场景,她完全可以不管自己的,但她没有。

人体出于自我保护,会逐渐把痛苦的记忆都忘掉。如今 Seven 记得的,是王暮雪在中心广场上突然给他的吻,是在他胃难受时递给他的热水袋,是花大价钱给他买的舒服无比的床,是出租车后座上躺在他怀里的侧脸……

Seven 记得王暮雪说:

"我从第一次见到你的那天,就喜欢你,只要你在我面前出现,哪怕只出现了一次……"

"我的生活是我自己给的,我爱的人不管光环多大,我都有足够的信心与之匹配;反过来,就算他如尘埃一样平凡,我也可以挺直腰板告诉他:'钱,我自己赚,你给我爱就好'。"

"我不想很多很多年后,心里不停对自己说,王暮雪,你年轻时本可以和那个你非常喜欢的人在一起,可你没有……"

这个女孩勇敢、阳光、有主见,对自己的爱纯净透明、炙热浓烈,而这一切的一切,只有当彻底失去她之后,才会变成锋利的刀子,一夜又一夜割着心脏。

Seven 自然是姜瑜期在健身房用的英文名,因为这家店的老板是意大利人,所以每个入职员工都必须用英文名。

姜瑜期显然不是这家健身房最受欢迎的教练:其一,他是这家高端健身会所的新人;其二,由于他左手不能提太重的器械,故他的客户群体仅限女性或者像王潮这样基本没有多少锻炼史的职场男性。

王潮之所以被健身房老板直接推荐给姜瑜期,是因为姜瑜期说过,如果有个叫王潮的男人过来找私教,一定要分给他;作为报答,他愿意将王潮报私教课的收入多分 15% 给健身房。

只要钱到位,理由健身房老板是不会问的,不仅不问,他还在王潮面前把姜瑜期吹到了天上。

不过姜瑜期之后也没让老板失望,他的外形以及专业能力吸引了不少女性客户,而王潮下班时间正好是健身房最热闹的时候,所以每次王潮过来都能看到 Seven 在帮别人上课，与他是"健身房头牌"的虚假标签并没有任何相悖之处。

姜瑜期知道王潮这条大鱼代表的不是一个人，而是一个集团，这个集团做事向来干净，去翻陈年旧账，意义已经不大了。姜瑜期不急，他明白既然是常年赌徒与连环罪犯，就一定会有忍不住再次出手的瞬间，只要抓住一次这种瞬间，就够了。

如今姜瑜期的目标不再是阳鼎科技，身边没有了王暮雪，且赚钱还债已经不是危及生命的首要任务，所以他更大胆，也更松弛。他不再需要同时打两份工，他有时间研究王潮的行踪，有时间在时机恰巧的时候给他发传单，他可以肆无忌惮地接近他认定的目标，抓到机会他也不会再有任何犹豫。毕竟做了很多年警察，姜瑜期明白，金权投资集团必须掀开来看一看，因为父亲不会是唯一的受害者，金权也不会只用一种方式害同一类人。

可能如今姜瑜期活着的目的，正如很多年前他跟王暮雪说的那样："人这一辈子，除了赚钱，也应该为自己的信仰做些什么。"

425 有多少能信

"一帆，红水科技真可以，你看近一年营业收入复合增长率达到了65.46%，一下子飙到 1.7 亿。我记得它 2012 年的时候 100 万都没有。"山恒证券办公室内，黄元斌兴致勃勃。

蒋一帆将视线从电脑前移开："你是不是想说，这种高成长性是创业板的最爱？"

"何止创业板，哪个板都爱！一帆你想想，如果今年全年，营收能冲上三亿，净利润六千万以上，报上去数据就很漂亮了。"

六千万净利润的企业，对明和证券来说算不得新鲜，但对于山恒证券这种第二梯队的券商而言，已经是一条大鱼了，所以蒋一帆明白黄元斌的兴奋点来自何处。

"可是元斌，曾总之前跟我们说的国内外几家竞争对手，我仔细查了下，大部分都可以做胃部检查。"

黄元斌一听这话，喜悦的情绪一扫而空，立即凑到他电脑前。蒋一帆也很自然地把自己查的资料打开，大致给黄元斌讲述了一遍。黄元斌看后眉头皱得很紧："不对啊，之前曾总说这些公司只能做小肠疾病的普查和部分大肠的检查，没提到胃啊……"

"但事实是它们都可以做。"蒋一帆说着，打开了日本、韩国以及国内共三家公司的胶囊内镜产品在医院临床诊断的照片。

"这些公司会不会是之后才做的，曾总说红水是首家……"

"首家获得磁控胶囊胃镜系统机器人三类医疗器械注册证的企业。"蒋一帆接话道。

"对对对！"黄元斌连道，"不仅是国内首家，还是全球首家。"

"但我查了下国家食品药品监督管理局的网站，有公司比他们还早。"蒋一帆说完又打开国家药监局网站，当着黄元斌的面，输入了国内一家公司的信息。结果弹出来一条关于由永磁体和外壳组成的胶囊内镜姿态控制器，从而实现胶囊内镜由被动蠕动升级为主动控制的胶囊产品。该产品适用范围为：与胶囊胃镜系统及胶囊结肠镜系统配套使用，在患者进行胶囊胃镜系统及胶囊结肠镜系统检查时控制胶囊内镜之用。

"这还只是国内的。"蒋一帆接着道，"进口产品还要早更多，有的2008年就已经获批了。我仔细分析了下这些公司的产品，其基本原理与红水科技的一模一样。"说完很认真地看着黄元斌吃惊的表情，见他哑了大约四五秒才道："所以那个看起来憨厚老实的曾志成，其实在忽悠咱们？！"

"至少在这一点上，是的。"蒋一帆说着站了起来，给自己倒了杯水，"最可怕的是，我们之前去他们下游客户那里走访，他们对于'全球首家'这个说法没有任何异议。"

黄元斌轻哼一句："这老狐狸……"说完他也站了起来，在办公室里来回踱着步子。

"这种显而易见的事情都说假话，你觉得刚才他们发过来的财务数据，还有多少能信？"

426 他所有缺点

蒋一帆下班回家一推门，便看到客厅沙发上两个保姆面对王暮雪坐着。三人显然没想到他这时候回来，齐刷刷用惊恐的表情望着他，跟做错事一样，手上都握着手机。

"那个……今天地主就斗到这里，阿姨们陪我玩这么久！辛苦了！"王暮雪说完居然一鞠躬，而后起身直接跳上了楼。

斗地主？蒋一帆听过这个游戏，但他一次都没玩过。不过如果王暮雪喜欢玩，那自己就别碰，最好连了解都别去了解。

两个阿姨一个尴尬地笑着迎到蒋一帆跟前帮他放鞋子，另一个直接进厨房给蒋一帆端冰糖雪梨。

"没事张姐我自己放就行了，游戏好玩么？"蒋一帆随意问道。

"好玩好玩！"她当然不能告诉蒋一帆刚才三人究竟在做什么。

"小雪最近在家，可能会无聊，你们有空就多陪她玩，没事的。"蒋一帆边说边上了楼。他认为阿姨们的反常纯属是因为在家玩游戏不做家务，被自己发现造成的。不过蒋一帆确实说中了一点，王暮雪快无聊死了，因为曹平生史无前例让她这一周都不准去现场，否则以后哪个项目都别参与。

王暮雪熬了五天了，于是今日她把家里的两个阿姨都叫了过来，硬让阿姨们坐沙发，自己坐在红木茶几上：

"张姐，王姐，你们是从小就开始照顾一帆哥的么？"

张姐王姐同时摇了摇头，表示这幢房子是蒋一帆来青阳后才买的，她们也是那时候被请过来的。

"其实算来不短，也有七年了。"王姐说，"一帆那时候才刚毕业，可水灵了。"

王暮雪眼珠子转了转："既然也有七年了，那我能不能问你们一些问题？"

"你问。"两个阿姨聚精会神地等着。

王暮雪双手抓紧了茶几边缘："嗯……就是……你们觉得一帆哥有什么缺点？"

　　阿姨们一听是要说雇主坏话，马上条件反射道："俺们家一帆很好的。"

　　"对啊对啊！没有比他更好的孩子了，总是彬彬有礼。对我们跟朋友一样的。"

　　"上次俺生病，他亲自送俺去医院，医药费都是他出的。俺出院后那一个月，他看到俺就让俺别干活，多休息。"

　　"俺也记得有一次我做菜盐放多了，自己没注意，咸到苦，他吃完也没说什么。俺自己扒剩菜剩饭才尝出来的，后来俺跟他道歉，他说以后俺别吃剩菜，可以重新给自己做一顿，当时俺眼泪都下来了。"

　　王暮雪就知道会这样，于是她赶紧在脑中思考着逼口供的对策。此时张姐朝王暮雪苦口婆心道："小雪啊，你可是俺们一帆头一个带回来的姑娘。他虽然不说，但俺们都知道那孩子很喜欢你，出门了叮嘱俺们的全是跟你有关的，说什么虽然你爱吃辣，但是这段时间做菜还是要尽量清淡，不然不利于恢复。他真的是很善良、很温和的孩子，又细心又周到。你跟他在一起，阿姨保证他绝对会很疼你，绝对不会欺负你。"

　　王暮雪眼睛一亮，立马道："对对，说到这个！要不这样，你们告诉我一帆哥十个缺点，我就正式考虑跟他在一起。"

　　两个保姆闻言面面相觑，不知道眼前姑娘究竟啥逻辑。

　　王暮雪索性拉着阿姨们的手，非常认真道："张姐、王姐，我是认真的。虽然我也有点怕知道，但只有当我知道了他所有的不好，将来跟他在一起了才能更好地包容他，你们说是不是这个理儿？"

　　王姐抿了抿嘴唇，为难道："可是小雪，俺们家一帆，真的没有任何不好，他又听话又……"见王暮雪已经对自己做了一个打住的手势，王姐只好闭嘴了。

　　"这样，你们拿出手机，谁说一个一帆哥的缺点，我立刻给她发满额红包。"王暮雪不知不觉已学到了曹平生那套"重赏之下必有勇夫"的本领。

　　为了不让阿姨们觉得这样收红包搁不下面子，王暮雪紧接着道："我们都是女人，我是认真在选未来老公的。就算你们帮帮我，让我更立体更全面地了解一帆哥好不好？红包代表的是一种答谢，答谢你们帮我指明幸福之路。"这样的话让两个阿姨听着心里顺坦多了，但她们还在犹豫，王暮雪就摇了摇她们的手："帮帮我嘛……不然我就真的不考虑他了，我可能下周就搬走。"

张姐一听这话急了，如果是因为自己的原因导致姑娘走了，一帆还不得伤心死？于是她立刻道："小雪你别冲动……俺说俺说，你让俺想想啊……"

王暮雪神情亮了，目不转睛地看着张姐，只听她说道："一帆他，不跑步，这算吧？"

"嗯！就是不健身，算。"虽然这个缺点王暮雪早就知道，但为了鼓励阿姨们继续说，直接给张姐转了200元满额红包，同时在手机备忘录里迅速记下了"不健身"三个字。

王姐看到张姐真收到了红包，于是赶紧也道："那孩子很爱工作，回家除了工作就是工作，经常熬夜。"

"这个是。"王暮雪立马给王姐转了红包，同时记下"工作狂"三个字。

"还要说么？"张姐试探地问道。

"当然要啊！我说了！至少十个！"王暮雪提高了音量。

张姐低眉沉思了一下，突然想起了什么，不料被王姐抢了先，只听王姐道："有一个缺点你以后晚上和他睡觉要多注意，一帆他……踢被子！经常早上我进去看到他被子都在床尾。"

张姐听到这儿，立刻朝王姐使了一个责怪的眼神，意思是你怎么这个都说？！

王暮雪笑着又给了王姐一个红包，王姐喜滋滋地点了确认，眼睛都没跟张姐对视。

张姐见王暮雪的眼神已经盯着自己了，才郑重道："俺们一帆确实有一个很不好的缺点，就是他自己有事从来不跟别人说，生病了不说，受委屈了也不说。跟我们不说就算了，跟夫人也不说。每次都是夫人和我们自己发现他感冒发烧身子难受的。"

王暮雪听到这里一脸汗颜，这貌似不算什么缺点吧？！但她还是点着头,表示张姐说得很有道理。

伴随着红包发出去的声音,王姐接着道:"小癖好算不算缺点?"

"算!"王暮雪坐直了身子。

"呃……就是,一帆他晚上一定要跟猫睡,就是小爱,没猫他睡不着。"

"啊?"这点是王暮雪没想到的,只听王姐继续道:"小爱其实每晚11:00就会从后院直接爬墙到一帆三楼的卧室。有次小爱自己贪玩,被卡在后院树杈上,一帆大半夜找它都找疯了,找到了才睡的。"

"一定要跟猫睡",王暮雪贼笑着将这六个字记在了备忘录中,而后红包也发了出去。

王姐也不看红包了,直接又问道:"饮食上不太好的算么?"

"当然啊!"王暮雪兴致盎然,心想这个王姐还真能爆料,一看就是见钱眼开的主儿。

王姐清了清嗓子,道:"一帆不吃洋葱,挑食。"

"不是挑食好么?"张姐立刻反驳,"他是吃洋葱会吐,这是身体反应,不是他自己想挑食,你这不算。"

"算算……都算。"王暮雪为了不让两个阿姨彼此吵起来,立刻出面调停。

她也知道不能一直都给王姐红包,于是转而问张姐:"张姐你也再说一两个呗。"

张姐死命想了想,此时她看到了餐桌上的烧水壶,然后道:"有一点小雪你应该也知道吧,俺们一帆很爱喝水,一天可以喝好几壶。"

"不行不行,这个不算!"王姐立刻打断,"爱喝水是好事儿,医生都说要多喝水。"

"可是一帆喝得特别多,如果是矿泉水瓶那种,大瓶的,他一天能喝十瓶。"

蒋一帆喝水的功力王暮雪在项目上就见识过,直接体现形式就是企业给项目组配的一箱矿泉水,一天就差不多见底了。如果是桶装矿泉水,每天都要换新桶,这个场景也似乎只有跟蒋一帆做项目才有。

王暮雪笑着记下了"水牛"两个字,给张姐发了一个红包。

"还有吗?"发完后王暮雪朝着两位阿姨问道。

张姐猛地摇头,表示自己再也想不出来了。王姐偷偷瞟了一眼王暮雪,一副欲言又止的样子,王暮雪的身子不禁往王姐那儿挪了挪,小声道:"说吧!"

"呃……这个……有点难为情。"王姐说到这里居然自己脸都红了。

这让王暮雪更按捺不住了:"快说快说!"

"就是……我发现一帆洗澡洗很久,不过不过! 如果你跟他在一起了,估计他就不会洗那么久了!"

毫无疑问,王姐爆出的这个点让王暮雪瞬间感觉自己被雷劈了,洗澡洗很久?! 这难道是……王姐哪壶不开提哪壶,又道:"你要理解,他也是一个正常男人,我估计他……"王姐正说到这里,大厅的门就被蒋一帆打开了。

427 可疑的业绩

"你仔细看过人家的获批产品名称了么……看过? 看过你背出来。"王潮一边坐在器械上练着大腿前侧肌肉,一边给蒋一帆打电话。王潮业务繁忙,健身时接电话是常有之事,但他不会浪费私教课宝贵的一小时,所以只要他接起电话,动作就自动切换到下半身。姜瑜期帮他数数,需要停的时候,姜瑜期会通过手势告诉他。

"对嘛,你也说了,请问这些所谓竞争对手的获批产品名称里有'胃镜'两个字么? 是不是都是'肠道''小肠'这些词?"王潮说到这里,停顿片刻,突然眉头一皱,提高音量道,"别讲适用范围,其他人的产品能不能做胃镜检测我们不需要管,我们管的就是你说的那些国际国内公司,在药监局获批的产品名称。注意,是产品名称本身,有没有'胃镜'两个字,既然它们没有,只有红水科技有,就够了!"

姜瑜期刚做完手势让停下,王潮就有了一个恨铁不成钢的表情:"一帆,我的好师弟,你现在已经不在明和证券了,不能拿以前明和的标准来要求红水,适用范围是适用范围,产品名称是产品名称。咱们官网上获批名称查不到明显冲突,查不到还有谁的产品有'胃镜'两个字就行了,说它首家获批的胃镜检测产品,我觉得没问题。"

关于红水科技这家公司,姜瑜期当然也从蒋一帆那里了解了不少,要知道蒋一帆的手机、车上的行车记录仪以及卧室桌子内角贴着的装置,都有姜瑜期的窃听设备。

姜瑜期前几年并非一无所获:其一,姜瑜期知道通过阳鼎科技这条线没办法伤到金权集团。可能是因为年代太过久远,也可能是金权做得太过干净,至少经侦支队和资本监管委员会稽查总队通过常用办法都没找到突破口。其二,姜瑜期这些年通过在无忧快印任职,熟悉了投资银行几乎所有项目类型的申报材料;通过王暮雪、蒋一帆与其他人的日常对话和手机所有相关文件,也深入地了解了投行日常工作和专业知识。

所以现在的姜瑜期能够无障碍地听懂王潮说的话。

人生道路上,其实没有弯路,所有我们走过的路,都是必须经过的路。

姜瑜期知道红水科技这家公司的主要产品就是一种检测胶囊,吃了这个胶囊,就不用忍受传统胃镜检查的痛苦。这样的产品对常年被胃病困扰的姜瑜期而言,确实足够有吸引力,因此他周末特意抽了个时间去三甲医院调查了一番。

红水科技的胶囊产品质量先不说,单从价格上看姜瑜期就表示不太能接受。由于目前胃镜、肠镜技术已十分成熟,不仅检查时间短、不适症状轻,费用也不高。如果担心检查有痛苦,姜瑜期可以选择无痛胃肠镜检查,费用才几百元。而红水科技的胶囊胃镜检测一次就需要几千元,存在一定的检测盲区,检测时还不能像传统胃镜那样检查时同步治疗,故其在食管、胃、结肠病变的检查中,并不具备十分明显的优势。

姜瑜期还在医院遇到一位病人,随意询问了下对方做胶囊胃镜的意愿。

"如果我不是有钱人,不是胃出血疼得快死,只是胃胀气或者一般胃痛,我不可能掏几千块吃这玩意儿。何况普通胃镜我忍忍也不是说忍不了,关键是才三四百块!"这是对方的回答。

调查回来时姜瑜期想不明白,如此一个准确率达不到100%,且比市面上已有的传统检测方法贵出几十倍的产品,怎么会有竞争力呢?怎么可能让红水科技一年营业收入复合增长率达到 65.46%？怎么会有这么多人愿意购买红水这种胶囊产品呢？就算一些医疗机构真的买回来了，用得出去么？有多少病人会买账？

姜瑜期虽然有很多问题没挖透，但他不能流露任何迹象。王潮这样的老狐狸应该极其敏感，他之所以觉得在健身教练面前聊项目上的事情足够安全，是因为他断定做健身教练的人学历一定都不高，至少不可能是学金融的，更没兴趣了解投资银行这一套。

姜瑜期的神态十分自然松弛，只是默默指导王潮切换不同动作，从大腿前侧肌肉，练到大腿后侧，再然后是小腿和臀部。专心数着王潮每个动作的个数，看上去对于王潮聊天的内容毫不关心。

王潮绝对想不到，他每次练完就直接进更衣室洗澡，总是把手机放在外面的空当，手机早就沦陷了。蒋一帆和王暮雪的手机如何沦陷的，王潮的手机亦然，因为这些金融人士输入手机密码从来不防着人。

拜王潮所赐，姜瑜期知道了金权集团幕后最可疑的人是副总裁刘成楠，那个《财经时报》上的投资界大红人，时代标杆女性。

"蒋一帆不是跟你一样是曹平生教出来的么，这么没弹性？曹平生如果没弹性，是怎么把事业做这么大的？"

"上次不是让你给你的好师弟上一课么？过了些日子了，上了么？"

"我们金权不需要太过聪明的人，只需要识大体的人。"

刘成楠的声音经常出现在王潮手机定期传回来的资料中。讽刺的是，有次姜瑜期在王潮的手机对话中听出了蒋一帆在山恒证券的"好同事"黄元斌的声音。

蒋一帆发现红水科技有猫腻后，黄元斌假装与蒋一帆一起着急，但转头就跟王潮告状。他说："我劝过一帆，他不听，他觉得招股书绝对不能这么写，不能写全球首家，也不能写国内首家，而且红水的业绩他还是很怀疑。"

428 世界的转变

宝天钢铁借壳新城集团的公告正式发布后，市场一片叫好。蒋一帆

一边开着车,一边听广播里的男主播用非常标准的官方腔调播报道:

"新城集团与宝天钢铁两家大型钢企的合并,符合国家政策。工信部《钢铁产业调整政策(2015年修订)(征求意见稿)》提出'进一步组织钢铁行业结构优化调整,加快兼并重组,到2025年,前10家钢企粗钢产量全国占比不低于60%,形成3到5家在全球有较强竞争力的超大钢铁集团'。新城与宝天合并之后,无疑会带动更多钢铁企业的重组合并。我国钢铁行业目前仍处于周期性低谷,新城和宝天合二为一,有助于完成不良资产剥离、削减债务、人员合理安置等任务,有助于双方破除经营困局,从而加快钢铁业供给侧改革的进程。新城宝天重组后,有助于新产品的研发和推广,加速产品升级,扩大我国钢铁产品的国际影响力,从'廉价、走量',向'高精尖'靠拢,进一步使我国从钢铁大国走向钢铁强国。新城与宝天的重组后,将诞生我国最大的硅钢生产基地,有利于缓解行业内钢价的无序竞争。"

……

电台主持人的赞歌唱了很久,但蒋一帆却很平静。虽然这次借壳,一定程度上可以降低两家企业在争抢原材料、争夺销售客户以及抢占市场份额等方面的投入成本,但市场竞争仍然存在。

从原材料来看,新城还是要和诸多国际大公司谈判,在产品销售市场上同样会面临国际、国内市场的竞争。即便自身体型扩大后,话语权增大了一些,但盈利基础仍取决于市场。原材料和产品的价格很大程度仍然由市场决定,除非本次合并能形成完全垄断,否则利润的增幅也是有限的。

当然,蒋一帆也明白,销售成本的降低可能是合并最直接的收益,新城和宝天合并的同时,广告费用和营销团队支出显然可以同比例下降。

母亲显然也听到了广播,此时打电话来说:"帆仔,新进驻的董事,要求裁掉至少2300人,我们1500,宝天800。"

这句话让蒋一帆险些踩了急刹车。令他失望的是,他听不出母亲的情绪,似乎这不是告急,也不是商量,而仅仅只是一个冷冰冰的通知。

借壳前,由于继承了父亲蒋首义的所有股份,蒋一帆个人持有新城集团53.49%的股权。借壳后,由于宝天钢铁已将旗下所有核心资产注入了新城集团,故蒋一帆也同时把51%的控股权出让给宝天钢铁的股东,目前虽然蒋一帆持股仅剩2.49%,但他仍是新城集团董事会换届后的成员之一。

蒋首义去世后,新城集团董事会不足5人,少于《公司法》规定的法定人数,不得不进行重新选举。新一届董事会除了蒋一帆、何苇平以及原先的三名老董事外,金权集团与宝天钢铁各派了两名董事进驻董事会,董事会成员目前共9人。宝天钢铁的高层在蒋一帆看来,早已是金权的说客,说难听点也可以用"傀儡"来形容,毕竟金权集团是宝天的控股股东。此次借壳后,金权集团通过"卖掉自己儿子"(宝天钢铁),换来了新城集团这家上市公司的绝对控股权。

众所周知,公司董事会成员的提名是由股东会决定的,所以这四名新进董事实际上全是金权集团的人。

解聘员工这个议案上升不到股东会层面,即便是解聘1000名以上的员工,按照借壳后新公司的公司章程,由董事会表决通过即可。

"帆仔,我知道你心里有想法。"没等蒋一帆开口何苇平就继续道,"落后的生产线,产能低的工人必须淘汰,不是重组就能救得了的。已经很好了,才1500人,你爸当初说裁5000也不心疼。"

蒋一帆沉默了一下,才道:"这个意见具体是哪个董事提的?"

"是宝天的那两个董事……其实也可以说是金权。"

"他们是不是名单都列好了?"

"就是你爸原来的那个名单,他们把年轻人留下来了,说这次就给个机会,老的还是要裁掉。"

虽然看不到母亲的脸,但他能想象母亲此时说话小心翼翼的样子:"帆仔啊,我知道你做这么大牺牲,就是为了保住那些工人,你也确实保住很多人了,我们也让一步……"

"妈,我在开车,晚点聊可以吗?"

"哦哦好,那你小心。"何苇平利落地挂了电话。

雾霾的影响让蒋一帆看不清前方的路标,他面无表情地将车转到一个支路上,靠右停下后打了双闪。路旁的小卖部老板被这辆刚刚停下的百万豪车突然传来的喇叭声吓了一大跳,他还没反应过来,又是一声震天响的喇叭声。

"咋地啦这是?!"老板站起了身,朝豪车张望。他看到一个穿白衬衣的年轻人坐在驾驶位上,戴着眼镜,目光盯着前方某处有些呆愣。

蒋一帆脑子里很乱:青阳曾经是一个只有蓝天白云的城市,为什么也会出现雾霾?为什么这雾霾让自己连路标都看不见……世界似乎越来越不是原来的样子,原来的世界多简单,除了被曹平生骂,似乎一切都是美好的,不好的公司就不接,时候未到的公司就等,家里的事情也总是有一个顶天立地的父亲挡在自己面前。

蒋一帆心里的蒋首义,如果不是真的山穷水尽,不会裁人;如果借壳成功了,父亲也不会裁人,至少肯定不会像这样大面积裁人。因为父亲要的只不过是企业活下去,他对资本市场那套向来嗤之以鼻。

蒋一帆至今还记得父亲生前给自己说的最后一句话:去他妈的估值!

429 舆论压力大

"现在刚重组完,过不了多久就得公布财报,这点不用多说吧?"宝天钢铁派来的一名董事双手交叉在肚子前,语气有些傲慢。他跟另一名代表宝天的董事一样,五十岁上下,头有些秃,身材干瘦。

"我听说金权原先是有护盘资金的,但不知为什么钱还没进去,借壳的预案就被公告了。"另一名新进董事装糊涂。蒋一帆明白他在责怪自己当初一意孤行,提前公告并停牌的事。

实际上,蒋一帆那次不仅是想帮阳鼎科技扛舆论压力,更是为了新城集团本身,他不允许自家企业也卷进内幕交易的漩涡中。所以那次的提前公告,是他有意为之。

蒋一帆自己明白这点,他也知道王潮明白这点,在座的代表金权集团行使投票权的四个新来的老狐狸也明白这点。

既然新城集团重组后,价格调整空间仍然有限,那么快速提高净利润的手段就是尽最大可能压缩成本,这样才能在短期内让市场上的投资者看到两个大型集团重组之后的利好。而那些生产力低下的大龄员工,自然就是资本"刽子手"的首要射杀目标。

这些"刽子手"有十分正当、合理的理由：

"一帆，我们董事会就是为股东服务的，我们得让公司赚钱。"

"我听说你以前的明和证券，业务部门也不要老人，我一朋友，42了，合同到期也就不被续签了，所以你看，在投行没本事转内核，当不上总经理，到国企也是死路一条。"

"对啊一帆，如果是财务部，行政部，留些年纪大的倒也无妨，生产线拼的就是体力。你要说有经验的，我认为40岁上下经验足够了，我们留了不少这样的骨干，像你说的那个梁姐，都50多了，在生产线上还能站几个小时？"

这个世界的可怕之处在于，对一方而言是绝对的黑暗，对另一方居然是绝对的光明，就跟黑夜与白日总在地球的东西半球同时出现一样。站在这些董事的立场，他们的观点没有任何错误，只不过他们此时穿着松垮但昂贵的衬衣或T恤的模样，看上去只不过都是资本的工具人罢了。

梁姐的儿子小罗一定无法想象，蒋一帆作为堂堂新城集团前董事长蒋首义的独子，家族企业唯一的继承人，还曾经是最大的股东，现在也是集团董事会成员，居然连一个董事会议案都否决不了，不仅如此，连他裁自己不裁他妈的要求都满足不了。

"我们卡的是年龄，如果你搞特例，那其他人跳起来怎么办？"

"对啊，不能服众。"

"一帆，我们知道你善良，但是咱们做重大决策不能从善良出发。"

"这绝对不行，标准要一致！"

蒋一帆早就预料到董事会现场会遇到此类阻碍，于是他降低要求道："如果一定要裁，能不能将那些对公司有卓越贡献的人留下？"

"人员名单我看过，有413人还在公司内部拿过骨干荣誉的，这些人我建议留下。"

"如果只要到了48岁就被辞退，那么生产线上40岁以上的员工，甚至更多年轻员工都不会卖命，也不会忠心。"

蒋一帆的观点确实说动了一些人，尤其是母亲何苇平以及原先新城的两名老董事，金权和宝天派来的那四名董事最后也都不说话了，蒋一帆原本以为裁人的议案可以暂时被否掉，谁知最后的投票结果是 5 票赞成，4 票反对，议案顺利通过。5 票赞成票中自然有 4 票是金权集团的人，还有 1 票是新城集团自己原先的董事，蒋一帆称他为李叔。

"一帆啊，我也希望我们新城重组后利润可以有比较明显的改观，裁人只是其中的一个措施，况且对于大型生产型企业而言，还是应该以大局为重。"

李叔说得掏心掏肺，但蒋一帆听母亲说过李叔的心思，他只不过是想在新城股价被抬升后，减持股份套现罢了。

那些投了反对票的老狐狸没一个敢下去面对在楼下等消息的工人，全部从地下车库开车逃了，最后还是蒋一帆独自下去承担遣散工人的任务。

工人们看到蒋一帆先是屏息凝神，而后从蒋一帆脸上的神情，他们也看出了结果。大多数人比较理智，但有少部分人开始朝蒋一帆骂脏话，说蒋一帆人面兽心，跟他爸就是一类人。

正当人群开始越来越骚动时，一个男人疯一样地拿着根铁棍就朝蒋一帆冲来，蒋一帆下意识躲开了，但随即他两手直接被两个从后面上来的男人拽住了，拿铁棍的男人一看蒋一帆被同伴所困，当头就想给他一棒。怎知就在他要挥下去的时候，手被小罗死死拽住："他是好人。"小罗冷冷道。

那男人张嘴大喊了一声："你给我滚！"直接一脚朝小罗的膝盖踢了过去。在小罗倒地的瞬间，他的铁棍又朝蒋一帆砸了过去。

430 没有选择权

蒋一帆被人固定死了，他透过镜片看到铁棍由远及近，那角度与力度似乎可以把自己的头彻底敲碎。蒋一帆下意识地低下头，阳光下铁棍的阴影已经盖住了他头颅的影子。

不过，哐啷一声，铁棍掉在了地上。

蒋一帆抬起头，看到的画面有些凌乱。

他看到那个要打自己的疯男人跌倒在地,手被身穿灰色厂服的梁姐死死抓住。接着,梁姐的头撞在了大门的石台上。

"妈!"小罗瘸着腿跟跄至母亲身边……

手术室的灯还没灭,一个护士就过来告诉蒋一帆,小罗的膝盖粉碎性骨折,需要三到五个月才能基本恢复,也有可能长时间无法愈合。因为粉碎性骨折有很多节段,生长和愈合的时间比单纯骨折愈合的时间要长。

然后,小罗拄着拐杖坐在了蒋一帆对面。手术室的门打开了,主治医生就说了一句话:"我们尽力了,安排后事吧。"

蒋一帆在那一瞬间是没有情绪的,正如他对面坐着的小罗一样。蒋一帆在原地站了一分多钟,才慢慢走到小罗面前,双膝跪了下来……

这个世界永远照着它的规则运转,时间也不会为了任何一个生命的消逝而停止。

属于病房走廊里两个男人哀悼的场景被蒋一帆裤兜里的电话不停地打断。有很多号码他根本不认识,唯一一个让他不得不拨回去的,就是直属领导王潮。

已经是晚上 11:30,他静静坐在驾驶座,车子还停在医院停车场。

"为什么搞成这样!"王潮一接电话就朝蒋一帆吼道,"你派谁去遣散工人不行,自己去?你知道今天捅了多大娄子么?"

王潮随即将新闻截图发到了蒋一帆的手机上,第一张截图是一则新闻,标题为:《新城集团董事蒋一帆当众殴打工人》。随后几张截图均为新城集团的工人自己发的朋友圈和微博,配图均是现场棍棒和血迹并存的画面,画面里有小罗,有梁姐,也有蒋一帆。

"这件事情半小时内已经摆平了,现在所有的信息你在网上都搜不到了。你知道如果扩散出去,股价会滑铁卢到什么程度么?"

听王潮说到这里,蒋一帆居然平静地说:"他们不提那个议案,这件事就不会发生。"

"你他妈当初不提前公告,让护盘资金进去,股价抬升有保证,压根儿那些人也可以不被裁!"王潮跟了曹平生六年,气头一上来竟然有些曹平生的味道。

蒋一帆一字一顿地说:"梁姐死了。"

"所以呢?"王潮似乎并不为一个生命的逝去感到任何惋惜,只听他跟机关枪一样骂道,"师弟你现在应该明白,金权有自己的规矩,你我都不能左右。破了规矩,代价只能更大。涉及新城,毕竟是你们自己家,我已经帮你尽力说情了。这次就算了,但红水科技是刘总的项目,这个项目必须报,而且要报得漂亮,明白么?"

听到这里,蒋一帆深深呼了一口气,握紧了手机,看着没有任何月光的天空,一字一句地说道:"师兄,红水我签不了。我辞职吧。"

王潮沉默良久,才开口问蒋一帆的所在地。一个半小时后,蒋一帆车的副驾驶座就多出了一个人。

"师弟,恐怕你现在还走不了。"这是王潮上车后跟蒋一帆说的第一句话,"以前很多事不太方便跟你说,觉得你不知道最好,但是我告诉你,他们不允许任何人欠他们的。你上次提前公告,让集团损失了几个亿,就算我按最保守的股价估算,也至少有 3.2 亿。"

"所以是要我赔这笔钱么?"蒋一帆道。

"他们当然不要你直接赔,你一个自然人,无端给公司打几个亿现金,对外怎么解释?"

蒋一帆听到这里居然轻笑了一声,他明白了,金权集团是让他以保荐代表人的名义,签高风险项目。这些项目均有金权集团投资,一般大券商内核过不了。就因为公司问题多,所以给投资银行的费用自然会高出行业平均值不少,比如红水科技,它承诺给山恒证券的承销费居然是8000 万。

"你本来不用这样,是你自己造成了你现在没有选择权。"王潮道。

"师兄,如果我一定要走呢?"蒋一帆定定看着前方的样子让王潮觉得异常的冷,但他并不怕冷,因为他不是一个人。

王潮将手肘搭在车扶手上,单手手指揉了揉太阳穴:"上次在曹总办公室,你似乎很袒护王暮雪,而且有次你喝醉,我跟元斌都看到了你的钱包照。趁你现在还在三云,你应该回家看看你父亲的手机,如果你还留着的话。看完之后,仔细想想,我相信你会改变主意的。"

431 股价滑铁卢

何苇平从来没见过儿子这般着急,蒋首义书桌下的抽屉几乎是被他一个个拔下来的。

"帆仔别急,慢慢找,我确定我收在这里,一定找得到的。"

见蒋一帆一直把无关的东西往外丢,何苇平忍不住问:"干吗突然要找你爸手机? 你要什么资料说不定我这里有。"

蒋一帆擦了擦额头上的汗,继续一言不发地翻箱倒柜。最终,他找到了。

充电开机后,蒋一帆试了很多密码,最后打开的数字是新城集团成立的那天,1997年1月8日。

他翻了父亲手机里几乎所有通讯软件,最后把目光定格在蒋首义死亡当晚的一个可疑电话上。这个电话号码是一串数字,很显然,蒋首义并未将之存入通讯录。

这个号码给蒋首义连拨了3次,蒋首义在第4次接起了电话,通话时间18分32秒。

"这个是去年的通话了,肯定查不到内容。"蒋一帆警局里的熟人跟他说。

"那能不能帮我查一查这个机主的名字?"

随后不久,蒋一帆得到了结果,该号码的机主是一个蛋糕店女服务生,2017年来青阳打工,这期间一直在蛋糕店工作。蒋首义死亡的第二天,她主动打电话给运营商停机,称自己手机被盗,申请废掉之前的手机卡,新卡办理后,号码仍旧保留。

蒋一帆特意去找她,也让朋友对其做过背景调查,她的人际圈与新城和金权毫无交集,也没有任何杀人动机,且在这次通话之前,该女子从未给蒋首义打过电话。

"这个号码是外地的,用了8年了。她通讯录里的同学朋友我们抽查了几个,都知道这是她的号码。"朋友跟蒋一帆说。

蒋一帆知道朋友的意思,无非就是:凶手不太可能是这个女孩。

结合王潮在车里跟自己说的话,真相已经很明显了:金权集团为了拔掉蒋首义这颗阻碍借壳的钉子,当晚在电话中通过言语刺激使其心肌缺血缺氧猝死。

"他们之前肯定对你爸做过调查,知道他有心脏问题,甚至知道他和你母亲分房的生活作息,所以才挑深夜下手,他们盯上你父亲很久了。"

"这样难道不算故意杀人么?"蒋一帆反问一句。

"如果你父亲在医院有心脏病诊断记录,有证据可以证明对方确实知情,而且当晚的通话内容可以被还原,那么的确构成故意杀人,属于激怒对方间接致其死亡的故意杀人。"但谁都知道,现在这些条件都不满足。

蒋一帆明白,做这种勾当,不可能是金权内部这些西装革履的金融人士亲自出马,他们背后肯定有一个团伙,这个团伙为了资本市场上的既得利益,视人命如草芥。

"能不能从那个蛋糕店女服务生周边的关系开始调查? 比如她的同事、朋友和情人,万一她也是这个团伙之一呢?"蒋一帆仍抱有一线希望。

"这个我们会查的,也会对那个女生进行必要的跟踪和监视,但我可以比较诚恳地告诉你,别抱太大希望。他们这种作案手法,我推断绝对不会用自己人的手机,要不就是用无名卡,要不就盗一个路人的手机,这样安全太多。"

他还记得父亲闭着眼睛像睡着了的那个早晨,他记得父亲说:"只要我蒋首义还活着,他们金权永远别想多吃一口!"然后,父亲就再也没有醒过来。

父亲是个伟大的实业家,在新城集团这个钢铁帝国中,父亲是至高无上的王。父亲的形象在蒋一帆心中一直都是伟岸的,强大的,不屈不挠的。但也正是因为有一个如此强大的父亲,蒋一帆觉得在这个帝国中会迷失自己。所以他逃了。蒋一帆曾经并不后悔自己的决定,但直到此刻,他才意识到那个众人眼中完美的自己,只不过是个懦弱的逃兵罢了。讽刺的是,这个懦弱的逃兵最后还站在道德制高点指责父亲的作为。

狭路中的冲锋,蒋一帆是不会的,因为他从小到大走的就是康庄大道。蒋一帆将头靠在座椅靠背上,整个人瘫软无力。他望着没有白云的天空,在脑海中勾勒出凶手的样子,甚至他都可以重现当晚凶手跟自己父亲对话的内容,他知道凶手的目的,也知道凶手背后的主谋是谁,但是他却拿他们毫无办法。

就在这时,蒋一帆想起了姜瑜期,他想起王暮雪曾经告诉他的那个关于姜瑜期的故事。于是蒋一帆猛地坐起来,用手机狂查当年姜瑜期父亲跳楼的新闻,那则新闻年代久远,"杠杆配资""桂市商人""勿扰妻儿"这样的关键字出现在蒋一帆眼前。随后,蒋一帆详细搜索了金权集团相同时间段内,旗下私募基金持股情况。搜索结果显示,金权私募 1 号在姜瑜期父亲死前的大半年前,就吃进了不少阳鼎科技的股权。在那年股价集体滑铁卢的期间,私募 1 号不断低价吸纳阳鼎股份,致使其成为第一重仓股。而后戏剧性的情节上演了,私募 1 号吃进股权后,一直按着没动,一按就是数月,导致很长一段时间内,市场上成交额很低,且卖单远远高于买单,跟一座大山一样压走了不少"韭菜"。

千股跌停,低价买进,极为合理;股价不涨,按兵不动,也没任何毛病。由于金钱可以抵抗风险,所以在股价滑铁卢一滑就是大半年的时间里,被榨干的全是杠杆配资或者家庭经济不宽裕的小股民。

我明知这么逼你会死,但我还是这样做了,这算杀人么?

关上手机,蒋一帆发动了车子,他愤怒、悲伤、无助……但他还要继续向前走,因为还有王暮雪。

432 孤独的优秀

从山荣光电回家,时间还早,王暮雪终于顺利完成了财务核查工作,无比轻松,也无比有成就感。"孤独使人优秀",这话果然没错。

王暮雪认为以前投资银行找关联方的方式太过老土,基本就靠肉眼搜寻,能否找到全凭记忆与"大家来找茬"的功力。于是她发明了一个 Excel 自动筛选对比系统,系统包括两大块:关联法人核查与关联自然人核查。关联法人核查主要是将山荣光电的所有关联法人与其客户、供应商、外协厂商、广告商等进行穿透核查,看看有无重名情况。关联自然人核查主要是将山荣光电的所有关联自然人,与其客户供应商、外协厂商、广告商的股东、董监高、历次历史沿革中出现过的出资人进行穿透核查。

为了更全面地找出利益相关方,王暮雪甚至把山荣光电五年之内所有离职员工与在职员工全部纳入了这个核查系统。

而后她发现了很多有意思的重名现象。

现象1:山荣光电2016年离职的某员工,居然是公司现在主要供应商的董事;

现象2:山荣光电高管的妻子,是某外协厂商曾经的监事;

现象3:山荣光电董事投资的某家公司,成为了公司的新客户。

除了第3点,前面两点单靠以前的投行传统核查手段,几乎不可能查出来。

如果投行人真有耐心一个一个看,小点的公司还能看清楚,公司一大,像天英控股这样,涉及上万名员工,几十家子公司,董监高在外疯狂投资,不依靠王暮雪的这个自动核查系统,极难找出此类潜在的利益相关方。这些利益相关方的个人银行流水若真被仔细核查,好处费和吃回扣等事情有没有还不好说。

当然,这里面存在一些名字相同,但人不同的情况。如果真是重名,王暮雪就会要求公司提供这两个人的身份证以及与各自公司签订的劳动合同作为底稿支撑,以示区别。

今日,王暮雪自主研发的这个关联方筛查系统得到了内核委员黄景明的肯定。黄景明到现场检查时,发现只有王暮雪一个人,尤为吃惊。当他看到王暮雪一步步给他演示这套万能关联方核查系统时,更是愣住了,因为这是他在投资银行做内审这么多年都没见过的东西。

"这么智能,是你自己做的?"黄景明一脸赞赏。

"对,这样以后多大多复杂的公司,我们都不怕了!十个天英控股都不怕!"

于是,王暮雪受到了黄景明的邀约,让她下周在新、老员工的半年度培训会上,普及这个核查系统的使用方法。

王暮雪接到这个任务当然是开心到飞起,她从没想过自己如今也可以给同行讲课。她近乎是一蹦一跳地进了家门，跟两个阿姨都打了招呼后，钻进了蒋一帆三楼的书房。

三楼共有四间房，其中一间是蒋一帆的卧室，其余三间全是书房，里面装满了各类经典书籍。

在其中的一间书房，王暮雪翻到过一本蒋一帆的读书笔记，笔记本第一页写着：用时间和生命阅读一流的书。蒋一帆收藏的书跟他的饮食一样，除了吃洋葱会吐外，几乎不偏食：哲学、历史、心理学、诗歌、散文、小说、自然科学、经济学，还有宗教和神学。

蒋一帆说读神学可以帮助他理解宇宙的奥秘，以及一些超越人性的东西，获得上帝的眼界。大概也就是看到这些书，王暮雪才明白为何蒋一帆总给她一种大海的感觉。

你将一块石头狠狠地砸进海里，对海而言不会造成任何影响，海依然是海。一块石头之所以影响不了大海，是因为石头窄而轻薄，而海宽而厚重。

王暮雪当然也想变成海，所以只要她工作稍微闲下来，就喜欢泡在蒋一帆的书房里，逼自己看一些往常不会涉猎的自然科学和神学的书籍，让精神饮食也不挑食。

读了大约两小时后，天已全黑，王暮雪大大地伸了一个懒腰。她边吃着张姐端上来的可口饭菜，边拿出了蒋一帆的那本记得整整齐齐的笔记本。

看蒋一帆的笔记对王暮雪来说是一种放松，就好像看高中语文老师逼大家摘抄的名言警句一样。

　　　任何一次机遇的到来，都必将经历四个阶段：看不见、看不起、看不懂、来不及。
　　　重要的人越多，就越是不安。

这是蒋一帆笔记本中经常出现的句子类型。关于爱情的，王暮雪目前只看到一句，这句是：既许一人以偏爱，愿尽余生之慷慨。

也不知为何，王暮雪突然有种家长偷窥孩子日记的快感，边吃边笑。谁知这时房间的门被瞬间推开，蒋一帆脸色看上去很憔悴，眼睛肿肿的，像是哭过的样子，这让王暮雪吃了一惊。她迅速将饭咽下，起身朝蒋一帆走去："怎么了一帆哥？"

王暮雪刚问出这句话，身子就被蒋一帆一把抱住了。蒋一帆一身的酒气，抱着王暮雪的力度让她有些喘不上气，但她明白一定是出了什么大事。

见王暮雪没有任何推开自己的迹象，蒋一帆索性将头埋在她脖颈后的长发里，好似这一刻闻着她头发的味道，才能让自己的心情稍微平复一些："小雪，别离开我好不好？我什么都不要，别离开我……"

蒋一帆越说越哽咽，让王暮雪不禁双手抱住了他："你书那么多，我没看完不会离开的。"

"那……那你快看完了跟我说，我再去买。"

听到这里王暮雪笑了，笑得有些苦。她也不知道苦从何而来，似乎是从蒋一帆的身体里传来的。

433 照片的秘密

王暮雪问蒋一帆有没有吃饭，蒋一帆说没有，于是王暮雪让他坐一下，她下去拿饭菜跟水果。上来时，蒋一帆躺在沙发上睡着了，睡得很沉，跟一个熬夜奋战了很多天的孩子一样。

王暮雪没忍心叫醒他，把他脱下来的外套给他重新盖上。也就在这时，钱包从外套的口袋中滑了出来，直接翻开躺在地上。王暮雪低头去捡的时候，看到了自己的照片。

照片里的王暮雪穿着红色的大衣，戴着白色毛帽，站在白茫茫的雪地里很开心地笑。照片中的背景左边是一片森林，而右边有一些别墅。无论是树上还是屋顶上，都堆积了厚厚的雪。

她记得这张照片是 2012 年在宾夕法尼亚拍的，当时她去学校附近的一个居民区找朋友玩，正好遇上了当年的第一场大雪。王暮雪不知道为何蒋一帆会有这张照片，因为她从未发到任何社交媒体上过。

她把照片抽出来，才发现不止一张。第二张是她长发飘飘站在纽约证券交易所门前拍的,第三张是硕士毕业时,她穿着商学院的黑色学士服,化着淡妆,手捧毕业证的照片。一共五张,都是她学生时代的。其他照片王暮雪记不清楚有没有发过朋友圈,但她很肯定,雪地里那张红色大衣照,绝对没发过。

就在这时,蒋一帆身子动了动,王暮雪下意识将钱包和照片背到身后,退后了两步。

蒋一帆只是将头撇过了另一边,没醒过来,王暮雪轻呼一口气,将照片试图重新放回钱包里。放的时候她发现掉在地上一张,她看到了背面的字:"2016 年 5 月 2 日,王暮雪。"

王暮雪第一反应这是照片拍摄的年份,但她又一想,不对! 这些照片的拍摄时间全在自己工作之前,怎么可能是 2016 年?

等下! 5 月 2 日不是蒋一帆的生日么?

"快许愿!"

"不用许了,我直接吹吧。"

"一年就一次机会,怎么能不许?"

"……说出来就不灵了,但我会写下来。"

"一帆哥你不会还私藏什么许愿瓶或者日记之类的吧?"

"没有。"

"那你写在哪里?"

"照片背面。"

蒋一帆和她的对话,突然出现在王暮雪的脑海里,于是她迅速将其他四张照片都翻了过来:

2015 年 5 月 2 日,王暮雪;

2016 年 5 月 2 日,王暮雪;

2017 年 5 月 2 日,王暮雪;

2018 年 5 月 2 日,王暮雪。

最后一张照片还是空白的,什么字都没写,因为现在才是 2018 年 8 月,没到 2019 年。

王暮雪眼眶湿润了,她想起自己认识蒋一帆的时间是 2014 年 8 月,她想起蒋一帆说他这些年的生日愿望也没什么变化……她此时比任何时候都想看清蒋一帆睡着的侧脸,但她看不清楚。

算算时间,今日正好是王暮雪跟姜瑜期分手整整一年的日子。这一年如果说她一次都没想起姜瑜期,是不可能的,因为她是那么炙热地爱过那个男人。而眼前这个睡着的男人跟姜瑜期没有任何共同点,无论是长相、性格、喜好与跟自己相处的方式,都完全不一样。蒋一帆每次对王暮雪好都是默不作声地,如果不是自己发现,他似乎可以一辈子不说,就如同这照片背后的秘密一样。如果他真图点什么,他一定会尽量想办法做得明显,没必要像文景科技答反馈时躲在黑暗的角落熬夜,也没有必要给王暮雪发个财务核查文件还要用定时发送功能……

从蒋一帆的所有行为来看,他真的如他自己所说的那样,什么都不要,甚至连一个答案都不要。

但他却让王暮雪别离开他,这句话本身就是矛盾的,正如一直以来王暮雪对蒋一帆的态度一样。

王暮雪带着这样矛盾的心情轻轻坐回了书桌前。她翻开了一本林徽因的书,那是她一直以来就很欣赏的建筑师、诗人与作家。林徽因说:"我从来都不相信,会有人用一辈子去爱一个人;只是我们每个人都有那么一段岁月,会遇见一个想要用一辈子去爱的那个人。"林徽因说:"人生最大的遗憾,不是错过了最好的人,而是你错过了,那个最想要对你好的人。"

合上书,王暮雪选择把自己关在书房的阳台上,落地玻璃窗被她从外面关了起来,好似她杂乱无章的思绪会吵到蒋一帆似的。坐在阳台地板上,还是能很清晰地透过玻璃窗看到蒋一帆。她又跟以前一样,默默看了很久。

电话响了,是杨秋平。杨秋平本来是要约她周末看电影,但话还没开始说就听王暮雪急切地问道:"一帆哥是不是出了什么事?"

"怎么了?"杨秋平反问一句。

"他状态很不好,喝了酒。"王暮雪回答。

"那肯定是因为新闻了!"杨秋平道,"不过这个已经被金权解决了,现在网上搜不到的。姐姐你让一帆哥别担心!"

而后,王暮雪就知道了新城集团裁人以及有员工当场致死的消息。

"1500人……还说你殴打工人……"放下电话后的王暮雪默默对屋里睡着的蒋一帆念叨着，"真的是全世界都在欺负你……"

"你不也一样在欺负他么？"电话里狐狸程舀金不屑的话音传来，"我看滚床单那个假设对你没用。你跟你的小鱼鱼都不滚床单，都不知道你咋想的。"

"说的好像你跟女人滚过床单似的。"王暮雪冷冷一句。

"喂喂喂！现在是在说你！你不就是怕自己对他是感动、是同情么？那我教你，你这么想……"

电脑前的狐狸穿着大裤衩，一手举着电话，一手抠着脚，绘声绘色地说："你想象你的一帆哥，有天车里副驾驶座坐着别的女人，那个女的比你年轻比你漂亮身材气质背景都比你好，然后你的一帆哥把她带回家，带进他的卧室，一个晚上不出来，你都可以听到淋浴间哗哗的水声……"

"程舀金！"王暮雪突然怒斥一句。

狐狸嘿嘿一笑继续道："然后你的一帆哥就说他要跟那个女的结婚，他们的婚礼盛大到你的同事朋友都去了。那女的婚纱超级豪华，裙摆有100多米，跟你的一帆哥在证婚人面前宣誓，说要一生一世在……哇靠！没礼貌！"听到电话挂断声后的狐狸脸上露出得意的笑。

434 依然发着光

阳光洒在后院布偶猫小爱的藤椅上，它的尾巴自然垂下，雪白而柔软的毛泛着微微的金光。小爱两颗冰蓝色眼球微眯着，静静端详它坐在草地中央白色椅子上的主人。

蒋一帆一遍又一遍看着柴胡发来的一段几分钟的视频。视频里是一身黑白职业装的王暮雪，她站在一个可以容纳600人的大型会议厅的演讲台上，身后的屏幕是一张复杂的 Excel 表。

"我国针对拟上市公司的关联方的法律界定，主要是《上市规则》和《企业会计准则》，我们将这两部法规合并，去除同类项后可以得出这张表，我们关联企业和自然人名单做出一张张附表备用。

"而后我们需要做一个主表,主表的数列有两排,我们高度怀疑哪一方就把哪一方列为第一竖排,比如我们觉得该企业财务成本核算有问题,在供应商那里压了一堆可疑的预付款,那么供应商企业名称就是第一竖排,其对应的董监高、股东、历次出资人,包括接受我们访谈的经办人就是第二竖排,分别对应到每一个供应商。

"右边的所有数列,我们需要列出所有关联方和利益相关方,比如董监高的所有近亲属,比如公司近五年所有离职在职人员,能列的全列,然后我们重点关注的就是穿透核查中重合的部分,你们会发现某供应商的监事是某高管的亲属,某客户的股东是公司之前离职的员工或者直接就是在职员工。

"这种方法对所有大型企业都适用,从重合处给我们提供突破口,哪里有重合,就重点查哪家供应商、客户、广告商或者外协厂商……这种方法可以使我们的核查更有针对性。

"当然,我们招股说明书还是只披露法规规定的常规关联方,只不过我们在核查时要扩大范围,尤其是针对那些我们看不清楚的企业。

"这个穿透核查表的公式是'=IFNA(IF(VLOOKUP(B76,附表1:股东穿透核查!$B$20:$C$33,2,FALSE)<>0,"√"),"×"),公式里的附表换成你们在手公司的所有附表数据即可。"

王暮雪讲完后,台下掌声雷动。因为今天这个唯一不是内核委员的小姑娘,讲出了困扰投行业务部门很多人的关联方核查问题,系统而全面,所讲内容实用性极强。

当然,很多人光听王暮雪这么讲,自己上手还是有些困难,于是中场休息时,王暮雪周边瞬间围满了人,全是找她拷那张 Excel 文件的,不为别的,就因为文件中所有的主表串几十张附表的公式已经全部设置好了。

每当她把邮件发送到一个新邮箱,或者电脑里拔出 U 盘递给别人时,都能听到一句由衷的感谢看到认可的眼神,这种眼神王暮雪之前从没看到过。她花了整整四年,才终于获得一个机会,在明和证券所有同行面前证明她不是花瓶。她王暮雪适合这里,也属于这里。

"行啊! 有宝贝我居然不是第一个知道的。天英也开始搞财务核查了,你的表要发我呀!"下午的培训会结束后,柴胡追上王暮雪抱怨道。

抱着电脑的王暮雪脚步并没放慢，轻哼一句："不给！"

柴胡瞪大了眼睛："我可是你的黄金战友，你给陌生同事都不给我！"

"因为我要回来了。"王暮雪突然转身看向柴胡道，"曹总说山荣想推迟再融资，让我先回天英。"说完这句话后，王暮雪顿了顿才道，"我感觉，我已经好久都没见过你了。"

"呃……我老了么？"柴胡有些不好意思。

王暮雪摇了摇头："你本来样子就挺老的，没空间了。"

"你……"

"其实我一点都不喜欢单打独斗。"王暮雪认真道，"一个人，虽然最后也会成功，但太累了，整个过程都没有幸福感。我还是想念有团队的日子。我觉得投行的工作很像拉雪橇，又累又苦又需要耐力，所以是百分百需要团队的，哪怕这个团队只有我们两个。"

听到这句话，柴胡瞬间被触动了，不过他还没完全反应过来时，王暮雪就伸出了手，并露出了一个灿烂的微笑："我下周一到天英，带着你要的核查表，我会手把手教你，祝我们合作愉快。"

柴胡热泪盈眶地握上去，但才握不到半秒，王暮雪突然把手抽了回去，一脸尴尬地看着柴胡的斜后方。柴胡一转身，看到了木偶律师王萌萌。

说来也巧，金融中介的年中会议举办时间都差不多，大致在每年七八月，选的酒店也大同小异。王萌萌所在的城德律师事务所今日正好也在这家酒店开会，唯一不同的是，她在同层楼的第二会议厅。

"萌萌！我们刚刚是战友之间的握手！不是你想的那样！下周见！我先闪了！"王暮雪劈里啪啦地说完后直接跑没影了，留下了一脸懵B的柴胡。

王萌萌脸上没有什么特别的表情，冷冰冰地看了柴胡一眼后也往电梯口走。

柴胡心里一万个羊驼飞过，心想王暮雪跟那王猫妖解释个毛线啊！王猫妖跟自己明明啥关系都没有！

蒋一帆自然没看到这段内容，他记住的是王暮雪那几分钟讲的每一句话。

那么多年了，在同一座地狱里，身上依然能发出光的人，还是这个叫王暮雪的女孩。如果这样一个如太阳的女孩被人夺走了生命，蒋一帆估计会彻底变成另一个人。

整个下午，蒋一帆都没去上班，他坐在空荡荡的后院草坪上想了很久。他思考着为什么王潮不提自己的母亲何苇平，为什么不说如果自己不听话，干脆杀了自己，这样不是更有威慑力么？

后来他想通了。

父亲蒋首义走后，母亲何苇平作为公司历年来的财务总监以及所有董事中在职最久的人，直接被股东会提名为新任董事长，而蒋一帆也成了新城集团董事会成员。新城才刚刚完成借壳，如果这时发生董事暴毙的消息，公司股价肯定又是一轮滑铁卢，这样之前裁人以及其他削减成本的举动就毫无意义了。

金权旗下的私募1号早在几年前就彻底清干净了阳鼎科技的股权，王暮雪，乃至王建国，如今跟金权一点关系都没有，比起动蒋一帆母子，金权对王暮雪下手毫无损失。想到这里蒋一帆微微握紧了拳头，他希望自己能想出两全其美的应对办法，但他如今连敌人有多少都看不清楚。

蒋一帆觉得头很痛，不禁用手撑着额头，而就在这时，他的太阳穴被一双纤细的手按住，头顶传来了王暮雪温柔的声音："我帮你按，不舒服就闭目养神好好休息一下。"

435 混乱的逻辑

他有些不敢相信王暮雪会做出这样的举动，也不相信她说话的风格都变了。

"别动。"王暮雪说，"你这两天都没怎么睡好，又喝了酒，头肯定痛，你放松。"于是蒋一帆没再动，仔细感觉着王暮雪手指按自己太阳穴的力度，有些疼，但却可以让紧绷的大脑舒缓下来。

布偶猫小爱看到这副场景，发出了一声尖锐的猫叫，直接跳到草地上,溜走了。也不知过了多久,蒋一帆觉得舒服多了,只听王暮雪道:"一帆哥你在这里等我一下,我很快就回来。"

当蒋一帆睁开眼睛时,天已经黑了大半,于是他打开了后院的墙灯。墙灯一共六盏,呈莲花状,灯光柔和,那是一种婉约的清亮,与月光极为相似。

王暮雪再回来时,穿着一件白色雪纺连衣裙,袖口有一圈很细的蕾丝花边,腰部卡着淡淡的青绿腰带,裙摆随王暮雪的步子轻盈地荡漾着。

王暮雪双手背在身后,直到走到蒋一帆面前,才递给了他。

是自己离开明和证券时,送给她的那个装着戒指的盒子。

"打开看看。"王暮雪道。

蒋一帆迟疑了一会儿,才接过盒子打开了。

还是那枚戒指,只不过里面的白色纸条换成了粉色,对折得很整齐。蒋一帆打开纸条,上面的内容不再是自己写的"得此一人,从一而终",而是"愿有岁月可回首,且以深情共白头"。

王暮雪嘻嘻一笑:"怎么样,我有文化吧?"

"小雪……"

"我想好了,你不是说想好了就带着它来找你么?"王暮雪的语气很轻松,至少在蒋一帆听来,她很轻松。

蒋一帆又低下头看着字条和戒指,看得眼圈都红了。他从没想过自己许了这么久的愿望会在今天实现,一切都那么不真实。

"我是认真的。"王暮雪好似能看穿蒋一帆,突然收起笑容道,"我考虑了很久很久才决定的,所以你2019年的生日愿望,可以换一个了。"

蒋一帆听后一脸吃惊,王暮雪微微一笑:"我不小心看到了你的钱包,我看到了属于我的东西,所以我翻出来没什么不对,我全看到了。"

蒋一帆赶忙低下了头,王暮雪眯起眼睛:"我想来想去,你都不应该有那些照片,尤其是雪地里那张,我好像只发给过我爸,所以我已经全都知道了,什么相亲,全知道了。"

蒋一帆没说话,双手握紧了那个深蓝色礼盒,脸有些发烫,幸亏周围的光线不亮,王暮雪没看出来。

"一帆哥,我很感谢你没同意父母的意见。但这次不同了,这次是我自己的意见,所以……"王暮雪欲言又止。

"所以什么?"蒋一帆小声试探道。

王暮雪伸出了右手:"所以你不打算给我戴上么?"

蒋一帆迟疑了一下,他握起了王暮雪的手腕,而后放下,一把将礼盒关上了,然后,拿出手机给王暮雪看了她今天在培训会讲台上那几分钟视频。

"小雪,你知道我为什么喜欢你么?"蒋一帆深呼了口气,"一个人做财务核查,这么难的事情你都做到了,而且还做得这么出色,说明你是真的喜欢这份工作。我很羡慕你,或者说,我很想很想成为你。你的人生选择题永远都有一个确定选项,你很清楚自己爱什么,所以你毫不犹豫地选择投资银行。姜瑜期出现了,你也毫不犹豫跟他在一起,哪怕他都不能给你稳定的生活。如果他没做那些事情,或许你会一直跟他在一起,甚至结婚,我没说错吧?"

王暮雪下意识将视线避开,她想否认,但蒋一帆的措辞是那么准确,根本没有任何可以否认的地方。

蒋一帆转过身,背离王暮雪走了几步,仰头道:"我就不一样,虽然我也一直在做人生的选择题,但我都是用排除法做的。我从来都不知道自己真正喜欢什么。你看我以前那么努力地学习,其实并不是我真的爱学习,只是我觉得自己如果足够优秀,父母就会觉得足够有面子,他们就不会离婚,我就会一直有一个完整的家……"

王暮雪抬起头看着蒋一帆的背影,他白衬衣的颜色透着一股隐隐的苍凉。

"包括我选择投资银行,也不过是因为我不知道我还喜欢其他什么工作。我那时只是不想留在新城,我可能天生就不适合当一名合格的企业家,我的很多理念跟我父亲并不一致,我不想增添家庭矛盾,于是我离开了。别人都说干三年投行等于在其他岗位干六年,所以我留了下来,仅此而已。"

蒋一帆说到这里转过了身:"小雪,你知道我多希望自己可以像你一样,ABCD,我就知道我喜欢 A,我只要 A,其他全都是看都不值得一看的选项;然后我就会像你一样,在坚持自己的道路上,获得一种不可言喻的成就感和幸福感。你就是我最希望活成的那个样子,我这么说,你明白么?"

"不明白,你现在说这些干吗?"王暮雪脸上一丝笑意都没有,因为她作为女人,第六感给她的预告并不好。

蒋一帆走回王暮雪面前,重新将那个礼盒放回王暮雪手上:"我不希望你因为我,改变你原来的样子,这样就不是你了。"

王暮雪听到这里,看了看手中的盒子,突然朝蒋一帆吼道:"你耍我是不是? 你当初给我这个就是为了耍我么?"

蒋一帆慌了,连忙否定:"当然不是……"

"不是你废什么话?! 我全都听不懂!"王暮雪愤愤道。

蒋一帆哑了,也不知道自己刚才在说什么,但有些话只有说出来,才能真的理清思绪,原来他非王暮雪不可的理由是这个……但蒋一帆没办法告诉王暮雪,如果他以后真的签了高风险项目,前途都未定,被查出来后直接后果就是被吊销保代资格,还要在整个金融圈背上财务造假的骂名。他能让王暮雪有一个这样的男朋友甚至丈夫么? 这不等于阳鼎科技的悲剧在王暮雪身上上演第二次么? 如何面对以后的不确定,至少现在的蒋一帆还没有想好,也完全没有准备好。

"怎么不说话了? 是不懂得怎么说么?"王暮雪朝蒋一帆质问道。见蒋一帆依旧没有要说话的意思,她一咬牙,直接转身就往屋内走。但她才走到一半,就突然停住了,转过身大声道:"行! 你不懂怎么说那我来说! 蒋一帆你给我听好了,我不懂什么大道理,我想跟你在一起不是因为别的,是因为我自私! 我就想你永远是我的。我没有办法接受有一天你跟我说你喜欢上别人了,没有办法接受你带别的女孩子回家,更没有办法接受有天你结婚了,新娘不是我。我全都没有办法接受! 你听懂了么?!"王暮雪说到这里,突然哽咽起来,"你知不知道我多久没有用笔写字了? 这纸条我写了几十张,就是为了让字好看点儿,不信你上楼看看我房间的垃圾桶,你干吗这样……"

王暮雪哭了,她觉得自尊都没了,第一次尝试这么浪漫,结果被拒绝了,还是被对方这么混乱的逻辑给拒绝的,简直无地自容。

蒋一帆的逻辑其实很清晰,但他一看到王暮雪哭心就乱了,直接上前将王暮雪紧紧搂在怀里，拼命说着对不起。

"我不要听你说对不起！"王暮雪哭得更大声了，反正脸已经丢大了，她索性破罐子破摔。

蒋一帆再也没法控制自己，一手揽着王暮雪的腰，一手捧着她的面颊，朝她柔软的双唇深深吻了下去。

436 稀缺的资源

"去年现场检查，我们看了几十家企业。"主座旁是从资本监管委员会离职的刘君。刘君，男，36 岁，硕士毕业就进入了资本监管委员会，工作十余年后才决定进入金融企业工作。因为在监管层有一定资源，也熟悉监管尺度，刘君这类人很受各大券商和投资机构的欢迎，属于被抢着要的"稀缺资源"。

金权集团的年终晚宴在香格里拉大酒店举行，请来的也是各大专业舞团与相声小品表演者，但刘成楠与王潮的眼中似乎只有这个新挖来的刘君。红水科技董事长曾志成自然也在特邀名单之中，正坐在蒋一帆左侧。

金权集团副总裁刘成楠姿态优雅地喝了一勺甲鱼汤，微笑问刘君道："有没有什么特殊的案例？"

"我最记得的有几个，三云一家化工公司存在账外虚构支付费用，虚增利润；实际控制人的近亲属，还涉嫌虚假转让股权，从而消除同业竞争。"

"股权还能虚假转让？"曾志成吃惊地问。

"呵呵，就是表面上转了，实际上是代持，没转。"刘君喝了口茶继续道，"京城一家科技公司，实际控制人将公司的钱大额提出，存到自己的私人账户，然后让供应商虚开发票；还有一些企业，原材料的投入与产出比例明显存在异常，银行存款日记账记载的交易对手方与资金流水显示的对手方不一致，或者开具无实际销售活动的虚假发票。"

"这些情况在前期投行做财务核查时，应该都能查出来才对。"王潮语气很平静。

"做得好的话，当然都能。"刘君道，"但总有企业抱着侥幸心理，以为我们不会细查，或者就是赌，赌我们现场检查抽不中它们。"刘君说到这里，意味深长地看了一眼曾志成，微笑道，"不过我相信曾总的公司肯定没有这样的情况。"

"那必须的！我们公司干净得很！"曾志成说着端起酒杯，敬到刘君面前，"不信您问问他们！"曾志成指着王潮、蒋一帆和黄元斌，"我公司一份代持协议都没有，虚假发票更是不存在，收支货款，那绝对是公账对公账，我一分没挪用。"

"哈哈，这肯定的。"刘君也爽快站起跟曾志成碰了杯。

刘君刚才提及的问题，蒋一帆核查到现在，确实没发现。但红水科技真正的问题也并不乐观，至少没有乐观到让蒋一帆愿意签字。

刘君这样背景的人大家尊敬他、恭维他，但同时也提防他。尊敬和恭维的原因是他曾经离监管层很近，关键时可在发审委那边说得上话，可以旁敲侧击问问某个具体项目预审员什么态度；提防的原因自然也是他曾经离监管层很近，所以项目中的具体细节，这样的人还是越少知道越好，免得大舌头搅了一盘"好"局。

金权集团把刘君挖过来后，并没有将其放在山恒证券，而是直接让他进入集团的青阳投资分公司担任副总监，而王潮正是这家分公司的投资总监。

"刘总怎么下海了？"曾志成这个行外人问问题毫不避讳。

"呵呵，得赚点钱，养二胎。"刘君叉起一片西瓜，突然将话题往蒋一帆身上一转道，"现在投行人 2018 年的奖金是不是 2020 年都发不完？"

蒋一帆立刻明白，刘君问的是针对国家出台的一个征求意见稿，里面提及证券公司应当建立业务人员奖金递延支付机制，不得对奖金实行一次性发放。奖金递延发放年限原则上不得少于 3 年。

当时该意见稿发布后整个投行界全炸了锅，这意味着没有人可以做一个项目就在一年内吃饱，奖金得分三年甚至更多年，分次发放。这种发放方式限制了人员流动性。本来我今年干够了，拿了奖金就转私募，或者跳大型互联网公司的投资部，结果今年的奖金你分三四年给我，那岂不是我要继续被拴在投行三四年?

国内很多券商,一旦你主动提出离职,后面没发完的奖金,就跟你没啥关系了,算公司的额外收益。我为了不亏本,在等待奖金慢慢发的这三四年里还得消极怠工,不能出新项目,否则又是新一轮奖金,想要全部拿完又要等个三四年。

可以说对这个政策,投资银行的所有员工零支持,毕竟投行人就算不跳槽,也有很大买车、买房与生娃的需求。

那些已经有车有房有娃的人,想的是换更大的房、买更好的车、生更多的娃,听上去很幼稚,但这就是现实。

"刘总,我们山恒还是以员工意愿为基准的:只要员工家里有需要,无论是看病还是买房,奖金都是一次性给的,毕竟那个意见稿也没强制实施。"王潮帮蒋一帆回答道。

"高薪行业嘛,自然会遭人嫉妒。"刘君哈哈道,"去年我在招聘网站上看到,青阳有家投行招一个本科生,PPT岗,其实就是专门做美工,年薪开到了30至60万,只要求2年以上工作经验。"

"刘总,那些都是特例。"此时黄元斌插话道,"我们以前在明和,头部券商,正式员工一个月到手就4000出头,租个房子基本上饭都要自己做,不敢去聚会。现在我听说也就涨到了6500左右,您看现在都2018年了。"

刘君笑着点了点头:"没事,项目出来了就有钱了。你们投行干得多,拿得多是应该的。我看了下去年前28家券商的业务收入,投行业务占比是最大的,所以券商要赚钱,还得多靠一级市场。"

刘君当然没有把监管层内部的想法说出来。监管层认为,在这十几年的发展中,投资银行业务存在"重发展、轻质量""重规模、轻风险",主体责任履行不到位、执业质量良莠不齐、业务发展与内部控制脱节等现象,与这个行业在服务实体经济发展、提高直接融资比重等方面承担的日益重要职责不相匹配。

"粗放管理""纪律松散"和"过度激励"这些词汇刘君经常能在资本监管委员会的同事们口中听到,这是他们对一些投资银行的普遍评价。不少投行申报的项目确实质量不过关,而这些高风险项目的项目组成员,往往寄希望于干一单,吃饱了就跑,奖金最好一次性砸下来,从此隐匿江湖、金盆洗手。国家出台意见稿希望延后投行人的奖金发放,不过就是想让这些心怀鬼胎的人,跑得慢一点罢了。

437 严苛的审核

"刘总,我们公司预计是明年报,过会率您预估怎样?"红水科技董事长曾志成向刘君试探道。

时代的逻辑在变,评判标准也在变。2017下半年至2018年,资本监管委员会新一届发审委以"超严格审核"震惊整个一级资本市场,同一天内,5家上会毙掉4家,以20%的通过率吓坏了不少投资银行和拟上市公司。见苗头不对,拔腿就跑的公司也不少。

"审核理念的变化,预示着一场革命。"刘君不紧不慢道,"传统行业将越来越被淡化,我们委员会工作会议也强调了,要加大对新技术、新产业、新业态和新模式的支持力度,比如曾总您红水科技的胶囊胃镜,就符合以上全部。"

"哎哟谢谢刘总!"曾志成眼睛笑成了一条缝。

蒋一帆认为,当前的上市形势确实顺应了国家产业政策的导向,但这样的审核力度和方向也让国内大小投资银行两极分化的现象更为突出。极低的通过率,让天平向大券商倾斜,目前IPO排队待审的企业中,国内前20的券商占比超过70%。

大券商品牌良好、内核严苛,且人力充足,这对企业各方面的核查都提供了保障。截至2018年年中,国内前三的券商,包括明和证券,投资银行总人数每家都超过了800人。反观一些小券商,团队总数全国居然不足10人。

这场慢慢发生的变革也在逐渐重塑整个行业,如果山恒证券这样不上不下的中型券商,不赶紧凭借项目质量向第一梯队的券商靠齐,就会被边缘化,路也越走越难。想要成为优等生,就更应该着眼于提高内控水平,做好合规工作,在激烈的市场竞争中追求差异化定位,尽量在细分领域做到最优。

蒋一帆的这些理念饭桌上的所有人都心知肚明，但他们并不是特别在意，至少金权集团过去三四年投的最有希望的几个大项目，都没留在山恒，而是送给了曹平生的团队。若按与金权集团的亲密程度，肯定是山恒优先。这个问题蒋一帆其实一直想问王潮，但他最终没问。

"我们这企业吧，虽然大方向都还可以，但就是规模还没有多大，而且也有很多不成熟的地方。"曾志成一副谦虚的姿态，"毕竟是民企，也没啥特殊资源，如果不是今年利润预计应该还可以，去年前年那点利润，顶多就算家小企业，不知道这样的情况目前监管层什么态度？"还没等刘君开口，曾志成又接着担忧道，"我听说，如果 IPO 被否，三年之内都不能借壳上市，还说财务门槛其实已经提高到净利润 8000 万了……"

听到这里一直不太说话的刘成楠突然笑了："曾总，这些小道消息听听就好，别看今年第一季度 70 多家企业撤材料，其实都不是因为利润指标的问题，而是自己心里有鬼。咱们身正，不必担心。"

刘君也顺势做了一个让曾志成少安毋躁的手势："中小企业才是好的，也是国家应该重点帮的。无论是独角兽也好，大型国企也好，数量终归是有限的。我国资本市场发展了 30 多年，上市民企的规模一直在扩大，数量更是爆发性增长，可以说，中小企业，才代表了我国经济发展的真正未来。"

"哎哟，有您这句话我就放心了。"曾志成说着又端起酒杯敬向刘君。

刘君这次没有马上喝，而是语重心长道："不过曾总，我们统计过，一家企业从启动股改到成功上市，平均需要五到六年的时间，所以呢，如果您觉得目前还是需要再多成长成长，也可以不用急。扎实打好基础才是关键，根基稳了，过会很快的。"

"好好好……"曾志成站起来，躬身朝刘君又敬了一次。

两人碰杯痛饮时，在场所有人都笑得官方而礼貌，除了蒋一帆。他是真心希望大家都可以把刘君的话听进去，尤其是刘成楠和王潮。

上市是一件极其严肃的事，近两年这么多企业被撤销或被否，究竟是天灾还是人祸，值得各方深思。红水科技的收入虽然呈现高速增长态势，但蒋一帆认为它的客户过于集中。

"对,确实集中了点,但哪家公司不是刚开始求几条大鱼,最后再慢慢开拓市场的?"回家的路上,黄元斌坐在蒋一帆的车里为红水科技辩解,"曾总今年已经有意识地扩展销售渠道了,你看客户名单里增加的健康管理中心,还有几个大城市的体检类机构和三甲医院,不都在进步么?"

蒋一帆闻言淡淡一句:"元斌,你不觉得这家公司再多观察个两三年,更好么?"

"等不了。"黄元斌不假思索,"一帆,你做投行这么多年,难道还没有感觉么?没有哪个公司是完全准备好才上市的,过几年说不定数据增长率达不到现在这么高速,更不好报,市场千变万化。"

蒋一帆听后只是一直看着前方,没接话,黄元斌偷瞧着他的状态,欲言又止几次后,终于说出了口:"一帆,我知道你担心什么,确实,我承认红水这三年的第一大客户,那个安安大健康有限公司,给红水贡献的收入达到了80%。如果这个客户突然不合作了,跑路了,红水目前亮眼的业绩基本就垮了,我知道。"黄元斌说到这里扯了扯安全带,让身体尽量凑近蒋一帆,"但这么大的客户,合作这几年都这么稳定,跑不了。你看它全国几百家加盟店,遍布三十多个城市,怎么跑?况且红水也不是一直依赖它。今年,曾总说就今年,可以将比例下将到70%,红水现在也在建立互联网医院,许多公立医院也在进行推广,海外也开始打广告了,未来渠道会越来越宽。报的时候,我们就跟会里说目前公司在发展的初期。哪个公司在初期不是这样?这不代表公司不是好公司,更不代表它们的产品不是真的。你看我们去的那一家家医院,胶囊设备不都可以直观看到么?"

蒋一帆已经将车子停在了他家小区门口。这是青阳的一个中低档小区,住户构成杂乱,格局有些拥挤,周边也没有什么好的公立学校。黄元斌下车之前指了指窗外,同蒋一帆道:"你看,我也工作七年了,都不好意思告诉人家我干的是投行。我也想多做出一些项目,不至于像在明和那样饿肚子。我孩子两岁了,男孩,有空可以过来看看他。"

438 惊人的相似

蒋一帆和黄元斌在车里谈论的,关于红水科技第一大客户安安大健康有限公司,成功引起了姜瑜期的注意。红水科技 80% 的销售收入均来自这家公司,可以说红水已经对该客户形成重大依赖,客户垮,红水的业绩也就跟着垮。

最近姜瑜期也收集了不少案例,红水科技让他第一个联想到的案例是一家制药公司,这家公司的名字与《还珠格格》还有点关系,叫"紫薇制药"。紫薇制药是给其他药品厂商提供辅料的生产企业,属于创业板的绝对白马股,其净利润 6 年间直接从 1 个亿增至 10 个多亿,年复合增长率为 54%。当紫薇制药的市值达到 200 多亿时,突然陷入了虚构利润和虚构资产的舆论风暴中。

让广大投资者最为困惑的是,紫薇制药最赚钱的产品毛利率居然高达 91%,这几乎等于有客户用近乎翻倍的价格购买了该产品。而这些客户是谁,众人并不知道,因为该公司自 2011 年后便不再披露前五大客户的具体名称。面对各方质问,紫薇制药数次以涉及商业机密为由拒绝向大众透露。(若涉及国家机密或商业机密,上市公司有权向资本监管委员会申请在定期报告中豁免披露相关信息。)

通过实地走访,查询紫薇制药的进出口记录,以及接近紫薇制药的核心信源的访谈,新闻记者发现紫薇制药掩藏了一个惊人的秘密:其 47% 的产品都卖给了国外一家经销商,而该经销商 15 天内又将买来的大部分产品卖回中国境内的另一家公司。

这家中国境内公司,是紫薇制药主要高毛利产品的最终买主,不仅注册地与紫薇制药一致,且置身于一个自建住宅房内。该民宅的第一层,右边是日常起居的客厅、餐厅、厨房和卫生间,左边卧室大小面积的即是办公区域。换言之,一个办公区只有卧室面积大小的公司,注册资本 200 万,就买走了创业板 200 亿市值的上市公司近一半的产品。

记者采访了这家公司的总经理,他尴尬地说,只是帮外国公司做中国境内的代理,他也不知道这批货买来要运到哪里,只是跟记者透露跟他一样的代理人国内不止一家。于是记者通过国外经销公司的官网和服务器,查询到其实际控制人是中国人,这个中国人是一名化学专家,曾经在紫薇制药子公司中担任技术负责人。

层层问题接踵而至。

紫薇制药子公司的技术负责人在国外开办的公司,为什么会恰巧成为紫薇制药第一大经销商?作为紫薇制药海外地区的经销商,又为何要回到国内找代理卖货?进出口相似重量的高毛利产品运回国后,下一步究竟要运到哪里?很显然,这就是投资银行常规核查的死角,即"非法律关系的利益相关方建立的一种关联关系",这种关联关系仍可以成为财务造假的捆绑纽带。

看了这个案例后,姜瑜期才明白为何王暮雪建立的那个关联方核查模型,需要把公司及其子公司过去几年离职的人员都纳进去;他也终于立体地认识到:为何只要涉及经销体系,投资银行和监管层都很谨慎,尽可能穿透核查,一直穿到使用产品的终端客户。

紫薇制药的问题最终无法掩盖,因为它不能解释那批货囤在仓库用来干吗,也无法解释高得离谱的毛利率为何国外公司还会买,买了又为何卖回至国内一间民宅囤着。面对即将揭开的真相,谎言编造者总是异常沉默,就跟紫薇制药那总是无人接听的投资者关系电话一样。

反观红水科技,姜瑜期猜测这个愿意购买其80%以上胶囊胃镜的安安大健康有限公司,会不会也与红水科技有着不同寻常的关系呢?就是那种非法定关联方之外的关系。

其实若红水的胶囊胃镜是一个受大众欢迎,检测准确率比传统胃镜高,且价格合理的产品,姜瑜期倒也不觉得实力强的公司多买点会有什么问题,但关键就在于这种胶囊胃镜并不能进入畅销品的行列。既然买来并不好卖,那这个安安大健康有限公司还买这么多,目的是什么?

在从黄元斌家开回别墅的一路上,蒋一帆脑海中出现了好几次黄元斌提包回家的背影。他家小区的房子外壁在路灯的光亮下,斑驳而泛黄。从小区开出主路的街道还有不少路边摊贩,所有小店都灯火通明。青阳这样的拥挤地方很"市井",却很不适合金融人士出入,但这就是在投资银行工作七年的黄元斌住的地方。

黄元斌说:"一帆你想想,这个项目收8000万,咱们公司只要3成,我们还剩7成。7成就是5600万。红水是国内公司,几乎不用境外走访,整个核查所有成本我即使满打满算,也不会超过600万。这意味着咱们这个团队的奖金包至少5000万,1000万分下面兄弟,你我签字的一人2000万,直接一套超大学区房带装修了,多好啊! 少奋斗多少年!"

随着眼前的街道越来越宽,车外的气氛越来越清冷,蒋一帆才开启了车里的轻音乐。其实金权集团并不是一直那么卑劣的,或者说,对于这个世界上98%的人,都不需要用到像对蒋一帆这样的威胁手段,用钱就行。蒋一帆能想象,黄元斌签红水科技甚至不需要王潮多说一句话。只要不被查,就是2000万收入;即使被查,按照现行法律无非是吊销保荐代表人资格,外加个人罚款30万。2000万减去30万还剩1970万,这样的犯罪收益,住在那样环境的黄元斌会不干么? 况且投行保代被吊销执照后就真的没有后路了么?

当然不是。只不过不能继续干投行签项目罢了。这些"废保代"从投行辞职后还可以去基金公司、投资公司和一般的实体企业。市场上被吊销资格的保代变成投资界大佬的例子也不是没有。

贪钱似乎在这种极端情况下也成了好事;至少贪钱的人,身边的人不会有危险。

439 如果我变坏

舒缓的巴洛克音乐从三楼的书房传来,蒋一帆站在走廊上停住了。门没关,王暮雪的侧脸在灯光下很柔和。她目不转睛地看着手里捧着的书,时而眉心微蹙,时而伏案疾书,十分认真。她此时正穿着当时蒋一帆去经城站找她时的那件杏色长裙。同样的主角,不同的背景,在蒋一帆的眼里都被拍照式的定格了,只不过过去那张照片不属于他,现在属于了。

王暮雪翻页时抬眼休息眼睛,目光正好撞到了门外定定看着她的蒋一帆。她眼前一亮,站起身开心一句:"你回来了!"说完直接蹦跶到蒋一帆面前,给了他一个暖暖的拥抱。

蒋一帆手一松,包和外套直接落在了地上。

"嗯。"他抱着王暮雪轻轻应着。

"又喝酒了?"闻到蒋一帆身上的酒气王暮雪突然有些不悦,"不会又去拉项目吧?我说了,你拉的项目我一个都不要。"

"不是,金权的年中晚会,喝了一点儿。"蒋一帆闭上眼睛,低头吻了吻王暮雪白皙的脖颈,轻声说道,"至于项目,拉了也不给你。"

王暮雪闻言扑哧一声笑了,抬起头非常满意地看着蒋一帆好一阵子没说话,而后想起了什么才道:"对了一帆哥,我发现这些书里几乎都有你的笔记,你怎么会有时间看这么多书?"

"大多都是大学的时候看的。"蒋一帆道。

王暮雪有些吃惊:"你从学校扛回来的?"

"呃……快递寄回来的。"蒋一帆有些不好意思。

"我数了数,都一千多本了,一帆哥你大学不都在搞竞赛么?何况还要上课写作业……"

"我五点就起来了。"蒋一帆神色很平静,"我们京都的图书馆是早上六点开门,如果六点前不能到那里排队,一天就没有座位。我有些室友四点多就起来了,早餐都是前一天晚上饭堂打包的馒头。"

看着王暮雪眨巴眨巴的大眼睛,蒋一帆笑了:"我也就为了占座,其实真正有精神的时候还是早上九点之后,所以六点到九点这三个小时我就看看书。"

听到蒋一帆的回答,王暮雪突然想起了以前老师对她说的一句话:"混一天和努力一天,看不出任何差别,三天看不到任何变化,七天也看不到任何距离。但是一个月后,会看到话题不同;三个月后,会看到气场不同;半年后,会看到距离不同;一至三年后,会看到人生道路不同。"

王暮雪的青春确实没有一天在混日子,在美国读书时,每次踏进商学院的大门,都跟上了战场一样:考不完的期中考,开不完的组会,交不完的作业,看不完的课外资料与为了平时分高一点上课抢不完的发言。每天忙忙碌碌的她疲惫而充实,但她也确实没有哪天是凌晨四五点就起来,啃着硬馒头只是为了可以学习的一个座位。

蒋一帆此时将王暮雪的发鬓轻轻拨到耳后："小雪，你没发现么，那些书不是文字而已，它们是一个个生命，活生生在跟你说话。"

王暮雪点了点头："确切地说，是一个个灵魂。不过一帆哥，我发现，你不太爱看'畅销的灵魂'。"

听王暮雪这样形容"畅销书"，蒋一帆也笑了："可能我也不是完全没有偏好，从小到大看的书都让我觉得，一流的作品与群体性的喧嚣无关，它们往往具有'百年孤独'的品性。那些流传至今的名著，是一代又一代人选择的结果，而不是某个时间点某个市场的选择，这样的文字对我来说更有力量，更具启迪性。"

"嗯嗯。"王暮雪附和道，"我看流传下来的大部分都是追求真善美的文字，本身给我的感觉就是一种心灵的充电，好似把从古至今人们追求的东西融进我自己的血液一样。"

说到这里，王暮雪侧脸贴着蒋一帆的胸膛，抱紧他道："怪不得一帆哥你这么'真善美'，估计是看了那么多书，彻底被洗脑了。"

蒋一帆沉默了一会儿，目光望向窗外的天空，异常深邃："小雪，你们女孩，是不是更喜欢坏男孩？"

"是啊。"王暮雪不假思索的反应让蒋一帆有些出乎意料，"坏一点才有魅力啊！"王暮雪打趣一句。

"那……那如果有一天，你发现我是个坏人，你也不会离开我，对么？"

王暮雪抬起头，见蒋一帆的语气很认真，忽然觉得他一本正经说这样的话，样子十分可爱，于是故作思索道："那要看有多坏。"

"如果是很坏很坏呢？"问出这句话，蒋一帆冷静的外表下是忐忑的内心。

"其实一帆哥，我希望你坏一点，我跟柴胡都希望你坏一点。"王暮雪道，"这个世界对好人从来都不公平，所以一帆哥你以后一定要坏，这样别人才不会觉得你好欺负。"还没等蒋一帆接话，王暮雪就继续道，"以后如果有人欺负你，你就反抗；或者你告诉我，我帮你把他们打趴下！"

听到这里，蒋一帆忍不住露出了一个欣慰的微笑，怎知王暮雪却突然板起脸:"怎么？以为我在开玩笑？我告诉你一帆哥,和平和忍让解决不了大问题,顶多只能解决些不痛不痒的小问题。你看看世界上哪些大问题不是挥拳头解决的？'枪杆子里才能出政权',不爽就揍他！你不揍我来揍。既然你跟我在一起,以后就只有我能欺负你,如果……"

王暮雪刚说到这里,双唇就被蒋一帆炙热地堵住了。

此时此刻的蒋一帆,只想让眼前这个女孩永远陪在自己身边。这个从来不曾拥有,但却好似已经失去她一万次的女孩跟自己说,只有她能欺负自己,这是蒋一帆一直渴求的唯一性,完完全全属于爱情的那种唯一性。

其实蒋一帆到现在都还在极力适应王暮雪对自己的喜欢,这种喜欢就跟照片里的女孩走到他身边的画面一样不真实。

但到目前为止,蒋一帆都看不到任何破绽,因为今时今日他的每一次靠近,都体会不到王暮雪的任何抵触。王暮雪跟他说:"一帆哥,你可以变得很坏很坏,我不会走,只要你不骗我、爱我、陪着我。"

440 第一大金主

下午3:09,蒋一帆仔细审核着杨秋平发来的红水科技《招股说明书(初稿)》,两三分钟后不禁将鼠标朝前远远推了出去,差点掉在地上。公司介绍那个段落,他已经删掉的"全球首家"四个字,又被加了回去。

微信里,杨秋平发来了一个委屈的表情:"元斌哥要我加回去,说其他家的产品注册名称里都没有'胃镜'两个字……"

"知道了。"蒋一帆简单回了一句。

蒋一帆之前在国家知识产权局专利检索系统查询发现,日本企业2003年就其旗下名为"胶囊内窥镜"的国外专利,向国家知识产权局申请专利,获得的优先权号、优先权日为2002年3月8日。随后该公司又于2004年4月就其旗下名称为"胶囊内窥镜及胶囊内窥镜系统""图像显示装置、图像显示方法及图像显示程序""图像处理装置、图像处理方法以及图像处理程序"等胶囊内镜一系列国外专利向国家知识产权局申请专利,优先权日均为 2003 年 4 月 25 日。

专利优先权的目的在于,排除在其他国家抄袭此专利者,有抢先提出申请,取得注册之可能。

除了日本公司外,国外多家巨头在胶囊内镜及其相关领域的专利,均远远早于红水科技等国产胶囊内镜厂家。相比之下,红水科技目前的 14 项发明专利中,基本是针对磁控胶囊内镜系统被分解后的部分环节,单独申请的专利。

蒋一帆还注意到一个细节,红水科技等国产厂商所采用的通过永磁体等磁性控制的胶囊内镜系统,早在 2005 年就被韩国科学技术研究院申请了专利优先权,名称为"胶囊式内窥镜控制系统",优先权日为 2004 年 6 月 21 日,而红水科技 2012 年 5 月所申请的"内窥镜控制系统"专利实为仿制核磁共振设备的"太空舱式"外观设计专利。

众所周知,外观设计专利只对产品的形状、图案或其结合以及色彩与形状、图案的结合所做出适于工业应用的新设计,没啥技术含量。

蒋一帆慢慢转着手里的笔,又开始查资料。

世界上首例正式商业化量产的胶囊内镜来自以色列。2001 年 5 月,以色列的 Given Imaging 公司生产出一种名为"M2A"的胶囊状内镜;同年 8 月,该公司又推出了新系列产品,用于人体食道检测和肠道检测。此后,日本、韩国分别于 2002 年和 2003 年相继宣布研制出磁性控制、实时检测并能够检查从食道到大肠整个消化道的胶囊内镜。

国内方面,2004 年,来自西南地区的医疗器械制造商成功研制出了国内首款胶囊内镜,同年由著名消化内镜专家负责在 4 家医院完成了临床实验,并于 2005 年 3 月获得国家药监局颁发的医疗器械注册证。

30 多年以来,胶囊内窥镜从一个技术构想到成功商业化,以色列、韩国、日本和我国的公司都已经生产出具有竞争力的胶囊内镜并在全球范围内推广应用。

蒋一帆想着红水科技究竟凭借什么,可以短短几年间取得如此惊人的业绩,要知道胶囊内镜领域的国内外光学和医疗器械巨头,都经历了长达二三十年漫长的发展历程。如此情况下,即便在《招股说明书》中用"全球首家"来博人眼球,对于业内人士而言甚至不需要扒开看,就都知道名不副实。

"哦,胶囊内镜其实可以针对消化系统,当然包括胃了,这不是什么新鲜事物。"一个消化内科主任对姜瑜期说道。

"主任,这个这么贵,除了不痛,还有什么优势么?"姜瑜期问道。

"方便,不需要插管,一次性使用,没有交叉感染。"主任回答,"当然了,你的胃总是不舒服,最好查彻底点,胶囊内镜还是不太准确的,有盲区,有时候会出现假阴性的结果。传统胃镜看到你里面如果有息肉,还可以直接给你切除了,但胶囊胃镜就不行。"

从医院出来,姜瑜期在附近的粥店喝了一碗白粥,觉得胃舒服多了。他这次来并不是真要做检查,因为他的胃常年就容易胀气、恶心或者疼痛,也比较容易发炎,他早就习惯了。即便先前医生跟王暮雪都跟他提过的幽门螺旋杆菌感染的问题,姜瑜期也一直都有按照医嘱,吃药控制。

安安大健康有限公司,红水科技的第一大客户,是姜瑜期第二个要关注的焦点。

从蒋一帆邮箱传回来的红水科技相关资料中,姜瑜期得知红水科技成立后的几年间其实没多大起色,收入一直都在两百万以下,直到它与安安大健康有限公司合作后,才正式掀开了这家国产胶囊内镜厂家业绩爆发式增长的序幕。

根据招股书披露,2015 年、2016 年和 2017 年,红水科技第一大客户安安大健康及其加盟店为其带来销售收入分别为 9,325.87 万元、12,553.31 万元、24,712.11 万元,占主营业务收入的比例分别为84.00%、83.50%、80.27%。

同样来自招股书披露,2015 年、2016 年和 2017 年,红水科技营业收入复合增长率为 65.46%,总资产复合增长率为 56.15%,净资产复合增长率更是高达 81.79%。

既然安安大健康有限公司是红水科技的第一大金主,那么这个金主背后的实际控制人就同时吸引了姜瑜期和蒋一帆的注意。

实际控制人名蔡景,这个名字对于蒋一帆来说很平常,但对于姜瑜期来说就很特殊了。

在姜瑜期勾勒的人物关系链中，有一个对于王潮来说很重要的人，即那个谈了很多年都没结婚的女朋友，汇润科技总经理秘书，也是跟王暮雪的母亲陈海清有多年转账记录的女人，蔡欣。蔡景怎么也姓蔡？完全是巧合么？

"查了，安安大健康有限公司的董事长蔡景就是蔡欣她爸，怎么了？有问题？"赵志勇电话里朝姜瑜期道。

"好，可能需要麻烦你把这个公司全国所有加盟店的地址给我一下。"姜瑜期道。

441 股东有猫腻

安安大健康有限公司（以下简称"安安"）的实际控制人蔡景，对安安及其旗下各大体检门店采购红水科技胶囊内镜及设备产生决定性影响。

在蒋一帆电脑中构建的结构图中，这个叫蔡景的人，同时还是一家创业投资管理有限公司（以下简称"A 创投"）的实际控制人。即蔡景控制两家公司，一家是安安，另一家是 A 创投。A 创投管理着一只基金，该基金 2015 年以现金增资和股权转让等方式获得红水科技 360 万股的股权，占红水科技总股本的 3.6%。上述关系可以简单总结为：蔡景间接持有红水科技 3.6%的股权。但由于 3.6%小于 5%，所以单从这条线看，蔡景与红水科技不构成关联关系。

蒋一帆认为，光是 3.6%的股权，不至于让蔡景撒这么多钱给红水科技。毕竟蒋一帆先前也走访了几家体检中心和医院，他通过胶囊胃镜的效果和定价大致推测出市场行情，其销售额不至于在短时间内有爆发性增长。

那么蔡景究竟除了这个 A 创投旗下的基金，还有没有可能通过别的方式持有红水科技的股权呢？

蒋一帆审视着红水科技的股权结构表，他认为既然蔡景爱玩基金，觉得通过基金持股隐蔽些，那就重点查查红水科技所有的基金类股东。不细查不知道，一查才发现另一持股 4.6%的基金股东 B 的出资人有猫腻。

B 基金是 2014 年以 2800 万元参与增资,获得红水科技 4.6% 的股权。

该基金的 LP 一开始是一大帮不认识的人,总之没有蔡景,但在 2016 年的 LP 名单中赫然出现了蔡景的名字!

【注:有限合伙制基金及基金管理企业的合伙人分为有限合伙人(LP,Limited Partner)及普通合伙人(GP,General Partner)。有限合伙人(LP)是真正的投资者,但不负责具体经营;只有其中的普通合伙人(GP)有权管理、决定合伙事务,负责带领团队运营,对合伙债务负无限责任。】

结合 A 与 B 两只基金,二者持股比例合计已经高达 8.2%(超过了关联方界定分水岭 5%),考虑到蔡景在其中扮演的特殊角色,根据实质大于形式原则,蒋一帆判定安安为红水科技贡献的 80% 左右的业绩,构成关联交易。

在国内资本市场,监管层和投资者都不可能容忍一家上市公司 80% 的收入都来自关联方,这不等于你的收入都是你堂哥给你的么?那你有啥能耐?你堂哥不给你你不得饿死?既然这样我干吗还要投资你,我直接投资你堂哥不就好了?

正规的投资银行也会心里嘀咕,与其这样我干吗还给你红水科技做上市,我直接给你的金主堂哥安安做上市不就好了?毕竟人家的现金流可是真的啊!

"调查门店使用胶囊的情况?"咖啡厅中,一个中短发年轻女人朝姜瑜期疑惑道。

这名女子名李帆,是一名财经记者,丈夫名杨大帅,是王暮雪的高中同学。姜瑜期以前掌握过王暮雪的通讯录和聊天记录,得知杨大帅有一个做财经新闻的女朋友,也曾听王暮雪说辽昌当地券商因为想抢明和证券生意,差点儿惊动了财经记者。

于是姜瑜期顺藤摸瓜,直接给杨大帅打了一个电话,声称自己是王暮雪的一个熟识,手里有猛料,希望联系他女朋友。这对恋人早已结婚,由于杨大帅本人的工作变动,举家搬来了青阳。

李帆给姜瑜期的感觉很"锐利",说话做事也干脆,她没怎么细问就直接来见姜瑜期了。

"听到这个要求你会不会失望?"姜瑜期道。

李帆沉思片刻:"不会,如果真对不上,肯定是猛料。"

"我之前也问过安安的几家门店,那里有些护士告诉我因为吞这种胶囊需要空腹,所以一般都只能早上检测,15分钟左右即可完成胃部图像采集。你可以多问几家,你各个城市的同事都跑动跑动,我们算一个最大数。"

听姜瑜期说到这里,李帆继续道:"安安的全国加盟店一共几家你知道么?"

"知道,我可以给你所有加盟店的地址。京城、魔都和青阳都有,上百,但我们其实不用都跑,把最火爆的几十家挑出来,机器数出来,胶囊消耗平均数问出来,就大致可以算一个最大值。我可以跟你保证,即便是这样得出的最大值,也肯定远低于红水的销售收入。"

"行,那人员方面我来安排,但你得保证是独家。"李帆正需要一个猛料可以让自己在青阳财经网立住脚跟。以前的她一直苦于人生地不熟没有人脉,总抓不到劲爆热点。

"你们如果人力够,肯定是独家。"姜瑜期道。

李帆抿了口咖啡,犹疑地问:"你确定他们今年会申报么? 我看现在虽然在辅导期,但还没报上去。如果不是已经上市或者正在排队审核的公司,我们曝出来也没意义。"

"大概率会在今年,也不排除明年,但你们掌握的数据是一直有用的,而且……"

见姜瑜期欲言又止,李帆禁不住问道:"而且什么?"

"而且你如果想名震财经新闻界,即使对不上,最好先不要发出来。"

"啊? 为什么?"李帆搅咖啡的动作都停住了。

"固着。"姜瑜期简单一句。

李帆目光打量着这个面容冷峻的男人,心想难道他手上还有别的料? 他的最终目标难道不是红水科技的曾志成么?

因为如果只为对付曾志成,光是今天讨论的内容足矣。

此时姜瑜期突然轻松一笑:"你们是青阳最大的财经网,全国也是排前三的。我相信你们的记者职业操守都很强,是事实,就会让大众知道。"

李帆闻言立刻挺直了身子:"那当然,我们的职责就是帮助人民群众了解真相,使这个社会更透明。"

"好,那我想知道,你们公司有没有一个上限?"姜瑜期故作轻松地喝了一口咖啡。

"上限?"李帆一时间没反应过来。

"嗯,就是报道到哪一层,就不报了,也不查了。"姜瑜期提示道。

李帆听后彻底明白了,她清了清嗓子,郑重地说:"姜先生,我再重复一次,记者的职责就是帮助人民群众了解真相,使这个社会更透明。"

姜瑜期没再说什么,只是朝咖啡厅老板招了招手,示意可以买单了。

442 人性的复杂

人来人往的火车站前,头发有些凌乱的小罗靠在一根石柱旁,他低头看着手里的银行卡。

"多少?"他淡淡问道。

"两百万。"蒋一帆回答,"我知道不够,多少钱都不够。以后你有任何需要随时找我,等你的腿完全好了,我再想办法给你安排工作。"

小罗因为腿受伤,旷工两个月,已经被新城集团开除了。讽刺的是,开除一个员工连总经理审批都不用,是工厂厂长自行决定的,蒋一帆也是事后才知道。

"够了。"小罗脱下背在身后那个很旧的土黄色背包,包里装着的是母亲梁姐的骨灰盒和一些衣物。小罗将卡小心放进包里有拉链的最内层,转身就要走。蒋一帆不禁叫住了他,有些哽咽道:"对不起……"

小罗停住了脚步,不过也只是停了一会儿,就继续朝车站进口一瘸一拐地走去。直到小罗的背影彻底被来往的人群淹没,蒋一帆都没有从又一次内疚自责的情绪中抽出来。好似此时此刻,在这个每天都上演悲欢离合的地方罚站,可以让他的内心获得一种救赎。

母亲何苇平说梁姐和小罗爱耍麻将，不懂得珍惜劳动所得，所以才会一辈子受穷，应了那句话，可怜人必有可恨之处。但就是这对"可恨且不值得同情"的母子，危难时候一个用腿，一个用命救了蒋一帆。

人是复杂的，人性也是。虽然蒋一帆对小罗的记忆，还只停留在儿时工厂里追逐的画面，但他明白小罗肯收下钱，就已经是原谅他了。

在蒋一帆开车回家的路上，他听到了手机的短信声，是小罗发来的：一帆哥，下辈子，你做个坏人吧。

"对，那个蔡景我也查过，但人家在 B 基金的持股只有 20%，20% 啊师弟！你不是全球数学竞赛第一名么？这么简单的运算你不会？"王潮严厉的声音在蒋一帆耳边响起。

蒋一帆叹了口气。

"你告诉我，蔡景在红水科技间接持股比例是多少？A 基金和 B 基金加起来，是多少？"

见蒋一帆没回答，他敲了敲桌子，提声质问道："多少！"

"3.6% 加上 4.6% 乘以 20%，一共 4.52%。"蒋一帆低声一句。

"4.52% 超过 5% 了么？蔡景算关联方么？这是关联交易么？！蒋一帆你法律怎么学的？"

"可是师兄，实质大于形式……"

"别提什么实质大于形式，这是会计师那套。我们是投行人，我们看的就是总的间接持股数，超过就是超过，没超过就是没超过，工商怎么登记的，法律怎么规定的，我们就怎么来，有问题么？"

蒋一帆听后抬起头，极力让语气显得镇定。他一字一句道："可是对于第一大客户有 80% 的依赖程度，报了也很难过会的。"

"那是 2017 年及以前，2018 年会降 10% 左右，整体趋势是好的。"

"可是……"

蒋一帆还没说完，王潮就朝他做了一个打住的手势："我知道师弟你要说什么，重大依赖怎么了？不就是担心业绩不稳定么？我们让曾总与安安大健康签五年期的长期合同，这事不就解决了么？你做其他项目能保证五年不出岔子？"说到这里，王潮站起了身继续道，"一帆啊，你不要质疑安安有没有能力持续为红水科技供血,他们是健康体检中心,都是先交钱,后体检。你去医院你不先交钱人家会给你看病么? 所以安安的现金流你放一百个心,他们没有应收账款。"

王潮说完走向窗台,望着窗外西下的残阳,将双手插在裤兜里,语重心长道:"师弟,我说过很多次了,离开了明和,世界没有你想的那么完美,为什么? 完美的已经被大券商挑走了。我们要生存,所以我们要自己想办法,只要红水的产品不是假的,客户不是假的,其他这些边角又有什么关系呢?"

"可是师兄,我觉得他们根本卖不出这么多胶囊产品。"

王潮闻言轻笑了一声,转过身目光犀利地看着蒋一帆:"你觉得? 你数过? 你蹲过点? 全国几百家定点医院和体检中心你都蹲过点?"

王潮要蒋一帆拿出实际数据,但蒋一帆只有一个人,平常工作又忙得不可开交,哪里有时间全国数胶囊? 何况山恒证券在青阳的投行团队一共才17个人,红水科技项目组全体成员也就4人,蒋一帆、黄元斌、杨秋平还有一个实习生,平常在企业收材料、财务核查和招股书都忙不过来,哪里有时间全国蹲点?

王潮早就看穿了蒋一帆,放缓了语气:"我知道师弟你根本不可能有时间。大家都忙,你还以为资本监管委员会那帮人比你闲? 他们稽查总队全国一共才多少人,这么多企业,已经上市的,搞内幕交易的都查不过来,你认为他们有空蹲上百家体检中心数胶囊么?"

王潮说着走向了蒋一帆,一手拍了拍他的肩:"咱们的销售合同是买断的,就算胶囊有些剩余,那也是安安自己认了,红水的收入一点都不受影响。我们抓什么,抓收入的真实性就行了。你看打进来的钱,看卖出去的产品,不都是真的么? 如果这些都是假的,我也不可能让你签字。"

蒋一帆沉思了很久,才开口道:"师兄,3.2个亿,我承诺会帮公司全部赚回来,不管用多久时间。"

蒋一帆没有继续说下去,但王潮已经听出他这个师弟的意思了,即:好项目他就签,一直签到总承销费用达到3.2个亿为止,但红水科技,他还是签不了。

王潮低头无奈一笑,大拇指擦了擦唇边:"你应该知道钱是有时间成本的吧？3.2个亿等到几年之后，就不是3.2个亿了。"

蒋一帆没有想到王潮居然会如此坚持，只听他这位"好师兄"凑近他耳边道："刘总的项目，没有回转的余地。别看我是个分公司的总监，但我权力其实很有限。真把上面惹急了，师兄我就算倾尽全力，也保不了你。一直杠的后果，就是你父亲，而我呢，最后也只能是听说。"

443 杀手的微笑

在跟王潮这次沟通之后，蒋一帆心头曾经瞬间迸发出无数设想。他的所有设想中最黑暗的，莫过于杀了王潮，甚至杀了刘成楠，尤其是想到父亲，想到梁姐撞到石阶流血的场景，想到小罗一瘸一拐的背影，蒋一帆内心就忍不住泛起杀意。

如果真的杀人，如果蒋一帆真的去计划，他甚至有信心可以抹去所有痕迹，伪造不在场证明，并且不留任何指纹和DNA证据。但一切都是他的设想，他蒋一帆杀过人么？了解警方目前的破案手段么？最关键的是，即使他成功杀了王潮和刘成楠，就真的能解决问题么？金权集团就会罢手么？背后的犯罪团伙就会浮出水面么？王暮雪就会彻底安全么？

这一切的答案都是否定的。

王暮雪说，永远不会离开蒋一帆，只要蒋一帆不骗她，爱她，陪着她。

王暮雪将"不骗她"放在了第一位，这是让蒋一帆最害怕的。

他也想过要跟王暮雪坦白，但他太了解王暮雪了，王暮雪是那种看到世间的不公，天都想捅破的人，想想她面对辽昌水电局券商抢项目的反应就懂了。

根据父亲的死因，蒋一帆明白对方无疑有丰富的犯罪经验。杀人的时候，凶手甚至都不用出现，警方对于这类的杀人犯根本束手无策，王暮雪一个人又怎么会是他们的对手？

如果她知道了，只不过是平添不稳定因素罢了。

为此，蒋一帆想到了另一条路，他鼓起勇气走进了刘成楠的办公室。蒋一帆想通过与金权集团副总裁刘成楠的直接沟通，暂停红水科技的

IPO 申报。

刘成楠全程面容缓和地听完了蒋一帆所有的风险陈述,最后只是微微一笑,问了蒋一帆一个问题。这个问题是:"一帆啊,你有听说过两三年前,在横平发生的那场爆炸案么?"

蒋一帆立刻想起当时震惊全国的海关涉税案,涉案金额高达 480 亿人民币,是青阳历年来破获虚开案件规模最大、抓获犯罪嫌疑人最多的案件。案件详情主要是一些违规公司盗用正规公司信息,提前冒用抵扣,虚开增值税发票,牟取非法利益。蒋一帆曾经听柴胡说,法氏集团当初也深受其害。

"那次不少上市公司和非上市公司都受到了牵连,其中我们金权投的就有几十家。"刘成楠的笑容依旧十分柔和,但她淡淡的眉尾却透出了一丝冰冷的气息,"一帆你想想,那次的爆炸案的凶手被抓到了么?"

这个问题让蒋一帆不寒而栗,他瞬间明白了,原来那一次死了四个人的横平爆炸案,是金权集团的杰作,因为不法分子动了金权的奶酪。进口税退税是一笔不小的数目,如果因为金权投资的企业无法正常抵扣而影响利润,从而影响估值,动辄上百亿,金权会罢手么?

刘成楠没再跟蒋一帆说更多,只是提示他回去好好想想,并强调他说的那些风险,都不算什么风险,项目还是按照原定计划,2018 年 9 月 30 日申报。

回家的路上,蒋一帆觉得两旁的路灯亮得刺眼。这个城市还是原来的样子,但蒋一帆突然觉得它很大很大,自己很小很小,小到卑微,卑微到被迫欣赏杀人凶手的微笑。

蒋一帆不喜欢姜瑜期,直到现在也不能说对他有好感,但他至少对他的遭遇感同身受了,甚至在某种程度上,原谅了他的所作所为。

过了几天,杨秋平将红水科技申报材料签字页全部打印出来,让蒋一帆签字时,蒋一帆说:"好,你先放桌上吧。"签字页就这样在他桌上躺了三天。

9 月 25 日晚上,蒋一帆睡前打开窗户,过了 15 分钟小爱都没出现,一股不祥的预感涌上蒋一帆的心头。他伸头出去仔细望了望后院,并没有发现小爱的身影,于是快速跑下楼,打开后院所有的灯。猫舍、躺椅、花圃、树上、前院、客厅以及厨房,都找遍了,最后他不得不把阿姨叫了起来,王暮雪也出来帮忙一起找。

"奇怪……今天上午还在啊?"张姐道。

"我中午都还看见。"王姐补充道。

"那下午呢?"蒋一帆急切地问。

两个阿姨面面相觑,表示不得而知,于是蒋一帆匆匆跑上了楼,打开了监控记录。

直到下午1:18,小爱都在后院晒太阳,但监控到1:19就黑屏了,重新出现画面是下午2:00,之后小爱就彻底不见了。

"为什么这一段时间记录会没有?"

张姐说:"哦,下午我们发现停电了,就问电力公司怎么回事,后面发现是总闸跳闸了。"

"为什么会跳闸?"蒋一帆问道。

张姐和王姐面面相觑,以前的确没发生过这样的情况,而小爱,就正好在跳闸停电的时间段不见了。

蒋一帆意识到了,这是一种警告,对方是在告诉他:我可以轻而易举进你家,掳走你的猫,那么自然,我要对付王暮雪,也是轻而易举。

王暮雪还没搞清楚怎么回事,就见蒋一帆直接下了车库,一声招呼都不打就把车开了出去。车停在了山恒证券楼下……

444 全都是废物

接下来的五天,是红水科技IPO决战的冲锋。山恒证券项目组反复修改招股说明书,核对全套申报材料,跟那些签字慢的企业股东和董监高纠缠,与无忧快印的文件制作员耗上一个又一个通宵,总之王暮雪已经足足五天没有看到蒋一帆回家了。

"在打仗!"就连平常话挺多的杨秋平,都只给王暮雪回了这三个字。

自从文景科技新三板申报后,王暮雪有好一阵子没打仗了。天英控股的高管还在犹豫究竟是走借壳上市,还是直接IPO。借壳上市风险小,

IPO 风险大，风险小的借壳必须把自己的灵魂装进别人的皮囊中，而且这个皮囊通常不好看，还得自己出钱买；风险大的 IPO 可以获得名声、品牌、经营权和估值的完全独立。如若不是天英控股账上现金流实在太好，在二级市场上买壳不是难事，他们也不会犹豫到现在。

王暮雪这段时间基本八九点就可以回到家，一是因为项目处于停摆阶段，二是天英控股现场人太多，分到个人手头的工作量自然就少。这是曹平生最痛恨的事情，怎么能两个萝卜一个坑？不对，现在是八个萝卜一个坑！这跟养废人有什么差别？

可即便曹平生再不爽，在强势的天英副总裁邓玲面前也变成了夙包。有一次邓玲发现明和证券项目组人员打印了别的公司资料，立刻就把曹平生叫到办公室教育了一顿："平生啊，我是充分信任你们，才毙掉了其他所有券商，你们对我要一心一意啊！"

于是曹平生终于知道，不是每个项目都可以无限制压榨员工，过去他那种以小博大，甚至让实习生挑大梁的逆天做法已经彻底行不通了。被客户霸占了这么多劳动力，曹平生有气无处撒，于是项目组成员就遭了殃。

一日下班后，曹平生黑着脸走进天英会议室，砰的一声关上门就朝大家质问道："你们证考到哪里了？"

当其他同事们陆续回答完并且被骂完后，轮到了王暮雪和柴胡。

"考过了 CFA 三级和司法考试，会计也过了三门，保代考试前两年因为都跟走访撞期了，然后……"

"又找借口！"王暮雪还没说完曹平生就骂道，"你也工作四年了，连个保代都考不过还考 CFA，那洋玩意儿垃圾到极致！你们留学生就是不务正业！"

王暮雪不辩解，垂着头，一副谦卑的模样。如果她演技再好一点，甚至可以通过手足无措、战战兢兢、满脸通红和微咬嘴唇的状态来表现自己的自责，避免狂风刮得更猛烈。

"真是一点用都没有！废物！全是废物！"曹平生朝王暮雪吐槽了一句后斜眼看向柴胡，"你呢？"

柴胡闻言挺直了身子，洪亮地答道："回曹总，保代、司考都过了，会计六科也过了,还差一门综合,明年就可以拿证。"

正当柴胡为自己即将三证合一的现状暗自欣喜时,曹平生突然爆出一句:"你小子丫的全在项目上看书是吧?怪不得项目做得一塌糊涂!怪不得天英的领导骂你在项目现场三心二意!"曹平生指了指其他同事,走近柴胡继续嚷道,"他们考不过全是帮你柴胡承担工作的,你有什么了不起?你每天不是复习考试就是写公众号,有收益么?你当老子这里是学校啊?钱啊!给老子赚钱啊!"

柴胡被骂蒙了,他刚刚还想着跟曹平生汇报好消息,就是他经过日积月累、保质保量的持续更新,粉丝数已经达到了 86 万,破百万指日可待,没想到领导的价值观瞬间变了,自己的优势直接变成了致命缺点。

柴胡这 86 万粉丝得来的确不易,除了他自身努力外,也抱了不少大V 的腿,他自己的腿也没少被人抱。在互相推荐、互相打广告的一波又一波商业互吹下,公众号的关注度不断提高,柴胡更新文章的动力越来越足。他也因此认识了不少金融界的优质人脉,这些人有的是大 V,有的是柴胡公众号的粉丝。

现在的柴胡,其实不再需要通过曹平生的价值观来衡量自己做事情的意义。即便写公众号这件事在曹平生看来已经成了一坨屎,柴胡都会坚持做下去。因为他从中发现了金矿。

定期更新优质好文需要大量阅读,柴胡的知识面、专业度、写作功底和对于时事新闻的分析能力都提高了不止一个层次,尤其是目前,不少广告商找到他,柴胡也会隔三岔五放一些广告横幅在文章尾页。这种不影响文章内容的"骚操作",也给柴胡每个月带来了几千块的收入。

"曹总!您说得对!天英现在总是在借壳和 IPO 之间举棋不定,我们现场推进工作很受影响,您看这样好不好,我跟您一起去拉项目,最近我有认识一些企业老板想融资,我长期在现场也没机会去接触……"

柴胡的眼神是一种试探,只不过这种试探立刻遭到了曹平生的嘲笑:"呵呵,带你拉项目,就你这情商,估计一开始就结束了!"

众人听后都笑了,而柴胡只是搓了搓手,凑近曹平生道:"曹总您就让我试试嘛,反正是我这边的关系,毁了也是毁我自己。我太菜了,每天就知道做材料调格式做底稿,我一个人去肯定搞不定,肯定要您这种资深的大佬出马！"

"你是应该好好学学怎么找肉吃！"曹平生被夸后来了劲儿，严厉的目光扫了一遍所有人，"你们都应该学学！整天就窝在山洞里吃肉有啥出息！"

"那曹总，要不我现在就约时间？"

后来，柴胡如愿以偿，跟曹平生拜访了他作为公众号小神的第一个粉丝——一家公司的董事长，双方在一个中高档饭店吃了愉快的一餐，至少在柴胡看来，是愉快的一餐。但客户刚走，他脑瓜子就被曹平生狠狠地挥了一拳："废物一个！菜都不会点！今晚吃的什么玩意儿！你好好打电话问问王立松，跟客户吃饭应该怎么点菜！猪脑子！"

445 点菜的灵魂

王立松电话跟柴胡说了一个小时，首先就是给他疏导思想："曹总是让你注意工作中的细节。其实他人对你的判断，往往不是因为你做的大事，而是他们跟你相处时，你不经意间的每一件小事，也就是细节。点菜就是细节，细节决定成败。如果那晚客户看到了是你点菜，而你正好不太会点，或许他们心里会怀疑你是不是一个没有跑过项目的新人，那么他们对你的认可度可能就没那么高了。当然这一切只是或许，也有可能他们没有多想，只不过你要尽可能从每一件小事中，降低这种'或许'。"

柴胡听后醍醐灌顶，忙问："那王总，点菜应该注意什么？"

"你先告诉我，你都点了什么？"王立松反问道。

"我点了卤水鸭肾，酸豆角炒鸡胗，酱爆鹅肠……"

"等一下！"柴胡还没说完王立松就打断道，"你自己没发现问题么？"

听电话那头一时间没了声音，王立松轻叹道："小柴，这些全是动物内脏，胆固醇很高的。你现在还年轻，不注重胆固醇的摄入，但是四五十岁的男人对这个就很敏感了。"

柴胡瞪大了眼睛，回想饭桌上除了他自己，确实都是四五十岁的男人……

"还点了什么，继续说。"王立松道。

"呃……韭菜鸡蛋，洋葱牛肉……"

"你看！小柴，什么韭菜、洋葱都是吃了口气很大的菜，吃这样的菜谈生意凑近点就谈不下去了。"

虽然王立松的说辞柴胡觉得很牵强，不过有一点王立松说对了，同类菜确实不能扎堆点，更何况他除了三样动物内脏，连汤都是猪肝菠菜汤！为何柴胡如此执着于内脏？大概是牛排、猪脊和鸡胸这种部位在市场上卖得比较贵，所以从小到大柴胡吃得比较多的就是各种内脏，当然还有鸭脖鸡爪之类，不知不觉他就爱吃这些了。想到这里柴胡都瘆得慌，幸亏那家餐厅没有鸭脖鸡爪，不然他觉得自己一定会点，然后整桌菜全都是"边角肉"。

"小柴，其实拉项目很难的，比做项目难。你的一举一动，都可以反映你的经验和品性。直接面对面的情况下，你没地儿可躲。比如你点的这些菜，如果当时吃的人是我，我就已经看出你是新手了。毕竟你们去的那家餐馆，最拿得出手的都不是这些菜。"

"确实是，那我应该怎么点？请王总指教！"柴胡的语气是一种痛定思痛后的坚定。

"分寸感。"王立松抛出了三个字。点菜并不是把客人喂饱这么简单，需要有分寸感。如果你开口问客人想吃什么，一般听到的回答都是"我都行""你定就好""随意，不讲究"，但你还是要例行公事地问一下对方有没有"忌口"。

点大菜的时候，一定要结合餐厅特色，比如招牌菜和一些特别受欢迎的菜应该主动点给客户尝尝。点其他配菜时，荤素搭配要合理，杜绝同类菜。适当询问两三次客户的意见，即便客户依然回答"都行"，也从你这里获得了一种选择权，而且对于即将上桌的一些菜已经有了心理准备，他们对你的认同感会更强。

"除了荤素搭配，小柴你还要注意咸淡冷热，是否有人对某些菜过敏？整桌菜是否可口又营养均衡。女性在场的话你的素菜是否点得够。我见过很多投行男生，刚进来的那种，一股脑点了八九个菜，全是荤的。"

"好的好的。"柴胡边听边刻在脑子里。

"当然,你要会变通,这些都不是标准答案。客户来自不同地域,可能你从选餐馆的时候就应该考虑对方的喜好,这就是你的预期管理能力。无论是选餐馆还是点菜,就跟活动执行一样,你要对流程结果有自己的预判,既要把握个体喜好,又要有整体思维。"

柴胡越听越觉得玄乎,不就是点个菜,扯这么多大道理,至于么? 那为啥不直接让客户选餐馆和让客户自己点菜? 不过让客人点菜确实不合适,会显得自己不上心,并不是真心实意招待别人吃饭。

真没想到点个菜,还得用上社交思维和用户体验思维。于是柴胡决定晚上发一篇关于如何点菜的文章,标题就定为:《那些被你忽略的点菜灵魂》。

正当柴胡奋笔疾书到凌晨时,王暮雪也在自己的卧室中发奋图强。今年 12 月的最后一场保代考试,如果她还不能通过,估计她在曹平生的眼皮底下就彻底混不下去了。

复习考试是一方面,主要今天是 9 月 30 日,确切地说已经是 10 月 1 日凌晨 1 点了,蒋一帆再怎么忙今天也应该报完项目了,但是王暮雪依旧没见他回来。

打开微信,自己晚上 8:45 发的消息他还没回,打电话也没人接,都四个小时过去了,王暮雪不由得有些担心。

"不好意思秋平,那么晚打扰你,你知道一帆哥在哪里么?"

"他回家了啊……"杨秋平道,"我们晚上庆功宴他没来,下午报完项目就回去了。哦对了,他身体很不舒服,两天前就有些低烧,但他说没事,就一直撑到申报。"

王暮雪听到这里从座椅上跳了起来,吓了脚边的小可一大跳:"你怎么不早跟我说啊?!"

"为啥要说……难道你们在一起了?"

王暮雪哑了,心想难道蒋一帆没跟大家公告么?

"对! 我们已经在一起了! 还住一起了!"王暮雪放大了音量,"他现在没有回家,你说他会不会路上出了什么事?"

"姐姐你别急啊,我现在打电话给他。"

"不用打了! 我都已经打到没电了! 你现在打也是关机!"王暮雪边

说边来回踱步。小可看着主人走来走去都觉得有些头晕。

杨秋平想了想,忙道:"会不会他在公司?可能是报完项目本来是想要回家,但要把行李箱拿回去,就先回了公司,然后他感觉不舒服,就睡公司了?"

王暮雪觉得完全有这个可能,但是如果身体不舒服还睡公司哪里行,于是挂了杨秋平电话后,王暮雪直接拿起钥匙冲下车库。谁知车库门一打开,眼前的场景直接让王暮雪愣在了原地。

446 大树与灯塔

王暮雪眼前的画面是:蒋一帆的保时捷车头被撞得凹下去一大块,钢板都扭曲了,前灯的外罩玻璃也碎了,整辆车歪着停在车库中间,根本没对准任何一个停车位。

整车处于发动状态,蒋一帆坐在驾驶座上,像睡着了一样。王暮雪直接冲到车子旁边想拉开门,但从里面反锁了。

王暮雪拍打着玻璃,大声叫着蒋一帆的名字,可里面的蒋一帆没有任何反应,王暮雪这时才注意到方向盘下干瘪的气囊。

她赶紧打电话让阿姨拿备用钥匙。

车门打开后,王暮雪第一件事是检查蒋一帆身上有没有伤,大概是气囊确实起了作用,蒋一帆除了身子烫得跟热铁一样,没有任何流血或者擦伤的痕迹。

"一帆哥!"王暮雪凑近蒋一帆耳边大声叫着他的名字,叫了好一阵蒋一帆才有反应,王暮雪看到了希望,索性对蒋一帆又摇身子又扯耳朵,"谁让你是男的啊一帆哥! 你得醒过来自己走,不然没人扛得动你!"在她的一番折腾下,蒋一帆恢复了一些意识。三个人把蒋一帆从车里架了出来,走到二楼时,他的额头上全是汗,于是王暮雪朝王姐道:"别再上去了,去我房间。"

好不容易把蒋一帆在床上安置好,王姐一起身,发出了"哎哟"一声哀号。

王暮雪下意识扶住了王姐:"怎么了?"

"老腰,闪到了。"王姐疼得眼睛都睁不开,于是王暮雪和张姐又赶紧把王姐扶到一旁的沙发上坐好。

王暮雪甩下一句"赶紧联系陈医生"后,就冲下了楼拿冰袋、毛巾和热水壶,冰袋给了王姐,毛巾湿了冷水给蒋一帆擦了擦脸和脖子,换了次水后又贴在他的额头上。

王暮雪反复问:"一帆哥你是不是哪里痛?"

但问了几次后蒋一帆都没回答,最后他居然从嘴里挤出了两个字:"没事。"

"没事你个大头虾!"俩人一狗见王暮雪一下坐直了身子,双手一叉腰朝蒋一帆骂道,"我最烦你这样! 哪里痛直接说! 扭扭捏捏还是不是男人?! 整天要别人猜要别人花时间,你觉得是美德吗! 人家的时间很宝贵的你懂不懂! 凭什么所有人都围着你转? 说!"

被这么一骂,原来一直昏昏沉沉的蒋一帆清醒了些许,半睁开眼睛看着王暮雪,顿了顿道:"我想喝水。"

王暮雪右边眉毛向上一挑,蒋一帆至少说了他需要什么,还是有点进步的,看来男人要成才只能靠骂!

当温水送进蒋一帆口中时,王暮雪发现蒋一帆貌似要很努力才能将水咽下去,才喝了两三口,就已经没什么力气了。王暮雪有点怕了:"一帆哥你好好休息,有哪里不舒服一定要跟我说。"王暮雪的声音柔了很多,"医生马上就来了。"

张姐瞧见眼前的姑娘眼睛都红了,开口道:"别担心,我估计没事儿的,可能是扁桃体发炎才会咽不下去,大概就是一般的发烧。"

王暮雪沉默了一会儿,才跟张姐道:"能不能麻烦您看着他一下,我去煮点白粥和姜糖水。"

张姐这才反应过来自己"停机"的时间太久了,忙不好意思道:"我去煮我去煮! 你在这儿陪他! 等下我给医生开门!"说完小碎步跑没影了。王姐缓过来后也自己慢慢挪出了房间。

医生仔细检查了一番,确认只是扁桃体发炎和发烧,这让王暮雪松了一大口气。点滴打完,蒋一帆沉沉睡过去了。在王暮雪的一再要求下,医生和随行的护士同意暂住楼下客房,观察蒋一帆 24 小时再走。

全部折腾完,已经凌晨 4:39 了,大概是医生护士都在屋里,如同定海神针,王暮雪才躺在蒋一帆身边睡着了。她梦见自己是一棵树,枝叶并不繁茂,树干也不粗壮,普普通通,生存环境并不是肥沃的土壤,而是一片干旱的沙地。远处有一大片湖,水波粼粼,就连飘来的水汽都很清新,但王暮雪的根却离湖水很远。

站在王暮雪旁边的是一棵郁郁葱葱的参天大树。王暮雪很好奇为什么同样恶劣的生存环境,旁边这棵树会长得如此茁壮,好似自己永远追不上。

大树说:"你的根与我长在一起,我的水分都给你。"

王暮雪拒绝了,她很仰慕大树,但她觉得自己有一天一定可以变成大树的样子,所以她并不想接受大树的施舍,往后的日子,她没再看大树一眼。

有一天,湖中间突然出现了一座非常精美的灯塔,夜幕降临后,会发出金灿灿的光。王暮雪看得如痴如醉,她想将自己连根拔起,朝灯塔走去。她想着自己如果能成为灯塔就好了,好似自己原本就应该成为一座灯塔的,但奈何全身上下都变成了烂木头。后来王暮雪的愿望实现了,有一帮从灯塔里来的人,拿着锄头对王暮雪说,我们把你砍下来,种到湖中心去,你就可以成为灯塔了。

王暮雪答应了,她如愿以偿地扎根于湖水中心,但发现自己根本无法生存。原来这片湖水不是淡水,而是海水,这片湖不过是一个海水倒流进来的小洼地。工人们见王暮雪活不了,就索性将她全身砍得七零八落,叶子都摘了下来,因为她的身躯可以用来加固灯塔。

没有流一滴血,却疼得撕心裂肺的王暮雪,从灯塔的位置看过去,看到了对面的那棵大树,她哭了,因为她原来就是要变成大树的啊!

不久后,王暮雪看到那棵大树周围也围满了人,它的枝干也越来越少。一个风雨交加的晚上,王暮雪看到大树快倒了,她心急如焚,她不知道最后的结局,因为她的梦被惊醒了……

334

447 善良就好了

蒋一帆的衣服湿透了,王暮雪知道这是退烧的迹象,于是默不作声地帮他换了衣服和枕头套。蒋一帆一直没有真正醒过来,嘴里很清晰地叫着"爸……"

这个场景让王暮雪瞬间想起了姜瑜期,当年在医院,昏迷不醒的姜瑜期嘴里念叨的也是这个字。不同的是,姜瑜期没有哭,而蒋一帆的眼泪一直不停地从眼角滑出。

悲伤和快乐一样,会传染。蒋一帆起先只是无声流泪,而后变成微微抽泣,最后竟然蜷缩着身子,抓着被单直接哭出声来,王暮雪还听到了"小爱"的名字。

蒋一帆的噩梦如水里的海藻一样困着他,让他自始至终听不到王暮雪的声音。

王暮雪看着蒋一帆这样子久了,眼泪也不自觉打在蒋一帆新换的深蓝色睡衣上。王暮雪从没见过这样的蒋一帆,这么伤心与无助,孤独与绝望。这与他平时只字不提父亲的去世形成了鲜明的对比。

或许对每个失去父亲的男人来说,哭泣都是第一反应,但他们不能。蒋一帆是一个如此在乎家庭完整的人,在乎到可以为此去做十几年自己并不真正喜欢的事情。

王暮雪拉着蒋一帆的手,她想通过握他手的力度,把蒋一帆从噩梦中拉出来,但转念一想,她放弃了。

他太需要一个宣泄的出口了,这样的梦或许能帮助他在一个安全的区域,尽情地释放悲伤。

她想着蒋一帆曾经跟她说:"不管你爸有没有犯错,他都是你爸,他肯定都是爱你的。你还有爸爸,而我,已经没有了。"

说到布偶猫小爱,王暮雪心里也隐隐难过了好几天。她时常会打开窗子望着后院的那个藤椅,上面再也看不到一团雪白,小爱的尾巴会在它闭目休息时轻轻地摇摆,很慵懒,也很高冷。王暮雪完全没办法想象,如果小可不见了,她自己会崩溃成什么样。

对王暮雪而言,小可早已不是一条狗和一个陪伴的宠物那么简单,那是她亲手养大的,并且养了十二年的孩子。在这一刻,王暮雪很想花时间珍惜这栋房子里的一切,无论是眼前的这个男人,还是此时床下趴着的小可。

王暮雪这几年一直朝前冲,在实现自我与超越自我的路途中,把其他所有事都放到了次要的地位,但如果此刻的她没有了蒋一帆,没有了小可,她会无所适从。二十八岁了,如今的王暮雪不想自己累了一天回到家,连一个可以张开双臂拥抱的人都没有。

想到这里,王暮雪擦干了眼泪,钻进蒋一帆的怀里,侧脸贴他的脖颈,紧紧抱着他。就在王暮雪差一点儿就睡着时,卧室门被敲了两下。小可早就冲到门口瞧情况了,王暮雪一开门,是张姐,她手里居然捧着小爱!

张姐说是门卫保安今天在小区大门发现的。王暮雪将小爱接过来,冲到床边就想把蒋一帆摇醒,小爱轻盈地跳到蒋一帆的耳边,猫下巴温柔地在蒋一帆的额头上蹭了又蹭。看来就算再高冷的动物,也是有感情、有记忆的。

蒋一帆终于醒了,紧紧地抱着小爱,忍着眼泪说:"小雪,为什么我觉得,放弃的越多,失去的也就越多?"

"为什么这个世界是颠倒的,人能力越大,站得越高,能够保护的人反而越少?"

"为什么不善良的人,反而可以获得名誉、财富、尊重与打不破的保护伞?"

王暮雪一时间没理解蒋一帆的意思:"我觉得不是这样的,保护人的多少,取决于你的选择。"王暮雪说,"以前有个朋友给我做了一个很无聊的选择题,说如果我握着火车的方向盘,眼前有两条轨道,一边是一个孩子,一边是十个孩子,我只能二选一,问我应该选择撞死十个孩子还是一个孩子,他还说那一个孩子是爱因斯坦,其他十个孩子长大是好是坏不知道。"

"然后呢,你怎么选?"蒋一帆问道。

"我原来也陷入了怎么选的困境,但现在想来,如果我能力不够大,这辆火车的方向盘根本不可能掌握在我手里。正因为我爬高了,所以我被赋予了选择权。相比于列车上那些只是嗑瓜子聊天看风景的人,我的人生或许更有意义,因为我发现我的主观意识可以改变别人的命运。"

蒋一帆定定地看着王暮雪没有说话,而王暮雪却突然凑近蒋一帆,双手扯着蒋一帆的耳朵调皮道:"至于你说善良,大体善良就好了。咱们呢,对付坏人要坏,对好人要好,你知道顺坦的命运最喜欢什么样的人么?"

"什么样的人?"

王暮雪眯起了眼睛:"就是那种时好时坏,亦正亦邪的人。当然,我这么说跟你书房里那 1000 多本书的核心价值观冲突了,但那只是作品,我们还要在现实社会生存的。我们对坏人不够狠,怎么可能将这个世界上的坏人越打越少?怎么可能站在更高的位置?你知道什么是更高的位置么?就是设定这个火车杀人游戏的人,他们凭什么操纵我的命运?凭什么只能有两个轨道?凭什么火车上不能有刹车键?"

王暮雪说罢,蒋一帆将她搂进怀里,深吸一口气道:"小雪……我爱你。"

448 博弈与合作

国庆过后的第一天,王潮常去的健身房的意大利老板正在落地窗边喝着午后咖啡。窗外人来人往,车水马龙。不经意间,老板目光锁定了一辆红色法拉利 Pininfarina Sergio,见其径直停在了楼下停车场。

毕竟 2000 多万的车,老板忍不住伸长脖子继续多盯了一会儿。从驾驶座上下来的是一位青年男士,戴着眼镜。他直接朝大厦门口走了进来。

意大利老板又小酌了一口美式咖啡。这栋大厦共 45 层,办公层、商用层和食街都有,类似刚才那样的白领人上遍地都是,只不过这种高品级的法拉利还是有些扎眼的。

七八分钟后,老板竟然发现那位年轻男士推门走进了自己的健身房。

还没等前台小姐姐开口,老板就已经来到了男士面前,非常热情道:

"先生是来了解健身卡的么?"

蒋一帆点了点头,因为国庆这几天宅在家里养病,他没少被王暮雪骂:"一帆哥你知道你为何老生病么? 因为你抵抗力太差,你要去健身! 专门请私教盯着你,最好是死贵死贵的那种私教! 代价越大你才越愿意坚持!"

"脑子那么厉害有什么用,还不是没有八块腹肌?"

"运动其实根本不会浪费你的时间,如果不动,你每天的无效时间会更多。"

"其实婚纱照,我会比较喜欢能扛我在肩上的那种姿势。"

不知道是因为八块腹肌,还是婚纱照的刺激,蒋一帆活了这么大,终于下定决心开始健身了。

"先生你够高,肩膀也宽,肌肉练起来肯定很好看。"意大利老板用流利但不是十分标准的中文笑着说道。

"谢谢,我想先了解下你们的私教都有哪些。"蒋一帆开门见山,但态度十分礼貌。

老板眼神清亮了起来,潇洒地打了个响指,示意蒋一帆跟他走。

健身房很宽敞,前台周边是一个敞开的沙拉咖啡就餐区,而后是专门做养生健身餐的西式厨房。穿过厨房,就是摆放各种运动器材的器械区。跑步机、椭圆机、划船器、楼梯机、重锤拉力器、提踵练习器还有各种小型健身器材。整个器械区大致有一个篮球场这么大。老板指着墙上一堆教练的照片和简介,让蒋一帆自己挑。

为数不多的几个女教练的照片蒋一帆自动忽略,所有男教练里,蒋一帆由左往右依次扫过,其中不乏全国健美冠军,而后姜瑜期的照片赫然出现在他眼前。他以为自己看错人了,但一看名字是 Seven,他就知道肯定就是姜瑜期。

见蒋一帆的眼神一直停留在 Seven 身上,老板忙介绍道:"他的客户很多都是你们这种职场男性,适合初学者。不过他很受欢迎,课有点难约。"

"有多难?"蒋一帆平静一句。

老板连忙掏出手机打开了健身房的专用 App,查 Seven 的课表:"这两月的话,只剩下晚上 10 点之后的时间了。"

蒋一帆听后微微一笑:"我也刚好那时候才下班,就他吧,明晚开始。"

这次蒋一帆见到的姜瑜期,穿着教练专用的外国品牌黑色紧身运动服,左手手腕处绑着一根红带,表情没有任何波澜。

"看到是我,不惊讶么?"蒋一帆笑问道。

"昨天就看到系统排了你的名字,有什么可惊讶的……"姜瑜期边说边示意蒋一帆去跑步机上热身。

"你一直在这里干么?"蒋一帆走的速度和坡度是姜瑜期帮他挑好的模式。

"嗯。"姜瑜期的回答非常简短。

以上就是第一节课两个男人题外话的所有内容。这一节课以热身、拉伸和有氧运动为主,当然还有腹肌的部分无氧训练。姜瑜期的解释是:"你没有运动史的话,一上来就练器械,很容易造成肌肉损伤,尤其是体能和腹部力量没上去,很多器械用起来姿势容易不对。"

健身蒋一帆不专业,所以姜瑜期说什么他就听什么,也没提其他要求。

"我跟小雪在一起了。"下课时蒋一帆突然说道。他仔细观察着姜瑜期的表情,如他所料,姜瑜期脸上没有任何诧异的神色,只是一边收拾东西一边道:"以后都是一三五么?"

"这两个月应该都是,因为暂时没有外地的项目。"

"好。"姜瑜期说完就要走,蒋一帆却上前一把将他拦住了:"我的车因为前阵子撞了,行车记录仪也掉了,现在还在修车店。"

蒋一帆的那次撞车,其实撞的不是车,而是墙,原因也简单。他累了足足五天,又发着烧,快开到一个丁字路口时完全经不住困意,失神了,看到是墙居然还错踩了油门。不过如果不是这一撞,蒋一帆大概永远想不到他的行车记录仪被人动了手脚。

见姜瑜期没接话,蒋一帆也不打算把行车记录仪上窃听器的事情抖出来了,只是说道:"我昨天绕去了小雪之前住院的皮肤科,两个护士都说没借过病人手机。我很好奇,你当初是怎么知道小雪那个时候在医院的呢？医院是我临时定的，也没跟任何人说。她当时手机在家里，身上除了睡衣也没戴任何配饰。"

姜瑜期冷冷地看了蒋一帆一眼，只听蒋一帆继续道："只有一种可能，我的手机也在你的掌控之内吧？你通过我的手机，定位了我们。早上听到我已经离开了，你才匆忙出现，你大概没有重新看一下我手机的定位，因为你太想见小雪了，但我一直在医院，还很不巧看到了你。我看你买了早餐，还在她房里待了两个小时。"

姜瑜期沉默了一会儿，说出了一句出乎蒋一帆意外的话："你卧室里也有，书桌内角，我干的，去你家的那天。如果你不想孤立无援，应该将它转移下位置，还有小雪那里两块手表和项链里的，如果她还留着的话，都不应该浪费。"

"这是违法的！"蒋一帆脱口一句。

姜瑜期上前一步，胸口轻轻撞上了蒋一帆，眯起眼睛道："怕的话，你就只记录你自己的生活，这不违法。不过你既然主动跟我谈这个话题，根本也没打算再跟原来一样打正面战场吧？"

449 繁杂的思绪

"一帆哥，2019年的CFA居然新增了Fintech科目，未来不会写代码的金融人要被人工智能取代吧……"晚上吃饭时王暮雪跟蒋一帆闲聊。

蒋一帆给王暮雪盛了一碗牛骨汤："你不是考过了么？"

"对，但我没考过Fintech。"王暮雪的神情有点失望。

随着大数据、云计算以及人工智能等新一代信息技术的发展和应用，金融和科技发展正在融合。

Fintech，就是金融（Financial）与科技（Technology）的结合，是一种运用高科技促使金融服务更加富有效率的商业模式，其核心是用技术驱动金融创新。

蒋一帆微笑着看着她："没事，应该有网课，你想学可以自学。"

"以后机器人肯定会抢我们的活儿。"王暮雪无奈一句，"你看从2016

年人工智能机器人AlphaGo打败了韩国棋手李世石,2017年又打败了我们的围棋天才柯洁,今后AI都要入侵投行了。"

"至少在我们的工龄之内,不大可能。"蒋一帆边说边提醒王暮雪吃东西,"要替代,也是信贷员和私人理财顾问先被取代。当然了,还有无忧快印这种类型的公司。"

提到无忧快印,蒋一帆不用等王暮雪反应,自己就先联想到了姜瑜期。他偷偷瞄了一眼王暮雪,发现她脸上没有什么异样的神情,只是自顾自查着手机:"一帆哥你看!"

王暮雪说着就把手机递到蒋一帆面前,新闻内容是:

> 华尔街的12家顶级投行中,固收、股票和投行的雇佣人数下滑3%,减少了1900人。这已经是华尔街员工的连续第五年减少,自2012年以来,华尔街累计裁减了12700名员工。
>
> 该数据来自Coalition数据分析公司,统计对象包括了美银美林、法巴银行、巴克莱、花旗、瑞信、德银、高盛、汇丰、摩根士丹利、法国兴业和瑞银等12家投行。
>
> 华尔街持续性大裁员无疑与人工智能有关:
>
> 美国纽约梅隆银行,在过去的十多个月里投放了超过220名"机器人军团";
>
> 2017年1月份日本保险公司宣布对理赔部门进行裁员30%,理由是被量化计算程序替代;
>
> 2017年4月贝莱德宣布,裁员40名主动型基金员工,转而用人工智能算法代替。
>
> 金融服务咨询公司Opimas报告显示:到2025年,全球金融机构将减员10%,近23万人将受到影响,电脑将取代他们的工作。

"不用担心,小雪,我们投行的工作很复杂,短期内AI很难取代。但是咱们有时间都去学学新事物也是好的,毕竟要积极拥抱改变……"

蒋一帆说完放下了筷子,他想跟王暮雪提项链和手表的事情,但又不知如何开口,于是故作随意道:"对了,我见到鱼七了,姜瑜期。"

果不其然,王暮雪听到这个名字,顿了一下,不过她调整得很快,不以为然道:"然后呢?"

"你知道他在哪里工作么?"蒋一帆试探性问道。

"不知道。"王暮雪回答得很干脆,然后她补充了一句,"我不想知道,一帆哥你也别告诉我。"

"这么恨他?"蒋一帆挑了挑眉。

"不是恨,任何感情或者感觉,放在他这样的人身上就是浪费时间。"王暮雪这时也放下了筷子,表示她已经吃好了,起身正要走,没想到蒋一帆突然拉住了她,问道:"手表和项链你还留着么?"

"……早扔了,你干吗问这个?"王暮雪面带疑惑。

蒋一帆立即收回了目光:"没有,随便问问。"

王暮雪直接甩开了蒋一帆的手,大声道:"一帆哥你不会以为我还喜欢他吧?"

"没有没有,我没这么想。"蒋一帆也站了起来,像做错事了一样。

回到房间里,王暮雪狂拧小可的耳朵,心烦意乱。她刚才跟蒋一帆说话半真半假,东西她是丢了,不过只丢了手表和属于小可的那条项链,姜瑜期送给她的那条,她还留着,放在行李箱最里层的拉链里。王暮雪告诉自己:"必须留着,作为给自己的一个终身警示,看男人要看清楚!"

重新拿出项链之前,王暮雪将房门反锁了。她知道已经穿帮了,蒋一帆这么会察言观色的人,不可能看不出自己内心的感觉。如果真的不在乎一个人,应该是不介意听关于这个人的任何信息,不介意见面,甚至不介意参加他的婚礼。但王暮雪还做不到,她觉得这是情有可原的,因为一年的时间,还不够长。

时间对姜瑜期的作用怎样,对王暮雪亦然,至少已经洗去了大部分的不愉快和对方的缺点。如今,王暮雪想到的都是,姜瑜期受伤生病还跨越整座城来见她,自己被坏人盯上也会让警察保护她,她受伤了又给她做饭又提醒她别工作太累,经常大晚上接她下班,把本来没有任何痕迹的证物主动留下他的指纹,跟她去警局,被一大帮混混围着,明显无法脱身,却大喊着让她赶紧跑。

这么想来,这个男人也没有自己原先认为的那么坏。但这所有的好,如果理解为姜瑜期想接近自己,获得自己的信赖,最后伤害自己后又悔过、弥补、赎罪，又不值一提了。

而此刻，姜瑜期坐在他先前与记者李帆见面的那家咖啡馆。

"我走访了不少安安的门店，预约安排每天最多只能查 5 个人。他们是早上 7:30 就开门，但那时一般没有客户，都是八九点才开始；而且做这种胶囊胃镜，一定要预约，临时去的做不了。"李帆讲着她遇到的情况，"胶囊胃镜必须在做完核磁、CT 等放射项目以后才能做，不然就会导致胃穿孔等严重后果。等到其他项目排队做完再过来，一个上午的时间也做不了几个。"

姜瑜期一边听，一边仔细看着从王潮邮箱发来的文件，文件的发件人正是红水科技的其中一个高管。文件显示，安安大健康每天每台设备的检查上限是 16 颗胶囊，如果按照记者李帆的陈述，一天最多做 5 个人，每个人服用 1 颗胶囊，那么每天每台设备的上限就是 5。所以有没有一种可能，红水科技的销售量，也比实际情况夸大了三倍多呢？

450 全部打明牌

姜瑜期平静道："不着急，这么细的数据，现在没有披露在招股书中，所以我们要等资本监管委员会下反馈。如果反馈问到胶囊数，山恒证券按照这版数据答，再行动也不迟。"

李帆看姜瑜期的神色复杂了起来："你这些情报，方便说下来源么？"

姜瑜期双手插在大衣口袋里，将目光瞥向窗外："我在券商有很多朋友，不过这个文件只是内部非正式的，不能用作证据。将来如果红水科技的反馈回复真这么答，都是公告文件，全部人都可以看到，你只需要用你们记者的实地调查结果跟他们打明牌即可，能录视频的话最好录，实在不行语音也可以。很多下面的人，不知道上面的意图，现在还会实话实说。如果等到反馈阶段，他们上下统一口径，我们听到的全是谎言。"

李帆点了点头，笑道："大多都录的，这是记者必备。"李帆琢磨着这个"事先调查"工作量确实很大。除非实名举报,不然资本监管委员会稽查总队几乎不可能抽出人专门走访全国这么多门店。何况等他们走访的时候,门店里搞不好从医生护士到看诊的病人,七八成已经是"演员"了,就跟新楼盘开盘前排长龙的队伍一样。

"还有没有别的发现?"姜瑜期接着问道。

"你再给我看看手机里那个文件。"姜瑜期把手机给她。

看了一会儿,李帆皱眉摇了摇头:"不对,这数有问题。"

她跟姜瑜期详细陈述了她的质疑:每年250个工作日,假设安安大健康每天每台设备做足5颗胶囊,极限水平只能做到1250颗。但姜瑜期的手机文件显示,2016年安安每台设备消耗的胶囊数量超过1000颗的门店有11家,最高为每台1916颗。

根据实际情况,明明最大值仅为1250,那么1916这个数是如何实现的呢?

"还有一个细节。"李帆补充道,"当我以患者身份去安安询问胶囊胃镜检查的价格时,比你说的便宜很多,一千不到,远低于你原来去三甲医院问到的市场价。"

姜瑜期听后目光锐利了起来:"你是说,安安很可能通过降低价格促销,来实现向红水科技的利益输送?"

"没错。"李帆肯定道,"说白了就是一直给红水输血。多买红水很多设备和胶囊,然后再低价甚至低于成本的价格卖出去,从而营造红水销售量爆满的假象。"

"这些都要记录好。"姜瑜期提醒一句。

"那肯定。"李帆看了看时间,觉今天聊得差不多了,就问道,"你手机里的文件方便转给我么?"

她以为姜瑜期一定不会拒绝,谁知他微微一笑,道:"这都是非正式文件,也没什么用,最关键还是要看反馈。你们接着查吧,最好能把他们全国的机器数量大致摸个底,而且他们这么多家分店,要看是不是真的每家分店都有那么多的客流。"

李帆叹了口气:"行吧,为了这条鱼我可是跟我同事磨破嘴皮子了。别到时他们反馈全部如实回答,一点漏洞都没有,我们瞎忙活半天。"

"呵呵，如实回答撑得起现在预披露招股书里的业绩么？相信我，他们一定会继续编，继续骗。"姜瑜期说完示意服务员结账。

两人临别时，李帆忍不住问了一句："对了，你以前也在投行工作么？"

"不在。"

"那你怎么认识王暮雪的？"

"路上撞见的，觉得她漂亮，追过她。"

这不假思索的答案，让李帆一时间不知怎么接话。只听姜瑜期继续道："我们的目标一致，我也会从头到尾让你打明牌。我的作用就是提前告诉你一些方向性的提示，让你更容易打中敌人要害。"

告别了李帆，姜瑜期才想起今天是给王暮雪转钱的日子。过去一年，他每个月给王暮雪转账 8000 元，12 个月转了 96000，那这个月就转14000，凑个 11 万整数吧。

现在因为健身学员越来越多，姜瑜期每个月工资 3 万到 5 万不等，有时候还会有额外的健身房绩效奖励，这让姜瑜期的银行存款长肥了不少，但他还是去赵志勇家蹭客厅地板，周一到周五也仍然没有时间吃一顿正式的饭。

姜瑜期本打算赚多少就还王暮雪多少，但他怕还完了，就再也没有任何理由跟王暮雪联系了，哪怕是这样单方面没有回音的联系。

那次王暮雪住院，姜瑜期的行为和心理活动完全被蒋一帆说中了，他确实因为着急大意了。如果不是在医院坐了两个小时又重新确认了下蒋一帆的行踪，姜瑜期是打算陪王暮雪到天亮的。姜瑜期很庆幸在那短暂的两个小时里，王暮雪都没有醒过来，不然他都不知道怎么解释为何会出现在医院。

沉睡的她，好似才属于自己。

姜瑜期想到这里，忽然看到了两个人从对面疯跑而过。如果他没有看错，两个人一个是柴胡，一个是王暮雪总是提到的木偶律师王萌萌。他们跑去的方向，是姜瑜期身后的一家地市医院。

451 亲情与道德

"目前算是稳定了,但未来不太乐观,器官衰竭的趋势是不可逆的。"主治医师对王萌萌道。

姜瑜期没有看错,柴胡的确被王萌萌拉着来了医院,是因为她亲弟弟被医院下了病危通知书,在抢救。她拿不出大额的手术费,所以只好向柴胡求助。见柴胡半信半疑、问东问西,王萌萌索性直接把他拉到了急救室门口。

柴胡万万没想到,王萌萌有一个植物人弟弟。一种同病相怜的感觉立刻扯疼了他的心,也让他想起了自己的噩梦。

王萌萌的母亲很早就病逝了,家里只剩弟弟和乡下的老父亲。王萌萌的父亲是第一代农民工,进城打工三十多年,退休后腰劳损,腿受伤,没法下地干活了,退休金很少,只够他一个人,所以弟弟的医药费全靠王萌萌维持。

"我一定会还给你的。"王萌萌对柴胡说。

"就两万多,你也不可能还不起。"柴胡将信用卡插回了钱包里。

病床上的男人穿着蓝白相间的病服,四肢与脸部的肌肉明显已经萎缩,一看就知道处于"植物状态"很久了。

明明这个人跟柴胡的弟弟没有任何相像之处,但看到他的第一眼,柴胡全身的血管瞬间发麻。难怪王萌萌干了几年律师还买不起几件衣服,原来不是因为她的领导曹爱川抠门儿,而是因为她跟自己一样,家里有一个"无底洞"。

"每天都住医院,很贵吧?"柴胡勉强对王萌萌挤出这几个字。

王萌萌动作娴熟地给弟弟擦身子,道:"嗯,所以你的钱我要慢慢额外存。如果天英这个项目做出来了,我马上就还你。"

"我不是说还钱的事情……"柴胡眉头皱了皱,"你爸爸那边,对这情况什么态度?"

王萌萌目光突然像被一层冰冻住了一样,久久才低声一句:"爸爸说,实在不行,就放弃。"

柴胡闻言,喉咙被噎住了,怎料王萌萌继续道:"但我不想放弃,也不能放弃。弟弟也没有放弃,他是为了我才这样的。那年他放假来青阳找我,我过马路看手机,他就突然把我拉到身后,然后……他就这个样子了……"

王萌萌说到这里,两行泪滑落了下来:"他才大二,我弟才大二,刚跟我说有了一个喜欢的女孩,想暑假过后就开始追……"

这样的状况惊到了柴胡,一次恋爱都没谈过的他,完全不知道要怎么安慰流泪的女人,尤其这个女人还是一直以高冷著称的"王猫妖"律师。

病房里的气氛一时间相当尴尬,一个女人抽泣着,一个男人昏迷着,另一个男人从头至尾都傻愣着……

最终还是王萌萌自己止住哭泣,恢复平静后对柴胡说:"这个秘密除了弟弟,只有你知道,我没敢告诉家人,尤其是爸爸,他以为是弟弟自己不小心……"

柴胡听后,走到病床边,找了一张椅子坐下:"你不是很讨厌我们投行人么?这么重要的秘密,为什么突然告诉我?"

"我也不知道为什么要告诉你。"王萌萌恢复了冷冷的样子。

柴胡叹了口气,靠在椅子上:"你现在应该已经没有存款了吧?"

"我还可以赚!每月我都有工资!我说了我会还你的!"王萌萌突然放大的音量让柴胡眨巴了好几下眼睛:"大姐,你激动什么,等我说完行不?我的意思是,如果住院费和医药费太贵,每个月我帮你付一半吧。你弟弟住多久,我就帮你多久,不要利息。"

不出柴胡所料,王萌萌听后直接傻了。柴胡清了清嗓子:"你别以为天上掉馅饼,我也有条件的,还不止一个。"

见王萌萌十分警惕的样子,柴胡轻咳两声道:"别想歪了,我对你没兴趣。"说着他将手搭在膝盖上,身子前倾,"第一,你得告诉我,之前我们哪个投行同胞招惹你了,以及怎么招惹你了,搞得你对于我们有了完全错误的偏见。"

王萌萌坐直了身子:"就这条件?"

"这是第一个。"

"到底有几个?"王萌萌不耐烦起来。

柴胡比画了一个剪刀手,在王萌萌面前摇了摇:"就两个。第二个条件是,我帮了你以后,你项目现场再看到我们,至少看到我们项目组的人,别再一副大家都欠你八百万的样子。咱们是合作伙伴,是战友,对我们要阳光,要热情,要活泼!"

听完柴胡的条件,王萌萌冷冷一句:"你知不知道你很可能跟我一起付一辈子?"

"那就付一辈子。我愿意,你也不要多问。除了这两个条件,我什么都不要,利息都不要。"柴胡没有丝毫犹豫,眼神坚定无比。只有他自己知道,那个他想要弥补的人已经再也回不来了,这使得柴胡每次想起那个人的笑容,心就像被"亲情"与"道德"这两个词用力地割出血来。那个时候的他,甚至没有飞回去亲眼看看弟弟躺在病床上的样子。所以当今晚柴胡看到床上躺着的这个男人,就跟突然找到了止血药一样。

王萌萌告诉他一个故事。发生在王萌萌正式获得律师资格证那天,一个投行人来找她,让她签一个项目。但那个项目王萌萌尽调后,意外发现了法律瑕疵,只不过瑕疵比较隐蔽,如果内部人口风紧,并且团结一致,签下去应该也没问题。

但王萌萌是特别谨慎的人,她的性格也注定了不会轻易相信任何人,也不相信谎言在时间面前的力量。

时间是个很可怕的东西,可以让曾经的挚友彼此相忘,让美满的婚姻出现裂痕,也可以让开始被利益锁定的东西,被新的利益打破。所以她没有签,并且离开了那家律所,来到了城德。事业是新的,只不过特有的偏见已经抹不去了。

后来那个投行人又为别的项目来试探过她两三次,最后一次她直接拍桌子走人了。王萌萌没告诉柴胡,这个投行人就是她的表哥王潮。

452 抱大神大腿

"你的热干面。"王萌萌把打包盒放到柴胡电脑边。这一幕看呆了办公室里所有人，包括王暮雪。

木偶律师居然会帮柴胡带早餐？什么情况？

王萌萌若无其事地坐回自己的位置上。旁边的律师李月用余光偷瞄王萌萌和柴胡，好似两个人除了盯着电脑，也没多余的眼神交流，最关键是，对王萌萌给他买早餐这个举动，柴胡没有惊讶，反倒是一副心安理得的样子。

王暮雪正想通过微信八卦柴胡，就被一个女实习生缠住了。她还在读大二。这种家里有关系，研究生都没考就被塞进投行实习的人算少数，但只要是女的，不管是研究生还是本科生，曹平生想都不想就全塞给王暮雪。

"姐姐，你能不能教一下我三张财务报表应该怎么看？哪个比较重要？"

大二本科生的知识量还停留在初级水平，比杨秋平提的问题还弱智。看不懂三张基础的财报你还来投行实习？

王暮雪发誓，如果对方是个男实习生，她会直接说："要不你先翻翻课本，或者问问度娘？"可惜对方是一个长卷发，两颗大黑眼珠水汪汪的娇妹子，一句话都不指导实在说不过去。

王暮雪也不能确定在投资银行工作了四年就一定能给出满意的答案，她只是按照自己的理解回答道："你首先要清楚，会计是一门语言，商业语言，就跟数学是宇宙的通用语言一样。看懂了会计这门语言，你就能看懂世界上任何一家公司最核心的东西，也能看清其商业逻辑。这就是为何美国的投资家可以很方便地了解中国企业并投资中国企业。资产负债表、利润表和现金流量表就是一家公司写的经营报告，所用的语言就是全球通用的会计语言。"

"嗯嗯。"女实习生点点头，"那姐姐，三张财务报表谁更重要？"

"资产负债表。"王暮雪脱口一句。

王暮雪说，虽然我说资产负债表最重要，但研究财报也有先后顺序。首先，我看一家公司会先看利润表，因为利润表体现的是一家公司的赚钱能力。市场上经常说，某家公司"操纵利润"；很少会说一家公司"操纵资产"或者"操纵现金流"。因为每个企业领导人都首要关心公司今年有没有赚钱,赚了多少钱。

如果该领导人自己看到的利润表不好看,说明这家公司经营能力不足,就需要粉饰利润表,让外界看到其"虚假的经营能力"。所以最容易出问题的就是利润表,这也是为什么我们需要把它放在第一个研究。

其次,我们需要好好研究现金流量表,因为这张表体现了一家公司的活力。拥有良好的现金流,是一家公司"想干什么就干什么"的基础,也就是活力。没有钱,啥想法都只是做梦,没办法付诸实施。我刚学财务的时候,以为一家公司只要净利润好看,就觉得这家公司挺有钱的,但"利润=收入-成本",而收入里面可以包含根本没有回流现金的应收账款。如果一家公司应收账款占比大,那么利润高不过就是一个好看的数字而已,根本没法用。就跟你被锁在 P2P 里的资金一样没用,说不定有一天这家 P2P 公司还会爆雷,到头来你就是个穷光蛋,还是买不起房和车,所以现金流是来检验一家公司利润是否健康的重要指标。

最后,我才会看资产负债表。资产负债表体现的是公司的实力。一家公司今年没赚钱,但不代表这家公司的实力不强。比如现在有两家公司,A 公司资产是 100 万,同年赚了 100 万利润;B 公司有一个亿的资产,但同年也只赚了 100 万。乍一看,似乎 A 公司用更少的资产赚到了更多钱,更牛,但其实 A 公司的实力没有 B 公司强。如果大灾难来了,经济萧条了,B 公司还有多出来的 9900 万资产可以变卖过冬,而 A 公司卖了100 万就关门了。所以当我们说一家公司实力强弱时,往往看的就是其有多少资产。资产价值越高,抗风险能力就越强,拳头就越硬。

为何说资产负债表最重要?其一,利润表和现金流量表不过就是资产负债表的衍生品。利润表体现的是资产负债表里的一个科目,即未分配利润的变动情况;现金流量表也只体现了资产负债表里的一个科目,即现金的变动情况。从这个角度上来说,资产负债表是三个报表的核心。

其二,资产负债表距今已有将近 500 年历史,从意大利的路卡·帕乔利就开始有了;利润表大概是 1920 年以后才被美国和欧洲一些国家要求一定要披露的;而现金流量表更是 1987 年才开始有的。有很多会计师事务所工作 1 年以下的审计人员和企业财务人员,现金流量表编得错漏百出,由此可见他们对这张表的不熟悉。存在历史越久,说明公司需要的时间越早,也最早被所有人认可,这就是为何我说资产负债表更为重要。

王暮雪说到这里时,柴胡的注意力都放到了她身上,心想这王暮雪不是一直在谈恋爱么?什么时候懂这么多了?连三张财务报表的历史都懂。

王暮雪不经意撞到了柴胡的眼神,嘴角露出了一丝黠笑,蒋一帆的书房她这一年来可不是白泡的,光是财务方面的书籍就整整两个书柜。书柜是定制的,一直连到天花板还嵌入墙体的那种,一个柜子可以装下两百多本书。更何况,这些书中间都有蒋一帆画的重点,首页尾页还有笔记,这让本身就有财务基础的王暮雪如虎添翼,一下就能抓住核心。这说明了什么?说明了找一个领路人式的男朋友对自己的事业多有帮助!每次王暮雪背蒋一帆的笔记,都骂几年前的自己脑子抽筋了,大神大腿不懂得死死抱住,差一点儿就要被柴胡甩远了。

453 随意和混乱

晚上9:38,姜瑜期才终于有点时间坐下来好好休息一下。离给蒋一帆上课的时间还剩22分钟,姜瑜期一边啃面包,一边打开手机看着新闻。

如今什么样的新闻特别能吸引姜瑜期的眼球呢?《昨日IPO申请审核的七家企业中,仅有一家过会,六家被否》,这样的标题就很抓他眼球。

当然,姜瑜期也会偶尔浏览下网友们对于那些被否企业的讨论。

"家康医院未过审意料之中。居然好意思说我国每三个人中就有一个是神经病,中国精神病人有这么多么?绝对夸大了,严重影响国家形象!"

看到这里姜瑜期嗤笑一声,这种陈述句,发审委委员完全可以问:"你们说国内每三个人中就有一个是神经病,请问我们七个人,有哪些是神经病?如果不能如实回答,你们就涉嫌虚假夸大市场容量。"

姜瑜期没想到,自己设问的这个问题,居然还真有厉害的网友回答了。该网友写到,如果发审委真这么问,他就答:"尊敬的7位委员,本次参会共13人,我方4人(两个保代、董事长及财务总监)全是神经病,比例接近三分之一,故我公司招股说明书不存在虚假记载和误导性陈述。"

同天上会的七家企业中,唯独一家通过,姜瑜期对此又持怎样的看法呢?根据顺序,这唯一通过的一家应该是最后上会的。姜瑜期猜测,那些发审委委员们在连否六家公司后,心里琢磨如果最后一家再否,就是团灭,那么当晚的财经新闻无疑会铺天盖地渲染近期 IPO 过会率为0%。团灭的社会影响太大,将严重打击排队企业的信心,那不然咱还是给它过一个吧?

当然,这都是姜瑜期的想法,他根本也没兴趣关注顺利过关的企业究竟在做什么业务,到底正不正规,有没有把自己吹上天。按照目前的审核结果来看,没过会的企业质量是真差,过会的也不见得多好。不得不说,我国这个年轻的资本市场,在严谨有序中也的确可见随意和混乱。

姜瑜期其实也理解王潮硬要"过度包装"红水科技的行为,毕竟市场上其他公司大多又套精品礼盒又买昂贵包装纸,你一个"秃头货"放在货架上,就跟中秋节卖的"裸奔月饼"一样,谁要?现在一些上市公司,做的事情可以用一个很形象的比喻来形容。比如这家公司的主营业务是公共厕所,就可以给公司定位为"互联网+生态科技"。人有三急,厕所业务是刚需,范围可覆盖全国。针对公司潜在客户,招股说明书里完全可以写14亿国人。

厕所若有自动清洁装置,可蹭"环保概念";若有附加尿液检测服务,可蹭"医疗大健康"概念;厕所排泄物如果卖给农户就是"绿色农业",净化变成水是"循环经济";即便成了沼气,也是100%"可再生能源";该公司如果再给厕所安一个 Wi-Fi,就是"互联网+"概念。

不仅如此,公司如果给这个公共厕所装光伏板,可蹭"新能源"概念;公厕门口种点蔬菜,就是"大农业"概念;厕所外墙全贴广告,定期更换,股票秒变"传媒股";最后公司再给厕所安上自动感应门,就是"工业4.0"概念……

大盘相关概念股如果涨,公司股票全跟着涨,简直完美!

9:55,蒋一帆来了。趁他去更衣间,姜瑜期本打算开始准备器械,不料记者李帆发了一条很长,且带有确切调查数据的微信给姜瑜期。内容如下：

> 我们目前已经调查完安安大健康在魔都的所有门店和各大公立医院。各门店提供的"胶囊胃镜高端体检"项目中，包含的正是红水科技设备和胶囊产品。在该体检项目外，安安无其他进行胃镜检查项目。

> "胶囊胃镜高端体检"项目价格为3750元，除胶囊胃镜检查外，还包括全身体检套餐、1.5超导核磁共振、低剂量胸部CT(不出片)、肿瘤标志物和经颅多普勒等共计40项左右高端体检服务项目。剔除胶囊胃镜检查项目，其他项目均标价4000元以上，即便是VIP体检套餐，售价也在2000至3000元。

> 换句话说，安安大健康有限公司推出的3750元胶囊胃镜体检项目中，胶囊胃镜检查项目几乎是免费赠送；而在已经开展胶囊胃镜检查项目的公立医院，仅此一项的检查费用就高达5000至7000元，北京一家私人门诊的红水科技胶囊胃镜检查项目收费也至少在4600元以上。

> 所以姜先生，上述数据支持了我之前跟你说的事实，安安大健康一定是红水科技的潜在关联公司，两家企业之前的交易100%属于潜在关联方之间的业务往来。安安以远低于市场价甚至远低于成本价的方式推广销售红水科技的胶囊胃镜项目，这种行为明显违背了市场价格公允性原则，存在利益输送甚至帮助红水科技操纵业绩。

"开始么？"蒋一帆不知什么时候已经换好衣服出来了。

姜瑜期下意识收起了手机。脸上没什么特别的表情，他不知道作为红水科技的签字保代，蒋一帆应该如何处理？他现在是一个对王暮雪来说很重要的人，难道这个人，也要被自己和金权集团一起埋葬么？

"你们这里原来还有二楼？"蒋一帆看到二楼同样大小的器械区时，诧异极了。他甚至看到了一排排给高压工作者准备的太空睡眠舱。

"想体验的话可以中午来，200元40分钟。"姜瑜期答道，"这里有很多私教房，平常都会被约满，今晚空一点，带你上来，安静。"

看着蒋一帆做动作，姜瑜期脑子里时不时就会跳出那个问题，眼前的这个人,要一起推下悬崖么?

"你知道我签了红水科技对吧?"蒋一帆像是会读心术。

见姜瑜期没回答,只是用眼神示意蒋一帆接着做动作,蒋一帆道:"你对这家企业怎么看?"

"我只是一个健身教练而已。"姜瑜期道。

"你不是。"蒋一帆平静一句,"我想知道你的看法。"

姜瑜期给蒋一帆加了2KG杠铃片:"无论我怎么看,你都已经签了。"

蒋一帆听后放下了杠铃,姜瑜期却继续说:"红水科技,已经是过去时了,在他们眼里你就是自己人。我估计不久,他们就会再找你,因为你爸之前变卖房产和土地借给新城的钱,新城现在还了,所以你口袋里的几亿现金,正好用来众筹。"

姜瑜期刚刚说完,蒋一帆的鼻尖就到姜瑜期眼前了:"你还控制了他们? 你究竟还知道多少?"

454 强者的承诺

"和讯阳光、申海通讯以及百源科技这几只次新股你们怎么看?"金权集团宽敞明亮的副总裁办公室内,一身白色连体职业装的刘成楠朝大家发问。

在座的除了蒋一帆和王潮,还有安安大健康有限公司董事长蔡景和他女儿蔡欣。

此外,现场还有一位大脑袋中年男人,坐在蒋一帆右手边的沙发上,此人身材矮胖,穿着深红色T恤,留着板寸头。

如果王暮雪也在这间会议室里,她一定会为眼前这个人的出现而大吃一惊。他就是汇润科技总经理,当年那个搞德国并购,很爱跟胡延德抬杠的王飞。

蒋一帆先前没见过蔡欣和王飞,经过介绍,他很快理清了人物关系。蔡景的公司就是红水科技的金主,第一大客户;蔡景的女儿蔡欣在汇润科技担任总经理秘书,王飞是蔡欣的上司。还有一层关系蒋一帆今日才知晓,蔡欣是王潮谈了很多年的女朋友。据说早就同居了,但一直没领证。

对于眼前的人物关系,蒋一帆自动反转过来又审视了一遍。红水科技是刘成楠和王潮力荐的公司,支持力度达到了只准成功不准失败的程度,而偏偏红水最依赖的大客户,实际控制人的女儿就是王潮的同居女友。

没签红水科技前,蒋一帆肯定没资格走进这间办公室,更无从知晓这层人物关系,估计也不可能同大家一起讨论次新股。

次新股,指二级市场上一些刚上市不久的公司(上市时间一般在1年以内),这些公司还未分红送股,或股价尚未被明显炒作。由于上市时间较短,次新股业绩通常不会出现异常变化,年报业绩风险基本不存在,从投资人避免踩雷的角度看,投资次新股是比较安全的选择。

板寸头的王飞一边看着资料一边道:"和讯、申海和百源都属于细分行业的龙头,2019年肯定不可能比今年行情差,可以搞!"

王潮吐了一口烟:"这三家资本公积金都比较高,具有很好的股本扩张潜力。现在股价都不高,有两只还出现震荡下降的趋势,反弹空间很大。"

"我同意。"蔡景道,"那我们放一波量,把股价拉上去?"

根据经验,上市时间越短的个股,短期弹性可能会越强。一方面,新股刚上市时都会有机构资金的积极参与;另一方面,刚上市新股的上档阻力非常轻,股价也将表现出更强的弹跳力度。每次大盘展开反弹行情时,次新股中都会涌现出短线的强势品种,甚至有可能领涨短线大盘。

次新股之所以受投资者追捧,总结而言就是上市时间短,无历史套牢盘的压力,且流通盘小,市值低,容易被资金炒作,因而人气较旺,买卖频繁,换手率也高,机构与游资主力出货的难度相对较小。

"现在入,什么时候出?还是年报出来之前么?"王飞问道。

刘成楠点点头,拿起桌上加了两个奶球的美式咖啡,抿了一口道:"虽说这三家公司的股东都在限售期内,一般而言不太会发布股东减持或者业绩下滑等利空信息,但2018年市场普遍都缺钱,全年运营情况不好说。"

这时蔡景突然哈哈一句:"我们还是听刘总的,进出时间,吱一声就行了。"

在蒋一帆听来,显然这样的操作已经不是第一次干了。

王潮又吸了一口烟,看向刘成楠道:"我跟一帆这边3个亿,蔡总2个亿,王总2个亿,您看还要配多少?"

刘成楠低头沉思片刻,说道:"18年这个形势还在恢复,这次稳一点,不配资了。你们一共7个亿,我补3亿,凑够10亿。"

"好!"王飞搓了搓手,意味深长地看了蒋一帆一眼,"蒋公子胆量真行,第一次玩就两个亿这么大。想当年我刚开始的时候,也就意思意思出了一百万。"

"不担心了吧?"王潮笑着拍了一下蒋一帆的肩膀,眼神却一直看着王飞,"我师弟,以前一个学校,后来还一个公司。亲师弟,自己人,王总多关照一下。"

"哪里话!有钱一起赚!"王飞呵呵一句,"我没啥能耐,应该是让刘总多关照。"

从会议室出来回到自己的办公室,蒋一帆俯视着窗外大街上行驶的车辆。不管是昂贵的玛莎拉蒂还是廉价的奥拓,都有自己的目的地,可自己的目的地在哪儿?迈出今日这步需要勇气,但是否真要严格按照计划执行,蒋一帆也没完全想好。

同样是红水科技的签字保代,黄元斌就没被邀请,因为他目前持有的现金资产,还不配。在这种极端情境下,缺钱又成了一种幸运,不仅可以守住身边人的安全,还能避免进一步的道德沦陷。

集资注入次新股,拉抬股价,再按约定时间抛售,说好听是新股投资,说不好听就是赤裸裸的操纵市场。在操纵的过程中,股民看到的上述三只股票的交易量一大半都是假的。10个亿的资金,会从100多台电脑中的300多个股票账户中分次进入。强大的资金背后是专业的操盘团队,至少10人以上,他们采用频繁对倒成交,拉抬股价,快速封涨停等异常交易手法,连续炒作多只次新股。

所谓对倒成交,就是这300多个账户自身相互买卖。由于账户众多,交割量与交割时间都不固定,普通大众很难发现,人们只能看到该只股票成交量一直十分活跃,且股价随着活跃的交割单稳步往上走。

"师兄,如果这次我不参加,是不是我就看不见王暮雪了?"听到蒋一帆直接这么问,王潮皱起了眉头,压低声音道:"难道这不比你签项目快么?你这 2 个亿涨个 40%,8000 万就来了。出事了也是罚公司,罚不到你头上。"

蒋一帆定定看了王潮好一会儿,平静道:"师兄,红水加这次,如果都成功,也有 1 个亿了。按照之前我们的约定,我再赚 2.2 个亿你就放我走,并且不能伤害王暮雪。"

王潮闻言叹了口气,摇了摇头,拍了拍蒋一帆肩膀示意谈话结束,他可以出去了。

"答应我。"蒋一帆看着王潮,没有要走的意思。

"嗯。"王潮不看蒋一帆。

强者的承诺是一张废纸。如果有一天蒋一帆真的还清了欠金权的 3.2 个亿,金权不放过他,也不放过王暮雪,他又能怎样呢?

踏出了第一步,也许就再也回不去了。

455 有可赦之恶

青阳新金融中心国道上,一辆银灰色保时捷 Panamera 停在了四道中间。新金融中心是围着交易所建立的,出去只有一条大道,晚高峰时会看到车排长龙的壮观景象。现在时间虽然已过高峰期,路上车速挺快,但四道也被占满了。银灰保时捷两旁的车都在移动,其后的几辆车不停地按喇叭,催促它快走。

蒋一帆当然听到了喇叭声,但他依然踩着刹车键,因为在他车前的是瘸了一条腿的流浪狗。狗不知从哪里冒出来的,看不出血统,土黄色的毛因为太脏而打了很多结,身子虽然不肥,但个头有些高,蒋一帆估摸着自己轧过去,它就算不死,也要再瘸一条腿。

最终,刺耳的喇叭声让蒋一帆慢慢放开了刹车,车子缓缓向前,狗本能的反应就是往车旁躲,但两旁的车速都快,没任何要让它的意思。狗怕了,身子有些抖。它见蒋一帆的车只是缓缓移动,于是选择一瘸一拐地往前走,挡在车前方。

狗的方向不变,蒋一帆就不能踩下油门。随着后方一声又一声让人烦躁的喇叭声,蒋一帆盯着狗的目光也逐渐透出几丝寒冷。踩下油门,可能就是一声轻微的撞击声,一切就这么过去了,自己不可能会被追究责任,也不会有人为这样一只狗的死而难过。如果此刻自己想办法变道绕过它,后面的车就会停下么?即使一两辆车会,所有的车呢?明知道大道上全是车,这只狗还依然能如此莽撞地闯到路中间,难道不应该付出代价么?

这么想着,蒋一帆突然意识到自己的丑恶,原来当一个人想要做坏事前,会不自觉地说服自己,会将犯错理由合理化。

蒋一帆突然想到了师兄王潮,那个曾经也跟自己一样,四五点起来去图书馆排队占座位的京都学子。蒋一帆研究过王潮先前在明和证券所签的项目,其中包括王飞所在的汇润科技以及王暮雪家的阳鼎科技,可以说没一个项目在上市时是有问题的。换言之,王潮应该不是一开始就是现在的样子,他在"湿鞋"之前,一定跟自己一样,有过一段痛苦的挣扎。当然,也不排除王潮本来就是毫不犹豫踩下油门的那种人,只不过当时他的副驾驶座坐着曹平生,所以他没敢。

蒋一帆打了左转灯大约 6 分钟后,才终于成功变了道。他没做最善良那种人:下车,把流浪狗抱上车,开到安全的地方放生,甚至直接带回家收养;他也没有做最坏的那种,直接牙一咬,踩下油门。

他做了顺坦命运偏爱的那种人,这种人总是行走在 0 度经度线,左眼看到的是白日,右眼看到的是黑夜。

往后开回家的一路上,蒋一帆脑海中会时不时出现那只狗的样子,想着它接下来会遇到什么,会不会有奇迹发生,会不会有好心人将它抱上车,给它洗澡,带它去宠物医院把腿治好,然后再给它一个温暖的家⋯⋯

"我做的事情是对的。"健身房里姜瑜期说的话又回荡在蒋一帆耳边。

"是违法的。"蒋一帆面色严肃。

姜瑜期笑了:"是违法的,但是,是对的。"

蒋一帆停顿片刻,低声一句:"我完全可以不跟你合作。"

"当然,你大可以现在就去告发我,让金权派人把我杀了。他们应该会做得很干净。"姜瑜期边说边收拾器械,好在这是专属私教房,这样说话也不用担心。

蒋一帆目光死死锁着姜瑜期来来回回的身影,突然锐利一句:"你一点都不怕?这不正常。是不是只要你出事,那些录音自然就送到警方手里了?"

姜瑜期把最后一个杠铃片往架子上放好,低头冷笑一声:"你是不是也曾抱着侥幸心理,觉得只要不说破,一切都可以被掩盖?红水只要资本监管委员会不真的去查,没人会看到那些你自己都看不清的事情,包括这次你们要操控的那三只股票,只要谨慎点,还是可以神不知鬼不觉,就跟金权当年做的那场爆炸案一样。"

"对,你消失就可以了。"蒋一帆异常的平静。

"如果你希望我消失,根本不会说出来。"姜瑜期直视着蒋一帆,"我很了解你,如果你不合作,不会把行车记录仪原封不动地装好,也不会到现在还不换手机。"

姜瑜期说完了看蒋一帆用的 2015 年款手机,拿起自己的毛巾和水向门外走,甩下一句:"好好记录你自己的生活,下次拿新的来,我教你。"

456 亮度要均等

红水科技老板曾志成过五十大寿,特邀嘉宾中有刘成楠、王潮、蒋一帆、黄元斌和刘君。刘君以前在资本监管委员会工作时,人不敢乱见,饭不敢乱吃,就连去企业现场检查,也只接受盒饭,甚至有时盒饭都自掏腰包。出了体制后,刘君日子滋润多了,饭局不断,全是来套关系、讨经验的资本中介以及拟上市公司高管。

"想必曾总也听说了,IPO 审核还要再收紧,对于公司财务数据的要求更细致了,资金流水和海外收入是被重点关注的。"

曾志成听后呵呵一笑:"那幸运了,我们公司目前还没有海外业务,是想挖掘些国外的客户来着,不过还没接上头。我听说天英控股,就是做手机那个,100%的收入都来自海外,他们最近也要IPO。"

"嗯,所以他们比较麻烦。之前紫薇制药,就是海外收入解释不清楚,所以会里对于那些外销比例大的,非直销的企业,审查特别严格,尤其是海外经销商。"刘君道。

"刘总,那您说像天英控股这样规模的公司,监管层会不会给开绿灯?"曾志成这个问题很隐晦,但也很直白。

天英控股是"一带一路"的领军企业,近段时间还上了国内各大主流平台节目,公司业务非常符合中国的倡议,曾志成的意思是,天英这样的企业哪怕毛病再多,再不合规,是否监管层都会睁一只眼闭一只眼地直接让它过会。

刘君微微摇头笑了笑:"看造化。"

曾志成见问不出个所以然,搓了搓手道:"那您刚才提到的资金流水,能说详细点么?"

"资金流水是最容易出问题的。"刘君不紧不慢道,"会里现在对发行人的全部账户流水,包括董监高和其他核心人员的账户流水,都要进行监测,而且现在监管层更注重现场检查,检查力度也比以往严格。"

刘君说到这里,蒋一帆不禁偷瞄了一眼王潮,心想如果监管层对红水科技进行严格的现场检查,会不会真的去各大体检中心和医院蹲点数胶囊。若现场检查的结果与招股说明书披露的不一致,红水科技会不会被怀疑有财务造假的嫌疑。

王潮面不改色,慢条斯理地嚼着口中的酸黄瓜,旁观者一样地听着刘君和曾志成的对话。

刘成楠更是淡定自若,嘴角居然还挂着浅浅的微笑,唯一表情有些紧张的人,是黄元斌。他想着红水科技千万别往枪口上撞,最好前面的公司审核慢一点,等这段敏感时间过去,说不定大半年后风向变了,审核松了,过会也不是难事。

"对于目前排队公司的财务数据,会里更关注客户集中度,应收账款与收入的变化是否匹配,研发费用是否资本化,以及对政府补助和税收减免的依赖程度这几大方面。"刘君继续道。毕竟吃人家一顿豪华大餐,经验还是要多谈,自己知道多少吐多少,这样不仅能获得曾志成的敬佩之情,以后还能保持良好互动。

黄元斌此时急忙道:"红水应收账款比例很小,不到 10%。研发费用都是费用化的,政府补助这块每年也就两三千万。"

蒋一帆低头吃着菜,黄元斌把好的指标都说了,唯独不提客户依赖度,80% 的客户依赖度是红水科技独有的,光这条就够监管层皱眉头的了。

除了黄元斌,在场的人都很默契地没跟刘君提客户集中度的问题。刘君在金权集团任职,主要还是审核新投资的项目是否靠谱,对于红水科技这种已投资项目报上去的材料,估计也没空看。

刘君从资本监管委员会离职后,一直很注重保持与前同事之间的关系,因为人脉是他手中的唯一优势,他也确实做得不错。此时只听他道:"现场检查的形式,目前是各地证监局带队,抽调属地的会计师事务所和律所参与,交叉检查,而且不抽签了,对于排队企业,全覆盖。"

"都查哪些内容啊?资金流水?"曾志成道,语气有些急切。

"都查。但最终目标都是为了验证收入的真实性,哦对了……"刘君突然想起了什么,"我记得上礼拜现场检查的一家就是经销公司,隐瞒关联方不报。这家关联方对其进行大规模的利益输送,在关联方处现场检查出一堆积压的存货,收入合理性解释不清楚。"刘君确实说出了只有他才能知道的信息,毕竟现场检查的结果公之于众得至少几个月后,曾志成这段饭没白请。只不过知道得越多,现场轻松的氛围也就越少。

这个五十大寿豪华晚宴,后期大家都吃得有些僵,除了刘君。

"眼熟么?"饭局过后,王潮给蒋一帆递出了自己的钱包照。此时他们在晚宴所在大厦顶层的旋转餐吧,高高的落地窗外是整个青阳的繁华夜景。

蒋一帆眼前是一张 2 寸泛黄照片,照片里的女人二十五六的样子,穿着翠绿军装,两根又大又粗的麻花辫垂在双肩,眉目清秀,但算不得漂亮。

蒋一帆一看就觉得十分眼熟,他确认自己肯定见过照片里的女人。

"我妈。"王潮喝了一口鸡尾酒,"以前是个护士,给红军包扎伤口的。"

蒋一帆看着王潮十分自豪的样子,又仔细看了看照片中女人的模样,突然醒悟过来,这张脸怎么这么像蔡欣?

王潮笑着抽回了照片:"反应过来了? 既然看了你的钱包照,为了公平,我也给你看我的,不过我妈已经不在了。"

王潮说着抽出一根烟递给蒋一帆,自己也抽了起来:"汇润科技是我第一个签字的项目,当年我在公司第一眼看到蔡欣,就她了。"

"师兄准备什么时候请喜酒?"蒋一帆问道。

王潮闻言突然自嘲地摇了摇头:"不知道为什么她总说不急,反正都跟我在一起了,说年龄大了吃亏的是她。"

蒋一帆还没开口,王潮就迫不及待道:"王暮雪有跟你主动提结婚的事情么?"

蒋一帆摇了摇头,他想着王暮雪只提让自己健身,这样拍婚纱照的时候可以把她扛在肩上。至少,她提到了婚纱照。

"你说现在的女人都怎么想的……"王潮吐出一口烟,"师弟,你还愿意跟我上来喝一杯,我感谢你。或许你认为我们做的事情不对,但你看看……"王潮说着指了指窗外,"虽然都是青阳,但不同地方亮度不一样。咱们公司那块,明显更亮。你再看看北边,星星点点的稀疏了不少。咱们的目的不是让亮的更亮,是让黑暗的地方亮起来。"

王潮顿了顿,接着说:"刚才吃饭提到的天英控股,咱们曹总搞的那个,就是很亮的企业。现金流好成那样还上什么市? 你看老干妈,需要上市么? 我敢跟你赌 100 万,天英上市后,募集资金肯定不知道怎么花,肯定去买银行理财产品。"深深吸了口烟后,王潮眯起了眼睛,"但红水就不一样,你不要看他们家产品现在贵,那是因为研发投入不够,成本降不下来,精准度也达不到 100%。但这样的企业上了,才有钱研发,才能提高精准度,产品也一定越来越符合市场价格定位,客户依赖度也会大大降低。你说几年后,那些胃病肠病的病人,都不需要忍受胃镜肠镜检查,吃颗几百块的胶囊,15 分钟出结果,准确率百分百,多好?"

接着王潮又给蒋一帆说了一个很形象的比喻:"咱们将所有公司看成一个高三班级,如果要整体提高重点率,不应该花太多心思在那些尖子生上。第一梯队的那些学生,不需要我们帮,他们自己就会学,我们要帮什么? 那些中等的,中上的,拉他们一把!"

研发费用资本化,即将研发费用看成一项资产,通过折旧摊销在使用期内扣除;研发费用费用化,就是把当期发生的研发费用一次性记入当期损益,以后的会计年度不再扣除。

研发费用,顾名思义就是你的公司在产品研发上投入了多少钱。

如果你今年的研发费用是100万,那么"研发费用资本化"就是你想把这100万在N年之内扣除,如果N等于5,那么每年只扣20万;"研发费用费用化"就是你把这100万在今年全扣。

正常的企业老板都想只扣20万,为啥? 因为我费用扣少了,今年我利润好看啊! 可以忽悠投资者啊! 不管怎样至少我账面利润好看! 一下子扣我100万我岂不是损失了80万的账面利润?

但国内资本市场一般都不让你这么搞,很多会计师一进场就直接跟你说:"别动歪心思,全部费用化! 不管你符不符合资本化条件,把真实利润亮出来!"

457 阎王的心思

从1990年A股市场成立至2018年6月,28年间A股上市公司累计实现股权融资12.09万亿元,融资额增长了7000多倍。近十年IPO融资家数及金额最多的是创业板,共发行700多家,募资额超5000亿元。无论是5000亿还是12万亿,无论是10倍、100倍还是7000多倍,这些从市场上募来的钱,是不是全都流到了那些真正需要资金、有实力且有发展潜力的企业手上? 还是说只是因为某家企业的股东背景强大,某家企业的体量能养活几千员工,每年给政府交超过多少税,看上去也没啥问题,所以上市了?

"把暗的地方变亮",蒋一帆以前从未这样思考过问题。局部正确的答案,以整体视角看过去,好似就是错误的。

蒋一帆当然清楚王潮这样的解释很牵强。一家公司,可以不够完美,但不可以假。就如一个女人可以不漂亮,但不能动了刀子还跟别人说自己是纯天然。

但若婚恋市场只有漂亮且纯天然的女人才嫁得出去，那又该如何遏制谎言？该改变的究竟是金权集团，还是资本市场的审核体系与板块构架？

想到这里，蒋一帆突然左眼皮跳了一下，他没想到在天英控股大型会议室里，曹平生正跟众人谈论着他。

"你们要多跟蒋一帆学习，人家身上的优点跟 IPO 队伍一样长。"曹平生说着一拉袖子，用粗短的手指边数边说，"正直，成熟稳重，坚强坚韧，具有奉献精神，是吧，你们跟他合作过的哪个没欺负过他？"曹平生说到这里瞥了一眼柴胡和王暮雪，"别以为老子不知道，人家不跟你们计较，成全你们是因为人家责任感强，人家敬业！不仅如此，人家还能明辨是非！你们呢？"

曹平生黑着脸扫视着众人，天英控股副总裁邓玲让他每周都来现场"坐班"，让他每周都要损失见一个新客户的时间，他当然不爽，尤其是每周来看到项目还是没进展的时候。

会议室里一片死寂，大家连大气都不敢出声，包括两名无辜的律师王萌萌和李月。

这时的曹平生突然站了起来，双手背在身后，围着会议桌，从众人身后慢慢走过，边走边说着让所有人大跌眼镜的话："你们要有点自己的思想，老子让你们学蒋一帆，你们就学蒋一帆，灵光么？"

当曹平生快走到王萌萌身后时，她觉得背部不自主地一阵发凉，怎知曹平声突然调转了方向，继续道："蒋一帆那小子不懂变通，一个可转债丫的做不了就停在那里，甚至还想送给别人，跟你们一个鸟样！他这种人心软、敏感、容易吃亏、太为别人想、经常患得患失，做个决定犹犹豫豫的，关键时候又不懂得自保，你们学他你们就完了！"

在十六部流传着一句话：阎王爷的心思，你永远不要猜！

对于这个样子的曹平生，柴胡和王暮雪已经免疫了，就当他是老妈上身，唠唠叨叨没有逻辑地跟儿女倾吐不快，左耳进右耳出就可以。

"天英控股你们要推啊！他大爷的推啊！每周都是老样子，谁也不出声，这个项目你们打算做多少年？做到它跟当年的诺基亚一样倒闭么？

364

还是说你们要学蒋一帆,做不下去就停着,甚至让给别人!"

曹平生的嗓门越来越大,眼睛中的阴气重了许多:"老子就告诉你们,这个项目,不管多难做,不用你们让,外面抢的恶狼多的是!"

王立松此时开口道:"主要是企业还是没想好是借壳还是 IPO。这事儿邓老师也没有办法拍板,还是要等张总。"

"那就把张剑枫抓回来!不管他在非洲还是在印度!抓回来!抓不回来就打电话!电话你打了么?"曹平生朝王立松质问道。

"打了,每周一个,说还在想。"

曹平生眼睛骤然一眯,一捶桌子怒喝道:"他大爷的一周一个你好意思啊!一天六个!不!八个!你们八个,每个人每天都打一遍!有时差就半夜起来给老子打!排个班!催啊!"

柴胡知道曹平生这种昏头建议是因为他已经自我引爆了。哪有投行小兵去催这么大企业董事长的?要催也是他总经理亲自催啊……

曹平生炸起来时,要求确实没有哪次是合理的。不过阎王爷确实也应该炸了,毕竟这个项目光是停滞期就好几个月,八个人在现场干耗着,过着曹平生不能忍受的朝九晚六的舒适生活,于情于理都说不过去。这不等于拿特种部队当银行保安用么?

"曹总……"柴胡刚想毛遂自荐去催总裁,因为他自认为张剑枫还挺喜欢自己,看自己的眼神都是欣赏。怎料还没往下说,曹平生就严厉一句:"你会点菜了么?"

"啊?"柴胡愣了一下,忙道,"会了会了,王总教了我很多。"说完红着脸偷瞄了一眼王立松。

曹平生话锋又一转:"你公众号多少粉丝了?"

柴胡刚想脱口而出一百万,因为确确实实破百万了,而且他本可以很骄傲、很自豪地宣布这个数字,甚至截图发朋友圈,但自从上次被曹平生骂不务正业后,柴胡就变得相当低调。从 2015 年 7 月的第一篇文章至今,柴胡坚持了三年半,自刚开始的几个月只有一百多粉丝,慢慢到将近一千,几万,十万,几十万,再到百万……

时间复利,无疑是全行业最美的玫瑰。

只不过如今的柴胡,已经不太敢将这朵盛开的玫瑰给曹平生欣赏了,万一曹平生问他广告收入有多少,怎么回答?

若没有额外的、远超固定工资的广告收入,柴胡不会如此大方地帮助王萌萌,毕竟他这两年项目出来的速率极端不稳定。除了白天工作晚上码字外,他还开始看房看车了,这一点连王暮雪都不知道。

"106万……"曹平生低头看着手机冷哼道,柴胡那迟钝的反应当然无法阻挡曹平生想知道答案的心。

故事的最后,柴胡被派了三个活:

第一,负责每天催张剑枫,一周之内让董事长确定方案,推进天英项目进度;第二,进行智能制造行业研究,下周末交研究报告;第三,天英控股上次国外走访,全部只走了一级经销商,鉴于目前监管对于海外收入和经销体系异常关注,曹平生让柴胡带队,把二级经销商也走了,不管多少家,全走! 全部穿透! 走访计划本周内制定好并且买好机票。

柴胡走到男厕所后,用力把三个坑门都踹了开,确认没人,才猛捶了三下墙板,咬牙道:"妈的又要断更了!"

458 抛进游泳池

"你说你小子,混到现在都不知道买辆车!"曹平生小声埋怨着坐在他旁边的王立松。此时他们早已离开了青阳市经城区,恰巧路过新金融中心。王立松弯眼一笑:"青阳太堵,自己开车不仅慢,油钱还没的士票好报销。等以后有了老婆……"

按照王立松以往的经验,他说到这里曹平生就应该打断他,骂他是薅羊毛的败类,但曹平生似乎并没在听他说话,一直望着窗外,望到头仰起,身子略微低了下来。

顺着曹平生的视线看过去,车子经过的这栋楼王立松自然认识。如果下车来看,金权大厦高耸入云,气派非凡,像钢针一样刺破天空。扇扇窗户里透着明亮的灯光,外墙的玻璃与砖瓦,均是一副崭新的姿态。

曹平生收回目光,坐直身子一言不发地看着前方。他曾经也希望自己打下的江山是这般样子,而不是明和证券那三十层不到的旧矮楼。

366

"不知道一帆在这里工作顺利不顺利。"王立松突然感慨道,"不过应该不差。他已经报上去一个项目了,红水科技。"

曹平生轻哼一声:"那个项目材料你看了么?"

"还没有。"王立松回答。

"你应该好好看看,这么高的客户依赖,这么突兀的成长性,就算是真的,也不稳。这小子特么难道卖家业后开始缺钱了?"

王立松不敢怠慢,立即打开了红水科技预披露的招股说明书,直接拉到主要财务指标和报告期内客户占比两处地方扫了一眼,平静道:"反馈肯定会被问。不过一帆一向很谨慎,他们团队应该充分尽调过了。"

"谨慎?人都是会变的。"曹平生将胳膊肘搭在窗沿上,"你知道做风云卫浴的时候,那小子提出什么建议么?"

"您是说那个做卫生间设施的三云公司?"王立松问道。

"对,那小子说可以让关联公司相关控制人全部离了,这样就可以彻底解决同业竞争。"

王立松刚想脱口而出这很正常,因为家族企业结构太复杂,关联方往往都是亲戚而不是共同持有同家公司股份的合作伙伴,能离婚的就离婚,将关系简单化才是最好的切割。但曹平生表情如此严肃,事态应该不是简单的先切割干净,然后等三年再上市。

"他不想等么?他想离了然后直接报?就因为不是必要底稿?"王立松问。

曹平生依然沉着脸,没有回答。金权大厦在川流不息的金融中心挺立着傲视群雄的样子,让曹平生心意难平。那座金碧辉煌的宫殿一样的大厦,是他亲手把蒋一帆送进去的。

"曹总您好,我是蒋一帆,京都大学金融专业,研二,是今年的暑期实习生。"这是蒋一帆跟曹平生说的第一句话。当时的蒋一帆在曹平生看来就是乳臭未干的毛小子,曹平生朝他甩下一句:"只干暑期?那你现在就滚吧。"

蒋一帆没有滚,他在曹平生一次又一次的刁难下挺过来了。直到有天曹平生接到了何苇平的电话,她带着哭腔乞求道,"平生,你也有孩子,你能理解我么?一帆只是一个孩子,只是一个孩子。他是我的孩子,我唯一的孩子，我的孩子刚才差点没了……"

后来，曹平生不再严苛地要求蒋一帆，甚至丢掉了他的打火机和半箱大中华，就连王暮雪送的电子烟也没留下。

曹平生不知道这些年王潮在投资界取得异常辉煌的业绩，是不是因为他放宽了自己强调了无数遍的底线，就像金权大厦那亮到近乎刺眼的灯光一样，让人无法正视。曹平生也不知道自己下午数落蒋一帆的那些缺点：容易吃亏，关键时不懂自保，同住一个屋檐下的王暮雪会不会有所警觉，会不会间接传达给蒋一帆。

作为一个资深老投行，曹平生不知道的事情还很多，但他也从蒋一帆申报的项目中嗅到了一丝刺鼻的气息。

"立松，你以后如果当了一把手，养活一批人的前提是要杀一个人，你干么？"曹平生问得异常冷静，而十分了解曹平生的王立松也立即明白他指的是什么人，什么事。

还没等王立松回答，曹平生自己就干笑一声："老子特么的自己也懒了，拉几个 IPO 算什么，不就是一个多亿么？这对老子来说算什么?!"

"曹总，我觉得一帆没问题的。无论是金权还是山恒，这些年也没吃过罚单。"

王立松的话曹平生似乎又没听到，他的手肘依旧搭在窗上，食指一直揉着太阳穴，闭眼养神一段时间后，居然笑了出来："那小子要是知道我把他卖了，不知道怎么想。"

车里的气氛陷入了寂静，最后还是曹平生自己打破了尴尬的局面："不过他也就学了六年，顶多就一个小学毕业生。小学毕业就值一个多亿，他应该高兴，高兴老子没有 2000 万就卖他。"

曹平生说着打开了手机，红水科技的申报材料他早就下载好并翻了很多次，此刻在屏幕上滑了又滑，他还是将手机啪地关掉，嘟囔一句："算了，顶多就是老子抛他进游泳池，会不会游看他自己。"

王立松在车上的时候，司机小阳听到的是游泳池的言论。但当王立松下车后，曹平生嘴里嘟囔的却是：

"要不明年弄几个 A 轮项目，丢给王潮那王八犊子，把一帆买回来算了！"

"他大爷的,推人进火坑了! 造孽……"

"小阳你看金权那栋楼,高成那样,又尖又细,嘚瑟个屁,迟早要塌!"

"老子特么的是狗娘养的,你们这些龟孙子心里骂老子的我明白着呢,老子就是狗娘养的!"

459 还是要等待

资本监管委员会稽查总队楼下的咖啡厅,陈冬妮穿着朴素的白衬衣,搭配宽松的咖啡色直筒裤,扎着几年不变的低马尾,朝姜瑜期道:"你说的这种犯罪方式去年就有两起,15 年和 14 年各有一起,都是我们查的。"

"处罚方式仅仅只是没收违法所得并处以倍数罚款么?"姜瑜期面前的美式咖啡一口未动。

陈冬妮摇了摇头:"有进去的,还是五年以上。这四例是顶格罚的,其中有三例都是同个人干的,另外那例我们罚了将近 35 亿。"

姜瑜期的身形比陈冬妮最后一次见他时瘦了一些,陈冬妮推测可能是健身教练的工作太累。

姜瑜期将咖啡缓慢地搅了搅,眼神一直盯着咖啡表面形成的漩涡,道:"但那个进去的,应该涉及内幕交易了吧?"

"嗯,他就是利用公司内部一手信息操纵市场的,本身也是个基金经理。"陈冬妮回答到这里,看姜瑜期的神色也复杂了起来。她不知道为何时隔一年,姜瑜期突然找到她公司楼下约她聊这个。

内幕交易,情节较轻的,处五年以下有期徒刑或者拘役,并处或者单处违法所得一倍以上五倍以下罚金;情节特别严重的,处五年以上十年以下有期徒刑,并处违法所得一倍以上五倍以下罚金。姜瑜期很清楚这条法规,困扰他的是,目前没有任何证据可以证明金权集团是利用内部信息操纵那三只次新股的。

"冬妮,如果犯罪团伙没有掌握任何信息,纯属就是人为操纵股价,扰乱市场,获得暴利,是不是只是罚款?"

陈冬妮眉尖向上一挑:"你知道了什么?"

姜瑜期此时终于端起面前已经快要冷掉的美式咖啡,喝了一大口,面无表情道:"我就是随便问问。"没等陈冬妮回答,姜瑜期就自顾自说道,"如果单纯地用资金操纵市场,还是用一家无关联公司,没有任何内幕信息,只是违反《证券法》第七十七条第一款和第三款,以及第二百零三条对吧?"

　　听姜瑜期说到这里,陈冬妮忍不住笑了,打趣道:"法规挺熟嘛! 不如我跟领导推荐,你来我们稽查总队工作吧。"

　　姜瑜期闻言嘴角也似乎有了弧度,微微低下头:"你们那里要的全是名校毕业生,或者是工作很多年的律师会计师,我不可能进得去。"

　　陈冬妮依旧露齿笑着,沉默了一会儿道:"那个赵志勇,不是你同学么? 为什么阳鼎完事后你不去他的经侦队? 你的履历进去要个编制没问题。"

　　姜瑜期当然知道进入经侦队人手会更多,但核查方式也会各种受限,且2017年和2018年的P2P爆雷事件太多,经侦队门口永远都是血本无归的投资者在闹事,媒体压力也很大。姜瑜期很清楚,真进去了,就不可能有时间查金权的案子了。于是他直接跳过陈冬妮的问题,严肃道:"冬妮,我刚才说的处罚措施是不是全面的,只是纯操纵,拉抬股价,没触及刑法对吧?"

　　"嗯,对,只是罚钱。但我们内部的要求是,如果查出来,严重的全部按五倍顶格罚。假设操纵者赚了5个亿,不仅5亿全部没收,还要再罚25亿。"

　　姜瑜期指尖在下巴处轻轻划了划,似乎在思考着什么。

　　目前金权集团的计划是,找家物流公司A来做这件事。物流公司旗下有156个账户,剩下的一百多个账户由其他个人投资者组成。物流公司承诺给这些投资者稳定的投资回报,至于账户用来干吗,这些投资者也不过问。但所有个人账户操纵股价获得的收益,最后都先汇总到物流公司A的公司账上。

　　如果不是姜瑜期听到了会议室中物流公司A的名字,经侦队或者稽查总队从这几个主谋人的通话记录和手机聊天记录中根本查不到任何蛛丝马迹。

沟通不用手机,犯罪不留痕迹,是刘成楠这样老到赌徒的基本常识。她控制的三百多个分散于全国的交易账户,以不定时、不定量的自我买卖交易方式逐步实施推升股价的方案,稽查总队或者经侦队很难看出来。毕竟市场上交易的账户成千上万,且股价越是高,属于"纯种韭菜"的账户就越多。一窝蜂跟风人的交易账户会如潮水一样快速淹没那三百个账户,使得监管层对于始作俑者的抓取更加困难,资金流真正的去向也更加不明朗。

按刘成楠这样的操作方式,即便资本监管委员会真的发现了,要罚公司法人,也是罚那家物流公司,罚不到金权集团头上。且如果是单位违规,刘成楠、王潮这些直接负责的主管人员,最高个人也只能被罚六十万,基本等于毫发无伤。就算物流公司那几十个亿全部由金权来赔,金权也赔得起,伤不了这家国内顶级投资公司的元气。

姜瑜期很清楚,这件事如果他们一做就捅出去,不仅会打草惊蛇,而且敌人依然会继续在办公室里哼着小曲,吹着凉风。想到这里,姜瑜期拿手机扫了扫桌上自助付款的二维码,同陈冬妮道:"我清楚了,今天谢谢你,还有事,先走了。"

陈冬妮却叫住了他,咬了咬嘴唇,低声道:"鱼七,之前,对不起。"

姜瑜期看了一眼咖啡厅门口灿烂的午后阳光,悠悠一句:"你没错。你从头到尾都没错,那是你的工作,不用道歉。"

【投行之路课外科普小知识】

《证券法》第七十七条第一、三款:禁止任何人以下列手段操纵证券市场:(一)单独或者通过合谋,集中资金优势、持股优势或者利用信息优势联合或者连续买卖,操纵证券交易价格或者证券交易量;(三)在自己实际控制的账户之间进行证券交易,影响证券交易价格或者证券交易量;

《证券法》第二百零三条

违反本法规定,操纵证券市场的,责令依法处理非法持有的证券,没收违法所得,并处以违法所得一倍以上五倍以下的罚款;没有违法所得或者违法所得不足三十万元的,处以三十万元以上三百万元以下的罚款。

单位操纵证券市场的,还应当对直接负责的主管人员和其他直接责任人员给予警告,并处以十万元以上六十万元以下的罚款。

460 别再有下次

2019年2月17日,蒋一帆随刘成楠、王潮一行人来到了金宝物流公司的地下室,该地下室是由车库改装而成,占地面积约600平方米,同行的还有王飞和蔡景。

一个身穿灰白T恤,染着灰白头发的胖男人迎了出来。他全身上下未佩戴任何手表手链,朴素得跟一身不起眼的穿着一样。若非他的肚子似怀孕九个月的孕妇,蒋一帆也不会注意到他的腰间连皮带都没系。

男人叫黄金,外号大头,他招呼完刘成楠及其他各领导,目光不出意外地落在了蒋一帆身上。

蒋一帆还没反应过来,大头就一拍自己的肚子,哈哈一句:"蒋大少,幸会幸会! 我这腰围,八百年都用不着皮带!"

这句话让蒋一帆内心咯噔一下,自己不经意间偷瞟的一眼,就被大头敏锐地捕捉了去,还能瞬间读出蒋一帆的心思,这种观察力很少见。看来胖子并不都是马虎的。

地下室走廊狭窄,房间也多,但门都紧关着,门牌上未写汉字,只标着101、102这样的号码。

大头带着一行人七拐八拐地来到了一个无人茶水间,自己亲力亲为地给大家泡茶。这间房没有窗户,也没有摄像头,众人将手机全都关了机,放到了茶几上的一个红漆木头盒子里。

一旦关机,顶多只能被定位,谈话内容就没法记录了。

大头在泡茶的间隙,居然从木盒中拿出大家的手机一个一个地检查是否真的关了机,而除蒋一帆外,其他人神色均无异样,看来这是一个"例行公事"。大头检查完将手机放好,包括他自己的手机也扔进盒中。在他笑眯眯给众人斟茶时,刘成楠问道:"大头,从7号到现在,操作记录说一下。"

"刘总,我做事您还不放心么?"大头说着将一个高档彩绘茶杯递到刘成楠面前。

刘成楠的神色却异常严肃,平常嘴角挂着的那一抹笑容已无迹可寻:"10个亿,从7号到现在17号,中间7个工作日,报给我的和讯阳光的买入均价49.26,卖出均价53.38。"

刘成楠没接着说下去,也没去拿大头递过去的茶杯,眼神跟钩子一样钩着眼前的胖子。

大头晃了晃脑袋,煞有介事地吹着杯中茶,抿了一口满足道:"这个价格,不是很正常么? 涨幅也控制在8%,稳得很!"

"但根据我的观察,这7个交易日中你们团队每个交易日的成交数量和金额占比均超过10%,超过20%的有4个交易日,超过30%的有2个交易日,超过40%的有1个交易日。大头,我们都知道和讯阳光流通总股本,总得给个解释吧?"

刘成楠的语气带着一丝阴冷。根据她的行业经验,这个涨幅、成交数量与成交金额占比,单凭原先交给大头的10个亿应该是做不到的,所以她猜测,操纵市场的总金额绝对不止10个亿。

"刘总就是行家,什么都瞒不过您!"大头一边催促刘成楠赏个脸,先喝杯茶,一边笑道,"这不原先那几个朋友也想赚点么? 您说原来都合作得好好的,这次您说不配就不配,搞得好像我不带他们玩一样。弟弟我也不好混啊……不过您放心,我这边切割得很干净,分得开。"

刘成楠正要反驳什么,大头继续道:"刘总您是不知道,之前你们说的申海通讯和百源科技,据可靠信息,已经在重点监控视线内了,搞不了。"

大头的这句话,无疑一下汇聚了这个封闭茶水间中所有的目光:"信息还是人家提供的,咱不管真不真,雷不能踩,万一是真的呢?"

"那些配资公司说申海通讯和百源科技不能做?"蔡景迫不及待地问道。他当然明白大头嘴里说的几个朋友,无非就是配资公司。这一波操作,如果做得漂亮,大头除了可以从刘成楠这边拿分成,还可以从配资公司拿。

大头用力地点了点头:"所以蔡总,在外还得多带朋友一起玩,信息源也广一点,我们也更安全一些。您说是这个理不?"

蔡景看了一眼刘成楠,刘成楠将茶饮下,沉声问道:"配了多少?"

大头听到这个问题,连忙笑嘻嘻:"不多不多,1∶1.5左右。"

"具体多少?"刘成楠的语气不是问话,而是命令。

大头搓了搓手:"差不多6.8个亿。"

砰!刘成楠重重将茶杯搁在桌上,怒瞪着大头:"16.8个亿在7个工作日内全砸一只次新股,你觉得稽查总队那帮人都是五六十的智商么?"

大头哈哈笑起来:"我300多个账户全部晒给他们看,他们当然一眼就看出来,但可惜,他们怎么找我这300个账户?"

大头说着站了起来,一边在房间里踱步一边道:"刘总您放心,7号那天先进去了一百多个号,后面的号都是陆续进去的。前面用过的我又抽走,保准谁都看不出来,况且我知道和讯盘子小,钱也是陆续进入的。"

之后大头给众人详细介绍了账户构成,细化到公司员工、一般投资者和配资公司。此外,他还很详细地将2019年2月7日至2月17日的全部操作过程给众人说了一遍,最后总结道:"2月7日开盘之前股价在31.50元至32.89,你们看现在多少?我7个工作日,就给大家赚了1.3亿,这种效率……"

"立刻停,下周别操作了,钱各回各账。"刘成楠冷声一句。

"刘总,您这……"刘成楠没等大头说完就从盒子里拿出自己的手机并起身:"如果你下周继续交易,那我们到此为止。"

不出意外,大头拦住了刘成楠,但刘成楠就一句:"我权当那两家公司玩不了的信儿是真的。这次的利润,也算是给你朋友的补偿,别再有下次。"

461 自主选择权

凌晨1:40,蒋一帆在自己房间的台式电脑旁劈里啪啦打着字,楼下的阿拉斯加小可始终没有反应。

收买唯利是图的人跟收买狗其实差不多,肉够多就行。

金权集团通过金宝物流公司的实际控制人黄金,控制了301个股票交易账户。账户组由金宝物流公司员工、员工相关账户和配资公司提供账户三类组成。

所谓配资公司,就是专门为股票期货投资者提供资金,运用杠杆扩大投资者的资金量,实现高比例杠杆操作的公司。

在金宝地区,配资中介的服务尤其活跃,资金提供方将股票账户和资金提供给配资中介,再由配资中介把账户和钱交给金宝物流公司使用。资金提供方拿到固定的年化收益,而配资中介收取一定的中介服务费,剩下巨额的非法收益由操作主体金宝物流公司所获取。

凭着记忆,蒋一帆将能够记下的内容做成了一个邮件:

员工及员工相关账户有:梁某、何某(山恒证券户、汇青证券户)、黄某、王某、林某、张某、叶某(瑞国证券户、泰华证券户)、侯某、陈某等14个账户。配资户有:配资中介提供的安兰、白云等103个账户,朱峰提供的蔡波、陈娥、陈根等97个账户,以及其他中介提供的87个账户。

账户组与金宝物流公司存在大量、频繁的资金往来。黄金口中随意提到的这些名字,蒋一帆判断屋里的其他人应该或多或少认识,除了自己。

蒋一帆明白,一旦发送,哪怕只是发送至自己的邮箱,手机都会有记录,姜瑜期就会知道,当然这也是蒋一帆的用意。虽然他记的信息不全,很多人名也不准确,但哪怕只掌握姓氏,也足够警方按图索骥了。所有账户的最终资金去向,不管中间过了多少道,最终都会指向金宝物流公司。若警方直接从金宝物流公司的资金流水逆向调查,就会查出2019年2月7日至17日这段时间,与金宝物流发生资金划转的账户。

根据已经查出的交易账户,警方就可以调出这部分账户的资金流水,深入调查交易对手方,从交易对手方,就可以逐步摸出其他被金宝物流公司操纵的"相互交易"账户。

涉及配资公司的调查,对警方而言也不是难事。因为这些配资户的保证金来源、提取盈利去向以及利息支付方也都会指向金宝物流,通过金宝物流反向调查法人主体的资金流水,配资中介的名称自然就浮出水面。

也就是说,蒋一帆电脑邮件正文框中的这几段文字,无疑可以掀开一个操纵市场的犯罪团伙,但若监管层没注意,或者说即便注意了,没法顺利摸出这 300 个账户,结果也是金权集团把钱赚了,安然无恙。

倘若这封邮件不发,姜瑜期还要走很多弯路。蒋一帆身子向后一靠,柔软的皮沙发很舒服,但内心却像被数千藤蔓缠绕着。

和讯阳光、金宝物流,这些词汇对姜瑜期来说已经不是秘密了。根据这十几天市场的表现,如果姜瑜期盯着和讯阳光不放,应该不难看出这是有组织、有计划的单位违法行为,而他也早已知道幕后掌控大局的人是谁。如果没有姜瑜期,没有他听到的那些录音,资本监管委员会稽查总队就算再厉害,也只能查到金宝物流,查到黄金。只要黄金铁齿铜牙,或者彻底封死他的嘴,稽查总队找不出任何实质性证据可以证明,此案与金权集团有关。

蒋一帆不太有把握,自己与姜瑜期联手,最终能不能万无一失地除掉金权这样强大的对手。目前手头上有的证据还太少,有些录音也不能成为呈堂证供。

462 吃了火药桶

天英控股自确认走借壳这条路后,项目组成员已进入战争状态。柴胡借二级经销商走访的机会,直接飞到坦桑尼亚"抓住"了张剑枫,跟他在挂着帐篷的职工宿舍床上谈了一晚上:"张总,我知道关于是借壳还是IPO,已经有无数专家跟您说过利弊了。我现在来跟您总结总结,您看看是不是这个理儿!

"首先咱们看审核机制,借壳走重组委,不是发审委,重组委的监管态度比较开放,除非是假重组,否则一般不会否决,您看近三年公告的所有借壳上市案例,过会率 100%。

"对监管层来说,烂在市场上的壳,又退不出去,当然要救是不? 咱走借壳不仅可以实现优质资产证券化,还可以救人一命,广大股民也可以分享股价上涨的红利。虽说借壳上市的条件等同 IPO 的监管要求,但实际操作上,监管层更关注借壳公司是否符合 IPO 的基本条件,不严格执行 IPO 的各种严苛标准。

"张总您看我们已经等了很长时间了,趁着公司业绩好,进入资本市场要快啊!要快就走借壳,借壳上市审核时间也就 3 至 5 个月。退一万步讲,借壳就算被否,咱也还是可以转过头来搞 IPO,不耽误!"

不知道是火候到了,还是柴胡这一番带有明显偏向性的总结触动了张剑枫心中那杆秤,第二天一早张剑枫就给邓玲去了电话,表达的意思很明确:借壳!

柴胡这么说当然带有私心,真要 IPO,天英脱十八层皮都不一定成功,何况马上要面对的工作就是上千家二级经销商。如果借壳,那只需要满足 IPO 基本条件即可,经销商查到一级就行了,反正合同都是买断的;二级经销商挑几家意思意思,穿透一下就可以打道回府。

在回国的候机厅里,柴胡打电话跟王暮雪说:"暮雪,我现在才反应过来,曹总根本就不是真的让我一个人走上千家客户。你也知道走一年都走不完,曹总是让我亲自来非洲抓着张剑枫面谈,并且逼着他走借壳。"

曹平生的真正意图现在去揣测已经没有意义了,既然确定了方向,那么接下来就需要全力冲刺。王暮雪 5:30 就起床了,这是她研究出的数月持久战生物钟模式。

王暮雪发现,从晚上 11:30 熬夜到凌晨 3:30,是 4 个小时,但此模式只适合打两周之内的短期战役。而如果晚上 11:30 准时睡觉,早上 5:30 起床工作到 9:30,也比其他人多了 4 个小时,但却可以打两个月的仗。

早上 8:20,下来吃早餐的蒋一帆看到餐桌旁全神贯注的王暮雪,有些惊愕:"小雪,你昨晚睡了多久?"

"六个小时,放心。"小米粥和油条的香味扑鼻而来,让她的精神稍微放松了下。

"先吃早餐吧,你们离申报还早。"蒋一帆说道。

见蒋一帆的钱包放在餐桌上,她直接伸手拿过来看,不料自己的几张照片全都不见了,只剩下几张信用卡。

"我照片呢?"

"你要?我等会上楼拿给你。"蒋一帆声音有些小,边说边把钱包收回自己口袋。

"谁要啊！为什么不放钱包里了？"

见王暮雪一副兴师问罪的神态，蒋一帆假装很淡定地给自己盛粥："那些照片没经过你同意，我以为你不喜欢……"

"你以为？"王暮雪挑了挑眉，"如果不是我上次打电话给杨秋平，估计你们全公司，你的所有朋友都不知道我们已经在一起了。我问你，跟我在一起很丢脸么？"

女人要算账，是不挑日子只看心情的。先前杨秋平的反应就让王暮雪对蒋一帆有些猜忌，这几个月也没见他带自己见什么别的朋友，再加上钱包照的事情，王暮雪终于忍不住把事儿挑明了。

"我的朋友你都认识。"蒋一帆道。

"还有很多我不认识的啊！"王暮雪提高了音量，"你的大学同学，你的高中同学、初中同学和小学同学我都不认识！你们项目组的那个什么黄元斌我也没见过啊！"王暮雪显然对蒋一帆意见很大，一是恋爱关系不公开，二是蒋一帆对她的亲热程度，远远不及前男友。

对男女之间的事儿，周豪就跟个荷尔蒙飙升的野兽一样，姜瑜期也表达了很多次那方面的意愿，虽然他们都没得逞，但至少他们在王暮雪面前是一个正常的成年男子，有正常的欲望。反观蒋一帆，他确实曾经有一次试探过，王暮雪委婉拒绝之后，他就再没有任何行动。

在一起的这几个月，王暮雪越看蒋一帆越像个看淡红尘的和尚，只适合在庙里打坐。

"主要是这几个月也没有同学聚会，以后有聚会我肯定都带你去。"

听到他这么说，王暮雪更气了："我怎么觉得这些都是我要求来的？是不是我今天不要求，你就永远不公开？"

"怎么会，我们周围的人都知道了啊……"

王暮雪一拍桌子站了起来："那是我告诉杨秋平大家才知道的！"

这个样子的王暮雪，吓坏了张姐和王姐，两个阿姨很识趣地一个说去买菜，一个说去后花园浇花，都匆匆溜掉了。王暮雪自己也觉得情绪没控制好，大早上一口早饭都没吃，倒像吃了火药桶。

王暮雪也说不上来哪里不对劲，但就觉得蒋一帆怪怪的，像在隐藏与顾虑着什么,总之跟自己的距离没有以前那么近。

蒋一帆将手机递给王暮雪:"锁屏,微信头像,朋友圈背景,全都换了合照。小雪,别生气了。"

王暮雪不看,转身一言不发就上楼关起了房门。蒋一帆敲了很久,她才开门,蒋一帆没说话,直接把她搂在怀里:"小雪,你知道我爱你,只爱你一个。"

"以前我知道,现在我不知道了。"王暮雪说。

蒋一帆当然知道王暮雪在气什么,但他不想自己跟王暮雪的关系被过度曝光,让金权对她不利。但也是因为她生气,蒋一帆也想清楚了,敌人早就认定了王暮雪,无论王暮雪与自己亲不亲密,她都是敌人要挟自己的筹码。

想到这里,蒋一帆在王暮雪耳边说道:"小雪,如果有一天我不干投行了,你还喜欢我么?"

王暮雪听得眉头一皱:"我喜欢你跟你干不干投行有什么关系?"

蒋一帆目光悠悠:"那如果有一天,我也不做金融了,可能就是个无所事事的无业游民,你还喜欢我么?"

王暮雪虽然不知道为何蒋一帆会这么问,但她也确实想象不出蒋一帆这么勤奋上进的人,变成无所事事的样子。

王暮雪记得他曾经说过,他的人生选择都是排除法做出来的,所以投资银行或许并不是他内心的梦想。想到这里,王暮雪的神色变得柔和:"一帆哥,你选你自己想干的,只要你自己喜欢,我都支持你。"

"包括无业游民么?"

蒋一帆认真的样子让王暮雪扑哧一声笑了出来,她还没回答,蒋一帆就接着道:"小雪我跟你保证,即便有天我成了无业游民,没有工资,也照样可以养你。家里的房产和现金就算放银行活期,每年也有……"

蒋一帆还没说完,嘴就被王暮雪的食指按住了,她饶有兴趣地说:"与其花你的钱,我更感兴趣的是你无业游民的生活能坚持多久。想想整天吃了睡睡了吃的一帆哥,是个什么样子? 要不要我再给你买几条破洞的牛仔裤,然后带你去理发店把头发染黄?"

蒋一帆没料到,很多年前自己随意说的儿时梦想,王暮雪还记得。面前这个女人,无论是眼里的波光、清凉的发香还是内在的思想,都让他爱得发狂。

蒋一帆当然想靠近她,亲近她甚至占有她,但爱得越深,等得越久,就越怕被拒绝。更何况蒋一帆直到现在还时常怀疑,王暮雪是不是真的喜欢自己,还是说,她只是让她自己努力尝试喜欢爱她的人而已。

所以蒋一帆第一次尝试,王暮雪拒绝他,他一点也不意外,他觉得只要等,只要给够时间,王暮雪一定会主动给他信号的。

蒋一帆不知道的是,女人确实爱犯贱。如果一个女人喜欢你,她可以为了保持纯洁的身子,次次拒绝你的要求;但你不能不主动,如果你完全冷了,她会觉得你不是真的爱她。

"小雪,我们结婚吧,嫁给我好么?"在这个阳光明媚的早晨,蒋一帆终于对王暮雪说出了这句话。

463 同样的认知

"Seven,怎么还不回去啊?"健身房一个负责锁门的工作人员朝姜瑜期道。

姜瑜期一边收拾器械,一边说:"钥匙给我吧,今晚我锁门。"

那个工作人员一脸不解:"这些不收完也没问题,而且怎么还有抹布和清洁剂?不是应该阿姨做的么?"

工作人员见姜瑜期不愿多解释,也没多说什么,交出钥匙就离开了,心想该不会是犯了什么纪律性的错误,被老板罚了吧?

器械收拾好后,姜瑜期拿起健身房专用的清洁剂,往每一个跑步机、椭圆机还有杠铃扶手上喷去,边喷还边用抹布反复擦拭。擦得很用力,仿佛想把浑身的力气都用完一样。

一整天,姜瑜期都想尽办法让自己忙到无暇思考任何事情。

健身房的背景音乐此刻正放着五月天的《后来的我们》。

> 然后呢
> 他们说你的心似乎痊愈了

也开始有个人为你守护着

我该心安或是心痛呢

然后呢

其实我的日子也还可以呢

除了回忆肆虐的某些时刻

庆幸还有眼泪冲淡苦涩

而那些昨日依然缤纷着

它们都有我细心收藏着

也许你还记得

也许你都忘了

也不是那么重要了

只期待后来的你能快乐

那就是后来的我最想的

后来的我们依然走着

只是不再并肩了

朝各自的人生追寻了

他不明白,怎么会有一首歌,每一句歌词都如此精准地描述了他此时的心境,每一句歌词都无法省略,更无法删除,像温暖的阳光,又像冰冷的刀子。

"小雪,我们结婚吧,嫁给我好么?"蒋一帆问。

王暮雪回答:"好。"

这个结局既是意料之中,又是情理之中,姜瑜期无论如何都找不出推翻它的理由。这个结局早就在姜瑜期心中上演了无数次,但当它真的到来时,还是如融雪的气息弥漫于夜间的山林,任你即便冷到发疼,也走不出去。

姜瑜期握紧了拳头,两眼盯着空无一物的桌面,头有些昏,此时他听到一个声音:"你没事吧?"

抬起头,姜瑜期看到了穿着黑色长款大衣的蒋一帆,没等姜瑜期开口问蒋一帆就主动解释道:"我下班从车库出来,看到这里灯还亮,就上来看看。"

"你是来给我东西的吧?"姜瑜期虽然这么问,却没在原地等,而是拿着抹布朝男更衣室走了去。

蒋一帆跟在姜瑜期身后,确实被姜瑜期说中了。金宝物流的账户记录,蒋一帆还是没发邮件,写在了纸上,而这张纸正躺在他的大衣口袋里。

姜瑜期在洗手池前洗着抹布,轻轻一笑:"怎么,又不想给了?"

"你知道我要给你什么东西么?"蒋一帆问。

"应该是跟账户和操纵记录有关的。"姜瑜期转过身泰然自若地看着蒋一帆。

蒋一帆一动不动地站在原地,姜瑜期等了不到五秒钟,就要离开,他对犹豫不决的蒋一帆没有丝毫耐心。

蒋一帆拉住他,将大衣口袋中的纸条拿了出来,道:"我师兄王潮跟我说,你也是他的教练。如果我猜得没错,他早是你的猎物了。"姜瑜期没说话,蒋一帆继续道,"我不知道你还控制了谁,掌握了多少,但我已经知道你的最终目的了。原先你只是希望将阳鼎科技挖开,因为你怀疑你父亲的死与金权集团私募 1 号操纵股价有关;你当然也怀疑,阳鼎科技上市后财务造假,甚至在 IPO 的时候都有猫腻,所以你接近小雪,甚至连我也没放过。"

姜瑜期没说话,也没有要走的意思,蒋一帆继续道:"阳鼎被处罚后,我以为你收手了,但很显然这个结局你不满意,否则你也不会处心积虑地成为我师兄的教练。"蒋一帆直视着姜瑜期,神色平静,"你的最终目标就是金权。无论是经济犯罪,还是那些见不得人的刑事犯罪,都是你不择手段也要打击的。我曾经以为,你不是一个人,但如果你不是一个人,我现在不太可能安然无恙地站在这里跟你说话。"

姜瑜期皱了皱眉,低头瞥了一眼蒋一帆手里的纸条,不耐烦道:"你到底给不给?"

"我可以给你,但你现在还不能拿去立案。"

姜瑜期直接抽过了蒋一帆手中的纸条:"你放心,我没笨到那份上,你要是没什么别的事就回去吧,要锁门了。"说完,姜瑜期朝教练专用的员工更衣室走了去。

蒋一帆本想离开,但他此刻的心情极端复杂,他告诉自己这么做是正确的,这也是他反反复复思考权衡了很久的决定,他不应该后悔。

没有钱,没有名声,没有前途,都不能没有正义。

蒋一帆到现在脑中还能浮现出那个画面,就是在明和大厦何羽岩办公室,王暮雪得知辽昌水电局灰色利益链后,那深恶痛绝的眼神。而蒋一帆也不得不承认,即便姜瑜期没考上京都,没有参加过世界级的竞赛,他的智商与认知水平都与自己在同一个层次。如果现在还在上学,姜瑜期就属于班里那种脑袋特别聪明,但不太喜欢读书的淘气学生。

这几个月跟姜瑜期接触下来,蒋一帆发现自己每次想跟他沟通什么深层次的东西,往往话都不用多说,有时甚至一个眼神,姜瑜期就明白他的意思。

蒋一帆伫立良久,也没见姜瑜期从员工更衣室出来,于是蒋一帆走进了那个房间,一进去便看到姜瑜期背靠着储物柜瘫坐在地上,左手捂着上腹部,双眼紧闭,脸色发青,嘴角时不时抽动着,手里还攥着蒋一帆刚刚给他的纸条。

464 他会读心术

漆黑的夜,肆虐的狂风,街上凝结的薄霜扎得姜瑜期膝盖骨生疼。姜瑜期双手撑着地面,手掌被寒冰浸湿,身子的重量仿佛比他曾经在健身房举起的最重的杠铃还沉。耳边是熟悉的哭声,王暮雪的哭声。

姜瑜期看到跪在面前的王暮雪,感受着她双手紧抓着自己胳膊的力度。又是这个场景,又是这条路,又是这样的无助与怅然,但这条路,究竟是哪里呢?为什么总是会梦到这个场景?

当姜瑜期从梦中醒来,窗外透着微亮的初阳,那颜色是清清的蓝。

早餐店刚刚蒸好了第一批包子,陆续几个行人经过,不远处,还有一个穿着橘黄色马甲、正要收工回家的环卫工人。

这条街姜瑜期很熟,他刚来青阳时,在这里住了将近一年,这是莲花新源小区正门口,陈冬妮的住处。

姜瑜期此时微微睁开的眼睛一合一闭,想努力确认自己确实已经不在梦里。

"醒了?"姜瑜期扭头一看，蒋一帆坐在驾驶座上，他自己正睡在蒋一帆车里，身上还披着蒋一帆昨晚那件黑色长款大衣。

蒋一帆戴着一款银白色耳机，耳罩周围环绕着一圈高度抛光的不锈钢环，铝板上嵌着闪闪的碎钻。姜瑜期记得师兄尹飞还在派出所时，抓住过一个入室盗窃案的罪犯，赃物中就有这款耳机。这是安桥 Onkyo H900M 封闭式头戴耳机，当时的售价将近 70 万。

蒋一帆注意到姜瑜期的目光停留在自己的耳机上，于是直接摘下笑了笑："以前一次生日，我爸一个朋友送的，有些夸张，所以我很少戴，给你了。"说完，蒋一帆直接把耳机放到姜瑜期腿上。

姜瑜期将头撇过一边，把耳机扔到了车后座，冷冷一句："想买通我么?"

蒋一帆闻言笑了："如果钱能搞定你，那你不可能还在坚持做这样的事。"

"为什么不叫醒我?"此时他什么都想起来了，昨晚蒋一帆想送他去医院，被他拒绝了。他只是一时间找不到储物柜的钥匙，所以无法拿药。疼痛竟让他连站起来走路都很吃力，于是拜托蒋一帆下楼帮他买胃药。

吃完药后，姜瑜期又捂着胃坐了二十多分钟，凌晨 1:18 才想着要打车回家。谁知蒋一帆根本没走。而姜瑜期说出的地址，是莲花新源小区。

"昨晚到的时候我叫你了，但你没醒，我也不知道是几单元几楼，所以只能停在大门口。我想着过个十分钟再叫你，谁知道我自己也睡着了。"

蒋一帆是不是真的睡着了姜瑜期无从得知，但至少昨晚他没有头脑不清醒。姜瑜期想着，如果被蒋一帆知道自己住在警队宿舍，还跟青阳经侦队副支队长赵志勇住一起，那以后他还愿不愿意合作，就太考验人性了。

蒋一帆下车到早餐店买了热豆浆和包子，回来递给姜瑜期："你的胃为什么会不舒服?"

"死不了。"姜瑜期打开豆浆盖子就喝起来，昨天一天都没怎么吃饭，他实在太饿了。

"我不是这个意思。"蒋一帆左手不禁轻轻握住了方向盘。

"你又是送耳机又是买早餐,昨天还执意送我回来,是不是想要录音的备份?"姜瑜期这句话的刺耳程度,跟蒋一帆耳机上那一圈圈钻石尖一样,让人不太舒服。

"你是学过读心术么?"既然姜瑜期挑明了,自己再多的掩饰都是多余。

姜瑜期咬了一口包子,看着窗外,根本没打算回答蒋一帆的问题。

"你对所有人都这样,还是只对我?"蒋一帆问。

"觉得冷么?我只是不想学你当中央空调,暖所有人。"姜瑜期说着将剩下的包子都塞进了嘴里,又喝了一大口豆浆。

蒋一帆听后,嘴角带笑地看向前方:"我要的只是备份,你不会损失什么。毕竟这样更保险,你不觉得么?"蒋一帆说这句话,当然是怕姜瑜期如果有个万一,他们的计划就不得不中止。而目前掌握的证据,根本不足以动敌人的根基。当然,这个万一也不一定是身体问题,也有可能姜瑜期有天被王潮察觉,直接人间蒸发了,还有可能这个万一发生在蒋一帆自己身上。总之,两个人手里都有线索和证据,互通有无,总比分头揣着强。

其实,昨天姜瑜期根本不像是睡着,在蒋一帆看来更像是昏迷,蒋一帆叫了很多次他都没醒。要不是后来姜瑜期嘴里时不时吐着几句含糊不清的梦话,蒋一帆都想直接拉他去医院了。

也就在那一刻,与姜瑜期坐在同一辆车里的蒋一帆,心情复杂不堪。少许担忧,少许无措,还有一种瞬间的被丢弃感。他从没想过一个人去完成这件事,整晚弥漫在车里的孤独甚至让蒋一帆感到了一丝害怕。

危险依然存在,甚至金权背后那个黑暗势力,根本脸都还没露。

"我可以给你一份,但如果你乱来,小雪就完了,我跟你也完了,你母亲,包括你那两个保姆,估计也别想保住。"姜瑜期道。

"我不会的。"蒋一帆平静一句。

姜瑜期让蒋一帆关掉所有电子设备,包括车电源,而后告诉他一个网盘地址和提取码。

"你记在脑子里,不到万不得已,也别用自己电脑或者手机登录。"姜瑜期说完下了车,但才离开几步,他又返回来拍了拍车门,重新坐上来后,跟蒋一帆说了一个完全出乎他意料的方案。

465 成家与立业

亮眼的利润,正确的方案,优良的团队,两年的努力,100%的借壳过会率,无论从哪个角度看,天英控股这个项目都能顺利做出来。但王暮雪错了,错得很彻底。两个月前她内心因对项目的自信而喷发出的鸡血,此时被一个晴天霹雳彻底冷却了。

现在,即便王暮雪手里十斤重的申报材料中,已经签上了总裁吴风国的名字;即便明和证券的公章已经赫然印在所有券商签字页上,天英控股借壳上市这个项目,还是被暂停申报了。因为,明和证券被资本监管委员会正式公告,立案调查了。

蒋一帆是在下班后等电梯时看到这个新闻的,事件的大致经过是:一家上市公司 A 很多年前由于亏损严重,被暂停上市。2012 年时,该上市公司希望通过借壳的方式重新上市,于是找到了明和证券做财务顾问,实施重大资产重组方案。

2013 年至 2014 年间,明和证券对该重大资产重组、关联交易和盈利预测实现情况等出具了独立核查意见,最后还发布了公司 A 恢复上市的保荐书。不幸的是,公司 A 重新上市后并未兑现业绩承诺,连年亏损,直至其股票代码前又被加了一个醒目的"ST"。

(注:ST 股是指境内上市公司经营连续两年亏损,被进行退市风险警示的股票。)

根据有关规定,明和证券曾专门向市场发布了致歉声明。

公司 A 有点类似资本市场这锅粥的老鼠屎,也像班级里的坏学生,年年不好好学习,年年被老师点名。

2016 年和 2017 年,公司 A 均收到了监管层的调查通知书,第一次是因为涉嫌信息披露不实,第二次是因为公司关联担保涉嫌违反证券法律法规。而 2019 年,公司 A 更是因无法按时出具 2018 年年报而不得不停牌。

在停牌前,公司 A 股价暴跌了一轮又一轮,跌幅惊人,竟超过了

90%。而今已是2019年5月，超过了2018年年报规定的最晚披露时间，公司A仍未能披露年报。

不仅如此，从业绩预告情况看，公司A预计2018年继续亏损14亿元至19亿元，很有可能因连续三年亏损而暂停上市。

资本监管委员会怀疑明和证券当初在帮助公司A恢复上市时，没能勤勉尽责，尽职调查不到位，出具的资产重组材料中，很可能涉及虚假记载、重大遗漏和误导性陈述。调查结果目前尚未可知，但监管层的这个举措对于明和证券即将申报的所有项目，打击是致命的。

道理很简单：监管层认为，你明和证券之前报上去的某个项目我们都怀疑你偷懒或者撒谎，目前正在调查你，调查期间你还想往会里继续报项目？门都没有！硬塞给我们都不看！

所以，天英控股借壳上市的所有申报材料，就这么完整地、安静地躺在项目负责人王立松的办公桌上，一时间没了去处。报不进会里，原来被项目组视作珍宝的申报材料，不过就是一堆废纸而已。

在国内，一旦某券商被监管层立案调查，短则三个月，长则大半年都无法申报新项目，所以拟申报项目的项目组只能傻傻看着财务数据过期，等着没有尽头的新一轮核查开始。

"平生、立松，我认你们团队，你们这两年做的工作大家都看得到，打磨这么久了，我们不换券商。"天英控股副总裁邓玲的意思很明确，不管调查结果如何，天英都跟明和同甘苦、共进退。她还特别拿自己作为担保，奇迹般地说服了张剑枫以及其他高管，即使等，也不换券商。

邓玲虽然平常要求很严，态度也不是特别和善，但这样的关键时候曹平生才领略了什么是来自大东北的仗义，毕竟天英完全可以给点安抚费，抢过申报材料，找别的券商折腾两三个月走访签字就往会里报。

公司A的重组与曹平生没有直接关系，是明和证券其他部门的项目。曹平生盼着调查结果赶紧出来，就算性质再恶劣，无外乎就是罚钱，相关责任人辞职而已。对于明和证券这种财大气粗的头部券商而言，罚钱和裁人都是小事，新的项目报不了才是严重影响业绩的大事！

王暮雪也是这么想的，但监管层的调查进度岂是她想催就能催的？

蒋一帆回到家后，第一时间就上楼推开了王暮雪的房门，王暮雪正盘腿坐在木地板上,蹂躏着小可的狗耳朵。

"一帆哥你不要安慰我,我就是积分用完了。"还没等蒋一帆开口说话王暮雪就嘟囔道。

"什么积分用完了?"蒋一帆说着也在王暮雪身边坐了下来。

"就是运气呗!"王暮雪叹了口气,"可能是因为我刚进投行那会儿太顺了,然后老天又把你给了我,所以我的运气就用完了。"

蒋一帆笑着单手将王暮雪揽进怀里:"大不了就加一期,肯定能报上去。你看看我,进投行最开始的三年,一个项目都没出来。当时的那些项目质量,加多少期都出不来。"

"那个时候你是怎么想的?"王暮雪头很乖地贴着蒋一帆的脖颈,低声问道。

"有遗憾,还会打击信心,但那三年其实没有阻挡我的成长,学到了很多东西,也磨炼了耐力,我觉得这就够了。每个人的投行之路都不一样,我看到的,别人不一定有机会看到。有点像我当年爬黄山,我妈是坐缆车上去的。而我花了四个小时徒步爬上去的。我看到的沿途风景,我妈也看不到。"

王暮雪闻言,沉默了很久才说:"一帆哥你知道么,以前有个朋友跟我说过相似的话。当年吴双姐出走,曹总让我顶了半年的后台工作,我抱怨,我想不开,他就跟我说,不能认为那些做后台的人,没项目做苦苦求别人赏饭吃的人,或者三年都出不来一个项目的人,走的就不是投行之路。也不能说他们走的路就是浪费时间,没有意义。"

"哪个朋友?是干投行的么?"蒋一帆好奇地问道。

王暮雪顿了顿,简短答道:"不是。"

也不知道为何,蒋一帆本能地感觉出王暮雪说的这个朋友,是姜瑜期,但他没追问下去,而是朝王暮雪故作认真道:"可能是小雪你没遵循一个定律,才会用光了积分。"

"什么定律?"

蒋一帆轻咳了两声:"就是……先成家后立业。这周末,我跟你回一趟辽昌,正式去见一下我未来的岳父岳母,怎么样?"

王暮雪听后眼珠子都直了,但她还没来得及说话,蒋一帆温热的双唇

388

就贴了上来。

在小可呜呜的吃瓜叫声中,蒋一帆把王暮雪抱上了床,坚持锻炼的自己,臂力增强了不少,抱起王暮雪居然轻松之极。

这一次,无论蒋一帆的动作是起初的试探,还是后来的肆无忌惮,王暮雪竟都没拒绝。

两人快到最后一步时,出于尊重,蒋一帆停了下来,眼神在确认她是否真的同意。

谁知王暮雪一咬牙,反过身来把蒋一帆按在床上:"等什么? 你真的是和尚么?"

蒋一帆原先以为王暮雪拒绝自己,是因为不够喜欢,但当他听到王暮雪的哭声,以及最后看到床上的血迹时,他觉得喉咙像被什么噎着说不出话。

"对不起。"蒋一帆跟做错了事一样。

王暮雪发丝凌乱地瘫软在床上,脸色有些发白,语气却平静道:"你都要娶我了,为什么要道歉?"

"我不知道……"

"我没那么保守。"王暮雪打断了蒋一帆的话,"我也是正常女人,只是我妈跟我外婆一直一直跟我强调,说我们家的基因是易受孕体质,几代人都是一次就中,没有例外。我,就是安全措施加安全期的前提下,蹦出来的。"

关于这点,王暮雪说的是实话。她有时也怀疑母亲和外婆是忽悠她,目的无非就是让她作为女孩子要懂得保护自己,洁身自好。但王暮雪也秉承"宁可信其有"的原则,严格自律。

"一帆哥,我没你想的那么完美,我当然可以告诉你,我是个负责的人,所以我对生小孩这件事,很慎重;但其实我真实的想法是,我不喜欢小孩。我甚至觉得朋友圈里99%的小孩照片都很丑。而且小孩这种存在无疑会阻碍我工作,总之就是个吃力不讨好的累赘,长大了还会跟我顶嘴吵架……"

蒋一帆根本没听王暮雪说完,就又堵住了她的双唇。这个女人或许是他蒋一帆活这么多年,见过最坦率,最独特的了。

那次在后花园,王暮雪拿着戒指跟蒋一帆告白时,给出的原因是她自私,极端自私,她想蒋一帆永远是她的,她将她的占有欲毫不避讳地大声吐了出来;而这次,王暮雪也明明可以将一切伪装得很单纯,很惹人怜爱,甚至利用其作为蒋一帆对她从一而终的筹码,但她没有。她再一次将内心的真实想法毫无保留地捧出来给蒋一帆看,这与什么都尽量藏在心里的蒋一帆形成了鲜明的对比。

不仅是人生的选择,王暮雪生活的方式,对人对事的态度,确确实实就是蒋一帆内心最渴望,但又不太敢成为的样子,没有束缚,没有牵绊,也没有虚假。这或许不完美,但这样好似才最接近自然,最接近人之初的样子。

想到这里,蒋一帆对王暮雪说:"你跟爸妈说一声,我马上就买周末的机票。"

怎知王暮雪直接拿过自己的手机,给母亲陈海清去了电话:"妈,我要结婚了,今天就把户口本寄过来吧。"

蒋一帆听后就是一愣,待王暮雪说服完母亲放下电话,他说:"小雪,领证前还是应该先见一下家长吧。我也还没有带你回三云……"

"先斩后奏,反正你妈很喜欢我!"王暮雪说着又完全地表现出一个成熟、正常女性应该有的样子,"我问过我妈,她说多几次就不疼了。"

户口本第二天就到了。蒋一帆与王暮雪领证那天,青阳风和日丽,甚至不用怎么排队,反倒是隔壁离婚登记处排着长龙。

"先成家,后立业"是不是铁律王暮雪无从得知,但她想着既然项目做出来也报不上去,因为邓玲的关系项目组又不敢挪窝,与其干等着不如结个婚,不至于浪费时间。只不过两周后,现实告诉王暮雪,"家"是成了,但"业"还是没立住。因为明和证券被立案调查的同时,作为天英控股借壳重组财务顾问负责人的王立松出事了!

466 各方的压力

天英控股会议室内,足足15个座位全坐满了人,只不过这次没有律师和会计师,仅有天英高管与明和证券项目组。

曹平生右手两指一直来回揉转着左手手腕上那金光闪闪的爱马仕手表,王暮雪与柴胡即使用余光,也不敢往桌对面的邓玲那边瞟。

压抑的氛围让柴胡喘不过气,此时他恨不得直接起身去厕所躲一躲,再下楼买一碗路边摊卖的香辣热干面,说不定吃完面回来,事情就有结果了。

这次问题很严重,严重到不仅是明和证券被立案调查,作为天英团队主要负责人的王立松和其中一个项目组成员邵小滨,都被卷进一起惊人的定向增发诈骗事件。

两年前,王立松和邵小滨曾帮上市公司 B 顺利完成了股票增发。B公司增发股票的目的,自然是筹钱;而筹钱的目的,是为了买一家著名上游供应商 C,进而让 B 公司实现从单一的通用设备制造,向制造业与供应链管理服务业并行的双主业转变。然而并购完成后没多久,B 公司就发现自己彻底被骗了,立刻发布公告喊冤!

B 公司昨日公告称,其全资子公司(即供应商 C)法定代表人刘某和高管团队,涉嫌在当初增发股票时的《购买资产协议》与《业绩补偿协议》中,隐瞒真实经营情况,大肆财务造假,骗取本公司股份即现金对价 23亿元。

这条公告无疑让项目参与人王立松和邵小滨陷入了麻烦。

上市公司增发股票购买资产,投资银行需要对购买标的公司进行尽职调查,如果购买标的本身有财务造假的行为,投资银行理应核查出来。但这都是“理应”,世界上太多的造假行为,按照投资银行的权限与核查手段,100%调查出来很困难。即使本就是行业专家的上市公司 B,不自己也没发现么?

虽然事情还在调查当中,B 公司是不是真的被骗尚未可知,但无疑已经引起了监管层的行动,直接体现就是王立松与邵小滨都被召回了 B 公司项目现场,听说监管领导问询毫不客气:

“为什么在并购过程中没发现财务造假的情况?”

“上市公司自身审核体系的履行是否到位,公司治理是否有效?”

“会计师事务所还有你们明和证券,双方有没有独立核查? 有没有勤勉尽责？"

邓玲见对面的曹平生一直没说话，自己也拿不定主意。先前那家证券代码被重新挂上 ST 标签的上市公司 A，就是因为业绩亏损严重，可能被迫再次退市，导致明和证券被资本监管委员会立案调查。现在又来一家上市公司 B 在增发并购时宣称被骗，波及了天英控股借壳上市项目组的核心成员。

这几日，给邓玲疯狂打电话，想挖墙脚的券商不在少数；但邓玲清楚，如今的天英控股，实际问题都被明和证券解决了，全球业务脉络也梳理了出来，申报材料全做好了，鸭子煮得熟熟的，这时如果自己说不让大家吃鸭子，恐怕对面的人抄起家伙都是有可能的。

抄家伙柴胡倒没想过，但如果这个时候天英控股宣布换券商，意味着不仅是团队花了三个月疯狂加班写出来的申报材料要拱手让人，会议室几面墙的大书柜上，摆着的将近三百本底稿，两年多的辛苦工作，也全都要付之东流。

三百本底稿里的每一页，柴胡都看过，尤其是国外走访的那十几本底稿，里面每一张纸都是血泪换的。为了换这些，王暮雪在手机市场里每天喊叫四五个小时，嗓子都哑了；为了换这些，柴胡一路上被邓玲挖苦英文口语差，还差点跟黑人小哥大打出手；为了换这些，当初肯尼亚游行暴动，听闻可能跟上次一样死几千人的风险，项目组都冒了。

为了把天英控股送上去，这两年柴胡也不可能有机会参与其他任何项目，哪怕是在现场干等着也要对邓玲死心塌地。

这不是消耗了自己的努力与青春，给别人作嫁衣么？钱拿不到也就算了，这种行业内标杆性的项目如果不是自己团队报，签字页上没有自己名字，名声都没了！以后怎么在其他同事面前扬眉吐气？怎么让自己在公司内核、风控委员面前说话有分量？怎么让柴胡这个名字闻名于中国投行界？

所以天英控股，绝对不能让！否则一切都完了！

柴胡甚至想着，如果对面邓玲敢说"换券商"三个字，或者表达类似意思，待事情敲定后，他柴胡就烧底稿！删电脑资料！统统格式化！跟新进券商与天英控股来个鱼死网破!

可作为天英控股的大内总管,邓玲要面对的压力又岂止来自外部券商?

股东说:"你们今年还不上市,效率太低,我们已经等了不止三年了。"

领导张剑枫说:"就是为了今年搞上市,印度市场都不敢大肆抢占,否则因为低价,利润会很难看。如果再不上,明年印度根本进不去了啊!十一亿人的市场,咱不要了?"

其他高管说:"当初邓老师你一再保举明和证券,现在明和接连出事,还用他们,对我们很不利啊!"

各部门负责人说:"再来一期,两期,员工顶不住了,这三个月因为加班,辞职的人不少,顶不住了啊邓老师!"

467 母亲的转变

当柴胡拖着沉重的步子回到家时,钥匙转动到一半胡桂英就如往常一样开了门。

"回来啦? 面好了!"胡桂英用某宝买的淡绿色围裙擦了擦手。在青阳生活的时间已不算短,胡桂英通过柴胡的指导,学会了用电磁炉烧饭,用平板电脑看电视,用手机 App 买生活用品和生鲜,用微信交电费水费,甚至还看起了柴胡从来没看过的购物直播。

瞅见桌上胡桂英手机画面还暂停在一个网红主播的直播间,柴胡不由得眉头一皱:"妈,以后您少看这些,看一次买一堆,家里都放不下了!"

胡桂英咧嘴笑着端出一碗茴香打卤面:"还不是我儿子出息,房子越换越大,又不领个媳妇儿进门,只能用东西填!"

"这是租的。"柴胡强调一句,"现在女孩看的是房产证!"

胡桂英眼睛环顾四周,房子南北通透,顶楼,电梯房,物业负责,购物方便,出门就是地铁口,小区还是全新的,若跟原来住的那个农民楼比,简直如天上人间。

"妈,别扇了,面都扇凉了!"柴胡朝脸上洋溢着幸福神情并扇着竹扇的胡桂英埋怨道,"热您就开空调,说多少次了。"

胡桂英噘了噘嘴:"妈这不是省电费给你买房娶媳妇么?"

柴胡差点儿把吃进口里的面喷出来,眼前这女人一个月可以买直播间几千块的东西,省个两三百电费有啥用? 不过柴胡也懒得吐槽了,老母亲这乡下的观念要慢慢扭,硬来只会适得其反。

"你那个天英控股,报上去了么?"胡桂英突然来的这么一句,让柴胡停住了往嘴里刨面的动作。他好像没跟母亲特别提过自己在手项目的名字,怎么胡桂英会知道?

胡桂英看出了儿子的疑问,解释道:"这两三个月深更半夜来的那些电话,来一个你就提天英控股。铃儿一响,你能提七八回,妈想不记得都难。"

"别提了,黄了。"

换券商的结果是午间宣布的,为了消化这个结果,柴胡独自蹲在天英大厦对街的地铁站口一整个下午。烈阳高照,毫不留情,柴胡上衣从背部到脖子的地方,全湿了。如果不是经城区的小店连香烟都不卖,柴胡的无奈、不甘、愤怒与绝望可以让他抽下三包烟。

其实直到现在,柴胡一根纸烟都没抽过,就记得很小的时候跑进邻居大爷的破屋内,夺过大爷嘴里那根旧时代的烟筒试了一口,呛得眼泪都出来了。但蹲着的柴胡脑中浮现的居然是曹平生在办公室抽烟的样子,是蒋一帆在 KTV 门口抽烟的样子,柴胡也不知道是不是自己恍惚了,记忆中那明明是两张脸,两个人,却好似都是一个样子。

"平生啊,我们想办法跟张总也说说,大家不会白干,我们不是那样的人。"邓玲道。天英提议说拿出一笔费用给明和证券,安慰一下这些干了两年,一分奖金都没有的项目组成员。至于这笔钱究竟有多少,会上没具体说,但这至少在一定程度上勒住了柴胡烧底稿与删硬盘的念头。

"那你之前看的新房子……不就没了?"胡桂英仍有些不愿相信。

"嗯,没了。"这个时候,柴胡脸上是万念俱灰之后的平静。他将汤面一饮而尽,空碗递给母亲,"还有么?"

"有有……"胡桂英起身进厨房又给柴胡盛了一碗。

394

看着儿子一言不发地吃面，胡桂英抿了抿嘴："妈以后不看直播了，省点，一个月也可以省下很多钱……"

"别了，您老爱买就买吧，这点伙食费根本连首付的零头都不到。曹总说了，三十岁前不要想着省钱，因为也根本赚不了多少钱。"

"没事儿！妈也觉得买了很多东西都浪费了。"胡桂英指了指厕所的方向，"你看那漱口水，你根本不用。我用了几次也就不用了，还是牙膏好。我当时买也是昏了头了，以后妈不沾这些。儿子你文章里不是也写么，什么直播、电视剧，都是影响人深度思考的毒瘤，妈也学你，多读书，多深度思考。"

胡桂英这番话对于柴胡的震撼程度，竟然超过了"天英控股"那四个字。柴胡放下筷子瞪大了眼睛："妈您看我公众号了？"

"看呀，我儿子写的当然看！每天都看！"胡桂英边说边示意柴胡赶紧吃，不然面坨了。

关于深度思考能力，柴胡确实写过一篇总结性的文章，文章大意是：

这是一个高效的时代，也是一个破坏力极强的时代。碎片化的生活节奏，一步一步毁掉了人的专注与深度。网红奶茶店前排队的时间，大部分人都在看小视频和打游戏，要不然就是刷朋友圈与看电视剧。柴胡认为有这个时间，多思考下时事新闻或者读书不好么？

"妈，既然您看了文章，那您知道如今的全球化会加剧贫富差距吧，会使全球财富集中在20%的人手里，然后剩下80%的人就被社会资源边缘化。"

"记得，你文里提过。"

柴胡来了兴致，坐直身子道："那妈，您知道被边缘化的这80%的人，如果意识到自己被边缘化，肯定会跟那20%的精英起冲突，对吧？因为看别人有权有势会眼红。"

胡桂英点了点头，不知道儿子突然提这个是为了什么。

"所以那些精英权贵，就要想尽办法转移80%人的注意力，如何转移？让他们娱乐，让他们消费，让他们自我堕落，比如打造娱乐信息平台，网红直播，无脑小视频，狗血电视剧，网游，都搞起来，这些人才会慢慢丧失热情，丧失抗争的欲望和思考能力。妈，像您这样的人，如果都有了思考能力,是很可怕的。"

胡桂英眨巴了好几下眼睛,朝柴胡道:"儿子啊,妈现在知道你在干投行,也知道你们投行帮公司融资,上市,股票,你的文章妈很多看不懂,但是时间长了,也多少都懂点了。妈笨,思考能力也可以慢慢练,但你咋能说妈可怕呢?"

柴胡闻言两眼一热,平常因为工作忙,与胡桂英聊天的时间不是太多,但他没想到如今坐在他面前的母亲,已经可以说出"融资""上市"与"股票"这种词汇。

那个原先看似只爱弟弟的乡下妇女,开始走进了柴胡的世界,理解他的世界。柴胡笃定,如果他今天回来告诉母亲,天英控股报上去了,项目做出来了,母亲会发自内心地替他高兴,所露出的笑容,应该就是柴胡想要的那种,基于充分理解下的自豪的笑容。

柴胡站起身,从后面用胳膊搂着母亲的脖子,弯下腰抱着胡桂英道:"妈,您真的越来越是我妈了。"

"咋说话的!"胡桂英突然没好气起来,"合着你还是我捡来的啊?"

柴胡用筷子敲了敲碗口,自信道:"等有天您把我公众号里说的能力都练出来的时候啊,您就知道那20%的所谓精英,有多怕您了。"

468 地下室会面

"哈哈七少,那些当韭菜的人哪有什么思考能力,见红了就买,绿了就卖,人云亦云,乌合之众罢了。"外号"大头"的黄金,在金宝物流公司地下的密闭会议室里朝姜瑜期道。

蒋一帆在旁礼貌性地微笑着,余光一直观察着姜瑜期的反应。

只听大头继续说:"那些'韭菜'平常看的啥?明星的家长里短、偶像剧、无脑综艺或者购物网站打折活动,整天沉溺在享乐和安逸之中。这帮人,给他们口饭吃,一份饿不死的工作,再让他们有东西可看可玩可评头论足,哪会认真思考这个世界的逻辑?"

姜瑜期认真地点了点头,附和道:"确实。微博热搜可以买,百度新闻都是标题党,公众号大部分的文章都没有经过系统性研究,网上九成的信息与我们一点关系都没有,但却占用了我们大部分时间。"

大头一拍大腿:"就是嘛!"随即他给姜瑜期又倒上一杯茶,上好的西湖龙井,整间会议室里散发着一股清苦的味道。

对大头而言,眼前这个号称"七少"的男人,穿着看似随意的黑色 T 恤,却是蒋一帆介绍的大金主,听说下次跟投金额可以一次性一个亿。

"上次多亏了黄总,一切都很顺利。"蒋一帆暗指股价操纵赚取暴利的事情,至今风平浪静。

"哎哟蒋大少,说多少次了,叫我大头就好。我呀,一直不爱我的大名,黄金黄金,你们听听,这是什么名字!一听就知道我爹娘有多穷!"

"为什么?"姜瑜期抿了口茶。

大头笑了:"因为只有穷人才会给儿子起名叫'黄金',富人都学富五车,起的名字那是相当低调,文绉绉的,比如蒋一帆。"

蒋一帆笑着岔开话题道:"我很同意您刚才说的一句话,您说'我们创造了工具,工具反过来塑造我们'。"

"哈哈这不是我说的,这是麦克卢汉说的。"大头道。

马歇尔·麦克卢汉,20 世纪原创媒介理论家,1942 年获得剑桥博士学位,主要著作有《机器新娘》和《理解媒介》。

大头将一杯铁观音一饮而尽,边泡着第三道茶边道:"我看现在的自媒体,各种编故事、写段子、相互抄袭获得千万关注,科普专业知识却没什么人看。如果要把麦克卢汉说过的那句话变成我大头自己的话,那就是'我们选择了怎样的媒体,媒体就用怎样的方式塑造我们'。当今的文学、歌曲、影视作品越来越幼稚,各种谣言四起时,喷的人丝毫不会思考。这些人就因为得过且过,毫无斗志,才会去网上刷帖,才会把一夜暴富的希望寄托在股市上。所以你们看那些炒股软件,基金软件,头条新闻其实都是精英阶层控制的。他们控制了平台,就控制了'韭菜'的思想;而我们控制了数据,就控制了'韭菜'的行为。"

姜瑜期不得不承认,眼前这个看似暴发户的男人,肚子里是有墨水的,如果他能够把自己的才学用在正道上,该有多好⋯⋯

"我去一下洗手间,请问怎么走?"蒋一帆问道。

"出门右转再右转。"蒋一帆出去了,密闭的房间里只剩下姜瑜期和大头,他们接着刚才的话题聊。

完全按照事先计划的,姜瑜期不急于提合作的具体方案,只是表达了合作意愿,让大头以后有这种市场操纵或者内幕交易的好事,都叫上他。今日姜瑜期想的就是认识大头这个人,混脸熟,把近乎套好,把茶喝好。

见大头说了那么多,姜瑜期也回应道:"消磨时光的事情确实太多了,跟牢笼一样,但是大多数人还是心甘情愿地走进去。"

正当姜瑜期说到这里,蒋一帆回来了,他有些不好意思:"大头,卫生间好像一直有人,你们这层楼还有别的卫生间么?"

"没了,要不我带你上楼吧?一楼有,正好我自己也要去。七少,失陪一下。"大头跟姜瑜期打了个招呼,便起身随蒋一帆出去了。

套完近乎,两个人回到车里,对话如下:

"测了么?"

"测了,地下室有 Wi-Fi。东西呢?装好了么?"

"好了,茶几下的内角。"

"你确定可以顺利连接上?"

"确定。"

蒋一帆随即发动了车子,想着自己卧室书桌下搜出来的窃听器,现在终于派上用场了。

姜瑜期笃定大头这条线,金权搭起来不容易,一定会再用。如今这些人都是瓮中之鳖,要抓随时都可以。只不过背后的那帮杀人不眨眼的团伙还没浮出水面,而那些人才是真正的威胁。

姜瑜期沉默了一会儿,才开了口:"一帆,下次一旦内幕交易消息准确,他们开始行动,我会直接通知警方全程监听。"

话音刚落,正要驶进主路的保时捷骤然一个急刹车,停在了岔路口。

"你说什么?"蒋一帆朝姜瑜期质问道。

姜瑜期目光注视着前方,用冷静而低沉的声音回答:"只有这样,证据才是有用的。当然,刘成楠、王潮的手机都会被全程监听,只不过即使他们用手机联络,谈话里涉及有用证据的概率很小,那个会议室才是重点。你放心,确定能送他们进去几年出不来,我才会通知警方。"

蒋一帆听罢,索性将车子打开了双闪,挂了停车挡,拉起手刹:"你要知道我们的对手不只是刘成楠和王潮,不只是金权!"

"我知道。"姜瑜期脸上依旧没什么特别的表情,"与其守株待兔,不如我们主动点儿。"

"你是说引他们出来?"蒋一帆问。

"对。"

"怎么引?"

姜瑜期意味深长地看了蒋一帆一眼,这个眼神透着一层薄薄的凉意。

蒋一帆脸色骤然一沉,斩钉截铁道:"我不可能让小雪牵扯进来。"

蒋一帆之所以这么说,是怕姜瑜期想让金权对王暮雪出手,这样好把幕后那帮犯罪团伙请出狼窝。

姜瑜期微微一笑:"原来只有我了解你。"

"什么?"蒋一帆一脸不解。

"你放心,不会牵扯她的。"姜瑜期说完示意蒋一帆开车。

469 神圣的使命

月色明亮,洒在王暮雪甜甜的睡脸上,似温柔的手,抚摸着屋里的安详与宁静。

真好,眼前这个女人,已经完完全全是自己的了,谁也抢不走。

蒋一帆之所以如此笃定,是因为他相信王暮雪是一个靠理性活着的人。她的理性可以战胜她内心所有的柔软。

"可能是小雪你没遵循一个定律,才会用光了积分。"

"什么定律?"

"就是……先成家后立业。"

那日蒋一帆突然这么说,其实并非突然而已,因为他似乎从姜瑜期的梦话中,听到了"小雪"两个字,他也可以从王暮雪平日里那些极其细微的态度中,察觉到她对姜瑜期的在意。

首先,王暮雪不希望听到任何关于姜瑜期的事情;其次,王暮雪换了健身房,说选个离家近的方便早上去;再次,有回蒋一帆带王暮雪看电影,蒋一帆说要不要买鸡蛋饼,王暮雪想都不想就摇了摇头,而蒋一帆清楚地记得自己去文景科技找王暮雪时,她直接跑向的那个男人手里,拿的就是鸡蛋饼;最后,这两个月看着王暮雪做天英控股的申报资料,她一次无忧快印都没去,问她,她说,现在哪用去,电子版发过去,制作员自己就会校验审核,沟通全部都云办公。

"但签字页总要送吧?而且打印出来也要反复检查。"蒋一帆说。

"签字页有柴胡他们送呢,那么多男生在现场,我作为女生在公司帮盯着流程。"

或许在别人听来,这理由非常合理;或许王暮雪确实也是这么想的,或许她的内心真的很干净,她就是不想跟前男友有任何瓜葛、任何联系,不想接触或者听说关于前男友的任何事情,包括对方曾经出现的那个空间。

可王暮雪越是不留痕迹,蒋一帆敏感的内心就越是在意,虽然他表面上什么都不说,但不代表心里不会反复琢磨。

蒋一帆也笑自己太小肚鸡肠,女孩子这么处理难道有问题么?人家对于以前的感情一刀两断还不好么?还要怎么要求?

拿到红本的那天,蒋一帆半夜起来翻出两人的合照看了很久,他在幸福、喜悦与激动中,又有那么一丝哀伤。这丝哀伤或许根本没有存在的理由,一切都是自己的凭空想象与无端的担心。多好啊,王暮雪已经是自己的妻子了。

蒋一帆想起王暮雪故作生气地跟自己说的那些话:

"一帆哥你以后喝水每天不能超过8瓶,否则会水中毒的!"

"把小爱放床脚,或者背面,不然睡觉吸猫毛,对呼吸道不好。"

"再熬夜超过1点,我就把你电源线剪断!"

"运动其实根本不会浪费你的时间,如果不动,你每天的无效时间会更多。"

也就在那时,蒋一帆才明白为何家庭模式是人类的常态。两个人,好似更容易养成良好的生活习惯。规律的作息无疑可以提高生活品质。身边因为有了另一个人,所以不再那样随便,不再那样得过且过。

每天清晨，看到王暮雪睡在身边的那一刻，蒋一帆都感觉，自己的生命不仅属于自己，还属于她。

"又偷看，我要开始收钱了！"王暮雪不知何时醒了过来。

"多少钱？"蒋一帆笑道。

王暮雪用被子把自己的头蒙起来，没好气地甩出一句："十万。"

"看一眼十万，估计也只有我消费得起了。"

见王暮雪直接转过身子没理自己，蒋一帆索性从后面抱了上去，全身上下紧紧地贴着她。蒋一帆恨不得今后自己的每一次呼吸，都能闻到她的发香，舒心而沉醉，清晰而深刻。

"接下来有新的项目么？"蒋一帆直接跳过了天英控股换券商的问题。

"有啊，文景科技。"

"文景科技不是已经上了新三板么？难道是要转板？"

"对！还是科创板！"王暮雪的语气变得兴奋起来，"文景已经在新三板摘牌了，现在曹总跟胡保代正在说服路瑶报科创板。"

科创板于 2019 年 6 月 13 日正式开板，是我国注册制试点板块，旨在提升服务科技创新企业能力、增强市场包容性、强化市场功能的一项资本市场重大改革举措。科创板核心中的核心，就是"注册制"三个字。所有申报公司是母的就行，不选美女。不是美女你就充分披露，有哪里丑就说哪里，让市场给个公允定价。

"多少年了，喊注册制喊了多少年了，终于实现了。"王暮雪感叹。蒋一帆没接话，王暮雪的体温让他感到很温暖。

若非过往资本市场定价不合理，上市公司供不应求，严苛核准下仍旧扫不干净的财务造假，科创板或许 100 年都无法推行。望着窗外深色却没有一丝浑浊的夜空，想到科创板，想到自己与姜瑜期正在以及将要做的事情，蒋一帆似乎发现了自己活了三十年，都没发现的人生目标。这个目标不是要从事什么工作，赚多少钱，获得多高的社会地位。这个目标似乎是一种使命，一个需要极大的勇气、耐力与坚持才有可能完成一小部分的使命，一个可以让他获得真正快乐的使命。

蒋一帆记得以前看过一个新闻，美国肯尼迪总统访问美国宇航局太空中心时,看到一个拿着扫帚的看门人。总统走过去问这人在干什么,看门人回答说:"总统先生,我正在帮助把一个人送往月球。"

蒋一帆觉得自己此时就跟那个看门人一样,是千万块砖的其中一块,做的工作也只是浩大工程中的一件微不足道的事情,对于中国整个资本市场的发展与改革,自净与创新,蒋一帆认为自己渺小如沙。但再小,他也是其中的一部分,所有投行人和资本中介都是其中的一部分,包括姜瑜期,包括刘成楠和王潮,包括跟他们一样犯过错的人。所有人其实都是被这个时代需要的,失败一次,曝光一次,才知道接下来的路该怎么走,才知道如何将海浪朝岸边推近一步。

听了姜瑜期下一步的计划,蒋一帆不再疑惑为何王暮雪当初会毫不犹豫地跟姜瑜期在一起,而且直到现在,这个男人在她心里,肯定都有一个位置,因为姜瑜期从头到尾,都是一个为完成神圣使命而无畏无惧的人。

470 上不上科创

文景科技的上市研讨会还没开始,王暮雪的微信界面突然弹出了柴胡的一条信息:"什么时候咱们公司的会议室能这般气派就好了。"

文景科技已从偏远的汇横区高新技术产业园,搬到了租金全市最贵的经城区,装修简洁大气。宽敞明亮的会议室比明和证券开内核会的那间大了一倍,也高了一倍。

王暮雪前些日子还在网上看到了《投行中国》对于明和证券办公条件的描述,原文如下:

> 青阳证券业协会目前在明和证券办公,只有半层楼,空间局促狭小,天花板低矮,装修老式,采访时一盏日光灯忽明忽暗,办公场所与国家定位的社会主义先行示范区完全不能匹配,倒让人有种时光倒流回 80 年代的错觉。

王暮雪看完,嘴角泛起一丝弧度,怎么几年前自己刚走出 28 层电梯那会儿,觉得眼前的场景只是 90 年代的感觉,如今已经被知名媒体吐槽成 80 年代了……

"路总,科创板强调的是信息披露,只要披露的内容真实、准确、完整,成长性不好也没事。"胡延德的大嗓门响了起来,声音依旧洪亮饱满,底气十足,具有极强的穿透力。

这个声音王暮雪很久都没听到了,自从三年多前文景科技成功在新三板挂牌,胡延德就被曹平生派去了西北的几个项目上,彼此之间没了合作。

投资银行同事们的相处模式就是这样,不在一个项目组,基本也就一年见一回。

胡延德相较以前瘦了不少,大概是体检测出了高血脂,他为了减脂晚饭都不吃,中午有时也在啃草,看上去少说也掉了三四十斤,已然没了肥肥北极熊的感觉。但由于自身脂肪基数太大,架子和身高都在,胡延德此时仍旧是东北壮汉一个,坐在会议桌券商这边的 C 位,身板足以镇住全场,当然,镇不住文景科技董事长路瑶。

也不知是受教育与成长背景的原因,星座的原因,还是体内分泌激素的原因,路瑶与胡延德的关系总给人一种爱情之外的猛烈碰撞,彼此争斗又亲密无间,属于职场上那种相爱相杀的合作伙伴。

"胡保代,上次新三板就是被您忽悠的,结果呢? 我们上去转了一圈,看了两三年风景,啥都没捞着。股转系统每个月丢过来的统计表一堆堆,管得太难受,好不容易摘了牌,这又来个科创板,折腾不起!"

今日路瑶穿着一件淡粉色西装外套,透亮的料子让她气色更显红润,丰满的身材配上新疆异域风情的精致五官,使得这位女老板无论如何打扮,都大气高贵。路瑶的指甲依旧修剪得恰到好处,中指与拇指的指甲盖上都镶着钻石,颜色与图案是雍容而华美的水白色,灯光下泛起淡淡的珠光,一看就出自青阳高端美容中心 1000 元一次美甲师的手艺。

胡延德挪了挪屁股,坐直身子道:"路总,这次科创板是真的,注册制也是真的!"

"我也没说新三板是假的啊!"路瑶哭笑不得,"胡保代,咱能不能稳妥点,不要国家起一个山头,咱就往上蹭。规则才刚刚定好,现在上去的企业全都是小白鼠。"

胡延德闻言眉头拧作一团："但咱公司现在业绩下滑,您要报主板或者创业板风险比较大!"

如今的文景科技,除了原先的办公平台业务与流量业务,还开发了通用积分兑换业务、物联网云平台业务与大数据分析业务。不过两三年的发展,文景已从原先那个小小体量的新三板公司,发展成为总收入 20 个亿,净利润 8000 万,利润指标完全满足我国主板上市条件的大型互联网公司。

柴胡直到现在还是不太相信,这样的公司是由一帮中年女人带起来的。

路瑶身边依旧坐着那些亲切和善的旧面孔。商务总监江映发型一点没变,脑后绑着一个随意的小发髻,不爱打扮,素面朝天,快五十的年纪,皮肤上的黄褐斑隐约可见。如今已经升职为总经理的毕晓裴,抹着香奈儿橘色口红,黑色长发披散在脑后,中分头,精气神都比以前强了不少,仍旧爱穿深色职业套装。财务总监陈雯面色虽略显憔悴,但神情泰然自若。比她刚刚被胡延德招来做新三板,与中介机构第一次见面的时候,多了几分淡定与沉稳。

陈雯不慌不忙地说道："我可以向大家解释下公司今年业绩下降的原因。"

陈雯给出的理由共五点:

1. 客户结构优化:上半年文景着重优化客户结构,加大了直销比例,减少了业务营收额。

2. 供应商资源体系的优化:为了提升成熟业务的利润空间,实现利润最大化,文景淘汰了部分性价比不高的供应商,减少了业务的部分营收额。

3. 新业务投入大:文景对新业务的投入增加,人工、研发以及市场投入均较去年同期上升较大,导致净利率有所下降。

4. 成熟业务研发投入升级:为更好地满足市场需求,文景加大了定向流量和物联网集成系统等成熟业务的开发,研发人员较去年同期的 20 人增长至 100 人,支出增加。

5.公司规模化成本上升：文景目前处于规模化阶段,在整体规模向上走一个台阶的过程中,办公费用、场地成本以及人工成本等整体成本较去年同期大幅增长。

"陈总,这些您跟科创板的审核员说,说清楚,说透彻,分分钟过审;但您要是跟主板创业板的发审委说,估计又要扒层皮。"胡延德道。

在会计师事务所干了很多年的陈雯听后,只是平淡地笑了笑:"胡保代,虽说科创板是注册制,但反馈的力度和深度,也不见得会浅,否则不是什么劣质企业都能上么? 这个板块的第一批企业是要立标杆的,对外不说,但对内肯定经过严格的筛选,不然新起的这个山头,在投资者心头也立不住。"

"对对。"总经理毕晓裴连忙附和,"胡保代,我们观察一段时间,看看上的第一批都是什么企业,什么行业什么资质,看清了再决定。"

路瑶哀叹一声:"别又跟新三板一样,上去容易,结果死气沉沉,鞭子抽得又紧。"

胡延德哑了,王暮雪与柴胡也面面相觑。之前被曹平生通知赶紧过来把文景科技搞上科创板,如今这场面,别说开始尽调了,企业管理层的心理工作都没做妥。

471 角色的转变

在文景科技纠结着到底是上科创板,还是上主板、创业板时,柴胡没闲着,组织起一帮工作两三年的员工和实习生,搞起了智能制造研究小组:"我们小组定位的行业为智能制造,该行业涉及的细分行业非常广,从大行业看可以涉及制造业中的每一个细分行业,所以潜在客户的拓展面也非常大,但专业化智能制造的知名企业还有很多,按方向大概分为四类,一是装备与自动化企业,如西门子、美的集团、三一重工和汇川科技等;二是领先的制造业企业,如工业富联、霍尼韦尔、海尔与航天科工等;三是工业软件企业,如PTC、东方国信和用友网络等;四是信息技术企业,如亚马逊和阿里巴巴等。"

这个行业研究主题本来是曹平生安排给柴胡的"个人任务",但柴胡却以"开拓项目"和"为部门增加更多潜在客户"为由,变成了"小组任务",柴胡任小组长。

　　关于外出拉项目这方面,几个月下来柴胡带着曹平生兜兜转转了十几个自己公众号"粉丝"所经营的公司,饭局气氛都是融洽的,对方也都有强烈意愿进入资本市场,但奈何不是行业太过老旧,就是公司本身盈利能力不行。挑挑拣拣,竟无一家入得了曹平生的法眼,于是曹平生决定把范围变窄,聚焦国家大力提倡的工业4.0——智能制造领域。

　　"别的先不说,行业先对上,你就成功了一半。"曹平生道。

　　"我们投行确实应该分小组,专业化,从这些未来有前景的行业中挖掘重点企业,工作量有点大,我想要几个人。"

　　"老子给你配的文景那几个不是人么?"曹平生直接点名文景项目组。

　　"好,那我全收了。"柴胡毫不客气。

　　柴胡跟曹平生说话不再唯唯诺诺,一是因为如今柴胡手中,有让曹平生见不完的潜在客户资源。二是天英控股董事长张剑枫对柴胡赞赏有加,还亲自给柴胡介绍了不少制造业的客户。介绍时张剑枫没少在曹平生面前给柴胡戴高帽,说这小子心有多诚,大老远跑来非洲找自己谈上市方案。以上情况无形中提升了柴胡在曹平生面前的地位与分量。

　　当然,柴胡也明白,曹平生如今骂自己不再口无遮拦是怕资源飞了,也明白张剑枫无非是因为换券商的事情而心怀愧疚,做几个顺水人情罢了。

　　"大家听好了,咱们这个行业研究对未来开拓客户有很大帮助,开拓来的客户都是咱们的,奔着这个目标,研究才有价值!"柴胡的嗓音慷慨而激昂,十分相信文景科技提供独立会议室的隔音效果。王暮雪一手转着笔,一手撑着耳后根,歪着脑袋看柴胡在一帮投行"晚辈"面前显摆。

　　"柴哥,那我们究竟从哪里入手呢?"一个刚入职不久的同事问道。

　　柴胡双手背在身后,正经道:"首先,对于咱们小组的定位方向要明确化和专业化。我建议一开始还是在智能制造行业做一些基础研究,比如找一些行业内具有代表性的知名企业,能代表未来智能制造方向的那种,来进行专题研究,最好研究智能制造更为细分的行业领域,这样更深入和专业。"柴胡说着指了指一位实习生,"基础研究不难,你来做。"

说完,柴胡看着刚才提问的那位同事道:"你和我重点挖掘这个行业中潜在的那些IPO客户,去年参加智能制造峰会的企业名单,我们筛选一下,有必要的话,你跟我一起去实地走访走访这些企业。"

"柴哥,应该如何筛选呢?"那位同事接着问道。

问题接二连三会让人生厌,但却是投行员工的必备素质。

柴胡脸色十分平和,有条不紊地回答道:"那些参加峰会的企业,估计很多已经被其他券商盯上了,还有的说不定已经申报了,我们先剔除在会排队企业,然后去交易所网站查有没有已经被其他券商辅导的企业,剩下的体量大的那些,重点跟踪,必要的时候四处打听。如果还没有券商入场,条件又符合两三年内可以IPO的,我们就杀过去!"

"这样的企业很少吧?"那位同事道,"肥肉估计已经被抢完了。"

柴胡听后眉宇间霎时阴暗了下来,语气却仍旧舒缓:"只要没申报,只要没被其他券商报辅导,就没最终定,我们可以抢。这个社会,肉都是抢来的。"说到这里,柴胡顿了顿,好似想起了什么,"对了,我们甚至可以重点关注那些排队排到一半,突然间撤材料的企业,重点研究,重点拓展,从历史经验来看,大部分撤材料的企业会有较大更换券商的可能。"

"好……"那位同事边记边应着,不过,他忽然问道,"柴哥,文景科技不做了么?我们现在还在别人的办公室,每天午饭晚饭都是这里报销,确定可以做行业研究?"

啪!柴胡直接把桌上的资料拿起来又拍了下去,突然间曹平生附体道:"特么的一个萝卜一个坑怎么赚钱?见缝插针,两手协同懂不懂?哪来那么舒服的环境让你一个一个项目的做?何况现在你不搞行研难道干坐着看电视剧?你倒舒服了,舒服人就废了!投行不养废人!"

柴胡这一顿咆哮,连王暮雪都惊呆了。这好似是她认识柴胡以来,柴胡把自身的压力展现得如此淋漓尽致,并且他的身上渐渐显现出了领导者的特质与心理。特质具体是什么王暮雪一时半会还说不上来,但心理是什么很明显:老子当年吃过的苦,你们敢不吃?不吃老子就心理不平衡!不吃你们就没出息!

只听柴胡严肃道:“我们小组,每个成员每周负责至少五家企业的深入研究,包括但不限于行业规模、竞争格局、公司核心优势与挖掘潜力等;同时,每个成员在此基础上结合自己的兴趣,深入研究标的公司上下游行业的公司,并在小组例会上分享研究成果,散会!”

472 必要的死亡

“真的啊！柴胡真的这样当头就骂?”杨秋平不相信王暮雪的场景再现。今日难得有空,二人约了周末饭局。

王暮雪撇了撇嘴:“他骂的时候我真想录下来,像他当初录我那样。”

“他录你啥了?”杨秋平鼓着腮帮子。

“录我演讲呗,然后发给一帆哥,这还是我知道的。他肯定没少干,下次他再开骂我就录下来发给曹总,到时候看他怎么死!”

杨秋平笑弯了眼角:“暮雪姐姐,你不能恩将仇报。柴胡这个红娘尽心尽力做了四年多,终于促成你的好姻缘,不然像一帆哥这么好的老公上哪里找!”

“老说他好你怎么不上?”王暮雪眯起了眼睛。

“他看不上我啊!”杨秋平反应很快,泰然自若,“我保证,一帆哥要是看上我我分分钟嫁了!”

王暮雪干笑一声:“你回答这个问题脸不红心不跳,可见蒋一帆压根儿就不是你的菜。你喜欢的类型是我前男友,鱼七,我说得没错吧?”

“怎么可能?!”杨秋平忽然放大了音量,但同时也涨红了脸,瞅见王暮雪锐利的目光,杨秋平深知自己在具有敏感心思的女人面前无处可躲,于是只好勉强承认道,“好啦,我承认我当时是喜欢他那模子,但最多最多就是身材和脸,绝不是他这个人啊！谁长那样我都喜欢！你刷我朋友圈,这五六年追的男明星都换了多少个,长的都差不多……”

“反正我们现在分手了,你上我绝不拦你。”王暮雪一本正经。

“我不要。”杨秋平噘着嘴,“姐姐你不是说他骗人么？还骗得很严重,我才不要骗子。”

王暮雪闻言低下头,用筷子搅了搅碗里的白米饭,低声一句:"其实,他也没有那么坏。"

两年下来,王暮雪收到姜瑜期的汇款总计30万。汇款额第一年每月8000元,但到了第二年突然就变成1.4万,有几个月还多于这个数,不是特别固定,比如这个月姜瑜期给她的转账金额就是3万。

王暮雪实在想不出凭姜瑜期的履历,除了高端健身房的私教,做什么一个月可以存下这么多钱。她也不知道姜瑜期加速还款是为了什么,他住在什么样的地方?他自己够吃么?

王暮雪为此也曾无数次想打开姜瑜期的朋友圈,窥探一下他那片空白的天地,是否也会增添一些个人生活的痕迹,但王暮雪的这股冲动,最终还是被原先遗留的恨意勒住了。不了解,不靠近,就会慢慢忘了吧。无论是爱还是恨,都会忘记的,王暮雪这么对自己说。

看王暮雪状态不太对,杨秋平轻松一笑道:"姐姐,我近三年都不太可能找男朋友,偷偷告诉你一个小秘密,你千万别跟一帆哥说。"

王暮雪听后抬起头,满脸疑惑。只见杨秋平身子探过来,在王暮雪耳边低声道:"我在想尽办法跟你做校友。"

"你要去美国读书?"王暮雪明显吃了一惊。

杨秋平一屁股坐回了座位上,得意道:"当然了!除了姐姐,我还想和思科系统公司创始人、全球股神、杜邦公司总裁、加纳总统、哈佛大学第一位女校长以及美国第9任总统做校友;还有我国的郎咸平教授,梁思成和林徽因……"

"你确定申宾夕法尼亚?"王暮雪打断道。

杨秋平嘻嘻一笑:"对,投行工作已经很好了,如果要继续读书,每年放弃的年薪太多,机会成本太大,所以我当然要金融世界第一的商学院。姐姐,我的申请资料已经提交了,现在还在等结果。"

见王暮雪没有接话,杨秋平笑道:"姐姐你还记不记得有一次春节,我、你、一帆哥、柴胡还有鱼七一起在办公室吃麻辣烫?"

王暮雪点了点头:"当然记得。"

"我觉得当时一帆哥说得很对,我还有无数的可能。7年时间就可以重塑人生,而我剩下的生命还有很多很多个7年,我不能让当初那个做名校梦的女孩,真的死了。"杨秋平最后的这句话,如午夜清亮的钟声,一遍又一遍敲打着王暮雪的心灵。

投资银行,是王暮雪的梦,过去是,现在也是。但在这条投行之路上,柴胡那铿锵有力的骂人声似乎更证明了投行对他的重要性。柴胡并没有把他的梦想总挂在嘴边。王暮雪原先一直以为,柴胡的唯一梦想就是赚钱,赚很多很多的钱,买大房子,娶白富美,生一堆都能被送出国的孩子。但风云卫浴的退场,天英控股的毁约,文景科技的止步不前,以及短期内毫无利润可言的智能制造行业研究,丝毫没有妨碍柴胡在这条投行之路上的认真与拼命。

"我们要有更高的目标,我们要做有意义的项目。"

"我们要做伟大的事情。"

"我们做的项目要让国家感到自豪。"

这些空口号从来没见柴胡喊过,但他一直都在努力。也是因为这样,柴胡一直一直在走上坡路。他一开始面对的所有不公平,其实王暮雪或多或少都看在眼里,只是现在,这种不公平已经被柴胡抹平了。

至少如今在公司的项目机会与成长空间方面,柴胡的机会与王暮雪是一样的。

王暮雪相信,即便将来他经手的这些项目申报材料签字页上没有"柴胡"两个字,也不代表他最终不能攀向顶峰。

大概柴胡唯一的遗憾,便是没有时间让当初那个想当画家的小男孩,再次复活。

生命都是平凡的,也是复杂的,正如那个对王暮雪来说平凡却又回味无穷的春节一样。

说到那个除夕夜,王暮雪还记得姜瑜期说,他已经不想当科学家了,当初那个有着科学梦的男孩,死了就死了吧,因为有些死亡,是必要的。

473 全都是独家

财经网记者李帆端详着姜瑜期看调查报告的神情,认真而严肃,但没

410

有惊讶,也没有喜悦。

李帆酝酿了一阵,才忍不住开口道:"红水科技已经在排队了,我们……"

"再等等。"姜瑜期打断了李帆。

见姜瑜期依旧如此果决,李帆有些不悦。这份报告是她动用了所有个人资源,耗时四个月,一家一家门店调查后的结果,因为姜瑜期说后面还有猛料,所以她才忍到现在。可一段时间过去了,姜瑜期这边依旧没新动静。别说是李帆本人,她在财经网的同事急不可耐想发文的情形她也快压不住了。

"这个给你。"姜瑜期掏出一张名片递给李帆。

名片是中规中矩的蓝色商务风格,上面用宋体字印着的公司名是:青阳金宝物流有限公司,董事长、总经理,黄金。

接着,姜瑜期又递出了一张名片,上面印着:青阳市公安局经侦支队,副支队长,赵志勇。

李帆眼前一亮,青阳市局经侦支队的领导?这是他们财经记者做梦都想直接套关系的人。

李帆还没来得及问个所以然,姜瑜期居然又递出了一张名片。这张名片有些老旧泛黄,但字迹依旧清楚,印着:横平市公安局刑警支队,副支队长,尹飞。

李帆虽不了解公安系统,但她也大体知晓警局的副手往往才是带队干实事,了解案情最详细的;那些队长、局长之类的往往负责资源调度、人事安排等领导职务。

姜瑜期道:"李记者,你记不记得 2016 年青阳的海关票涉税案?"

李帆闻言陷入了沉思,眉头皱起,努力搜索着记忆碎片,姜瑜期提醒道:"480 亿,犯罪嫌疑人 56 名,犯罪窝点 32 个,查处企业 567 户……"

"想起来了!"李帆忽然道,"就是正规企业海关票被盗用,冒名抵扣的案子!那个当时确实在我们财经新闻界很轰动。"

"嗯,引发这个案子的导火索,你知道是什么么?"姜瑜期问。

"好像是死了四人的一个汽车爆炸案。"李帆道。

"嗯,经济犯罪的案子破了,但刑事犯罪的一直没破。你们想不想成为独家爆料凶手身份的媒体？"

"凶手是一个人么？"李帆问。

"从策划到实施，再到案发之后的巨大利益，当然不可能是一个人。"姜瑜期回答得干净利落，仿佛他知道真相一般。

李帆立刻习惯性打开录音设备放到桌上，姜瑜期示意她收起来：

"现在还不是时候，我说的不算。"姜瑜期说着用食指依次点了点尹飞和赵志勇的名片，"他们直接对你说的才算。我保证，只要你配合我的时间，案子一破，他们会主动联系你，让你们独家对社会公布。这个与涉税案关系如此紧密的杀人案，相信你们财经网也不会不感兴趣吧？"

"这是当然！"李帆有些激动，"你保证给我独家？"

姜瑜期顿了顿，肃穆道："你应该清楚这是特例中的特例，以往都是开发布会的。现在案件还在调查中，不可能公布，走漏了风声，凶手就跑了，所以你们媒体要百分百配合。"

李帆猛地点了点头，毫不马虎地将尹飞和赵志勇名片上的内容都存到了手机里。在存黄金的名片时，李帆疑惑地抬头看了看姜瑜期。

"这个人是条大鱼，钓上他，你们可能连续一周都有爆款头条。"姜瑜期说着身子向前探了探，压低声音道，"股价操纵，我知道的就不止一次。至于内幕交易，肯定都有，不过这条鱼，现在还不是捞的时候，等你公告红水科技的调查报告时，我再把更多资料给你。还是那句话，配合我的时间。"

李帆抿了抿嘴，低头再次看了看名片上的公司名，青阳金宝物流有限公司，她不知道一家物流公司会跟股价操纵有什么关系。

姜瑜期提醒道："不要去踩点，打草惊蛇的话，你想要的一切都没了。这次证据我来收集，你只需要待在办公室，舒服地坐着等我消息就行。"姜瑜期说完，付了款起身就走。李帆追了出去，朝姜瑜期喊道："你能不能告诉个大致期限，还要多久？你也知道，我不是一个人。"

姜瑜期回过头，微微一笑："很快了。"

474　为何要帮我

傍晚时分，健身房器械声不绝于耳，王潮拿起毛巾擦了擦汗，朝姜瑜期感叹道："你看看，十年前，我们这些人哪懂健身是一种享受？"说完拿起矿泉水猛灌起来。

"上完这周，我就不干了。"姜瑜期边收拾器械边说。

王潮听后差点呛到："为什么？我还正要去续课呢。"

姜瑜期眼角微微一弯："动作要领你早都会了，办张常规健身卡，自己定时过来就行。重量慢慢加。"

"为什么不干了？"王潮问。

姜瑜期顿了顿，淡淡道："年龄到了，钱也赚够了，回老家结婚。"

此时王潮热胀的额头上又冒出了新汗珠，于是他拽起脖颈上的毛巾边擦边饶有兴趣道："新娘是不怕死的妹子么？"

"嗯。"姜瑜期轻轻应了一声。

王潮长长叹了一口气，看向姜瑜期充满遗憾道："我其实很不喜欢改变。不变，才会有惯性，才能跑更远。"

蒋一帆其实也不知道为何姜瑜期突然要从健身房离职，明明每周在私教房间的沟通又隐蔽又不惹人怀疑，如此得天独厚的接头方式，姜瑜期为何要终止呢？

在最后一节课上，姜瑜期说："没啥好继续沟通的，你跟往常一样工作和生活就行。有时间的话，多听听录音，重要的筛选出来，我最近可能会比较忙。"

"你要去哪里？"蒋一帆问。

"回老家结婚。"见蒋一帆彻底愣在原地，眼睛都忘了眨，姜瑜期笑了，"我是这么跟你师兄王潮说的，你应该知道怎么做。"

原本坐在卧推器械上的蒋一帆站起了身，追问道："那你究竟要去哪里？"

"不去哪里，就在青阳。"姜瑜期说着将左手手腕处绑着的红带拆了下来,蒋一帆清晰地看到了一圈刀痕,刀痕中间呈白色,边缘有些地方微微泛红,最外围还是一圈褐色沉淀,一看便知这整只手大概被砍断过。

"是不是一直想问?"

姜瑜期虽然不看蒋一帆,但他也知道关于自己左手的问题,蒋一帆应该已经想问很久了。

"七八年前吧,一帮毒贩拒捕,我同事差点给他们割了。只不过最后,持刀正要动手的那个被我崩了,他儿子上门讨债。"姜瑜期说着特意伸出左手,在蒋一帆面前晃了晃,"就是这结果。"

蒋一帆停了几秒钟没说话,最后还是忍不住开口道:"我第一次在明和大厦前见你的时候,还没有。"

"嗯,小雪去非洲的时候发生的。"姜瑜期道,随即突然笑着拍了拍蒋一帆,"小雪是个福星,所以你不会有事的。看好她,少让她出差,她即使什么都不做,你都不会有事。"

蒋一帆闻言也笑了:"没想到你这样的人,居然也迷信。不过那个你戴了这么久,为什么现在突然要拆下来?"蒋一帆指了指垃圾桶,因为姜瑜期刚刚把红带扔了进去。

"用太久,颜色暗了,准备换条新的,新的更红更艳,更显眼。"姜瑜期的眼神意味深长。

回家路上,蒋一帆反复咀嚼着二人的对话。

更红更艳更显眼,目的是什么呢? 在蒋一帆的印象中,姜瑜期不是话痨,甚至有些惜字如金,今晚算是他比较愿意敞开自己的一次。

"小雪是个福星,所以你不会有事的。"姜瑜期虽然笑着,但真挚的眼神中透着一丝苍凉与惋惜。

姜瑜期说的倒也是事实,还在排队的红水科技目前没有接到现场检查的通知,布偶猫小爱被绑架却又被送了回来,就连和讯阳光的那次股价操纵,蒋一帆实则也没从自己的腰包里掏一分钱。

和讯阳光被资本方盯上的消息,是姜瑜期间接散布给有限范围内的配资公司的,这些公司平常干违法的事儿也比较隐蔽,但明面上的业务肯定主要给企业或者个人提供过桥贷款,业内随便一打听,都能问到几家。

黄金,也就是大头,对于打到自己公司指定账户上的钱一般不会把源头问得太细，金主们都有自我保护的本能，不会轻易抛头露面，通过海外账户走一圈再回来的形式也不少见，所以金宝物流对接的账户构成复杂。黄金认为只要在大家商量好的那几个工作日，十个亿到位，去掉刘成楠等人的八个亿，剩下两个亿自然就是蒋一帆的。

用了人家的管道和名头，好处就自然别想自己独吞，最后多出6.8亿的配套资金，无非是这些配资公司收不回去的贪婪本性。

可惜资本市场里的这些"狼"，玩到现在还不清楚，给他们提供消息的中间人叫姜瑜期，因为只要这个人的信息中提到"金宝物流""黄金"与"刘成楠"的名号，他们自己就会直接去求证。

能赚钱的信息总是特别低调，具有捕风捉影且经不起细问的特性，正是因为这个特性，没有配资公司对信息"中间人"刨根问底，只要最后证明信息是真的，是能赚钱的，我管你是张三还是李四！

所以在"和讯阳光市场操纵案"中，蒋一帆充其量就是个知情人，他既没自己出钱，也没有主动散播消息，从头到尾干干净净。

"如果有天红水科技被现场检查，你就撤材料，别硬上。"不久之前，姜瑜期对蒋一帆说。

"金权不会让我撤材料的。"蒋一帆苦笑道。

"监管层他们不怕，那媒体、舆论与事实呢？他们也不怕么？"

说实话，当蒋一帆看到姜瑜期手机里关于红水科技第一大客户，安安大健康全国各主要门店的胃镜胶囊调查报告时，极为震惊。这样详细的调查报告内容如果属实，只要被曝光，可以直接坐实红水科技联合关联方财务造假，就算不撤材料也根本不可能通过发审会。这个结局可以说是对蒋一帆伤害最小的，因为只要红水科技没通过发审会，没有最终敲钟上市，蒋一帆作为签字保代就不会被处罚。十年来撤材料或者被否的企业众多，因此项目组成员的名字不会过多被外界关注。

蒋一帆以前就是迫于金权的威胁，无法不申报，无法撤材料，如今有了这样的研究报告，金权就算权力遮天，也不可能硬往上冲，到时就算材料不自己主动撤，项目也要被发审委直接打回来。

"你为何这样帮我？"蒋一帆问姜瑜期。在蒋一帆看来，红水科技的调查报告姜瑜期肯定费了不少力，而之前也是他极力阻止自己别真的

"下水"，为此在某种程度上，姜瑜期不惜让他自己成了金权那次"操纵市场"的帮凶。

"你不让他们成功一次，这个渠道怎么为我们打开？一帆你要明白一个道理，有时候只有罪恶，才可以贴近罪恶。"

"即便如此，你也没有必要这么帮我的。"蒋一帆神色复杂，他没有把真正想求证的事情说出来。

最后，姜瑜期只是说："其实这两年我一直在思考，思考什么是选择，什么是代价……以前的我以为，自食恶果就行了，但现在我明白，不能让自己的选择，成为别人的代价。"

475 确定就是他

"不是吧姐姐？真的？这么快!!"电话那头的杨秋平音调高得让王暮雪下意识将手机远离耳朵。她躲在文景科技所在大楼的残疾人专用独立卫生间，跟做贼似的轻声道："嘘！你小声点，只是验孕棒的结果。确实是两条杠，但也不一定准。"

"恭喜啊姐姐！一帆哥是不是高兴坏了？"杨秋平情绪激动。

"我还没告诉他，而且又不一定准。"王暮雪强调一句。

"所以我是第一个知道的？"杨秋平更兴奋了。

"都说了不一定准。我现在去趟医院，得结果了告诉你，千万先保密啊！挂了。"王暮雪小声说完后，轻轻打开厕所门，往外探了探脑袋，确认没人，才强装镇定地快步走了出去。

王暮雪此时心情十分复杂，紧张局促中，有些许开心；但开心中，也夹杂着诸多担忧。

她跟项目组同事谎称自己不太舒服，要请半天假，而后在奔赴医院的途中，她脑中闪过无数念想：

明明每次都有做安全措施，明明还是安全期，居然还能怀上？结婚以来就怕万一，买的都是最贵的牌子，难道这个品牌质控流程有问题？看来外婆跟妈妈没骗人啊！家族易受孕体质的遗传基因也太强大了吧？幸亏

416

结婚前没试水,不然不是分分钟要堕胎的节奏?

这些问题都还不是最严重的,王暮雪最忧虑的是:真怀孕的话,怎么跟曹总交代?他会不会直接一声吼,把自己扫地出门?文景科技好不容易终于同意上科创板,国家又希望券商快点能把项目报上去,让科创板上市企业多一些,项目时间很紧张,如果因为怀孕最后熬不了夜怎么办?

上述这些问题让出租车里的王暮雪近乎抓狂,以至于她在手机网页浏览器接连输入了好几个问题:

高强度工作会让胎儿畸形发育么?怀孕熬夜胎儿易患的疾病有哪些?怀孕时健身有哪些动作不能做?胎儿完全发育需要几周?

搜索结果近乎让王暮雪绝望。

其一,怀孕后工作强度不能大,也不能熬夜,否则易引发流产,为了宝宝的安全,准妈妈要时刻保持身心健康。

其二,怀孕前三个月最好别健身,只能跟老太太一样的散散步,因为初期阶段胎儿太小,运动剧烈容易流产,这无疑打破了王暮雪每周去三次健身房疯狂撸铁的作息。

其三,怀孕后不能饮用奶茶以及任何咖啡因含量高的东西,同时要严格控糖,否则会很容易得妊娠糖尿病。

其四,胎儿全部发育成熟最快也要七八个月,那个时候肯定文景科技已经报上去了,不存在提前剖腹产再打仗的可能。

王暮雪看到这里都快哭了,不健身不能熬夜也不能喝奶茶?那工作还怎么做!

尤其是不能喝奶茶这条,让王暮雪把孩子打掉的冲动都有了。在投资银行的这几年,王暮雪和其他同事都发现奶茶是申报决战必备神器,只有这种咖啡因加高糖的双重快乐,才能让投行人一整夜都不想睡觉,才能有足够的耐力去对抗企业、内核与可怕的曹平生。

"恭喜你,确实有宝宝了。"一头卷发的中年妇产科医生朝王暮雪笑道。

医生的笑容很职业,王暮雪从她的笑中,看不到任何发自内心的喜悦之情。

"以后每个月定期来做产检,这是各阶段的注意事项。你前三个月要特别小心,慢慢走。"医生说着将一张彩色打印纸递给了王暮雪,同时附加给她的,还有一堆宣传资料,全是广告,内容包括但不限于孕妇瑜伽、孕妇维生素、怀孕套餐配送、产前培训、月嫂服务、月子中心以及母婴用品等。于是,王暮雪带着尴尬的微笑,手捧厚厚一沓宣传单离开了医生的办公室。

5楼妇产科人满为患,大多是要二胎的中年妇女,像王暮雪这样年龄的反而一眼找不到几个。

除了注意事项,王暮雪将所有乌七八糟的广告单全扔进了垃圾桶。挤入电梯后,她下意识向电梯后方的安全角落挪,挪的过程中用手护住了小腹的位置。当电梯内的数字由5变为4时,王暮雪只是木然地看着前方。

电梯门打开后,一个高高的男人走了进来,当王暮雪的思绪被这个熟悉的身影从放空状态猛然拉回现实时,那人已经在电梯前部站好,身子完全转了过去,背对着王暮雪。

男人穿着一件白色T恤,T恤的料子是纯白且棉质的,较为宽松,穿衣风格似乎跟以往有了区别。除了这件王暮雪没见他穿过的衣服外,男人全身上下没有佩戴任何标记身份的饰品,肩上甚至连背包都没有。但王暮雪还是半秒钟就认出来了,是姜瑜期。

从背面看上去,他比两年前瘦了不少,但脖颈的肤色似乎更白了,王暮雪猜测可能是因为长期在室内工作的缘故。

王暮雪没叫他,也不确定他进来时是否看到了自己,只是在电梯到达1楼后,匆匆看了一眼大厅楼层公示牌前四楼的科室。

果然,有肠胃科!

难道他胃又不舒服了么? 他是过来开药的么? 好像刚才他走去的方向确实是药房……

想到这里,王暮雪一路小跑到药房不远处,确实又看到了他在排队。

王暮雪赶紧闪到最近的一根四方柱子后藏了起来,她不知自己为何要躲,心脏还猛烈地撞击着胸膛,这力度根本无法通过深呼吸强行压下去,王暮雪感觉手汗都出来了。明明什么亏心事都没做,却跟做贼似的,甚至此刻的心情比刚刚知道怀孕时还要紧张。

当王暮雪调整好状态,重新探头出去时,姜瑜期已经不见了。

476 另一突破口

姜瑜期一整天心事重重,所以电梯里他确实没注意藏在角落里的王暮雪。

今天是个重要日子,如果姜瑜期估计准确,蔡欣,也就是王潮的现任女友,应该又去厂区附近的别墅了。

跟踪蔡欣的事情,并不是姜瑜期现在才开始做的。

时间要推回至 2016 年。姜瑜期第一次见蔡欣后,就有了跟踪计划。毕竟她是直接用个人账户,替王潮收了阳鼎科技 7 年钱财的女人,虽然金额不大,总数也就 21 万,但这件事仍旧是姜瑜期没解开的心结。这么算下来,姜瑜期观察这个女人的行踪已经 3 年多了。

每次姜瑜期去蹲点,见这个蔡欣从来都是两点一线,下班后就直接回家。她住在青阳经城区一个高档小区 1 栋 1 单元,是王潮名下的一处房产,四室两厅。后来终于有一次,周四,姜瑜期发现蔡欣下班后没直接回家,而是去了青阳郊区的一个废旧工厂,这引起了姜瑜期的注意。

姜瑜期看见在蔡欣进入的那个厂房前,围着一堆正在烧烤的男人。那些人穿着打扮十分不正经,衣衫花花绿绿,有些把头前面剃光,后面留着小辫,典型的街头混混样,其中一个很顺手地将抽完的烟头直接扔在地上。但他们却对蔡欣的出现习以为常,有几个还笑着朝她喊道:嫂子来啦! 等下给嫂子烧几串!

姜瑜期想不透,蔡欣这种上市公司总经理秘书,职业白领,怎么会跟混混阶层的人如此熟络?尤其蔡欣还是安安大健康有限公司的千金,掌上明珠。她的这个行为就更加令人匪夷所思。

当然,安安大健康早些年体检类业务没起来,还负债累累,所以蔡欣这个千金小姐,也就是这几年才逐渐名副其实起来。她当初毕业后会选择去一个大公司做总经理秘书,也不奇怪。

只不过……那帮混混称呼蔡欣为"嫂子",而蔡欣又是王潮的女朋友,姜瑜期猜测难道王潮是这些街头混混的老大哥?

这个猜想只能说有可能,但不合逻辑。

其一,王潮是京都毕业的高才生,毕业后在投资银行和投资公司工作,圈子跟这帮人有交集的概率很小。

其二,王潮根本不能打,也没有任何刑事或者民事前科案底,背景基本混不了街头党,更别提当大哥了。

其三,王潮工作繁忙,根本没时间打理这帮小弟。

上述三点理由,让姜瑜期直接排除了大哥是王潮的可能性。

姜瑜期在厂区外围守了很久,直至夕阳西下,众人散去,都没看见王潮的身影。正当姜瑜期快要失去耐心时,蔡欣终于从厂区里出来了,跟在她身后的,是一位四十来岁,高大威猛的男人。

那人少说也有一米八五,穿着一件黑色背心,皮肤黝黑,肌肉特别厚实,姜瑜期瞧他那肌肉精度和身板,目测体重至少 200 斤。男人的气场也强,眉宇间自带一股杀气,外面小弟有几个直接站了起来,招呼他过去吃烤好的肉串。姜瑜期没太听清他们喊出的名字,好像那个男人被称为"建哥"。

男人一手拿起二三十串,四五口就吞光了,跟头猛兽一样。随后他带着蔡欣上了一辆别克车,车牌姜瑜期托警局的朋友查过,是正规车牌。一切都算正常,不正常的只是蔡欣定期跟这个叫"建哥"的男人会面,尤其是王潮出差时,蔡欣会直接来找"建哥"。两人还住在一起,住所是离工厂车程 15 分钟的一个山间别墅。

这间别墅的业主名字姜瑜期也查过,是一名女性,65 岁,8 年前定居美国,国内无婚姻记录,膝下也无子女,这期间海关没有入境记录,说明出国后就没有回国,青阳租赁备案中心也查不到她将别墅租给了谁。

而那辆别克车的车主身份信息显示,也是那个出国定居的老女人。所以这位叫"建哥"的人,其真实姓名通过房和车这两条线索,均无法获得。

当时的姜瑜期认为,"建哥"可能只是个街头混混,蔡欣也只是一个脚踏两条船的女人,所以跟了几次没发现异样,他就没继续深入调查下去。蔡欣的"偷吃"行为与阳鼎科技和金权集团的经济犯罪,似乎没有任何直接关系。

近段时间,姜瑜期还是决定抓回蔡欣这条线,毕竟其他方向也都查得差不多了,但能被刘成楠用来威胁蒋一帆的背后那股黑暗势力,还没浮出水面。

通过一两个月的观察,姜瑜期发现蔡欣与"建哥"见面的次数明显减少了,尤其是王潮出差期间,她也不会如以往一样立刻去找"建哥",有时她宁可待在经城独守空房两星期。

见面次数的减少对姜瑜期的调查来说不是好兆头,于是他决定今天采取进一步行动。

"抱歉!"姜瑜期迎面走向蔡欣,装作不小心撞了她一下,目的是将窃听器粘在她的挎肩包下面。这一次的窃听设备,是警局专用。

大约三个月前,姜瑜期已跟赵志勇申请入编,如今手续已经完备,他成了青阳市公安局经侦支队的一名正式警员。

"你小子终于想开了!"赵志勇很高兴姜瑜期归队。

"我要人。"姜瑜期很直接。

"哎呀,不是我不给你人。"赵志勇面露难色,"实在是案子太多。而且你要查的阳鼎科技不是早就有结果了么?我都跟你说我们的触角伸不到辽昌……"

"这回不是辽昌,就在青阳,就在你眼皮底下。"姜瑜期道。

赵志勇听后脸色严肃起来,沉声一句:"鱼七,要动金权,得有十足把握。"

"我有。"姜瑜期很镇静,"老赵,给我人,功劳都给你!我保证市局经侦支队长的位置,一定是你的。"

光听姜瑜期这么说,赵志勇当然不会立刻全力配合他,只不过在他看到姜瑜期手中掌握的证据与即将要实施的计划时,他改变了主意。

而此时,蔡欣背着包,走进了"建哥"的别墅里。

477 不堪的过往

别墅内的装修十分温馨,客厅角落、茶几、餐桌以及窗台上均摆放着各式各样的绿植,在阳光的照射下显得生机勃勃。大理石与红木这样冰冷而肃穆的材料,在这间别墅里是看不到的。红沙发上铺着纯白的羊毛毯,无论是吊灯还是落地灯,灯罩的设计都圆润柔和,墙上挂着几幅北欧山丘的秀丽风景画。

不过,蔡欣脸上的那一丝阴郁,并未被周围这些暖心的布置而驱散。

"你有必要每次来,都这副神态么?"刘建伟从楼上一步步走下来,手里还拿着喝了一半的冰啤酒。

刘建伟正是姜瑜期追查的"建哥"。

蔡欣没有放下包,也毫无坐下之意。她站姿十分拘谨,待刘建伟走到她跟前,才开口道:"我今天来就是想当面告诉你……"

"是王潮那小子让你来的?"刘建伟直接打断了蔡欣,随即面色轻松地喝了一大口啤酒,半瓶的量瞬间空了。咚!伴随着清脆的一声响,啤酒罐被刘建伟精准地投进了八米开外的厨房垃圾桶里。

"那软蛋怎么不自己来?"

"跟他没关系,他一直以为你是我表哥。"蔡欣头更低了。

刘建伟听后笑了,瞅蔡欣的眼神跟瞅八岁小孩似的。他弯下腰,双手搭在膝盖上,脸凑近蔡欣道:"你还真以为那软蛋相信咱俩是亲戚啊?那小子从头到尾就在利用你,为此他根本不在意咱俩睡了多少次。"

"才不是!他是真的爱我!"蔡欣突然抬起头,语气坚定而有力,"至少这些年,他一直跟我提结婚,是我拒绝的,是我不愿意!"

"那你为什么不愿意?"刘建伟收住了笑容,两只狼眼死死锁着蔡欣,"你知道他能娶你,我不能,那你为什么这么多年了还来找我?"

"我……"蔡欣紧咬着嘴唇。

"你爱的是我,从头到尾都是。"刘建伟将蔡欣一把搂进怀里,"十二年前是我,现在还是。我的命是你救的,你也知道我可以为你拼命,这才是同生共死!证书算个屁!我们才是真夫妻!"

刘建伟说着推开了蔡欣,直接将身上的黑背心扒开扔在地上,在他的胸口至腹部的位置,有一道触目惊心的长长刀疤,刀疤比两根筷子并起来还宽,直接把肚脐眼都覆盖了。

"他妈你让那软蛋为你被别人砍一刀试试?你让他把自己的肠子塞

回去试试?"

蔡欣的双眼模糊了,这么多年,刘建伟从来没有主动拿这道疤威胁她,但这却是他身上,让她最感动,最难以割舍的存在。

十三年前,贫困村出来到青阳打工赚钱的刘建伟,被工友拖下水,染上了赌瘾,最后欠了一屁股债,被逼得走上了职业暗杀的道路。当时行规很简单:一条人命,五十万。

刘建伟觉得,只要干成一票,自己就彻底自由了。他没想过靠这个赚钱,只是想还清赌债后,重新找一份工作安稳打工,几年后回老家买一套房,娶个媳妇生个娃。

他有信心自己会做得很干净,而他也确实做得很干净。只不过在逃跑的时候由于心太慌,只顾一个劲往前冲,半路被一辆大货车撞了。

幸亏大货车车速不快,但司机也不是什么良心人,肇事后果断逃逸了,只留下刘建伟躺在路中间挣扎,额头和膝盖上全是血。

蔡欣正巧路过,本来说要帮刘建伟叫救护车,但被极力拒绝了,最后蔡欣将他扶回了自己独居的小房子里。

"能不能让你帮个忙?"躺在沙发上,脑袋有些发昏的刘建伟朝蔡欣道。

"你说。"

"马路中间的血迹,可以帮我清理一下么?需要全部清理干净,拜托了。"

她照做了,之后不久,她就成了刘建伟的女朋友。

蔡欣发现这个男人虽然有些土气,但很重情义,守信用,讲义气,所以他身边兄弟越来越多;女人方面,刘建伟更是没有任何花花肠子。

蔡欣必须承认,她对刘建伟有天然的好感,或许是因为身高和体形,或许是因为刘建伟皮肤的颜色,或许是因为他看着她的眼神和说话的方式。总之,从青阳大学毕业的蔡欣最后为了跟刘建伟在一起,没有回老家父亲的公司工作,而是留在了青阳,自己投简历,最后进入汇润科技做了一名普通的老板秘书。虽然那时的汇润科技,也没有现在这般如日中天。

不过,两人甜蜜的小日子并没有持续多久,蔡欣的父亲蔡景就找上了门。一开始,蔡景摔门而出,因为虽然刘建伟看上去挺阔绰,但似乎没什么说得清楚的正经工作,也没有要娶他女儿的意向。

那个时候的刘建伟,除了正常打工外,还组织起了一个地下犯罪团伙,毕竟这行太暴利,诱惑太大,干过一次,他就老惦记着拿到巨款的快感。除了快感,刘建伟也明白,凭自己初中文化,通过正常途径迅速致富的可能性极小,只有多干几票,甚至干成规模,他才有娶蔡欣的底气。

蔡欣虽然外表不算美女,但也受过良好的教育,知书达理,温柔善良,对刘建伟更是非常关心和体贴,还能守住刘建伟的所有秘密。很多时候,对于刘建伟的请求,她不多问,而是直接为他做,就跟那次清理血迹一样。因此刘建伟非她不可,他着迷于蔡欣对自己的信任,处理事情的冷静与懂事。

有次行动中,死者垂死挣扎,刘建伟没来得及躲开,后面警车的声音传来,刘建伟仓皇而逃,来不及将现场彻底清理干净。警察在死者的指甲里验出了刘建伟的 DNA,于是他从此就过上了逃犯的生活。

之前跟着他的那帮兄弟怕刘建伟被捕后,将他们也抖出来,当然,也是因为刘建伟原先对小弟们确实够意思,于是大家各种托关系,帮他搞定假身份证,甚至买通了整形医院,帮他做了"去特征化"整形。

现在的刘建伟,就成了一个可以活在阳光下,但没有实际身份的人,所以他自然无法跟蔡欣走进民政局,领那个蔡欣一直想要的红本。

478 英雄在幕后

蔡欣伸出纤弱的手,轻轻抚摸着刘建伟正面的那道伤疤。她当然记得这道疤的由来,那个时候的蔡欣,其实已经跟刘建伟分手了。

作为女人,她向往安稳的生活,于是抵挡不住王潮疯狂的追求。

蔡欣与王潮,相识于汇润科技的 IPO 申报期间。王潮是投行项目组核心成员,几乎每天都在汇润科技办公室泡着,日夜加班,白天收底稿,访谈各大高管和业务人员,晚上伏案写材料。当时中介机构的一日三餐和交通报销,均由蔡欣负责。

总经理王飞很大方,直接把一张公司信用卡交给蔡欣,让她带着券商、律师和会计师出去吃饭。没有餐标，想吃啥吃啥，吃完了买甜点零食都可以。

王飞多次提醒蔡欣："一定要伺候好，下午茶也要买贵的，多问他们还想吃什么。"

大半年的时间王潮与蔡欣几乎是朝夕相处，性格也算合得来。在蔡欣眼里，王潮当时还是个略显青涩的优秀青年，毕业于国内顶尖学府，工作认真，聪明上进，身高一米八一，长相也端正。

"我们曹总，只喜欢美男子，还是高的美男子。"王潮有次朝蔡欣开玩笑。

在前松后紧的上市申报期间，蔡欣看到了王潮的节俭，每次交通费报销，王潮都没给过蔡欣任何打车票，他说自己坐地铁习惯了。

王潮也好似只有两件反复穿的衬衣，与一个背带都磨损得很厉害的黑色双肩包，那包上到处都是长出的线头。临近申报时，蔡欣更是看到了王潮被曹平生骂到尘埃里的样子，看到他把曹平生甩到他脸上的招股说明书默默从地上捡了起来，然后回到座位上修改到第二天清晨。

"我喜欢你，我是真的喜欢你。"汇润科技在交易所敲钟的那天，王潮终于跟蔡欣表白了，眼神真挚。

"再给我一些时间，我可以买得起房子，学区房，到时我会拿着房产证，一起跟你回家看咱爸妈。"

这个叫王潮的男人，当初给蔡欣的感觉只有两个字：靠谱！

而同一个城市里，另一世界中的刘建伟带给蔡欣的，是半夜被叫起来上一辆面包车，蔡欣几乎是被刘建伟拽上的车，睡衣扣子都因此绷了两颗，目的是为了躲避找上门来的仇家。此外，蔡欣还时不时要给刘建伟以及他的兄弟们处理伤口，清洗他们用过的刀具，以及听他们谈论一些令人瞠目结舌的灭口方案。

刘建伟后来变得越来越爱看书，但他只看警察或侦探类书籍，看完一本后就兴致勃勃地跟蔡欣谈论主人公的作案手法有多少漏洞。说如果是他做，他会改良哪里，这样最后根本不可能有破绽。

蔡欣到现在还清楚地记得，刘建伟在说起这些时，眼里泛起的亮光，那么亮，亮得刺眼。

后来蔡欣也明白了,从她认识刘建伟的那个晚上,她自己的双手,就已经不再干净了。

但可笑的是,蔡欣还无数次告诉自己,刘建伟是好人,那些死在他手上的人,似乎都有应该死去的理由。

刘建伟杀的第一个人是一个富二代,此人砍了三个高中生,本就应该判死刑,但由于家里有钱,在法庭上提供各种假人证和假物证,最后脱了罪。

刘建伟近三年也接了不少单,其中干的最大的一票,就是在横平一次性杀了四个不法分子,这些人盗用正规企业信息,抵扣了别家公司的增值税退税额。此事牵扯的利益之大,受害的企业之多,让蔡欣瞠目结舌。如果没有刘建伟,这些肮脏的行为就不会戛然而止。

"我不是什么都接的,我也会选,只杀该死的人。"这是刘建伟反复跟蔡欣强调的话。

也是因为这样,王潮跟蔡欣告白后,蔡欣并没有马上答应,那时的她,没法割舍自己对刘建伟的感情,何况她的潜意识中,还认为刘建伟是推进这个时代巨轮的地下英雄。

直到有天刘建伟接到了一桩生意,买主是一位气质极佳的短发女人,三十五六岁的样子,从她的眉形到口红的颜色,透着的满是高贵。与女人一同前来的人,让无意中走出来的蔡欣瞠目结舌,她看到了自己的父亲——蔡景。

蔡欣不知道父亲与那个女人是何时认识并合作的,只是后来听父亲说,那个女人名刘成楠,是金权集团的一名投资总监,之所以要买凶杀人,是因为团队里出了叛徒,得了便宜还想鱼死网破,把他们一锅全端了。

为了避免牢狱之灾,刘成楠只能出此下策。

也是因为如此,蔡欣的父亲知道了刘建伟真实的职业,棒打鸳鸯成了自然而然的事情。

"我觉得这次案子你接,就是一个错误,那个人去举报,做得是对的,根本罪不至死,应该进去的是刘成楠。"蔡欣道。

"那你爸呢? 难道一块儿进去?"刘建伟说,"要不是看你爸面子上,我也不接。"

蔡欣听后沉默了,她看着刘建伟有意避开了自己的眼神。好像在这一刻,她看清了这个男人,他心虚了。

刘成楠开出的价格,是行规的三倍,蔡欣认为即便自己的父亲没有被牵扯进来,这桩生意刘建伟还是会接。他可以给出一个很冠冕堂皇的理由:"好几个月没开张了,我得养兄弟。"

蔡欣揭穿刘建伟的时候,他们激烈地争吵,吵到最后蔡欣提着行李箱,一个人从当时刘建伟住的房子里独自摔门而出。

蔡欣以为,自己跟这个可怕男人的交集算是彻底切断了,直到有次一帮混混拿着刀,找上了深夜下班回家的蔡欣:"你就是建哥的臭婆娘吧?"

那帮人目的很简单,因为其中一个兄弟被刘建伟砍了,所以他们也要砍回刘建伟一刀。蔡欣没想到,分手两年后,得知自己遇险刘建伟想都没想就来了,并且答应了他们的要求。刀砍下去的那一刻,她尖锐的叫声甚至盖过了刀落之声,但她却那么清晰地记得刘建伟是如何忍着剧痛,将自己的肠子一点一点塞回去的,塞得满手都是黏稠的血。

479 阳光会杀人

也就是那次,蔡欣长达十几天的早出晚归让王潮起了疑心,最后蔡欣不得不说:"我表哥受伤了。不信你可以去问我爸。"

蔡景当然要帮女儿隐瞒真相,他跟刘成楠的把柄还在刘建伟手里。况且蔡景也需要刘建伟这样的牌。

蔡欣对刘建伟的爱,炙热而复杂。炙热到在刘建伟昏迷时,蔡欣有过只要刘建伟挺不过去,自己就轻生的想法。但让她永远守在刘建伟身边,蔡欣又做不到的。

这是一种怎样的感情? 蔡欣可以为了刘建伟死,但却没有勇气与他一起面对未来的人生。

这么多年,蔡欣都活在这样挣扎的痛苦之中,所以她看上去拥有很多,稳定的工作,越来越有钱的老爸,两个爱她的男人,但她并不快乐。

作为男朋友,王潮确实对蔡欣很好,每次去一个新的地方尽职调查,都会带很多礼物回来送给蔡欣。王潮也不大男子主义,很多事情都是两人商量着来,当然,除了涉及他母亲的事情。

王潮会指定二人纪念日旅游的景点,因为他说母亲生前最希望去的就是那个地方;王潮不让蔡欣吃她爱吃的猪蹄和排骨,因为他说母亲吃素;王潮有时因为工作太忙,偶尔也会忘了蔡欣的生日,但他绝不会忘记在他母亲的生日时大老远从外地赶回来,买一个蛋糕,让蔡欣吹蜡烛并当成自己的生日一样许愿。

起初蔡欣只是觉得王潮孝顺,虽然孝顺得有点过分,但总归可以接受。直到她看到钱包里的那张黑白照片,一阵毛骨悚然的凉意便席卷了全身。原来,王潮只不过是找到了母亲的替代品,让自己替他母亲继续活在这个世界上。

从这个角度来说,各方面都很优秀的王潮,终于在蔡欣面前暴露了一个缺点,这个缺点就是:极端失衡的恋母情结。

在王潮高考最后一天的下午,他母亲站在大太阳下等他从考场出来,倒下后,就再也没起来。所以有次王潮喝醉了,对蔡欣说过一句话:"我不喜欢阳光,不喜欢。小欣你知道么,阳光会杀人。"

"我以后都不会再来了。"蔡欣淡淡一句,"我只是想当面跟你彻底把话说清楚,我这回,是真的要结婚了。"

刘建伟听后嗤笑一声:"我祝你幸福!"

"谢谢。"蔡欣说着转身就要离开,只不过没走几步,刘建伟就大喊道:"你是不是觉得那软蛋很干净我很脏啊? 我为你好,在你扯废纸前告诉你,他根本不是什么好鸟!"

蔡欣转过了身,直视着刘建伟道:"他做的事情我都知道,他只是想赚钱,至少他不要人命。"

"哦? 是么?"刘建伟拿出手机给蔡欣放出了一段录音,里面一个是王潮,一个是刘建伟。

"新城集团董事长蒋首义,可能未来有一天,需要你帮忙。"

"多大年纪?"

"五十五岁。"

"这种岁数,有基础病的概率比较大,我们可以查查。如果有,不需要特意动手,顺水推舟就行。"

"你们是行家,你们说的算。"

"但是兄弟,我不喜欢'可能'这种用词,万一你最后决定不干,我兄弟们岂不是白忙活?"

"分期给,第一期你要多少?"

"至少3成。"

"没问题。"

480 可能要翻案

蔡欣回家的途中,下错了车站,再折返回去时,却听到末班车已发车,所有乘客停止进站的广播。打开手机,晚上11:36,蔡欣叹了口气,让自动扶梯将她缓缓送回夜色中。

她没有叫出租车,而是选择徒步两公里回家。

对于新城钢铁集团的前任董事蒋首义,蔡欣只是听王潮提过几次名字,伴随着这个名字的形容词,往往是"固执""冥顽不化""一根筋"或"自以为是"等。但对蒋首义的儿子蒋一帆,王潮起初却是赞赏有加。

"我这个师弟真是好苗子,他写重大问题备忘录,提出的问题一针见血,但用词却很委婉得体,谁都不得罪。"

"再好,也不值得你送5个IPO给曹平生吧?"蔡欣道。

王潮笑了:"这你就不懂了,那5个项目都很优质,给明和绝对做得出来,最后受益最大的是谁? 还不是我们金权?"

站在投资方的立场,好的项目要交给大券商做,因为不怕查也不怕审,金权集团只需要坐收上市后的丰厚收益即可。

而那些不是特别好的项目,就需要自家的山恒证券铤而走险,毕竟山恒内核没那么严,且团队也是自己人,这样的项目报进会里,如果通过,就赚大了;如果没过,也没啥损失。

项目资源只有被如此分配,才能保证金权集团总体利益最大化。

"我这个亲师弟已经注册保代了,一出来就可以直接签字,直接用。他人聪明,也会做人。现在会做人的孩子,可是越来越少了。"

"既然是你亲师弟,为什么还要把他拉过来?"蔡欣对王潮让蒋一帆来山恒证券冒险的行为,内心有担忧。

"我也不愿这样,红水科技,确实看不怎么清楚,我们没那么多时间仔细查。但看不清楚不代表 100% 就是假的,表面还都过得去。我本来不想让他签,但这不是他自己得罪了刘总么?"王潮说着吐出了一圈白色烟雾,"而且控制他,才能让新城起死回生,那么多钢企,不能说倒就倒。"

蒋一帆是王潮拯救金权旗下所投资钢企的重要棋子,只要先盘活新城集团这个行业龙头,就不愁其他规模小的钢企带不起来。不过,蒋一帆这颗棋子似乎不太好用,他在家族企业中说不上话,尤其是他还有个认不清形势的朽木老爸。

王潮之于蔡欣,要坏也就坏成这样了,他也是为了钢铁行业的大局,更多时候是迫于上级压力,诸多事情身不由己。蔡欣万万没想到,蒋首义的死不是偶然,而是王潮直接促成的。

"去哪里了?"王潮手里捧着一本机场买的商业畅销书,跷着二郎腿坐在沙发上等她。

蔡欣没有回答,换好鞋后,缓缓走到王潮面前,将包甩到沙发上冷冷道:"为什么要让我表哥对蒋首义动手?我一直以为你有底线。"

王潮的手指瞬间僵在了书页上,他嘴角抽动了一下,抬起头道:"那个刘建伟,真的是你表哥么?"

这回轮到蔡欣愣了,原来王潮早知道了。"我做红水科技的时候,特意安排人对你爸的公司做了调查,你爸根本没有姐妹,只有一个哥哥,所以你哪来的表哥?"

"小欣,我认识你以来,至少从来没有做任何对不起你的事情,你呢?"王潮一边逼近蔡欣一边质问道。

蔡欣壮着胆子没有继续后退。"对不起。"良久后,蔡欣低声一句。

听到这句道歉,王潮无声地笑了,笑容中夹杂着浓浓的苦涩与悲凉:"为什么要承认?你否认不行么?我又没细查你,你否认不行么?"

"你为什么两重标准!"王潮突然放大了音量,声音竟有些沙哑,他指着自己，愤恨道，"我只不过做了一次，你就这样看我，他呢？他做了多少次？"

"够了！"蔡欣捂住了耳朵，但双手却被王潮抓住后强行按了下去："你就喜欢这样的男人不是么?!"

"不是！"蔡欣厉声否认。

"不是？不是十年了你都不同意跟我结婚！你是不是觉得我王潮就非得在你这一棵树上吊死？"

赵志勇和姜瑜期同时摘下了耳机。赵志勇认真道："这段对话基本可以判定，王潮默认了。与蔡欣和那个叫刘建伟的男人对话拼起来，动机和经过还算完整。"

"过段时间，把刘建伟和那帮小弟全部一抓，拷问一下，细节就全出来了。"姜瑜期道。

此时一名年轻警员急匆匆跑来，朝赵志勇汇报："副队，查不到刘建伟这个人。我们抓到了他一次驾车进高速的正脸照，高清的，但无法跟任何身份证匹配。"

"他原名肯定不叫刘建伟。"姜瑜期淡淡一句，"现在他那张脸，很大概率是假的。"

"啊？那这……这怎么查？要不直接抓？"年轻警员问。

姜瑜期摇了摇头："直接抓很容易，但还是不知道横平爆炸案是否也是他做的，还有就是蒋一帆家的猫……"

"你是说，金权可能还有别的底牌？"赵志勇问。

"可能性不大，合作方越多其实越不安全，但也不能排除狼不仅这一窝。如果我们动手了，肯定打草惊蛇，这样其他的狼，万一存在，就揪不出来了。"

"还是你考虑周到啊！"赵志勇哈哈一笑，"你是想继续观察是吧？"

见姜瑜期点了点头，赵志勇无奈一句："如果都是他们，那估计刑警队那边要恨死咱。原本蒋首义这个正常发病死亡的案子，直接被咱翻成谋杀案了。我前几天还听说，那个死了四个人的汽车爆炸案，横平市局那边都想按照意外事故结案了。这如果真是谋杀，估计有得他们脑袋大咯！"

481 着急凑够钱

将近凌晨回到家,赵志勇牙也没刷倒头就睡,而姜瑜期则先吞药。此时手机振动了起来。

"还不睡?"姜瑜期接起电话后朝母亲道。

"妈做了个梦,睡不着。"母亲稍带呜咽的声音从电话那头传来。

姜瑜期也懒得去刷牙漱口了,直接平躺下,闭上眼睛轻声问道:"什么梦?"

"梦见你爸把你拉走了,从我们家强行拉出去的。妈一打开门,你俩就都不见了……"

姜瑜期心里咯噔一下,手不禁抓紧了被单,但他还是尽量用些许不耐烦的语气道:"梦而已。"

赵志勇均匀的鼾声已经响起,让姜瑜期不得不把头蒙进被子里。片刻后,母亲好似想起了什么:"小七啊,这两年妈给别人看店,攒了有五万了,你赶紧拿去还给你朋友,压力不要太大了。多吃点,吃好点,妈还能挣,以后我们俩一起还。"

"那您转我吧,谢了。"

母亲又说:"得空了就常回来。以前是妈不好,妈其实没你爸对你好。别往心里去,妈是爱你的,真的,真的爱你。"三十多年了,只有今晚这通电话,姜瑜期才觉得母亲的的确确敞开心扉来爱自己这个儿子了。

以前的那种感情,姜瑜期觉得母亲只是不讨厌自己而已。

第二天一大早,姜瑜期就给师兄尹飞打电话,让尹飞拖住横平市公安局刑警队,千万不能让当年那个汽车爆炸案以意外事故结案:"师兄,我告诉你的线索,不过是刘成楠虚无缥缈的一句话,顶多只能给我们提供一个侦查方向。只有你实在拖不住的时候才能说,而且要限定保密范围。信得过的兄弟,必要的领导才能说,可能将来还是要重启专案组,不过记住,一定不是现在。"

"我的好师弟,我以为,你已经忘了这个案子了。"尹飞笑道。

"我是为你好，师兄。"

"我知道，我比你怕被翻案，放心吧。不过，你千万注意安全，对手不是一般人，隐蔽好。他们要是没两把刷子，怎么可能十多年平安无事。"

"明白的。"姜瑜期回答着。

话到这里，姜瑜期却并没有放下电话的意思。

尹飞略带疑惑道："怎么，还有别的事儿？"

"嗯。"姜瑜期低声应了一声，但也只有这一声。

"有啥事儿你说啊！对我还支支吾吾的像什么话！"

姜瑜期沉默了一会儿，才道："师兄，之前那五十万我是找朋友借的，已经两年了，我还了……"

"别说了，我知道了！"尹飞直接打断了姜瑜期的话，"之前不是跟你说兄弟们给你凑了六万多么？这几年陆续又凑了一点，总共十万，等下就给你打过去！"

"师兄，你老实告诉我，这钱是不是你自己掏的？"

"怎么可能！我去年才结了婚，今年又要了娃，哪那么有钱！娃就是个人民币碎纸机！我发誓我就出了一点儿，都是兄弟们的钱！"尹飞的情绪有些激动。

"师兄……"

"你别说了啊！再说我生气了！"尹飞的口吻严厉起来，"当初你在的时候，兄弟们的年终奖都是哪来的？不都是你破的案子么？现在你有困难，大家都帮点小忙理所应当，你小子给我记住啊，这钱是大家捐的，是捐的，不是借的，你要是敢还，将来就别认我这个师兄！也别回来见这帮兄弟！"

尹飞没等姜瑜期接话就直接把电话挂断了，因为接下来，他要马上跟队里的兄弟通气，把刚才撒的谎给圆了，万一姜瑜期打电话一个个问，口风对不上就麻烦了。实际上，十万元，尹飞自己出了九万，剩下的一万才是兄弟们捐的。

毕竟如果当初没有他这个好师弟，没有他快狠准的枪法，自己早就被毒贩砍了脖子。命，是不能用金钱衡量的；但对尹飞来说，他唯一能回报姜瑜期的，也只有给他自己这些年从牙缝中省出来的几个铜板了。

十五万？

王暮雪盯着手机屏幕的眼珠子都要凸出来了，姜瑜期这是中彩票了还是赌球了？否则怎么可能突然有能力给自己转十五万？

"暮雪你这是发奖金了？不对啊！咱俩项目都是重合的，怎么我没收到……"柴胡探头正好看到，但没来得及看钱款来源。

"当然不是，根本没项目出来，哪来的奖金！"王暮雪坐回了自己的位置上，还故意用屁股把椅子朝远离柴胡的方向挪了挪。

"那你一下子哪来这么多钱？"柴胡追问道。

"人家老公给的零花钱不行么？"一旁的王萌萌看不下去，开口帮王暮雪辩解起来。

文景科技这个项目当初做新三板的时候就有王萌萌，现在上科创板，也不会少了她。

在企业上市与后续融资进程中，若之前的三方中介合作愉快，就会继续合作下去，且核心成员除非离职或者时间安排有冲突，否则不会轻易更换。

"对啊，我的零花钱。"王暮雪懒得跟柴胡纠缠。

"这可是十五万啊！每月零花钱？一帆哥也太大方了吧！"

听到柴胡喊出这个数，办公室里的同事们全惊呆了。他们有很多是新入职两年以内的，还有两个实习生，虽然他们都听过王暮雪的老公很有钱，但当这种有钱以每月十五万零花钱的方式体现出来时，还是需要几秒钟消化的。

"你忘了当初你借蒋一帆钱了么？你借人家三万，人家给你十万，说凑个整数不然太零了怕忘了。"王萌萌提醒一句。

王暮雪瞧见王萌萌此时嘴角带笑，不禁好奇起来，怎么柴胡的事情王萌萌现在知道得那么清楚？自从律师来了项目现场，王萌萌与柴胡的默契程度跟一家人一样，甚至有时王萌萌在大家吃饭时讲出的关于柴胡的事情,就连王暮雪都不知道。

"他小时候就不是什么正经孩子,把邻居家大爷白花花的米偷了,去喂自家的猪。"

"当初有个人要买你们做的一个军工项目涉密合同,他柴胡差点就收了人家三十万。"

这些事情王萌萌讲得十分自然,众人也听得津津有味,除了脸憋得由红到黑的柴胡。

王暮雪还发现,有时柴胡下班的时候,王萌萌也起身说要走,二人大概每周同行两三次,至于下班后他们是不是去约会,众人也各有说辞。

"我觉得柴哥跟王律师之间没火花。"

"说不定是装的,不让咱看出火花。"

"不是男女朋友,那柴哥怎么什么事儿都跟王律师说?"

"我觉得是也没问题,曹总只是说不能同事间谈恋爱,不能找客户,没说不能找律师。"

对这些王暮雪听听也就罢了,两人真在一起的可能性,王暮雪认为不大,毕竟王萌萌各方面与柴胡喜欢的类型差太远了。柴胡喜欢萌妹子,天真浪漫,圆润可爱,杨秋平那样的,而王萌萌全身上下,只有名字中有"萌"字而已。

"王暮雪,你来说说。"曹平生严肃的声音突然响起。

王暮雪刚才恍了神,完全没注意阎王爷是何时杀来了现场,还拿着一沓文景科技的业务资料,站在自己身后。

"说……说什么?"王暮雪仓皇站起。

"真特么的一孕傻三年啊!"曹平生拧起了眉,"王暮雪我告诉你,文景科技要是报不上科创,你别想有产假!"

王暮雪没跟曹平生顶撞,眼神拼命朝柴胡求救,柴胡也算够义气,用嘴型说了四个字:积分兑换。

互联网企业的业务变化之快,两年就可以让督导它的投资银行完全不认识。遥想当年文景科技,还是一个只会做手机移动办公软件,顺带在软件上卖点便宜流量的小公司,现在已经变成了业务分布广、业务模式新颖的行业独角兽。

曹平生今日走进办公室，根本没细看新业务究竟是什么，只是粗略扫了一眼招股说明书初稿，他就感觉浑身神清气爽。

初稿对文景科技业务部分的概述如下：

> 公司顺应新一代信息技术发展趋势，融合移动通信、云计算、大数据等技术进行业务开拓，打造专业运营平台，为企业级客户提供智慧物联、智能应用及大数据分析等服务，满足企业信息化需求。

"曹总，我当年就是看到文景的发展前景，才跟您力推啊！怎么样，新三板咱没做亏吧！"胡延德邀功自赏的话语又回荡在曹平生耳畔。当年确实是他凭一己之力拿下的客户，最后气喘吁吁地冲进总经理办公室给曹平生大肆渲染这个项目的优质程度。

在国内，大型券商的投行部如果愿意承做新三板，多是出于抢占客户资源的考虑，公司小无所谓，咱先送上新三板，培养培养感情，把"鱼"养大，将来转板的时候再吃顿饱餐。这些年，明和证券实则也做了不少新三板项目，但文景科技绝对算得上塘里肉长得最快最肥的一条鱼。

其中很重要的一个原因是，文景所处行业是以变态速度发展的互联网。文景科技今年上线了一款积分兑换平台的 App 应用，这个 App 就连王暮雪自己都很想用，虽然商业原理很简单，但给消费者带来的好处很逆天。

现代社会，我们作为消费者，或多或少都是各种不同业务公司的会员。比如航空公司会员、中国移动会员、沃尔玛会员、音乐播放软件会员、视频网站会员、线上商城会员以及某某酒店会员等。现在的公司运营，也基本都要在手机上搞个 App，然后消费者想省点钱就得注册会员，而注册会员之后，App 中也大多都有积分制度。积分构成包括但不限于让消费者打卡签到、看广告、做任务以及消费等。

久而久之，我们会发现手机里的 App 越来越多，每个 App 里都有一些不知道怎么用的积分，这些积分安静地躺在 App 界面里，半年或者一年后，或许我们可以兑换一些该 App 搞的积分兑换活动。当然，活动奖品大多时候我们并不感兴趣，也不需要，比如保温盒、餐巾纸等；真正需要的，又往往积分太少而不够换。

记得去换已经很不容易了，更多的时候，我们往往把这事儿忘了，任凭这些积分自动在年底清零。文景科技的积分兑换平台,上下对接百家商户,可以把广大消费者手机 App 里的积分,统一兑换成文景科技通用积分,然后我们可以再拿这些通用积分,兑换成我们指定 App 的积分,从而在该 App 上享受平常很难换来的服务。

"曹总,我给您举个例子。"王暮雪说着打开了优酷,"我很想看《白夜追凶》,但是看的话要充钱,后来我发现优酷的积分只要足够多,就可以换一个月视频会员,《白夜追凶》对于视频会员是免费的。可是我的优酷积分不够,于是我就把我的银行、保险、音乐 App、理财 App 甚至读书软件里面的积分,通通兑换成文景科技的通用积分,再把通用积分全部兑换成优酷的积分,正好够一个月会员,所以《白夜追凶》我就可以免费看了。"

柴胡此时也凑了上来,补充道:"曹总,这其实就是聚少成多,把没用的变成有用的。文景科技这个积分兑换平台实际上就是一个以物换物的地方,很实用,盘活了我手机里不少'僵尸积分'。"

曹平生斜眼看了一眼柴胡,没好气道:"老子用你说么? 老子看得懂!"

"曹总,文景科技的这个服务当然也不是免费的,在兑换的时候,不免要让文景吃一波,也就是把积分打个折,让一波利。"王暮雪补充道。

"呵! 说来说去,这什么积分兑换平台就是机场那个货币兑换的小商铺,人飞到泰国,就把人民币换成泰铢,中间吃人一成的服务。"

众人瞧见,曹平生虽然语气略带不屑,但嘴角带笑,明显对于文景科技这个业务比较认可。

"对接百家商户,这前期工作量不容易吧?"曹平生反问。

"是的,去年,江总带人都跑断腿了,最开始几个月都是一家一家跑,一家一家谈下来的。"王暮雪所指的江总自然是商务部总监江映。

曹平生点了点头:"这家公司的女人,都不简单。"

483 为何她生气

"是的,除了这些,商户还可以自己在我们这个积分兑换平台上搞活动,盘活他们的积分,毕竟积分对消费者用处大了,消费者才会积极消费。"江映温和地朝曹平生笑道。

"原来不流通的,现在流通了,挺有意思。"曹平生悠悠一句。

江映的这间新办公室大而宽敞,面积至少是王暮雪几年前那个旧办公室的三倍,摆下三人沙发、茶几、几盆大型绿植和两个长书柜后,还是显得挺空旷。

"曹总或许不知道,我们这个平台还给提供各大商家大数据服务。"江映继续道。

"哦?具体说说看。"

"您想,积分是个具有数字属性的载体,消费者喜欢把积分兑换成什么产品或服务,后台数据都有记录,这有助于我们第一时间掌握用户偏好,用户习惯。各大商户最关心的也就是这个,我们的平台可以通过大数据分析,将分析结果提供给商家,帮助他们更好地营销。这其实也是我们公司一直提倡的精准营销,也就是不做无用功,只将合适的产品或者服务,推荐给合适的人。"

曹平生点了点头,他为此特意下载了文景科技的积分兑换平台:"是挺方便,换不成产品我还能换流量,换话费,换京东购物卡……"

王暮雪听到这里突然想吐,倒不是因为江映和曹平生的谈话内容让她恶心,而是该死的妊娠反应。已经是两个孩子母亲的江映,赶忙示意王暮雪去吃点东西:"怀宝宝了,尤其前期,胃里不能空,否则就会一直想吐。"

"没事没事。"王暮雪才说完,又忍不住捂住了嘴。

"听江总的,吃东西去。"曹平生平静地附和着。

王暮雪听罢只好灰溜溜出了江映办公室。如果曹总对自己的态度,能一直像他在客户面前这样,温柔一点,投行的日子简直不能再完美了。

其实王暮雪的妊娠反应很严重,那绝不仅是胃空就想吐,只要空气中的气味不对,尤其是闻到油烟味,哪怕只有一点点油的味道,她就会想吐。比如,早上上班时,如果柴胡带来了热腾腾的肉酱面,在他打开盖子的那一刻,王暮雪就想拿起桌上的水果刀戳死他。

也是因为这样,项目组的人都很配合,从来不吃自带油味的早餐,就连叉烧包、热狗、煎饼和油条都被王暮雪列入了禁忌品清单中。食堂、餐馆王暮雪自然也是走不进去的。这段时间她只能吃便利店里的水煮鸡蛋、酸奶、自带的生黄瓜还有坚果勉强充饥。

"你已经很好了，我有段时间只能吃水煮莜麦菜活着，不放油，就用水煮开，加点盐这么吃。"吴双的安慰没有起到多少作用，王暮雪越听越觉得女人怀孩子是一种悲哀，还没生就遭这么多罪。现实社会就是这样，只要女人还有生育功能，就不可能实现真正意义上的男女平等。

王暮雪此时在一个没人的角落，像做贼似的啃着黄瓜，一脸幽怨。她突然想起了姜瑜期今早给她转账的那十五万；与此同时，王暮雪也想到了姜瑜期消瘦的背影，与他在医院药房前排队拿药的样子。

他究竟做什么工作可以赚这么多钱？他不需要租房子不需要生活么？他买药看病不用钱么？这些问题尚且不论，即便姜瑜期真有办法弄这么多钱，他为何突然间要加快还债的速度？像第一年一样，每个月8千不也挺好么？

自己可是从来没有催过他啊！

原来就已经还了30万，加上今天的15万，50万的欠款总额如今被姜瑜期还得还剩5万。姜瑜期这时给王暮雪的感觉，就是恨不得一口气全部还完，从此绝交，两不相欠。

今天的黄瓜皮有点苦，每一口都涩涩的，难吃之极。

叮咚！短信铃声响起。王暮雪翻开手机来看，嘴里刚咬下的黄瓜差点掉了出来。

短信来自一串陌生的手机号，内容写着：已还450000，还差150000，余款可能要过一段时间才能还清，见谅。

这样的信息王暮雪不用脑袋想都知道是姜瑜期发的，但是为什么还剩15万？

他是不会算数么？明明还剩5万而已啊！莫非是他脑残，发短信时多打了一个数字"1"？

还有，姜瑜期怎么换了一个手机号？原来的手机号不用了么？

王暮雪实在有太多问题，终于忍不住回了一条："是50000，不是150000，我不是高利贷。"

发完后，王暮雪目不转睛地盯着屏幕，黄瓜都不啃了，跟石雕一样地等了大约两分钟，对方才回信息："150000没错，房租、床、饭和其他用品。"

王暮雪没再回信，而是将手机塞回了口袋，剩下的半根黄瓜被她砸进了安全门内的垃圾桶里，不是抛，不是丢，而是砸。

快步走回办公室后，王暮雪没跟任何人说话，就连起身准备跟她讨论业务问题的实习生，都被吓得屁股坐了回去。

"暮雪姐这是怎么了？脸色这么难看。"

"莫非又被曹总骂了？"

"肯定不是啊，我没见曹总骂她的时候她生气过……她跟柴哥抗压能力都超强。"

"那难道是跟老公吵架了？"

"哎呀你们好八卦！工作工作！不然等下被柴哥叼飞！"

484 好奇害死猫

"对，我们可以自带专业的扫描仪，保证扫得工整清晰。"说话的是一位一米六五左右，三十六七岁，头顶地中海的干瘦男人。

柴胡一眼就认出了他："你是无忧快印的经理吧？"当初就是这个经理帮他狂找了一天的法氏集团承诺书，两人把会议室和扫描室都翻遍了还是没找到，柴胡还差点跟他起了冲突。

那男人看到柴胡也笑了，只不过从他职业的笑容中，柴胡并没感觉他认出了自己。经理这次带人来，是因为听到风声说，文景科技准备进军科创板，于是主动提出为明和证券提供全套底稿上传服务。

对投行项目组承做的工作量来说，科创板与传统板块最大的区别，就是"底稿电子化+上传"制度。注册制，就要遵循"完全披露"原则，企业的所有问题都要呈现给投资者，全套底稿自然也要主动提交给监管层审查。"底稿电子化"这个工作听上去不难，无非是把几十本或者上百本底稿全部扫描，在电脑里按传统的IPO底稿目录编好序号，拷到一个光盘中再

440

递交给监管层。但真的让你什么都不干，在大型打印机前站着扫描、分类、编辑试试看？

一般公司商用大型打印机，主要功能是打印，虽然可以扫描，但终归不是专业扫描仪器。根据王暮雪和柴胡多年的经验，再新再好再贵的大型打印机，扫个几百页不卡纸没问题，几千页、几万页呢？

一定卡。如果卡了，修理，重扫，在电脑中做 PDF 的合并拆分都可以耗掉一个礼拜。

最关键的是，给监管层看的底稿，与收在券商仓库中的底稿，能一样么？肯定不能。

往上交的东西，需要遵循一个原则，该原则是：在保证全面完备的前提下，能少交就尽可能少交。

交的材料越少，被看出问题的可能性就越小。为了达到这个目的，投资银行的电子底稿必须做到最精简，这无形中又给项目组成员增加了大量的删减工作。上述过程有点类似我只往上提交答案以及得出答案的必要计算过程，即一张完美的试卷，至于我私底下的草稿纸，你监管层就不要看了，免得看出我之前算的时候逻辑有多混乱。

"怎么出价？"王暮雪朝经理问得很直接。

"是这样，我们有几个套餐，最全的套餐是一条龙的，也就是底稿上传，IPO 文件制作，拿到批文之后的路演 PPT 以及推介材料我们全做。钱的话等公司成功上市后再统一收。"经理回答。

"那这个最全的套餐，价格是多少？"柴胡追问一句。

经理平和地笑了笑，搓了搓手道："四十万。"

王暮雪一听基本符合行业惯例，对方也没有狮子大开口，于是说："这样，我带您去见一下总经理。这个毕竟也是企业出钱，企业拍板同意就没问题。"

"好好。"经理说罢从包里拿出了早就准备好的合同，跟着王暮雪出去了，同时示意两个小跟班留在办公室即可。

才走没多远，王暮雪就小声朝经理问道："您记不记得，大约两年多前，贵公司有一位叫姜瑜期的员工？"

经理闻言想了想："好像叫鱼七，姓有点奇怪，姓'鱼'，金鱼的鱼。他

441

已经不在我们这儿干了，我记得个子高高的。"

"对对！"王暮雪直接停住了脚步，瞳孔闪着亮光，"您知不知道他离职后去了哪里？"

经理摇了摇头："他没说，我当时还问他是不是薪酬问题，他说不是。"

"哦……"王暮雪听后目光暗了下去，"那您现在还能查到他当时的电话和住址么？"

"应该可以，我给您查查。"经理说完打开了自己的手机，王暮雪估摸着他不是在翻无忧快印的 OA 软件，就是手机里原先存过相关信息。

"地址他没写，电话是这个。"经理把手机给王暮雪递了过去。

王暮雪看到手机号是姜瑜期以前用的那个，即无记名手机卡，而最近给自己发信息的手机号，明显是新卡。奇怪，他为什么要换一个号？

"谢谢您！这个号他可能不用了。"王暮雪说，虽然她自己也根本没有打过。

"您找他有事么？我可以回头帮您问问有没有其他同事知道他新的联系方式。"

"不用了，也没什么事，我们走吧。"王暮雪说着把有些犯愣的经理带去了总经理毕晓裴的办公室。

好奇害死猫，王暮雪现在特别想知道姜瑜期究竟做什么工作可以赚这么多钱，他为什么要加快还款的速度……

这个答案本来她一个电话就可以解决，但她就是不愿意给姜瑜期打。

关于无忧快印与文景科技的这次合作，毕晓裴一口就答应了，合同一周之后签署，中途没有任何波折。毕竟对于登上科创板后文景科技能募集到的资金而言，四十万实在连零头都算不上。

回到家后，王暮雪不去书房看书了，而是直接困乏地躺在了床上。孕育新的生命，就是不断合成蛋白质的过程，这个过程需要大量的睡眠。

每天太阳一下山，王暮雪的眼皮就重得抬不起来，为了安全，她也不再自己开车，而是直接打车回家。

阿拉斯加小可以往还能跟下班后的王暮雪在后花园玩一玩，现在这个"亲子活动"也取消了，只能无奈地跟高冷的小爱大眼瞪小眼。

书房王暮雪有阵子没进去了,甚至蒋一帆这段时间是何时回家的王暮雪都不知道,她只是习惯于每天早上醒来的时候,感到耳边有均匀的呼吸声,有熟悉的来自蒋一帆独有的味道,以及一种沉静安稳的感觉。大概只有嫁给蒋一帆,才会让王暮雪每天都有这样的感觉,很暖,很淡,很舒服,很适合养娃……

不过,这个清晨,王暮雪醒来后就在反复斟酌着措辞,争取自己的提问不会惊扰现在所拥有的生活。

485 神秘地下室

王暮雪将身子往蒋一帆身边凑了凑,蒋一帆的睡脸很恬静,不戴眼镜的他面庞尤显干净与清秀。淡橘色的阳光洒下,好似眼前这个人的皮肤,本身就能发光。

对王暮雪而言,蒋一帆当然是一个能发光的人,他身上自带的光芒就跟他此时的睡脸一样清澈透亮。

王暮雪忍不住整个身子贴了上去,脸颊和身体同时感受着蒋一帆的体温,暖融融的,正如窗外和煦的晨光。

蒋一帆没睁开眼睛,本能地翻过身来搂着王暮雪。

王暮雪心跳开始加速,现在的蒋一帆太了解她了,无事献殷勤,定有事相求。

记得前几次王暮雪主动抱蒋一帆,不是求着喝奶茶,就是求着买绿茶冰激凌。很多东西没怀孕前也没觉得非吃不可,但限令一下来,那些禁忌食物就马上变得别具魅力,哪怕只是尝一小口,都可以满足王暮雪内心残存的叛逆心理。

见王暮雪没说话,只是紧紧贴着自己,蒋一帆道:"不能喝了,咖啡因摄入太多,不仅让你睡不好觉,心跳加快,还有可能影响宝宝的神经系统发育。"

"你这都是民科……"王暮雪低声怼了一句。

民科,是一个贬义词,泛指所有没有经过严谨、系统和全面的理论研究的民间科学。

蒋一帆微微一笑,没说话,眼睛仍旧闭着,顺带在王暮雪的额头上吻了一下。

王暮雪身子微微躬起,尽量不让自己的心贴着蒋一帆,小声试探道:"那个……一帆哥,你还记不记得姜瑜期欠我五十万的事情?"

听到从王暮雪嘴里说出了姜瑜期的名字,蒋一帆微微睁开了眼睛:"记得。"

"就是……他其实每个月都有打钱给我,但只是打钱,没有其他沟通。"王暮雪特意强调一句,"然后才两年时间,他就已经还了四十五万,你知道他做什么工作可以赚这么多钱么?"

王暮雪之所以选择直接问蒋一帆,是因为她笃定蒋一帆知道姜瑜期的近况,不然之前他不会主动问自己想不想知道姜瑜期现在在哪里工作。

"之前他一直在我们金权大厦旁边的健身会所,那边收费比较高,他的课也排得很满,收入应该不错的。"蒋一帆口吻十分平静。

"是有多不错?一个月大概多少钱?"王暮雪直接半撑起身子。

"没具体问过,这周我去锻炼的时候,帮你问问老板。不过他现在已经离职了。"

"去哪里了?"王暮雪趁势追问。

蒋一帆闻言笑了,抬手摸着王暮雪的耳朵道:"你原来不是说不想知道的么……"

王暮雪霎时间涨红了脸,提声一句:"能赚钱的工作当然好奇,一帆哥你知不知道他前几天一次性给我转了 15 万。之前都是几千、1 万多的转,最多也没超过 3 万,这次是一次性 15 万。我感觉他是想搞啥事情,在这之前把欠款都还清了。"

蒋一帆听罢,也略微有些吃惊,姜瑜期这个人,蒋一帆好似看透了,但也好似没看透。他目标很明确,但达到目标的方法,是一个看不清的谜团。

"你想要彻底除掉金权,我的事情最好不要知道太多,这对我们都没好处。"姜瑜期虽然对蒋一帆这么说过,但也总归告诉了蒋一帆他计划中的几个步骤。

上次去金宝物流装窃听器,就是步骤之一;步骤之二,即是彻查一下金宝物流的那个神秘的地下室。

姜瑜期说:"明明是一个冷清阴暗的地下停车场,改装成一间间房的格局就有点奇怪,而且你也说了,你两次去都没看见其他人。如果那些关着的房间没人工作,装 Wi-Fi 干吗?还是顶速的 Wi-Fi,比你家的都快。"

蒋一帆也同意姜瑜期的观点,后来姜瑜期提议:"反正我跟那个黄金都认识了,改天我去一趟,想办法让他把房门都打开,如果我猜得没错,里面应该全是电脑。"

"我去。"蒋一帆道。

"不行!"姜瑜期想也没想就反驳一句,"你最好置身事外,少露面。"

"就是我去才不会让他起疑。"蒋一帆说,"毕竟在他看来我跟他合作过,都是金权的人。你只是见过一面,他多少还是会对你有警惕心。"

见姜瑜期犹疑不定,蒋一帆自信道:"你相信我,我去,我们俩都会更安全。"

对于蒋一帆处理人际关系和这种"特殊要求"的能力,姜瑜期是不担心的,于是他默许了蒋一帆的这次行动。

在蒋一帆走进金宝物流公司的同一时间里,警局中的姜瑜期问检测员:"黄金、刘成楠、王潮、蔡景、蔡欣、王飞的手机定位都报一下。"

"除了黄金和刘成楠,其他人的手机定位还是在各自的公司里,蔡景在魔都,蔡欣、王飞和王潮都在青阳。"

"黄金和刘成楠的呢?"

"黄金的这次在挪威,刘成楠的……在缅甸。"

姜瑜期冷笑了一下,对于黄金和刘成楠私下在手机里装防定位装置的举动,他表示不屑。心里没有鬼,需要安这种装置么?

"行,以后这两个人定位可以不用看了。"姜瑜期朝检测员说完,上楼进了赵志勇办公室,"老赵,找几个人跟我一起查一下今年 2 月 7 日至 2 月 17 日的监控。"

"你是说金宝物流公司附近的监控么?"赵志勇道。

姜瑜期点了点头:"他们就是在那几个工作日交易的,我上次去的时候大致推算了一下房间数,20 来间。按大厦平面面积与隔间的设计结构推算，每间房大概能放 6 台电脑桌，所以那个地下室不出意外，至少有 120 台电脑，现在我朋友已经在里面查证了。"

"你朋友？"赵志勇挑了挑眉，"你还让别的非警务人员参与？"

"是蒋一帆，他去查，比我更安全。"

赵志勇闻言，拧眉思索了一下："行吧，能亲眼看到电脑最好，这样最后我们直接把电脑抄了。那些电脑里多半存着交易账户，登录进去还能看到操作记录。你说他们还搞光纤网络，这不是为了高速的频繁交易，还能为了什么……"

486 冤家真路窄

蒋一帆原先以为姜瑜期要认识黄金，是为了以后可以凭借假合作之名，将这只狐狸抓个现行，没料到他是为了地下室的这些关着门的房间。什么样等级的交谈，才需要到一个没有窗也不允许开手机的地方？

毫无疑问，一定是敏感度五颗星的交谈，所以监听这里，效率比 24 小时监控手机高得多，姜瑜期的这一步棋，确实走对走准了。

"蒋大少抬举了，我也是在慢慢学习，跟你们学习。"黄金额头上的波浪层层荡开。

"是这样的黄总，我有几个朋友可能以后也想一起，他们资金量挺大的，就不知道您这边现有的交易账户，能不能够……"蒋一帆说到这里故作停顿。

"没问题的！"黄金拍着胸膛，"哎呀说了多少次了，叫我大头，别叫黄总！蒋大少您放一百二十个心！你大头叔都干这些年了，什么大体量的资金没见过。说真的要不是因为前段时间上面监管力度太紧，我也不相信刘总居然一点儿不让配资。"

蒋一帆点了点头："其实我还好，主要是我那些朋友以前没做过，不知道如果资金量大的话，安全性如何……哦对了，您上次的 300 来个账号，都是全国分散的么？"

黄金凑近蒋一帆小声道："有一百多个在这里，其他都是分散的。但您放心,几台电脑共用一个路由器,每次登录 IP 地址都是自动分配的,随机的。"

"所以 IP 地址是分散的,至少不是每台电脑每天登录时候,IP 地址都保持一致。"蒋一帆总结一句。

"可不是么!"黄金说着又给蒋一帆斟满了茶。

蒋一帆拿起茶杯吹了吹,抿了一口后随意问道:"所以走道上那些房间,是每个房间一个路由器?"

"对对。"黄金对蒋一帆这句话的陷阱,毫无警惕性。

"大头叔,外面那些电脑都是什么配置? 需要我们给您换新的么?"蒋一帆道。

"哎哟不用不用,8G 内存,固态硬盘,手提,搞这些够够的了。其实电脑都是其次,主要是操盘手要听指挥,要熟练。"大头说完自己将杯中茶一饮而尽。

蒋一帆半开玩笑道:"大头叔这方面确实是专业的,现在这种操盘手可不好找,让我去拉人我还真没本事拉来。"

"那可不!"黄金好似被说中了痛点,"搞这行,利益分配不好,或者保密工作做得不好,那可是分分钟……"说着他做了一个手切脖子的动作。

"大少您是不知道大头叔我前期组建团队有多难!"黄金一肚子苦水,"刘总老以为有钱就行,有钱什么事都能解决,但实际操作哪有那么容易! 人即使弄来了,让他们老老实实每次都听你话非常难,尤其是一些老手,搞熟练了就跟我提价,我又不想网铺太开,只能让利,所以你大头叔这些年也就是赚点辛苦钱!"

蒋一帆闻言趁势说:"没事大头叔,我那些朋友都比较大方,比我资金充裕多了,就是找不到投资渠道。有两个说只要够安全,分成方面,都可以商量。"

黄金精神一振,身子都直了:"那就全靠蒋大少了!"

蒋一帆临走时经过走廊,轻描淡写地提了一句:"大头叔,方便随便打开一间我看看设施么? 路由器啥的,回头我也好给朋友们说下细节。"

黄金听后一时间有些迟疑,蒋一帆马上道:"没事没事,不方便也没关系。"

"方便方便……哪有不方便!"黄金说着赶忙找来了钥匙,给蒋一帆开了门。门内两排桌子,整块板钉在墙上,一边一排,单层木板,非常简约,浅黄色,有点类似现代教室里课桌的颜色。

关于电脑的台数,还真的被姜瑜期猜对了,确实是一个房间六台电脑。蒋一帆怕黄金戒备心上来,没敢看太久,甚至于没有主动走进房间,只是朝黄金微笑一句:"挺好的,那大头叔我回去尽快跟他们商议。说客我来做,争取下次我们合作愉快。"

"哈哈,以后我这生意就多靠蒋大少发扬光大了。"黄金美滋滋地锁上了房门。

本来一切都很顺利,如果蒋一帆就这么在黄金油腻的笑容里走上车,开出金宝物流的办公区,那么这次任务完成度完全可以打 100 分。不过,就在黄金送蒋一帆走出大厦一楼大门时,迎着他们的面,走来了一个男人。

这个男人虽然样貌比几年前沧桑了一些,但蒋一帆一眼就认出了他。

"我知道了暮雪,我都可以改的,这也没有什么难的,以后你喜欢的事情,你如果不开心我参与,我不参与就是了,我就做自己的事情,给你充分的空间。"

"为了你我还有什么不能做,我企鹅的游戏部门都去了,你知道我最不喜欢玩游戏,从小到大都没有真的喜欢玩过,我玩游戏都是为了陪你玩,就因为你说企鹅游戏部门最赚钱,你说奖金都是几百万几百万的发,我想着如果去了我就可以快点给你买大房子,用自己赚的钱带你去你最想去的百慕大三角……"

伴随着这个男人的出现,闪现在蒋一帆耳边的是在魔都酒店,他苦苦哀求王暮雪不要分手的话语。真是冤家路窄,怎么会在这里遇见王暮雪另一个前男友?

"来啦!"黄金看到那人打了一句招呼,转而对蒋一帆道,"我们一个老练的操盘手,自己人!"

周豪的五官依旧过于扁平,甚至有些凹陷,还是像给人一拳打过一样。毫无意外地,他也认出了蒋一帆,只不过他表现得十分淡定,还安静地听完了黄金的介绍。

"合作愉快。"蒋一帆十分礼貌地伸出了手。他记起了周豪确实是计算机专业,也是好学校的硕士毕业,在青阳进个大公司当码农完全没问题。这样的优秀毕业生,为何会接这种工作呢?

周豪象征性地与蒋一帆握了握手,脸上没有特别的表情。他这样的表情黄金已经习惯了,周豪是一个慢热,没多少亲切感,但操作精准干练的好手。

周豪大概没有想到,他的这张脸,因为每天都出现在金宝物流出入口2019年2月7日至2月17日的监控里,已经被姜瑜期用人脸识别功能锁定了身份。当然,蒋一帆也不会想到,自己几年前在对方心里种下那颗横刀夺爱的种子,如今会以怎样的方式开出花来。

487 得再快一点

"不至于吧,他跟我们合作过,上次和讯阳光他就投了两个亿。"黄金将打火机移进嘴里叼着的烟,十分不以为意。

"可我没看到资金来源方有他。"周豪神情冷峻,"黄总,蒋一帆家里这么有钱,根本没理由为一两千万冒这个险。"

"你不懂!人家第一次玩,肯定先试试水。"黄金呼出了一口烟,"而且那次是刘总突然喊停的,要不然赚更多。"

周豪扶了扶眼镜:"他这次来干吗?"

"说有几个阔少也感兴趣,想玩,问我如果盘子大,撑不撑得住,还参观了下机房。"

"那些阔少都有谁?"周豪问。

"哎我说……你问那么多干吗!"黄金开始不耐烦起来,"人家都还没跟咱玩,可能随随便便抛名露姓么? 何况他上次也确实带了一个朋友过来当面聊,人家是有诚意的。"

一个朋友? 周豪眼露寒光。他虽然对蒋一帆并不了解,但总觉得这种数学物理出身的尖端人才,应该对规矩、条框、底线有着比其他人更严格的自我约束。如果他本身跟自己一样家境不好,倒也容易湿身,但他是蒋一帆，何况他还有一个绝对不允许他这么做的妻子。

因为蒋一帆是新城集团董事，而新城集团又是国内响当当的钢铁巨头，故蒋一帆结婚的消息早就是公开新闻。一般这类边角新闻也激不起多大水花，但周豪毕竟不一样。他想不知道都没办法，大学跟他在一起足足五年的女孩子，最后嫁给了别人，只要是同一个圈的同学、校友，难免有一两个多嘴转告了他。

王暮雪是怎样的人，周豪还是相当了解的，这也是王暮雪最吸引他的地方。之前同班有个同学考试作弊，王暮雪在考场上当众将之举报给了老师，丝毫不念同学之情。这个姑娘身上正气满满，看不得一点脏东西，她可能忍受得了与她同床共枕的人干这种勾当么？

莫非王暮雪变了？莫非金融市场的污水也可以让王暮雪妥协？

"你不要多心了，蒋一帆跟刘总干几年了，而且与王潮又是校友，现在还在金权。都一条船上，能出什么幺蛾子？"黄金说着拍了拍周豪的肩膀，"放心吧，我有数的。"

周豪虽然不确定，但他更倾向于这件事没那么简单，于是离开前跟黄金说："黄总，还是小心蒋一帆，说不定他里面一套外面一套。上次他那两个亿的钱款来源，究竟是不是他出的，您最好翻翻公司账，追查清楚。还有，他没事看我们机房干吗？刘总来了这么多次也没看过。"

"哎呀人家就随意这么一看！"

黄金送走了他旗下这个"金牌交易员"周豪后，回到自己的办公室抽起闷烟来，心想刘成楠亲自带来的人，能有什么问题？只不过，干这行久了，黄金也时常有一种深深的不安全感，这种感觉其实一直存在，时而被人压下去，时而又被人挑起来。三根烟燃尽后，黄金打开了电脑查起了银行流水，同时给代表蒋一帆出资的那家公司去了一个电话。

"100多人中有26个肖像模糊没法识别，其他所有人身份都出来了；还有，蒋一帆说地下室确实全是电脑，一房间6台，所以我们原来推测的100多台是有的，数量正好也差不多匹配这些人。"姜瑜期说着，将一沓厚厚的打印材料放到赵志勇面前，同时一屁股瘫坐在椅子上，满脸困倦。

赵志勇听后大悦："辛苦了兄弟！这些人都是定时出现的吧？"

"嗯，就交易日那几天出现的，之后的监控我们抽查了几个月，这帮人没再集体来过，应该不算金宝物流的正常员工。"

赵志勇随意翻开了文件的其中一页，饶有兴趣地研究起来："周豪，外迁户，户口还是游戏公司注册地所在的集体户，什么世道……怎么连游戏开发员也来干这事儿？"

"为了钱呗，还能为了什么……"姜瑜期闭目养着神。

"我估计最近游戏开发也难做。"赵志勇说着将文件从头到尾扫了一遍，而后一把敲在桌上大快道，"够了！咱随便抓几个撬开嘴，电脑一抄，再加上录音，这人证、物证、口供全齐了！"

见姜瑜期没说话，只是微微低着头，右手按着上腹部，赵志勇赶忙起身道："我都忘了，饭点！哈哈！今天咱俩出去吃顿好的！我请！"

姜瑜期摆了摆手："不了，最近吃不了油腻的。"

"你不会又要去喝小卖部的粥吧？"赵志勇此时已经走到姜瑜期身边，拍了拍他的肩膀，"虽然说你胃不太好，但咱爷们要吃肉啊！老喝粥哪里行！走！兄弟我带你去吃点蒸品，清蒸鲈鱼，清蒸排骨，保证清淡！"

"不了，今天真有点累，我先回家。"姜瑜期说着起身就往门口走。

赵志勇看他脸色不太好，也没勉强，毕竟姜瑜期查了一天的监控，这活儿不仅是眼力活儿，更是体力活儿，工作十多个小时疲倦很正常。

当姜瑜期下楼回到自己座位上时，右手不自主撑着台面。他有些吃力地拉出抽屉，拿出药罐拧了开，朝嘴里塞了好几粒药，连水都没喝就直接硬生生吞了下去。饮水机就在十几步开外，但姜瑜期觉得自己已经没力气去接水了。

回家？还是等缓一缓再说吧。

"越来越严重了……"姜瑜期心里这么对自己说。

好消息是黄金，以及金宝物流这个犯罪窝点，已经跑不掉了。

王潮授意刘建伟杀人，且刘建伟还有录音以及他本人这个人证，蔡欣也是知情人，全部抓回来一锅端也够了。

但是刘成楠、蔡景和王飞呢？

这些人根据目前掌握的证据，顶多就是罚钱。如果王潮和刘建伟的嘴守得死，姜瑜期还是没有百分之百的把握动得了他们。

守株待兔不是办法,万一他们未来一两年都没新动作呢?如何当场抓个现行?

没时间了,得快,再快点,姜瑜期这么想着。但是有什么方法,可以再快一点呢?

488 总量的守恒

文景科技项目上的光景让柴胡和王暮雪再次坐上了特快列车,只不过这辆列车没汽油,得自己拉。

尽调、走访、收底稿、写材料都必须快。国家决定设立科创板,是为了完善多层次资本市场体系,提升资本市场服务实体经济的能力,促进魔都国际金融中心和科创中心的建设。科创板重点支持新一代信息技术、高端装备、新材料、新能源、节能环保以及生物医药这六大行业,它们均属于高新技术产业和战略性新兴产业。

科创板于2019年6月开板以来,口号虽喊得响,但全国各路券商却以一副"静观其变"的态度观望着,监管层一次又一次朝各大投行要企业名单,想在这些初始名单中,筛选出他们认为有资格头几批上科创板的公司。为此王暮雪和柴胡不知道给吴双填了多少次在手企业情况的表格,内容包括但不限于企业名称、所处行业、从事业务、营业收入和净利润等。

"除了文景科技,真的没了!"填到第三次时,柴胡都有些烦了。细数他手上的储备项目,除了文景科技可算新一代信息技术行业外,其他的都不沾边。

柴胡入行以来,监管层这么火急火燎地向投资银行"讨项目",还是头一次见。

那时曹平生接到的通知是:"符合科创板新兴行业要求的公司,能报的赶紧报!好不容易遇上了资本市场大改革,别让国家喊空口号!都报进去!报进去再说!"当时场面一度失控,很多投资银行的在手项目虽说符合科创板要求,但不是企业老板在犹豫,就是本身项目的尽调需要时间,再加上底稿电子化这种蛋疼的工作量,怎能脑门子一拍说报就报?

文景科技的路瑶也是答应下来后,数次拉着曹平生和胡延德表达自己的担心:"这次我们不会又成小白鼠了吧?"

"科创板最后别又一潭死水……"

有胡延德在的场面,曹平生自然说话不用太费力。胡延德扯着他的大嗓门道:"路总,虽说科创板有一定门槛,个人投资者必须有 50 万金融资产,但这个要求绝大多数经常玩股票的个人都能达到,这些人往往比那些有几千块就往股市里砸的散户更理性。而且路总,你们如果上科创,刚开始的上市初期不设涨停幅度,五个交易日后的涨跌幅限制为 20%。

"科创版主要是中小企业的专业化市场,重点面向没进入成熟期但具有成长潜力,且满足规范性和科技创新型特征中小企业的融资需求。你们现在也算中型企业了,业务又前沿,正是国家大力扶持的对象!

"别人想上还不够格,因为行业太过传统,只能去主板中小板慢慢排队,您这绿色通道不抓住就亏大了!"

胡延德一向能说会道,说到最后路瑶只能是一声叹息,硬着头皮答应了。于是王暮雪又在路瑶文艺的朋友圈看到了一句话:此生颠沛流离,道路漫长,以梦为马,随处可栖。

而这段时间里,由于工作忙,柴胡与王萌萌一同去医院看望王萌萌弟弟的次数也减少至每周一次。

不知从何时开始,柴胡心里不再称呼王萌萌为"王猫妖",他甚至愿意跟王萌萌分享很多个人隐私,包括但不限于他小时候希望当画家,拒绝了国际特务的三十万,以及耐不住母亲的唠叨加入某相亲网站 VIP 会员等。

柴胡跟王萌萌吐槽道:"我见过几个妹子,表面上都跟我说对男人没太多要求,踏实靠谱就行,但实际上的要求是'帅得一塌糊涂,爱得死去活来,外加千依百顺,还能一掷千金',此外她们内心还希望我跟学校男生一样追她们,嘘寒问暖大半年,好似我不用忙工作似的。"

见王萌萌笑而不语,柴胡皱起了眉头:"你笑什么?现在大家都要赚钱,不然怎么养家?说真的,哪个帅哥可以做到上述所有,我也不介意把自己掰弯!"

"你还真没原则。"王萌萌吐槽一句。

"你呢？你不打算结婚么？不打算找个蒋一帆那样的老公？"柴胡好奇道。

"曾经也希望啊，但希望有用么？"王萌萌边说边帮她弟弟剪着手指甲，"我现在没那个心情了，也没力气去羡慕别人。其实有什么好羡慕的，女神从来不护肤，学霸从来不看书，公主嫁王子就一定幸福。这种故事有多少是真的？"

王萌萌的面色很平静，虽说内容还是有些过激，但语气上再也没了以往对柴胡的那种不屑和鄙夷："我以后要是嫁不出去，也不觉得有啥。老公这种东西，没有反而没烦恼。哪天万一有了，可能会让我不自觉跟别人家的比，比来比去，总觉得别人家的老公举世无双，自己的婚姻一地鸡毛，甚至还会臆想老娘我当年若嫁了张三李四王五，必不是这般光景。"王萌萌依旧用她的逻辑活着。柴胡琢磨大概是像他与王萌萌这样，经历过悲辛和琐碎，明白人与人之间最开始的差距，才能学会不盲目攀比艳羡。

大概柴胡自己都没发现，他真的没拿自己跟蒋一帆或者王暮雪比的时候，就是从他得知弟弟离世开始。

人的一生，得失总量大抵守恒。与王萌萌交谈后，柴胡彻底注销了自己的婚恋网账号。他坚信他未来的生活，肯定有苦恼烦难，但靠自己强大的内心，也一定能忘忧解郁。

489 敌人的警觉

金权大厦副总裁办公室，一身杏色高档衬衫的刘成楠双手插在胸前，跷着二郎腿低头思索着黄金方才说的话。

"我师弟肯定没问题，如果有，红水科技他会签么？"王潮站在刘成楠的办公桌前，语气有些急。

刘成楠嘴角露出了一丝冷笑，淡淡的眼线依旧舒缓柔和，低声道："签红水，多是被迫，为了他那只猫。"

王潮闻言，心烦意乱地向窗户走去，驻足片刻又折返回来，正声一句："即便是这样，他也还是签了，还是上船了。"

"签红水就是上船?"刘成楠抬起了头,"这家企业第一大客户,就是你未来的岳父大人。我没时间细看,究竟有没有问题,你告诉我。"

"肯定……"王潮本来想说肯定没问题,但没有百分之百详细调查的他,不能这么不留后路地在领导面前拍胸脯下结论。

本来像红水科技这样的公司,硬报上去就是碰运气,监管层若查得不严,肯定就过了;即便查得严,也不见得一定查到要害上。王潮每天那么多投资项目要看,根本没时间蹲门店,且他也不能公然质问自己的未来岳父是否存在利益输送,帮助红水科技财务造假的事实。

"有没有问题你自己都说不清楚,怎么确定这是一条'船'?"刘成楠声音略微严肃了起来。她的意思很明确:如果红水科技没问题,蒋一帆也就不存在"上船"这种说法,他只是做了保代分内的事情。

王潮咬了咬牙,眼神坚定:"总之我个人担保,蒋一帆没问题。"

刘成楠其实巴不得王潮的担保有用,巴不得蒋一帆真是自己人,毕竟如果红水科技干干净净,当初蒋一帆不可能对于签字如此抗拒。刘成楠总觉得蒋一帆虽然十分聪明,倒也不像心机如此重的人。只不过黄金刚才特意赶过来当面告之她和王潮,和讯阳光集资时,打到金宝物流账户里的原本属于蒋一帆的两个亿,背后的实际出资人并不是他。

"这种走别家公司,甚至海外公司账户的事情也常见。咱约定的不就那两个工作日么,我看十亿很快就齐了,没多想,认为肯定是你们几个人的,就直接开始操作了。"黄金为自己辩解道。

通过与打款账户公司的几次沟通,黄金得知真正的出资人是一家配资公司,而这家公司不仅利用其关联公司出了两个亿,还利用主体公司参与了和讯阳光的后续配资,其实际出资总额为五个亿。

"你是说,那家公司先用蒋一帆的名义出了两个亿,然后再自己出三个亿?"刘成楠问道。

"对对。"黄金连连点头,"我说他们怎么消息这么灵通,马上就知道我们要搞这单,我当时也封不住啊。又怕他们吃不着肉把我们卖了,只能带他们一起搞,所以刘总,我那次也是为了保险没办法。"

刘成楠听后,眼神变得复杂起来,她纤细而苍白的右手手指在红木桌面来回敲打着,低眉思索片刻后,继而道:"那家公司之所以愿意帮蒋一帆说谎,不过是蒋一帆把这个赚钱机会提供给了他们,赚来的利息,就当是封口费了,我估计那利息,蒋一帆一分没要。"

"没错没错,就是这样,他们说蒋一帆没要。"黄金此时心都有些发慌。他不知道蒋一帆干吗要这么做,有钱自己不赚,全让给配资公司,这图啥?难道蒋一帆就图自身干净,眼睁睁看其他人下水,以后可以手握所有人的把柄?

其实,黄金撬开那家配资公司的嘴,过程并不容易。电话沟通自然行不通,若非对方支支吾吾,黄金也不会亲自登门拜访。黄金向对方承诺接下来几单都会分一杯羹,软磨硬泡好一阵后,对方才终于松了口。

"刘总,确切地说,不是蒋一帆直接跟他们谈的。他们没见过蒋一帆,只跟我提到了一个叫七少的人。如果没意外这人我还见过,蒋一帆说是他朋友,高高的,长相也端正,之前去我那里谈过合作。"

"七少?全名是什么?"刘成楠追问一句。

"呃……"黄金脸色霎时间有些难为情,随后称二人当时是初次见面,对方让称呼啥就称呼啥,具体名字没细问。

"那时我们才合作完和讯阳光没多久,做了一次就迫不及待拉熟人一起的,再正常不过,蒋一帆也不是第一个,我就没起疑。"

刘成楠根本没兴趣听黄金的种种辩解,而是直接总结道:"所以这个叫七少的男人,先是让配资公司用蒋一帆的名义,给你们打了两个亿,而后又去跟你见面,声称以后他自己也要玩?"

见黄金点头如捣蒜,刘成楠站了起来,面色极其严肃:"黄总,如果你说的属实,不觉得那个叫'七少'的人,行为逻辑很矛盾么?他如果要自己赚钱,当初就应该用自己的钱跟我们玩第一次,钱款悄悄给到配资公司即可,大不了让点利。犯得着将这块肥肉让给别人,事后又当作毫不知情来跟你见面讨饭吃么?"

"是!我也是觉得这里不对!所以才赶紧来找您!"黄金急得直跺脚,"那人看上去跟蒋大少很熟,我得知始作俑者是他之后,也没想明白他到底想干吗。"

"别说了!"刘成楠眼神放出了异常冰冷的寒光,"这个叫七少的,特征你还记得多少?"

黄金见刘成楠无心追究自己的责任,精神一振,忙极力回忆道:"来见我的那天,他穿着黑色紧身 T 恤,很高,至少一米八五,眼睛大大的,皮肤比蒋一帆黑一点,碎发,哦对!他的左手上莫名其妙地绑着一根红布带,有点像红领巾,绑在手腕的位置。"

不得不说,当王潮听到"七少""黑色紧身衣"和"手腕处的红布带"这几个特征时,他的第一直觉就是 Seven:

"刘总,这个人很有可能是我以前的健身教练,他也是蒋一帆的教练!"王潮毫不避讳地跟刘成楠说,"他前段时间离职了,说要回老家结婚,有阵子没见了。总之他认识蒋一帆,外形跟黄金说的也吻合,尤其是手上的红带,一个大男人手上绑一条红带,全青阳很难找出第二个!"

"那立刻找到他,带他来这里,越快越好!"刘成楠厉声一句。

490 照片的追踪

王潮连拨三次电话,都是通的,但均无人接听。于是王潮留了条短信,声称自己有些事情跟他商量,希望 Seven 看到短信后可以回个电话。

王潮明白,如果这样就回去跟刘成楠复命,领导肯定不满意。于是他找到了自己在青阳做运营商的朋友,动用了些私人关系查询 Seven 手机,该手机目前的所在地,确实是桂市。

王潮记得 Seven 跟自己提过他老家就是桂市,还顺带推荐了一波桂市的山水和米粉。奇怪,难道 Seven 辞职后,真的回老家了?那黄金不久前在金宝物流地下室见到的那个七少又是谁?

若要将"七少"的身份实锤也简单,找一张 Seven 的照片拿给黄金确认即可。王潮自然没有 Seven 的照片,平常两个大男人就算认识,也很少会相互拍照,但手机里虽然没有,健身会所有啊!王潮记得 Seven 的照片跟其他健身教练一起贴在墙上。他甚至还记得 Seven 照片的位置是第二排左数第一个。

"你们 Seven 教练的照片怎么没了?"

"哦,他离职了,照片就撤下来了。"工作人员回答。

"撤下来后你们放哪儿了?"

"他离职的那天,收拾自己东西的时候,顺带带走了。"

王潮闻言眉心蹙了蹙,但他尽量让自己态度保持平和:"我看那些健身教练都是统一工服,统一背景,应该是你们会所组织集体拍的,你们电脑里应该留有电子档吧?"

"对,是统一拍的,您稍等,我找找……"搜索结果让工作人员都惊讶,"奇怪,其他教练的底片都有,唯独找不到 Seven 的。"

随后两个工作人员被叫过来帮忙,大家一起找了十几分钟,最后都摇头,照片电子版确实找不到,垃圾箱都被清空了。

"会不会是 Seven 自己删的?"

"有这个可能,他对个人物品,隐私什么的都很看重,暖水瓶都不让我碰。"

"我记得,有很多次晚上都是他关电脑锁的门。"

"不是我说,你管电脑的,走前你不关电脑,让他关?"

"他课多啊。客人都在,背景音乐不能停,我就让他关了。"

王潮已经不想听工作人员这些看似是交谈,实则属于推卸责任的对话:"行,就算照片没了,那他在你们这干了这么久,总要签合同吧?签合同的时候,总要有身份证吧? 他的合同你们这还有留档么?"

"这个要问老板了,合同都在老板那里。"

"那就把你们老板叫来,现在!"王潮的语气听上去已经很急了。

工作人员一边给王潮联系他们的意大利老板,内心一边狐疑地猜测王潮性取向是不是正常,为了要一个大男人的照片深挖成这样,八成他跟 Seven 有什么不正当关系,两人吵架了 Seven 才离职的。

"怪不得 Seven 以前从来不跟女生约会,原来他喜欢男人啊……"

"我当时就说他是 GAY,你们偏不信!"

目送着意大利老板将王潮带远,几个工作人员七嘴八舌地小声议论着。意大利老板是有原则的人,他说员工的合同还有身份证是个人隐私,不能随便给外人看,但当王潮笑着加了他微信,并直接给他转账 500 元人民币后,老板的原则就崩塌了。

"奇怪……怎么找不到他的……"老板翻箱倒柜，都快把那堆合同翻烂了，但就是没找到 Seven 的劳动合同。

"您这个办公室平常上锁么？"王潮问道。

"有时候锁有时候也不锁。我这里没什么重要东西，除了营业执照、奖项就是合同。"老板一脸不好意思，合同的消失让他自己也瘆得慌，"要不……500 元我转回给您？"

"不用了。"王潮沉着脸，立即给运营商朋友去了电话。健身房查不到身份，不代表手机号还查不到吧？

只可惜，还真查不到。当朋友在电话里告诉他，那是一张无记名手机卡时，王潮的内心崩溃了。他此时已经百分之一百确信 Seven 就是"七少"，要不然他没任何理由做得如此干净，近乎将与他相关的所有东西毁尸灭迹。

"那个……要不这样，我也不白拿您钱，我告诉您一件您可能不知道的事。"

意大利老板这句话成功将王潮的思绪拉了回来，只听老板笑道："这个 Seven 对其他学员都一视同仁，但唯独对您不同，他说只要您来，一定要分给他，让他教。"

王潮的眼神慢慢锐利起来，当他走出健身会所大厦时，抬头望着高照的艳阳，不禁自嘲一笑："阳光啊，你是不是又开始要杀人了？"

"问题都在这个'七少'身上，他一开始就是冲我们来的。"王潮将自己的追查经过一一跟刘成楠汇报后，直接下了结论，"最初他老在楼下给我发传单，目的就是有意接近我。我看他后来接近一帆，成了他的私教，八成也是这个目的。"

"你跟健身教练难道什么都聊么？"刘成楠眯起了眼睛。

"当然不可能！"王潮立刻否认，"私密的事情不可能对外说，电话里都不可能说。"

"那他接近你能得到什么信息？"刘成楠反问一句。

见王潮一时间没接话，刘成楠冷冷一笑："一个随口就跟黄金谈几亿投资的大少爷，可能去给你当两年健身教练？他那么有时间体验人生？"

"所以我才说问题都在他身上。"王潮目光如刀，"这个人很明显来者不善,我建议……"王潮说着用手比了一个枪的手势,食指对准了自己的太阳穴。

491 不是省油灯

王潮必须要把这个叫"七少"的男人按在主谋榜单上,因为只有给刘成楠拉出一个替死鬼,蒋一帆的事情才有被宽容的余地。被蛊惑、被利用甚至被挟持,这些解释王潮都替蒋一帆想好了。

王潮真的如此"疼爱"蒋一帆么?一定程度上,他确实不想害这个师弟,即便一些行为欠妥,不过是想有钱一起赚,多个帮手也多个靠山。嘴皮子上的那些威胁,不过就是威胁罢了,最后猫也还回去了。

但反过来,王潮也不希望这个师弟害了自己。蒋一帆是王潮亲自引荐给刘成楠的,如若蒋一帆在金权集团或者山恒证券的行为出了任何问题,王潮都需要负直接责任。

对利益集团而言,"船"不是谁想上就可以上,"船"上各个成员之间,除了资金实力,更多的是一种不可替代的信任。王潮这些年在金权如鱼得水,很大程度是靠着刘成楠的信任。刘成楠好项目都让王潮去谈,给他足够大的平台与足够多的资源,王潮的业绩自然十分优秀。所以这次蒋一帆一定不能栽,否则王潮手中握有的优势,很可能被刘成楠全数收回。

私募投资领域从业 18 年的刘成楠,所拥有的行业资源与个人号召力,是目前的王潮无法达到的。作为行业领军人物,如今的刘成楠想赚钱,基本靠脸就行,毕竟人家是十大私募股权投资家、中国最佳本土 PE 管理人、中国最佳私募股权投资人物 Top10 以及年度中国 PE 创新人物,投资界名副其实的顶级大佬,酒桌茶会她一出席,表个态,合作就基本成了。

而这个"脸",王潮还没有。

刘成楠当然也没想到王潮会提出如此狠绝的建议,目前他们对于"七少"的不轨行为,只不过是高度怀疑,还没有掌握任何实质性证据。刘成楠道:"你要做,我也不反对,毕竟这样最干净,还可以让你那个好师弟清醒清醒。但你连人家身份都没弄清楚,怎么做? 直接问蒋一帆?"

王潮摇了摇头:"先不让他知道,一帆的问题,等我们收拾完七少,我一定会查清楚,给刘总您一个交代。"

做出承诺很容易,难的是履行承诺的方法。

王潮首先要解决的问题是,七少究竟是谁,此人的身份信息必须弄到。王潮翻开了手机里健身会所的专用 App,里面所有教练信息早已更新,无法搜到 Seven;更倒霉的是,王潮试图从以前预约的上课记录中找 Seven 的头像,可惜课程记录只能显示最近两个月。难道,Seven 是算准了两个月的系统自动删除时间,才露面去找的黄金?

王潮没放弃,他从健身会所前台处要到了照相馆的地址,直接找了过去。这家照相馆同时也是一家打印店,位置在街边的拐角,门面陈旧,白墙几乎脱落成黑色。

"您说的这个订单号都是两年多前的了,我们店里早就没存档了。每天晒照片的那么多,都存下来硬盘肯定不够。"照相馆老板说。

当王潮无奈正要离开时,照相馆老板突然一句:"怎么你们最近都来问两年前的事情,肯定都没存的,能存个半年就不错了。"

"你们?"王潮回过身,"除了我,还有人来问过?"

老板点了点头:"对啊,前阵子来的。"

"是不是个子很高,左手手腕绑了一根红布带的男人,就是这里……"王潮说着指了指自己手腕的位置。

"这我哪记得!"老板道,"大概印象中是健身教练模样,男的。穿的衣服也是那家会所的,因为他们家经常来我这儿印照片,所以工服我记得挺清楚。"

"你们这有装摄像头么?"王潮问,他想着如果 Seven 最近来过,摄像头也许恰巧会拍到他。

老板无奈笑笑:"我这儿不是杂货铺,东西您看看,打印机、电脑、暗房……都是大件儿,别人不好捎,就没装。"

"你们这电脑硬盘,我出三倍价钱买了,顺带给你们换新的。"回到健身会所后,王潮对那位意大利老板道。

"哎哟,不是钱的问题。"意大利老板这回皱起了眉头,"我们电脑里很多资料,拷进拷出很麻烦。"

"我找人过来帮您换好硬盘后帮您拷资料,再帮您把原来的软件装好,保证您开机后跟原来一样。"

在旁看热闹的工作人员都觉得王潮疯了,为了要到他"情人"的照片,连电脑删除的数据都要死命恢复。最后老板还是没同意换硬盘,只允许王潮派来的技术人员在他原先的电脑上做数据恢复,顺带从王潮手上敲诈了两台新电脑的钱。从微信转账和这次电脑交易,王潮彻底看清了这位意大利老板的本质,唯利是图,有钱能使他推磨,这样的人,在高端生意场上算是比较好打交道的了。

数据恢复结果并没有让王潮满意,因为一台电脑中并不是所有从回收站删除的文件都能恢复。在所有还能恢复的数据中,王潮只找到了一张疑似 Seven 的照片,王潮是通过发型推断,这可能是 Seven,不过那张照片只有一个额头,连眉毛都没有,下脸全是灰色的。

调查进展到这里,王潮长长叹了口气,光凭一个额头,根本不可能让黄金做出任何指认,更不可能托自己派出所的熟人做人脸识别……

王潮并不知道,就在他查着这些事时,姜瑜期正在用望远镜从另一栋楼里看着他。这还要感谢王潮的手机,让他与别人的对话被姜瑜期听得一字不差。当然,姜瑜期还要感谢健身会所又高又大的落地窗,此刻的视线一览无遗。

王潮能查到这一步,已经验证了赵志勇当初提醒姜瑜期的话,王潮不是省油的灯。

"人家怎么样也是高考理科榜眼。我查过他当时分数档案,物理可是满分。"一次吃饭时,赵志勇边喝着冰镇啤酒,边跟姜瑜期强调。

"所以呢?"姜瑜期不以为意。

"物理满分啊同志! 那句话怎么说来着,得物理者得天下! 你说理科里什么化学、生物、数学好的学生都不一定聪明,数学可以死算,化学生物可以背,但是物理好的一定聪明!"

"歪理论,吃你的猪蹄子。"姜瑜期道。

赵志勇一抹嘴:"可别不信,这世界上最聪明的人可都是搞物理的。想想美国航空航天局那些人多少是物理专业出身? 想想爱因斯坦,想想华清和京都大学的物理系……"

赵志勇这个理论或许夸大了一些,但王潮确实不好对付。姜瑜期望远镜中的他,依然没有放弃的样子。如果他走到了自己防线的最后一步,能不能防住,全看意大利佬的人品了。

492 谁都不放过

"就算合同丢了,您也总要给他发工资。发工资都有工资卡,对应的就是开户行、姓名和卡号。"这个方法确实最直接,但一般人也比较难想到,王潮恨自己早该想到,这是他第一个就应该想到的方法。毕竟查资金流水可是投行人的惯用尽调手段,奈何原先他由于追着照片这个方向,思维在一定程度上固化了。

如此这般查人与查企业不同,有点类似纯刑侦,走了些弯路也正常。不过回过头来想,王潮先前的努力也不能说是弯路,若非穷途末路,他也不可能一上来就让一个商户老板拿出银行流水,涉及钱款进出的事情极为隐私,保密等级远高于一份简单的员工劳动合同。

"您好,我们是经城派出所的民警,最近有不法分子借查身份为由,让附近商业区老板提供工资发放记录,从而使员工的人身和财产安全受到威胁,你们这健身房也注意下,提防此类人士。"

在王潮赶来恢复电脑数据的一个小时前,警察刚刚登门拜访过。

所以听到王潮的请求,意大利老板重新打量着眼前这位西装革履的金融人士。此人面相看上去挺正派,不仅是健身房常客,要找的人也是他自己的教练,都是老熟人,能对 Seven 造成什么人身财产伤害? 不过,这么不顾一切想要查一个人的阵势,意大利老板也是第一次遇到,他完全不懂王潮的目的究竟是什么。

"那个……您找 Seven 是为了什么?"老板终于把这个憋了很久的问题问出了口。

王潮闻言神色肃穆起来:"一点私事,比较重要。"

"可是……"老板还没说完,王潮就直接将他拉到一边,压低声音道:

"我知道转账记录也属于私人信息,这样,我只要Seven的,其他教练的都不需要。您单独给我看一次的记录就好,开个价。"

"这回真不是钱的问题。"意大利老板面露难色,尤其民警的话还游荡在他耳际。虽说他与姜瑜期也就是老板与员工的关系,但他也不希望自己间接地做什么坏事害别人。

此时的意大利老板恨不得直接能跟王潮说出一个名字就算了,但奈何他是个外国人,中文水平也就限于日常对话,学过一些简单的字,但中国人的名字他是不会去记的,也记不住,何况"姜瑜期"这么复杂的字。

"要不您问问我们这儿其他的教练和员工,在场的您可以都问一遍。看看有没有人知道Seven的中文名,工资卡的事儿……"老板笑容尴尬,面部肌肉都有些僵硬。

"早问过了。"王潮不耐烦起来,"他们说叫'鱼七',水鱼的鱼,数字七,这个名字我让派出所的朋友帮查了,全国没人身份证上叫这个名字,所以我先前才一定要您带我去看看合同。"

意大利老板闻言眼珠子转来转去,对咄咄逼人的王潮有些无所适从。

王潮也不多废话,身子贴近老板,伸出了五个手指:"要不还是原来的价?"王潮暗指的价格为看合同时的500元。

见老板依旧不说话,王潮没生气,简短一句:"5000,怎么样?"

"哎呀!说了不是钱的问题。"意大利老板出乎王潮意料地将他的手按了下去,"您就说您这么费劲儿地找Seven,想确认他的身份,究竟是为了什么?"

"50000,可以么?"王潮用近乎唇语的音量朝老板说道。

这世上,被金钱打破的底线何止千千万。故事的最后,王潮要到了Seven的开户行、真名以及银行卡号。

"姜瑜期,桂市人,在刑侦支队和经侦支队都干过,表现很优秀,属于业务骨干,但不知为何2014年突然离开了体制,离职后就直接来青阳打工。听那位意大利老板说,他来这家高端健身会所应聘前,做的也是健身行业私教。"

听到王潮的这番介绍,表面镇定的刘成楠感觉浑身的血管都被灌入了西伯利亚冷空气，又酥又麻，连呼吸都有些不顺畅。警察?! 妈的，警察?!

以王潮对刘成楠的了解，他大致可以猜到刘成楠会给出一个怎样的处置方案，于是赶忙道："姜瑜期一定得除掉，他过去的身份对我们来说太不利了。尤其是没人知道他现在是不是还是那身份，只不过明面上离职了而已；但是蒋一帆……不能动。他跟他母亲何苇平都不能动，他们是新城的董事，新城借壳才过去不久，好不容易有现在的发展，现任董事会成员不能出岔子。"

见刘成楠依旧呈思考状，身子近乎一动未动，王潮补充道："说不定姜瑜期真的已经离职了，现在就是一个普通的大老百姓，事情未必有我们想的那么糟糕。一帆就算被牵扯进来，我想也多是被利用，他老婆现在怀孕了，他绝不会在这个节骨眼上背叛。您看一只猫都可以把他吓得半死，更何况是女人和孩子？我这个师弟我了解，他胆子没这么大。"

刘成楠听罢，深邃的眼眸中透出几丝焦急，几丝愤怒，急如风，怒如火，但这样的情绪并未出现多久，近乎是一闪而过。

"这么些年，什么样的人没遇到，得了利益还背叛的人都有，何况是像蒋一帆这样，没得利益，光给咱们顶罪的呢？"

"王潮，咱们的船不能有缝，你师弟即便不是破船的人，也肯定是那条缝，不堵住，咱都得淹死。"刘成楠在说这些时话音很轻，但却如一把厚重的钢刀插进王潮心里。很显然，蒋一帆，刘成楠也不打算放过了。

493 坚硬花岗岩

"相较于传统的 LED 显示技术，AMOLED 具有自发光、无须背光源、对比度高、厚度薄、视角广、反应速度快、可用于挠曲性面板、使用温度范围广、构造及制程较简单等优异特性，被认作是下一代平面显示器应用技术，也是未来显示市场的绝对主力军。"

刘成楠与王潮在副总裁办公室讨论姜瑜期的同一时间里，蒋一帆正站在金权大型豪华会议室的投影仪前。一身黑色西装，身姿挺拔，深蓝领带上镶着低调但不失高贵的银线。今天是他第一次临时顶替王潮,以主讲人的身份,参加金权集团项目投委会。

蒋一帆虽然挂职在山恒证券,但他已经参与了不少金权的项目前期尽调工作,在大家眼里,蒋一帆早已是金权的一分子。

会议桌前坐着7名委员,其中3名均来自金权风险控制部。他们此时仔细聆听着蒋一帆介绍一家芯片公司概况,如果蒋一帆讲得好,公司靠谱,投委会投票通过,这家芯片公司将会获得金权集团2亿人民币的B轮融资。

说来也巧,该芯片公司的董事长也在场,他正是石川。当年在一个茶水都没有的小隔间办公室里,与王潮讨论了大半天狼群故事的那个华清毕业生。当初王潮之所以对这家公司有兴趣,是因为其是国内第一个专注研发 AMOLED 显示主控芯片的团队,能掌握该技术的公司,放眼世界,也就三家。

AMOLED 在 2010 年时,从韩国市场兴起,主要由三星和 LG 领头研发,但良率低,当时我国还属于概念引入的起步阶段。

良率,即良品率,是指产线上最终通过测试的良品数量,占投入材料理论生产出的数量的比例。

培育了足足 9 年,2019 年 AMOLED 呈现井喷式发展,2019 年全年 AMOLED 的良率预计会超过 85%,同时成本将完全低于 LED,届时也是 LED 显示屏被基本取代之时。

“目前公司已处于规模量产阶段,其合作伙伴多是国内外行业龙头,比如京东方、维信诺、中芯国际、联发科、OPPO、华为和龙旗等。”蒋一帆道。

下面听讲的其中一个委员直接对董事长石川提问:“那这次 B 轮,你们的资金用途是什么?”

石川第一次参加这么正式的投资人会议,十分紧张。遥想当年 A 轮融资他也没被邀请参加什么会,于是乎他几乎是机械式地念完了事先准备的稿件:“为补充流动资金,也为扩大生产线和增大研发投入,进一步实现公司业绩爆发与盈利水平的高速增长。融资资金到账后,公司将根据实际情况从有利于公司发展的角度,制定使用计划,妥善使用募集资金。"

投委会委员们其实一听到这样的回答,内心就直叹气,因为太笼统、太宽泛。

他们想从石川口中听到公司具体的做法。比如公司具体的使用方案是什么?拿到了 2 个亿,公司如何实现业绩爆发?什么角度才对公司有利?计划具体分几个阶段?每个阶段的目标是什么?公司用什么保证一定能实现目标?

石川并非不能回答这些问题,只不过一开始被 7 位看上去颇有经验的委员严肃的面容震慑住了。随着众人提出的问题越来越细,越来越深入,石川作为企业领导人的演讲能力被激发了出来。接下来的半小时,他越讲越顺畅,越讲越激昂,给出的方案也具有实际可操作性,并非只是单纯地给投资人画饼。

再加上蒋一帆适时的解说与补充,最终这个芯片公司获得了投委会多数委员的认可,以 5 票赞成,2 票否决的结果过了会。

拿到 2 亿融资的石川,热泪盈眶地搭着蒋一帆的肩膀走出了会议室。

创业之路太过艰难,人前大老板,人后小乞丐。乞丐扮不好,企业壮大之日不仅遥遥无期,还很可能被现金流更好,更能烧钱的竞争对手给干死。

只不过,二人才刚走出去,就看到了面目严肃,双手插在西裤裤袋里的王潮。王潮礼貌性地跟陆续出来的各个委员打了招呼,谢绝了石川的晚餐邀请,让蒋一帆随他回办公室,称有要事商议。

门才一关上,王潮就用质问的语气朝蒋一帆道:"和讯阳光,你为什么不参与?"

蒋一帆顿了半秒,平静地开了口:"第一次,说实话,有点怕,想先观察一次。"

王潮未料到蒋一帆承认得那么直接,理由似乎也只能如此。他狐疑地盯着蒋一帆:"这件事被我们知道,你似乎一点都不惊讶。"

"师兄要查,其实也容易。我想过你们会知道,以及知道后的结果。甚至还没操作前就被你们发现的可能性也是有的,做好了准备,所以没啥可惊讶。当然,我也再没其他可隐瞒的。"

王潮上前一步，切齿道："你就不怕刘总发现了怎么看你？"

蒋一帆的目光并没有避开，而是异常平和地看着王潮："怕，当然怕。但请师兄理解，我毕竟是第一次。我更怕黄金那条线不安全，被监管层发现。我只是想观察一次，仅此而已。"

王潮微眯起眼睛："既然你这么怕上面发现，为何当初还要同意？你干吗不直接甩袖子走人？"

"说实话，我也想过这样，但我如果不顺着刘总，是不是我的猫就彻底不见了？"

不知为何，蒋一帆淡定的语气让王潮火冒三丈，他一把揪住了蒋一帆的领带："黄金说你介绍了一个叫七少的男人给他，这个人又帮你说通了配资公司，这个人是谁？你跟他究竟什么关系？他对我们的事情知道多少？"

蒋一帆闻言竟然微微一笑："师兄，他是我们的健身教练Seven啊。"

"他一个健身教练怎么可能一开口就几个亿？别把我当傻瓜！"王潮语气中带着命令。

"他当然没有几个亿，但他一个叔叔有，其实也不是他想赚钱，是他叔叔，因为不方便自己出面，所以才叫上他。"

王潮推开了蒋一帆，脸色愤然。蒋一帆给的解释都能说得通，但此时的王潮就是不太愿意相信，他继而问道："如果是他叔叔想赚钱，为什么和讯阳光那次，不直接砸钱进来？自己不方便，通过一些壳公司，或者配资公司走账，间接进来不也可以么？"

"因为他叔叔跟我一样，都想先观察一次。"蒋一帆道，眼神依旧非常坦然。

在蒋一帆的所有技能中，有一项技能绝非后天习得，而是天赋异禀。这项技能就是撒谎。

当初他骗王暮雪的时候有多自然，现在跟王潮周旋就有多自然，无论是话音语气还是微表情，都无懈可击。

而王潮呢？此时的他如一个拿着刺刀的武士，想戳破面前的高墙，但那墙竟然不是纸做的，不是塑料做的，甚至不是土砖做的，而是用最坚硬的花岗岩做的。

"你知道 Seven 全名么？你知道他以前是干什么的么？"王潮道，他就不信这堵墙没漏洞。

如果蒋一帆称自己不知道，或者只是知道一个代号鱼七，就说明他极有可能想破坏自己这个利益集团，让内部信息被外人发现，并非真心想参与其中，对集团成员也绝不会死心塌地。未料到蒋一帆想也不想就直接道："全名姜瑜期，当了四五年健身教练。以前还在无忧快印做过一段时间，更久之前，是个警察。"

494 他很有意思

当一个人对另一个人的信任动摇时，所有的试探，都是为了验证。王潮先前问蒋一帆的问题都是一种验证，验证蒋一帆是否目的不纯，验证他与姜瑜期的关系究竟到了何种程度，验证蒋一帆企图破坏利益集团的可能性有多大。甚至王潮让蒋一帆当着自己的面，给姜瑜期打电话，结果当然也是联系不上。

电话是通的，也是与王潮手机里相同的号码。

收起手机后，蒋一帆道："可能在忙，我所知道的就是他人在桂市，说回去结婚。那次是专门飞回来跟黄金谈合作的。"

"为什么你会知道他以前是警察？"王潮眸光犀利。

蒋一帆耸了耸肩："聊天时他自己说的。因为我上课时间都很晚，10点或者 11 点左右，很多时候都是会所最后一个学员，所以经常跟他一起锁门，一起下楼。有时我也会送他回家，他跟我聊了很多以前的事。他说干警察就算干得再好，也没多少钱。他父亲之前因为赌博欠债，所以他不得不辞职来青阳打工赚钱，这也是为何他先前白天在无忧快印工作，晚上还要当健身教练。"

王潮听罢，视线定定注视着地面好一会儿，而后抬起头道："要赚钱，怎么会选择无忧？据我所知，那里远远没有全职当健身教练赚钱。"

蒋一帆听后笑了："师兄，青阳的健身教练很多都没多少钱，一个月就三四千工资没活干的私教大有人在。这个行业太看客源了，姜瑜期当时刚来,既没有执业背景,也没什么健身行业的比赛证书,很难找到大型健身馆的工作。他跟我说他进无忧快印,就是因为那边门槛低,打印复印,是个体力好的健康人都可以做。"蒋一帆说完,还索性在手机中搜出了明和大厦旁边那家健身馆的联系方式,"就是这家,姜瑜期以前工作的健身房,因为就在明和旁边,我同事以前常去。姜瑜期说他刚开始那两年很艰难,一周也接不到三个客户。"

王潮看到蒋一帆手机里的联系方式,明白蒋一帆的意思无非是:你若不信,可以打电话过去问问,甚至实地去查查姜瑜期以前的课表,确认他的收入,从而支持他不得不打两份工还债的这个结论。

对手主动给出的线索,王潮是没兴趣追查的,这与他以前干投行时走访企业的感觉太像了。王潮摸了摸下巴,继而问道:"关于在无忧快印,你怎么知道他就做打印复印的工作? 这也是他自己告诉你的?"

"嗯,不过我跟同事们以前报项目,去了很多次无忧,制作员团队中,确实看不到他。有一次同事材料找不见,我去帮忙,还是在扫描室看到的。他的工作就是把文件扫描到电脑里,不过其实单单只是这样就够累人的,毕竟那两年新三板业务爆发,要扫描的资料多得都堆成山了。他后来还笑着说一天站八九个小时是常有的事儿。"蒋一帆脸部肌肉相当松弛,说到最后他还示意王潮一起坐下来慢慢谈。

把王暮雪曾经跟他说过的经历,稍微改动下,套在自己身上,王潮也不可能会发现。

"如果你师兄王潮,或者刘成楠问到了我的身份,你就实话实说。"姜瑜期曾经对蒋一帆这么说。

如果事情暴露,蒋一帆也设想过无数种其他的包庇理由,但确实都没有当下这种回答来得真实自然。之所以自然,是因为真中有假,假中又是真,而且真的成分多于假的成分。这种等级的谎言,需要做到真的部分可以经得起查,假的部分符合逻辑并且对方也无从取证。

"但有一点必须隐瞒,不能提我父亲的死因,最多只能说是赌博欠债。"这是姜瑜期给蒋一帆提前通过气的底线。

那么多次的私教课,蒋一帆和姜瑜期没少在密闭的私教室里讨论这些事情,每一步棋敌方会怎么走,我方又应该怎样应对,他们早已把各种可能性讨论透了。

"说真的,我想请保镖,盯着我家附近,还有保护小雪。"这是蒋一帆最开始的提议。

只不过,姜瑜期还没开口表态,蒋一帆自己就把这个提议否定了。请保镖这个举动看似妥当,但不仅收效甚微,还会打草惊蛇。首先,请保镖,如果是暗中保护,短期还能瞒住王暮雪,时间一长,肯定会被她发现,最后蒋一帆与姜瑜期的计划就要被多一个人知道。王暮雪能不能忍受蒋一帆冒险做这些事情尚且不论,以她的性格,能不能为抓条大鱼忍个几年非常是问题,费口舌说服她的各种小机灵,费时又费力。其次,保镖如果不贴身保护,几乎形同虚设。怎么保证与王暮雪擦肩而过的某个路人不会借机捅她一刀?如果贴身保护,时间长了势必会影响王暮雪的日常工作,她还怎么见客户和走访?一个投行人整天上班带着一群保镖,那其他人会怎么想?项目还要不要做了?蒋一帆深刻地明白,影响什么都不能影响王暮雪的工作,工作就是她的命根子和底线。

再次,对于一般性的杀手而言,保镖的存在确实是会增加下手的难度,但这并不能挡住横平爆炸案与杀死蒋首义那样等级的杀手。顶级杀手杀人于无形,证据链无论警方怎么查,都是断掉的。王暮雪可能死于女厕所一开门喷出来的无色无味化学致命气体,可能死于楼上突然落下的巨石,可能死于家里保姆经常买回来的哪个牌子的牛奶。如果是这样的死亡方式,保镖显然就没用了。

最后,也是最重要的一点,请保镖就已经向金权集团表明,蒋一帆没有真想入伙,真要与别人勾肩搭背的时候,是不可能还做出不必要的防守动作的。不取得金权的信任,还怎么打入敌人内部,获得更多信息?换而言之,如果蒋一帆在小爱不见后就开始请保镖,他不可能会被王潮请入会议室,得知和讯阳光的操纵计划,认识黄金,进入金宝物流……

所以对于这样的敌人,越是没有防备,王暮雪反而就越安全。

姜瑜期听完蒋一帆自己给出的理由后,补充道:"刘成楠养的狼,说不定不止一窝。我们在明,狼群在暗,且它们咬人的时间可早可晚,我们不可能防一辈子。"

蒋一帆深表同意,于是二人最后得出的结论是:必须找到全部的狼窝！

姜瑜期最后还笑着说："你每组动作间隙多动动脑，就不会感觉肌肉酸疼或者嫌我给你加的杠铃片太重了。"

而现在，办公室里的王潮思来想去，怎么也没找到蒋一帆说辞上有破绽。

姜瑜期是警察，蒋一帆知道；姜瑜期有个有钱亲戚想赚钱，蒋一帆帮忙；那个亲戚与蒋一帆都想先观察一次，而且目前蒋一帆或者姜瑜期也确实没报警，如果对方真的是来"破船"的，日子都过去好一阵子了，经侦早就应该上门了。

想到这里，王潮把蒋一帆拉进了刘成楠的办公室，让他把方才跟自己说的，当面跟刘成楠再说一遍。蒋一帆说的时候，王潮还在旁边助力，尽可能打消刘成楠灭口的念头。

姜瑜期突然觉得王潮这个人很有意思，他亲自把心爱的师弟拖下水，但也不希望蒋一帆被别人从背后捅上一刀；嘴上威胁蒋一帆的筹码是王暮雪，实际操作上却只选择了一只布偶猫。

495 补一张船票

傍晚时分，赵志勇、姜瑜期和经城派出所的两位民警在一家民间蒸品餐馆吃着晚餐，该餐馆在一个小区的一楼民宅里，纯私房菜，只有熟客知晓，位置也隐蔽。

"我兄弟喝不了酒，今儿我替他、替我们经侦支队好好谢谢二位！"赵志勇举起酒杯朝两位民警道，答谢他们配合市局，在意大利老板面前演了一出戏。

"客气啥！ 不就说两句话的事儿！"民警们笑着与赵志勇碰了杯，随后三人一饮而尽。

放下酒杯后，赵志勇无意中瞥见姜瑜期手臂上清晰可见的血管，于是赶紧舀了一大勺芙蓉蛋，将蛋面上的少许酱油渍小心倒干净后，才放到姜瑜期碗里："多吃点，看你都瘦成什么样了！"

"谢谢。"

见姜瑜期如此客气,赵志勇有些不悦:"见外了哈,防都没防住!谢啥?我早说了,生意人不靠谱,兄弟你接下来就在家里待着别出去,少抛头露面,给他刘建伟一百个胆子,也不敢来我们警队宿舍动手。"

赵志勇说完转而对两位民警道:"王潮在派出所的朋友,无非就是那个小刘,帮他查鱼七身份证那个。我兄弟目前重新入编是保密的,如果你们……"

"不会的不会的!"一位民警赶忙道,"赵队您就放心吧,这么重要的案子,我们一定守得死死的。"

其实,这次辖区派出所配合出警,是上级领导的命令,目的当然是为了尽最大可能保护我方警务人员的人身安全。

虽然经城区内并没发生因为工资发放记录泄露,而对商业区员工造成人身和财产伤害的案子,但若王潮得知姜瑜期的信息,不是有极大可能除掉他么?故民警们之前提醒意大利老板的话,也非子虚乌有,身份信息泄露后,威胁确实存在。

那个意大利佬不靠谱是十有八九的事儿,姜瑜期对自己这个掉钱眼儿里的老板从一开始也没抱多大希望,之前姜瑜期从警多年,因为破案次数多,还上过当地报纸,所以他过往的从业经历,是不可能瞒住的。

而现在姜瑜期人身安全已经彻底处于威胁之下了,老谋深算的刘成楠对蒋一帆给出的解释并不买账:"行,哪天你把姜瑜期带来,还有他叔叔,我也认识一下,要合作的话大家一起。"这是蒋一帆临走前,刘成楠的原话。刘成楠在说这句话时,淡雅从容,只不过,她微微勾起的嘴角随着门被关上的声音而垂了下去,双眸中所有的温柔霎时间荡然无存,取而代之的是令人毛骨悚然的杀意。

"你这个师弟,还是不能留。"听到刘成楠给出这样的结论,留在办公室里的王潮整个人是蒙的:"为什么?"

"就因为你师弟的逻辑太天衣无缝了,跟事先演练了很多次似的。而且如果真没问题,为何那个七少突然人间蒸发不接电话?!"

"可能是手机不在身边,可能关静音了,可能……"

"够了!"刘成楠猛地站起身,打断了王潮的话,"我敢打赌,姜瑜期不会来。他们会拖，尽可能拖。那个姜瑜期要是真没问题，把自己的合同都拿走干吗？关于这件事，他跟蒋一帆显然是一唱一和，一里一外精心准备过的，不简单，长江后浪推前浪，王潮，你师弟在算计人这方面，超过你了。"

"刘总，您不能单凭……"

"你要是再为蒋一帆说话，我只能开始怀疑你也是那条缝了。"刘成楠的这句话很有效，彻底堵住了王潮的嘴，也浇灭了他想为蒋一帆争取一线生机的那颗心。

王潮想不明白，为何刘成楠一定要把姜瑜期和蒋一帆都做掉，她完全可以在蒋一帆把姜瑜期带来，彻底问清楚后再做判定。关于必须灭口的直接原因，刘成楠也不愿多说，但她态度很坚决，不容商议：其一，刘成楠是一个女人，跟绝大多数女人一样，刘成楠具有不可言说的第六感，蒋一帆的说辞、表情和眼神，都太真了，真到让刘成楠突然觉得有些假；其二，刘成楠又不是一般的女人，从业至今18年，她的双手早已不再干净，连带一起变脏的还有她看人的态度以及她的思想。这些因为利益驱动而形成的污垢虽然没被公之于众，但任凭刘成楠怎么洗也洗不掉。天知、地知、她的内心也知。

也正是这些污垢，将刘成楠的灵魂严严实实地包裹了起来，包裹久了，她的灵魂已变得异常脆弱，失掉了抵抗力。但凡一点风吹草动，她就恨不得动用一切手段将来历不明的"妖风"扑灭。

在投资领域，刘成楠很成功，但她始终活在煎熬里，她不结婚，甚至于不谈恋爱，因为只有距离，才让她觉得安全。

蒋一帆的话当然可能是真的，但这只是一种可能；若最后被证明是假的，对刘成楠而言就太可怕了。

刘成楠判定，如果蒋一帆真是那条缝，姜瑜期是经侦卧底，那么警察到现在还没上门，目的就不仅仅是和讯阳光股价操纵这一个案子。换句话说，单就这个案子而言，刘成楠还可以把黄金推出去当替死鬼，自己无非就是失点钱财；但如果他们图的是别的更隐秘的案子，放过蒋一帆代价就太大了。这种涉及身家性命的概率游戏，刘成楠可不愿当陪练。

她没料到，当她走向自己的车时，蒋一帆竟在车前站着等她。刘成楠随即快速调整了心事重重的状态,眉尾略微动了动道:"你怎么在这里?"

只见蒋一帆不紧不慢地走到刘成楠面前,说:"其实刘总,我知道可能我说那些还不足以打消您的顾虑,毕竟我的钱确实没进去。您看这样行么,我补张船票,立刻补,正好有个机会,我们一起。"

刘成楠闻言,既诧异,也有一丝好奇,她想看看蒋一帆还能玩什么花样,于是道:"什么机会?"

蒋一帆压低了声音:"就是一个利好消息,绝对可靠。三个月后第四季度报公告,在这之前,我们可以入。"

"哪家公司?"刘成楠问。

蒋一帆微微一笑:"我岳父的公司,也是师兄以前签协办的公司,您应该很熟,阳鼎科技。"

496 真没时间了

当姜瑜期提出用阳鼎科技做鱼饵时,蒋一帆是完全反对的,态度之坚决,一度让他想直接终止讨论。

"你答应过,不会把小雪牵扯进来。"蒋一帆面容清冷。

"这只是一个引子,我们肯定能在交易时就把他们全抓了。"姜瑜期道。

其实,自姜瑜期把监听存档网盘共享给蒋一帆后,蒋一帆就发现了王暮雪父亲王建国与母亲陈海清的手机录音。

陈海清的录音只持续了八九个月就彻底中断了,蒋一帆推测她应该是换了手机,而王建国的录音仍一直定期回传上来。

姜瑜期说,有次王暮雪父母来青阳,四个人一起出去玩的时候,他抓准空当装的监听软件。在得知这个事实的那一刻,蒋一帆不寒而栗,姜瑜期的触角伸得也太深了,他确实抓住了一切他可以抓住的机会撒下天网,尽管这张网在最初看来非常低效。

姜瑜期先前一直没收到特别有用的信息,除了最近王建国与财务总监开会时,提到的 2019 年最后一个季度的业务收入。

阳鼎科技依托生产制造优势，大力发展代工业务，以弥补主营业务收入下滑带来的不利影响。2019年第四季度，阳鼎科技代工收入约为804万元，较去年增长约137%，在第四季度报未公告前，这绝对是一条超级利好消息。

"我还是觉得不妥。"蒋一帆仍旧坚持，"当诱饵，是要会演戏的。她爸妈就算肯配合我们，也不能保证一定不会在刘成楠面前露出破绽。"

"所以这由你来说，你现在跟他们是一家人。王建国是你的岳父，公司的信息你知道并不奇怪，最多在刘成楠求证时，他们承认就是了。这也是事实，只要他们两老自己不参与，没从中获得任何利益，不犯法。"

蒋一帆听到这里，还是认为用阳鼎科技的方法太冒险，太激进。

当时的姜瑜期坐在他的车里，而车子停在一个偏远商场的地下车库，车里一切电子设备都关闭了，那是姜瑜期离职后第一次主动来找蒋一帆密谈。

"我还是不想把小雪他们家牵扯进来。"蒋一帆说。

姜瑜期却严肃道："这是目前而言最保险的方法。你只有把你岳父岳母搭进去，把小雪搭进去，把你自己搭进去，才能取得敌人的完全信任，才能最大限度地保全所有人，否则……"

"否则怎样？"

"否则一旦他们有一丝不信任你，不仅是你，你母亲，小雪，你们的孩子，还有你家的那两个保姆，甚至小雪的父母，都会跟你父亲一样的下场。"

也就是在那天，姜瑜期告诉蒋一帆，他目前已经是青阳市局经侦支队的一名正式警员，他与蒋一帆的全部计划都与队里做了交代，所以现在的他们不再只有两个人，身后还有一支专业团队。听到这个消息，蒋一帆确实心定了不少，但他不解地问道："你不是说你的事情，我知道得越少越好？怎么突然又全告诉我了？"

姜瑜期只是淡淡一句："事态在变。"

"哪里变了？"蒋一帆问。

姜瑜期没有回答这个问题，转而道："小雪父母那边，我让我们赵队亲自跟他们沟通。金权就交给你了，和讯阳光你没出钱，难讲他们事后会查。他们如果开始怀疑你，你就直接抛出阳鼎这个诱饵；如果他们没动静，最迟两周，两周之后你也要提出这个建议。"

"瑜期……"蒋一帆抿了抿嘴唇，"他们怀疑我，用这个方法我可以理解；但如果没有，为何还要这么做？我们其实也可以接着等，等下一次他们自己……"

"我没时间了。"姜瑜期打断了蒋一帆的话，停车场昏暗的灯光下，姜瑜期的侧脸格外苍白，眼神中同时显现出焦虑、愤慨、无助与哀伤几种情绪。姜瑜期从口袋里掏出了一瓶药递给蒋一帆，同时重复道："我是真没时间了，我不想你最后自己一个人扛……"

蒋一帆一看那药瓶包装，写的是硒维康口嚼片，他并不知道这个药的用途，于是直接打开手机搜索起来。百科显示：硒维康口嚼片，可以有效补充有机麦芽硒，通过补硒可以很好地活化患者的免疫系统，提升患者的免疫力，进而增强患者对于癌细胞的抵抗力。元素硒也可有效地抑制肿瘤细胞中脱氧核糖核酸的合成，可诱导肿瘤凋亡，进一步降低患者转移的风险。

蒋一帆在看到这些信息时，身子近乎是僵住的，他手里这个瓶子里装的，居然是抗癌药！

这时姜瑜期突然轻松一笑："你没发现我瘦了么？我比上次见你时瘦了 18 斤。"

听到这里，蒋一帆也不知道哪来的冲动，将药品扔回给姜瑜期，严厉喊道："是这样的话，停掉！把计划全都停掉！我现在送你去医院，以后你就住医院。"

姜瑜期瞬间按住了蒋一帆正要调汽车前进挡的手，同时道："如果你当我是兄弟，就让我把这票干了，干完我自己会去医院，立刻去！"

蒋一帆嘴角有些抽动，因为他突然想到王暮雪对他说，姜瑜期近段时间加速还钱，而且他短短两年时间还了 45 万。凭他的收入，肯定基本都给了王暮雪，根本没想过为自己留治疗的钱……想到这里，蒋一帆不顾姜瑜期阻挠，一咬牙挂挡并放下手刹，正要踩油门时，只听姜瑜期吼道："这是我一直想完成的使命你明白吗？我不想死得跟废人一样！"

"不影响！"蒋一帆也放大了音量，"你可以一边治疗一边查，完全不影响！跑腿的事情我来！"

"你整天在王潮眼皮底下你怎么来？"姜瑜期说着推开了蒋一帆的手重新拉起了手刹，"你不信仔细去了解一下化疗，整天只能躺床上，全身无力脑袋昏沉，还可能 24 小时都在睡觉，我怎么查？一帆，我已经找到一群狼窝了，我们很快就赢了！"

姜瑜期一直按着蒋一帆的右手，蒋一帆踩着刹车的腿都有些发颤。他生气，认识姜瑜期以来，这是蒋一帆唯一一次真被惹火了，此时此刻，他想做的只有把车开出去。但最后，理智还是战胜了冲动，蒋一帆用尽全力按压着快要喷涌而出的情绪。他把姜瑜期的手甩了开，整个人伏在方向盘上，头埋得低低的，手的握力好似可以把方向盘捏碎。

"我会安排好的，你相信我。"姜瑜期拍了拍蒋一帆的肩，"到时我们成功了，我肯定去医院。不过我没钱了，医药费你帮我先垫一下，行吧？"

见蒋一帆依旧趴着没动，姜瑜期笑道："怎么？不想垫？你没这么小气吧？化疗费用对于你来说卖一个耳机就差不多了……"

姜瑜期的声音在蒋一帆听来越来越小，却越来越清晰刺耳，于是他索性将头扭到了另一边，让混沌的思绪继续混沌下去，但即使再混沌，蒋一帆也明白，要快，一定要快了……

497 女人动作快

"一帆跟你说的吧，呵呵，差不多吧，就是那个数。"王建国的声音从王潮电话中传来。

在确定阳鼎科技的利好消息属实后，王潮悬着的心放了下来。如果蒋一帆愿意拿自家人的公司做内幕交易，刘成楠还有什么理由怀疑他呢？

蒋一帆为了补这张船票，代价也未免有些大了。但这样的代价，让王潮自己都对蒋一帆十分放心。阳鼎科技毕竟是王潮一手送上去的公司，王建国这个人也很仗义，当初上市时，尽管公司数据货真价实，但还是要给王潮塞 21 万红包。

"进了金权好啊，有前途。"王建国夸赞王潮道。

"王叔过奖了,当初还要谢谢您接济我。"

"哎哟,都是小钱,你们年轻人要买房,按青阳的房价,叔叔也就是出一点微薄之力,而且还觉得对不住你,为了安全,叔叔我每年只能3万3万的来。"

"王叔您这样说,我都不知该怎么接话了。本来你们就没问题,我其实就是写点材料,没帮什么忙。"

"怎么没帮,你们投行之于企业就跟医生一样,当年要不是你先帮我们做好了重组,我们怎么可能上市?你说我爸去医院割个阑尾,我都要给医生打点到位。其实我知道医生都一视同仁,就是图个自己心安,心安了,人才能活得好。"

"靠!这阳鼎科技当年真没问题啊?!"赵志勇放下耳机,吐槽一句。

"兄弟,给蔡欣的那21万到头来是纯红包啊!"赵志勇拍了拍姜瑜期的肩膀,示意他别灰心,"这个真相能接受不?"

姜瑜期也放下了耳机,看着电脑里已经恢复成一条水平线的声波显示屏,幽幽一笑:"有什么不能接受的,我要的只是真相,真相无论长成什么样子,我都接受。"

其实,阳鼎科技之所以成为姜瑜期的首选,不仅是他告诉蒋一帆的那些理由,也是为了让王建国与金权重新联系。姜瑜期想着或许这次的重新合作,会让他们或多或少地提到以前的事。结果还真如姜瑜期所愿,21万的钱款往来原因,终于清楚了。

上天对其他人是否公平姜瑜期不知道,但就近五年他查阳鼎和金权集团的顺利程度而言,上天还是绝对公平的。

当年姜瑜期来青阳,得到了工作,得到了王暮雪纯真的感情,但案情进展并不顺利;如今他彻底失去了心爱的女孩,失掉了健康,上天甚至会夺走他的生命,却给他送来了接近王潮的机会,送来了蒋一帆,甚至送来了蔡欣去找刘建伟的那天,解开了一个又一个姜瑜期苦苦追寻了五年的谜团。

赵志勇打了一个大大的哈欠,大概是晚上吃太饱,困了,于是提议道:"今天就到这里吧。明天周六,好好休息休息。"

此时姜瑜期的手机短信提示音响了起来,这是他的新手机号,旧的那个,早已被姜瑜期寄回给了尹飞。姜瑜期还特别嘱咐尹飞,别放警队,以防对方精准定位,可以将其放在新家小区的保安室(非警队宿舍),充着电,但谁来电话都不接。

短信是蒋一帆发的,只有三个字:已装好。

姜瑜期的瞳孔微缩,他觉得蒋一帆应该两个小时前就装好了,之所以现在才发,估计一直跟刘成楠或者王潮在一起抽不开身。

"老赵,先别走,看一眼刘成楠那辆车的定位。"

赵志勇眨了眨眼睛:"她的车不是关掉了GPRS么?跟手机一样防得我们死死的。"

"我让蒋一帆安了咱警局的定位器在她车底盘上。"姜瑜期道。

赵志勇闻言张大了嘴巴:"不……不是……你这么用蒋一帆,干脆让他辞职来我们队里混算了。"

姜瑜期笑了笑没接话,只是用手推了推他的肩膀,示意赵志勇快点切换系统。

但当姜瑜期看到了刘成楠车子的定位后,他的笑容就彻底消失了。车子出现在一栋别墅门口,而那栋别墅,正是刘建伟的住宅!

"靠,还是去找狼了!"赵志勇惊愕一句,"动作真快啊这女人!难道蒋一帆搬出了阳鼎科技她还是不相信,要灭口?"

498 狼窝的凶险

刘成楠突然去找刘建伟的这个举动确实出乎姜瑜期和赵志勇的意料,且在那栋别墅里,警方尚未布防,既没装监控也没安录音设备,两人究竟交谈了什么,外人无从知晓。赵志勇猛地站了起来,咬着牙将椅子推得老远:"这女人太不简单了。我看阳鼎科技这个鱼饵根本没唬过她,她十有八九还是要对你下手。"

"对我下手不要紧,关键是蒋一帆。"姜瑜期说完起身就要走,但却被赵志勇拉住了:"去哪里?"

"引开她的注意。"

"怎么引？"

姜瑜期面容沉静："自然就是抛头露面。她不是要找我么？正好我们可以测测她除了刘建伟，还有没有养别的狼。"

"不可以！"赵志勇整个身子挡在了姜瑜期面前，"你一个人搞这行动太冒险了！我不批！"

姜瑜期没回答，想推开赵志勇往门外走，双臂却被赵志勇抓得紧紧的："我说我不批没听到么?！我现在是你领导！"

姜瑜期一咬牙，放声道："万一他们连夜动手怎么办？"

"我找人盯着！！盯着刘建伟也盯着蒋一帆家的别墅！敌人既然已经有所警觉并开始行动，应对措施就需要全队共同商议！兄弟你现在不是体制外的游击队，不能还跟原来那样想自己怎么搞就怎么搞！"

赵志勇说完直接锁上了监控室的门，并用身子挡着门把手，开始往外打电话；同时，他在获得上级批准后，将手下主要干警，包括刑警队的同事都一并叫回警局开紧急联合部署会议，连支队长都来了。

会议得出的结论是：如果刘成楠与刘建伟的交谈内容确实是杀人灭口，那么对象首先是姜瑜期和蒋一帆。

刘成楠虽然可以把姜瑜期过去的身份直接告诉刘建伟，但刘建伟调查出姜瑜期目前具体地点也需要时间。一个晚上连调查带动手，几乎不可能。

一般而言，越是不留痕迹的杀手，前期准备工作所花的时间就越长。

刘建伟目前唯一可能获得的情报，就是刘成楠提供的姜瑜期的手机定位，但其还是在桂市。刘建伟不可能仅凭这条干扰线索，就连夜追查到姜瑜期此时人在青阳市公安局经侦支队。

所以即便今晚有人被害，这个人也极有可能是蒋一帆。

"小张小王，你们带队，彻夜监视蒋一帆那栋别墅；小李，你跟三云警队联系，让他们刑警队出人盯着蒋一帆老家的房子，尤其是要确保他母亲何苇平的安全；小陈，你多带几个人，今晚给我牢牢盯紧刘建伟和他那帮兄弟。所有人注意隐蔽，我们不到万不得已，绝不能让对方知道这件事有警方介入，发现任何异常举动立即跟我汇报！"赵志勇的声音铿锵有力，所有人听到命令也立刻动身赶往自己的警戒所在地,唯独姜瑜期被赵志勇留了下来,确切地说,是被扣了下来。

此时姜瑜期额头上全是汗,他压力太大的情况下就会这样。他也想到过今晚这种可能,只不过脑海中的应对措施能否奏效,他也没有百分之一百的把握。方才确实有些冲动了。

有些人,之所以能站到金字塔顶端,是因为他们不会犹疑,没有怜悯,残忍之极。

赵志勇拍了拍姜瑜期的肩膀,感慨道:"我现在总算明白一句话,一个人要想成功,要么挑战上限,要么挑战下限,除此以外别无其他。如果蒋一帆那边有个风吹草动,这刘成楠还真是一个狠得没下限的人。"

一整晚,所有侦查点都没动静,月黑风高的气氛是有的,只是并非杀人夜。

刘建伟别墅的窗帘有一半没拉,凌晨过后,有警员看到他还在沙发上喝啤酒,光着膀子双腿搭在茶几上,边吹口哨边晃动着脚丫子,神情相当闲散地看电视。

"看啥电视?"赵志勇问道。

"回赵队,就是很正常的那种,隐约听到的好像是中国开启 5G 商用元年之类。"

第二天,狼窝就有了动静。刘建伟的那群小弟里有两个人去了桂市,所到之处就是尹飞家的小区。那是一个普通商业小区,尹飞去年有了孩子才刚搬进来,里面的业主和租客背景多样,有老师、商贩和事业单位员工等,当然,也有像尹飞这样的刑侦警察。

那两个小弟发现姜瑜期所用手机的定位点,居然是小区保安室。他们听老保安说,是一个小女孩寄放到那里的,给了老保安 200 块钱每天帮忙充电,而关于小女孩的更多信息,老保安却一问三不知。

小女孩,并非该小区业主,甚至不住附近,只不过是放学路过被尹飞叫住的。现在的小女孩也不单纯,忙都还没帮就开口让尹飞给好处,拉尹飞来到附近一个游动商铺前,逼着尹飞给她买蔡徐坤钥匙扣……

"大哥,那姜瑜期的手机放这里都几个月了,我觉得我们被耍了!"两个小弟在小区附近的街上抽着烟,语气郁闷,对话音量也不小,被一旁乔装成外卖小哥打电话的刑警听了去。

"实锤了,不管刘建伟的杀人名单里有没有蒋一帆,肯定都有你。"赵志勇朝姜瑜期道,"所以你别想着出去给队里惹麻烦,就睡局里!"赵志勇的建议十分科学,因为如果姜瑜期一直住在警局,连楼都不出,刘建伟一辈子都查不到他在哪里。

但姜瑜期忍了几天就忍不住了,他有次想偷跑出去,直接被一个清洁工拦了下来。清洁工大喊大叫,一堆警员就出现了,原来全警局都是赵志勇的眼线。

"老赵!我不可能一直待在这里!这样我是安全了,但外面的人呢?"姜瑜期终于在一日下班后,与赵志勇发生了正面冲突。

"怎么?你还担心我们的老队员办事不力?"

赵志勇当然明白,姜瑜期是担心蒋一帆,担心王暮雪以及其他人。那些人整天正常上下班,进进出出,姜瑜期不认为一般的警务防卫可以挡住刘建伟。

"鱼七你想想,那个刘建伟要杀人,得先派人研究蒋一帆和王暮雪的行踪吧?不好好研究哪里来的下手机会?狼窝我们一直盯着,直到现在,除了两个去桂市的,没狼去跟踪你兄弟和你兄弟老婆!"

499 抗争的失败

正当赵志勇与姜瑜期争执时,他的电话响了:"赵队,有个陌生男人一直盯着王暮雪。"队员汇报道。

"在哪里?"赵志勇赶忙问。

"经城地铁站 B 出口,天英控股大厦楼下。王暮雪刚才跟同事出来吃饭,现在她同事们上楼了,她还在楼下的 24 小时便利店里,那个男人一直在外面盯着她。"

"是刘建伟的人么?"

"不是,不认识。"

"王暮雪怎么会在天英控股大厦楼下,她这个点不应该在文景科技么？文景离天英走路大概……"赵志勇还没说完，手里的手机就被抽走了，瞬间出现在了姜瑜期手里，且免提键已经打开。

"她昨天还在文景的，今天不知道为什么来天英了，整个团队都来了。"一个男警员的声音持续从电话中传来。

赵志勇为了不影响通话，没跟姜瑜期撕扯，探着脖子问道："那男人长什么样？盯她多久了？"

"挺高，戴眼镜，小眼睛，灰色T恤，什么时候来的我们没注意。不过从我们发现他到现在大概四十分钟，中途王暮雪在旁边饭馆吃饭的时候他没跟进去，一直站在地铁口。"

单凭这个描述，无论是姜瑜期还是赵志勇，脑海中都没有直接确定的目标，毕竟刘建伟的那帮小弟确实没有一个戴眼镜。

"现在还在盯么？"赵志勇问。

"对，一直看着王暮雪，出来了出来了，等下赵队……那男人上去了！"电话里的话音虽然很低，但已经略带急促。

"上去了？上去了是什么意思？"赵志勇放大了音量。

"就是那男人走上去跟王暮雪说话。"

"不能让陌生人接近她！"一直沉默的姜瑜期突然吼道。

听到这并非赵志勇的声音，电话那头有些蒙，一时间没接上话。

"是瑜期。"赵志勇帮忙解释，"他们现在在谈话？"

"对，不过你们别急，看王暮雪的神态，她跟那男的好像认识。"

"说不定是朋友。"赵志勇拍了拍姜瑜期的肩，示意他冷静，转而朝电话道，"你现在的角度能不能拍个清晰的照片，传回来我们识别下是谁。"

"好的赵队。"对方并未挂电话。

姜瑜期此时整个身子都处于紧绷状态，眼睛一直盯着手机屏幕上的通话时间一秒一秒地过去，直到对方发来了几张陌生男子的照片。

照片里王暮雪穿着她平常极少穿的女士西装、黑色外套、白衬衣与黑西裙，而男人的确身着灰T恤，深蓝牛仔裤，戴眼镜，因为拍摄角度的关系，赵志勇和姜瑜期只能看到男子35度至75度的侧面。男人侧面很眼熟，姜瑜期好似在哪里见到过，而赵志勇却十分争气地迅速回忆了起来："这个人怎么那么像……"说到这里赵志勇迅速打开门，冲出了检测室。

当姜瑜期跟他跑到副队办公室后，赵志勇已拿起一沓文件拼命翻起来，是当初他给赵志勇的金宝物流非正常人员的身份识别信息汇总。

"你看！"赵志勇停留在了其中一页，将文件递给姜瑜期看。

"周豪……"姜瑜期自喃一句，随即对比了一下照片中的男人与文件证件照，确实很像同一个人。

"赵队，那男人走了，王暮雪也上楼了。"电话那头汇报道。

"没什么事发生吧？他没给王暮雪递什么吃的或者喝的吧？"赵志勇再三确认。

"没有，就交谈了下，没其他的。"

放下电话后，赵志勇又命令技术科做了系统人脸识别比对，确认就是周豪没错。而周豪更详细的档案记录显示，他与王暮雪本科与研究生都是同一所学校，当初就连海关出入境时间都一样。查到这里，赵志勇松了一口气，原来这男人跟王暮雪是校友。不过那几年如此一致的同进同出行为，极大可能是男女朋友。

"搞了半天，这周豪是你前女友的前男友，看这关系乱的……"赵志勇本想让姜瑜期放松下，怎料姜瑜期什么话也没说就往门外大步走去，中途又被赵志勇拦了下来。

"我下楼买粥！"姜瑜期冷冷一句。

赵志勇眼睛微眯："你坐着，我去帮你买。"

"好，那你去。"姜瑜期说着用下巴示意赵志勇赶紧去，别废话。

姜瑜期的面无表情让赵志勇神色变得复杂，他从口袋中抽出办公室的钥匙就往门外走，却被姜瑜期叫住了："你还想锁我？"

赵志勇回头微微一笑："当然。"

姜瑜期愤愤上前一手按住了门："有必要这样么老赵？我是人民警察，我的职责是保护人民生命安全，而不是为了我自己的生命安全躲在警局里！"

"你以为你出去王暮雪就安全了？"

赵志勇才说完这句话，衣领就被姜瑜期揪住："如果刚才那个人不是周豪，是刘建伟派来的别的什么人，小雪可能已经死了！"姜瑜期话音中带着怒意。

"别以为我的人是傻叉!"赵志勇勃然变色,"刚才那男的如果手里真带什么吃的喝的,小孟早上去按住他了!别跟我提刀提其他凶器,在大中午人流量那么大的地铁口,你还真以为他笨到光天化日捅王暮雪一刀啊!"赵志勇说着推开了姜瑜期,脖子左右拧了拧,顺带掰了掰指关节,"你要出去可以,打赢我你就去!"赵志勇说完将警服衬衣从皮带里抽出,双拳握紧,怒目横眉地瞪着姜瑜期。

姜瑜期根本无心跟他打,转头就想往外冲,却被赵志勇一把拉回双手用力推到门上。赵志勇完全没料到,自己虽然是用力了,但也没用十成功力。根据以前在警校跟姜瑜期过招的经验,姜瑜期怎样都会防守,不至于整个人软到近乎是被自己砸到门上一样。

姜瑜期的肩胛骨撞击门板的声音如此清晰,跟全碎了似的,同时由于他的背部突然受力,一定程度上冲击了胃,姜瑜期只觉得一阵剧烈的呕吐感袭来。他的身子顺着门板滑了下去,最后双膝跪在地上,单手撑着地,按着胃往外一阵又一阵狂吐,赵志勇看到姜瑜期吐出来的东西根本不是食物,几乎都是水和胃酸。

500 彻底被困住

"你看,你这个样子怎么出去? 出去送死么?"赵志勇又急又气又愧疚,一边拍着姜瑜期的背一边道,"压力大了胃就不舒服。你好好在局里休息把身体养好点再干活行不行?! 鱼七,我们是一个团队,你要相信团队。况且你那个计划成功了还好,失败了你自己的命肯定搭进去。"

姜瑜期根本无法接话,他弓着身子一直往外吐,吐到什么都吐不出来后,还干呕了好一阵才消停下来,最后脸色铁青地一屁股瘫坐在地,靠着门,用力咽下快将喉咙麻到没知觉的残余胃酸。

赵志勇给他递来了纸巾,他无力地接过后擦了擦嘴:"老赵,我知道这不是你的意思,是刑警队的意思。"

姜瑜期眼神中满是不甘:"刘建伟涉及的案子太多,他们刑警队很多案子要被翻,什么交通意外、自杀、心梗猝死……都得重审重判,所以他们当然希望趁这次刘建伟动手，亲自抓他，人赃俱获，我都理解，但是……"

姜瑜期抬起手抓着赵志勇的胳膊："换我去当诱饵行不？我更合适。更明显，他们现在唯一确定要杀的就是我，把我关在这里就浪费了，老赵，你去跟他们说说……"

赵志勇甩开了姜瑜期的手，一边清理着地上的黏稠液体，一边严肃道："不让你去就是我的意思，他们刑警队巴不得你赶紧坐在刘建伟那别墅前让他杀。"

姜瑜期虽然没说话，但他的眼神充满了赵志勇可以对他坦白的渴望。

"你是我们经侦的人，你有个万一，我少不了被问责。到时候我的人死了，功成名就的是他们，我啥好处捞不着。你说我老赵自私也好，功利也好，随便你怎么说。"赵志勇擦地板的动作越来越用力，"你特么刚才要是能把我打趴下，我还真就不管了，但你看看你现在，真落到那杀人狂手里，能撑多久？"

姜瑜期注视着赵志勇良久，无奈，失望，哀伤，悲愤，是他此时内心交杂的所有情绪。姜瑜期其实明白赵志勇说的并非完全是实话。

赵志勇是唯一一个知晓姜瑜期所有计划的人，他知道姜瑜期出去要干什么，他除了当诱饵，还要亲自去威胁刘成楠。他有方法可以破坏刘成楠与刘建伟之间的信任，目的就是让刘成楠派刘建伟以外的人来干掉他。其实姜瑜期将自己暴露于绝对的危险之下，就是为了测试，测试刘成楠手里究竟还有多少张牌。

如果她手里没牌了，证明狼窝只有刘建伟这一窝，最后警方将刘成楠和刘建伟一网打尽即可。姜瑜期这个举措对蒋一帆和王暮雪等人来说最保险，可以让他们永无后顾之忧。

原本赵志勇也不反对这个方案，但当他前不久在家中无意间翻到姜瑜期吃的药时，他犹豫了，再加上仔细分析了一番利弊，他就彻底打消了支持姜瑜期的想法：

一、刘成楠如果手里还有牌，这张牌究竟是谁，有多少人，窝点在哪里警方目前毫无头绪，不可能有像现在这样 24 小时盯着刘建伟的把握，赵志勇根本没法确保姜瑜期的安全。二、一旦刘成楠被威胁，她在金融市场上短期内绝不会有任何非法动作，甚至还会交代其他人万分警惕，而如果这帮人以后都金盆洗手,依照目前警方握有的线索强行抓人,王潮、刘建伟和黄金的确是跑不掉,但刘成楠、蔡景和王飞很可能因为利益打点得好,不会被供出来。这样一来,刑警队那边翻了一堆案子,功不可没,赵志勇带领的经侦这边就逮到一个和讯阳光的市场操纵案,监管层罚钱完事,如果花那么大精力得来这个结果,赵志勇并不满意。

他希望的自然是全抓来,各个击破,绝不能让幸存者还有抱团的机会。所以现在的赵志勇,不希望姜瑜期出去刺激刘成楠,他想让这个女魔头以为自己可以运筹帷幄,让她得意,越得意越好,因为人在得意的时候,最容易因为放松警惕而露出马脚。

赵志勇的这些心思,与他认识十多年的姜瑜期也能猜到十之八九,只不过,他没有猜全。

赵志勇将地面全部清理干净,扶着姜瑜期在椅子上坐好后,走到窗边点燃了一支烟,幽幽道:"别逼我鱼七,我受不了了。"

姜瑜期没说话,默默看着赵志勇略显疲惫的背影。"李宪林,你可能没听过,我经侦的弟兄,三年前跟我出任务的时候……走了。"赵志勇说到这里拼命又吸了好几口烟,"我告诉我自己,赵志勇,你是警察,你是警察,你理应习惯于你的同事、朋友、兄弟在任何时候彻底消失在你面前,你应该无比习惯,然后你还会很光荣地捧着他的黑白照片,放在刻着烈士字样的墓碑前,带着其他兄弟朝他敬礼鞠躬……"赵志勇说着索性转过头来,朝姜瑜期做了一个手捧照片的姿势,而后灿然一笑,但这个笑容只维持了一瞬便消失了。

"但我受不了了鱼七,经历过一次我就受不了,更别谈习惯了。"赵志勇的声音变得低沉,低沉中又似憋着一口气,"我现在听到谁姓'李',听到中华人民共和国'宪'法,听到森'林'、丛'林'这种跟李宪林相关的字我的心都是发颤的。楼下那家陕北面馆,他很爱吃,经常拉我去吃,现在我下楼,我望都不敢往那家店望一眼!为什么?因为我对不起他!那次抓捕方案是我定的。那次的方案说实话我就是没有把握,但我还是下了命令,我不这么定他就不会……"

赵志勇说到这里哽咽了,他立刻转过头重新看向窗外,平复了一阵情绪后怅然道:"你的病我知道,我也明白你压根不想治。你跟我一样,要

488

死也要死在战场上,所以我不逼你,但算兄弟求你了,这次在我们没想出万无一失的方法前,不要贸然行动……我真的受不了。"

姜瑜期听到这里,思考了很久很久,最后,他完全出乎赵志勇意料,还是坚持要走。因为在姜瑜期看来,这种情形下,已经没有别的更好的办法了。

赵志勇这边能拖多久姜瑜期不确定,但刑警队那边绝对是见好就收,抓到一个刘建伟已经可以给他们无数的荣誉和颇丰的奖金,他们完全没必要再等另一窝狼,那对他们来说只是姜瑜期脑海中的一种虚无缥缈的可能。

换句话说,即便还有别的狼,那些身体健康的刑警队队员,完全可以慢慢等,在退休之前,哪有狼吃人了,再冲去哪里抓狼,至于中间间隔时间会让谁的安全受到威胁,他们可没那么多时间天天盯着。

姜瑜期这样执拗的性格偏偏赵志勇也有,他在姜瑜期走到楼下时,派人把姜瑜期直接扣起来拘留。拘留的原因居然是:姜瑜期过去五年间,未经他人同意,私下窃听王暮雪、蒋一帆、王建国、陈海清和王潮等五人的私生活,侵犯他人隐私权,情形恶劣,理应数罪并罚,根据《中华人民共和国治安管理处罚法》第 42 条第六项的规定,累计拘留 20 日。

501 熟鸭飞回了

"看公告,是他们两家未能就交易方案的重要条款达成一致意见。"中午在天英控股大厦旁边吃饭时,柴胡朝团队人员说道。

所有人都是西装革履,就连柴胡都很自豪地拿出了他给自己砸钱买的阿玛尼西装。至今就穿过两次,一次是展示给母亲胡桂英看;另一次就是今日,为了把天英控股这只飞了的熟鸭子再抓回来。

原来拟被天英控股借壳的那家上市公司突然发布公告,终止重大资产重组,这意味着天英控股通过借壳这条路进入 A 股市场的计划,搁浅了。

公告一出,曹平生就一声令下:兄弟们! 抢鸭子!

曹平生之所以恢复了底气，主要原因有两个：原因一，明和证券之前帮助某公司做恢复上市时，涉及信息披露不实的行为已经受到了资本监管委员会的处罚，在天英控股换券商之后的两个多月内，明和证券就收到了监管层的《处罚决定书》，这还是投行总裁吴风国各种找关系跑断腿的功劳，罚金一交，明和证券目前所有在手项目均可以恢复正常申报。原因二，王立松和邵小滨被卷入的那场惊人定向增发诈骗事件有了新的进展，诈骗方确实是伪造业绩骗取上市公司的定向增资款，一并也骗了投资银行和会计师事务所。这一事件已被刑事立案，诈骗方为被告，但监管层对于主办券商的处罚却迟迟没有定论，故王立松和邵小滨二人暂时没事。

　　曹平生也是个狠人，只要公司没事，熟鸭子必须得抢回来；至于王立松和邵小滨，曹平生决定将其彻底踢出天英控股项目组，不能让客户对于核心团队再有顾虑。

　　经过一早上的沟通，天英控股对于明和证券提出的，在科创板上市的建议表示了同意，毕竟传统板块过审难度太大，借壳这条路又走不通，新三板一潭死水，看来看去，也只有科创板这条路能看到一点希望的曙光。

　　"行！上科创！披露就披露！全披！我们就怕被刁难，不怕披露！"东北女汉子、天英控股副总裁邓玲豪气地拍板道。

　　整个会议下来，邓玲始终谈论的都是未来计划，对借壳失败的原因未过多透露。

　　"我觉得公告里说的'主要条款'，其实还是利益问题。"王暮雪道。

　　柴胡吃了一口陕北油泼面，鼓着腮帮子说："肯定是最近市场不好，壳又降价了。你们看几个月前，那上市公司市值是33亿，而且业务跟天英一点不沾边，谈不上任何资源整合，其实就是纯33亿买个壳，但这两三个月市场行情一路下跌，20多个亿的壳一抓一大把，天英脑抽了还按原价买壳。"

　　曹平生喝了一口面馆里配的劣质菊花茶，笑道："20多个亿？哪用？如果纯粹在二级市场上举牌，现在10多个亿就能控股一家上市公司。先控股再增发就能以很低的成本上市，还能享受增持股份的溢价。"

　　因为熟鸭子已经回来了，曹平生心情大好，饭桌上全然没了咄咄逼人的态势，跟下属们谈笑风生。

王暮雪明白,其实在目前的上市公司名单里,也有主营业务和天英控股相近的公司,但天英最终还是选择了买"纯壳",牺牲掉资源整合的红利,无非也就图个便宜。毕竟业务相近的公司市值均超 70 亿,而原先谈拢的那家才卖 33 亿,论谁都会选后者。

只不过市场是不断变化的,原先市值 70 亿的公司,如今已经跌到了 25 亿。天英控股定睛一看,拥有与我产品相似的全产业链同行业公司只卖 25 亿,我只要肯出 25 亿就相当于白得一堆现有工厂和行业渠道资源,那我为何还要与一家业务跟我八竿子打不着的公司签 33 亿的合同?

"70 亿都跌成 25 亿,那 33 亿的公司岂不是跌得还剩 10 亿出头? 不是更便宜么?"一位同事问道。

"那还用说,人家肯定不肯卖!"曹平生嘟囔一句,"你辛辛苦苦做企业十几年,搞上市,在上面风光好一阵,然后 10 亿卖掉你愿意? 怎么也要等估值恢复。"

王暮雪点了点头,继而问道:"曹总,二级市场上目前股价都很低,您刚才也提到直接举牌控股一家公司并不贵,控股后再通过增发完全收购,这样不仅便宜,还不算借壳,只能算一般重组,天英也就不用出壳费,同时又能享受股份带来的溢价,为什么刚才会上,没有给邓总提这个方案呢?"

曹平生闻言白了王暮雪一眼:"你啊,嫁给了蒋一帆有啥用? 到现在还没学会人家揣摩心思的本事!"

那么多同事都在,王暮雪面红耳赤。只听曹平生悠悠道:"现在便宜的壳遍地都是,如果他们借壳的决心没一点动摇,还是会继续谈价格,做下去,不会我一说上科创,他们就答应得如此爽快。无论是邓玲还是张剑枫,其实第一选择都是自己上。如果我猜得没错,国家在提出科创板这个概念的时候,他们的心思就已经动了。"

"怪不得原来 IPO 和借壳,他们犹豫了这么久。"一位同事嘟囔一句,"还是想自己亲自登上去光宗耀祖。"

2019 全年,天英控股预计手机出货量 1.35 亿部,全球市场占有率 8%,非洲市场占有率 52%,印度市场占有率 7%,孟加拉国市场占有率 16%,全年总销售收入预计可以达到 250 亿元,扣除非经常性损益后的净利润预计为 15.5 亿元。

天英控股这只熟鸭子确实漂亮,也是王暮雪和柴胡一手拔毛烤熟的,如今不管人家最终放弃借壳的原因究竟是什么,换券商的原因又是什么,只要回来了就行,只要人家念旧情,大伙儿拼了命也要把这个项目报上去。

王暮雪庆幸自己如今怀孕也就四个月,吸一吸肚子,外人根本看不出来,穿职业装跟正常女性一样,否则邓玲可能又要不开心了。

王暮雪原本以为,自己接下来的挑战,就是在怀孕期间把文景科技和天英控股两个项目一起送上科创板,但没料到才跟大伙儿吃完饭,在便利店买了百香果酸奶,出来就撞见了前前男友周豪,而这个男人还给王暮雪来了一个晴天霹雳。

502 迟来的坦白

蒋一帆回家便看到门缝中透出的久违亮光,往常这个点,王暮雪已经睡了。

蒋一帆推开门后,王暮雪站在窗台前的背影映入他眼帘。她还穿着黑白职业装,耳际的几缕发丝随着凉爽的秋风微微飘动着,不知为何,眼前的场景竟给蒋一帆一种清冷之感。

"还不睡啊?"蒋一帆放下了黑色手提包,将外套脱下后走到王暮雪身边。

"一帆哥,我是不是说过,我最讨厌别人骗我?"王暮雪的这句话让蒋一帆骤然心颤,但他还没来得及有进一步反应,王暮雪就转身朝他咆哮道,"你究竟图什么? 你缺钱么一帆哥? 你有房有地还有新城 2.49% 的股权,你什么都不做一年光是房租、分红和银行利息都有一两个亿,你图什么? 为什么要去做那种事?"

"小雪,我今晚正要和你说。"蒋一帆赶忙解释。他不知王暮雪从哪儿听来的,但毫无疑问她已经知道了。

"正要和我说?"王暮雪露出了冷冷的笑容,"我发现了你就正要说,我不发现你就永远不说!"

"不是的小雪!"蒋一帆双手不禁抓着王暮雪的胳膊,怎料被王暮雪利落地用力甩开了,同时愤怒道:"不要碰我!"

蒋一帆定了定气,朝王暮雪有条不紊道:"从明天起,你不能吃陌生人给的任何食物,最好也不要跟同事们去餐馆。如果一定要在外面吃,就吃超市或者便利店那种封装食品;在家的话,张姐王姐给你做的也不要吃,可以的话自己做,千万不能叫外卖。"

如蒋一帆所料,王暮雪的眼神由怒火中烧逐渐转变为讶异和不解,只听蒋一帆继续道:"你的出门时间别固定,可以明天 8:20,后天 8:30,大后天 8:15,在公司上洗手间也要换着楼层去,且必须有个同伴跟你一起。时间也别固定,总之从明天开始,你在外面的一切行为都不要有任何规律性,且绝对不能单独出行。"蒋一帆此时把姜瑜期嘱咐他的话,一字不差地复述了出来。

"我的手机会被没收,在我出来之前,你必须想尽一切办法自保和保护小雪,这一切,如今只能让她知道了,毕竟如果她还是一无所知,毫无防范,更危险。你母亲和她父母那边也是一样。"这是姜瑜期进拘留所前给蒋一帆打的最后一通电话。

如今的蒋一帆,本就打算向王暮雪坦白一切,所以他把整件事情,包括迫于无奈签红水科技、小爱消失、金宝物流、和讯阳光,以及目前正在策划的阳鼎科技全部告诉了王暮雪。

他本以为王暮雪听完会理解,会释然,会原谅他,未料王暮雪朝他投来了难以置信的目光:"一帆哥,从头到尾,你都不相信我?"

蒋一帆立刻摇了摇头,想通过拉手或者拥抱这样的肢体动作安抚王暮雪的情绪,但王暮雪却退后一步质问道:"你这么不信任我,还跟我结婚干吗? 我在你心里就这么不能扛事情,不识大体,不知道事情的利弊缓急么?"

"不是的小雪,我是怕你压力大,怕连累你。"

"一帆哥!"王暮雪吼了起来,"我们都是夫妻了,绑在一起,一条船! 你现在做什么事情能不连累我?"

"我……"蒋一帆被王暮雪喷哑了,不知还能怎么把话接下去。

"要不是周豪告诉我,我到现在还跟傻子一样被你和姜瑜期耍得团团转!"王暮雪气急败坏。不过她的话也验证了蒋一帆的猜想,果然是那个周豪。

"周豪还跟你说了什么?"蒋一帆问。

"你不是正要坦白么?"王暮雪双手插在胸前瞪着蒋一帆,"还有什么瞒着我你自己全说出来!"

"我已经都说了小雪。"蒋一帆此刻着实一脸无辜。

"哦?是么?"王暮雪眯起了眼睛,"周豪说你不仅打算自己干,还拉帮结派,准备把你那些有钱的朋友全拖下水!你还想玩更大的,担心人家盘子撑不住,查人家机房,被他当场逮个正着!"

蒋一帆听完一脸黑线,心想王暮雪这个"前前任"还真是对他以前那五年的"沉没情感"不能释怀,逮到机会就跟狗一样疯狂咬人,相比之下姜瑜期大气多了,君子与小人立马见分晓。

"小雪,这都是幌子,骗人的,都是我跟姜瑜期的计划。"蒋一帆如今只能把所有计划中的细节,一五一十地跟王暮雪道了个遍,现场气氛有点像刑犯招供。不过,蒋一帆说得越多,王暮雪看上去就越气。

"我说你怎么突然这么爱健身,比我都勤奋,每次回来都晚过 12 点,原来全在跟姜瑜期厮混!"

"我……"

"你不要说话!"王暮雪也不知是怀孕后体内激素分泌异常,还是蒋一帆这次做得确实太过分了,她就是觉得生气,眼前的男人,自己的丈夫,对自己还有所忌讳,有所保留,有所顾虑,简直不可原谅!

想到这里,王暮雪气鼓鼓地下了楼,打开冰箱就把今天带回来的奶茶咕噜咕噜地全倒进肚子里,直到她感觉蒋一帆出现在她身后,才将空塑料杯扔进垃圾桶,转身一句:"以后我想喝什么喝什么!想喝多少喝多少!你管不着!"

蒋一帆听后也没说话,微低着头,手脚都有些无处安放,跟做错事的小孩一样,但王暮雪看到蒋一帆这副样子气还是消不下去。其实王暮雪知道蒋一帆是为自己好,知道他承受的压力其实更大,这也秉承了他蒋一帆一贯的作风,什么都自己扛,扛到扛不下去为止。

王暮雪一抹嘴,愤愤道:"这么刺激的比赛,我被你跟姜瑜期当板凳球员! 你们两个从头到尾都把我当白痴,觉得我没能力参赛! 不对! 确切地说我连板凳球员都不是! 我看比赛的资格都没有!"

蒋一帆本想矢口否认,但王暮雪的话针针见血,再否认就又是说谎了,于是只能继续保持沉默。

"我再给你一次机会,要说就今晚全说完! 还有什么事情瞒着我?"王暮雪用力眨巴了几下眼睛,威胁一句,"还有瞒我的,你信不信这孩子我不生了?"

蒋一帆闻言慌乱地抬起头,想着能说的确实都说了,除了姜瑜期被关进拘留所以及他的病情,这些都是姜瑜期特别强调不能说的。

"如果我好了,你也就不用说了;如果没好,她又实在要问,你就说我回桂市娶媳妇了。"

"为什么不能让小雪知道你吃这种药?"当时在保时捷车里时,蒋一帆问。

姜瑜期笑笑,简短一句:"会很麻烦。"

503 再次见到他

接下来的一个月,王暮雪的生活被文景科技的各种申报工作填满,无忧快印的人确实给力,派了三个人(两女一男)和一台专业扫描仪来现场,一本一本底稿地扫描,中途无论王暮雪要求修改多少次,他们都毫无怨言地在电脑中进行各种 PDF 的合并与拆分。投资银行工作到几点,无忧快印的人就工作到几点,工作内容包括但不限于全套底稿电子化与申报文件的制作,文景科技项目组等于瞬间多了三个专业劳力。

文景科技由于本身经过新三板的洗礼,公司规范性没问题;这两年各种视频平台、短视频 App 和直播软件的兴起,用户手机端的流量需求很大,订单不断,公司的传统业务也维持得不错;外加文景科技独创的积分兑换平台市场应用前景广阔,使其成为了科创板市场的一匹黑马。

整个电子申报过程非常顺利,项目组让曹平生坐在电脑前点击最后的提交按键,当界面显示"提交成功"的那一刻,柴胡和王暮雪习惯性地击了掌,曹平生更是笑得露出了一口大黄牙,科创板这全程电子化,不用跑去交纸质版的申报过程就是爽!

只不过,这种兴奋的时刻只持续了十几分钟,在大家吃完曹平生特意给项目组定的深夜烤串后,只听阎王爷一拍手:"兄弟们吃饱!明天开搞天英控股!"离开办公室前,曹平生还意味深长地看了两眼王暮雪微微隆起的肚子,感叹道:"挺争气啊这小子!没影响项目,以后肯定是干投行的好料!"

王暮雪笑了:"曹总您怎么知道一定是小子?搞不好是闺女。"

曹平生挥了挥手朝电梯走去,甩下一句:"我说是肯定就是!"

宝宝是男是女王暮雪没特别托关系查,但这两个月她确实不难受了,怀孕五个月的她已经进入了传说中最舒适的孕中期。孕中期即为怀孕四、五、六月的时候,这时早期妊娠反应基本消失,肚子又不是很大,王暮雪感觉精力充沛,活动自如,拿着材料来回穿梭于文景科技各部门时,甚至可以用健步如飞来形容。

第二天,王暮雪利用中午吃饭时间去医院做了一次产检,因为蒋一帆特别嘱托不能让王暮雪单独活动,所以柴胡全程跟着她。B超图显示宝宝很健康,医生还用飞利浦专业仪器拍了十几张宝宝面部照片给王暮雪留念。

王暮雪都看出了神,孩子有高挺的鼻梁,小巧的樱桃嘴,符合正面三庭五眼、侧面四高三低的黄金比例。王暮雪不禁内心感叹,这长相以后干投行被无止尽的申报材料蹂躏也太浪费了!

她边走边看着照片,连柴胡都笑她痴迷。二人来到电梯前发现人太多,等了两趟都因为电梯满员根本不停,于是柴胡拉着王暮雪想去试试货梯。医院的货梯除了运送货物外,最主要的功能是运送躺着的病人。

五层货梯门打开后,是空的,于是二人顺利下到了一层,只不过当一层门开后,几个护士急匆匆推进来了一个人,完全没顾得上柴胡和王暮雪是否还有出去的空间。被推进来的人让柴胡倒吸一口冷气……这不是王暮雪的前男友鱼七么?

在柴胡的记忆中,这个男人还叫鱼七,他是王暮雪的格斗教练,总穿着黑色紧身 T 恤,露出代表男性阳刚之气的古铜色皮肤与健硕的肌肉。

鱼七的肌肉线条很流畅,类似头条新闻里中国游泳健将孙杨的身形。柴胡以前其实最嫉妒的就是鱼七的胸肌,那个地方最难练,且如果肩膀不够宽,练起来也不会好看。柴胡身高是够的,全身比例唯一的缺点,就是肩太窄。柴胡大概自己都不愿承认,他潜意识中对鱼七第一印象之所以不好,根本不是因为他抢了蒋一帆喜欢的人,只不过是鱼七有他柴胡天生没有的东西。

但这个时候躺在柴胡面前的鱼七,已经全然没了让柴胡嫉妒的胸肌。他的手臂细得跟王暮雪差不多,整个人比柴胡印象中的那个鱼七至少瘦了 30 公斤。柴胡咽了咽口水,是的,30 公斤,至少 30 公斤,如果鱼七原来有 85 公斤,现在估计也就 55 公斤……

由于床架推进来时,尾轮磕到了货梯边缘,整个床架有些摇晃,鱼七的身子轻飘绵软得随床架一起晃着,他明显的血管,突出的颧骨,凹陷的眼眶,整个人苍白如纸,好似灵魂早都被掏空了。

好不容易缓过来的柴胡看了一眼王暮雪,果不其然,王暮雪整个人都傻了,她手中宝宝的 B 超图都飘到了地上。

那些护士根本没空理柴胡和王暮雪是不是要出去,拼命按了几下四层的按钮,货梯门便缓缓关上了。

"医生……他怎么了?"电梯上到二层时,看见姜瑜期仍旧毫无反应地躺在床上,王暮雪终于忍不住开口问道。

护士没有回答,眼神异样地瞟了王暮雪一眼,柴胡赶忙解释:"我们认识他,我们是他的朋友,他怎么了?"

"现在不清楚,查了才知道。"护士简短一句。

随着四层电梯门打开,王暮雪直接帮忙扶着姜瑜期的床出去了,最后还是柴胡捡起了地上的 B 超图。当柴胡追上去时,就看到王暮雪被两个不认识的男人硬生生拦了下来。那两个男人穿着普通 T 恤,皮肤都偏黑,面目严肃,告知王暮雪姜瑜期由他们看着,未经允许,这段时间都不能来医院。

"为什么?"王暮雪不解。

"这个不方便透露,总之你们现在还是回天英大厦上班吧。"一个男人沉声道。

王暮雪一听对方如此了解自己的办公地点，不用想也知道他们是蒋一帆说的警察，职责就是这段时间保护自己的安全。

"他到底怎么了？他不是在拘留所里好好的么？是不是胃又出血了？胃里大出血表面看不出来的。他的血型很特殊，医院的血袋很可能根本不够……"王暮雪满脸焦急，与她对面冰冷的两个男人形成了鲜明的对比。

"你先回去，我们会处理好的。"其中一个男人说道。

"血不够的话你们怎么处理啊！他会死的！"王暮雪突然放大了音量，周围路过的病人和医务人员全都齐刷刷看了过来。

504 她想明白了

柴胡觉得自己倒了八辈子血霉，义务陪同事产检不说，还要无偿献血。

由于姜瑜期一直在抢救室里，两个警察十分坚持让王暮雪回去，而下午 3:00 天英控股又有个很重要的会议，所以王暮雪只能让柴胡留了一包血给医院后离开。

"我说你也太大惊小怪了，万一他不是胃出血，我不就白献了？"回去的路上，柴胡一脸幽怨。

王暮雪极不耐烦，搪塞一句："这是为你好，定期献血对你全身的血细胞更新有好处。"

天英控股下午的整个会议，王暮雪都没怎么说话，眼神一直木讷地盯着电脑屏幕。柴胡很机敏地主动解答了天英高管对于海外租赁、人力资源、商标专利、境外投资备案、销售合同与订单管理这些王暮雪负责的内容。

王暮雪虽然看上去跟木头一样，但大脑却在飞速旋转。

蒋一帆很老实地告诉她，姜瑜期如今已经是青阳市经侦支队的正式警员，但却被赵志勇关进了拘留所，拘留时间为 20 日，拘留的原因王暮雪可以理解,窃听他人隐私早就应该给他姜瑜期一点教训,但细细想来,其中必有蹊跷。

赵志勇早不拘留晚不拘留,为何偏偏选在这个时间点限制姜瑜期的人身自由?王暮雪认认真真地回想了一遍姜瑜期与蒋一帆的整个计划,表面上好像王潮和黄金追查到姜瑜期是一个意外,是姜瑜期所不愿看到的,但王暮雪推断,这是姜瑜期故意的:其一,姜瑜期故意在黄金面前露脸,让黄金看到他的外貌特征与左手上醒目的红布带。其二,姜瑜期又故意将自己的照片与合同全部拿走,让王潮有种他姜瑜期就是因为要跑路才清理干净的错觉,目的就是加重王潮对他的怀疑,对王潮这样的人越是防备,就越容易使之确信,就是他姜瑜期不怀好意,故意接近金权集团的人。其三,姜瑜期当初亲自出面跟配资公司的人谈,并且替蒋一帆想好了阳鼎科技这招,无非就是最大限度地保护蒋一帆,让刘成楠的目标只对准他姜瑜期一个人。而这招目前看来确实也奏了效,刘成楠虽然去找了那个叫刘建伟的杀手,但一个月来,无论是王暮雪还是蒋一帆,都没被任何人跟踪,除了盯梢他们的警察。此外,在刘成楠的组织下,王潮、黄金、蔡景还有王飞都表示阳鼎科技这单他们有兴趣,可以一起干一次,甚至蔡景和王飞的资金都已经打给了金宝物流公司,丝毫没有防着蒋一帆的感觉。

王暮雪一直试着把自己代入刘成楠的角色,站在她的立场,揣摩她的心理。

王暮雪不断问自己,如果我是刘成楠,我会怎么做?蒋一帆抛出了阳鼎科技这么诱人的内幕交易给我,等于把他全家都搭进去了,如果仅仅是因为怀疑,就把蒋一帆除掉,似乎损失有些大。首先,蒋一帆是新城集团的董事会成员和第一大自然人股东,如果蒋首义死后没两年,儿子又突然暴毙,势必会引来外界猜疑,股价动荡不可避免,搞不好还会大跌,这对作为新城第一大股东的金权集团,没有任何好处。其次,蒋一帆是红水科技的签字保代,红水科技如今还在排着队,且很快就要排到了,排队期间若出现保代更换,监管层那边解释起来很麻烦,再加上红水科技自身本就不干净,最怕被详查,保代的突然变动,对这个项目百害而无一利。最后,如果蒋一帆真的图谋不轨,想与姜瑜期联手把整个利益集团一锅端了,那单杀蒋一帆和姜瑜期两个也不够,为了足够安全,还需要把蒋一帆和姜瑜期的家人,也就是王暮雪、何苇平、王建国、陈海清、家里的保姆和姜瑜期的母亲都杀了。

王暮雪想着杀自己、保姆以及姜瑜期母亲都是小事,但蒋一帆的母亲何苇平是新城集团的现任董事长,自己的父亲王建国是阳鼎科技的董事长,母亲陈海清也是阳鼎科技主要股东,短时间内如果全死,还都是一家人,这会在资本市场引起轩然大波。尤其是蒋家、王家满门被灭,这火恐怕不是那么好包住,一定会被严查。

这么大的单,刘建伟也不见得有胆量接,他就算以前成功案例再多,也毕竟不会什么神术,哪怕只杀一个人,想不留痕迹都是相当费劲的事情,何况一下子牵扯那么多人,不同城市、不同年龄层、不同社会地位……他刘建伟要面对的很可能是几个地区联合成立的重案组,里面少不了全国调集来的刑侦专家,这个水也太浑了,真要做估计刘成楠得自掏腰包给出天价。

王暮雪想来想去,全部灭口对刘成楠而言又贵风险又大,她极有可能不会走出这一步。那么刘成楠会不会这样考虑,她可以假设比较坏的情况。这个情况就是蒋一帆真叛变了,但他没料到金权可以查到姜瑜期头上,毕竟姜瑜期之前已经做了如此多的防范工作,若不是遇到王潮这样聪明又锲而不舍的人,还真查不出来。所以现在蒋一帆怕了,想回头是岸,于是主动拿出了阳鼎科技这个赌上全部家当的条件,求得她刘成楠的信任。如此一来,刘成楠实际上不需要再冒这么大的险了。

她只需看着蒋一帆会不会带着全家老小,真的跳上船,如果跳了,她刘成楠也就有了蒋一帆的把柄,从此所有人相安无事,这个她刘成楠苦心经营的利益集团还能因为蒋家和王家的加入而壮大,继续通过非法手段从资本市场上捞更多外快。

王暮雪想来想去,确实这种方式刘成楠所冒的风险最小,获得的利益最大。

那么她刘成楠目前要做的,就是想尽一切办法把姜瑜期干掉。因为姜瑜期的警察背景以及他接近王潮和蒋一帆的行为,都是刘成楠的肉中刺,就因为这个人刘成楠看不破。

看不破又危险的人,对于手上污点无数,内心已是惊弓之鸟的刘成楠来说,必须除掉。

想到这里,王暮雪算是理顺了刘成楠最可能有的思绪。

反过来再想姜瑜期,他准备了一个新手机,旧手机寄到了桂市,目的就是放烟雾弹,让刘建伟扑个空。

可见,姜瑜期的目的只是让刘成楠把目标对准他,但又并不希望刘建伟有干掉他的机会,至少他不希望刘建伟可以那么顺利地找到他,姜瑜期这么做一定是有别的目的,但他的这个目的与他被拘留,把自己锁在警局里,似乎关系不大。毕竟被拘留,他就什么都做不了,这对于推进事情进展没有任何帮助。

"他一定是被迫的……"王暮雪内心这么对自己说,她想到了姜瑜期躺在担架床上快要死去的样子,想到了那两个不让自己接近姜瑜期的警察,瞬间……

她好似想明白了!

505 目标到哪了

"你们这样太过了吧?"傍晚,王暮雪与市区医院街边的便衣警察起了冲突。

"我没犯法,进出医院是我的自由,你们有什么权力不让我进?!"面对王暮雪的大声质问,便衣警察只是压低声音道:"这是上面的命令,我们现在在办案,还请王小姐你全力配合。"

王暮雪眯起了眼睛:"我去我的妇产科总可以吧!"说着就要走,却又被那个警察拦了下来:"换家医院吧?"

"不换!"王暮雪甩开了警察的手,"我的主治医生在里面,历次检查记录都在她那里!"

由于王暮雪是一个孕妇,便衣警察不好跟她发生太过激烈的肢体冲突,只能看着王暮雪怒气冲冲的背影,朝对讲机迅速汇报道:"李队,王暮雪说是去妇产科,实在拦不住。她身后跟着那名叫柴胡的男同事,两个人,现在已经快走到正门了。"

"暮雪,那些警察究竟在搞什么啊?为什么不让你接近鱼七?"柴胡丈二和尚摸不着头脑。

王暮雪没回答,只是憋着一股气大步走出了四楼肠胃科的电梯,不出所料,又有人上来阻拦。王暮雪一看,还是中午那两个。王暮雪根本没打算理他们,掉头去前台问清楚了姜瑜期的病房,而后撸起袖子就要硬闯。"王小姐你实在要去,过段时间,这几天是非常时期。"一名警察被逼无奈,只能凑近王暮雪的耳朵小声道。

"看一眼我就走,很快的。"两个警察拗不过王暮雪,最后其中一个警察只好示意王暮雪稍等,走到一边跟什么人通了电话,而后转过头小声说:"十分钟,最多十分钟。"

王暮雪听后一句谢谢也不说,直接快步冲向姜瑜期的病房。

柴胡除了没脑地跟着王暮雪也不知还能干吗,他内心埋怨要不是蒋一帆恰巧出差,这种下班了还要当"随身人肉保镖"的事情自己根本不用做。要知道天英控股上市的工作量如此大,整个团队都在会议室加班,只有他们二人私自跑出来。

无论是蒋一帆还是王暮雪都没告诉柴胡具体原因,柴胡的好奇心原先根本压不住,还是蒋一帆一句话把柴胡那如机关枪一样的问题堵住了。蒋一帆的话是:"只要你保护好小雪,以后我在金权投的项目,凡是符合IPO条件的,全部给你。"

为了今后源源不断的生意,柴胡并不介意暂时当一个傻子,反正蒋一帆承诺最后都会告诉他。此时他边跑边劝道:"暮雪,我看那些警察确实在搞案子,这事儿你别管了。"

"你闭嘴!"王暮雪毫不客气。

王暮雪原本的打算确实是就看一眼,如果姜瑜期没事,或者情况不严重,就说明他跟这些警察是一伙的,他们确实是在办案,确切地说,是在给刘建伟下套,当然,也有可能是在办别的案子。

怎料当王暮雪推开病房门,就见姜瑜期整个人蜷缩在床上,一点血色都没有的嘴唇里发出一阵阵低沉的呻吟。

这是一间独立的病房,只有一张床,姜瑜期的周围没有医生,没有护士,连输液瓶都没有。

王暮雪跑到姜瑜期的床边,才得以近距离细看他的状态。

姜瑜期看上去比货梯里的时候更糟糕,面庞的消瘦显出他深凹的大眼眶,双眼紧闭。大概因为太疼,他一手紧压着胃,一手攥着被单,声音嘶哑而无力,还突然想吐,但又吐不出来,简直如一棵垂死挣扎的枯草。

王暮雪一摸他的脖领,烫手之极,于是立刻按了好几下床旁边的白色按钮。

"医生很快就来了。"王暮雪一边安慰姜瑜期一边伸手去帮他揉胃。

姜瑜期没有睁开眼睛,睫毛不停颤动着,他的思绪好似被病魔带来的苦痛完全困住了,无论王暮雪怎么叫都逃不出来。

大约几分钟后,王暮雪依然没看见有人来,于是让柴胡赶紧去找医生,但柴胡出去好一会儿后竟然也没回来。

最后只见姜瑜期原本紧绷的双手都逐渐软了下去,呻吟声也小得几乎听不见了,王暮雪急了,她一冲出去就见走廊尽头柴胡被那两个警察困住了,朝王暮雪摆出一副无可奈何的表情。王暮雪一咬牙,不顾那两个警察的阻拦直接闯进了医生的办公室:"4101按铃了你们怎么不去? 很危急! 他快不行了!"王暮雪朝办公室里两个护士与一位五十多岁的女医生质问道。

屋里的三人还没来得及反应,桌子就被王暮雪猛拍了好几下:"去啊! 4101! 他快不行了!"

女医生明显被王暮雪这架势吓到了,但她没马上起身,而是朝门口的方向望过去,好似在确认着什么。王暮雪顺势回头,又看到了那两个警察,其中还有一个拿着对讲机说道:"还有多久? 目标到哪了?"

他嘴里所说的目标,正是刘建伟派来的人。姜瑜期在医院的消息还是警方故意找法子透露给刘建伟的。

506 你这是杀人

"两个人,在地铁里,离医院大概还有15分钟。"便衣刑警队队员听罢,朝中年女医生问道:"10分钟够么?"

"这个我们也说不准,得看患者的情况。"医生回答。

王暮雪看看警察,又看看医生,露出了难以置信的神情:"你们是故意把他一个人留在病房里的?!"

"1个小时前明明打过点滴了啊……"此时旁边一个小护士低声嘟囔道。

"王小姐,你先……"警员还没说完,衣领就被王暮雪揪住了:"我知道你们要干什么!我全都知道!如果他有个万一,你们这就是见死不救!是杀人!"王暮雪说完回头扫了一眼医生桌上摆着的名牌,女医生姓廖,于是王暮雪直接朝门外大喊,"来人啊!廖主任杀人了!廖主任杀……"

王暮雪才说到这里,脖子就被其中一个警员一手勒住,同时嘴也被捂住了。

那警员原本以为王暮雪不过是女子,很好制服,怎料王暮雪胳膊肘往后用力一击,正好击中他肝脏,疼得他手松动不少。柴胡趁势把那个警员的衣领往后用力一拉,强行将之与王暮雪分开,而后一个闪身挡在了王暮雪前面,朝警员吼道:"够了!你们想干吗!她还怀着孩子!"

"廖主任杀人了!"王暮雪再次怒吼起来,声音穿透力极强。柴胡觉得即便外面杂音再吵,50米内的人都能听到王暮雪的喊叫。而这一次,王暮雪的胳膊被什么人用力一掐,扭头一看,正是那个五十来岁的女医生。

"别嚷了姑娘,我现在就去!"说完她朝护士示意了一下,也不顾警员的阻拦,直接就往姜瑜期的病房快步走去。

王暮雪和柴胡自然紧跟其后,留下两个警员一个原地骂骂咧咧,一个朝着对讲机小声汇报道:"李队,王暮雪还是带着医生进去了……拦不了,不能硬来,她是孕妇,还是个泼妇,到处乱喊医生见死不救是杀人……姜瑜期出了什么事?我也不知道啊!一个小时前还好好的,刚打完点滴……"

那警员刚汇报到这里,就听见王暮雪的声音从远处传来,清晰无比。王暮雪这次喊的是:"赵志勇你王八蛋!立刻把你的人撤走!"

"姜瑜期出了拘留所怎么没人告诉我!"赵志勇横眉怒目地瞪着若干

下属。几个支队队员面面相觑,表示他们这段时间都在处理各大网贷平台爆雷的事情,应付那些哭诉无门的投资者,哪有工夫盯着拘留所大门……

"刑警队那帮兔崽子已经行动了!丫的!"赵志勇在办公室里来回踱着步。

赵志勇明白,等了快一个月,刘建伟并没有对蒋一帆及其家人动手,甚至连观察他们日常出行规律的意图都没有,刑警队已经没耐心了,毕竟人力有限,不可能一直扑在这一个案子上。李队想直接把刘建伟抓回来审,但如果这样,最后又实锤不了,不但警方拿刘建伟毫无办法,还会惊动刘成楠。如此一来,他赵志勇自己这边的阳鼎内幕交易现场的"抓人盛宴"岂不就泡汤了?!所以赵志勇的态度是:再等等。

毫无疑问,这样的态度李队是不满意的,他认为既然外面的人根本就不是刘建伟的目标,那么直接把唯一确定的姜瑜期放出来当钓饵,效率最高。

"姜瑜期是男的,还是老手,你怕啥?"李队急得如热锅上的蚂蚁,"去年那个校园连环变态性侵案,还不是女队员出马让凶手现的形?他姜瑜期必须出来!这是作为人民警察的责任!"

"他得了胃癌。"赵志勇直接坦白道。

李队听后先是一阵沉默,随即声音更为有力地说:"那就更应该赶紧放出来,完成任务接受治疗!越早治越好!你把他关在拘留所对他的病情更没好处!"

"我把他关在拘留所是因为他违法了!我是依法办事!"赵志勇正声一句,"拘留期必须满20日!我赵志勇没那么大本事可以把个人权力凌驾于法律之上,你李队也没有!"于是那次,赵志勇与刑警队的沟通,算是彻底谈崩了。

此时赵志勇的手机响了,他一看名字直接按下了免提,想让在场的人都听到前方的情况。

"报告赵队,刑警队确实在市区医院布满了警力,三层防线,1号位在马路边,2号位在一楼大厅,3号位就在4楼的肠胃科,刘建伟的两个马仔确实也去了,还上了4楼。"

"然后呢?"赵志勇赶忙问道。

"他们见一堆人都在病房里,看了两眼就走了,什么也没干。"

"走了? 你确定?"

"是的赵队,我刚才一直保持 150 米距离跟着他们,他们已经上地铁了。"

507 他就是混蛋

对于意识与现实隔绝的人而言,是没有时间概念的。姜瑜期的梦境杂乱无章。有时他梦见自己瘫坐在山洞的泥潭里,那是他外祖父母现在还在居住的山,郁郁葱葱,鸟语花香。有时他梦见自己被困在潮湿阴冷的岩洞中,他没日没夜地走,但始终找不到出口,最后他只能绝望地大叫,然而听到的除了自己的回音,再无其他。更多时候,他梦见的是山石陡峭的悬崖。

姜瑜期熟悉那里,熟悉从山脚爬到山顶的路,他记得两旁的灌木是在他走到第几步时逐渐稀疏的,他记得悬崖边上有几块灰得发白的岩石,他甚至还可以在脑中复刻出岩石表面的纹路。

因为那座悬崖正是最初的他,打算把王暮雪抛下去的地方。只不过,在他现在的梦中,跌下去的是他自己。自由落体的感觉让姜瑜期背后阵阵发凉,他的心悬在了半空,连呼吸都无法顺畅,在那一刻,他恨不得身体可以马上着地,让后脑剧烈的疼痛结束一切。

只不过,就在他万念俱灰的时候,手无意中抓到了什么东西,好像是布,衣服上的那种布料,随即他的指尖指背同时触碰到了另一个人温热的皮肤,姜瑜期感觉那是手,是要救他的人的手。姜瑜期想抓住那只手,只可惜由于身体的一直下落,导致他的所有尝试都失败了,他只能抓着那个他认为是衣袖的东西,死死不放,他感觉自从抓住后,身体下落的速度放慢了。

顺了几次呼吸后,姜瑜期试图朝那个他根本看不见的人说话,他的话音中带着祈求,他说:救我。

"为什么我将收到的钱款,顺着原来的途径转回去,总提示转账失败?"4101病房内,王暮雪拿着电话朝银行客服中心的人问道。此时她的袖口确实被姜瑜期抓着,只不过,她并没有听到姜瑜期对她说话。

"姓名和卡号没有输错的问题,是系统默认的……对对,麻烦您帮我查查,45万,对方户名姜瑜期,我的转账时间就是刚才。"

坐在王暮雪身后,修改着天英控股申报文件的柴胡虽然好奇,但这段时间让他好奇的事情太多,没人有空给他答案,于是他也就很淡定地继续处理着工作。

"啊?"王暮雪觉得自己听错了,甩开姜瑜期的手,一扶腰从病床边站了起来,"销户了? 你是说他这张卡注销了?"

柴胡闻言转头看到一脸错愕的王暮雪,骤然感觉有些好笑,好似王暮雪只要跟床上那个男人纠缠在一起,做什么事都不顺。"他在你们银行还有没有其他的卡? 借记卡或者信用卡都可以……哦……没事了,谢谢。"

王暮雪默默地放下了电话,在柴胡饶有兴趣的目光里,她沉默了片刻,瞬间如火山爆发一样将手机砸向被单,同时吼道:"你这个混蛋!"说罢,她就上前死命摇起了姜瑜期的身体,"混蛋! 给我起来! 起来!"

"暮雪你干吗! 他还插着管子呢!"柴胡上前拉开了王暮雪。也就在这时,柴胡看到王暮雪哭了,两行剔透的眼泪迅速从她的面庞滑过。

王暮雪没有给柴胡更多的反应时间,而是挣脱他朝门外跑去,边跑边抹干了眼泪。柴胡没办法,为了不让王暮雪单独行动,他只能硬着头皮追了上去。

"姜瑜期的治疗费用,我能不能现在交?"王暮雪跑进医生办公室后,朝那位五十多岁的廖医生急切地问道。

医生有些茫然:"住院费和药费你不都已经付了两周的么?"

"不是常规的药,是化疗。"王暮雪道。

"哦这个啊……"医生听罢示意王暮雪坐,但王暮雪并没有要坐的意思。身后追过来的柴胡朝医生尴笑了下,知道他这个脾气火暴的朋友又来招惹医生了,只能朝医生抛出了一个无奈的眼神。

医生也习惯了,她喝了口茶,看着王暮雪执着的样子,语重心长道:

"化疗不是说用就用的,要根据病人的健康情况制定特殊的方案,药剂用量和时间都有讲究,他现在的情况不适合化疗。"

"都晚期了还不适合化疗,那什么时候才适合?"王暮雪放大了音量。

此时旁边的护士有些看不下去,开口道:"我们主任说得没错,姜瑜期现在状况太差了,各项数据都不达标。胃还在发炎,烧也没退,需要恢复后观察一段时间才能做。如果现在硬给他化疗,他第一期都扛不住,你难道不希望他醒过来了?"

听到这里王暮雪不说话了,柴胡朝医生和护士都赔了笑脸,想把王暮雪拉出办公室,但王暮雪的双脚好像被什么东西钉在了原地,柴胡居然拉不动。

"王暮雪,你出来一下。"一个王暮雪似曾相识的声音从门外传来。

王暮雪扭头一看,是一身便装、双手背在身后的赵志勇。

柴胡在前台一脚撑着身子,一脚不停踢踩着地面,百无聊赖,就因为这个叫赵志勇的警队男人说要与王暮雪私聊。

此时他们二人正在离柴胡三十米开外的走廊尽头严肃交谈着。

"这事儿说来复杂,不过鱼七用这种方式故意从拘留所出来,包括这里的一切,我事先都不知情,绝不是我安排的。"

"他故意?你凭什么说他是故意的?你要不要去看看他现在的状态?他如果要故意为什么还要等一个月?为什么不在你关他的头几天就用这招?"王暮雪质问一句,眸光如刀。

"这……"赵志勇一时词穷。

王暮雪微微握紧了拳头:"你们拘留所吃的都是什么?"

"这你放心,派出所饭堂吃什么他吃的是一样的,跟我们一样。"

"跟你们一样的东西他能吃么?他消化得了么?!"王暮雪此时看赵志勇的眼神是深恶痛绝,"他现在一点反击能力都没有,刘建伟的人如果那天真的直接进去做得利落,你们能确保百分之百来得及救么?"

赵志勇低头叹了口气。王暮雪极力压抑着怒火:"赵志勇我告诉你,不是说他换了一个人民警察的身份,就应该去死。没有什么职业是应该白白牺牲的!我不管之前拦着我,还有不让医生靠近病房的是你还是你们警队其他领导,我管不着也不想去管,但我这段时间都会在这里,24 小时! 你可以看到我的电脑和我的行李箱,至少我要保证医生护士随叫随到,我不会再让三天前的事情发生了!"

"这就是我今天亲自来跟你沟通的原因,王暮雪,你不能待在这里。"赵志勇突然抬起头,语气十分坚定。

508 我好羡慕他

"赵警官,如果你知道鱼七的所有计划,你应该知道他从头到尾都在保护谁。我们不能这么自私,不能说只顾自己安全对保护我们的人置之不理,尤其是在他一点行动能力都没有的情况下。关于这点我电话跟蒋一帆沟通过,他完全同意,今晚他就出差回来了,他说他下了飞机就过来。"

赵志勇听后简直要抓狂了,但他又毫无办法,毕竟没有哪条法律可以禁止别人这么做。

阳鼎科技内幕交易的时间是下周五,现在周一,还有十来天,这是赵志勇监听金宝物流那个地下室得来的消息,目前确定参与的人有王潮、蔡景、王飞、黄金和蒋一帆。

刘成楠那只老狐狸,表面上每次会议都参与,但资金丝毫没有要进去的意思,八成这次是想纯看热闹。如果是这样,刘成楠确实极有可能在阳鼎科技交易前不会动蒋一帆及其家人,毕竟看着他上船就行了。只要他上,也就不用冒这么大险灭他全家。

赵志勇皱着眉头思来想去,道:"那这样,只有你能留下来,蒋一帆绝对不行。他离刘成楠和王潮太近,过来见鱼七就太过显眼了,现在又是最敏感的时期。如果那帮狐狸最后阳鼎那票不干了,鱼七跟我所有的努力都白费了!"

王暮雪听后语气有些冷:"这件事由您出面跟蒋一帆沟通吧,他硬要过来您就自己拦,我不想拦也拦不住。"

蒋一帆被赵志勇拦下来了,这让柴胡崩溃至极。

"暮雪,我不能24小时都在这里,你说你一个人远程工作就算了,我们俩都远程,天英这个项目没法做了。"柴胡嘟囔道。

"你放心回去,这个房间有独立浴室和卫生间,我不出去就是了。何况门外还有警队的人。"

柴胡想了想道:"行,那我回去帮你应付阎王爷。"

这几天因为陪着王暮雪,柴胡确实也影响了工作,曹平生那边已经骂骂咧咧好一阵了。要知道天英这个项目的重要和紧急程度,他本人都经常在现场坐镇。

"我才说王暮雪那娃适合做投行,现在隔三岔五就出事让他娘往医院跑,班都不上了!什么玩意儿!所以说兔崽子就是夸不得!还是要训!要打压!"每当柴胡听到曹平生这么骂,也只能笑笑,毕竟不能说王暮雪是去照顾前男友了。

曹平生这次为了把天英控股做得从容且万无一失,除了7名正式员工外,还配了4名在其他项目上锻炼过的实习生,原先帮助文景科技顺利申报的无忧快印团队,曹平生也是抓着不放,让他们继续服务天英项目组。所以王暮雪认为,现场人员是绝对不缺的,只要她把自己负责的申报内容写得漂亮,企业和手下人的工作都协调安排好,天英这个项目顺利申报没有问题。

眼前唯一棘手的就是姜瑜期。几天下来,姜瑜期的高烧退了又起,一直处于迷迷糊糊的状态,但好在胃里的炎症已经逐渐消下去了。

医院洗衣房把姜瑜期原先穿的衣物送来后,王暮雪在袋中发现了自己的身份证复印件,只有带照片的正面,没有反面。纸被对折过很多次,褶皱不少,一看就是捏在手上有段时间了。

"你裤袋里为什么有我的身份证复印件?"这居然是姜瑜期醒过来后,王暮雪跟他说的第一句话。

姜瑜期下意识将眼神避开,此时他终于知道,这几天一直在照顾他的是谁。他睁不开眼睛,意识浮不上来,不代表他没有感觉。胃绞痛时有人帮他按揉,口干舌燥时有人喂他喝水,脖颈的衣领被汗浸湿了也有及时给他垫上干爽的毛巾,不过他从没敢奢望这个人是王暮雪。

自从跟他分手后,王暮雪就关闭了微博,朋友圈也屏蔽了他。姜瑜期没有存照片的习惯,所以想念王暮雪时,他竟然只能靠回忆。后来有几次,因为病情加重,实在太疼,姜瑜期才从警局系统里偷偷打印了王暮雪的身份证。

说来也可笑,身份证上的那张照片跟王暮雪不是很像。那时的她还留着齐刘海,脸蛋也带着未完全消退的婴儿肥。但就是这样一张带着浅浅微笑的黑白照片,对姜瑜期而言却有着一定的止痛效果。

此刻活生生的王暮雪就在眼前,姜瑜期却没敢多看一眼。他发现自己没法正视王暮雪的眼睛,这种胆怯或许是因为过去他对她所做的事,因为现在她在质问的事,也因为他将来打算做的事。

见姜瑜期不回答,王暮雪索性没再问。她将那张纸放在床头柜上,撇过头去看着窗外,一时间也不知道应该继续说什么。

好一会儿后,她才听姜瑜期道:"我能摸一下他么?"

虽然宝宝只有五个多月,但从姜瑜期的角度看过去,腹部的弧度已经显现出来了。

得到允许后,姜瑜期的手缓缓抬起,轻轻落在王暮雪的肚子上。

"宝宝有时候会动,不过也不是很频繁,现在估计他在睡觉。"王暮雪说。

姜瑜期一边轻轻抚摸着王暮雪的腹部,一边感叹道:"我好羡慕他。"

"为什么羡慕他?"王暮雪有些不解。

"因为他是你的孩子,身上流着你的血,所以……"姜瑜期说到这里顿了顿才继续道,"所以无论他做错了什么,你都会原谅他,不会怪他,不会不理他,更不会……头也不回地把他扔在大街上。"

509 狼无机可乘

由于王暮雪的固执,急坏了狼窝里的狼。"建哥,我们观察一周了,根本没机会,那女的 24 小时看着他。"一个小弟满脸无奈。

刘建伟此时正在练他的肱二头肌,20KG 的哑铃伴随着他额头上飙出的汗珠一上一下:"机会都是人找的,你们没仔细找。"

"能找的都找了建哥。"小弟解释道,"那女的从来不点外卖。买了个电饭锅和打浆机,在里面弄什么米粥或者南瓜粥。"

"这不就是机会么?"刘建伟不慌不忙,"米和南瓜她总不能自己种吧?"

"确实不是自己种,但都是蒋一帆家的保姆送过去。米她要袋子没开封的,南瓜有一点口子她也不要,而且那两个保姆出门不定时,人也不固定。有时候是胖点的那个连送两次,有时是瘦的那个,她们不是搭地铁就是乘公交,车上人多,下不了手。"

"那就从医院下手。"刘建伟道,"药,点滴液,不全是机会么?"

"打探过了建哥,不行。护士都是进了那间房才开始配药,那女的要求现场开包装的药才能给姜瑜期用,不是我说,他们肯定是有防备的。"

"窗呢?"刘建伟又问。

"市区医院三楼以上的所有窗户都有防盗网,因为那家医院以前有患者跳过楼,但那女的还在防盗网上挂满了铃铛,就是圣诞树上挂着的那种。"

听到这里刘建伟放下了哑铃,一边擦汗一边道:"那女的不就是王暮雪么?"

"对。"

"王暮雪就一金融毕业生,怎么这么懂这些?"

此时另一小弟凑近刘建伟跟前压低声音道:"建哥,之前那王潮和刘成楠查姜瑜期查成那样,他可能是有所警觉了,毕竟以前是警察,这些手法他都懂。我觉得王暮雪的这些行为肯定是姜瑜期教的,虽然我们去的时候姜瑜期都闭着眼睛跟睡着一样,但谁知道他其他时间有没有醒来过。"

刘建伟听后非但没生气,还摸了摸下巴上的小胡子,微笑着把两手的指关节掰得脆响,眼神里都放出了绿光:"很久没遇到过这样的猎物了,真香。"说完,他拧开了一大瓶运动饮料,咕噜咕噜地喝了个精光,夸赞小弟们道,"行,你们这几天打探得不错。这么看来,那姜瑜期现在跟警局没啥关系,没打算给咱们下套。他是真怕咱们杀他。"

一小弟赶忙附和:"防得那么死,肯定不是套儿啊建哥。如果那姜瑜期串通警察要抓咱们个现行,靠近他应该很容易才对。"

刘建伟左右掰了掰脖子,嘴角露出了一抹邪魅的微笑:"这货以前可是小有名气的条子,老子活这么大还没杀过条子呢,有意思……"

510 吐出了灵魂

自从姜瑜期醒过来后,他对王暮雪的一切照顾都相当配合,准点吃药,饭量也日趋增大,好多次喝完一碗南瓜粥和牛奶后,他都笑着说还要。

王暮雪工作时,他就乖乖睡觉。

赵志勇差人给姜瑜期送来了他原先上交拘留所的个人物品,其中自然有他的手机,但王暮雪看到姜瑜期只是把手机充满电,一次都没玩过。

也是因为这样,姜瑜期的气色恢复了不少,没出现过呕血腹泻的情况,就连发热的迹象都少了。

王暮雪很开心,她突然有种边工作边带娃的感觉。她做得很好,两头不误。主要也是姜瑜期太好带了,吃了睡睡了吃,跟小可差不多,没给王暮雪添什么额外的麻烦。

直到有次,医生离开后,王暮雪看到姜瑜期拿起护士留下的紫红色账单副本,所有愉悦的心情突然一扫而光。

"干什么!"王暮雪一把将账单副本抢了过来,快速撕碎扔进了门口的垃圾桶。

"你现在所有指标都越来越好了,医生说下周四就可以开始化疗。"王暮雪边轻描淡写地说,边坐到电脑前正要打开天英控股招股说明书V23版,就听姜瑜期低声一句:"小雪,我不想做。"

王暮雪对姜瑜期的反应早有了心理准备,冷冷道:"不想做也得做,由不得你。"

"我还不起……"坐在床上的姜瑜期低着头,"我还欠你很多钱……"

"够了!"王暮雪一摔鼠标站了起来,"我告诉你,你欠我的多了去了!根本不只是钱而已!你就算把所有的钱都还了,我还是不会原谅你!拜你所赐,我已经不是原来的我了!所以你还一千万一个亿十个亿都没用!

我永远都不会原谅你！听明白了么！"

王暮雪也不知自己怎么了，这段时间比以往没怀孕前更容易暴怒。没事的时候还算个正常人，一遇到刺激她的事，她似乎都忘了要克制，即使偶尔记得，也根本无法驾驭自己的情绪。

姜瑜期低着头没说话，过了好一会儿，他才缓缓道："我去下洗手间。"

锁上洗手间的门后，姜瑜期眼前的所有陈设瞬间都模糊了，眼泪猝不及防地往外涌，让他仿佛置身于一个混沌天地间。逐渐地，姜瑜期发现就算他狠狠咬着自己的手腕，也越来越压不住抽泣声。于是他赶忙向前摸索着把水龙头开到最大，双手有些颤抖地撑在洗手池的台面上，眼泪一滴一滴又一滴地混进哗哗的水流中。情绪在水声的掩盖下得到了些许释放，但心里的痛楚竟然有增无减。

王暮雪的那句"我永远都不会原谅你"好似一块巨石，把姜瑜期最后的一点期盼都砸碎了。与王暮雪分手后，姜瑜期告诉自己，他是为信仰而活，尤其这种信仰还能使王暮雪所拼搏的世界变得纯净，姜瑜期因此充满了动力。

他非常努力地工作还钱，也非常努力地收他原来铺下去的网，甚至他还非常在意蒋一帆，每一步有可能伤害到蒋一帆的计划，都被他自己否定了。姜瑜期小心保护着王暮雪现在所有的幸福，好似只有给她打过去的钱越来越多，只有目标越来越接近实现的那天，姜瑜期感觉他那颗被诅咒的灵魂才有机会获得救赎。

可当下无论是他的身体，王暮雪的寸步不离，门外时不时过来盯梢的警员，还是日益增加的医药费和住院费，都让姜瑜期感觉欠王暮雪的越来越多，离他的信仰目标越来越远。这所有的所有，都压得他喘不过气。

"你没事吧？快开门！"此时敲门声已经变成了拍门声。就着门剧烈的响声，姜瑜期压抑已久的情绪终于全部喷涌而出，止都止不住。他不停往马桶里狂呕，一次一次又一次，好似连灵魂都要呕出去了，伴随着被冲走的呕吐物的，是咸咸的泪水。

"拜你所赐，我已经不是原来的我了！所以你还一千万一个亿十个亿都没用！我永远都不会原谅你！听明白了么！"

王暮雪这句话又莫名突然闪现在姜瑜期耳边,冷,刺,疼,比冰刀狠狠刺进心脏还要疼,是永生看不到光的那种疼。

姜瑜期长那么大,好似从来没有这么疼过。

砰!门被王暮雪踢开了,因为市区医院装修陈旧,锁也简易老化。

"你没事吧?"王暮雪上前扶着跪在马桶上,正试图扯卫生纸的姜瑜期。只见他脸上满是泪痕,眼眶红肿,伴随着上气不接下气的抽泣声,王暮雪彻底愣住了。这是她认识姜瑜期以来,第一次看到他哭,还哭得那么伤心。

王暮雪眼角瞬间一热,泪水也掉了下来:"对不起对不起……"王暮雪边道歉边从后面抱住了姜瑜期,"对不起鱼七……对不起……我不是那个意思,我只是不想让你还钱,只是不想让你还钱……我不要你的钱。你什么都没有做错,以前那件事,从头到尾错的都是我们家,是我爸妈。你没有错,是我王暮雪心胸狭隘,是我记仇。你没有错,你不要死好不好……我不想让你死……"王暮雪的逻辑前所未有的混乱,她都不知道她在说什么,她想好好道歉,好好解释。

无论姜瑜期究竟让她王暮雪的内心发生了怎样不可逆转的改变,不可否认,姜瑜期就是她梦中的那座灯塔,那么亮,亮得不是所有人都敢于直视,也不是所有人都觉得美丽,但那是王暮雪内心向往的地方,过去是,现在也是。

在蒋一帆将一切都告诉她后,王暮雪觉得自己一直奔跑的阳光大道变了,变成了布满浑浊乌云的海边,而在这样的世界里,姜瑜期这样执着发亮的灯塔,更珍贵了。

待一切都平静后,王暮雪依旧紧紧抱着姜瑜期,哽咽道:"鱼七,我们化疗好不好,癌细胞还没有转移,还是有希望的。就算只有1%的机会都不要放弃,你看你追金权集团这么多年都没有放弃,最开始不是一样看不到希望么……"

"小雪……我……"姜瑜期咬了咬嘴唇,欲言又止。

"一帆哥说你答应过他的,说你会接受治疗。拜托你别再想钱的事情,一帆哥昨天电话里还跟我说,说他的命都是你救的,让我一定要说服你,照顾好你。如果不是你,他可能早就死在他迷信守旧的母亲怀里了。"

姜瑜期闻言无奈地笑了："我只是开个车,送他去医院而已……"

"才不只是这样。"王暮雪振振有词,"当时只有你会开氧气机,要不是你一帆哥可能早就窒息了,而且如果没有你把他母亲打晕,我们肯定都走不了。再说也只有你能把车开那么快,当时如果再晚一点……总之人是你救的,命是你给的,你就让他还给你,他说不然……他一辈子都会想着这件事。"

姜瑜期默不作声许久,最后像一个泄了气的皮球躺在王暮雪怀里,用脸颊感受着她脖颈的温度,无力一句:"好,我答应你。"

王暮雪听后目光都亮了起来,就听姜瑜期又道:"这里太危险了,你也不可能永远这样守着我,刘建伟无时无刻不想杀我。我如果接受化疗,根本没能力对付他。"

"所以呢?"王暮雪问。

"所以我不能在这里做化疗,可以的话,小雪你可不可以陪我去找尹飞师兄? 我可以让他帮我联系军区医院,那里进出非常严格,医药物资的渠道也更安全。"

王暮雪一听"军区医院"四个字就很靠谱,而且是让自己陪着去,那应该就更没问题,于是非常爽快地答应道:"好! 那你现在就给尹飞师兄打电话,我们尽快走!"

"可刑警队不会让我走。"姜瑜期说,"他们还希望拿我当鱼饵呢。你看到外面那些轮班的人了么? 等两三天,等师兄联系好医院,等我身体再好点,我们想个办法绕开他们。"

511 都是你逼的

"哎你看,那王暮雪是不是出事了?"此时两个刑警正假装病人和家属坐在离姜瑜期病房不远的走廊上。

4101 门口,王暮雪一手抚着肚子,一手搭在白色瓷砖砌成的墙面,眉头紧皱,整个人慢慢顺着墙滑了下去。

"不会是快生了吧?"一警员错愕道。

"怎么可能,她那肚子最多六个月。"有过孩子的警员直接否定。

他们直接快步走去问王暮雪是否需要帮助。王暮雪面目扭曲地求他们将自己抬到5楼妇产科。

那两名警员商量着一人背王暮雪,另一人留下来继续盯,但王暮雪说自己的肚子万万不能压,所以"背人"这个提议被否定了。

一名警员搀着王暮雪才走没两步,王暮雪的步子就挪不动了,整个人似乎又要滑下去,还接连发出好几声疼痛难忍的声音,示意还需一人过来扶她。

"快点,就在楼上,就在楼上……"王暮雪疼得竟都有些喘。

"要不我抱你上去吧。"搀着王暮雪的那个警员说着正要双手给王暮雪来个公主抱,谁知王暮雪搭在他肩膀上的手突然五指用力一抓,乞求:"不能离地,大哥……不能离地……太抖了更疼……"

两名警员面面相觑,也就楼上楼下的事儿,而且刘建伟那帮小弟也从没这么一大早跑来医院探查过,一般他们挑的都是早上8:00至晚上8:00人流量最密集、最易隐蔽的时间段。

前后也就十多分钟,一名警员就匆匆从5楼跑下来回到盯梢位。出于习惯,他特意从4101病房门的透明玻璃往里瞄了一眼,病床上还躺着人,一切设施都没动过,于是他放心地回到走廊上的座椅刷起了手机。

此时姜瑜期早就穿好衣服,从市区医院的安全楼梯下到了一楼。他没带行李,除了手机和王暮雪切南瓜用的那把中型水果刀。

王暮雪躺在5楼的医生就诊床上,继续装着肚子疼。医生说可能是假性宫缩,怀孕中后期有些孕妇会出现这种情况,宫缩自然会很疼,让王暮雪不用过于担心,毕竟没有出血,躺着观察一段时间一般都会自己好。

王暮雪当然不担心,她身子可完全不难受,难受的是还要在床上继续表演。终于到了上午8:00,王暮雪想,鱼七应该已经在去横平的高铁上了。

但当她打电话发现姜瑜期关机的时候,才意识到自己上当了!

极为不祥的预感涌上心头,此时她接到了赵志勇的电话:"鱼七呢?"赵志勇开门见山地质问道。

"我……我弄丢了……"王暮雪突然想哭,"你赶紧查下他手机定位,他肯定带着手机。"

"他这个手机当初为了防刘建伟,早就装了反定位装置!"赵志勇生气道,"不是我说你,你怎么能帮着他跑出去!今天是什么日子你懂么?是阳鼎科技交易的日子!只要一开市,他们就会开始操作,这个时候你让鱼七跑了会坏大事的!"

"我……对不起……不过他到底要去干吗?"王暮雪又急又内疚,此时她终于承认了自己一孕傻三年这个事实。

8:45,刘成楠在她的专属停车位停好车后,右手从副驾驶座拎起包,左手推开车门正要下车,不料一个黑影直接蹿了进来。黑影速度极快,刘成楠还没来得及大叫,嘴巴就被捂住,力道竟让刘成楠有种瞬间窒息之感。

车门砰的一声被关上,驾驶座的座椅侧边按钮同时被拉起,随着他脚用力一蹬,座椅急速后移并下倒,那人整个身体都压在刘成楠身上。

"别叫,否则剁了你。"

受制于人,就必须冷静。

男人从刘成楠紧握的手心里扯出车钥匙,将车从里面反锁,而后他稍微坐起身,见放开刘成楠嘴后,她没大喊大叫也没剧烈反抗,于是从裤袋里迅速抽出一条红布带,麻利地将刘成楠的双手缠了起来。

也就在这个过程中,借助停车场的白炽光,刘成楠看清了男人的脸。这张脸虽然消瘦,但面目俊朗。刘成楠在王潮给她的旧报纸上看过。

"你是七少,姜瑜期?"刘成楠问。

男人给刘成楠的双手连打了三个牢固的死结:"我也不想走到这步,都是你逼的。"说完,姜瑜期竟从口袋中抽出一把闪着亮光的尖刀,刀身约有9厘米长,着实惊到了刘成楠。

"别乱来,你要什么我们可以谈。"刘成楠话音刚落,腹部就直接被刀尖顶住了,又刺又凉,让她拼命吸着气,浑身都冒出了冷汗。

512 你用了几次

周五,是姜瑜期特别挑的日子。一是为了让他自己身体多恢复些力气,二也是为了赵志勇的经侦支队,为了他们一直以来的计划。

不过挑这天注定了姜瑜期只有一次机会,只能成功,不能失败。

这一步十分凶险,很考验逻辑思维能力、及时应变能力与双方博弈能力。更麻烦的是,充满变数的不仅只有这步。

"鱼七,我认为他们之所以会怀疑到我头上,是因为那个周豪。去金宝看电脑那天,我跟黄金出来时在大门撞见了周豪,之后没多久王潮就来质问我,后来连小雪都知道了。"

听完蒋一帆的话,姜瑜期陷入了沉思,一个周豪不足为惧,主要是蒋一帆撞见周豪的那天,着实不巧。

姜瑜期想着,如果黄金把蒋一帆看机房的事情也告诉了周豪,那么作为操盘手的他,最可能给黄金提什么建议呢?

毫无疑问,周豪会尽量自保。如果他够聪明,他会提议让黄金把所有用过的电脑都处理了,不干净的做法是抹净交易记录,干净的做法应该是一把火把电脑全烧了,避免可能的数据恢复。

当然,这是在黄金把事情告诉了周豪,且周豪足够谨慎的前提下。

为了以防万一,当时姜瑜期给资本监管委员会稽查总队的陈冬妮发送了一封邮件;同时,他跟赵志勇说:"必须派人 24 小时盯着金宝物流,他们随时可能处理那批电脑。"

赵志勇深表同意,为此倍加小心。他派了两人全程盯梢,但今天一大早,交易开始前三个小时左右,他还是接到了手下打来的一个报哀电话:"赵队……电脑烧了……"

黄金知道金宝物流各大出入口都是监控,大批量的电脑运进运出难免会惹人生疑。于是把电脑全装进了黑色垃圾袋,让每日都来的垃圾车偷偷运走。垃圾车的司机被他们买通了,绕道在城郊卸货,由那边接头的兄弟放火烧了。

这件事实际上发生在十几天前,直到今天他们往里运全新的电脑,两个盯梢人员才反应过来。

"废了废了全废了!"赵志勇近乎在办公室咆哮,虽然现在金宝物流周围已经布满了隐蔽的警力,但原先那一百多个操盘手陆陆续续都进去了,等着9:30的开盘。损失了电脑交易记录无疑是损失了过去在金宝物流发生交易的铁证!

更多的不说,至少和讯阳光那次市场操纵的直接物证没了!

"特么的黄金不会那么狠,顶多删记录,这么搞肯定又是刘成楠那母狐狸。她这次资金没真进去,想着把自己以前的证据毁了,就等着蒋一帆搞一次!"赵志勇背着手在办公室走来走去。本来今天是他作为经侦大队负责人,顺利钓大鱼的日子,但还没开盘就噩耗连连。先是姜瑜期跑了,而后是电脑被烧了,再是属下报告刘成楠表面上进去的资金是假借三个公司的名义,从配资公司搞的,与姜瑜期之前的手法如出一辙。这个"代为出资"的配资公司,肯定私底下也没少捞好处。

赵志勇想着,如果这次阳鼎科技内幕交易用全新的账号,原先的账号全部注销了,那可真有点麻烦!

"赵队,抓捕计划继续吗?"一名警员用对讲机问道。

"废话!当然继续啊!现场冲进去!这些人都没武器!开盘后,等30分钟,阳鼎科技股价一有异样,直接抓!"

"刘总,我本来只是想看看黄金那条线安不安全,安全就让我叔投点,顺带自己跟投赚个外快,没想到这样你就让建哥杀我。"姜瑜期边说,刀口向刘成楠的腹部顶得就越深,不过他控制着力度,不至于真的刺破皮肉。

"误会……"刘成楠极力从慌乱中让自己镇定,"王潮说你故意接近他,你以前还是警察,我也是听信……"

"别废话!"姜瑜期打断了刘成楠,"你就告诉我,黄金那条线你用了几次,安全性如何?"

"很安全,你试试就懂了。"

"我问你用了几次!"姜瑜期顶刀的力度又加大了,刘成楠觉得此时她如果继续呼吸,腹部就会被刺穿。

"四次!加上和讯阳光,四次!"刘成楠屏息道。

"哪四次?"姜瑜期继续逼问。

此时刘成楠好似突然明白了什么,她觉得姜瑜期根本就是来套话的,搞不好他现在还是警察,目的就是让自己招认,并不会真要人命。

513 玩一个游戏

见刘成楠眼神中的慌乱与惊恐逐渐消失,取而代之的是平静和泰然,姜瑜期就明白她一定是猜透了自己的目的。果不其然,接下来刘成楠就跟个喉咙烧坏的哑巴一样,无论姜瑜期怎么问,都闭口不言,最后还索性甩出一句:"要不你把我杀了吧?"

随着时间越来越接近9:00,停车场穿行的人也逐渐多了起来。姜瑜期轻哼一声,猛地把刘成楠那被捆起的双手按在她的锁骨上,当手指关节与锁骨毫无防备地猛烈碰撞时,刘成楠不禁嘶哑地叫了一声。声还未落,那原先顶着她腹部的刀尖已然出现在她眼前,而后就是轻轻落在她依然细腻光滑的脸颊上。

"你这么不听话,杀了太便宜了,这样,我问问题,你可以依然选择沉默,但我会在你脸上划一刀。我会问很多问题,所以你的脸会被我划得很花,不过你放心,我会划轻点,保证出血,但刀口又不至于很深,这样我就算被抓了,也顶多是轻度故意伤害罪,不会被判超过三年。"

刘成楠此时被捆着的手都有些发抖,直到她感觉那刀马上要刺进她的皮肉中了,根本不是开玩笑,才猛然轻声喊道:"我说我说,你把刀拿开……"

说到底女人还是有致命弱点,命丢了也无所谓,但毁脸万万不可,尤其是自己的脸被毁了,对方还不用偿命。

刘成楠这张脸虽算不上倾国倾城,但在精心保养下,尽显优雅与精致,她不可能允许它被破坏,那样还不如死。

"就是和讯阳光……"刘成楠开口道。

"其他三次呢?"姜瑜期凝眉质问。

"三泰发展、明德紫光,还有……还有阳鼎科技。"

听到"阳鼎科技"四个字,姜瑜期内心一惊,刀口按得更深了:"阳鼎是哪年做的?"

"你……你先把刀拿开……"刘成楠乞求道,她怕由于自己说话时脸部肌肉运动,真破了相。

在姜瑜期稍微放松点力度后,刘成楠才低声道:"十多年前了,那时阳鼎刚上市也没多久,我们就是跟和讯阳光的操作一样,做次新股。只不过那时大盘不太好,我们资金进去了没马上出来……"

姜瑜期咬着牙,冷冷道:"你们压了大半年,一直把价格压在最初的发行价附近,让无数股民只能忍痛离场,多少人倾家荡产。你们无非就是仗着钱多撑得久,最后市场飞涨的时候几乎吃完了所有波段!"

"那也是因为王潮听说 12 月会有利好,我们才没动……"

"呵呵,合着根本就是内幕交易!"

"那不算,王潮当时负责阳鼎科技上市后的辅导,回企业现场工作时也是无意中听到的……"

姜瑜期懒得听她辩解,愤恨地将刘成楠的手压得更死了,刀尖对准了她的眼角切齿道:"那个时候你们就跟黄金合作了?"

"这么多年你们就只合作了四次么?四次之中还有哪次是内幕交易?"

"除了黄金这条线,还有没有别的线?"

"每次你们交易,用的是不是同一批账户?"

"每次的参与人都有哪些?"

姜瑜期既然抓住了刘成楠的软肋,也就不怕问题问得不透彻与不合时宜,刘成楠在怕毁容与失明的情况下,招供了不少信息。

她是十多年前结识的黄金,阳鼎科技是他们合作的第一票,但之后刘成楠因为赚足了第一桶金,觉得这样的亏心事还是能不做就不做,毕竟风险太大。一旦被发现,整个职业生涯就毁了,于是她逼迫自己罢手停业了五年。那五年中,刘成楠运用自己手里的资金,打通了很多人脉,每谈一个项目,给介绍人和所有中间人的回扣都很到位,故她在私募投资领域越混越顺。

2009 年至 2013 年的五年间,整个金权集团东南片区,靠刘成楠一个人拉来的业务量就可以支撑八家分公司的全年业绩。但也是因为刘成楠摊子铺得太开,私募股权投资又是一个退出期比较长的行业,资金进去后,三年退出期都算短的,长的可达六年至十年,所以刘成楠的个人资金在 2014 年时出现了紧缺的问题。

她想起了来钱最快的"违法旧业"。但由于刘成楠当时手头上现金不足,需要拉人入伙,把盘子弄大了才能成为"庄家",进而对市场造成一定影响力,于是她开始组建自己的"利益集团"。

王飞和蔡景这样的企业高管最开始也就只愿拿一两百万陪她玩,故当初的利益集团还需要借助不少配资公司来运作。

玩过一次后,王飞和蔡景尝到了甜头,之后出手都比较阔绰,利益集团对配资公司的依赖也就减小了。

发展了这么多年,因信得过的且有资金实力的人没几个,整个利益集团目前就是姜瑜期所知道的那群人,黄金也是刘成楠从始至终的合作伙伴。

四次交易中,明德紫光与阳鼎科技属于内幕交易,三泰发展与和讯阳光属于市场操纵。除了上述信息,刘成楠还被迫说出了很多交易细节,包括时间、组织、安排与具体参与人员等。

"干这事儿,你也知道风险多大,没有十足把握,不是足够隐蔽,我们也不会轻易做。"

要到了关于经济犯罪的口供,姜瑜期还算满意。这些罪状加起来足够把眼前这女人关进去十年的了,除此之外她还会倾家荡产与身败名裂。

"我们谈谈可以么? 以后我们操作都带你,还是说……你要现金?"刘成楠试探一句。

这时的姜瑜期,神色松弛了不少:"刘总,离开警队后,我原来对钱很感兴趣的,但你让我现在的生活过得有些压抑。你的脸很贵我知道。"姜瑜期说着用刀板轻轻拍了拍刘成楠的脸颊,"但我的命更贵,更难取。他刘建伟目前是没这本事的,要不然怎么会快一个半月了还没敢动我?"姜瑜期此刻眯起了眼睛,语气轻蔑中又带着一丝挑衅,"刘总,你还真以为刘建伟帮你制造了横平爆炸案,帮你除掉了蒋首义,就真的天不怕地不怕,什么人都敢杀?"

"我不知道你在说什么……"刘成楠矢口否认。

"还装!他都跟我说了!你买凶杀人都买上瘾了!"姜瑜期提高了音量,仿佛刘建伟真的出卖了刘成楠一样,"你养的这条狗对你除了不怎么忠心,还很无能。一个半月了,我还好好的。"姜瑜期说到这里故意停顿片刻,见刘成楠没否认,只是把眼神避开了,于是继续道,"我这个人不喜欢活在威胁之下,那样不痛快。我不痛快,你也不痛快。"

刘成楠闻言马上开口道:"我现在就跟他沟通,你不会有……"

"你给我闭嘴!"姜瑜期打断刘成楠道,"你以为你们这样的人说话我还会信?我现在有你所有的把柄,还有他刘建伟的。王潮让他杀蒋首义的过程我可听得清清楚楚,可惜了,你跟他都没杀我的本事!"

"你到底要什么?"刘成楠越来越搞不清楚眼前男人的目的了。

姜瑜期此时嘴角露出了一丝狞笑,他俯身贴近刘成楠,二人的鼻尖近乎碰到了一起:"要个痛快!"姜瑜期说到这里顿了顿继续道,"我们玩个游戏,江湖游戏,从现在开始,我就在你附近,拿着你所有罪证时时刻刻盯着你。我给你两天时间,你有本事就找人把我杀了,你杀不了我我就杀了你!当然,你找的这个人必须像点样,别侮辱我的水平。如果你自己动手,或者派那个连靠近我都不敢的孬种刘建伟和他的小弟,你就等着两天后我把你的脸彻底划花,扒光你的衣服然后把你吊在金权集团大门前供你所有下属欣赏……"

变态……眼前的男人无疑是个疯狂的变态……

刘成楠刚要说什么,冰冷的刀尖又仿佛要刺进她的脸,于是她只能屏住呼吸继续听姜瑜期道:"不要想着报警抓我,只要你报警,我就立刻把所有证据全交给警方。你可别以为刚才咱俩只是纯聊天,录音这种事我经常干。你要是把我逼急了,我不介意除了报警之外,把你说的话传到网上@所有主流媒体,到时整个金融圈都会把你刘成楠当笑柄,那样一来,你过去快二十年的努力,以及你这张脸,可就真的彻底废了。"

514　第一批招供

　　"可以啊鱼七！有这口供，我们就好顺方向查了！我跟稽查总队那边也通个气儿！"赵志勇收到姜瑜期发来的刘成楠口供后，万分激动。周五上午的抓捕行动非常顺利，9:38，当阳鼎科技的股价出现了第一波异常波动时，黄金就在经侦警察的枪眼下高高举起了手，金宝物流地下室里的一百多人连同电脑一起被押回了警局。

　　汇润科技总经理王飞和其秘书蔡欣是在自己的办公室里被带走的，蔡景是在安安大健康总部的会议室里，警察当着他几个下属的面给他扣上了手铐，而王潮这种无须按时上班的投资总监，则被捕于家中。这些人在被捕时不是开着电脑盯着盘，就是揣着手机盯着盘。

　　"行了鱼七，我懂的，李队那边你放心，他也想先听听抓来的这些人会给出怎样的口供，尤其是王潮和蔡欣，现在刑警队一直派人盯着刘建伟那废工厂和别墅。"赵志勇道。

　　姜瑜期坐在金权集团楼下拐角的一个长椅上，夜幕已经降临，但刘成楠的车一直没开出来。姜瑜期从路边便利店买了八宝粥、牛奶和豆浆，他喝得比较慢，因为浑身确实感觉有些乏力。好在，此时金权大厦周围，早就不只他姜瑜期一人了。各个点位的盯梢人员已经就位，赵志勇怕姜瑜期的身体状态不足以应付突如其来的危险，连狙击手都给他派来了，就为了满足他这个大功臣虚无缥缈的猜想。

　　而刑警队为此也十分上心，他们将全队上下分为三组，一组在警局配合经侦支队的审讯，一组盯梢刘建伟及其小弟，一组则埋伏在姜瑜期与刘成楠附近。刑警队认为，这次无论谁对姜瑜期动手，都能直接抓个现行。难得姜瑜期如此配合，当然，如果这个人是刘建伟那伙的就更好了。

　　看了看时间，晚上8:04，坐在长椅上的姜瑜期突然心血来潮，尝试把空牛奶盒扔进几米开外的垃圾桶内，他认真瞄准了两三次，还是失败了。牛奶盒落在了距离垃圾桶十公分的地面上，姜瑜期只好起身走过去，捡起盒子扔了进去。

相比于惊心动魄的对峙,警察的工作更多时候是很无聊的。走访各种街坊民众厘清人物关系,遭人白眼地寻找可能的目击证人;没日没夜监听他人通话或者查视频监控,要不就是像姜瑜期现在这样,百无聊赖地守株待兔。

他想着既然刘建伟那边已经被盯死了,刘成楠此时仍在自己的办公室,王潮他们又全部被捕,这时真要还能出现什么人,肯定就是先前不知道的狼了。

警局审讯室这边,关于金宝物流最近几年的违法交易,警方获取口供的过程还算顺利,毕竟一个人的嘴好封,一百多人的嘴可就难封上了。这些操盘手中的大多数,自身得到的利益不多,赚外快罢了,又没见过如此肃穆的审讯场景,不少人没两下就全招了,其中一些人的口供如下:

"我参与的是这次阳鼎科技与和讯阳光,交易账号是大头哥给的,就连密码都是他给的。"

"我刚开始是被大头哥骗来的,说只要坐在电脑前买进卖出几天,就给我两万。"

"大头?大头就是黄金,黄总,我们都叫他大头哥。"

"我也怕啊,但想着电脑、账号都不是我的,那个地下室也比较安全,应该没人会发现。而且我一直没给黄金我的身份证和银行卡,他其实都不知道我的真实身份,钱我也从来都是要现金。"

"和讯阳光?我没听说,警察同志,我发誓就只干了这一次!"

"周豪是我们的领班,他干三次了。我们这个小组什么时候买什么时候卖,都是他说的,当然他也是听大头哥的。"

"我当初想着这样也没啥,你们抓我,为什么不去抓那些帮各种网上商铺,还有各大短视频平台刷流量的?那些人也违法啊!"

"刘成楠?不认识,没见过。"

"我不认识王潮。"

"王菲?王菲不是谢霆锋的女朋友么?哦哦……飞翔的飞啊……不认识。"

"你说的这个叫蔡景的人我不知道,我认得的就是大头哥,其他人都没兴趣知道,跟我一个操作间的,我也不跟他们说我是谁,不过周豪我是认识的,他是领班。"

"我是周豪,2014 年来的青阳,原先确实在企鹅的游戏部门,后来因为一些原因离开了,去别的公司做游戏运营,但小公司比较难生存,奖金也不多,青阳房价又太贵,我就想着赚点外快。跟黄金 2014 年底见过,在一个清吧台球厅偶然认识的,他带我入了这行,第一单做的是三泰发展,后来是明德紫光,然后是和讯阳光,我知道金权集团的刘成楠,也熟悉经常合作的那几家配资公司,还有壳公司。"

"壳公司就是大头哥合作的金主希望避人耳目用的,一般他们会把资金打到海外,再从海外转到那些壳公司账上,然后由壳公司打给我们。"

"你们说的那些人,我只知道刘成楠,有次见过,四十多岁,短发。王潮、蔡景和王飞这三个名字听大头哥提过,但都没见过本人。"

赵志勇看完口供笔录后,认为这些小喽啰的回答还算全面合理,他们操作过的那些上市公司,与刘成楠的口供也能对上。

只不过,口供归口供。目前警方缴获的电脑中所有交易账户确实都是新开的,以往的那些账户因为代码较长,只有少数操作员回忆出了账户所对应的实际人名,其他人则表示确实记不清了。

"烧电脑,黄金你够可以!"赵志勇亲自对金宝物流的负责人黄金进行审讯。

黄金急得满头是汗,连连叫苦道:"都是刘成楠逼的。都是她逼的,她说烧了给我买新的,本来这行我都不干了,我早都不想干了,是她 2014年来找我,逼着我干。"

赵志勇冷哼一声:"你自己不张罗,不卖力,她如何逼着你干?"

"她威胁我啊!"黄金用被扣着的双手捶了一下自己的大腿,"她说我要是不帮她,就把以前我跟她做阳鼎科技的事情抖出去!阳鼎科技当时她是听到消息说不能卖,说年底公司要并购重组,会有大利好,我当时就是个法盲!我也不懂,我就以为操纵下股价被发现了顶多就是罚钱,后来才知道那是内幕交易,是要坐牢的!我没办法,我还有老婆孩子要养,警察同志你们相信我,我都是被逼的!"

515 第二批招供

"我问你,十多年前的阳鼎科技那次操作,以及后来的三泰发展、明德紫光与和讯阳光,你用的是不是同一批账户?"赵志勇目光炯炯地盯着黄金。

黄金很是吃惊,不知警方为何会如此确切地知道所有项目的名字,难道刘成楠已经被抓,所有人都招认了?

"那个……最开始没有那么多账户。"黄金立刻老实道,"第一次做,搞不到那么多人的身份证,所以阳鼎最开始的那次,也就三十多个。后面慢慢多的,我记得是到明德紫光的时候,账户才破了百。"

"你所有的这些账户,明细在哪里?"赵志勇质问一句。

"没……没有明细。"

见黄金回答得有些忐忑,赵志勇轻哼一声:"下面人说账户密码都是你给的,没有明细你自己可以用脑子记一百多个账户名和密码? 老实交代! 明细在哪里!"

"都在电脑里……"黄金低声道。

"那电脑在哪里? 你办公室么?"

黄金闻言,手指开始紧张地揉搓起来,吞吞吐吐道:"电脑……跟地下室那批一起烧了……"

"你说什么?"赵志勇把手中的资料往桌子上用力一拍,直接站了起来。

"警察同志你听我解释!"黄金那被扣着的双手下意识举到了胸前,好似怕赵志勇会扑过来打他一样,"主要是因为出现了七少的事情,刘成楠说他可能是警察。我也害怕,留下记录终究是一个祸端,十多年前的老账户我其实早都销户了,避免刘成楠以后再威胁我。"

赵志勇听后沉思了片刻,想着从黄金的立场来看,确实发现苗头不对毁尸灭迹是第一步。这也是他为何会如此配合刘成楠,把电脑全烧了。

"既然前阵子你都已经有所警觉,且以前的记录都烧毁了,为什么这次的阳鼎科技,你还会同意继续干?"赵志勇问。

"因为这次合作的又是阳鼎科技,之前已经做过一次了。而且这次电脑是刘成楠买的,连新账户都是她给我的,她现在有钱了,搞账户也不是难事。她说蒋一帆没问题,如果有问题怎么可能拿自己家当小白鼠,还说七少她调查过了,是我们先前多虑了。总之她极力怂恿我干,蔡景王飞他们也都愿意干,钱很快也进来了。王潮也跟我保证蒋一帆没问题,我想着大家都合作那么多次了也没出事,就答应了……"

赵志勇听后,语气不以为然:"所以你是说,从头到尾都是刘成楠怂恿你,而非你个人的主观意愿?"

"对!是的!"黄金仿佛被警方说中了心里话,"我有录音!你们查我手机!我有录音!她来我地下会议室谈的!都是她指使我这么干的,从头到尾她刘成楠都是主谋,我就是个被逼无奈的小苦力!"

赵志勇皱了皱眉:"你那个会议室不是谈话前不准开手机么?"

黄金闻言,不说话了,嘴角抽动地笑了笑,赵志勇立刻明白过来,这个家伙肯定有两个以上的手机,一个在大家面前关掉放桌上,另一个随便藏一个地方即可,可以是衣服口袋,可以是沙发下面……

"可以啊黄金,自己留一手啊,你是怕刘成楠,或者其他参与人以后又威胁你时,你也有反制的筹码对吧?"看着赵志勇洞悉一切的眼神,黄金点了点头:"他们的资金绕那么大一圈,比我安全多了。我保不准就被他们踢出去当替罪羊,我也要自保的。"

"你都违法了还怎么自保!"赵志勇气得吹胡子瞪眼。当然,他除了气这些犯罪分子本末倒置的逻辑外,还气之前数次交易的账号明细被毁了。

其实账号被注销并不能抹清证据,只要这些账号发生了交易,系统都会有交易记录留存,只不过,如果是从茫茫几百万个交易账户中找出违法违规的那一百来个,工作量很大。下属此时送来了黄金说的那个手机,赵志勇把录音听了一遍,与姜瑜期安的那个窃听器先前传回来的信息一致,也证明了黄金方才说的基本属实,除了刘成楠承诺他的报酬他只字未提。

刘成楠说:"黄总,如果这次阳鼎做成了,我们队伍就真的又壮大了,到时分成给你两倍。"

"真特么无利不起早。"赵志勇内心骂骂咧咧地走出审讯室时，还听黄金喊道："我都坦白了警察同志！没有保留！全都坦白了！能够从轻发落吧？"

砰！这用力的关门声，就是赵志勇给黄金的答复。

赵志勇深呼几口气，平复了下情绪，正准备给资本监管委员会稽查总队的陈冬妮打电话，就听一个声音喊道："赵队，好久不见。"赵志勇抬头一看，正是一脸笑意的陈冬妮。

她跟赵志勇来到副支队长办公室，将身后的背包卸下，拿出电脑打开了一个 Excel 文件，文件内容让赵志勇大吃一惊。

"赵队，关于金宝物流操纵市场的交易账户，我们通过锁定时间段和交易量，确定了 87 个账号，剩下的少数账户估计是他们备用的，有这些，定罪足够了。"陈冬妮道。

原来，陈冬妮一个半月前就收到了姜瑜期的邮件，邮件里详细说明了和讯阳光市场操纵的来龙去脉，还附了一张照片。照片信息正是蒋一帆当初手写下的参与人员与若干账户名。由于这些账户大多都是自我交易，相互买卖，稽查总队按图索骥，花了一个多月时间终于挖出了 87 个确定的违规账号。

赵志勇也把这边的审讯结果全部分享给了稽查总队，临别时激动地与陈冬妮握手，感谢道："多亏你们了！"

陈冬妮只是笑笑："赵队，这好像本来就是我们稽查总队的工作，就算鱼七不把邮件发给我，我们其实也早就盯上和讯阳光了。现在监管使用的追踪科技越来越先进，交易所新系统的研发就是针对刘成楠和黄金这类人的。"

"但你们还是需要我们的，涉及刑事案件，你们不能限制人身自由！哈哈哈哈！"赵志勇玩笑一句。

如果接下来的事态进展都能如此，赵志勇就能彻底松口气了，只可惜，这个世界上有软柿子，自然也有硬石头。

王潮和蔡欣，就是所有人里的硬石头，他们虽然承认了经济犯罪，但对于蒋首义的死和与刘建伟的关系，拒不招认。

516 死猪不怕烫

"新城集团董事长蒋首义,可能未来有一天,需要你帮忙。"

"多大年纪?"

"五十五岁。"

"这种岁数,有基础病的概率比较大,我们可以查查。如果有,不需要特意动手,顺水推舟就行。"

"你们是行家,你们说的算。"

"但是兄弟,我不喜欢'可能'这种用词,万一你最后决定不干,我兄弟们岂不是白忙活?"

"分期给,第一期你要多少?"

"至少 3 成。"

"没问题。"

赵志勇按下了停止播放的按钮,目不转睛地盯着蔡欣。蔡欣脸上没任何波澜,两眼一直盯着警察审讯桌的一角,思绪仿佛被刻意转移到了另一个空间,对于赵志勇的任何提问都闭口不言。

而王潮对此的回应是:"警察同志,我听不清。"

"这是你与刘建伟的对话,你听不清? 你背都应该背得出来!"赵志勇道。

"我不知道您在说什么。"见王潮睁眼说瞎话,赵志勇冷笑一声:"蔡欣全都招了,你还端着有意思吗? 她承认是你买通刘建伟杀了蒋首义,好促成新城集团的借壳重组。刘建伟的人还为此特意去医院拿了蒋首义的就诊记录,他们盗取一个蛋糕店店员的手机给蒋首义拨了电话,用言语激怒他至其心梗而死!"

赵志勇用警方的推论,谎称是蔡欣的证词,因为这个推论很严谨,是通过刑警队的医院走访记录、蒋首义手机通话记录、蒋一帆的个人调查和鱼七提供的录音综合分析得出的。

王潮听后,露出一副很惊讶的样子,继而问道:"那蔡欣有没有说我给了多少钱?"

"给多少钱重要吗? 主谋是你你赖不掉。"赵志勇神情严厉。

"刘建伟人在哪里? 我想当面对质。"王潮不紧不慢。

"轮不到你来提要求,这罪你认还是不认?"

"证据呢?!"王潮淡淡一句,"你们没有证据,就硬说我跟蔡欣的假表哥勾……"

"这个录音就是证据!"赵志勇提声打断了王潮的话。

王潮闻言嗤笑一声:"现在模仿别人说话的行家那么多,警察同志您应该多看看配音类的综艺,配音专业的不少男生都能模仿出来,还有很多民间配音组织。比如网上很火的胥渡吧,他们模仿的声音跟那些明星相差无几,不信的话我可以给您联系联系。"

王潮这套说辞可能是即兴想的,也有可能是事先准备好的,总之赵志勇从王潮的面色中读出了应对自如与从容不迫之感。王潮笃定蔡欣就算招供,也没有实质性证据,而刘建伟,应该还没被警方抓到。

"不要太嚣张,等我们抓到了刘建伟,一切都水落石出。"赵志勇正声道。

王潮听罢只是笑笑:"你们抓到了刘建伟也无济于事,他的口供不能用。他一定把什么事都往我身上推,因为他喜欢我的未婚妻蔡欣,是蔡欣的相好。你们可以去问问蔡欣,跟我在一起的这几年,她都背着我干了什么。"

赵志勇还没来得及说话,只听王潮接着道:"我想你们警察办案,不会单凭一面之词,你们警察是公平公正、讲证据的。"

"呵呵,我们当然讲证据,如果说刘建伟要害你,伪造录音,那么蒋一帆呢? 他可也坦白说,你早就知道蒋首义是被人谋杀的,让他回家找他爸手机的人就是你。"

赵志勇说着调出了蒋一帆保时捷车里的录音放给王潮听,这些录音自然全是姜瑜期提供的。

王潮皱着眉头听完后,浅浅一笑:"这说明不了什么。"

"没看出来你还真是嘴硬到一定程度了!"赵志勇眯起了眼睛,将背靠在椅背上,双手抱在胸前,"你可别说这录音也是伪造的,真不巧,这段

532

录音是蒋一帆车里的监听装备录下的。当晚录下的还有他行车记录仪里你的身影,证明当时你确实人在车里。"

赵志勇说着站起了身,走到王潮身边弯下腰来朝他耳边说:"我就很好奇,他蒋一帆是如何当着你的面,在车里找一个声音很像你的人来栽赃你的?"

"这话是我说的我承认。"王潮道,"但这说明不了任何问题。我确实知道蒋首义的死是人为促成的,但这个我也是事后才知道的。"

"你通过谁知道的?"

"这个你要去问刘建伟了。"

"王潮!"赵志勇直起了身子怒骂一句,"我告诉你,周一,最迟下周一,刘建伟我们一定会抓来,到时候你想赖也赖不掉!"

蔡欣和王潮的表现气炸了赵志勇,更气炸了刑警队,蔡欣跟个石头一样完全不开口,王潮则是一副千年老赖的嘴脸,他很显然知道坐牢逃不掉,毕竟经济犯罪只要确定目标,资金链很容易查,但刑事犯罪的开脱空间就比较大了。

"赵队,姜瑜期那边一定要等到下周一么? 我现在就想去把刘建伟那一窝抓来! 正好刚才属下说他那些小弟今晚全去了别墅,好像是搞聚会,咱们正好来个瓮中捉鳖!"刑警队李队长朝赵志勇道。

赵志勇抽出了根烟,点着后深深吸了一口,道:"再给鱼七一点时间,不差这一两天。抓来容易,但抓来了如果他们跟王潮一样死命抵赖,我们又没实锤证据,还是得放虎归山! 所以再等等,说不定他们现在在别墅,就是研究怎么对鱼七下手,咱们盯紧点儿!"

赵志勇虽然这么帮着姜瑜期拖延时间,但因受到蔡欣和王潮的刺激,他也有些急了。何况大老虎刘成楠还在外面,万一手下有疏漏没看紧,让刘成楠跑了,可就损失惨重。

于是姜瑜期接到了赵志勇的催促电话,他敷衍了几声,挂掉后没做任何事,只是把手机闹钟设定为每五分钟振动一次,这样才能保证有些困乏的他时刻保持清醒,注意周围动向。

整个周五和周六,一片宁静,直到周日上午 7∶35,刘成楠才终于驱车,在所有监控人员视线下,从金权大厦回了家。

517 体面的选择

"刘总，你没多少时间了，最好快点。我耐心有限，再不对我动手，我就先把你邮箱里的那段录音曝光给媒体，当然，还有红水科技的调查报告。"

周日上午10:00，姜瑜期在给刘成楠发完这条信息前，就把刘成楠以横平爆炸案威胁蒋一帆的录音，以及财经网记者李帆整理的《红水科技调查报告》给刘成楠的邮箱发了过去。

刘成楠的邮箱姜瑜期根本不用特别去查，蒋一帆早就报备给他了。

姜瑜期之所以想加快进程，并不是为了迎合赵志勇，而是他两天两夜没怎么合眼，再加上怕犯困，一直不敢吃药，身上本来也没带药，胃已经开始隐隐作痛了，且精神也相当困乏，姜瑜期不确定自己能不能以一个正常人的状态撑到周一。

不过姜瑜期确信，录音加报告这两个筹码绝对会给刘成楠更大的压力。

横平爆炸案牵扯四条人命，红水科技如果上市失败且名声被败坏，金权集团的上亿投资就打了水漂，再加上周五上午姜瑜期从刘成楠嘴里取得的口供，如果刘成楠还想活命，没理由不赶紧想办法杀了姜瑜期。

可直到姜瑜期等到周日下午3:00，周围都没任何动静，刘成楠依旧躲在自己的别墅里，于是姜瑜期无奈一笑，抽出手机，给财经记者李帆去了电话。

李帆等这天早就等得望眼欲穿了，她的新闻稿几个月前就已写好。如今发新闻不比从前，需要等报纸排期，时下只要责编、主编审核过，随时随地，想发就发。于是，一篇名为《涉嫌欺诈发行：红水科技》的文章在3:30时刊登在青阳最大的财经网首页头版头条上。还加了编者注：本文为独家深度调查报道，揭露正在审核期间的拟上市企业红水科技涉嫌欺诈发行，包括涉嫌过度包装与未披露关联方舞弊等问题。报告期内，红水科技连续三年销售额占比80%左右的核心客户，安安大健康有限公司披露开展胶囊胃镜检查项目的门店数量及胶囊使用量,比记者实地调查得到的真实情况夸大了100%至250%,涉及对应的销售额超过2亿元。

该新闻稿给出了具体的记者暗访门店数量,门店地址,以及红水科技胶囊胃镜在其关联方安安大健康体检中心的真实售价。

文章案例翔实,段落间还嵌入了图文和短视频以及记者采访录音,举证无懈可击。

姜瑜期毫不犹豫地将整篇新闻稿摘要及其全文链接给刘成楠发了过去,还不忘短信提醒她查收邮件。

但无论姜瑜期发什么,所有的信息就跟石沉大海一样,没有任何回音。最后姜瑜期只得跟几个盯梢点的警员,通过无线对讲系统反复确认刘成楠的情况,但得到的答案都是刘成楠自从进入别墅后,就没再出来,同样原地不动的还有刘建伟和他的小弟。

刘成楠不出别墅还算正常,毕竟她今天早上才回来,姜瑜期给她的最后时限也没到。但刘建伟那群男人全挤在一个别墅里,就算是周五晚上搞派对,怎么样周日也应该有人离开了。

姜瑜期虽然心中有疑问,但他也不可能离开刘成楠的住所去研究刘建伟究竟在搞什么,他能做的只剩下等。

等到周日下午6:00时,姜瑜期收到了李帆的一条信息,信息内容很简短:下一条可以发了么?

姜瑜期回头望了一眼别墅,回复道:晚上8:00如果我还没联系你,直接发吧。

李帆收到这条信息后跟打了鸡血一样在反复改文章,晚饭也不吃了。她想把这第二则爆炸性新闻写得尽可能既抓人眼球,又翔实具体。与李帆同样振奋的还有她的小编团队,他们甚至自动聚集到公司,全体成员反复听着李帆发给他们的录音,兴奋得不能自已,心想憋了那么久李帆果然没有忽悠他们,猛料足足的!

而当李帆的手机桌面时间变为8:01时,她仍旧没收到来自姜瑜期的任何信息,故一篇名为《一弑四命,横平惊天爆炸案幕后主谋身份曝光》的文章迅速传遍全网,文中语音事实证据全部指向了金权集团副总裁刘成楠。

时间一分一秒地过去,姜瑜期仍旧未感到周围出现一丝杀气,熬夜对一个癌症晚期的病人来说杀伤力很强,何况还连续熬了三个晚上,极端疲累的姜瑜期几乎是靠意志力撑到了天亮。当刑警队队员冲入刘成楠别墅时,姜瑜期没有参与,也没力气参与,他只是坐在别墅前的花圃旁边,手搭在双膝上,闭着眼睛低着头等待一切结束。

结果远远出乎所有人意料,刘成楠并不是被警察扣着手铐带出来的。她床头柜上,放着一瓶安眠药。于是刘成楠就这么在姜瑜期讶异的眼神中,被警员们裹着白布抬上了警车。

姜瑜期从来没有想过,刘成楠会给他一个这样的答案,不过这样的答案似乎也在情理之中,刘成楠还是刘成楠,生命和脸,她最终还是选择了后者。

自杀就是对所有罪行的无声招供,或许像刘成楠那样长期坐在高高王座上的人,无法接受警方的审讯、臣子的出卖与众人的唾弃,所以直到最后一刻,她都将选择权掌握在自己手里,她的选择权告诉她:即便到了最后一刻,还是要体面。

姜瑜期无须再担心会有其他的狼出现,毕竟喂养这些狼的主人都死了,他们还会有什么动力冒险出窝对蒋一帆和王暮雪动手呢?

在刘成楠的尸体被送回警局的同时,姜瑜期去了医院,因为他感觉什么都吃不下,全身难受乏力,只想尽快吃药和输营养液。见姜瑜期在雪白的病床上沉沉睡了过去,陪同他前去的警队人员离开了,接下来无论是经侦队收案,还是刑侦队抓捕刘建伟,都很忙。姜瑜期这次没做任何梦,这是他几年来睡得最沉最安稳的一次,直到他的身体因为猛然出现的背部剧痛而惊醒……

518 意外被狼咬

当姜瑜期的头套被扯下时,整个人侧身躺在地上,屋内并不耀眼的灯光刺得他双眼发痛,两手手腕处紧勒着的绳子和身体压着的重量,让他左手手臂麻到近乎没了知觉。

恍惚间,姜瑜期看到四五条穿着牛仔裤或土灰长裤的腿,这似乎是一个密闭的房间,但绝不是医院,房间大致三十平米宽,阴冷潮湿,姜瑜期隐约闻到了臭水沟和死老鼠的味道。

　　此时一个浑厚而低沉的声音在房间里响起:"七少,Seven,鱼七,你的身份可真多啊姜警官。你说你那么大费周章地想逮我的大客户,到头来自己能捞几个钱?"

　　姜瑜期没回答,只是微微甩了甩脑袋,努力让眼睛适应周围的光线。他看到一个高大的身影站在距离他两三米的位置。那人穿着鲜红的背心,留着利索的板寸头,黝黑结实的肌肉向外隆起,一块块跟石头一样硬。威猛的身形挡住了老旧吊灯投射过来的大部分光。

　　姜瑜期在未完全看清那男人面部轮廓的前提下,就断定他是刘建伟。

　　"本来吧,我一点也不想为难你的姜警官,给你个痛快我也省事,拿钱还快,可你在我客户面前毁我名誉,手里还有属于我的东西,你让我今后生意很难做啊!"刘建伟说完,直接走到姜瑜期跟前朝他的腹部狠狠踹了一脚。

　　姜瑜期虽然极力忍着没发出任何声音,但他整个人已然蜷缩成一团,膝盖护着腹部,眉心锁成一个"川"字,由于他手脚都被绳子紧紧绑着,根本无法还手也无法站立。

　　刘建伟居高临下地俯视着完全在他掌控之内的囚徒,大拇指一抹嘴角,愤恨地踹开姜瑜期的膝盖,随即又朝他的腹部猛踢了下去,边踢边道:"说老子是孬种是吧!说老子没本事是吧!说老子动不了你是吧!"

　　刘建伟这一脚又一脚均踢在姜瑜期腹部的同一个位置上,直到姜瑜期接连吐出了好几口黄水,侧脸由于与地面摩擦都破了皮,刘建伟才用脚把姜瑜期的身子踹翻过去,随即上前一步再次用脚背狠踢他的脊椎骨。一次一次又一次,刘建伟好似有使不完的力气,他边踢边吼道:"也不看看青阳是他妈谁的地盘!我要想杀你,就你身边那个丫头拦得住?!说老子孬种!说老子没本事!他妈你再说啊!再说啊!"

　　由于姜瑜期的双手被捆在身后,刘建伟的脚力时不时也落在他的手上,每当这时,房间里的几个男人,包括姜瑜期自己,都听到了手指骨咔啦碎裂的声音。姜瑜期疼得钻心刺骨,腹部的肠子好似全搅在一起,脊椎像是已经被踢裂了,手指更是没了知觉,但他仍旧一声都没叫,只不过下嘴唇已经被他自己咬出了血。

"可以啊,条子就是条子,受过训练是吧？你他妈受过训练是吧？"

说着刘建伟用力把捆着姜瑜期双手的绳子松开,命令两个手下把他的手按牢在地上,同时朝另一个人道:"拿根棍子来。"

不一会儿,刘建伟的手里就出现了一根擀面杖粗细的木棍。

刘建伟并没用木棍打姜瑜期,而是将木棍竖起,一端顶着姜瑜期的胃,冷笑道:"刚才只是让你热热身姜警官,我这一棍子戳下去,你还能不能说话,可就不一定了。"

此时横躺在地上的姜瑜期,只感觉全身早已疼得刺麻,由内而外,好似内脏和骨头都要炸开一样,这使得他表层的皮肤都变得不再敏感,原先冰凉的地面不再那么冷了。但姜瑜期的神经始终绷着一根弦,这根弦让他身体还能勉强做出微弱的防御准备。

"说！我跟蔡欣的对话录音,你存哪里了?"刘建伟质问道。

见姜瑜期只是微睁着眼睛看向天花板不回答,刘建伟眼里放出了凶光:"别他妈以为我不知道你在她包下面装了窃听器,我女人始终是我女人,她发现的当天就告诉我了,还说很大概率就是那天来见我的时候,撞她的人干的,而那个人跟你一样,手上绑着红带！"

姜瑜期笑了,边咽着嘴里的血边道:"所以呢?"

"所以你他妈的录音存哪里了?!"刘建伟在说这句话时,棍子往下用力钻了一圈,钻的部位正是姜瑜期的胃。

透过棍子的传导,刘建伟的双手都可以明显地感觉姜瑜期的身子在抖,他的脸色已经全青,鲜红的血与白色的唇形成鲜明的对比。刘建伟轻哼一句,扔掉了棍子,朝身后的一小弟说:"便宜他了,去,拿筷子来！"

"大哥,要筷子做啥?"小弟听得一愣一愣。

"叫你去你就去,别他妈废话！"刘建伟一脸不悦。

或许在场的一些人还没反应过来为什么刘建伟要拿筷子,但姜瑜期明白,他想重复刚才的动作,只不过器械换成了横截受力面更小的筷子,这样相同的作用力,压强更大,自己会更痛。

"姜警官,别逼我,我再问你一次,录音在哪里?!"

刘建伟声落后,姜瑜期只是淡淡地说了一句:"要到了录音,你也逃不掉,你死定了。"

"你他妈的!"刘建伟说着就把筷子像捅人那样捅向了姜瑜期的胃,力道之大让姜瑜期发出了连他自己都无法控制的那种撕心裂肺的嘶哑叫声,众人见姜瑜期浑身抽搐了好几下后,直接昏了过去。

刘建伟站起身,猛地又踢了一脚姜瑜期,命令道:"拿几桶凉水来,泼他脑袋泼到醒为止!"

刘建伟的别墅当然不仅仅只是别墅而已,那里面有他花了两年偷偷修成的地下通道,一直通向离别墅800米外的荒郊,周五中午他就接到了刘成楠的电话,让他无论如何一定要两天之内干掉姜瑜期,酬金可以翻三倍。

519 没内幕交易

"当时王潮是我们阳鼎的督导人员,整个明和证券就他跟我们对接,所以我们公司年底要上新品,他知道很正常,你们可以去问问现在上市公司的督导投行,这些信息都是企业可以而且也应该告诉券商辅导员的。"审讯室里的王建国解释道。

赵志勇点了点头,轻轻应了一声。

从资金流水来看,王建国和陈海清确实没参与十多年前那场内幕交易。

当时夫妇二人作为阳鼎科技实际控制人,股票虽然还在锁定期内,但已通过上市实现了价值最大化,摇身一变成亿万富翁,且手头的资金都投入了公司再生产,也没有多余的钱。如此一来,那场内幕交易的直接参与人员就是刘成楠、王潮与黄金。

王潮作为督导人员,将所知的信息告知了刘成楠,而刘成楠找来了黄金担任具体操盘人员。

"是的,我十多年前就认识刘成楠。"王潮道,"阳鼎科技上市前两年,我们明和进场规范时,他们金权就有参股意向,来过企业现场。当时她还只是金权青阳分公司的投资副总监,我们彼此聊得来,即便金权最后没有投资阳鼎,我们也始终保持联系。我记得第一次的饭局是在辽昌四季酒店吃的,我、王总都在场。"

王潮话里的王总,指的自然是阳鼎科技董事长王建国。

关于与刘成楠的认识时间,王潮没隐瞒的打算,正当赵志勇看着手里的资料,一警员推门报告一句:"赵队,找到了!"

赵志勇闻言猛然站起,把资料丢到桌上就随那名警员出了审讯室。

"我就说怎么可能一帮大活人突然人间蒸发,这么多人都盯着,赵队你猜咋地,刑警队在刘建伟那别墅找到了一个隐秘的地下室,地下室有一块地板是空心的,但从下面被锁上了,他们费了很大功夫撬开后发现是一条暗道,弯弯曲曲的,出口是后山一个荒地,不过还好,找到了车胎印……"

"你就直接说最终地点!"赵志勇不耐烦起来。

"在距离机场一公里的一个废村里,村子荒了一段时间了,那些村民在政府给了拆迁费后都搬走了。刘建伟的车子停在村外,具体哪一栋屋子,还没传回信息。"

"姜瑜期确认跟他们在一起么?"赵志勇问。

"还不确定,但他现在找不到人,手机也关机了,与刘建伟消失的时间几乎同步,很大概率是被绑走了。"

赵志勇皱起了眉头,继而问道:"医院监控呢?"

"查了,没查到,刘建伟那帮小弟之前观察了那么多次市区医院的环境,绑人时铁定绕开了所有监控,但姜瑜期如果自己离开,不太可能故意不走电梯绕开监控,所以十有八九……"

"刑警队那帮人就是废物!那种时候怎么能扔鱼七一个人在医院!"赵志勇咬牙切齿地骂道。

"赵队,也不能怪他们,刘成楠自杀后,他们以为金主死了刘建伟肯定不会做免费的事儿,而且其实刘建伟别墅那个组的行动比刘成楠那边还快10分钟,主要是他们预想别墅里有十来个男人,极有可能都有武器。他们在外面喊话花了不少时间,见始终没有回音,才强行攻入,最后发现里面根本没人……"

"那之前盯了那么多天难道没发现异样?"赵志勇脖子上的青筋都炸了出来。

"赵队,您知道前天晚上我也去了,别墅都是亮着灯的,还有音乐,电视声……"

"你到底是他们的人还是我们的人?!"赵志勇说着一抽那警员的胳膊,"障眼法不懂么?刑警队盯梢的人肯定是被发现了,刘建伟那帮小弟有前科的不少,对我们经侦干事的不熟,对刑侦的人极有可能是见过的。妈的,肯定是被认出来了……"

赵志勇边说边在走廊上踱步:"他们周五之后就没出来,估计那时就已经有所警觉了,既然有那个地下道,说不定那些人在周六周日就逃走了,还能抓到多少都是个未知数。"

实际上,当时刑警队2组在刘成楠这边收工后,就去全力支援3组抓捕刘建伟。

姜瑜期去医院时,3组的人正在全面搜查刘建伟的别墅,他们不敢相信,就在自己眼皮子底下的人可以突然消失,他们一直认为人就在别墅里,只是藏在某个暗室中。

在外部全面包围,内部紧张搜索的过程中,2组暂时没有多余的时间汇报动态。

地下室的入口相当隐蔽,进入地下室后,地道的入口也极难被发现,3组从闯入别墅,到找到那个入口,花了38分钟。

所有警员都认为,刘建伟那帮人就藏在地下道里,地下道的构造他们事先不知道,为了保护警方安全,他们一点一点深入排查,避免踩到机关陷阱,这个过程耗时更长,近乎用了1个小时。

但即便那个时候,刑警队都认为地下室再往下,极有可能是一个藏武器或者其他违禁物品的地窖,即便通往这个地窖的通道有点长,但刘建伟他们一定全在里面,没人想到那只是一个纯通道,一直通向后山。

"李队,确认了,有间屋子里面有人!几个男人来回走动,其中一个是刘建伟,只能看到他们都俯视着地面,看不到地面有什么。"一名警员放下望远镜朝对讲机小声汇报道。

此时的刑警队队长并不在现场,他如大多数队长一样,在办公室指挥调度。

办公室的门虚掩着,李队长的一句命令被恰巧路过的蒋一帆听了去,因为蒋一帆和王暮雪自从周五,就被赵志勇安排在警局,没有他的命令,谁都不能出去添乱。

蒋一帆听到李队的命令后,直接冲进他的办公室,说这样做姜瑜期会很危险。

李队的命令是:各方就位后,根据现场情况,找合适时机直接抓!

听了蒋一帆的观点,李队态度依然强硬:"姜瑜期在不在里面无法确定,这件事由我们警方处理。"

只不过,他刚说完这句话,桌面的固定电话就响了起来。这通电话的来源不是抓捕现场,而是警局管理物证的人员,他们汇报称:刘建伟给刘成楠的手机打了电话。这传递给警方一个极其重要的信息:刘建伟目前还不知道刘成楠已经死了,否则他不可能此时还给死者的手机拨电话。

520 这样最安全

"刘总,怎么? 又在开会?"刘建伟接起刘成楠电话后声音有些不悦。

"什么事?"电话中刘成楠的声音传来。

"人我抓到了,但还不能动,东西没搞到。"

电话那头的刘成楠顿了顿,道:"我打电话就是要告诉你,放了,他确实只是想跟我们玩玩,想赚钱,之前是个误会。"

刘建伟听后直接从椅子上跳了起来:"放了?! 你耍我啊?"

"他叔叔是个大人物,我们金权都得罪不起,你动他我也保不了你,所以放了,钱我照付。"刘成楠道。

"他妈我有把柄还在他手里!"刘建伟提声一句。

"我知道。"刘成楠相当淡定,"录音我已经替你要到了所有备份,U盘、电脑、网盘还有邮箱。U盘和电脑我给你,你自己烧了,网盘与邮箱账号和密码我也给你,你删完内容把账号注销即可。"

刘建伟听后眯起了眼睛,质疑道:"你怎么要到这些的?"

"这个你不用知道，费了些功夫。关键还是他叔叔，这个人的身份太高不能透露，总之关于你的东西我给你了，自己肯定不留，我们一条船上的，没理由害你，以后说不定还要合作。"

刘建伟听后思索了片刻，答应一句："行，你拿过来，还是要现金，一分不能少。"

"嗯，不过我俩现在还是少见面为好，我让信得过的人给你送去，这个人你绝对可以放心，他本就是知情人，而且自身也不干净，不少把柄在我手上。"

刘建伟听后第一反应是想骂街，他极端懊恼刘成楠还把这件事让其他人知道，但想着能拿到钱和录音才是关键，于是他答应了。

与刘建伟通电话的人，自然不是死而复生的刘成楠，只不过是一个被警局临时找来，声音模仿得极其像刘成楠的配音专业应届毕业生。

这还多亏了王潮那个老赖不屈服的狡辩之词，打开了赵志勇的新思路：怕什么，人死了，还可以找配音演戏！

蒋一帆将刑警队李队的命令和刘建伟来电的事情告诉赵志勇后，赵志勇就踹开了李队办公室的门："医院没看好姜瑜期就是你们的严重失职！现在绝不允许你们胡来第二次！"

李队脸一沉，冷冷道："赵副队长，你们队长都没用这种语气跟我说过话。"

赵志勇双手同时拍在李队桌上，切齿道："我的人在里面！在里面的是我的人！没有他你们连刘建伟是谁都不知道！"

"呵，我告诉你他是谁，他原名不叫刘建伟，叫彭铁，横平山口县彭家村人，横平1号特大杀人案的逃逸凶手，他整了容但整不了DNA。"

李队之所以可以直接锁定刘建伟的真实身份，是因为他们在刘建伟住的那栋别墅中找到了几根未被清理干净的毛发，带回警局做了DNA比对。

"彭家村，就是横平爆炸案发生现场的那个村。"李队补充道，"关于这点横平市公安局那边已经重新组成了专案组，仔细查了彭铁小弟从青阳到横平的行踪。高铁站，附近便利店，高速公路摄像头能看的全看了，他们确实开过那辆走私车去过风景区，时间也匹配，没有任何不在场证明。"李队说着站了起来，在赵志勇和蒋一帆有些诧异的眼神中继续道，"他刘建伟之所以选横平下手，无非是他熟悉那边的环境，尤其是他知道自家村附近那条老公路根本没有摄像头，村里人又少，所以夜里在村口附近炸车，几乎不会有人发现。"

除此之外，李队还跟赵志勇说了很多关于刘建伟之前所犯的案子，刑警队重新按图索骥找到了不少直接证据。李队告诉赵志勇这些的目的，是想强调他们刑警队这段时间做了很多工作，远不是单纯指望别人送肉吃的态度。

"志勇，横平1号特大杀人案死了四个人，都是彭铁所为，单凭他刘建伟是彭铁这一条证据，就是死罪，我们不需要等了。"

"那也不能硬闯！至少要按一般解救人质的方法，先派谈判专家去！"赵志勇很坚持。

"我建议还是听听他打电话给刘成楠想说什么，再决定。"刚才一直保持沉默，认真聆听的蒋一帆此时突然开口道，"这样可以摸清姜瑜期现在的状况，也可以试探刘建伟目前所求，对接下来你们的解救和抓捕行动有利。"

于是，就有了假刘成楠与刘建伟的通话。

这次通话至少证明了，姜瑜期确实在他手上，且暂时没有生命危险。刘建伟目前想要的，就是钱和属于他的录音。

"如果他要的是这两样，我去送，把姜瑜期换出来。"

毫无疑问，蒋一帆的这个提议遭到了李队强烈的反对，这无疑是把一个普通市民主动放入狼窝中。如果蒋一帆出事，他作为刑警队队长责任就大了。

但蒋一帆却很冷静地分析了自己非去不可的原因："我去是最安全的。第一，我在金权工作了很久，在他看来是刘成楠的人，身份立场他不会怀疑；第二，我之前跟姜瑜期合作的事情他刘建伟或多或少听说了，所以我是知情人，有录音的备份也可以解释；第三，如果警察出现在外面，刘建伟就知道自己肯定会被抓，那意味着他没有生的希望，因为他也知道DNA和指纹都无法整容，所以任何谈判专家都没用，他出来就是死罪，这种情况下他极有可能撕票，与姜瑜期同归于尽。"

蒋一帆说的很有道理，但李队仍旧想都没想就拒绝了。赵志勇思考再三，也觉得蒋一帆的这个方法确实是最安全的。

在刘建伟的房子外面部署警察去谈判，对于他一个死刑犯来说根本没有任何可谈的余地，故赵志勇认为，先把姜瑜期换出来，之后刑警队爱怎么抓怎么抓，反正刘建伟都是死罪，实在不好抓大不了狙击手一枪崩了。

赵志勇同意让蒋一帆去的同时，也把这个行动的责任全部揽了下来：
"我的人，我自己救！出了事，我赵志勇卸职负全责！"

521　不公平交易

刘建伟的人很警觉，蒋一帆下车时，他们还往里瞄了好几眼确认是否有别人，连后备厢都要求蒋一帆打开检查。

那是一座一层民宅，蒋一帆拿着银灰色手提箱进入后，便看到了刘建伟和其他两个青年男人，当然，他的身后还有两个。

"打开吧。"刘建伟抬起下巴，朝蒋一帆命令道，他此时坐在一张简陋的单桌后面，光着上半身，双手撑在双膝上，腿还不停地抖动。

蒋一帆环顾了下四周，屋内有三个紧关着的门，均刷着深绿色的漆，门板上有不同程度的裂痕。

"姜瑜期呢？"蒋一帆问。

刘建伟闻言没说话，而是从头到脚打量了一遍蒋一帆，其中一个小弟冷冷道："我们建哥让你把箱子打开。"

蒋一帆闻言，把手提箱横放在桌上，温和一句："这是一个密码箱，东西和钱都在里面，但刘总特别吩咐，要先看到人。"

"呵呵，我的信用什么时候在你们刘总那里变得这么差了？"

刘建伟讽刺完，见眼前这个身穿黑西裤与白衬衣的男人脸上没什么特别表情，他的笑容逐渐消失了，四目相对了好一阵后，刘建伟才朝手下命令道："给他看。"

于是，中间的门被打开，由于现在是晚上 10:00，屋内一片漆黑，蒋一帆什么都看不到,直到灯被打开,姜瑜期的现状才映入蒋一帆眼帘。

姜瑜期双脚被绑着,整个人以横躺的姿势瘫在地上,没有任何意识,脸上有擦伤的痕迹,唇上也盖着紫色的血印,周围的地面全是水,蒋一帆看到他的衣服和头发都湿漉漉的,不远处还有几个空水桶。

看到这里,蒋一帆赶紧走到姜瑜期身边蹲下,叫了好几声他的名字,见其没有反应,于是伸手摸了一下姜瑜期的脖颈动脉,内心长舒一口气,还好,至少还有微弱的弹动,只不过姜瑜期的体温凉得吓人,跟冻僵了没有区别。

蒋一帆收回手,起身快步走回刘建伟面前,一言不发地将密码输入后,箱子被打开了。

刘建伟看到了整箱的人民币,一台电脑,一个黑色 U 盘和一张纸条。刘建伟把纸条了其中一个小弟,那人便开始根据纸条上面的用户名和密码登录网盘和邮箱。与此同时,另一个小弟直接点燃了早就准备好的柴堆,生起火后,当着蒋一帆的面,把电脑和 U 盘全烧了。

在呛人烟味四散的过程中,刘建伟让蒋一帆拿起一沓钞票递给他,蒋一帆不知道刘建伟为何这么要求他,但为了不引起冲突,蒋一帆照做了。

刘建伟把蒋一帆摸过的钞票放在一边后,才开始自己伸手去拿箱子里的"砖块"数着,边数还边随机抽查钱的真伪。

蒋一帆密切注视着刘建伟数钱的神态,因为他必须根据刘建伟的表情判断,赎金多了还是少了。

整个交易过程,如果说有什么是蒋一帆不能确定的,便是刘成楠与刘建伟商量的价格。

这个价格警方不能问,一问就会暴露电话里刘成楠的真实身份,故警方只能通过严加审讯蔡景、王飞、黄金、王潮和蔡欣获得线索。

王潮和蔡欣依然不招供,王飞和黄金对此一问三不知,只有蔡景老实说出了他所知道的事实。

蔡景说:"很多年前我跟刘成楠去见过一次刘建伟,当时团队中有人叛变,刘成楠一意孤行要灭口,我劝了无数次,但拦也拦不住,当时刘建伟开出的价格是 80 万一个人,我是被迫跟着去的,因为刘成楠说她一个女的去会不安全。警官,我没出钱对这件事也是极力反对的,但你们也知道……"

蔡景后面的招供并不重要,重要的是80万一个人这个价格信息。

蒋一帆认为,以前是80万不代表现在还是80万,且刘成楠因为被姜瑜期威胁,一定会让刘建伟在限定时间内杀人,价格肯定比80万高。

但关键是,高多少呢?这是让警方十分头疼的问题,如果给错了金额,引起对方怀疑就麻烦了。

后来还是蒋一帆的观点解了围。

蒋一帆认为,无论之前刘成楠与刘建伟定的价格是多少,既然是现金交易,原定是刘成楠一个人拿过去,一定不会高得很离谱,一个女人能扛的手提箱所能装的最大金额,差不多三百万。

"赵队,宁可多给,也不能少给,少给会激怒他,但是多给,多出来的部分就当是刘成楠临时反悔的补偿,只会让刘建伟更加毫不犹豫地放人。"

蒋一帆的提议得到了赵志勇的认同,于是,此时刘建伟面前的万元砖块,总共320块,即320万,是80万这个价格的四倍。

这些钱,当然是蒋一帆自掏腰包,同时去了好几家银行,申请柜台大额取现才凑来的。

蒋一帆注意到,刘建伟在数到一半时,就狐疑地瞄了一眼箱子里还剩的钱,好似对那些多出来的钱有所怀疑,但蒋一帆没多嘴,只是很冷静地等刘建伟先开口。

全部数完后,刘建伟难以置信地笑了笑:"刘总这次真是大方啊,看来那条子的叔叔确实有来路。"

这句话给蒋一帆吃了一颗定心丸,他马上接话道:"刘总说了,这次是她没处理好,给您添麻烦了。"

"删完了,建哥。"那个处理网盘与邮箱的小弟拿着电脑跟刘建伟确认道。

刘建伟赞赏地点了点头,抬头又打量了下蒋一帆,道:"你可以走了。"

"谢了。"蒋一帆说着就想往姜瑜期的房间走。谁知被两个小弟拦了下来,蒋一帆不解,回身看着刘建伟。

"我是说,你,可以走了。"刘建伟指着蒋一帆,重复道。

"人我得带走,不然我怎么跟刘总交代?"蒋一帆问。

"人嘛,我明天就放,我自己跟她交代,你走吧。"刘建伟说。

蒋一帆站在原地没动,很镇定地说道:"姜瑜期是胃癌晚期患者你知道么? 刚才我看他全身已经冻僵了,如果他撑不到明天……"

"别他妈废话,让你走你就走!"刘建伟一脸不悦。

蒋一帆顿了顿,眼神坚定地一字一句道:"建哥,东西和钱都给你了,我们的交易应该是平等的。"

刘建伟闻言,眼神突然复杂起来,他思考了一阵,朝蒋一帆轻松一句:"行,那你带走吧!"

蒋一帆未料到刘建伟态度转变得如此之快,但他怕刘建伟变卦,于是快步走进房间,扶起昏迷不醒的姜瑜期正要把他背在背上,谁知就听见房门被砰的一声关上了。

与蒋一帆一同被关在这个房间里的,除了姜瑜期,还有刘建伟自己与其他两个小弟。

刘建伟嘴角勾起,冷笑一声看着蒋一帆道:"别急,没聊清楚前,谁都别想走!"

522 总感觉不对

刘建伟把墙角一张老旧木椅单手横在身前,叉腿坐开,两手小臂搭在木椅靠背上,饶有兴趣地端详着蒋一帆。

蒋一帆知道眼前的男人短时间内不会放走自己跟姜瑜期,于是他赶紧把姜瑜期湿透的上衣脱下,也就是这时,他看到了姜瑜期满身瘀痕,尤其是胃所处的上腹部,又青又紫。

蒋一帆心里一抽,但他外表却平静地朝刘建伟问道:"有毛巾么? 他不能这样下去,如果出了人命,你跟我都没法交代。"

刘建伟有些诧异蒋一帆没有害怕的样子,还很识时务地懂得先救人,于是答应得倒也爽快,让手下人给蒋一帆递去了干毛巾。

蒋一帆边帮姜瑜期擦着身子和头发，边听刘建伟道："兄弟你说，他这么一个快死的人，还有人愿意出320万来救，我很好奇，救他的是一个什么样的人？"

　　蒋一帆没接话，他把姜瑜期上半身擦干后，拖到一处干燥的地面上，解开了绑着他双脚的麻绳，随即脱下自己唯一的一件衬衣，让姜瑜期靠在他怀里汲取他身体的温度，同时把衬衣盖在姜瑜期身上。

　　而后蒋一帆又朝刘建伟提了两个要求："我衣服太薄了，需要被单和水。"

　　刘建伟没磨叽，基本满足了蒋一帆的请求，只不过被单是没有的，蒋一帆得到的只是两个男人临时脱下来的脏外套。

　　刘建伟现在其实也不希望姜瑜期死，这样他手里的筹码就不止一个人。

　　瞅见蒋一帆用衣服把姜瑜期裹得很严实，还双手搂着他让他的身子尽快热起来，刘建伟发出了"啧啧啧"的声音，假意称赞道："我怎么越看越不像是刘总想救他，而是你。"

　　蒋一帆抬起头，平静一句："我只是不想得罪人。"

　　"他叔叔是谁？"刘建伟直接问道。

　　对于"姜瑜期叔叔"，这个从一开始就是蒋一帆虚构出来的人物，蒋一帆当然不能编出真实姓名，现在是互联网时代，刘建伟要查证较为容易，于是蒋一帆如此回应："刘总没跟我说，只是一再强调这个人不能惹。建哥，我就是个跑腿的，你耗着我意义不大。如果你认为他活着始终是个威胁，你让我带他出去，他死在医院里我们都没责任，如果在这里出事，说不清。"

　　刘建伟哈哈一笑，点了点头："你说得很有道理，但我怎么觉得，整件事情，总有些地方不对呢……"

　　"哪里不对？"蒋一帆直视着刘建伟的双眼。

　　刘建伟冷哼一声，半起身把凳子朝蒋一帆挪了一步，重新坐下盯着蒋一帆道："之前周五，你们刘总说非要在两日之内杀掉这条子，说得那个咬牙切齿啊！如果计划有变，如果她真的得罪了什么了不得的大人物，不应该是她火急火燎地给我打电话把计划取消么？怎么反倒是我主动？换句话说,如果我没打那个电话,直接把这条子杀了,你们刘总不也没有回天之力么?"

蒋一帆刚要说什么,就听刘建伟继续道:"而且,我他妈打过去,你们刘总半天才慢吞吞回了一个,语气上也听不出来多急切,只是很冷静地让我放了这条子,现在想来,这不太对,你说呢?"

"他不是警察,以前是,现在不是了。"因为蒋一帆无法正面回答刘建伟的问题,所以他尝试转移话题。

为了彻底打断刘建伟的思绪,蒋一帆继续解释道:"建哥,我也可以跟你坦白,我跟他事先就认识,确切地说是五年前,那时候他就已经离开警队,是我明和证券同事的健身教练,后来我进金权后,他又成了我的健身教练,那家健身会所就在我们金权大厦旁边,锦江商业中心二楼,他也是我师兄王潮的教练,他干健身这行很多年了,您可以去健身房查查他的上课记录。"

刘建伟闻言嗤笑道:"这就说明他不是条子? 小伙子,你是城府太深,还是单纯过了头? 你们金权干的那些事儿,我猜也能猜个大概。他这种条子想搞你们,可不就得干些不务正业的事情接近你们么?"

"如果真是那样,那他还挺失败的。"蒋一帆不紧不慢,"足足五年,他也没把我们怎么样,反倒被我们带进了圈,连同他那有钱的叔叔。"

蒋一帆的神态始终十分从容,他好似只是在回忆事实,刘建伟从蒋一帆眼里看不出一丝因为撒谎而外露的忐忑。

于是刘建伟站了起来,将凳子踢到一边,走到蒋一帆跟前蹲了下来,眯起眼睛道:"我真想相信你的话,可兄弟你告诉我,为什么自打你们刘总限定时间让我杀他后,我家附近就这么多条子?"

或许是杀的人太多,刘建伟浑身上下都散发出一种令人毛骨悚然的阴气,他高大健硕的身板无疑加重了这种阴气给人的压迫力,当他逼近蒋一帆朝他近乎零距离质问时,竟比骂人时的曹平生更让蒋一帆感到窒息。

"这我并不清楚。"蒋一帆依然没有避开刘建伟的目光,"但如果他真是警察,在你手上这么长时间,你这房子应该早就被警察包围了不是么?"

刘建伟听后,表情开始复杂起来,眼前这小子说的也在理,如果警察是给他下套,那么早应该收网了。毕竟警察顺着车胎印还有沿路监控,找来这里并不困难。如果这真是一个套,警察这时要不就是硬闯,要不就是跟他谈判,但现在外面什么动静都没有。

其实,刘建伟之所以没杀姜瑜期,第一是为了要录音,第二也是试试看这是不是一个套。如果是,跟着他干这票的弟兄们顶多就是按一般绑架罪处理。刘建伟爱惜他的兄弟如爱惜羽毛一样,他手下有几个人是替他卖过命,有命案在身的,故自从他们周五晚上发现有警察在别墅附近活动时,刘建伟就让那些带着命案的兄弟先从后山逃了,而剩下来的这些弟兄还算干净。

按照警察的逻辑,刘建伟认为他们确实不会让蒋一帆这种手无寸铁,没有经过专业训练的普通市民来跟自己交易,这无疑是又给自己塞了一个猪仔,对于警方解救人质没有任何好处。如果是这样,反正录音也毁了,是不是让蒋一帆带着快死的姜瑜期离开,自己拿着巨款跟兄弟们躲一阵来得更实际?

说不定别墅外那些警察是冲着别的命案去的,跟刘成楠这桩生意没有关系。

姜瑜期手上就是因为有金权的秘密,才让刘成楠原先非杀他不可,这个人现在基本废了,自己在他手里的实物证据也没了,刘成楠与眼前的蒋一帆为了他们自己的利益,应该都会小心看好姜瑜期,直到他自然死亡为止。

想到这里,刘建伟命令三个手下出去打探情况,看看是否有警察埋伏,而自己则是寸步不离地盯着蒋一帆和姜瑜期。

十几分钟后,手下们回来了,汇报一切正常,外面没发现异样。

"这个荒村黑灯瞎火的,房子外又他妈没监控,你们看仔细没有?"刘建伟之所以这么强调,是因为原先他们发现警察的途径就是他在自己别墅外装的360度无死角视频监控。

"看仔细了建哥,别说人了,连条狗都找不见。"

刘建伟此时叼着根烟,若有所思地盯着蒋一帆。刘建伟看见蒋一帆脱下了眼镜,有些困倦地揉了揉眼睛,而后重新将眼镜戴好,再次看向自己时,眼神里充满了无奈与无辜。

蒋一帆的这张脸,和他今晚一进屋后整个人的状态,对刘建伟而言都没有任何攻击性,这让刘建伟内心的紧绷感解除了不少。

"行,你带他走吧。"刘建伟道。

蒋一帆听后,没有表露出喜出望外的神情,甚至没有讶异,而是麻利地背起姜瑜期正要往外走,谁知他连那个小房间的门都没走出去,就听刘建伟突然命令道:"慢着!再等一下!"

523 他救的是谁

背着姜瑜期的蒋一帆见刘建伟一手叉着腰,一手不停地拨电话。他的弟兄们很识时务,挡着房门不让蒋一帆出去。

刘建伟把电话拿起五次,又放下五次,粗眉竖了起来。

刘建伟并没朝电话里说任何话,他的样子更像是尝试与谁联系,但电话一直没人接。

蒋一帆突然感觉口干舌燥,自从他今晚走进这个房间看到确切人数时,就不由心生疑虑,其他人去哪里了?

蒋一帆先前通过赵志勇了解到刘建伟的手下大概十来人,这些人上周五是一起进的别墅,但此时屋里除了自己和姜瑜期,只有五人。

刘建伟低头沉思片刻,抬起头后审视蒋一帆的眼神突然变得相当严峻。

"他妈的!"刘建伟骂出这句脏话后,上前把蒋一帆用力拽到一边,大步踏出房间后砰的一声把房门关上了,而后蒋一帆就听到了门被上锁的声音。

蒋一帆最担心的不可控事情发生了,这一刻他接受了一个事实:他跟姜瑜期,恐怕再也无法正常从这座老旧民宅走出去了。

"李队,抓了,不抓就出国了!"

"是是,其中两个就是横平爆炸案的凶手,安检口逮到的。"

"手机我们都没关机,开着的您放心,我们会在飞机准备起飞后按时关机的!"

"从手机短信记录来看，没发现他们与刘建伟有过联系。"

现场抓捕的警察向市局汇报道，赵志勇在刑警队队长的办公室来回踱着步，他担心外面那些犯罪分子的失联会惊动刘建伟，从而对蒋一帆的行动不利。

"你也听到了赵队，必须抓，不然出国我们抓捕更困难。"李队放下电话后，朝赵志勇语重心长道。

赵志勇没接话，他方才接到的消息是：蒋一帆直到现在还没出来。

因为刘建伟那帮人的反侦查能力极强，为了不让"别墅逃跑事件"重演，特别是不让刘建伟出现突然撕票的情况，警方的警戒线部署在很远的位置，晚上望远镜根本无法侦查，故警方派了无人机靠近刘建伟所在的民宅打探情况。

赵志勇知道当下凶多吉少，按照常理，这种性质的交易不会持续很长时间，应该越快越好，没理由蒋一帆进去这么久了都没动静。当初是他赵志勇拍着胸脯为这次非常规行动打包票，如果作为非警务人员的蒋一帆出了事，他赵志勇恐怕真没脸继续在市局待下去，得引咎辞职了。

赵志勇感叹自己时隔多年，依然在所有选择中，选了危险性最小，但同时也没有百分之百把握的决定。

鱼七，你会怪我么？赵志勇这么问着自己。

也就在这时，李队的电话再次响起，传来消息是：刘建伟给被捕的几个人分别打了电话，警方均未接听。

潮湿且泛着隐隐恶臭的房间里，透不进一丝月光。

蒋一帆感叹刘建伟居然把唯一的窗户都用铁板封死了，如果不是房间门有些裂缝，恐怕他跟姜瑜期不久后就要被闷死在房间里。

还好，当下的处境并不是蒋一帆预想的最坏情况。刘建伟没有一言不合就把他杀了，甚至没有对他用刑。这个赵志勇嘴里变态扭曲的顶级杀手，整个晚上对蒋一帆还算客气，只不过暂时剥夺他人身自由罢了。

就着房间里昏暗的吊灯光亮，蒋一帆低头看着靠在自己身上昏迷的姜瑜期，感受到他的身体已经逐渐热了起来，蒋一帆心定了不少，因为他突然感觉，他不是一个人。

这个时候如果你醒着,你会怎么做? 蒋一帆看着姜瑜期心里这么问着。

蒋一帆认为姜瑜期应付这种事情肯定比自己聪明,这是姜瑜期擅长的领域,他应该能想出脱身的万全之策。

"兄弟你说,他这么一个快死的人,还有人愿意出 320 万来救,我很好奇,救他的是一个什么样的人?"

刘建伟的话语又回荡在蒋一帆耳边,蒋一帆知道这也是刑警队李队长不解的地方。在即将行动前,李队还私下找蒋一帆劝他放弃:"胃癌晚期,就算化疗也只能延长生命,也延长不了一两年,更不可能治愈。我父亲就是这病死的我比你清楚。你有老婆孩子,有大好前途,别把自己搭进去,我想姜瑜期也肯定不希望你这么做。"

李队长的话很中肯,但蒋一帆只是笑着说:"李队,谢谢您,但是如果没有姜瑜期,我可能早就死了。"

蒋一帆觉得姜瑜期救过他,并不是那次他得了肺炎,姜瑜期给他开氧气机并强行送他去医院。因为那次他蒋一帆全程都在昏迷,一切都来自王暮雪的描述,蒋一帆没有那种被救的切身体验感。但蒋一帆认为姜瑜期确实救过他,人的死亡有两种,一种是肉体的死亡,一种是心灵的死亡。

如果没有姜瑜期,蒋一帆或许已经一步一步被金权的威胁压垮了。他自己找不到破解的方法,又没法保证报警后家人的安全,他连一只猫的安全都保证不了,所以当时的蒋一帆眼前是无尽的黑暗与绝望。

是姜瑜期的出现把他蒋一帆从这种绝境中慢慢拉了出来。

不用明说,蒋一帆也知道姜瑜期的计划既是为了达成他自己的目标,同时也最大限度地照顾蒋一帆的个人安危,甚至于原先蒋一帆想都没想过的方法,比如用阳鼎科技当诱饵和免死金牌,姜瑜期都替他想到了。

说来也可笑,这么多年以来,被迫待在这样一个随时可能会被取走性命的情境下,蒋一帆才终于觉得自己真正特别自豪地活着。与其说这次他蒋一帆是救姜瑜期,不如说是救他自己,救那个在家族集团快倒时,顺从资本势力,看着亲生父亲倒下的蒋一帆;救那个在敌人面前差点屈服,逐渐放下武器的懦弱的蒋一帆;救那个三十多年来,从来没为自己心中想做的事,在意的人而真正勇敢过一次的蒋一帆。

优秀与善良的人不一定勇敢无畏。

门外那个叫刘建伟的男人,已经夺走了蒋首义的命,那次蒋一帆什么都没做,什么都做不了,所以这一次,他必须勇敢,必须坚定。他必须站出来与敌人对抗,他不会再让一切重演了。

夜已过半,姜瑜期的身子由回暖变得发烫,与此同时,他竟发出了几阵微弱的呻吟声,蒋一帆赶忙喂他喝了几口水。

大概是水有一定的催醒功能,方才一直跟死人一样的姜瑜期逐渐睁开了眼睛。

524 你别管后面

当姜瑜期看清让他靠着的人是蒋一帆时,他有些混沌的眼神透出了一丝前所未有的惊恐。蒋一帆骤然感到左肩的衬衣被扯住:"你怎么在这里? 小雪呢?"姜瑜期的声音很小,但十分急促,说完后他还略微有些喘。

"她没事,她很安全,一直都在警局。"蒋一帆凑近姜瑜期耳边轻声道。毕竟夜深人静,他怕刘建伟听到他们的对话。

姜瑜期闻言松了口气,他放开了蒋一帆,手顺着蒋一帆的胳膊无力地滑了下去。

"还要水么?"蒋一帆道。

姜瑜期微微摇了摇头,闭上眼睛再次问:"你怎么在这里?"

于是,蒋一帆就用接近唇语的音量,告诉了姜瑜期所发生的一切。

"对不起,没能成功。"蒋一帆全部说完后自嘲道。

姜瑜期一直安静地听着没插话,最后露出一丝苦笑,总结一句:"你们全疯了……"说完后他骤然感到上腹部一阵猛烈的抽痛。

蒋一帆察觉到姜瑜期不对劲,于是赶忙从自己袖口的内层口袋里抽出一个白纸片包着的药,药有两片,一片是抗癌药,一片是止痛药。这个内层口袋还是王暮雪特别为蒋一帆缝进去的。

"你居然还会做针线活?"蒋一帆当时看着王暮雪在警局里一针一线

的样子很是惊奇。

王暮雪白了蒋一帆一眼，轻哼一句："这算什么，我也是小学玩过芭比娃娃三四年的人，当时芭比娃娃的衣服都是我自己做的！"

蒋一帆之所以想用这种较为隐蔽的方法带药进去，就是怕自己万一与姜瑜期一同被困，他身体出状况时能有应急用药。当然，蒋一帆主要也是怕刘建伟搜他的裤袋和鞋子。

刘建伟的手下确实这么做了，蒋一帆的手机在最开始就被收走了。幸亏蒋一帆来之前就删干净了手机里的相关信息。

姜瑜期此时将头撇过一边，不愿吃蒋一帆递到他嘴边的药，只是问蒋一帆几点了。

"大概两三点，我也不确定。"蒋一帆说，"手机被收走了。"

"关你多久了？"姜瑜期又问。

"大概三四个小时。"蒋一帆道。他此时看见姜瑜期疼得脸全白了，于是劝道，"赶紧把药吃了，你没事我们才更容易逃。"

"死不了。"姜瑜期推开了蒋一帆拿着药的手。他尝试坐直身子，但却失败了。蒋一帆从姜瑜期扭曲的面目和紧咬的牙关判断，他应该不只是胃疼。

"我的尾椎骨……估计断了，还有左手。"姜瑜期说着抬起了左手，他看着手腕处苍白一笑，"这地方曾经断过，现又没法动手指和掌心了。"

蒋一帆的视线下意识避开了姜瑜期已经有些弯折的左手，低头安慰道："没事，你千万别再动了，时机一到你忍耐下，我背你出去，我们一定出得去。"

姜瑜期放下了左手，他让蒋一帆把耳朵尽量贴近他的嘴，跟蒋一帆说道："我们周围一定被包围了，老李他们随时会闯进来，但我估计会等天亮，因为你说这是个荒村，周围没灯，晚上狙击手视线不好，窗子都被封死了也没法下手。如果老李够有耐心，他们会等到人出去时再动手。"

蒋一帆点了点头，认为姜瑜期说的有道理，毕竟狼全在窝里就下手，不可控因素更大，刘建伟是死刑犯，很大概率也不会有谈判环节了。

"我跟老赵说过他们的习惯。"姜瑜期继续道，"刘建伟那帮手下喜欢在外面吃东西，但刘建伟自己却从来都在室内，所以老赵很可能建议刑警队在那四个马仔吃饭时直接逼近拘捕。"

"好,那我们怎么做?"蒋一帆问。

"把我拖到那儿……"姜瑜期指了指房间的门边,"那儿离大门最近,到时冲进来的人无非是要人质,无论他是谁,第一反应肯定选我,我比你更好控制,然后你什么都别管,冲出去,就算受伤也要冲出去。门口都被狙击枪瞄准了,只要你跑出大门,没人可以伤你。"

"那你呢?"蒋一帆赶忙问。

"放心,刘建伟要脱身人质得是活的,我不会有事。"

"我是问你怎么脱身?"

听到蒋一帆这个问题,姜瑜期顿了顿,他需要一两秒的时间思考。如果他姜瑜期还是一个正常人,他应该有办法靠技巧反制扣着他的人,但现在他的脊椎骨已经被刘建伟踢断了,以至于整个下半身都没了知觉,此时的他不可能靠自己的力量站起来,更别说走路或者跑步,何况左手也废了。

"只要他们不杀我,我就有办法……"

"你有什么办法?"蒋一帆道。

姜瑜期无奈一笑,重复道:"记住,一定要第一时间冲出去,无论身后发生什么都别管,冲出去! 刘建伟是练过的,甚至是专业的,他很清楚发力点和人体要害,再加上他的力道……就算是以前的我也不一定是他对手,所以你一定不能跟他正面冲突,否则咱俩都得死。"

蒋一帆听后没说话,只是默默把姜瑜期拖到门口,重新让他靠着自己。大概是因为骨裂和胃绞痛,此时姜瑜期已经疼得有些虚脱了,他微微喘着气,依旧拒绝蒋一帆的药,只说了两个字:"会困。"

"这颗是止痛药你认得,至少止一下痛,否则你不可能脱身,你不吃的话谁进来我都不往外冲了。"

姜瑜期拿蒋一帆没办法,只能把那颗止痛药吃了。过了大概半个小时,蒋一帆感觉姜瑜期的右手在动。姜瑜期居然在掐自己的侧腹部,那被掐的地方已经有些发紫了。

"你干吗?!"蒋一帆抓住了姜瑜期的手腕,制止他这种自残行为。

"不能睡着。"姜瑜期闭着眼睛说,此时他因为身体里的免疫系统与癌细胞进行常规战斗,还发着高烧,蒋一帆可以切身感觉到姜瑜期浑身有多烫。

故姜瑜期"不能睡着"这四个字刚落,蒋一帆的眼睛瞬间红了,眼泪夺眶而出。他绷不住了,整个晚上他都在忍,到此刻他再也忍不了了。姜瑜期是怕自己睡着了,冲进来的人会以为他死了或者深度昏迷也不需要挟持了,这样人质的第一选择就不会是他而是蒋一帆。

蒋一帆不会任何格斗技巧,在姜瑜期看来如果蒋一帆落到刘建伟手里,就彻底完了。

"记住没,往外冲。"姜瑜期此时又重复着这句话。

525 缜密的心思

对手是刘建伟,蒋一帆不知道他跟姜瑜期最后都能活下来的概率有多大,甚至无法估计他自己能冲出去的概率。等待死亡宣判的时刻,竟让蒋一帆一定程度上理解了刘成楠的结局,那个结局无疑对所有人来说都是意料之外。

一个人选择轻生,是因为他抗压能力不强,还是因为清楚自己已经彻底没了希望?

蒋一帆现在之所以还能时刻保持清醒,并且决不放弃,是因为他有生的希望,哪怕只有一丝,也是希望,可刘成楠呢?

蒋一帆确信,上周五刘成楠除了联系刘建伟,肯定还做了另一件事,这件事就是查阳鼎科技的股价走势。由于警方已经及时将黄金等人当场抓获,故阳鼎科技周五走势图与交易量肯定与刘成楠想的有所偏差,那么她一定会打电话找黄金问清情况,随即她会发现无论如何都联系不上黄金。与黄金一同失联的,还有蔡景、王飞,以及她的心腹王潮。

法医鉴定,刘成楠的死亡时间是周日晚上 9:00 至 10:00。

这个时间段有何特殊性呢?是的,这是财经网记者李帆把红水科技财务造假,以及横平爆炸案的幕后推手公之于众之后不久。

尤其在横平爆炸案那篇报道中,李帆所依据的录音是关于刘成楠以横平爆炸案威胁蒋一帆的内容,这段录音姜瑜期上午就发到了刘成楠的私人邮箱。该录音不仅能说明红水科技蒋一帆作为保代,是被迫签的字,是她刘成楠一意孤行欺诈上市;其还能证明她刘成楠存在买凶杀人的事实,且一次性杀的还是四个人。

周日下午到晚上新闻的接连发布,应该是压死刘成楠的最后一根稻草。

在刘成楠看来姜瑜期什么都知道,什么都有,并且什么都敢做。

姜瑜期不仅知道王潮让刘建伟杀人的事实,还能拿到蒋一帆与刘成楠私密对话的录音,那么她刘成楠周围的所有人,还有几个可以相信?还有几个没被警方渗透呢?

最关键的是,刘成楠买凶杀人,不止一次。

如果蔡景的嘴不够紧,警方就知道她刘成楠几年前干过一票,那次杀人对象是她的金权同事;如果王潮的嘴不够紧,警方就知道蒋首义的死,其实是刘成楠授意的,没有她的许可王潮也不可能私自拍板杀了金权集团所投公司的董事长和实际控制人;如果刘建伟不幸落网,那么横平爆炸案的事情,也肯定包不住。

以上任何一件事情被曝光,她刘成楠都会被判死刑。

当盟友已经全部落网,杀手牌也在警方的控制下,自己的名声又已在两篇重磅财经报道下毁于一旦,刘成楠还有什么选择?有,她当然还有,她可以选择乖乖出去被捕,死在警方最终的处决枪下,也可以选择自我了断,这样她无须被任何人拷问,无须与那些出卖她的人一同在法庭上见面,相互撕咬,更无须让她刘成楠的名字遗臭万年,永远印在法院判决书上。

从结果来看,刘成楠的确没养除了刘建伟以外其他的狼,否则她不会周五求的还是刘建伟。

姜瑜期原先确实多虑了,但蒋一帆一点都不认为姜瑜期这个举动多余,百密一疏毁了太多看似即将成功的计划,而在此类击溃犯罪团伙的行动中,姜瑜期这种多一种假设的缜密心思,是极其必要的。

蒋一帆一直牢牢抓着姜瑜期的右手,不让他对自己乱来,大概因为实在没力气了,姜瑜期放弃了抵抗。他睫毛时不时颤动着,似乎已经睡着,又似乎没有。

蒋一帆此时看着姜瑜期的睡脸,竟然欣慰地笑了。姜瑜期五年来一步一步铺好的路,如今想来,没有一块砖是浪费的。所有材料不多也不少,那么刚刚好地被姜瑜期做成了一把利剑,最终刺进了敌人的胸膛。

姜瑜期不仅会做武器,也很懂得抓住出手的时机,就连他很早之前就准备好的红水科技调查报告和蒋一帆手机里的录音,姜瑜期都那么时机正好地发给了刘成楠,这无疑是给杀敌的刺刀上涂了一层加速死亡的剧毒。

从小到大,蒋一帆几乎没遇到比他聪明的人,而现在他才明白,原先他所定义的聪明,太狭隘了。

不知不觉天已全亮,蒋一帆却不知道,房间唯一的窗口被四方的大铁板封了起来,铁板被八九颗钉子钉在墙上,十分牢固。

此时他突然听到门外有急促而模糊的说话声,有来来回回的脚步声,甚至有凳子被猛力踹翻的声音……

而当这些声音戛然而止时,房间的门被凶神恶煞的刘建伟一把拉了开来!

526 他比他更狠

刘建伟身上那件背心颜色如血,正如他两颗鼓出来的眼珠子上爬满的纹路一样。房间门是向外开的,蒋一帆没看到刘建伟身后还有人。

可还没等蒋一帆反应过来,刘建伟就拽起姜瑜期的衣领一拳打在他的左脸颊上:"去你妈的死条子!想毁老子是不是?"

被眼前这幕怔住的蒋一帆思绪马上恢复了清醒,房间外的大厅里确实一个人都没有,只是大门被一堆桌椅顶住了,要立刻冲出屋子还真有点麻烦。姜瑜期应该完全估计对了,警方很大概率控制了刘建伟的那几个马仔,如今就剩刘建伟一个了。

蒋一帆确信门外肯定全是警察,只要冲出这间屋子,自己就可以获救。

"老子他妈跟过街老鼠一样活了这么多年,酒店住不了婚也结不了!连他妈高铁都没坐过!就因为你们这些臭条子!他妈去死!去死!"此时刘建伟已在猛踢着被他用力摔在地上的姜瑜期,从肩踢到大腿,哪儿顺脚就踢哪儿!

姜瑜期嘴里发出了一阵又一阵痛苦的呻吟声,尽管刘建伟踢到他腰部以下时他只能听到声音,根本没任何痛感。

姜瑜期明白自己这回没必要忍了,甚至还要装,他知道只要自己还能发出声音,就证明他还没死,还有利用价值。

蒋一帆的第一反应自然是上去拽开刘建伟,跟他大打一场,至少不让他再伤害姜瑜期。但蒋一帆只用了半秒就知道自己做不到,他根本就不会打架,而且无论身高还是体格,蒋一帆都比不过刘建伟。刘建伟的肌肉跟钢筋水泥没什么区别,再加上姜瑜期之前的告诫,蒋一帆明白自己如果硬上去打,最好的结果无非是拖延一段时间,最后在地上被踢的一定是两个人。

"你什么都别管,冲出去,就算受伤也要冲出去,门口都被狙击枪瞄准了,只要你跑出大门,没人可以伤你。"这是姜瑜期昨晚跟蒋一帆说的话,姜瑜期还说,"刘建伟要脱身人质得是活的,我不会有事。"

想到这里蒋一帆拔腿就往大门跑,还用最快的速度开始往两旁扔堆在门口的椅子。他确实应该听姜瑜期的话,不管后面发生什么,都要立刻冲出去,哪怕受伤也要冲出去。只要他蒋一帆顺利逃出,房间里就只剩一个人质,刘建伟出于自保肯定会留姜瑜期一条命。

蒋一帆边挥汗扫清门前的障碍物边跟自己强调:必须出去!你必须出去!警察就在外面,警方手里有武器,有经验,救人无疑比你专业,千万不能感情用事害了姜瑜期,不然别说小雪,你自己都不能原谅你自己。

就在蒋一帆抛飞三张椅子正要掀桌子时,身后传来刘建伟阴冷的声音:"再动一下我杀了他!"

蒋一帆闻声猛地一回头,看到刘建伟左手已然勒着姜瑜期的咽喉。

没有支撑力的姜瑜期,整个人像是挂在刘建伟的手臂上,刘建伟右手此时握着一把闪闪发亮的长刀,刀尖对准了姜瑜期的脖颈动脉。

蒋一帆身后就只剩一张桌子,反手用力推开并扭开锁就可以出去了,而姜瑜期因为下半身完全瘫痪,刘建伟单手拖他起来费了点力气,此时刘建伟与蒋一帆大概还有七八步的距离。

蒋一帆认为这个距离足够了,等刘建伟跑到自己的位置,自己已经出去了。就在蒋一帆脑间迅速做出形势分析的这不到一秒时间内,刘建伟居然直接干了一件丧心病狂的事情:他在姜瑜期的腹部横拉了一刀,开始好似没事发生,但不过两秒,一字形的鲜血开始往姜瑜期的皮肤外渗出。

"跑!"微睁着眼睛的姜瑜期朝蒋一帆喊道,只不过他的咽喉被刘建伟的手臂紧紧勒着,让这一声"跑"叫得嘶哑而无力。

"他妈再说话!"刘建伟又往姜瑜期腹部用力划了一刀。

"住手!"蒋一帆这句话音还没落,刘建伟竟在姜瑜期的腹上狠狠割了第三刀!

"你他妈也闭嘴! 再动一下试试?"刘建伟怒瞪着蒋一帆,他浑身的青筋都暴了出来,"敢命令老子,信不信现在就割烂他的胃让他直接见阎王!"

蒋一帆从小到大都没遇到过如此情况,更没见过像刘建伟这样的疯子。

刘建伟此时的面目因为狰狞而变得极度扭曲,善于洞察人内心情绪的蒋一帆从刘建伟残暴的目光里看到了害怕,这种害怕让他刘建伟此时的行为跟他原本的人格一样扭曲。此刻与蒋一帆对峙的俨然不是一个正常人,而是一只暴怒而癫狂的,没有一丝理智可言的猛兽,是真正的死神!

蒋一帆知道自己真的不能再动了,即便他推开桌子扭开锁应该用不到两秒,两秒之后他就彻底安全了,但如果他蒋一帆还是一意孤行往外冲,以目前刘建伟的疯魔状态,他一定会立刻杀了姜瑜期。

正当蒋一帆决定改变策略稳住刘建伟情绪的瞬间,姜瑜期朝他又喊出了那个字:"跑!"

这一次姜瑜期喊得非常响亮,即便声音依旧嘶哑,但穿透力极强,屋外的警察都能听见,这一个字似乎是姜瑜期用尽最后的力气喊出来的。喊完后,他抓住刘建伟握着刀柄的手,将尖刀毫不犹豫地横扎进自己的咽喉里。刀身很长,当锋利的刀尖从姜瑜期脖颈的另一侧戳出时,连刘建伟自己都彻底愣住了。姜瑜期用行动告诉刘建伟,这个世界上,还有人比他更狠,更残忍,更果决。

蒋一帆几乎无法记起他自己逃出去的全过程,他的脑海中永远只有两个瞬间,刀尖从姜瑜期脖颈刺出的瞬间,以及刘建伟身子僵住的瞬间。

门外是黑压压的几圈人,他们都穿着统一的制服,戴着统一的头盔,拿着统一的武器,蒋一帆眼前的画面摇摇晃晃,最后就是天旋地转,一片黑暗……

蒋一帆不明白为什么,明明他没有失去意识,他能听见赵志勇对他喊话,甚至身体还能感受到晨光的温度,听到房屋旁树木摇曳的声音,但他的眼前最后就是一片黑色,只有黑色。

527 玫瑰色彩虹

"那种情况下,他不这么做,也会因失血过多而死,你别太自责。"刑警队李队拍了拍蒋一帆的肩膀。

蒋一帆此时坐在病床上,他也不知自己为何会坐在病床上。他毫发无伤,精神也正常,至少他自己认为自己精神十分正常。

只是他发现,周围人跟他说话时,他的喉咙却被什么一直堵着,想回答也无法开口,就连此时自己的身子,他都不能完全控制,僵僵的,木木的,还会间歇性地发颤。

"你那时就算不犹豫,第一时间跑出来,刘建伟也不会放过姜瑜期。你知道刘建伟在警局招供了多少实情么?他那不是配合,他就是想多拉几个人陪葬。"李队继续道。

刘建伟被捕后,除了自家兄弟和蔡欣所犯之事他闭口不言外,关于刘成楠和王潮等人的罪行,他滔滔不绝,甚至还让警方去翻他别墅前院那棵胡杨树旁边的一块地。

刑警队从地下挖出了一样东西,那是一款高档黑色箱子,箱里装着几部手机、针孔摄像头、移动硬盘、若干百元钞票和凶器。警方在硬盘里看到了王潮、刘成楠和蔡景都亲自找过刘建伟的视频,有纯谈事情的视频,也有当面带钱给他的视频。

刘建伟总让对方自己把箱子打开,抽出一沓钞票递给他,而那些被刘成楠和王潮摸过的钞票,全都在箱子里。

"别看小,我这摄像头可是高清的!"刘建伟强调道,"你们放大,对,放大,看清钱的代码了么? 看看是不是视频中他们摸的那张,对对……就是那沓钞票最上面和最下面那张,你们对即将验到的指纹会非常满意的。"

此外,警方还从手机中找到了王潮给刘建伟下达取蒋首义性命的录音,录音的时间与王潮的手机号给刘建伟那台手机打电话的时间完全吻合,不管王潮是否招供,该证据外加钱款交易视频和指纹,都直接坐实了王潮买凶杀人的事实。而超出警方预期的是,移动硬盘中还存有蒋首义的医院就诊记录,以及刘建伟帮金权做事的所有杀人计划。

计划有三个,一是金权集团职工之死,二是横平爆炸案,三是蒋首义深夜暴毙事件。

背叛刘成楠的那名职工是被刘建伟亲手捅死的,捅人的刀也被装在箱子里。

横平爆炸案原来是刘建伟的人跟踪目标对象时,就知道那辆福特车才被贴过新的膜,当然,他们也打探到了对方的旅行计划。在确定那四人的横平自驾游正好要开那辆福特车后,刘建伟急中生智,想出了在自己熟悉的地盘撕膜躲避监控的主意。当然,刘建伟的小弟们按计划撕膜的时候,还换了车牌。可怜那四个人,在风景区玩了一圈回来,发现自己的车一眼看不到了,用钥匙遥控才找到是哪辆车,但车膜不仅被撕了,就连车牌也被换了。但车的确还是他们自己的车,插上钥匙还是能发动,在横平风景区那样的荒郊野岭,四人犹豫了半天,最终决定还是先坐车下山,后来的事情所有人都知道了。

而蒋首义的死亡原因与警方原先推理的一模一样,刘建伟的心思不浅,他留存的录音既然有王潮的,就会有刘成楠的,无论是电话录音还是现场录音,刘建伟全都保存了下来。

"你杀了这么多人,为什么这个箱子里只有金权集团相关的物证? 你为什么不全部毁掉而是这么完好地保存下来?"警方问。

刘建伟听后只是轻哼一声:"因为其他买家都是好人,他们让我杀的

564

都是该死的人,而只有金权这帮狐狸,是真坏。你们不是觉得我是坏人么?那这些坏人就得跟我一起死!"

刘建伟后来还跟预审他的警官开起了玩笑,他说整盘游戏就是个狼人杀,他刘建伟就是猎人,猎人本就属于正方角色,但当他被冤死的时候,可以拖人一起死。

"这是我的权利!"刘建伟笑得很得意,他眼里布满的血丝瞬间如一朵朵为"正义"绽开的红莲。

"一帆哥,红水科技被终止审查了,你没事了。"王暮雪道。

见蒋一帆没接话,身子坐得很直,但眼神依旧有些呆滞,王暮雪拉起他的手道:"所有人都进去了,王潮、蔡景、王飞,还有刘建伟……你为你父亲报仇了,刘建伟肯定是死刑。"

蒋一帆此时手按住了太阳穴,身子又开始有些发怵。他此时的耳边,响起的是姜瑜期朝他喊:"跑!"

蒋一帆怪自己,他认为自己跟姜瑜期认识的时间不算短,姜瑜期应该跟他说过很多话,但为何他现在一句都想不起来,好似以前所有的记忆都被抽空了,只剩下最后这个"跑"字。这个字跟千万钢针一样扎得蒋一帆有些喘不过气,直到现在,他都还在想如果自己当初没有第一时间就试图逃跑,而是与刘建伟正面对抗,结局会不会不一样。

"一帆哥!"王暮雪突然放大了音量,"跟我来!"说着,她把蒋一帆硬拽下了床,"跟我来!"王暮雪重复道。

蒋一帆被王暮雪拉到了医院后花园的一处安静的人工湖边,"喊出来!"王暮雪指着湖心命令一句。

见蒋一帆低着头没说话,王暮雪直接用力抽了他一巴掌:"我让你喊出来!"

蒋一帆也不知道自己是被王暮雪抽疼了,还是他本就绷不住了,他试着张开嘴巴,双手扶着大腿慢慢蹲了下去。

蒋一帆的脸对着地面,第一声他叫得并不大声,只有他跟王暮雪可以听见,那声音好似是从一个很久都没有说过话的喉咙中硬挤出来的一样,连王暮雪都可以从中感受到蒋一帆此时的内心是深度撕裂的。蒋一帆红着眼睛,又试着喊了一声,这一声比第一声顺畅了一些,洪亮了一些,持续时间也长了一些,伴随着声音落下的,是汹涌而出的泪水。

周围没有人,蒋一帆也看不到除了他影子之外的其他东西,他只是一声又一声地呐喊,一声高过一声,一声长过一声,最后几乎成了嘶吼,他感觉此时的自己好似根本不是他自己。他嘶吼到跪在地上,双手都深深地陷入了泥土之中,吼到喉咙像是被刘建伟的尖刀硬生生刺穿一样疼。

看到蒋一帆这样,王暮雪也哭了。她边哭边蹲下来,道:"一帆哥,其实我最近一直反复做一个梦,我梦到鱼七跪在我面前,跪在布满薄霜的地面上,我得撑着他。他跟我说了一句话,他说花蝶临死前最曼妙的舞姿,只为在玫瑰刺上绣一道绝望的彩虹。然后你知道么一帆哥,他说完这句话后,我的梦里,整个天都亮了,而后彩虹出现了,那彩虹横跨整条路,七种颜色全有,很美很美。"

528 背后的故事

天英控股和文景科技的科创板敲钟仪式,同一天在气派的魔都交易所举行。

因为要与不同的高管团队照相,王暮雪的脖子上先后两次被戴上了红围巾。围巾长度一直延伸至大腿,这种红鲜艳、喜庆,象征着生生不息的希望。

王暮雪为文景科技的董事长路瑶别上了紫红的胸花,在王暮雪的镜头里,路瑶敲锣的笑容灿烂无比。敲的时候她还仔细往锣上的日期落款处看了一眼,惊讶道:"二〇一九年七月二十二日,七二二不是我生日么!"

"路总,这就是您与科创板的缘分!同年同月同日生!"一旁的胡延德哈哈道。

只见路瑶又指着锣说:"还画了一只小牛,这牛画得可爱,是在往上跳吧!"

"祝我们牛气冲天!"笑弯了眼角的毕晓裴说着示意大家把敲锣棒都

举起来,于是王暮雪赶忙接连按了好几下手机快门。

相似的场景又在天英控股高管团队敲锣时重演了一次:"哎哟,这牛还会往上跳!"天英副总裁邓玲如慈母般看着锣上的小牛。

"能不能往上跳,得靠我们大家了!"董事长张剑枫呵呵道。

"那必须得往上跳!"邓玲豪气一句。

众人的脚下铺的是红色的地毯。而另一边,是赵志勇与全体青阳市局经侦支队站在姜瑜期的烈士墓碑前,献上了白色的花环。

全体警员集体脱下警帽,朝墓碑弯腰与敬礼。

"鱼七,你铺在大厅地上的被子床单我都给你洗了。"赵志勇说,"昨儿太阳大,我还拿出去晒了一下,你要觉得新地方睡不踏实,就回来,不收你房租!"赵志勇离开时,忍不住泪眼汪汪地回头看了姜瑜期的墓碑一眼,内心默默说道,"对不起了兄弟,这里我怕是跟警局楼下那家陕北面馆一样……不会再来了。"

相比于现在的赵志勇和先前的蒋一帆,王暮雪的状态更镇定,至少在外人看来,她非常平静,每天做着自己该做的工作,就连生孩子时,她也没哭,痛了 17 个小时还坚决不让医生打无痛分娩针。

王暮雪跟蒋一帆说:"我就想看看,传说中的人类极限十级痛,会不会真要了我的命。"

最后,生理上的痛楚并没要王暮雪的命,还给了她一个鲜活的小生命。是一个男孩,孩子哭的第一声,产房所在的整层楼都听到了。王暮雪抱着孩子的面容并无任何惊讶,仿佛她早就知道是一个男孩,王暮雪这种万事都坦然于心的状态一直持续到她出院的那天。

那天赵志勇过来找她,递给她一张银行卡,道:"这是他工资卡,密码是你的生日。他说如果有万一,就让我把这给你,里面有组织拨下的几十万抚恤金。"

王暮雪看着那张卡完全愣住了,过了好一会儿,骤然泪如泉涌,有些跟跄地跑出病房。

王暮雪从没想过,姜瑜期会用这种方式还她钱,或者说,她没想到姜瑜期会这么在意是否对她还有所亏欠。

王暮雪坐在四楼肠胃科的走廊上,无声地哭了很久很久,哭到抹眼泪的袖口全湿了。也就是那天，王暮雪终于打开了自她与姜瑜期分手之后，就从未打开过的属于姜瑜期的朋友圈。

朋友圈只有一句话，一年前发的，这句话是：如果来生，你还是你，而我不再是我，该多好。

后来，王暮雪收下了赵志勇给的那张卡，她将原先姜瑜期还她的所有钱一起存进了卡里，带着卡去了桂市。那个她进入投资银行后第一个项目所在的城市，也是她第一次遇见姜瑜期的地方。

王暮雪在姜瑜期原先借她钱的那家粉店又点了一碗一模一样的粉，吃饱后顺着尹飞给的地址，来到了姜瑜期的家。

门被打开后，王暮雪看到了一位长得跟姜瑜期特别像的中年妇人。

"阿姨您好，我是姜瑜期的朋友，这是他让我保管的，密码是他的生日。"

鱼七妈妈愣了一阵，而后手有些颤抖地接过了王暮雪递出的白色信封，打开一看，是一张银行卡。她没问金额，只是抬头道："你是小雪对么？"

王暮雪听后一怔，没想到鱼七妈妈会知道她的身份，没等王暮雪回答，她便自顾自苦笑道："我儿子这职业，对不住你了……他前几年过年时，还给我发了条信息，说明年这个时候要带个姑娘回来给我看，叫小雪，这姑娘……就是你吧？"她的眼神变成一种试探，只不过这是以确信为基础的象征性试探。

那一天，王暮雪又一次红了双眼。也就是那一天，这个母亲拉她进了屋，硬留她下来吃饭，边吃边忍不住哭着跟她说了很多姜瑜期以前的故事。但令王暮雪印象最深的一件，是姜瑜期自己都不知道的。

"我对小七一直比较冷淡，因为我其实……"妇人说到这里咬了咬嘴唇，"年轻时他爸一直追求我，但我没同意，因为我心里有人，那个人当时在城里读大学，我们靠写信联系，一个月一封……他爸有次喝醉了，失了分寸，才意外有了小七……阿姨是小地方的人，怕别人说闲话，迫不得已嫁了他爸，之后我就用我的方式折磨他爸，包括逼他爸放弃教育事业下海经商。当然，对于小七，我也是有所亏欠的……所以小七自然也就跟他爸爸最亲，他爸走了对他打击很大，因为他觉得他没家了。其实我不说他也能感觉到,作为母亲,我一直都是这个家的旁观者,甚至他爸走的那天,我依然是一个旁观者……"

王暮雪坐在离开桂市的高铁上,望着窗外迅速闪过的绿水青山,才真正发自内心地爱上了这片土地,爱上这片土地带给她的背后故事。

姜瑜期,看似来自与王暮雪完全不重合的世界,但自王暮雪认识他的那天起,他就用自己的方式陪王暮雪走完了她一直奋力前进的这段路。

如今这条路上依旧挂着姜瑜期留下的七色彩虹,尽管这道彩虹,是从绝望中诞生的。

529 我就是草根

"这些明星还是没换。"杨秋平指着墙上一堆二十世纪八九十年代的明星与厨师的合照对柴胡笑道。

"不仅明星没换,菜品也没换,到现在的招牌菜还是那几样。"

这家餐厅名"德盛",消费水准很高,在青阳拥有多家高端分店,其中不少就开在金融类公司旁边,供金融圈的人宴请宾客之用。

明和证券正对面就有一家德盛,如今已晋升为投资银行第十六部总经理的柴胡,早已把这家餐厅当成了公司食堂。

柴胡穿得十分体面,可以说他如今工作的大多数时间,都需穿得讲究些:一身黑色高档西装,深蓝绸缎领带,锃亮的皮鞋,配上他那低沉了不少的声音与淡淡的微笑,颇有领导风范。

虽说明和证券投行部有一小部分人可以同时拿到保荐代表人资格证、会计师资格证和律师资格证,但其历史上的各部门总经理,却无一人是三证合一的,柴胡算是第一个。

明和证券投行部总裁吴风国退休前,还特别当众夸赞柴胡,说他是不可多得的复合型人才,不仅专业实力过关,能写材料能做项目,还很能扩展人脉养团队。

这么多年来,第十六部每年都是投行业绩榜前三,从未出现业绩不达标的情况。

柴胡虽然过往的很多年都在吐槽曹平生，但他内心很崇拜曹平生，这种崇拜感在他接过总经理的沉重担子后，更加强烈了。

今天是曹平生六十大寿，明和证券的主要前同事都来了，杨秋平恰巧从美国回国出差，也被王暮雪硬拉来凑热闹。

杨秋平脸比以前瘦了些，没那么圆润了，剪了利落的齐耳短发，一身白色短袖职业装，脖子上还戴着并不高调的银色施洛奇天鹅项链，英气干练中又不失雅致的女人味。

柴胡看到杨秋平特别开心，他知道杨秋平连续申请了三年，才凭借不俗的GMAT成绩与多年投资银行工作经验，被沃顿商学院录取。她如愿以偿地让那个做着名校梦的女孩活了过来，与历史上诸多名人成为了校友。

沃顿毕业后，杨秋平进入了高盛投行工作，这几年她帮助不少中资企业陆续登上了纽约证券交易所与纳斯达克。

"我们这群人间，你是唯一一个进入华尔街的。"柴胡领着杨秋平往楼上走。

杨秋平莞尔一笑："都是打杂的，整天就是PPT和路演，不是看瞎了眼就是跑断了腿，哪有柴总您如今的职位高大上。"

"我就是草根，跟高大上沾不了边。"柴胡笑着推开了包间的门，映入二人眼帘的是不少熟悉的面孔。

二宝都已上小学的胡延德，一如既往地用他的大嗓门活跃着气氛。如今他早已跳槽去实体企业当融资顾问了，柴胡听说他离开明和证券后还跳了不止一次，始终保持着工作四五年一换的频率。

王立松也离开了明和，现在是一家中型券商的董事总经理。此时他正与很多前同事坐在餐桌旁的黑色沙发上喝着茶，有说有笑地聊着各自目前的近况。

仍旧稳坐第十六部大内总管的吴双，穿着一件素雅的淡紫长裙，与第十六部副总经理王暮雪在用打气筒充气球。气球各式各样，五颜六色，最主要的金黄"Happy Birthday"的字样，已经被蒋一帆粘在主墙的正中间了。

这个包间很大，总共五桌，每桌可坐十五人，四面墙上都挂着高档裱框裱起来的名家画作,柴胡如今的大房子里也挂着很多画,多到母亲胡桂英都抱怨。

柴胡那些画的作者鲜有人知,均出自孩童之手,是柴胡有几次参加公司扶贫活动时,向一些贫困儿童和孤儿院的孩子手里买来的。柴胡不仅买他们的画,还买了很多画板、画笔和临摹绘本送给那些孩子。

柴胡如今最自豪的事情有三件:

一是他成为了自己曾经最害怕,但又最崇拜的人;二是他当初的坚持,使得王萌萌的植物人弟弟最终醒了过来,这几个月已经会笑会自己吃饭了;三是他柴胡有足够的能力,满足他孩子的各种爱好,不让下一代的所有机会,被父母的经济因素扼杀在摇篮之中。

"萌萌呢?"王暮雪看到柴胡的第一句话就是问王萌萌在哪儿。

"在老家坐月子呢,下个月才回来。"柴胡道。

王暮雪边充着气球边惊愕一句:"生了?这么快?我记得不是两周后么?"

"小家伙调皮,提前出来了。这次是个男孩,医生说男孩一般都早出来。"

柴胡才说完,杨秋平就用胳膊撞了他一下,羡慕道:"可以啊!事业有成,还凑了个'好'字!当时我看王律师第一眼,就觉得你俩很配!"

柴胡一脸尴尬,他还残存的少年心境又突然间从心里冒了出来,心想当年还不是你不要我,嫌我的表白是抄袭,要不如今给我生孩子的就是你了!

"哎哟!来了这么多人啊吴双!"此时所有人都很熟悉的声音从包间门口传来,曹平生笑眯眯地背着双手走了进来。他穿着十分宽松的白色T恤,手上的爱马仕手表也没了,虽然年过六十,但头发还是乌亮乌亮的,丝毫没有谢顶的迹象。

如今的曹平生已经开立了属于自己的私募股权投资公司,成功投资了不少初创企业,实现了他人生第三阶段成为投资大佬的目标,但与此同时,他也牺牲了很多。比如王暮雪听说他做了心脏支架手术,手术后他不仅注意饮食和锻炼,脾气也发生了逆天的改变,现在已经很少对人发脾气了。

当曹平生看到门口堆的众多礼物和满屋的气球时，赶忙转身朝司机小阳道："失策失策了，快去取钱，发红包！今天必须发红包！"

小阳应声出去后，柴胡就主动上前跟曹平生打招呼。曹平生看到柴胡就恭维道："没想到你这个大网红也有时间来给我庆生，荣幸荣幸！"曹平生指的自然是柴胡如今不仅是公众号大V，还是微博大V的事情。柴胡发现，其实要成为两个平台的红人也不算难，只需先在一个平台把自己捧红，然后再将优质内容复制粘贴到另一平台即可。

柴胡还没来得及回答，一个小男孩就凑到了他与曹平生中间，抬起稚气未脱的脸朝曹平生响亮地喊了一句："曹总好！"

曹平生瞧了瞧男孩那张脸，朝不远处的蒋一帆调侃道："哈哈一帆，你儿子都长这么大了，简直跟你一个模子刻出来的！"说完后曹平生半蹲下来朝男孩问道，"瑜期，长大后想不想跟你爸妈一样，做投行啊？"

"想！"小瑜期猛地点了一下头，回答得毫不含糊。

"哦？想？那你知道投行是什么么？"曹平生问。

小瑜期眨巴着长长的睫毛，道："投行就是投资银行。"

"那投资银行是做什么的？"曹平生继续问。

"是打怪兽的！爸爸说有很多很多的怪兽要打！"小瑜期一脸认真。

"所以你是喜欢打怪兽？"曹平生笑了。

"嗯！"小瑜期原地跳了两下，"而且妈妈说，做投行眼睛会很厉害，跟孙悟空一样火眼金睛！我喜欢孙悟空！齐天大圣！"说完还做了一个美猴王的动作，惹得全场人哈哈大笑。

整个晚上，曹平生都拿着酒杯，给每一位他的前手下敬酒，边敬还边说：

"对不住啊兄弟！以前脾气不好，不该骂你！"

"哎，我以前太暴了，想想你水平其实也没那么差。"

"京都大学，说实话也不能算水货大学，只是有点水而已。"

"王暮雪，你多生几个啊！不是说好三个的么！哦哦，老二刚会爬啊，那行吧，下次我七十大寿要带过来，老二叫什么名字？"

"什么？又叫瑜期？哦哦，金鱼的'鱼'，五六七八的'七'啊？不是王暮雪你是没文化还是……啊？又是蒋一帆坚持要这个名字？他脑抽了还是盼着两个儿子以后开信用卡都逾期……"

曹平生敬完一圈后,站在台上跟所有人发表了激昂的演讲:

"以前曹某人对不住大家的地方,请多多包涵!但曹某人也不是什么事情都没做,还是做了那么几件有意义的事情,比如那五百多个亿的非公开,比如曾经把大家都领上了投行这条路,你们就说说这条路累不累!爽不爽!刺不刺激?!"众人闻声纷纷附和鼓掌。

"我觉得啊,大家今天是因为投行这条路走到一起,这是什么,这是缘分!几辈子都修不来的缘分!"曹平生继续道,"大家都好好思考思考投行之路对你们而言意味着什么!对我来说,投行之路就是老子的大半辈子。老子的大半辈子是什么,是一部波澜壮阔的资本市场变迁史。从20世纪90年代初才刚刚有主板,到中小板、创业板、新三板再到科创板……老子都经历过了!而你们呢?"曹平生说着看了一眼柴胡,眼神有些迷离道,"现在社会节奏这么快,快得老子都觉得自己学不过来了。这么多行业,这么多公司,从你们进场,到两三年之后把它们做上市,你们要学多少东西?而且老子知道你们同时手上好几个项目,好几个公司业务要钻研,所以投行之路对你们是什么?那是一部电影!国防军工、医药生物、水利水电、传统制造、移动互联网、家用卫浴、电子芯片、云计算……不都是你们曾经看过的电影么?所以咱们这投行之路,就是一部快进、快进再快进的,展现咱们国家当代行业巨变的史诗级电影!"

曹平生的这些话震撼了在场的每一个人。

他们其中有的人在这条投行之路上实现了自己的梦想,比如王暮雪和杨秋平;有的人完成了脱胎换骨的自我蜕变,比如柴胡;有的人终于从迷茫中走出,找到了继续活着的使命与价值,从而使自己的目标更明确,内心也更勇敢与强大,比如蒋一帆;还有的人,用足够的耐心、毅力与智慧,将这条路变得光明与长远,比如姜瑜期。

投资银行这条路确实如曹平生所说,是一部高度浓缩的,展现当代中国行业巨变和经济发展的史诗级电影。

可以说,所有投行人或者与投行人一起共事的金融或非金融工作者,他们的整个职业生涯都在观看这部电影,他们是这部电影的制片、编剧、导演、演员,同时也是这部电影的观众。

"到了八九十岁你们回头看看你们走过的这条路,你们应该自豪! 无比自豪!"曹平生道。

　　这是曹平生说的最后一句正常话,后来,他彻底喝醉了,除了给大家不停发红包外,还拽着蒋一帆的胳膊不放,老泪纵横地说:"一帆啊,老子当年不是东西啊,老子把你卖了啊! 是老子把你卖了啊! 你别怪老子啊……"

行业金句汇编

1. 投资银行,稳定比高度,更重要。

2. 任何一家公司,都是一个整体,就像一个人一样,全身的经脉是相通的。

3. 投行从来不讲英雄,只讲团队。

4. 如果领导要求你做 100 分,你就只做 100 分,领导不会认为你有多好,只会认为你还过得去;当领导要求你做 100 分时,你做到了 110 分、120 分,甚至 200 分,领导才会真的觉得你这个员工优秀。

5. 资本市场就如同北国的雪山,到处都充斥着寒冷的博弈,看似平静的每一天,都会有公司因为一份《对赌协议》而改变命运,或走向天堂,或步入地狱。

6. 一个人,无论是男人还是女人,情商很高的话,有时候是天使,有时候,也可能是魔鬼。

7. 如果对方用装傻来原谅自己的过错,那么自己最好也做一名健忘的傻子,然后下不为例。

8. 可能年轻就是这样,明知前方一片心酸与昏暗,但还是要倔强地大步向前。

9. 人有一项特长是好事,被领导看到更是好事,只不过如果这项特长属于劳体伤身型,能藏的话,最好还是藏一辈子。

10. 干投行,所能获得最值钱的东西,从来不是项目奖金,而是信息。

11. 信息有时候是黄金,有时候也是毒药。最安全的方式,就是不要去碰那些不属于自己的黄金,这样,也就自然不会被迫吞下那些不属于自己的毒药。

12. 每个人的起跑线是一样的,只不过开跑的时候,有的人用双腿,有的人则是骑自行车,开摩托车或者小汽车。

13. 物尽其用,人尽其能,此乃管理之道。员工越是擅长某项工作,被分配做这项工作的概率就越大。

14. 咱们这三线城市,都是给人养老用的,在这边做企业,想迅速做大是真的难。你们说一个企业最关键是什么？是人！那么多收购并购的，买的哪里是公司，全是买的人！没有人，难发展！

15. 高中的三年时光对柴胡而言之所以是地狱，是因为他燃尽了所有的力气；之所以是天堂，是因为柴胡的目标在那三年里是那样的清晰。

16. 如果一个人，可以毫无障碍地看到自己的梦想，看到梦想具体的样子，是一件很幸福的事情，特别是这梦想还可以彻底改变一个人命运的时候。

17. 相亲的本质其实就是动物配种，让差不多条件，差不多年龄，差不多长相的公母动物强行见面，然后试图建立一种能产生后代的不可描述的关系。

18. 新世纪的大好青年内心崇尚的都是自由恋爱，就算自己找的配偶离婚率远远大于父母找的，他们还是要自己选择。因为，选择权本身就是一种极具诱惑力、极具幸福感，并且能够宣布自主意识的东西。

19. 这个世界上有一种人很可怕，明明很优秀，还很有钱；不仅有钱，还很努力。蒋一帆就是这样的人。

20. 学金融的其实跟开运钞车的性质基本一样，都是把这个地方的钱，挪到另一个地方。只不过，在金融这行干得好的人，总能把钱挪到正确的地点，交到正确的人手上。

21. 若想一年就获得别人三年的工作经验，唯一的办法便是加班！

22. 有些念头，无论是善念还是邪念，大多时候都是一闪而过；若闪过时没采取行动，机会就不复存在了，当然，后果也不会来临。

23. 能力不是单一的，一种很强的能力背后往往是多种能力做支撑。

24. 在合作这件事情上，权利和义务要匹配，时间流和资金流要匹配，否则永远就是成在人心，败也在人心。

25. 人情这东西，还是少欠的好，宁愿欠钱也不要欠人情，不然只要有一次欠了没还上，很可能朋友都没得做。

26. 青春，不需要阳光普照，只需要烈火焚烧。

27. 对于没见过世面的新兵来说，往往敌人还没看到，真正的战役就结束了。

28. 有些东西领导不要求，不代表领导不需要。

29. 金融的世界既波澜壮阔，又残忍血腥。在这个世界里，从来没有硝烟，没有军队，没有航母战斗机，但却可以使千家万户的资产凭空蒸发，使兢兢业业的人突然失去工作，使本分经营的实体企业受到重创，使一个国家欣欣向荣的经济急速倒退。

30. 危机永远只是表象，贪婪才是一切的本质。

31. 超一流名校毕业生其实最大的共同点不是考试能力很强，或者说，不仅仅是考试能力很强，最关键的是，他们学习能力很强。优异的考试成绩只不过是学习能力强的一种体现形式。而强大的学习能力，才是整个职业生涯中所必须具备的能力。

32. 机会转瞬即逝，如果错过了，可能未来软磨硬泡两年都敌不过今夜趁热打铁的几个小时。在机会面前，时间对人从来都不是平等的。

33. 靠着一棵大树，确实会很舒服，但这样自己永远没有抵御风雨的能力。

34. 其实爱情走到最后，最可怕的结局不是憎恨，不是敌对，不是仇视，而是漠视。

35. 在卓越面前，道义与贪婪，自私和真诚，是可以共存的。

36. 六年初中、高中是人生最美的花季雨季，她被迫学了数也数不清的知识点；她不知道为什么要学，当有一天终于被用到的时候才觉得，青春，值得被这样燃烧。

37. 很多时候，我们以为我们知道，但是如果我们把这个知识教授给别人，讲不出来，或者讲不清楚，这就说明，原来的所谓"知道"，不过是一种假象。

38. 每听到企业的一个回答，不管这个回答多可信，多有道理，在真正相信之前，必须尽可能先问自己无限个为什么。

39. 既然是十一进一的存活体制，那么领导选中的这个人，绝对不是有他更好，而是非他不可。

40. "对赌"这个词是由两个字组成，一是"对"，二是"赌"。不是同方，才会用"对"；没有把握，才称作"赌"；对于并购双方而言，一旦提出对赌条款，就意味着两方此次合并，立场是相对的，信任是缺乏的。

41. 员工不一定会做领导安排的事，但一定会做领导检查的事。

42. 危机来临前，伏笔总是失去理性的疯狂。

43. 作茧自缚的每一场悲剧，都是命中注定。

44. 高素质的传播群体总还是会小心保护他们伤害的对象，以此守住自己可以继续背后娱乐的安全区。

45. 别人称赞蒋一帆情商高，不过是因为他对于别人的情绪和目的极其敏感，极其在意，以至于很多时候他要把自己像泥人一样地不停揉捏，忍着剧痛微笑，笑成别人喜欢的样子。

46. 咱们今后的这条投行之路,什么样的合作伙伴都会遇到,他们的行为都有各自的理由,他们的思想都有各自形成的原因,我们不是他们,无从知道他们曾经经历过什么,但只要不是原则问题,我们都应该用最大的耐心去谅解。

47. 我们的唯一目的,就是把项目做出来。做出来了,你说什么都是对的;如果失败了,没人在意是你的问题还是你队友的问题。我们所处的这个世界速度太快了,快到人们都忙着去成功,去看去听去思考成功者说的话;而失败者的解释,即便有人聆听,也没时间理解,更没理由心疼。

48. 天下所有严师,都会有一帮一辈子记得他们、感激他们的徒弟;正如永远唱黑脸,被全班同学背后抱怨过、吐槽过、人身攻击过的班主任老师,更容易在教师节收到大批毕业学生的问候一样。

49. 这世上除了自己,没任何人可以替自己书写梦想与辉煌。

50. 靠压低工资而形成的短暂性利润提升,不是一家公司真正盈利能力变强的体现,其所形成的优势是不可持续的。

51. 对于融资者而言,资产证券化业务是一种债务融资;对于投资者而言,资产证券化产品是一种固定收益品种。

52. 以往的资本流向实力,而今的资本流向数据。互联网时代,所有人都需要在虚拟世界中有一个自己的标签,而我们的成绩都反映在无所不包的各项数据里。当数据变成主导一切、决定一切的力量时,资本就会自动去寻找它、贴近它,并且牢牢占有它。

53. 很多时候,并非只有讨论专业知识,才能让客户对自己的印象提升。交谈中展露的每一个微笑,对观点的每一次表态,以及说出的每一句收不回的话,都需格外注意,因为这是个人品牌的积累。

54. 投资银行的尽职调查可以分为三个阶段:前期、中期和后期。假设上市公司是一个人,尽职调查前期是看病阶段,全身体检,细致周全,必须彻查出此人的所有问题;中期是治病阶段,投行人必须将前期查出的病症一一治好,治得好才能上市,治不好只能洒泪放弃;后期是健身阶段,即给这个人减脂塑形、洗脸穿衣以及涂抹防晒霜,达到完美外形。

55. 逆境之中,安抚与慰藉是徒劳的,为了让一个人突破极限地咬牙奔跑,其身后往往需要的不是欢呼与掌声,而是一条能够抽出血痕的皮鞭。

56. 为年轻的疯狂找一个合理的理由,太可笑。

57. 这天底下所有的罪恶都不应被宽恕,但所有的失败都应当得到原谅。

58. 当你变得越来越强,你就会发现优秀的队友很容易找,势均力敌的竞争对手很难找。找不到的话,你会感觉孤独,前所未有的孤独。

59. 人这一辈子,除了赚钱,也应该为自己的信仰做些什么。

60. 随着生活节奏的加快,信息渠道的拓宽,市场也越来越缺乏耐心:电视台买剧本只看前三集,网文读者选择书籍只看前三章,电影上映能否获得加长排片只看前三天的票房。"三"这个数字扼杀了我国文化产业中的一批人,同时也捧起了新的一批人。"三"这个数字是这个时代的悲哀,也是这个时代的机遇。

61. 互联网的业务形态更迭快,对现有法规和会计准则的更新速度也提出了更高的要求。作为投资银行,必须在具体问题的性质,以及现有的制度和政策的模糊地带中,做出自己独立的判断。往往这种判断,容错率为零。

62. 现在所有的努力、压力、拼搏、忙碌、加班、熬夜都能找到一个合理的理由——上坡路。

63. 疯狂的时刻,各种故事都很诱人,哪怕这些故事从来不是真的。

64. 梦想,就是朝思暮想,做梦都想的东西。只要能做靠近它的事情,哪怕就靠近一点点,都可以让我热血沸腾。

65. 很多年后,王暮雪才明白,生命中的风雨都会在人生中留下痕迹,成为她的盔甲,和她一起冲锋陷阵,勇猛杀敌。而曹平生,就是那个在她意志稍微懈怠的时候,不断给她套上盔甲的人。

66. 这么多年她之所以依然选择漂泊,选择接受曹平生这样的领导,其实只是不甘心在狭窄的空间里度过一生。

67. 财务数据在中国,很大程度上就是衡量一家公司值多少钱的唯一标准,若想从源头杜绝财务造假,资本市场不仅需要改良上市标准,还需要完善二级市场的估值体系。

68. 不要害怕选择,也别怕放弃现在拥有的,更别怕选错了一辈子就毁了。决定我们过什么样生活的,从来不是哪一次的选择,而是我们一直以来的状态。

69. 你生在我们家,其实已经赢在了起跑线上,但可惜人生不是短跑,也不是中长跑,而是一场马拉松,马拉松从来没人抢跑,因为马拉松竞赛的参赛者,没人输在起跑线上。

70. 若想有效缩短拟上市企业在会审核等待期,资本监管委员会必须更新监管理念,保持 IPO 审核畅通,慎重暂停 IPO 审核,完善配套法律法规,审核期内适当放松对拟上市企业的约束,简化事前审核流程,强化事后监管与惩罚等等。

71. 有的时候,我们必须意识到,99% 和 100% 差的绝不是 1%,就如同常压下 99°C 水温永远无法让水沸腾一样。

72. 在投资银行,稍微舒坦的日子总是在我们刚刚意识到拥有它的时候,就成为了过去时。

73. 你之所以喜欢一个作者或者一个公众号,很大原因是你认同他的价值观,你认同他看世界的方式。

74. 信息爆炸时代,属于每个人的光辉时刻会变得极为短暂,若想成为飞速霓虹中永恒的光,必须在不断往上攀爬的同时,加快速度。

75. 自己跟自己相处,原本是件很简单的事情,但随着时光的流逝,似乎变得越来越不易。

76. 监管的力度就跟弹簧一样,看经济下行了,松一点;上行了,紧一点,只要宏观环境不出岔子,此一时,彼一时。

77. 很多人,按时上班、按时下班,做着应该做的事情,说着应该说的话,心里抱怨,但表面平静,那个当初喜欢折腾的他们,已经死了。

78. 短时间内逼着自己对大量同质信息进行学习,会让你迅速加深对某一主题的理解,尤其每一本书、每一篇文章以及每一个视频,切入的视角都不太一样,相当于同一段时间内你接受了多维度的信息输入,很立体,学习效果会很好。

79. 我们不要试图从自己身上"榨取"最大的生产力,每天超负荷工作,将精力用至透支的人,所付出的无形代价就是工作效率的降低。一个人,无论多忙,永远不要为了超额完成工作而选择不休息,将第二天的精力、创造力和长期良好的心态彻底摧毁。每天多睡一点,同时保持有规律的运动,将自身从繁重的工作中定时抽离,十分必要,因为这么做的最大收益者,恰恰是我们的工作本身。

80. 如果仙人掌贮存着你生命所需的水源,那么你就应该,而且必须容忍它身上带着的根根钢刺。

81. 有些梦想,错过了追逐的黄金期,就很难追上;即便追上,梦想的样子也没有想象中那么迷人。

82. 以前我在这个城市没站稳脚跟,所以我不说假话,但也没说真话,因为我不敢;现在,我同样没有站稳脚跟,但是,我敢了。

83. 一个真正厉害的人,不应该只是获得人们外在的掌声,而更应该获得人们内心的掌声。

84. 你现在只是看起来很厉害,跟真正很厉害相比还差了18000本书!

85. 同样的人,同样的事,究竟是阻力还是推力,取决于我们对于自己生命的态度。

86. 亏欠太多,会让人用肆无忌惮的方式来实现自我救赎。

87. 或许当梦想成为永恒遗憾的那天,人才会真正长大。

88. 所有的好公司,在未来都应该能够帮投资人赚到钱;但现在能帮投资人赚到钱的公司,并不一定都是好公司。

89. 天使投资风险大么? 当然大,但只要选好苗子,后期茁壮成长的事儿,是可以用钱砸出来的。有钱砸,失败风险就小,所以金钱还有一个逆天能力——控制风险。只要钱足够多,投资失败的概率就可以降到最低。

90. 企业确实是资本赚钱的工具没错,但若仅仅是这样,世界未免太过苍白。

91. 市场虽有档次之分,但绝无高低贵贱之别,能为人们的生活持续带来便利、带来改善的企业,就是好企业。

92. 对于一个超高情商的人来说,安慰人的方式,就是在别人受伤时,狠狠地揭开自己的伤疤。

93. 金钱,既能拉近距离,也能拉开距离。

94. 这个世界有它的运行规则,也有它的随机。规则仿佛会让那些原本你讨厌的人成为你生活的一部分,而这些跟你合不来的人,是随机出现的。可以是不同的人各出现一次,也可以是同一个人出现多次。

95. 让那些生活幸福的人体会这个世界的苦难,有时并不容易。优越者需要停下脚步,跨出自己的世界,认真观察,甚至有时还要额外花钱,才能去那些他们未曾到过的地方,将地球上的黑色地带像剥洋葱那样一层一层地剥开,一层一层地体会。

96. 人们常说,常在河边走,怎能不湿鞋,但有些职业的人,不可能一辈子不去"河边";相反,这些人每天的工作就是在"河边"走。河边确实容易湿鞋,但这不意味着我们可以直接跑进水里把自己的鞋完全搞湿,这是两种截然不同的性质。

97. 相信阳光,可以让一个人焕然一新。

98. 王暮雪自己都没有意识到,她的梦想其实特别简单,不过就是看到自己微笑着在阳光下奋力奔跑的样子。

99. 这个世界的可怕之处在于,对一方而言是绝对的黑暗,对另一方居然是绝对的光明,就跟黑夜与白日总在地球的东西半球同时出现一样。

100. 你将一块石头狠狠地砸进海里,对海而言不会造成任何影响,海依然是海。一块石头之所以影响不了大海,是因为石头窄而轻薄,而海宽而厚重。

101. 一流的作品与群体性的喧嚣无关,它们往往具有"百年孤独"的品性。那些流传至今的名著,是一代又一代人选择的结果,而不是某个时间点某个市场的选择,这样的文字对我来说更有力量,更具启迪性。

102. 他人对你的判断,往往不是因为你做的大事,而是他们跟你相处时,你不经意间的每一件小事,也就是细节。

103. 他做了顺坦命运偏爱的那种人,这种人总是行走在 0 度经度线,左眼看到的是白日,右眼看到的是黑夜。

104. 时间是个很可怕的东西,可以让曾经的挚友彼此相忘,让美满的婚姻出现裂痕,也可以让开始被利益锁定的东西,被新的利益打破。

105. 她的性格也注定了不会轻易相信任何人,也不相信谎言在时间面前的力量。

106. 在这种极端情境下,缺钱又成了一种幸运,不仅可以守住身边人的安全,还能避免进一步的道德沦陷。

107. 一家公司,可以不够完美,但不可以假。就如一个女人可以不漂亮,但不能动了刀子还跟别人说自己是纯天然。

108. 时间复利,无疑是全行业最美的玫瑰。

109. 没有钱,没有名声,没有前途,都不能没有正义。

110. 现在的自媒体,各种编故事、写段子、相互抄袭获得千万关注,科普专业知识却没什么人看,应了一句话:我们选择了怎样的媒体,媒体就用怎样的方式塑造我们。

111. 消磨时光的事情确实太多了,跟牢笼一样,但是大多数人还是心甘情愿地走进去。

112. 能赚钱的信息总是特别低调,具有捕风捉影且经不起细问的特性。

113. 姜瑜期说："其实这两年我一直在思考,思考什么是选择,什么是代价……以前的我以为,自食恶果就行了,但现在我明白,不能让自己的选择,成为别人的代价。"

114. 王萌萌依旧用她的逻辑活着。柴胡琢磨大概是像他与王萌萌这样,经历过悲辛和琐碎,明白人与人之间最开始的差距,才能学会不盲目攀比艳羡。

115. 蒋一帆觉得自己此时就跟那个看门人一样,是千万块砖的其中一块,做的工作也只是浩大工程中的一件微不足道的事情,对于中国整个资本市场的发展与改革,自净与创新,蒋一帆认为自己渺小如沙。但再小,他也是其中的一部分,所有投行人和资本中介都是其中的一部分,包括姜瑜期,包括刘成楠和王潮,包括跟他们一样犯过错的人,所有人其实都是被这个时代需要的,失败一次,曝光一次,才知道接下来的路该怎么走,才知道如何将海浪朝岸边推近一步。